ONZICHTBAAR

ANDER WERK VAN KARIN SLAUGHTER

Nachtschade
Zoenoffer
Een lichte koude huivering
Trouweloos
Triptiek
Onaantastbaar
Onbegrepen
Versplinterd
Genesis
Verbroken
Ongezien
Gevallen
Doorn in mijn vlees
Genadeloos
Stille zonde
Veroordeeld
Mooie meisjes
Verborgen
Laatste adem
Goede dochter
Gespleten
Laatste weduwe
Schoon goud (met Lee Child)
Verzwegen
Valse getuige

ALLEEN ALS E-BOOK VERSCHENEN

Kwijt
Gepakt
Koud hart
Diep

KARIN SLAUGHTER

ONZICHTBAAR

Vertaald door Paul Syrier

HarperCollins

MIX
Papier van verantwoorde herkomst
FSC® C083411

Voor het papieren boek is papier gebruikt dat onafhankelijk is gecertificeerd door FSC®
om verantwoord bosbeheer te waarborgen.
Kijk voor meer informatie op www.harpercollins.co.uk/green.

HarperCollins is een imprint van Uitgeverij HarperCollins Holland, Amsterdam.

Oorspronkelijke titel: *Indelible*

Omslagontwerp: Buro Blikgoed
Omslagbeeld: © Plainpicture / Lubitz + Dorner
Foto auteur: © Alison Rosa
Zetwerk: Mat-Zet B.V., Huizen
Druk: CPI Books GmbH, Germany

ISBN 978 94 027 0933 9
ISBN 978 94 027 6340 9 (e-book)
NUR 305
Eerste druk september 2021

Originele uitgave verschenen bij William Morrow, een imprint van HarperCollins*Publishers*, New York, U.S.A.
HarperCollins Holland is een divisie van Harlequin Enterprises ULC.

www.harpercollins.nl

Voor mijn lezers

Een

8:55

'Hé, kijk es wie we daar hebben,' riep Marla Simms uit, terwijl ze Sara over haar bifocale bril met ijzeren montuur scherp aankeek. De receptioniste van het politiebureau had een tijdschrift in haar artritische handen, maar legde het neer om duidelijk te maken dat ze alle tijd van de wereld had om een praatje te maken.

Sara dwong zich een opgewekte klank in haar stem te leggen; ze had het tijdstip van haar bezoek opzettelijk zo gekozen dat Marla koffiepauze zou hebben. 'Hé, Marla, hoe gaat het?'

De oude vrouw staarde haar even aan, terwijl een licht afkeurende uitdrukking een plooi om haar toch al van nature omlaaghangende mond trok. Sara moest zich geweld aandoen om zich niet onderdanig te gedragen. Marla had op de zondagsschool van de Primitive Baptist lesgegeven vanaf de dag dat deze zijn deuren had geopend, en ze was nog steeds in staat iedere inwoner van de stad die na 1952 was geboren van de vreze des Heren te doordringen.

Ze bleef Sara strak aankijken. 'Het is alweer even geleden dat we je hier voor het laatst hebben gezien.'

'Mm-mm,' reageerde Sara, terwijl ze over Marla's schouder keek om een blik in Jeffreys kamer te kunnen werpen. De deur stond open, maar hij zat niet achter zijn bureau. De kantoorruimte was leeg, wat betekende dat hij waarschijnlijk achter in het gebouw zat. Sara wist dat ze gewoon achter de balie langs moest lopen en hem zelf moest gaan zoeken – ze had het al honderden keren gedaan – maar haar overlevingsinstinct weerhield haar ervan dat gebied te betreden zonder eerst tol te betalen.

Marla zat met haar armen over elkaar geslagen achterovergeleund in haar stoel. 'Mooi weer daarbuiten,' zei ze, als terloops.

Sara keek door de deur naar Main Street, waar het asfalt leek te golven van de hitte. De lucht was vanochtend zo klam dat iedere porie in haar lichaam openstond. 'Zeg dat wel.'

'En wat zie je er prachtig uit vanmorgen,' ging Marla door, wijzend op de linnen jurk die Sara uiteindelijk had gekozen na bijna ieder kledingstuk in haar kast te hebben geïnspecteerd. 'Speciale gelegenheid?'

'Niets bijzonders,' loog Sara. Voordat ze wist wat ze deed begon ze aan haar tas te plukken en verplaatste ze verlegen haar gewicht van haar ene voet naar de andere, alsof ze vier was in plaats van bijna veertig.

Er flitste een flonkering van triomf in de ogen van de oudere vrouw. Ze rekte de stilte nog even voordat ze vroeg: 'Hoe is het met je mama en de rest?'

'Prima,' antwoordde Sara, die probeerde niet al te ontwijkend te klinken. Ze was niet zo naïef te geloven dat haar privé-leven niemand anders iets aanging – in een *county* die zo klein was als Grant kon Sara nauwelijks niezen zonder dat ze van even verderop gebeld werd en ze een behulpzaam 'Gezondheid!' hoorde – maar ze piekerde er niet over het hun gemakkelijk te maken bij het verzamelen van hun informatie.

'En je zus?'

Sara wilde net antwoord geven toen Brad Stephens haar redde door de voordeur binnen te struikelen. De jonge agent hervond net zijn evenwicht voordat hij languit zou gaan, maar door zijn vaart viel zijn pet van zijn hoofd, op de vloer vlak voor Sara's voeten. Zijn pistoolholster en wapenstok slingerden als twee extra ledematen onder zijn armen. Achter hem gierde een clubje kinderen van het lachen om zijn weinig elegante binnenkomst.

'O,' zei Brad met een blik op Sara, daarna op de kinderen, en toen weer op Sara. Hij raapte zijn pet op en veegde hem zorgvuldiger schoon dan nodig was. Ze kon zich levendig voorstellen dat hij niet wist wat gênanter was: acht kinderen van tien die lachten om zijn onhandigheid of zijn vroegere kinderarts, die duidelijk probeerde een geamuseerd lachje te onderdrukken.

Het laatste was kennelijk het ergste. Hij draaide zich naar het groepje kinderen om en liet zijn stem dieper klinken dan anders omdat er enig gezag uit moest spreken. 'Dit is natuurlijk het bureau, waar we ons werk doen. Politiewerk. Eh, we zijn nu in de hal.' Brad keek even naar Sara. Het woord 'hal' was een tikkeltje overdreven voor de ruimte waar ze stonden. Het vertrek mat nauwelijks drie bij tweeënhalve meter, en tegenover de glazen voordeur bevond zich een muur van blokken gasbeton. Rechts van Sara hing een rij foto's van verschillende teams van de politie van Grant County aan de muur en in het midden hing een groot portret van Mac Anders, de enige agent in de geschiedenis van de politie van het stadje die tijdens de uitoefening van zijn functie om het leven was gekomen.

Tegenover de portrettengalerij hield Marla de wacht achter een grote beige formica balie die de bezoekers van de kantoorruimte scheidde. Ze was van nature geen kleine vrouw, maar door haar leeftijd was haar lichaam tot een bijna volmaakt vraagteken vervormd. Haar bril hing gewoonlijk halverwege haar neus en Sara, die een leesbril droeg, kreeg altijd de neiging hem weer omhoog te duwen. Niet dat Sara dit ooit zou doen. Hoewel Marla vrijwel alles wist over iedereen en zijn of haar buren – en de hond – was er over haarzelf in het stadje niet veel bekend. Ze was weduwe en had geen kinderen. Haar echtgenoot was in de Tweede Wereldoorlog gesneuveld. Ze had altijd aan Hemlock gewoond, dat twee straten van het huis van Sara's ouders lag. Ze breide en gaf les op de zondagsschool en had een volledige baan op het bureau, waar ze de telefoon beantwoordde en soms probeerde orde te scheppen in de bergen paperassen. Deze feiten boden niet bepaald goed inzicht in Marla Simms. Toch dacht Sara altijd dat het leven van een vrouw van in de tachtig meer moest hebben voorgesteld dan dit, ook al was ze al die jaren in hetzelfde huis blijven wonen waar ze was geboren.

Brad ging door met zijn rondleiding door het bureau en wees

op de grote, open ruimte achter Marla. 'Daarachter is de kamer waar de rechercheurs en agenten als ikzelf hun werk doen... telefoontjes en zo meer. Praten met getuigen, rapporten schrijven, dingen invoeren in de computer, en, eh...' Zijn stem stierf weg toen hij eindelijk merkte dat zijn publiek het liet afweten. De meeste kinderen kwamen nauwelijks boven de balie uit. Zelfs als ze eroverheen konden kijken waren dertig in rijen van vijf opgestelde lege bureaus en archiefkasten in verschillende afmetingen niet echt iets wat hen kon boeien. Sara kon zich indenken dat de kinderen wensten dat ze vandaag op school waren gebleven.

Brad probeerde: 'Over een paar minuten laat ik jullie de gevangenis zien, waar we mensen arresteren. Nou ja, niet arresteren...' Hij wierp een nerveuze blik op Sara, hopend dat ze zijn fout niet had opgemerkt. 'Ik bedoel, dat is de plek waar we ze heen brengen als we ze hebben gearresteerd. Niet hier, maar in de gevangenis.'

Er viel een stilte als een mokerslag, die alleen werd verbroken door een aanstekelijk gegiechel, dat achter in de groep begon. Sara, die de meeste kinderen van haar praktijk in de kinderkliniek kende, legde er een paar met een doordringende blik het zwijgen op. Marla nam de rest voor haar rekening, waarbij haar draaistoel kreunde van opluchting toen ze achter de balie overeind kwam. Het gegiechel stierf weg alsof er een kraan werd dichtgedraaid.

Maggie Burgess, een kind wier ouders meer geloof aan haar meningen hechtten dan voor welk kind van haar leeftijd ook gezond was, waagde het op trage, zangerige toon 'Hé, dokter Linton,' te zeggen.

Sara knikte kort. 'Maggie.'

'Eh...' begon Brad weer, terwijl er op zijn melkwitte gezicht een diepe blos verscheen. Sara was er zich scherp van bewust dat zijn blik iets te lang op haar blote benen bleef hangen. 'Jullie, eh... jullie kennen dokter Linton allemaal.'

Maggie rolde met haar ogen. 'Ja, *inderdaad*,' zei ze sarcastisch, wat opnieuw hier en daar gegiechel losmaakte.

Brad zette door. 'Dokter Linton is ook de lijkschouwer van deze stad, naast kinderarts.' Hij sprak op belerende toon, hoewel de kinderen dit ongetwijfeld al wisten. Het was onderwerp van fraaie grappen op de muren van de wc's op de lagere school. 'Ik denk dat ze hier voor haar werk is. Dokter Linton?'

'Ja,' antwoordde Sara, die probeerde als Brads gelijke te klinken in plaats van als iemand die zich herinnerde hoe hij altijd in tranen was uitgebarsten zodra er maar sprake was dat hij een injectie moest krijgen. 'Ik ben hier om met het hoofd van de politie te praten over een zaak waaraan we werken.'

Maggie deed haar mond weer open, waarschijnlijk om iets vreselijks te herhalen wat ze haar moeder over de verhouding tussen Sara en Jeffrey had horen zeggen, maar Marla's stoel piepte weer en het kind hield haar mond. Sara nam zich voor aanstaande zondag naar de kerk te gaan, alleen al om die vrouw haar dankbaarheid te laten blijken.

Marla's stem klonk maar een heel klein beetje minder geringschattend dan die van Maggie toen ze tegen Sara zei: 'Ik zal even kijken of chef Tolliver beschikbaar is.'

'Dank je,' antwoordde Sara, die meteen van gedachten veranderde over aanstaande zondag en de kerk.

'Goed, eh...' begon Brad terwijl hij zijn pet weer afklopte. 'Waarom lopen we niet door naar achteren?' Hij opende een van de klapdeurtjes in de balie om de kinderen door te laten en zei tegen Sara: 'Mevrouw,' en knikte haar beleefd toe voordat hij achter de kinderen aan ging.

Sara liep naar de foto's aan de muur en bekeek al die bekende gezichten. Afgezien van haar tijd op de universiteit en haar werk bij het Grady Hospital in Atlanta had Sara altijd in Grant County gewoond. De meeste mannen aan de muur hadden ooit wel eens met haar vader gepokerd. De rest had in het bestuur van de kerk gezeten toen Sara nog kind was of was scheidsrechter geweest bij de voetbalwedstrijden toen ze nog tiener was en tot over haar oren verliefd was op Steve Mann, de aanvoerder van de schaakclub. Voordat Sara naar Atlanta was verhuisd had Mac Anders Sara en Steve betrapt bij een vrijpartij achter de Chilidog. Een paar weken later sloeg zijn patrouillewagen tijdens een achtervolging zes keer over de kop en was Mac dood.

Sara huiverde; een bijgelovige angst kroop als een stel spinnenpoten over haar huid. Ze keek naar de volgende foto, waarop alle mensen te zien waren die bij de politie werkten op het moment dat Jeffrey hun chef was geworden. Hij was net uit Birmingham gekomen en iedereen was sceptisch geweest over deze buitenstaander, vooral toen hij Lena Adams, de eerste vrouwelijke agent van Grant County, in dienst had genomen. Sara bekeek de foto van Lena nauwkeurig. Ze hield haar kin uitdagend omhoog en in haar blik lag een uitdrukking van 'wie doet me wat'. Er waren nu meer dan tien vrouwelijke agenten in dienst, maar Lena zou altijd de eerste zijn. De druk moest enorm zijn geweest, hoewel Sara Lena nooit als een rolmodel had gezien. Eerlijk gezegd had die vrouw verschillende karaktertrekken die Sara ronduit afstotelijk vond.

'Hij zei dat je door mag lopen.' Marla stond bij de klapdeurtjes. 'Treurig, nietwaar?' zei ze, wijzend op de foto van Mac Anders.

'Ik was op school toen het gebeurde.'

'Ik zal je maar niet vertellen wat ze hebben gedaan met dat beest dat hem van de weg heeft gereden.' Er klonk een goedkeurende toon in Marla's stem. Sara wist dat de verdachte zo was toegetakeld dat hij een oog was kwijtgeraakt. Ben Walker, het toenmalige hoofd van politie, was een heel ander type smeris geweest dan Jeffrey.

Marla hield de deurtjes voor haar open. 'Hij zit achter in de verhoorkamer met wat papierwerk.'

'Dank je,' zei Sara, en wierp nog even een blik op Mac voordat ze naar achteren liep.

Het politiebureau was halverwege de jaren dertig gebouwd, toen de stadjes Heartsdale, Madison en Avondale hun politie en brandweer bij de county hadden ondergebracht. Het gebouw was oorspronkelijk een levensmiddelenwinkel geweest, maar de stad had het goedkoop kunnen overnemen toen de laatste boerderijen in de omgeving failliet waren gegaan. Bij de verbouwing was het gebouw van al zijn karakter beroofd, en in de tientallen jaren die daarop volgden was er niet veel gedaan om het een beetje op te knappen. De kantoorruimte was niet meer dan een lange rechthoek met Jeffreys kamer aan de ene kant en de toiletten aan de andere. De donkere imitatielambrisering stonk nog steeds naar de nicotine van voor het antirookbeleid van de county. Het verlaagde plafond zag er haveloos uit, hoe vaak de tegels ook werden vervangen. De tegelvloer was van asbest gemaakt, en Sara hield altijd haar adem in als ze over het beschadigde deel bij de wc's liep. Niettemin zou ze ook zonder die tegels in de buurt van de wc's haar adem hebben ingehouden. Nergens was het duidelijker dat de politie van Grant County nog steeds voornamelijk uit mannen bestond dan in de unisextoiletten op het bureau.

Ze duwde met enige moeite de zware brandwerende deur open die de kantoorruimte van de rest van het gebouw scheidde. Dertien jaar geleden was aan de achterkant een nieuw deel bijgebouwd toen de burgemeester zich had gerealiseerd dat ze wat geld konden verdienen door gevangenen vast te houden voor nabijgelegen overbelaste county's. Een gevangenisblok met dertig cellen, een conferentiezaal en de verhoorkamer hadden destijds luxueus geleken, maar de tand des tijds had toegeslagen, en ondanks een verse laag verf die kortgeleden was aangebracht zag het nieuwere deel van het gebouw er nu even afgetrapt uit als het oude.

Sara's hakken klikten op de vloer terwijl ze door de lange gang liep. Ze bleef voor de deur van de verhoorkamer staan om haar jurk recht te trekken en even de tijd te nemen. Ze was lange tijd niet zo nerveus geweest als ze bij haar ex-echtgenoot langs moest, en ze hoopte dat het niet zichtbaar was toen ze de kamer betrad.

Jeffrey zat aan een lange tafel met stapels papier over het hele blad en maakte aantekeningen op een blocnote. Hij droeg geen jasje en had de mouwen van zijn overhemd opgerold. Hij richtte zijn hoofd niet op toen ze binnenkwam, maar hij moest wel hebben gekeken, want toen Sara de deur wilde sluiten zei hij: 'Niet doen.'

Ze legde haar tas op de tafel en wachtte tot hij zou opkijken. Dit deed hij niet, en ze werd verscheurd tussen de aanvechtingen hem haar tas naar het hoofd te gooien en zich aan zijn voeten te storten. Hoewel deze twee strijdige emoties elkaar gedurende de bijna vijftien jaar dat ze elkaar kenden aardig in evenwicht hadden gehouden, was Jeffrey gewoonlijk degene geweest die voor Sara op zijn knieën was gevallen, en niet omgekeerd. Na vier jaar scheiding waren ze uiteindelijk weer een verhouding aangegaan. Drie maanden geleden had hij haar gevraagd of ze weer met hem wilde trouwen, en zijn ego had haar afwijzing niet kunnen verdragen, hoe vaak ze hem ook haar redenen had uitgelegd. Ze hadden elkaar sindsdien niet meer buiten het werk gezien, en Sara's ideeën begonnen op te raken.

Een wanhopige zucht onderdrukkend vroeg ze: 'Jeffrey?'

'Laat dat rapport maar achter,' zei hij, naar een lege hoek op de tafel knikkend terwijl hij iets op de blocnote onderstreepte.

'Ik dacht dat je het wel even met me zou willen doornemen.'

'Was er dan iets ongewoons?' vroeg hij terwijl hij zonder haar aan te kijken een volgende stapel paperassen pakte.

'Ik heb in haar dikke darm een kaart gevonden die naar een begraven schat voert.'

Hij hapte niet. 'Heb je dat ook in het rapport gezet?'

'Natuurlijk niet,' zei ze plagend. 'Zoveel geld ga ik niet met de county delen.'

Jeffrey wierp haar een indringende blik toe waaruit bleek dat hij haar grapje niet waardeerde. 'Een beetje meer respect voor de overledene, graag.'

Sara voelde een opwelling van schaamte maar probeerde het niet te laten blijken.

'Wat is de conclusie?'

'Natuurlijke doodsoorzaak,' zei Sara. 'Het bloed en de urine bevatten niets bijzonders. Er zijn geen opmerkelijke dingen gevonden tijdens het lichamelijk onderzoek. Ze was achtennegentig jaar oud. Ze is vredig in haar slaap overleden.'

'Prachtig.'

Sara keek hoe hij zat te schrijven, wachtte tot hij zou beseffen dat ze niet weg zou gaan. Hij had een prachtig, vloeiend handschrift, het soort handschrift dat je van een ex-jockey en vooral van een politieman nooit zou verwachten. Ze was half en half verliefd op hem geworden toen ze voor het eerst zijn handschrift had gezien.

Ze verplaatste haar gewicht van haar ene voet op de andere, wachtend.

'Ga zitten,' gaf hij eindelijk toe en hij stak zijn hand uit naar het rapport. Sara deed wat hij zei en overhandigde hem het dunne dossier.

Hij las snel haar aantekeningen door. 'Volkomen duidelijk.'

'Ik heb al met haar kinderen gepraat,' zei Sara, hoewel 'kinderen' niet echt het juiste woord leek, gezien het feit dat het jongste kind van de vrouw bijna dertig jaar ouder was dan Sara. 'Ze weten dat ze zich aan een strohalm vastklampten.'

'Prachtig,' herhaalde hij, terwijl hij zijn paraaf op de laatste bladzijde zette. Hij gooide het dossier op de hoek van de tafel en schroefde de dop op zijn pen. 'Is dat alles?'

'Ik moet je de groeten van mama doen.'

Ogenschijnlijk met tegenzin vroeg hij: 'Hoe is het met Tess?'

Sara haalde haar schouders op omdat ze niet precies wist wat ze hierop moest antwoorden. Haar relatie met haar zuster leek even snel te verslechteren als die met Jeffrey. In plaats van te antwoorden vroeg ze: 'Hoe lang ben je van plan dit nog vol te houden?'

Hij begreep haar opzettelijk verkeerd en wees op alle papieren. 'Dit moet allemaal klaar zijn voordat we volgende maand voor de rechter staan.'

'Daar had ik het niet over, en dat weet je.'

'Ik geloof niet dat je het recht hebt zo'n toon tegen me aan te slaan.' Hij leunde achterover in zijn stoel. Ze zag dat hij moe was, en zijn gebruikelijke vlotte glimlach was nergens te bekennen.

Ze vroeg: 'Slaap je wel goed?'

'Dit is een grote en ingewikkelde zaak,' zei hij, en ze vroeg zich af of dat werkelijk hetgene was wat hem 's nachts uit de slaap hield. 'Wat wil je?'

'Kunnen we niet gewoon praten?'

'Waarover?' Hij zat in zijn stoel te wippen. Toen ze geen antwoord gaf drong hij aan: 'Nou?'

'Ik wil alleen...'

'Wat?' viel hij haar in de rede. Zijn mond stond strak. 'We hebben dit al honderd keer doorgepraat. Er valt niet meer zoveel te zeggen.'

'Ik wil je zien.'

'Ik heb je gezegd dat ik tot over mijn oren in deze zaak zit.'

'Dus als het achter de rug is...?'

'Sara.'

'Jeffrey,' ging ze in de tegenaanval. 'Als je me niet wilt zien, zeg het dan gewoon. Gebruik niet een zaak als excuus. We hebben het allebei wel drukker gehad dan nu, en toch altijd kans gezien elkaar te blijven zien. Ik meen me te herinneren dat juist daardoor al deze ellende' – ze wees op de bergen paperassen – 'draaglijk was.'

Hij liet zijn stoel met een bons neerkomen. 'Ik zie er de zin niet van in.'

Ze probeerde nog eens leuk te zijn. 'Nou, seks, om maar wat te noemen.'

'Die kan ik overal krijgen.'

Sara trok een wenkbrauw op, maar onderdrukte de opmerking die voor de hand lag. Het feit dat Jeffrey overal seks kon krijgen en soms ook had gekregen was de eerste reden geweest dat ze van hem gescheiden was.

Hij pakte zijn pen weer om door te schrijven maar Sara griste hem uit zijn hand. Ze probeerde een wanhopige klank uit haar stem te weren toen ze vroeg: 'Waarom moeten we hertrouwen om weer normaal met elkaar om te kunnen gaan?'

Hij wendde duidelijk geërgerd zijn blik af.

Ze bracht hem in herinnering: 'We zijn al eens getrouwd geweest, en dat is bijna onze ondergang geworden.'

'Jaah,' zei hij. 'Dat weet ik nog.'

Ze speelde haar troefkaart uit: 'Je zou aan iemand van de universiteit je huis kunnen verhuren.'

Hij wachtte even voordat hij vroeg: 'Waarom zou ik dat doen?'

'Om bij mij te kunnen intrekken.'

'En in zonde te leven?'

Ze lachte. 'Sinds wanneer ben jij godsdienstig?'

'Sinds je vader me van de vreze des Heren heeft doordrongen,' beet hij terug, met een stem die volkomen gespeend was van humor. 'Ik wil een vrouw, Sara, geen neukmaatje.'

Ze voelde hoe zijn woorden erin hakten. 'Zie je me daarvoor aan?'

'Ik weet het niet,' zei hij met iets verontschuldigends in zijn stem. 'Ik heb er genoeg van aan dat touwtje vast te zitten waaraan jij even een ruk geeft als je je eenzaam voelt.'

Ze deed haar mond open maar kon geen woord uitbrengen.

Hij schudde verontschuldigend zijn hoofd. 'Dat bedoelde ik niet.'

'Denk je nou dat ik mezelf hier voor gek zet omdat ik me eenzaam voel?'

'Ik weet op dit moment helemaal niets, behalve dat ik een hoop werk te doen heb.' Hij stak zijn hand uit. 'Mag ik mijn pen terug?'

Ze hield hem stevig vast. 'Ik wil bij je zijn.'

'Je bent nu bij me,' zei hij, zijn hand uitstekend om zijn pen te pakken.

Ze legde haar andere hand om de zijne en liet hem daar liggen. 'Ik mis je,' zei ze. 'Ik mis je om me heen.'

Hij haalde halfhartig zijn schouders op, maar trok zijn hand niet terug.

Ze drukte haar lippen op zijn vingers, rook inkt en de muffe lotion die hij gebruikte als hij dacht dat niemand het zag. 'Ik mis je handen.'

Hij bleef voor zich uit kijken.

Ze streek met haar lippen over zijn duim. 'Mis jij mij niet?'

Hij hield zijn hoofd scheef, schokschouderde nog eens onduidelijk.

'Ik wil bíj je zijn. Ik wil...' Ze keek weer over haar schouder om te zien of er niemand op de gang stond. Ze liet haar stem tot nauwelijks meer dan een gefluister dalen en bood aan iets met hem te doen waarvoor iedere zichzelf respecterende prostituee het dubbele tarief zou rekenen.

Jeffreys lippen gingen van elkaar, zijn gechoqueerdheid was zichtbaar in zijn blik. Zijn hand kneep zich samen rond de hare. 'Daar ben je mee opgehouden toen we eenmaal getrouwd waren.'

'Nou...' Ze glimlachte. 'We zijn nu toch niet meer getrouwd?'

Hij leek hierover na te denken toen er hard op de open deur werd geklopt. Wat Jeffreys reactie betrof had het evengoed een pistoolschot geweest kunnen zijn. Hij rukte zijn hand terug en stond op.

Frank Wallace, Jeffreys directe ondergeschikte, zei: 'Sorry.'

Jeffrey liet zijn ergernis duidelijk blijken, hoewel Sara niet kon zeggen of deze haar of Frank gold. 'Wat is er?'

Frank wierp een blik op de telefoon aan de muur en trapte

een open deur in: 'De hoorn ligt niet op de haak.'

Jeffrey wachtte.

'Marla zei dat ik tegen je moest zeggen dat er in het halletje een jongen naar je vraagt.' Hij haalde zijn zakdoek te voorschijn en veegde zijn voorhoofd af. 'Hallo, Sara.'

Ze wilde zijn groet beantwoorden maar slikte haar woorden in toen ze zijn gezicht zag. Hij zag eruit als een levend lijk. 'Gaat het wel goed met je?'

Frank drukte met een zure blik zijn hand tegen zijn maag. 'Bedorven Chinees eten.'

Ze kwam overeind en legde haar hand tegen zijn gezicht. De huid was klam. 'Je lijkt wel uitgedroogd,' zei ze terwijl ze haar vingers op zijn pols legde om zijn hartslag te controleren. 'Krijg je wel genoeg vocht binnen?'

Hij haalde zijn schouders op.

Ze keek naar de secondewijzer op haar horloge. 'Overgeven? Diarree?'

Bij haar laatste vraag begon hij ongemakkelijk te schuifelen. 'Het gaat prima,' zei hij, maar dat ging het duidelijk niet. 'Je ziet er heel mooi uit vandaag.'

'Ik ben blij dat in ieder geval iemand dat ziet,' zei Sara met een zijdelingse blik op Jeffrey.

Jeffrey stond nog steeds geërgerd met zijn vingers op de tafel te trommelen. 'Ga naar huis, Frank. Je ziet er hondsberoerd uit.'

Frank was duidelijk opgelucht.

Sara voegde eraan toe: 'Als het morgen niet beter gaat, bel me dan.'

Hij knikte weer en zei tegen Jeffrey: 'Vergeet die jongen in het halletje niet.'

'Wie is het?'

'Iets met Smith. Ik heb het niet goed...' Hij drukte zijn hand tegen zijn maag en maakte een ziek geluid. Hij draaide zich om om naar buiten te lopen en er kwam nog net een onduidelijk 'sorry' uit.

Jeffrey wachtte tot Frank buiten gehoorafstand was en zei toen: 'Ik moet hier ook alles zelf doen.'

'Het gaat duidelijk niet goed met hem.'

'Lena komt vandaag terug,' zei Jeffrey, doelend op Franks

ex-partner. 'Ze moet hier om tien uur zijn.'

'En?'

'Ben je Matt al tegengekomen? Die heeft ook geprobeerd zich ziek te melden, maar ik heb hem gezegd dat hij als de sodeju hier moest komen.'

'Denk je nu echt dat twee ervaren rechercheurs zichzelf voedselvergiftiging hebben bezorgd om Lena niet te hoeven zien?'

Jeffrey liep naar de telefoon en legde de hoorn weer op de haak. 'Ik werk hier nu meer dan vijftien jaar en ik heb Matt Hogan al die tijd nog nooit Chinees zien eten.'

Daar had hij gelijk in, maar Sara wilde beide mannen het voordeel van de twijfel gunnen. Wat hij ook over haar zei, Frank gaf duidelijk veel om Lena. Ze hadden bijna tien jaar samengewerkt. Sara wist uit ervaring dat je niet zo veel tijd met iemand kon doorbrengen en dan gewoon weglopen.

Jeffrey zette de luidspreker aan en draaide een nummer. 'Marla?'

Er klonk een reeks klikkende geluiden toen ze de hoorn oppakte. 'Ja, m'neer?'

'Is Matt al komen opdagen?'

'Nog niet. Ik maak me een beetje zorgen omdat hij ziek is en zo.'

'Zeg hem dat ik hem nodig heb, zodra hij binnenkomt,' beval Jeffrey. 'Wacht er iemand op me?'

Ze liet haar stem dalen. 'Ja. Hij wordt wat ongeduldig.'

'Ik ben er zo.' Hij zette de luidspreker af en mompelde: 'Ik heb hier allemaal geen tijd voor.'

'Jeff...'

'Ik moet gaan kijken wie dat is,' zei hij terwijl hij de kamer uit liep.

Sara liep door de gang achter hem aan, bijna rennend om hem bij te houden. 'Als ik op deze hakken een enkel breek...'

Hij keek even naar haar schoenen. 'Dacht je nou echt hier zomaar even binnen te kunnen lopen en de hoer uithangen en dat ik je dan zou smeken of je terug wilde komen?'

Ze voelde zich gegeneerd, waardoor ze kwaad werd. 'Waarom heb je het over de hoer uithangen als ik het *wil*, maar is het opeens sexy als ik het niet wil en het desondanks doe?'

Hij bleef bij de brandwerende deur staan en liet zijn hand op de lange kruk rusten. 'Dat is niet eerlijk.'

'Vindt u ook niet, dokter Freud?'

'Ik speel hier geen spelletjes, Sara.'

'Dacht je dat ik dat wel deed?'

'Ik weet niet wat je doet,' zei hij, en er lag een hardheid in zijn ogen waarvan ze een koude rilling kreeg. 'Ik kan niet zo doorgaan.'

Ze legde haar hand op zijn arm en zei: 'Wacht even.' Toen hij bleef staan dwong ze zichzelf te zeggen: 'Ik hou van je.'

Spottend zei hij: 'Dank je wel.'

'Kom,' fluisterde ze, 'we hebben toch geen papiertje nodig om te weten wat we voelen?'

'Wat je maar niet wilt begrijpen,' zei hij terwijl hij de deur open rukte, 'is dat ik dat wel nodig heb.'

Ze liep met hem mee naar de kantoorruimte, maar uit een gevoel van eigenwaarde bleef ze daar als aan de grond genageld staan. Een handvol agenten en rechercheurs was terug van patrouille en zat aan verschillende bureaus rapporten te schrijven of te telefoneren. Ze zag Brad en zijn groep kinderen samengedromd bij het koffieapparaat staan, waar hij hen waarschijnlijk onthaalde op een verhaal over het merk filter dat ze gebruikten of hoeveel schepjes je nodig had om een pot koffie te zetten.

Er stonden twee jonge mannen in het halletje, de ene tegen de achtermuur geleund, de andere stond vlak voor Marla. Sara veronderstelde dat degene bij Marla Jeffreys bezoeker was. Smith was jong, waarschijnlijk van Brads leeftijd, en gekleed in een gewatteerd zwart jack dat ondanks de warmte – het was eind augustus – was dichtgeritst. Zijn hoofd was kaalgeschoren, en te oordelen naar wat ze onder dat dikke jack van zijn lichaam kon zien was hij gezond en goed gespierd. Hij keek voortdurend om zich heen; zijn ogen schoten door het vertrek en zijn blik bleef geen enkele keer langere tijd op iemand rusten. Elke twee rondes die zijn blik maakte keek hij naar de voordeur en controleerde de straat. Zijn gedrag had duidelijk iets militairs, en om een of andere reden raakte Sara erg gespannen van zijn gedrag.

Ze zocht het vertrek af en probeerde te zien wat Smith zag. Jeffrey was bij een van de bureaus blijven staan om een agent te helpen. Hij schoof zijn pistoolholster op zijn rug terwijl hij op de rand van het bureau ging zitten en iets in de computer intikte. Brad stond nog steeds te praten bij het koffieapparaat; zijn hand rustte op zijn pepperspray. Ze telde nog vijf agenten, allen bezig met het schrijven van rapporten of het invoeren van gegevens in hun computer. Een gewaarwording van gevaar trok als een bliksemflits door Sara's lichaam. Alles in haar blikveld werd te scherp.

De voordeur maakte een zuigend geluid terwijl hij openging en Matt Hogan kwam binnen. Marla zei: 'Ah, daar ben je. We hebben op je gewacht.'

De jonge man stak zijn hand in zijn jack en Sara gilde: 'Jeffrey!'

Ze draaiden zich allemaal naar haar om, maar Sara keek naar Smith. In een vloeiende beweging trok deze een geweer met een afgezaagde loop te voorschijn, richtte het op Matts gezicht en haalde de beide trekkers over.

Bloed en stukjes hersenen sproeiden tegen de voordeur alsof ze uit een hogedrukslang kwamen. Matt viel achterover tegen het glas, waarbij de ruit in het midden barstte, maar niet brak; zijn gezicht was volledig weggeblazen. Er begonnen kinderen te gillen en Brad liet zich met zijn volle gewicht op hen vallen en drukte hen tegen de grond. Overal knalde geweervuur en een van de agenten zakte met een groot gat in zijn borst voor Sara in elkaar. Door de kogelinslag ging zijn pistool af; het gleed over de vloer. Glas vloog om haar heen terwijl familiefoto's en persoonlijke voorwerpen van bureaus werden geschoten. Computers ploften en verspreidden de scherpe geur van brandend plastic af. Papieren dreven fladderend door de lucht en het geluid van afgevuurde wapens was zo intens dat Sara's oren aanvoelden alsof ze bloedden.

'Naar buiten!' schreeuwde Jeffrey, precies op het moment dat Sara een scherpe steek in haar gezicht voelde. Ze legde haar hand tegen haar wang, die door een stuk metaal was geschampt. Ze lag op de vloer geknield maar kon zich niet herinneren hoe ze daar gekomen was. Ze schoot weg achter een dossierkast; haar keel voelde aan alsof ze glas had ingeslikt.

'Nu!' Jeffrey zat ineengedoken achter een bureau, de vuurmond van zijn pistool een voortdurende explosie van wit terwijl hij probeerde haar dekking te geven. De voorkant van het gebouw trilde van een enorme dreun, en toen nog een.

Achter de brandwerende deur riep Frank: 'Hierheen!' terwijl hij zijn pistool om de deurpost stak en blind in de richting van de balie schoot. Een agent sloeg de deur open, waardoor Frank zijn dekking kwijt was terwijl hij zich rennend in veiligheid bracht. Aan de andere kant van het vertrek werd een tweede agent neergeschoten toen hij de groep kinderen probeerde te bereiken: zijn gezicht was een masker van pijn toen hij tegen een dossierkast in elkaar zakte. Rook en de geur van kruit vulden de lucht, en uit het halletje kwam steeds meer vuur. Angst kreeg Sara in zijn greep toen ze het ratelende *tat-tat-tat* van een automatisch wapen hoorde. De moordenaars waren helemaal uitgerust voor een zwaar vuurgevecht.

'Dokter Linton!' riep iemand. Een paar seconden later voelde Sara twee handjes die zich aan haar nek vastklampten. Maggie Burgess had kans gezien zich van de groep los te maken, en instinctief boog Sara haar lichaam beschermend over dat van het meisje. Jeffrey zag het, pakte zijn pistool uit zijn enkelholster en gaf Sara een teken dat ze moest rennen zodra hij begon te schieten. Ze schopte haar schoenen uit, wachtte naar wat leek uren, tot Jeffrey zijn hoofd boven het bureau uitstak waarachter hij dekking had gezocht en met beide pistolen begon te schieten. Sara sprong naar de branddeur en duwde het kind snel naar Frank. Vloertegels versplinterden en ontploften voor haar voeten terwijl er een regen van kogels rondvloog, en ze kroop op handen en knieën terug tot ze weer veilig achter de dossierkast zat.

Sara controleerde met onbeheerste handgebaren of ze geraakt was. Ze zat onder het bloed, maar ze wist dat het niet het hare was. Frank schopte de deur weer open. Kogels ketsten af tegen de zware stalen plaat en hij beantwoordde het vuur door zijn hand om de lijst te steken en te schieten.

'Maak dat je wegkomt!' herhaalde Jeffrey, die voorbereidingen trof om haar te dekken, maar Sara zag dat een van haar kinderen uit de kliniek zich achter een rij omgevallen stoelen had verstopt. Ron Carver zag er even bang uit als hij was, en Sara stak haar handen op om te voorkomen dat het kind zou gaan rennen voordat het een teken van Jeffrey had gekregen. Zonder te waarschuwen sprintte de jongen echter in haar richting, zijn kin tegen zijn borst gedrukt en zijn armen pompend terwijl de lucht om hem heen explodeerde. Jeffrey opende een snelvuur om de schutter af te leiden, maar een verdwaalde kogel huilde door de lucht en hakte de voet van het kind er vrijwel af. Ron remde nauwelijks af en gebruikte de bloederige stomp die er van zijn enkel over was om zich voort te bewegen.

Hij liet zich in Sara's armen vallen en ze voelde zijn hart als de vleugels van een vogeltje fladderen in zijn borst terwijl ze hem zijn katoenen hemd van het lijf rukte. Ze scheurde de stof in de lengte door en maakte van de mouw een drukverband. De andere helft van het hemd gebruikte ze om zijn voet weer op zijn plaats te zetten, in de hoop dat deze gered zou kunnen worden.

'Zegt u me niet dat ik hier weg moet,' smeekte het kind. 'Dokter Linton, zegt u dat alstublieft niet.'

Ze legde een strenge klank in haar stem: 'Ronny, we moeten hier weg.'

'Alstublieft niet!' kermde hij.

Jeffrey schreeuwde: 'Sara!'

Sara boog zich dicht over de jongen heen en wachtte op het teken van Jeffrey. Het kwam, en ze rende met Ron dicht tegen zich aan gebukt naar de deur.

Halverwege begon de jongen in wilde paniek te schoppen en haar te krabben. Hij gilde zo hard hij kon: 'Nee! Alstublieft niet!'

Ze legde haar hand over zijn mond en dwong zich naar de deur te lopen, zonder veel aandacht voor de pijn die ze voelde toen zijn tanden in het vlees van haar handpalm drongen. Frank stak een arm om de hoek, greep Ron bij zijn hemd en rukte hem weg, de veiligheid in. Hij probeerde ook Sara te grijpen, maar ze rende terug naar de dossierkast, op zoek naar meer kinderen. Een volgende kogel gierde langs haar heen en zonder erbij na te denken schoot ze verder de kamer in.

Twee keer probeerde ze te zien hoeveel kinderen Brad bij zich had, maar met al die kogels en chaos om haar heen raakte ze steeds de tel kwijt. Koortsachtig zocht ze naar Jeffrey.

Hij zat ongeveer vier meter van haar vandaan zijn pistool te herladen. Hun blikken vonden elkaar net voordat zijn schouder naar achteren werd gerukt en hij tegen het bureau smakte. Er viel een plant op de vloer en de pot brak in duizend stukken. Zijn lichaam verkrampte, zijn benen trokken heftig en toen lag hij stil. Nu Jeffrey was uitgeschakeld leek alles afgelopen. Sara dook onder het dichtstbijzijnde bureau, haar oren tuitend van het geweervuur. Het werd stil in het vertrek, afgezien van het gegil van Marla, wier stem als een sirene op en neer ging.

'O god,' fluisterde Sara, in paniek van onder het bureau rondkijkend. Vlak boven de balie zag ze Smith met in elke hand een pistool, het vertrek afspeurend naar beweging. De andere jongeman stond naast hem, een geweer op de voordeur gericht. Smith droeg een kogelvrij vest onder zijn jack, en ze zag nog twee pistolen in holsters op zijn borst. Het geweer met de afgezaagde loop lag op de balie. Beide schutters stonden daar volkomen ongedekt, maar niemand schoot op ze. Sara probeerde zich te herinneren wie er nog meer in het vertrek was, maar weer raakte ze de tel kwijt.

Ver links van haar bewoog iets. Er werd nog een schot afgevuurd en ze hoorde de kets van een kogel die ricocheerde, gevolgd door een zacht gekreun. Het gegil van een kind werd gesmoord. Sara drukte zich plat tegen de vloer en probeerde onder de andere bureaus door te kijken. In de verste hoek lag Brad, die met gespreide armen probeerde de kinderen tegen de vloer te houden. Ze lagen tegen elkaar aan gedrukt, snikkend.

De agent die tegen de dossierkasten was gevallen kreunde en probeerde zijn pistool te heffen. Sara herkende de man als Barry Fordham, een straatagent met wie ze op het laatste politiebal had gedanst.

'Leg neer!' schreeuwde Smith. 'Leg neer!'

Barry probeerde zijn pistool te richten maar had zijn pols niet onder controle. Zijn pistool zwaaide wild heen en weer. De man met het geweer draaide zich langzaam naar Barry om en schoot met angstaanjagende precisie een kogel in het hoofd van de agent. De achterkant van Barry's schedel sloeg met een klap tegen de metalen kast en bleef daar vastzitten. Toen Sara naar de tweede schutter keek had deze zich weer naar de voordeur omgedraaid alsof er niets was gebeurd.

'Nog iemand?' vroeg Smith gebiedend. 'Zeg me wie je bent!'

Sara hoorde achter zich iemand kruipen. Ze zag een flits van kleuren toen een van de rechercheurs naar Jeffreys kamer rende. Hij werd gevolgd door een hagelbui van kogels. Een paar tellen later sneuvelde het raam.

'Blijf waar je bent!' beval Smith. 'Iedereen blijft waar hij is!'

Uit Jeffreys kamer kwam het geschreeuw van een kind, gevolgd door meer geluiden van brekend glas. Vreemd genoeg was het raam tussen Jeffreys kamer en de kantoorruimte niet gebroken. Smith knalde het nu met een enkel schot uit de sponning.

Sara kromp in elkaar toen de enorme glasscherven op de vloer versplinterden.

'Wie is er nog meer?' vroeg Smith, en ze hoorde hoe het geweer opengeklapt en opnieuw geladen werd. 'Laat je gezicht zien of ik help deze oude dame ook naar de andere wereld!'

Marla's geschreeuw werd door een klap afgekapt.

Sara vond Jeffrey ongeveer midden in het vertrek. Ze kon alleen zijn rechterschouder en rechterarm zien. Hij lag op zijn rug. Zijn lichaam bewoog niet. Hij lag in een plas bloed en zijn pistool lag naast hem in zijn hand, waarvan de greep was verslapt. Hij lag vijf bureaus verderop diagonaal van haar vandaan in de kantoorruimte, maar toch zag ze nog zijn Auburnring om zijn vinger.

Rechts van haar klonk een gefluisterd: 'Sara.' Frank zat met getrokken pistool ineengedoken achter de stalen branddeur. Hij gebaarde dat ze naar hem terug moest kruipen, maar Sara schudde haar hoofd. Zijn stem werd een boos gesis terwijl hij herhaalde: 'Sara!'

Ze keek weer naar Jeffrey, wilde dat hij zou bewegen, een teken van leven zou geven. De in de kantoorruimte achtergebleven kinderen zaten nog ineengedoken bij Brad, hun gesnik werd langzaam verstikt door angst. Ze kon geen enkel kind hier achterlaten en maakte dit Frank duidelijk door nogmaals heftig met haar hoofd te schudden. Ze negeerde zijn woedend snuivende ademhaling.

'Wie is er nog over?' snauwde Smith. 'Laat je zien of ik schiet dit ouwe wijf overhoop!' Marla krijste, maar Smith krijste nog harder. 'Wie zit daar godverdomme nog achterin?'

Sara wilde net reageren toen Brad zei: 'Hier.'

Voordat ze zichzelf de tijd kon geven om na te denken rende Sara gebukt naar het dichtstbijzijnde bureau, hopend dat Smith naar Brad keek. Ze hield haar adem in, verwachtend te worden neergeschoten.

'Waar zijn die kinderen?' vroeg Smith.

Brads stem klonk verbazingwekkend kalm. 'We zitten hier. Niet schieten. Hier zijn alleen nog drie kleine meisjes en ik. We zijn niet van plan iets te doen.'

'Sta op.'

'Dat kan ik niet, man. Ik moet voor die kinderen zorgen.'

Marla riep: 'Alsjeblieft, niet...' en haar woorden werden door nog een klap gesmoord.

Sara sloot even haar ogen, denkend aan haar familie, aan alles wat tussen hen ongezegd was gebleven. Toen zette ze hen uit haar hoofd en gingen haar gedachten naar de kinderen die nog in het vertrek waren. Ze keek naar het pistool in Jeffreys hand, vestigde al haar hoop op het wapen. Als ze bij Jeffreys pistool kon komen hadden ze misschien nog een kans. Nog vier bureaus. Jeffrey lag maar vier bureaus van haar vandaan. Aarzelend keek ze weer naar hem. Zijn lichaam lag stil, zijn hand bewoog niet.

De aandacht van Smith was nog steeds op Brad gericht. 'Waar is je pistool?'

'Hier,' zei Brad, en Sara sprong naar het volgende bureau. Ze schoot erlangs, maar zag kans af te remmen en achter een dwarsgelegde dossierkast te duiken. 'Ik zit hier met een stelletje meisjes, man. Ik ben heus niet van plan op je te schieten. Ik heb mijn pistool niet aangeraakt.'

'Gooi het hierheen.'

Sara hield haar adem in en wachtte tot ze Brads pistool over de vloer hoorde schuiven voordat ze naar het volgende bureau rende.

'Niet bewegen!' gilde Smith terwijl Sara slippend achter het volgende bureau tot stilstand kwam. Haar voeten zweetten en ze zag haar eigen bloederige voetafdrukken als een spoor op de vloer. Ze struikelde, maar vond weer haar evenwicht, waarna ze in de open ruimte struikelde en viel.

Marla huilde: 'Alsjeblieft!'
Er klonk een harde klap van vlees tegen vlees. Marla's stoel gaf een afgrijselijk kermend geluid, alsof hij in tweeën brak. Sara zag van onder het bureau hoe Marla's lichaam tegen de vloer sloeg. Speeksel spoot uit haar mond en haar gebit schoof weg over de tegels.
'Niet bewegen, zei ik toch!' herhaalde Smith, die een gemene schop tegen Marla's stoel gaf, waardoor deze wegzeilde en tegen de muur bonkte.
Sara hield haar adem in terwijl ze dichter naar Jeffrey toe kroop. Er stond nog één bureau tussen hen in, maar het stond verkeerd gedraaid, blokkeerde haar weg. Als ze zou rennen zou ze in Smiths vuurlijn terechtkomen. Ze bevond zich bijna recht tegenover de kinderen. Ze zaten drie bureaus van haar vandaan. Ze kon het pistool pakken en... Sara voelde dat haar hart stokte. Wat kon ze doen met dat pistool? Wat kon zij voor elkaar krijgen wat bijna tien agenten niet voor elkaar hadden gekregen?
De verrassing, dacht Sara. Ze had het voordeel van de verrassing. Smith en zijn medeplichtige wisten niet dat ze in het vertrek zat. Ze zou hen verrassen.
'Waar is je reservepistool?' vroeg Smith.
'Ik werk op straat. Ik heb geen tweede...'
'Lieg niet tegen me!' Hij vuurde in Brads richting en in plaats van het gegil dat Sara verwachtte viel er een stilte. Ze keek achter zich onder de bureaus door, probeerde te zien of er iemand was geraakt. Drie paar glazige ogen keken terug. Ze waren in shock geraakt. Ze waren te bang om te schreeuwen.
De stilte vulde het vertrek als gifgas. Sara telde tot eenendertig voordat Smith vroeg: 'Zit je daar nog, man?'
Ze legde haar hand tegen haar borst, bang dat het gebonk van haar hart hoorbaar was. Voorzover ze Brad kon zien bewoog hij niet. In een flits trok het beeld door haar heen terwijl hij daar zat, zijn armen nog steeds om de kinderen heen, zijn hoofd weggeblazen. Ze kneep haar ogen stijf dicht, probeerde het beeld uit haar hoofd te bannen.
Ze bracht de moed op nog eens naar Smith te kijken, die op de plek stond waar Marla haar minder dan tien minuten daarvoor had begroet. In zijn ene hand had hij een 9-mm en in zijn

andere het geweer met de afgezaagde loop. Zijn jack stond open en Sara zag twee lege holsters samen met extra patronen voor het geweer in een riem om zijn borst. Een ander pistool zat in de zak van zijn spijkerbroek en aan zijn voeten lag een lange zwarte plunjezak die waarschijnlijk nog meer munitie bevatte. De tweede schutter stond achter de balie en hield zijn wapen op de voordeur gericht. Zijn lichaam was gespannen, zijn vinger rustte op de zijkant van de trekker van zijn geweer. Hij kauwde op kauwgum, en Sara vond dit zwijgende kauwen zenuwslopender dan de dreigementen van Smith.

Smith herhaalde: 'Zit je daar, man?' Hij zweeg even en probeerde het weer. 'Zit je daar?'

Uiteindelijk zei Brad: 'Ik zit hier.'

Sara liet langzaam haar adem ontsnappen, haar spieren verslapten van de opluchting. Ze drukte zich plat tegen de vloer, wetend dat ze het beste bij Jeffrey kon komen door langs een rij omgesmeten archiefkasten te kruipen. Langzaam zocht ze haar weg over de koude tegels en stak haar hand uit naar de zijne. Haar vingertoppen streken uiteindelijk langs de mouw van zijn jasje. Ze sloot haar ogen en kwam heel langzaam dichterbij.

Het pistool in zijn hand was leeg. Sara had dit kunnen weten als ze er even over had nagedacht. Jeffrey had het herladen toen hij was neergeschoten, en het magazijn was op de vloer gevallen en door de klap in tweeën gebroken. Overal lagen kogels – nutteloze, ongebruikte kogels. Dit had haar niet mogen verbazen, net zoals ze niet verbaasd had horen te zijn toen ze de kilte van zijn huid voelde of, toen haar vingers uiteindelijk op zijn pols rustten, de afwezigheid van een polsslag.

Twee

9:22

'Ethan,' zei Lena terwijl ze de telefoon tussen oor en schouder klemde en de veters van haar nieuwe hoge gympen dichtknoopte. 'Ik moet nu weg.'

'Waarom?'

'Je weet waarom,' snauwde ze. 'Ik kan de eerste dag dat ik weer aan het werk ga niet te laat komen.'

'Ik wil niet dat je dit doet.'

'Echt niet? Want die achttien miljoen andere keren dat je dit zei was het niet erg duidelijk.'

'Weet je?' zei hij, nog steeds beheerst omdat hij dom genoeg was om te denken dat hij het haar uit het hoofd kon praten. 'Je kunt soms zo'n vals wijf zijn.'

'Het heeft behoorlijk lang geduurd voordat je daarachter was.'

Hij begon aan een van zijn kleine tirades, maar Lena luisterde maar half terwijl ze zichzelf in de spiegel op de achterkant van de deur bekeek. Ze zag er vandaag goed uit. Ze had haar haar opgestoken en het pak dat ze de week daarvoor in de uitverkoop had gekocht paste precies bij haar lichaamsbouw. Ze trok het jasje naar achteren en legde haar hand op haar politie-9-mm in zijn holster. Het metaal voelde geruststellend aan.

'Luister je wel?' vroeg Ethan op hoge toon.

'Nee,' zei ze. 'Ik ben een smeris, Ethan. Een rechercheur. Dat ben ik nu eenmaal.'

'We weten allebei wat je bent,' zei hij, nu op scherpere toon. 'En we weten allebei waartoe je in staat bent.' Hij wachtte even en ze beet op haar tong om te voorkomen dat ze op deze provocatie zou ingaan.

Hij veranderde van tactiek. 'Weet je baas dat je me weer ziet?'

'Dat houden we nou niet bepaald geheim.'

Hij had de defensieve klank in haar stem gehoord en sloeg toe: 'Dat vinden ze zeker wel leuk op je werk, hè? Binnen een week doet het verhaal de ronde dat je geneukt wordt door een ex-bajesklant.'

Ze liet haar hand van het pistool glijden en vloekte binnensmonds.

'Wat zei je?'

'Dat verhaal heeft al de ronde gedaan, idioot. Iedereen op het bureau weet het al.'

'Ze weten niet alles,' bracht hij haar met een lage, dreigende stem in herinnering.

Lena keek even op de klok naast haar bed. Ze mocht haar eerste dag niet te laat komen. Het zou al spannend genoeg worden, ook als ze niet vijf minuten te laat kwam aankakken. Frank zou het gebruiken als de zoveelste reden waarom ze er nog niet aan toe was bij de politie terug te komen en Matt, zijn maatje, zou het ermee eens zijn. Vandaag zou voor Lena een zwaarder examen worden dan haar eerste dag in uniform. Net als toen zou iedereen zitten te wachten tot ze een fout maakte. Het verschil was dat ze nu medelijden met haar zouden hebben als ze er een puinhoop van maakte, terwijl ze toen hadden staan juichen. Als ze eerlijk was tegen zichzelf had Lena liever dat gejuich dan medelijden. Als het vandaag niet goed zou gaan wist ze niet wat ze moest doen. Verhuizen, waarschijnlijk. Misschien hadden ze in Alaska een baantje voor haar.

Ze zei tegen Ethan: 'Waarschijnlijk moet ik tot vanavond laat werken.'

'Dat vind ik niet erg,' zei hij, gekalmeerd door de impliciete boodschap dat ze hem later op de avond zou zien. 'Waarom kom je niet hierheen?'

'Omdat het in jouw flat naar kots en pis stinkt.'

'Ik zou naar jou toe kunnen komen.'

'Ja, dat zou enig zijn. Met de lesbische geliefde van mijn dode zuster in de kamer ernaast. Nee, dank je feestelijk.'

'Kom nou, meisje. Ik wil je zien.'

'Ik weet niet hoe laat het wordt,' zei ze. 'En waarschijnlijk ben ik dan moe.'

'Dan kunnen we gewoon slapen,' bood hij aan. 'Dat geeft toch niet? Ik wil je zien.'

Zijn stem klonk nu sussend, maar Lena wist dat hij, als ze zich zou blijven verzetten, vals zou worden. Ethan was nog maar drieëntwintig, bijna tien jaar jonger dan zij, en hij moest nog leren dat een nacht apart niet het einde van hun verhouding betekende. Hoewel Lena soms wenste dat het zo gemakkelijk zou zijn met hem te breken. Misschien kon ze, nu ze weer werk had en haar hersens weer door iets dringenders dan het dagelijkse tv-programma in beslag werden genomen, zich nu eindelijk van hem losmaken.

'Lena?' vroeg Ethan, alsof een zesde zintuig hem had verteld dat ze overwoog bij hem weg te gaan. 'Ik hou heel veel van je, liefje.' Zijn stem werd nog zachter. 'Kom vanavond langs. Dan maak ik eten, en misschien wat wijn...?'

'Ik ben de vorige maand niet ongesteld geworden.'

Hij zoog hoorbaar lucht naar binnen en het enige wat haar speet was dat ze zijn gezicht niet kon zien.

'Dat is niet grappig.'

'Denk je dat ik een grapje maak?' vroeg ze. 'Ik ben drie weken over tijd.'

Uiteindelijk opperde hij: 'Het kan van de spanning komen, toch?'

'Ja, en ook van sperma.'

Hij zei niets; zijn ademhaling was het enige geluid op de lijn.

Ze forceerde zich tot iets wat op een lachje leek. 'Hou je nog steeds van me, liefje?'

Zijn stem klonk gespannen en beheerst. 'Doe nou niet zo.'

'Luister eens,' zei ze, wensend dat ze er nooit over was begonnen. 'Maak je geen zorgen, oké? Ik regel wel iets.'

'Wat betekent dat?'

'Het betekent wat het betekent, Ethan. Als ik...' Ze kreeg het woord er niet uit. 'Als er iets is gebeurd, neem ik mijn maatregelen.'

'Je kunt toch niet...'

De telefoon piepte, en Lena was nog nooit in haar leven zo dankbaar geweest voor een wisselgesprek. 'Ik moet dit aannemen. Ik zie je nog wel.' Voor Ethan nog iets kon zeggen zette ze het toestel over op het andere gesprek.

'Lee?' zei een raspende stem. Lena sloot haar ogen en bedacht dat ze beter af was geweest als ze het bij Ethan had gehouden.

'Hé, Hank.'

'Gefeliciteerd met je verjaardag, meisje!'

Ze glimlachte, waarna ze zich weer in de hand kreeg.

'Heb je mijn kaart gekregen?'

'Ja,' zei ze tegen haar oom. 'Dank je.'

'Heb je iets leuks voor jezelf gekocht?'

'Ja,' herhaalde Lena terwijl ze het jasje rechttrok. De tweehonderd dollar die ze van Hank had gekregen had ze beter aan levensmiddelen of de afbetaling van haar auto kunnen besteden, maar Lena had het geld nu eens over de balk gegooid. Vandaag was een belangrijke dag. Ze was weer smeris.

Haar mobieltje rinkelde, en op het scherm zag ze dat het Ethan was, die haar vanaf zijn mobieltje belde. Hij bleef doorbellen.

Hank vroeg: 'Moet je dat per se aannemen?'

'Nee,' zei ze, zette het rinkelende toestel uit en stopte het in de zak van haar jasje. Ze deed de deur van de slaapkamer open en liep de gang in terwijl Hank aan zijn gebruikelijke verjaardagsverhaal begon: dat de dag dat Lena en haar tweelingzus Sibyl bij hem waren komen wonen de gelukkigste dag van zijn leven was geweest. In de badkamer bleef ze even staan en bekeek zichzelf nog eens in de spiegel. Ze had donkere kringen onder haar ogen, maar de iets gekleurde foundation die ze had gebruikt had dit probleem enigszins verholpen. Er viel niets te doen aan de diepe paarse inkeping in haar onderlip, waar ze te hard op had gebeten zodat hij was gespleten.

In de lijst van de spiegel zat een foto van Sibyl geschoven. Hij was ongeveer een maand voordat ze was vermoord genomen, en Lena wilde hem eigenlijk weghalen, maar het was niet haar huis. Zoals bijna elke ochtend vergeleek Lena de foto van haar tweelingzus met haar eigen beeld in de spiegel, en niet echt tot haar genoegen. Toen Sibyl stierf hadden ze er vrijwel identiek uitgezien. Nu waren Lena's wangen hol en was haar donkere haar niet meer zo dik of glanzend. Ze zag er een stuk ouder uit dan drieëndertig, maar dat uiterlijk kreeg ze meer door de hardheid in haar blik dan door iets anders. Haar huid straalde niet meer zoals vroeger, maar Lena hoopte dat dat terug zou komen. Ze rende elke dag een stuk en trainde bijna elke avond met Ethan met gewichten in de sportschool.

Het gesprek in de wacht piepte weer; Lena knarste met haar tanden en wenste dat ze Ethan niets over haar ongesteldheid had verteld. Ze was nooit regelmatig geweest, maar ook nog nooit zo laat. Misschien kwam het doordat ze zoveel trainde, trainde om weer klaar te zijn voor haar werk. De afgelopen zes weken was het geweest alsof ze zich op een marathon voorbereidde. En bovendien had Ethan gelijk wat die spanning betrof. Ze had de laatste tijd erg onder spanning gestaan. Ze had de afgelopen twee jaar erg onder spanning gestaan.

Lena drukte haar hand tegen haar ogen. Ze zou er niet over nadenken. Vorig jaar had een behoorlijk goeie psych haar verteld dat ontkenning soms goed kon zijn. Vandaag was het zonder meer een goede dag om te doen alsof ze van niets wist. Morgen zou ze erover nadenken. Acht, barst! Misschien zou ze er pas volgende week over nadenken.

Ze onderbrak Hank, die een paar belangrijke details had weggelaten, zoals het feit dat hij aan de speed en de alcohol was geweest toen de sociale dienst Sibyl en Lena bij hem op schoot had laten belanden – en dat was dan nog maar het goede deel van het verhaal. 'Hoe is het dit weekend gegaan?'

'Beter dan ik had verwacht,' zei Hank, die aangenaam getroffen klonk. Hij had The Hut, zijn vervallen café aan de rand van het ellendige stadje waar Lena was opgegroeid, verbouwd tot een karaokebar voor de weekends. Gezien Hanks reguliere klantenkring was dit een beetje een gok geweest, maar zijn succes was ook een bewijs geweest van de theorie die Lena er al tijden op nahield: dat een dronken boerenpummel alles prachtig vond zodra de verlichting maar werd gedempt.

'Schatje,' begon Hank, nu op serieuze toon. 'Ik weet dat vandaag een grote dag voor je is en zo...'

'Het stelt niet veel voor,' zei ze. 'Echt niet.'

'Je hoeft niet zo flink tegen me te doen,' zei hij, plotseling opvliegend. Soms leek hij zo op haar dat Lena opeens schrok als hij iets zei.

'Maar goed,' zei Hank, 'ik wil alleen maar weten of je iets nodig hebt...'

'Nee hoor,' viel ze hem in de rede; ze wilde dit gesprek niet nog eens.

'Laat me verdomme even uitspreken,' snauwde hij. 'Ik probeer alleen maar te zeggen dat als je iets nodig hebt, ik voor je klaarsta. Het gaat niet alleen om geld of zo, maar je weet dat je dat ook kunt krijgen als je het nodig hebt.'

'Nee hoor,' herhaalde ze, denkend dat er eerder kalveren op het ijs zouden dansen dan dat ze zich tot haar oom Hank zou wenden voor hulp voor wat dan ook.

De telefoon piepte weer en Lena negeerde het opnieuw. Ze liep de keuken in en zou weer terug zijn gelopen als Nan niet haar arm had gepakt.

'Gefeliciteerd!' zei Nan, van pure blijdschap in haar handen klappend. Ze pakte een doosje lucifers uit de zak van haar schort en Lena keek toe terwijl ze de ene kaars op een gele taart met wit glazuur aanstak. Er stond nog een taart met eenzelfde kaars op de ontbijtbar, maar die liet Nan voor wat hij was.

Nan begon te zingen: 'Er is er een jarig,' en Lena zei tegen Hank: 'Ik moet nu echt weg.'

'Nog gefeliciteerd!' zei hij, bijna op hetzelfde moment als Nan.

Lena hing op. Vrijwel meteen hierop begon de telefoon weer te rinkelen, en ze nam hem op en zette hem meteen weer uit terwijl Nan de laatste woorden zong.

'Dank je.' Lena blies de kaars uit en hoopte van harte dat Nan niet van haar verwachtte dat ze iets zou eten. Haar maag voelde aan alsof ze een steen had ingeslikt.

'Heb je een wens gedaan?'

'Ja,' zei Lena, die het beter vond haar niet te vertellen wat.

'Ik weet dat je te zenuwachtig bent om ervan te eten,' zei Nan terwijl ze het papier van de kleine ronde taart pelde. Ze glimlachte terwijl ze een grote hap nam. Soms had Nan zo'n geweldige intuïtie dat Lena er een onbehaaglijk gevoel van kreeg – alsof ze een oud echtpaar waren.

Nan vroeg: 'Kan ik iets voor je doen?'

'Nee, dank je,' zei Lena terwijl ze zichzelf een kop koffie inschonk. Het koffieapparaat was een van de weinige dingen die Lena in het gemeenschappelijke deel van het huis liet staan. Meestal zat ze in haar eigen kamer opgesloten, lezend of kijkend naar de kleine zwart-wittelevisie die ze gratis van de bank had gekregen toen ze een nieuwe rekening had geopend.

Lena was uit pure noodzaak bij Nan ingetrokken, maar hoe Nan ook haar best deed het haar naar de zin te maken, Lena had sterk het gevoel dat ze hier niet hoorde. Nan was een perfecte huisgenote, als je dat soort perfectie aankon, maar Lena had nu eindelijk het stadium bereikt dat ze een eigen huis met haar eigen spullen wilde. Ze wilde een spiegel waar ze 's morgens in kon kijken zonder het afgelopen anderhalf jaar in haar gezicht gesmeten te krijgen. Ze wilde dat Ethan uit haar leven verdween. Ze wilde van die steen in haar maag af. Voor het eerst in haar leven wilde ze ongesteld worden.

De telefoon ging weer over. Lena drukte snel achter elkaar een paar knoppen in, waardoor het gerinkel ophield.

Nan nam nog een hap van de taart terwijl ze Lena over de heuvel glazuur aankeek. Ze kauwde traag en slikte. 'Wat jammer dat je nu make-up moet dragen. Je hebt een prachtige huid.'

De telefoon ging weer en Lena zette hem uit. 'Dank je.'

'Weet je,' Nan ging aan de keukentafel zitten, 'ik vind het niet erg als Ethan af en toe een nachtje blijft.' Ze maakte een weids gebaar met haar arm. 'Dit is ook jouw huis.'

Lena probeerde de glimlach te beantwoorden. 'Er zit glazuur op je lip.'

Nan veegde met een servetje haar mond af. Ze zou hiervoor nooit de rug van haar hand gebruiken of haar lip aflikken. Nan Thomas was de enige die Lena ooit had ontmoet die een doos met servetjes op tafel had staan. Lena was zelf netjes en ze wilde wel degelijk alles graag keurig op orde hebben, maar het had iets onthutsends zoals Nan iets niet gewoon op zijn plaats kon leggen. Ze moest er met alle geweld altijd een gehaakt kleedje over leggen, bij voorkeur een met kwastjes of een teddybeer.

Nan nam de laatste hap van de taart en gebruikte het servetje om de kruimels van de tafel te vegen. In de hierop volgende stilte keek ze Lena aan. De telefoon ging weer.

'Zo,' zei Nan. 'Een grote dag vandaag. Je eerste dag terug.'

Lena nam de telefoon op en zette hem weer uit. 'Ja.'

'Denk je dat ze er een soort feestje van maken?'

Lena lachte snuivend. Frank en Matt hadden allebei meer dan duidelijk gemaakt dat Lena niet meer bij de politie hoorde. De meeste dagen wist Lena niet zeker of ze het al dan niet met hen eens was, maar toen ze die ochtend haar holster aan haar riem had gehangen en haar handboeien had vastgeklikt had Lena het gevoel gehad dat ze terugviel op het normale patroon in haar leven.

De telefoon ging weer en Lena drukte weer de knoppen in. Ze keek naar Nan om haar reactie te peilen, maar Nan was bezig het papier van haar taart tot een net vierkantje te vouwen, alsof het een doodgewoon moment in haar doodgewone leven was. Als Nan Thomas ooit besloot bij de politie te gaan, zouden de misdadigers in de rij staan om te bekennen. Als ze voor een leven als misdadiger zou kiezen, zou het godsonmogelijk zijn haar ooit te pakken.

'Hoe dan ook,' pakte Nan de draad weer op, 'je hoeft niet te verhuizen. Ik vind het prima om je hier te hebben.'

Lena keek naar het eenzame taartje op de bar. Nan had er twee gekocht: een voor Lena en een voor Sibyl.

'Ze hadden bij de bakkerij een aanbieding: twee voor de prijs van een,' zei Nan, maar ze corrigeerde zichzelf: 'Nee, ik lieg. Sibyl was gek op deze taartjes. Het was het enige zoete wat ze ooit at. Ik heb het volle bedrag betaald.'

'Dat vermoedde ik al.'

'Sorry.'

'Je hoeft je niet te excuseren.'

'O, dat weet ik.' Nan liep naar de afvalbak; hij was met groene en gele konijntjes versierd, die bij haar schort pasten. 'Maar ik ben wel voor je naar de bakker geweest. Ik wilde iets voor je kopen om het te vieren. Maar omdat ze dood is...'

'Ik weet het, Nan. Dank je. Ik stel het echt op prijs.'

'Daar ben ik blij om.'

'Goed,' zei Lena, die zich ertoe zette in Nans rustige ogen te kijken. Hoe overdreven netjes ze ook was, ze maakte nooit haar bril schoon. Lena zag de vingerafdrukken op twee meter afstand. Maar achter de glazen hadden Nans uilachtige ogen iets doordringends, en Lena hield haar kaken op elkaar geklemd terwijl ze vocht tegen de neiging bij haar te biecht te gaan.

Nan zei: 'Het is gewoon moeilijk zonder haar. Dat weet je. Je weet hoe het is.'

Lena knikte terwijl er een brok omhoogkwam in haar keel. Ze probeerde hem met een grote slok koffie terug te dringen, maar brandde uiteindelijk alleen maar haar verhemelte.

'Het punt is dat het leuk is om je hier te hebben.'

'Ik waardeer het erg dat je me hier zo lang laat blijven.'

'Eerlijk, Lee, je kunt eeuwig blijven. Mij zit je niet in de weg.'

'Nee,' wist Lena boven haar kop koffie uit te brengen. Wat zou Nan van een kind vinden? Lena kreunde inwendig. Nan zou het waarschijnlijk heerlijk vinden een kind te hebben, ze zou er waarschijnlijk sokjes voor breien en het elk jaar met Halloween iets krankzinnigs aantrekken. Ze zou parttime gaan werken bij de bibliotheek en het helpen grootbrengen, en ze zouden een gelukkig getrouwd stelletje zijn tot Lena zo oud was dat haar tanden zouden uitvallen en ze een rollator nodig zou hebben om zich te verplaatsen.

Als om haar te herinneren aan de rol van Ethan in het geheel ging de telefoon. Lena legde hem het zwijgen op.

Nan vervolgde: 'Sibyl zou graag hebben gezien dat je hier woonde. Ze wilde je altijd beschermen.'

Lena schraapte haar keel en voelde dat haar over haar hele lichaam het zweet uitbrak. Had Nan het geraden?

'Je beschermen tegen dingen waarvan je misschien denkt dat je ze aankunt, maar die je eigenlijk niet aankunt.'

De telefoon ging. Lena zette hem aan en uit zonder naar het schermpje te kijken.

'Het is prettig om iemand in de buurt te hebben die Sibyl heeft gekend,' ging Nan door. 'Iemand die van haar hield en' – ze zweeg even toen de telefoon ging en Lena hem afzette – 'om haar gaf. Iemand die weet hoe vreselijk het is dat ze er niet meer is.' Ze zweeg weer, maar ditmaal niet vanwege de telefoon. 'Je ziet er niet eens meer uit zoals zij.'

Lena keek omlaag naar haar handen. 'Dat weet ik.'

'Ze zou het vreselijk hebben gevonden, Lee. Dat zou ze vreselijker hebben gevonden dan al het andere.'

Ze begonnen allebei in te storten, ieder om haar eigen redenen, en toen voor de honderdste keer de telefoon ging nam Lena op, alleen maar om de impasse te doorbreken.

'Lena,' blafte Frank Wallace. 'Waar heb jij godverdomme uitgehangen?'

Ze keek naar de klok boven het fornuis. Ze hoefde pas over een halfuur op het bureau te zijn.

Frank wachtte haar antwoord niet af. 'We zitten hier op het bureau met een gijzeling. Zorg dat je als de sodemieter hier komt.'

De hoorn kwam met een klap in haar oor neer.

Nan vroeg: 'Wat is er?'

'Er is een gijzeling,' zei Lena, terwijl ze de telefoon op de tafel legde en vocht tegen de aanvechting haar hand op haar borst te leggen, waar haar hart zo hard bonkte dat ze het in haar hals voelde. 'Op het bureau.'

'O, god,' hijgde Nan. 'Ik kan het niet geloven. Is er iemand gewond?'

'Dat zei hij niet.' Lena sloeg de rest van de koffie achterover, hoewel haar adrenaline deze aanmoediging niet nodig had. Ze zocht op de bar naar haar sleutels, haar zenuwen gespannen.

Nan vroeg: 'Weet je nog wat er in Ludowici is gebeurd?'

'Liever niet,' zei Lena, die voelde hoe haar hart bleef stilstaan. Zes jaar daarvoor had in een county in de buurt een stelletje gevangenen kans gezien een van de agenten te grijpen die door het cellenblok liep. Ze hadden hem met zijn eigen pistool afgemaakt en zijn sleutels gebruikt om uit te breken. De belegering had drie dagen geduurd en vijftien gevangenen waren gewond geraakt of gedood. Er waren vier politieagenten om het leven gekomen. In gedachten liep Lena alle agenten langs die ze op het bureau kende en vroeg zich af of er iemand gewond was geraakt.

Lena zocht haar zakken af, hoewel ze besefte dat ze de hele ochtend haar sleutels niet had gezien.

Weer ging de telefoon.

Lena vroeg: 'Waar zijn mijn...'

Nan wees op een haakje in de vorm van een eend bij de achterdeur. De telefoon ging een tweede keer en Nan nam op zonder te antwoorden. 'Wat moet ik hem zeggen?'

Lena graaide haar sleutels van de snavel van de eend. Ze ontweek Nans blik terwijl ze de deur opendeed en zei: 'Zeg maar dat ik naar mijn werk ben.'

Lena reed haar Celica door Main Street, verbaasd dat het stadje uitgestorven was. Heartsdale was niet echt een drukke metropool, maar zelfs op maandagochtend zag je gewoonlijk wel een paar mensen op de stoep lopen of gehaast fietsende studenten. Aan het einde van de straat was een kruispunt met stoplichten, en Lena reed langzaam door, zoekend naar tekenen van beschaving. De lamp achter het bordje OPEN van de winkel in huishoudelijke artikelen was uitgeschakeld en bij de kledingzaak was een stuk papier met een haastig gekrabbeld GESLOTEN op de etalage geplakt. Twee patrouillewagens van Grant County blokkeerden de weg zes meter voor haar, en ze parkeerde haar auto op een van de lege plekken voor de cafetaria. Lena stapte uit met de gedachte alsof ze in een spookstad stond. De lucht was roerloos en stil, bijna afwachtend. Terwijl ze parkeerde keek ze langs haar spiegelbeeld naar binnen in de niet-verlichte cafetaria. Stoelen stonden ondersteboven op tafels en het menu voor een dollar was van het zuignapje tegen de etalageruit gevallen. Dat was niets nieuws; de cafetaria was nu al een jaar dicht.

Verder op de weg zag ze twee politiewagens zonder merktekenen voor Stomerij Burgess staan, recht tegenover het bureau. Op de parkeerplaats van de kinderkliniek bevonden zich nog een paar politiewagens en drie patrouillewagens stonden diagonaal achter elkaar voor het bureau. De hoofdingang van de universiteit was geblokkeerd door een Chevrolet van de bewakingsdienst van de campus, maar de bewaker die zich bij de auto had moeten bevinden was nergens te bekennen.

Lena keek op de stoep de straat af, waar het zo rustig was dat je er een kanon kon afschieten. De ramen van de stomerij waren bijna zwart getint, en zelfs van dichtbij kon je moeilijk naar binnen kijken. Ze stelde zich voor dat dit de plaats was waar Jeffrey zijn commandopost had ingericht. Achter de gevangenis lag alleen nog een langgerekte parkeerplaats, en de gevangenen hadden waarschijnlijk de deuren al gebarricadeerd. De stomerij was de enige positie die voor de hand lag.

Ze zei de geüniformeerde agent die bij de patrouillewagens stond gedag. Hij keek de straat af, gezien zijn positie in de verkeerde richting.

Hij draaide zich met zijn hand op zijn pistool om. De spanning straalde als bedorven lucht van hem af.

Ze stak haar handen uit. 'Ik ben op weg naar mijn werk. Kalm aan.'

Zijn stem trilde. 'Ben jij rechercheur Adams?'

Ze herkende de man niet, maar zelfs als ze hem wel had gekend betwijfelde Lena of ze veel kon zeggen om hem te kalmeren. Zijn gezicht was asgrauw, en als het hem al zou lukken zijn pistool te trekken zou hij zich waarschijnlijk in zijn voet schieten voordat hij kans zou zien op iemand te richten.

'Wat is er aan de hand?' vroeg ze.

Hij schakelde zijn schoudermicrofoon in. 'Rechercheur Adams is hier.'

De reactie van Frank kwam bijna onmiddellijk. 'Stuur haar achterom.'

'Ga door dat warenhuis,' zei de agent. 'De achterdeur van de stomerij is open.'

'Wat is er aan de hand?'

Hij schudde zijn hoofd en ze zag zijn adamsappel op en neer gaan toen hij slikte.

Lena deed wat haar gezegd was en liep door de hoofdingang van de Shop-o-rama. Er hing een koebel boven de deur en ze voelde de harde klank tot in haar tanden. Ze stak haar arm op en hing de bel weer stil voordat ze de lege winkel betrad. Een halfgevulde boodschappenmand stond midden in de middelste gang, alsof iemand die net boodschappen deed hem daar ter plekke had achtergelaten. Iemand was bezig geweest een groen neonbord met een speciale aanbieding zonnebrandcrème op te hangen, maar had het aan een dunne draad aan één hoek laten bungelen. Alle lampen brandden, het neonbord van de apotheek was helder verlicht, maar de winkel was uitgestorven. Zelfs de griezel met zijn stroblonde haar die altijd aan het bureau in het kantoortje zat was nergens te bekennen.

De deuren naar het magazijn maakten een zuigend geluid toen ze ze openduwde. Rijen dozen met verschillende aanduidingen stonden van vloer tot plafond tegen de muren: tandpasta, wc-papier, tijdschriften. Lena was verbaasd dat er niet een of andere ondernemende jongen van de universiteit had bedacht dat de winkels wijd open stonden en niet werden bewaakt. Ze had een paar maanden op Grant Tech gewerkt en wist uit ervaring dat die hufters meer tijd kwijt waren met elkaar bestelen dan met studeren.

De achterdeur stond wijd open, en Lena knipperde met haar ogen tegen het meedogenloze zonlicht. Het zweet droop langs haar nek, maar ze wist niet of het door de hitte of door haar eigen angst kwam. Haar schoenen knerpten in het grind terwijl ze naar de stomerij liep, waar twee geüniformeerde agenten op wacht stonden. Een van hen was een tamelijk kleine, aantrekkelijke vrouw die waarschijnlijk Lena's baan zou hebben gekregen als Lena niet was teruggekomen. De andere was een jonge man die er nog zenuwachtiger uitzag dan die bij de patrouillewagens.

Lena haalde haar penning te voorschijn en identificeerde zich, hoewel ze de vrouw wel kende. 'Rechercheur Adams.'

'Hemming,' zei de vrouw, die haar hand op haar holster liet rusten. Ze staarde Lena openlijk aan en ondanks de omstandigheden slaagde ze erin haar weerzin duidelijk te laten blijken. Ze stelde haar partner niet voor.

Lena vroeg: 'Wat is er aan de hand?'

Hemming gebaarde met haar duim in de richting van de stomerij. 'Daar zitten ze.'

Door de koele lucht binnen droogde het zweet in haar nek vrijwel meteen op. Lena baande zich een weg langs de rijen wasgoed die lagen te wachten om opgehaald te worden. De geur van chemicaliën was overweldigend, en ze begon te hoesten toen ze langs de stijfselafdeling kwam. De industriële strijkbouten stonden nog aan en gaven een hitte af als van open vuur. De oude Burgess was nergens te zien en het was vreemd dat hij alles zo had achtergelaten. Lena schakelde in het voorbijgaan de strijkbouten uit en keek naar een groep mannen drie meter van haar vandaan. Ze stond bij de laatste strijkmachine toen ze de donkerbruine broeken en donkerblauwe hemden van het Georgia Bureau of Investigation herkende. Ze waren er snel bij. Nick Shelton, de agent van het bureau in Grant County, stond met zijn rug naar Lena toe, maar ze herkende hem aan zijn cowboylaarzen en zijn gemillimeterde haar.

Ze zocht het vertrek af naar andere agenten van Grant County. Pat Morris, een gewoon agent die kortgeleden tot rechercheur was gepromoveerd, zat met een zak ijs tegen zijn oor gedrukt op een reusachtige koelkast. Zijn peenrode haar zat tegen zijn hoofd geplakt. Smalle rode lijntjes bloed liepen over zijn gezicht en Molly, de verpleegster van de kinderkliniek, was met watten in de weer. Afgezien van een geüniformeerde agent bij de inpaktafel was Frank de enige andere agent van de county.

'Lena,' zei Frank terwijl hij haar met een handgebaar bij zich riep. Er zaten vegen bloed op zijn hemd, maar voorzover Lena kon zien was het niet het zijne. Hij zag er hondsberoerd uit, en Lena had geen idee hoe hij het voor elkaar kreeg rechtop te blijven staan, laat staan te proberen dit hele gedoe samen met Nick te regelen.

Op de tafel voor hem lag een ruwe plattegrond van wat het bureau moest zijn. Rode en zwarte X'en verdrongen elkaar in de gebieden bij het koffieapparaat en de branddeur, elk voorzien van een stel initialen om iemand te identificeren. Ze veronderstelde dat de liggende rechthoeken en schuine vierkanten bureaus en dossierkasten voorstelden. Als die plattegrond klopte, was het een behoorlijke puinhoop in het vertrek.

'Jezus,' zei ze, zich afvragend hoe de gevangenen kans hadden gezien de kantoorruimte in te nemen.

Nick wenkte haar dichterbij terwijl hij de laatste hand legde aan de tekening van een lange rechthoek voor de dossierkasten onder het raam van Jeffreys kamer. 'We wilden net gaan beginnen.' Hij wees naar de plattegrond en vroeg Pat: 'Lijkt dit er een beetje op, kerel?'

Pat knikte.

'Goed.' Nick liet de pen op de tafel vallen en gaf Frank een teken met zijn verhaal te beginnen.

'De schutter stond hier met zijn medeplichtige te wachten.' Frank wees op twee punten in het halletje. 'Om ongeveer negen uur kwam Matt binnen. Hij werd van heel dichtbij in zijn hoofd geschoten.'

Lena legde haar hand op de tafel om steun te zoeken. Ze keek naar het bureau aan de overkant van de straat. De voordeur stond een paar centimeter open, maar ze wist niet waardoor hij werd opengehouden.

Frank wees op een bureau bij de branddeur. 'Hier zat Sara Linton.'

'Sara?' vroeg ze, niet in staat hem te volgen. Hoe was dit gebeurd? Wie zou Matt Hogan willen neerschieten? Ze was ervan uitgegaan dat de gevangenen in opstand waren gekomen, niet dat er iemand van buiten was gekomen om in koelen bloede te moorden.

Frank vervolgde: 'We hebben twee kinderen naar buiten gekregen.' Hij wees op andere rode X'en bij de deur. 'Burrows, Robinson en Morgan zijn in de eerste minuut neergeschoten.' Hij knikte naar Pat. 'Morris heeft kans gezien het raam van Jeffreys kamer eruit te slaan en nog drie kinderen naar buiten te halen. Keith Anderson sprong door de branddeur over me heen. Hij is in zijn schouder geraakt. Ze zijn hem nu aan het opereren.'

Toen ze in staat was te spreken vroeg Lena: 'Zaten er kinderen?'

Nick informeerde haar: 'Brad gaf ze een rondleiding door het bureau.'

Lena slikte en probeerde genoeg speeksel in haar mond te krijgen om te praten. 'Hoeveel zitten er nog?'

'Drie,' zei Nick, wijzend op de drie kleine zwarte X'en naast een grotere. 'Dit is Brad Stephens.' Hij wees op de andere. 'Sara Linton, Marla Simms, Barry Fordham.' Zijn vinger bleef hangen bij een zwarte X naast een dossierkast die Fordham aanduidde. Er stond een vraagteken naast. Lena wist dat Barry een gewone straatagent was, met acht dienstjaren erop en een vrouw en een kind had.

Nick zei: 'Barry is gewond geraakt, we weten niet hoe ernstig. Er is nog een schot gelost, ongeveer een kwartier geleden. We denken dat het een automatisch geweer was. Van twee andere agenten weten we niets. We denken dat er niemand meer is.' Hij corrigeerde zichzelf: 'Althans, niemand in leven.'

Frank hoestte in zijn zakdoek; zijn borst ratelde als een ketting. Hij veegde zijn mond af voor hij verder praatte. 'Er kwamen twee patrouillewagens terug toen het allemaal net was begonnen.' Hij wees de auto's op de kaart aan. Lena zag ze nog voor het bureau geparkeerd staan, samen met een derde die ze herkende als die van Brad, die op zijn normale plek stond. Op straat had ze ze niet zien staan, maar vanaf dit uitkijkpunt zag ze vier agenten achter de patrouillewagens gehurkt zitten, hun pistolen op het gebouw gericht.

Frank vervolgde: 'De oude Burgess kwam met zijn geweer naar buiten.' Hij bedoelde de oude man die eigenaar van de stomerij was. Burgess had al behoorlijk wat moeite met het optillen van haar wasgoed. Ze kon zich hem niet met een geweer voorstellen. 'Zijn kleindochter zat daar,' zei Frank. 'Ze was de eerste die Sara naar buiten kreeg.' Hij zweeg even, en Lena zag hoeveel pijn het hem deed te denken aan wat er was gebeurd. 'Burgess probeerde door het glas te schieten, maar...'

'Het is kogelvrij,' herinnerde Lena zich.

'Het hield,' zei Frank tegen haar. 'Maar een ricochet raakte Steve Mann, die daar bij de winkel in huishoudelijke artikelen stond. Daarna heeft iedereen zich teruggetrokken.'

Nick zei: 'Burgess en de agenten die van patrouille terugkwamen hebben de schutters binnen min of meer ingesloten.' Hij wees op een plaats achter de balie, waar Marla altijd zat. 'Voorzover we weten staat de tweede schutter hier achter de balie de voordeur te bewaken terwijl de andere de gijzelaars in bedwang houdt.'

Lena keek weer naar de straat. De ramen van het bureau waren van getint glas, maar niet zo donker als die van de stomerij. Er zaten witte kogelinslagen en spinnenwebben waar de hagel niet door het glas heen was gedrongen. Ze nam aan dat de vlekken aan de binnenkant het bloed van Matt waren. Er lag een donkerder, solide massa op de vloer: een hoofdloze gestalte, van achteren gezien. De deur werd door het gewicht van Matts lichaam gedeeltelijk opengehouden.

Ze dwong zich om zich om te draaien en vroeg: 'Hebben jullie hun auto gevonden?'

'Dat zijn we nu aan het controleren,' zei Nick. 'Ze stonden waarschijnlijk op de campus geparkeerd en zijn toen naar het bureau gelopen.'

'Wat zou betekenen dat ze hier al eerder zijn geweest,' gokte Lena. Ze vroeg Frank en Pat: 'Hebben jullie iemand van die twee herkend?'

Ze schudden allebei ontkennend het hoofd.

Ze keek weer naar de plattegrond. 'Jezus.'

'Die eerste kerel heeft minstens drie wapens. Het geweer met de afgezaagde loop heeft hij voor Matt gebruikt, waarschijnlijk een Wingmaster.' Nick zweeg even vol ontzag. 'De tweede schutter heeft dat gewone geweer.'

'Daarmee kom je met de juiste patronen door dat glas heen,' zei Lena, er half en half van overtuigd dat de schutters wel meer hadden gedaan dan een vluchtige verkenning van het bureau.

'Inderdaad,' bevestigde Nick. 'Hij heeft het tegen niemand op straat gebruikt.'

Frank voegde hieraan toe: 'Nog niet.'

'We proberen contact met ze te leggen, maar ze nemen de telefoon niet op.' Nick wees op een van zijn mannen, die met een telefoon tegen zijn oor stond. 'Op het ogenblik is er een onderhandelaar op weg uit Atlanta. Met de helikopter zou er binnen een uur een ploeg hier moeten zijn.'

Lena bestudeerde de straat, en vroeg zich af waarom dit allemaal in godsnaam was begonnen. Grant werd geacht een klein, slaperig stadje te zijn. De mensen gingen hier juist heen om aan dit soort geweld te ontsnappen. Jeffrey had haar lang geleden verteld dat de reden waarom hij vanuit Birmingham hier was komen werken was dat hij de verschrikkingen van de grote stad niet meer kon verdragen. Te oordelen naar wat Lena zag waren ze hem achternagekomen.

Een koude rilling liep over haar rug. In het centrum van de plattegrond stond een rode X, met twee initialen ernaast. Lena's blik werd troebel en ze kon het niet lezen. Toen ze weer opkeek stond iedereen haar aan te staren. Ze schudde haar hoofd, glimlachend alsof dit een heel slechte grap was. 'Nee,' zei ze terwijl ze de initialen op haar netvlies gebrand voor zich zag en ze nu duidelijk kon lezen, hoewel ze niet meer naar de plattegrond keek. 'Nee.'

Frank draaide haar zijn rug toe, hoestend in zijn zakdoek.

Lena pakte de zwarte pen. 'Jullie hebben je vergist,' zei ze terwijl ze de dop eraf rukte. 'Dat moet zwart zijn.' Ze wilde de rode lijntjes overtrekken maar haar hand trilde te erg.

Nick nam de pen uit haar hand. 'Hij is dood, Lena.' Hij legde zijn hand op haar schouder. 'Jeffrey is dood.'

Drie

1991

Zondag

Tessa liet zich met door de lucht maaiende benen op het bed vallen. 'Ik kan niet geloven dat je zonder mij naar Florida gaat.'

Sara reageerde met een afwezig 'mm-mm' terwijl ze een T-shirt opvouwde.

'Wanneer ben je voor het laatst op vakantie geweest?'

'Dat weet ik niet meer,' zei ze, maar ze wist het wel. De zomer dat Sara eindexamen van de middelbare school had gedaan had Eddie Linton zijn vrouw en twee tegenstribbelende dochters voor een laatste vakantie met het hele gezin naar Sea World meegenomen. Sindsdien had Sara iedere zomer lesgegeven, of op het laboratorium van het ziekenhuis gewerkt om extra punten te krijgen, zodat ze snel kon afstuderen. Afgezien van af en toe een lang weekend in het huis van haar ouders had ze in wat een eeuwigheid scheen geen echte vakantie meer gehad.

'Maar dit is een heuse vakantie,' zei Tessa. 'Met een *man*.'

'Mm-mm,' herhaalde Sara, die een korte broek opvouwde.

'Ik heb gehoord dat het een behoorlijk hitsig type is.'

'Wie heeft dat gezegd?'

'Jill-June van de Shop-o-rama.'

'Werkt die daar nog steeds?'

'Ze is nu bedrijfsleidster.' Tessa snoof minachtend. 'Ze heeft haar haar in die afgrijselijk stroblonde kleur geverfd.'

'Opzettelijk?'

'Tja, je zou het niet denken, ze heeft tenslotte toegang tot twee hele gangpaden vol haarverzorgingsproducten.'

Sara gooide haar zuster een broek toe. 'Help me eens een paar van deze opvouwen.'

'Goed, als jij me over Jeffrey vertelt.'

'Wat heeft Jill-June allemaal gezegd?'

'Dat hij alleen maar aan seks kan denken.'

Sara glimlachte om dit understatement.

'En dat hij afspraakjes heeft gemaakt met iedere vrouw in de stad die de moeite waard is.' Tessa zweeg even halverwege een vouw. 'Ik zou er een voor de hand liggende grap over kunnen maken, maar dat zal ik niet doen omdat je mijn zus bent.'

'Daar betaal je dan wel een hoge prijs voor.' Sara gooide een sok terug in de wasmand en herinnerde zich van de laatste keer dat ze de was had gedaan dat de andere van dit stel weg was. Ze probeerde van onderwerp te veranderen en vroeg: 'Waarom raak je toch nooit de sokken kwijt die je kwijt wil raken?'

'Is hij goed in bed?'

'Tess!'

'Wil je je ondergoed opgevouwen of niet?'

Sara streek een blouse glad en gaf geen antwoord.

'Jullie kennen elkaar nog maar twee maanden.'

'Drie.'

Tessa probeerde het weer. 'Je moet met hem naar bed zijn geweest, anders zou hij je niet voor een strandvakantie hebben uitgenodigd.'

Sara reageerde met een schouderophalen. De waarheid was dat ze al tijdens haar eerste afspraak met Jeffrey naar bed was geweest. Ze waren de keuken niet eens uit gekomen. Sara had zich de volgende ochtend zo geschaamd dat ze nog voor zonsopgang haar eigen huis uit was geslopen. Als er niet een roofmoord had plaatsgevonden waardoor ze drie dagen later gedwongen waren geweest samen te werken, zou ze waarschijnlijk nooit meer een woord met Jeffrey Tolliver hebben gewisseld.

Tessa werd serieus. 'Was hij de eerste sinds...?'

Sara keek haar streng aan, waarmee ze duidelijk maakte dat

dit onderwerp strikt verboden was. 'Vertel me eens wat Jill-June nog meer te zeggen had.'

'Eh...' Tessa rekte het even, met een geslepen glimlachje. 'Dat hij een fantastisch lichaam heeft.'

'Hij loopt hard.'

'Mmmm,' klonk Tessa goedkeurend. 'Dat hij lang is.'

'Tien centimeter langer dan ik.'

'Kijk die grijns toch eens,' lachte Tessa. 'Oké, oké, niet weer die preek hoe vreselijk het was om in de derde klas een meter tachtig te zijn.'

'Een meter vijfenzeventig.' Sara gooide haar zuster een theedoek naar het hoofd. 'En bovendien was het de derde klas.'

Zuchtend vouwde Tessa de theedoek op. 'Hij heeft dromerige blauwe ogen.'

'Ja.'

'Hij is ongelofelijk charmant en heeft uitstekende manieren.'

'Allebei waar.'

'Een enorm goed gevoel voor humor.'

'Klopt ook.'

'Hij betaalt altijd gepast.'

Sara lachte terwijl ze meer kleren in de richting van haar zuster schoof. 'Ga door en vouw op.'

Tessa plukte de pluisjes van een zwarte broek. 'Ze zegt dat hij vroeger football heeft gespeeld.'

'Echt waar?' vroeg Sara, want dat had Jeffrey haar nooit verteld. Eigenlijk had hij haar maar heel weinig over zichzelf verteld. Dat hij niet graag over het verleden sprak, was een van de dingen die ze leuk aan hem vond.

'Ik hoop dat hij het waard is,' zei Tessa. 'Praat pappie nog steeds niet met je?'

'Nee,' antwoordde ze; ze probeerde te klinken alsof het haar niet kon schelen. Hoewel haar ouders Jeffrey nooit hadden ontmoet hadden ze zich zoals iedereen in het stadje al een eigen mening gevormd.

Tessa zette door: 'Vertel me eens wat meer. Wat weet je over hem dat Jill-June niet weet?'

'Niet veel,' gaf Sara toe.

'Kom nou.' Tessa dacht duidelijk dat ze haar plaagde. 'Vertel me nou gewoon hoe hij is.'

Vanuit de gang zei Cathy Linton: 'Te oud voor haar, om mee te beginnen.'

Tessa rolde met haar ogen terwijl hun moeder de kamer binnenkwam.

Sara zei: 'Je zou nooit denken dat dit mijn huis is.'

'Als je niet wilt dat de mensen zomaar naar binnen lopen moet je je voordeur op slot doen.' Cathy kuste Sara op haar wang terwijl ze haar een groene Tupperware-bak en een papieren zak vol vetvlekken gaf. 'Dit kom ik je even brengen voor onderweg.'

'Koekjes!' Tessa stak haar hand naar de zak uit maar Sara sloeg hem weg.

'Je vader heeft maïsbrood gemaakt, maar hij wilde niet dat ik dat aan jou gaf.' Cathy keek haar doordringend aan. 'Hij zei dat hij niet boven een heet fornuis ging staan sloven om die minnaar van jou te eten te geven.'

Haar woorden hingen als een zwarte wolk in de lucht, en zelfs Tessa was zo verstandig om niet te lachen. Sara pakte een spijkerbroek om op te vouwen.

'Geef mij die maar.' Cathy griste de spijkerbroek uit haar hand. 'Zo doe je dat,' zei ze, terwijl ze de uiteinden van de pijpen onder haar kin klemde en als bij toverslag de spijkerbroek tot een perfect vierkant opvouwde, en dat alles in minder dan twee seconden. Ze liet haar blik over de berg wasgoed op Sara's bed gaan. 'Heb je dit vandaag allemaal gewassen?'

'Ik heb geen tijd...'

'Er is geen excuus om niet de was te doen als je alleen woont.'

'Ik heb twee banen.'

'Nou, ik had twee kinderen en een loodgieter, en toch lukte het me alles in huis bij te houden.'

Sara keek hulpzoekend naar Tessa, maar haar zuster paste met het soort monomane aandacht waarmee je een atoom zou kunnen splijten een paar sokken bij elkaar.

Cathy ging door: 'Je stopt de vuile kleren gewoon meteen in de wasmachine en dan laat je hem gewoon om de paar dagen draaien; dan krijg je nooit meer zo'n klus te doen.' Ze sloeg een van de hemden open die Sara al had opgevouwen. Haar mondhoeken gingen afkeurend omlaag. 'Waarom heb je geen wasverzachter gebruikt? Ik heb vorige week die bon nog voor je op de bar achtergelaten.'

Sara gaf het op en knielde op de vloer voor een stapel boeken, terwijl ze probeerde te bedenken welke ze naar het strand mee moest nemen.

'Naar wat ik zo hoor,' merkte Tessa behulpzaam op, 'zul je niet veel tijd overhouden om te lezen.'

Dat hoopte Sara ook, maar ze wilde het niet horen waar haar moeder bij was.

'Zo'n man,' zei Cathy, met haar tong klakkend; ze nam even de tijd om eraan toe te voegen: 'Sara, ik weet dat je dit niet wilt horen, maar je gaat echt véél te ver.'

Sara draaide zich om. 'Dank je voor dit blijk van vertrouwen, moeder.'

Cathy's frons verdiepte zich. 'Was je van plan een beha te dragen bij die blouse? Ik zie allebei je...'

'Goed, goed.' Sara trok staande haar blouse uit haar korte broek.

Haar moeder zei weer: 'En die broek past niet. Ben je soms afgevallen?'

Sara bekeek zichzelf in de spiegel. Het had haar bijna een uur gekost om kleren te kiezen die er zowel flatteus uitzagen als de indruk wekten dat ze niet een uur nodig had gehad om ze te kiezen. 'Hij moet een beetje zakkig zitten,' zei ze terwijl ze aan de achterkant trok. 'Dat is de stijl.'

'O, in godsnaam, Sara. Heb je je achterwerk de laatste tijd nog gezien? Ik zeker niet.' Tessa begon kakelend te lachen en Cathy matigde wel haar toon maar niet haar woorden. 'Liefje, ik zie alleen je schouderbladen en je kuiten. "Zakkig" is niet bedoeld voor vrouwen zoals jij.'

Sara ademde diep in en zette zich schrap tegen de ladekast. 'Neem me niet kwalijk,' zei ze zo beleefd mogelijk en liep de badkamer in, waarbij ze haar uiterste best deed de deur niet achter zich dicht te smijten. Ze klapte de wc-bril omlaag en ging zitten, waarna ze haar hoofd in haar handen liet rusten. Ze kon haar moeder aan de andere kant van de deur horen klagen over die statische elektriciteit waardoor alles ging plakken en hoorde haar alweer vragen waarom ze eigenlijk de moeite nam bonnen achter te laten als Sara toch niet van plan was ze te gebruiken.

Sara legde haar handen over haar oren en het geklaag van haar moeder werd tot een draaglijk gezoem gedempt, iets minder vervelend dan een hete naald in haar oor. Vanaf het moment dat Sara afspraakjes met Jeffrey was gaan maken had Cathy haar voortdurend over van alles en nog wat lastiggevallen. Sara kon gewoon niets goed doen, van de houding waarin ze aan tafel zat tot de manier waarop ze haar auto op de oprijlaan parkeerde. Deels wilde Sara de confrontatie met Cathy aangaan over haar overmatige kritiek, maar een ander deel van haar – het deel dat meer tot mededogen geneigd was – begreep dat dit de manier was waarop haar moeder met haar angsten omging.

Sara keek op haar horloge, biddend dat Jeffrey op tijd zou komen opdraven om haar uit dit alles weg te halen. Hij kwam zelden te laat, wat een van de vele dingen was die ze in hem waardeerde. Hoe vaak Cathy ook zei wat een schoft Jeffrey Tolliver was, hij had altijd een zakdoek in zijn achterzak en hield altijd de deur voor haar open. Als Sara in een restaurant van tafel opstond, stond hij ook op. Hij hielp haar in haar jas en droeg haar tas als ze op straat liepen. En alsof dit allemaal nog niet genoeg was, was hij zo goed in bed dat ze tijdens hun eerste keer bijna haar kiezen had gebroken toen ze haar kaken op elkaar had geklemd om niet zijn naam uit te schreeuwen.

'Sara?' Cathy klopte met een stem vol bezorgdheid op de deur. 'Gaat het wel goed, liefje?'

Sara trok door en liet water in de wasbak lopen. Ze deed de deur open; haar zuster en haar moeder keken haar allebei met dezelfde verontruste uitdrukking op hun gezicht aan.

Cathy hield een rode blouse op. 'Volgens mij is dit geen goede kleur voor jou.'

'Dank je.' Sara pakte de blouse aan en gooide hem in de wasmand. Ze knielde weer bij de boeken, zich afvragend of ze de literaire schrijvers mee moest nemen om indruk op Jeffrey te maken of de meer commerciële waarvan ze wist dat ze ervan zou genieten.

'Ik weet niet eens waarom je naar het strand gaat,' zei Cathy. 'Je bent er tot nu toe toch alleen maar verbrand. Heb je wel genoeg zonnebrandmiddel?'

Zonder zich om te draaien hield Sara de felgroene fles Tropical Sunblock omhoog.

'Je weet hoe gemakkelijk je sproeten krijgt. En je benen zijn zo wit. Ik weet niet of ik met zulke benen wel een korte broek zou dragen.'

Tessa grinnikte. 'Hoe heette dat meisje in Gidget ook weer, die die grote hoed droeg op het strand?'

Sara wierp haar zuster een 'je helpt niet erg'-blik toe. Tessa wees op de zak met koekjes en daarna op haar mond om duidelijk te maken dat de ene dienst de andere waard was.

'Larue,' zei Sara, terwijl ze de zak iets verder weg zette.

'Tessie,' zei Cathy. 'Ga gauw eens even de strijkplank halen.' Ze vroeg Sara: 'Je hébt toch wel een strijkplank?'

Sara voelde de blik van haar moeder branden. 'In de bijkeuken.'

Cathy klakte met haar tong toen Tessa de kamer uit liep. Ze vroeg Sara: 'Wanneer heb je deze gewassen?'

'Gisteren.'

'Als je ze gestreken had, dan...'

'Ja, en als ik helemaal geen kleren droeg hoefde ik me er nooit zorgen over te maken.'

'Dat zei je ook toen je zes was.'

Sara wachtte.

'Als ik het aan jou had overgelaten was je naakt naar school gegaan.'

Sara bladerde afwezig door een boek zonder de bladzijden te zien. Achter haar hoorde ze haar moeder een blouse uitslaan en weer opvouwen.

Cathy zei: 'Als het om Tessa ging zou ik me absoluut geen zorgen maken. Eerlijk gezegd' – ze liet een laag lachje horen terwijl ze de volgende blouse gladstreek – 'zou ik me eerder zorgen maken om Jeffrey.'

Sara legde een pocket met de haal van een mes in het omslag op de stapel 'meenemen'.

'Jeffrey Tolliver is het soort man dat een hoop ervaring heeft. Veel meer dan jij, en ik zie dat lachje om je lippen heus wel, jongedame. Als je maar beseft dat ik het niet alleen over dat gedoe tussen de lakens heb.'

Sara pakte een volgende pocket op. 'Ik heb geen enkele behoefte om hier met mijn moeder over te praten.'

'Je moeder is waarschijnlijk de enige vrouw op deze aarde die je dit zal zeggen,' zei Cathy. Ze zat op het bed en wachtte tot Sara zich zou omdraaien. 'Mannen als Jeffrey willen maar één ding.' Sara deed haar mond open, maar haar moeder was nog niet uitgesproken. 'Het is prima als je ze dat geeft zolang je er iets voor terugkrijgt.'

'Moeder.'

'Sommige vrouwen kunnen aan seks doen zonder verliefd te zijn.'

'Dat is me bekend.'

'Ik meen het serieus, schatje. Luister naar me. Zo'n vrouw ben jij niet.' Ze streek Sara's haar achterover. 'Je bent niet het soort meisje dat bevliegingen heeft. Zo'n meisje ben je nooit geweest.'

'Daar weet je niets van.'

'Je hebt je hele leven maar twee vriendjes gehad. Hoeveel vriendinnen heeft Jeffrey gehad? Met hoeveel vrouwen is hij naar bed geweest?'

'Met heel wat, zou ik denken.'

'En jij bent gewoon de volgende op zijn lijst. Daarom is je vader zo kwaad over...'

'Denken jullie allemaal niet dat het leuk zou zijn om hem eens te ontmoeten voordat jullie je mening al klaar hebben?' vroeg Sara, die zich te laat herinnerde dat Jeffrey nu naar haar op weg was. Ze wierp een snelle blik op de wekker. Over ongeveer tien minuten zou haar moeder zelf kunnen zien hoezeer ze gelijk had. Als Jill-June Mallard het al zag, zou Cathy Linton het weten zodra Jeffrey de kamer betrad.

Cathy hield vol. 'Je bent gewoon geen meisje voor bevliegingen, liefje.'

'Misschien nu wel. Misschien ben ik in Atlanta wel zo iemand geworden.'

'O.' Cathy pakte met gefronst voorhoofd een onderbroekje op om het op te vouwen. 'Dit is te kwetsbaar voor de machine,' zei ze bestraffend. 'Als je het met de hand wast en aan de lijn laat drogen slijt het niet zo.'

Sara glimlachte nerveus tegen haar. 'Het is niet versleten.'

Cathy trok een wenkbrauw op, er verscheen een waarderend vonkje in haar ogen. Toch vroeg ze: 'Met hoeveel mannen heb je het gedaan?'

Sara keek op haar horloge en fluisterde: 'Alsjeblieft.'

Cathy hield zich van de domme. 'Dat van Steve Mann weet ik. Goeie hemel, de hele stad wist het nadat Mac Anders jullie achter de Chilidog had betrapt.'

Sara staarde naar de vloer en deed haar uiterste best niet spontaan in vlammen op te gaan van gêne.

Cathy ging door. 'Mason James.'

'Mama.'

'Dat zijn er twee.'

'Je vergeet de laatste,' bracht Sara haar in herinnering en voelde een steek van spijt toen ze het gezicht van haar moeder zag betrekken.

Cathy vouwde Sara's pyjamabroek op. Ze vroeg heel zachtjes: 'Weet Jeffrey dat je verkracht bent?'

Sara matigde haar toon en probeerde aardig te zijn. 'Dat is niet echt ter sprake gekomen.'

'Wat heb je gezegd toen hij vroeg waarom je uit Atlanta weg bent gegaan?'

'Niets,' zei ze; ze verzweeg gemakshalve het feit dat Jeffrey niet op details had aangedrongen.

Cathy streek de pyjama glad. Ze draaide zich om op zoek naar andere dingen om netjes te leggen, maar ze had alles al op het bed opgevouwen of opnieuw opgevouwen. 'Je mag je nooit schamen over wat je is overkomen, Sara.'

Sara haalde achteloos haar schouders op terwijl ze opstond om haar koffer te pakken. Ze schaamde zich niet echt, ze werd alleen kotsmisselijk van mensen die haar er anders om behandelden... vooral haar moeder. Sara kon de bezorgde blikken en gegeneerde pauzes van het handjevol mensen dat wist waarom ze werkelijk naar Grant County terug was verhuisd nog wel hebben, maar haar gespannen relatie met haar moeder was bijna niet te verdragen.

Sara deed de koffer open en begon te pakken. 'Ik vertel het hem wel als het er het moment voor is. Als het ooit komt.' Ze haalde weer haar schouders op. 'Misschien komt het wel nooit.'

'Je kunt niet verwachten dat je een goede verhouding met hem krijgt als ze op geheimen is gebaseerd.'

'Het is geen geheim,' riposteerde Sara. 'Het is gewoon een privé-kwestie. Het is iets wat me is overkomen, en ik ben het zat om...' Ze maakte de zin niet af omdat ze niet bereid was tot een gesprek met haar moeder over de verkrachting. 'Kun je me even dat katoenen topje aangeven?'

Cathy wierp een afkeurende blik op het kledingstukje voordat ze het haar gaf. 'Ik heb te veel vrouwen zware gevechten zien leveren om te komen waar jij nu bent en het allemaal van de ene minuut op de andere zien opgeven omwille van een man die ze uiteindelijk toch na een paar jaar in de steek laat.'

'Ik ben niet van plan voor Jeffrey mijn carrière op te geven.' Ze lachte even meesmuilend. 'En ook niet om zwanger te worden en thuis te blijven om de kinderen groot te brengen.'

Cathy incasseerde deze opmerking met weinig meer dan een gefronst voorhoofd. 'Daar heb ik het niet over, Sara.'

'Waarover dan wel, mama? Waar maak je je zulke zorgen over? Wat zou welke man ook me kunnen aandoen dat erger is dan wat er al is gebeurd?'

Cathy keek naar haar handen. Ze huilde nooit, maar ze kon zwijgen op een manier waarvan Sara's hart brak.

Sara ging naast haar moeder op het bed zitten. 'Het spijt me,' zei ze, en bedacht dat ze nog nooit in haar leven zo genoeg had gehad van dat voortdurend excuses aanbieden aan allerlei mensen. Ze voelde zich zo schuldig over wat ze dit voor het overige zo volmaakte gezin had aangedaan dat ze soms het gevoel had dat ze maar beter weg kon gaan om hun de gelegenheid te geven op eigen kracht van de klap bij te komen.

Cathy zei: 'Ik wil niet dat je jezelf te grabbel gooit.'

Sara's adem stokte. Haar moeder was nog nooit zo dicht bij het verwoorden van haar werkelijke angst gekomen. Sara wist beter dan wie ook hoe gemakkelijk het zou zijn om zich gewonnen te geven. Na de verkrachting was Sara nergens anders toe in staat geweest dan in bed te liggen huilen. Ze had geen arts meer willen worden en evenmin een zuster of zelfs een dochter willen zijn. Hier waren twee maanden mee heengegaan en Cathy had gesmeekt en gefleemd, en Sara uiteindelijk fysiek het bed uitgeduwd. Zoals ze honderd keer had gedaan toen Sara nog kind was geweest had Cathy haar naar de kinderkliniek gebracht, waar dokter Barney de zaken ditmaal een wending ten goede had gegeven door Sara een baan aan te bieden. Een jaar later had Sara een tweede baan, als lijkschouwer van de county, genomen om dokter Barney uit zijn praktijk te kunnen uitkopen. De afgelopen tweeënhalf jaar had ze gevochten om haar leven in Grant weer op te bouwen, en Cathy was doodsbang dat Sara dit allemaal vanwege Jeffrey kwijt zou raken.

Sara stond op en liep naar haar toilettafel. 'Mama...'

'Ik maak me zorgen over je.'

'Het gaat nu beter,' zei Sara, hoewel ze niet dacht dat ze ooit weer helemaal zou herstellen. Er zou altijd een voor en een na zijn, hoeveel jaren haar ook van de gebeurtenis zouden scheiden. 'Ik heb er geen behoefte aan dat je voor me zorgt, of dat je probeert me te wapenen. Ik ben nu sterker. Ik ben hier klaar voor.'

Cathy stak haar handen wanhopig in de lucht. 'Voor hem is het alleen maar afleiding. Meer is het niet voor hem – afleiding.'

Sara trok verschillende laden open, op zoek naar haar badpak. Ze zei: 'Misschien is het voor mij ook niet meer dan dat. Misschien wil ik gewoon wel een beetje plezier maken.'

'Ik wou dat ik je kon geloven.'

'Ik ook,' zei Sara. 'Want het is waar.'

'Ik weet het niet, liefje. Je bent zo zachtaardig.'

'Zo zachtaardig ben ik niet meer.'

'Wat er in Atlanta met je is gebeurd doet niets af aan wie je bent.'

Sara haalde haar schouders op en stopte haar badpak in de koffer. Door de manier waarop andere mensen waren veranderd werd wat er was gebeurd nog verschrikkelijker. Sara was woedend dat ze verkracht was en witheet dat het beest dat haar had aangevallen over een paar jaar wegens goed gedrag uit de gevangenis kon komen, en waarschijnlijk ook zou komen. Ze was razend dat haar hele leven overhoop was gegooid, dat ze ontslag had moeten nemen als co-assistent in het Grady Hospital, de baan waar ze haar hele leven naartoe had gewerkt, omdat iedereen bij de eerste hulp haar als een stuk gebroken porselein had behandeld. De dienstdoende arts die zich met Sara had beziggehouden kon haar niet meer recht aankijken en haar medestudenten maakten geen grapjes meer met haar uit angst de verkeerde dingen te zeggen. Zelfs de verpleegsters pakten haar met fluwelen handschoenen aan, alsof Sara door de verkrachting een soort martelares was geworden.

Cathy vroeg: 'Is dat alles? Die blik waarmee je zegt dat je er niet over wilt praten?'

'Ik wil er inderdaad niet over praten,' zei Sara wanhopig. 'Ik wil over geen enkel serieus onderwerp praten. Ik heb er genoeg van serieus te zijn.' Ze trok aan de ritssluiting van de koffer. 'Ik heb er genoeg van het slimste kind van de klas te zijn. Ik heb er genoeg van te lang te zijn voor de leuke jongens. Ik heb er genoeg van afspraakjes te maken met mannen die zich zorgen maken over mijn gevoelens en rustig aan willen doen en aardig willen zijn en voortdurend willen *nadenken* over wat we doen en onze toekomst samen willen *plannen* en me behandelen alsof ik een tere bloem ben en...'

'Mason James is een heel lieve jongen.'

'Daar gaat het nu juist om, mama: hij is een jongen. Ik heb meer dan genoeg van jongens. Ik heb meer dan genoeg van mensen die op eieren om me heen lopen en proberen mijn gevoelens te ontzien. Ik wil iemand die de boel eens opschudt. Ik wil plezier maken.' En zonder erover na te denken zei ze: 'Ik wil gewoon neuken.'

Cathy hapte naar adem – niet omdat ze het woord nooit gehoord had, maar omdat ze het nooit van Sara had gehoord. Sara kon maar een paar gelegenheden bedenken dat ze deze grove term had gebruikt, maar nooit tegenover haar moeder.

Het enige wat Cathy zei was: 'Pas een beetje op je woorden, alsjeblieft.'

'Het kan je niet schelen als Tessa het zegt.'

Cathy trok haar neus op voor deze logica. 'Tessa zegt het alsof ze het meent, niet alsof ze alleen maar probeert haar moeder te choqueren.'

'Ik zeg het zo vaak,' loog Sara.

'Worden je wangen dan altijd zo rood?'

Sara voelde haar wangen nog roder worden.

'Zo doe je dat,' zei Cathy op belerende toon terwijl ze haar hand tegen haar middenrif drukte. Met haar andere hand maakte ze een weids gebaar en zong als een operazangeres: 'Neuken.'

'Moeder!'

'Als je het dan toch moet zeggen, zeg het dan tenminste met een beetje allure.'

'Je hoeft me niet te vertellen hoe ik het moet zeggen,' snauwde Sara, en toen Cathy haar in haar gezicht uitlachte voegde ze er mompelend aan toe: 'Of hoe ik het moet doen.'

Cathy lachte nu nog harder. 'Ik neem aan dat je er nu alles van weet?'

Sara rukte de koffer van haar bed. 'Laten we maar zeggen dat ik iets van zijn bedrevenheid heb overgenomen.'

'O-ho-ho,' grinnikte Cathy waarderend.

Sara zette haar handen op haar heupen. 'We doen het voortdurend.'

'Echt waar?'

'Dag en nacht.'

'Ook overdag?' Cathy lachte weer en liet zich achterover op het bed vallen. 'Wat een schandaal!'

'Ik ga niet zozeer met hem om vanwege de prikkelende conversatie,' pochte Sara. 'Ik weet niet eens of hij wel op de universiteit heeft gezeten.'

Vanuit de deuropening zei Tessa: 'Sara?'

'Eigenlijk,' ging Sara verder, die meer dan wat ook die zelfingenomen uitdrukking van haar moeders gezicht wilde vegen, 'weet ik tamelijk zeker dat hij niet eens zo intelligent is.'

Cathy glimlachte, alsof ze wel beter wist. 'Ach, werkelijk?'

Tessa probeerde het weer. 'Sara?'

'Ja, dat is inderdaad zo, en weet je? Het kan me niet eens schelen. Hij is waarschijnlijk zo stom als het achtereind van een varken, en het interesseert me geen flikker. Ik ga echt niet met hem om vanwege zijn hersens.'

Tessa zei: 'In christusnaam, Sara. Hou even je mond en draai je om.'

Ze deed wat Tessa zei en de spijt sloeg als een koortsgolf door haar heen.

Jeffrey stond tegen de deurpost geleund, zijn armen over elkaar geslagen. Er lag een vage glimlach om zijn lippen die zijn ogen niet helemaal bereikte. Hij knikte naar haar koffer. 'Ben je zover?'

Toen ze Grant County uit reden begon het zachtjes te regenen, en Sara keek hoe de ruitenwissers het water met gestage bewegingen wegveegden terwijl ze iets probeerde te bedenken om het gesprek op gang te brengen. Bij iedere beweging van de ruitenwissers nam ze zich voor de stilte te verbreken, maar voor ze het wist gingen ze weer terug over het glas en was er nog steeds niets gezegd. Ze staarde uit het zijraam, telde koeien, daarna geiten, daarna reclameborden. Naarmate ze dichter bij Macon kwamen werd het aantal hoger, zodat Sara toen ze de zijweg insloegen bij duizend was aangekomen.

Jeffrey schakelde terug terwijl hij een lange vrachtwagen passeerde. Hij had sinds ze uit Grant waren vertrokken niets gezegd en koos dit moment om het ijs te breken met: 'Die auto rijdt goed.'

'Ja,' beaamde Sara, zo blij dat hij iets tegen haar zei dat ze in huilen had kunnen uitbarsten. Godzijdank hadden ze haar auto genomen in plaats van zijn pick-up, want anders had ze niet geweten hoe lang de stilte zou hebben geduurd. Om het gesprek gaande te houden zei ze: 'Duitse techniek.'

'Het zal wel waar zijn wat ze zeggen over artsen die in BMW's rondrijden.'

'Mijn vader heeft hem voor me gekocht toen ik tot de medische opleiding was toegelaten.'

'Aardige vader,' zei hij, en zweeg even voordat hij eraan toevoegde: 'Je moeder lijkt me ook aardig.'

Sara schraapte haar keel, niet in staat zich ook maar één van de verontschuldigingen te herinneren die ze het afgelopen uur inwendig had gerepeteerd. 'Ik had liever gezien dat jullie elkaar onder andere omstandigheden hadden leren kennen.'

'Ik had überhaupt niet verwacht kennis met haar te maken.'

'O, oké,' zei ze verward. 'Ik bedoelde niet...'

'Ik ben blij dat we elkaar even hebben gezien.'

Sara knikte en bedacht dat hoe minder ze haar mond opendeed, hoe minder waarschijnlijk het was dat ze nog eens een flater zou slaan.

'Je hebt een leuke zuster.'

'Ja,' stemde ze in, zich realiserend dat een minder iemand dan zij haar zuster nu wel zou haten. Sara had haar hele leven hetzelfde gehoord. Tessa was de leuke, de grappige, de gangmaakster, degene met wie iedereen vrienden wilde zijn. Sara was de lange. Als het een dag meezat was ze de lange rooie.

Voordat Sara iets eleganters kon bedenken gooide ze eruit: 'Ik heb zo'n spijt van wat ik heb gezegd.'

'O, dat is wel goed,' zei hij, maar aan zijn toon hoorde ze dat het dat niet was. Waarom hij daarna nog steeds had gewild dat ze met hem meeging naar Florida was haar een volslagen raadsel. Als Sara ook maar enig zelfrespect had gehad, had ze hem zonder haar laten vertrekken. Met het gedwongen glimlachje waarmee hij haar bagage in de kofferbak had gelegd had hij glas kunnen snijden.

'Ik probeerde alleen maar...' Ze schudde haar hoofd. 'Ik weet niet wat ik probeerde. Mezelf voor gek te zetten?'

'Dat is je aardig gelukt.'

'Het hoort nu eenmaal bij me dat ik overal de beste in wil zijn.'

Hij glimlachte niet.

Ze probeerde het weer. 'Ik vind je niet stom.'

'Als het achtereind van een varken.'

'Wat?'

'Je zei: "Zo stom als het achtereind van een varken."'

'O. Nou ja.' Ze lachte één keer; het klonk als het geblaf van een zeehond.

'Het is goed te weten wat je in werkelijkheid van me vindt.' Hij wierp een blik achter zich en passeerde een rijdende kerk. Sara keek naar zijn hand op de versnellingspook, keek hoe de pezen zich spanden terwijl hij de auto's passeerde. Met zijn vingers hield hij de pook vast, met zijn duim tikte hij zachtjes op de knop.

'Overigens,' zei hij, 'heb ik wel op de universiteit gezeten.'

'Echt?' vroeg ze, niet bij machte de verbazing in haar stem te onderdrukken. Ze maakte het nog erger door te zeggen: 'Nou, prachtig. Goed van je.'

Jeffrey keek haar scherp aan.
'Ik bedoel, prachtig omdat... nou ja... omdat het...' Ze lachte om haar eigen onhandigheid, legde een hand over haar mond en mompelde: 'O god, Sara, hou je mond toch. Hou je mond toch.'
Ze dacht dat hij glimlachte maar wist het niet zeker. Ze waagde het erop: 'Hoeveel heb je precies gehoord?'
'Iets in de trant van mijn bedrevenheid overgenomen?'
Ze onderdrukte een vloek en probeerde: 'Ik bedoelde het in de goede zin.'
'Mm-mm,' zei hij. 'Neuken, dat woord heb ik je al eens horen zeggen.' Ditmaal liet hij zijn tanden zien toen hij glimlachte. 'Maar eigenlijk niet zozeer zeggen – meer schreeuwen.'
Sara beet op het puntje van haar tong terwijl ze naar het langsglijdende landschap keek.
Hij zei: 'Het is goed dat je moeder zich zorgen om je maakt.'
'Soms.'
'Jullie zijn behoorlijk close met elkaar, hè?'
'Dat zal wel,' antwoordde Sara, die heel goed wist dat er wel meer aan de hand was.
Hij vroeg: 'Heb je haar verteld dat ik voor je examen ben geslaagd?'
'Natuurlijk niet,' antwoordde Sara, verbaasd dat hij het überhaupt vroeg. 'Dat gaat niemand iets aan.'
Hij knikte goedkeurend en hield zijn blik op de weg.
Een tweede afspraak was geëindigd met een kus bij de voordeur en Sara's vraag of Jeffrey zich op HIV wilde laten testen. Het verzoek was weliswaar een beetje laat gekomen – die opgewonden eerste keer hadden ze zich niet echt laten afleiden door een openhartige discussie over seksueel overdraagbare ziekten – maar Sara was, ruim voordat het nieuws bij de Shop-o-rama was ingeslagen, al heel wat over Jeffreys reputatie te weten gekomen. Jeffrey had maar een beetje beledigd geleken toen ze hem om een bloedproef had gevraagd.
Ze had gezegd: 'Ik heb in Grady al zoveel gevallen meegemaakt. Zoveel vrouwen van mijn leeftijd die nooit hadden gedacht dat het hun zou kunnen overkomen.'
'Je hoeft het niet uit te leggen.'

'Hare's minnaar is vorig jaar aan aids overleden.'

Zijn voet glipte van het gaspedaal. 'Is je neef homo?'

'Natuurlijk.'

'Maak je nu een grapje?' vroeg hij, terwijl hij haar ongemakkelijk aankeek.

'Hij is niet met die falsetstem geboren.'

'Ik dacht dat hij gewoon de pias uithing.'

'Dat deed hij ook,' zei Sara. 'Dat doet hij ook. Ik bedoel, hij doet het alleen maar om mij te ergeren. Iedereen te ergeren. Hij vindt het heerlijk om mensen te ergeren.'

'Op de middelbare school speelde hij football.'

'Kunnen alleen hetero's football spelen?'

'Eh... nee,' zei hij, maar hij leek niet overtuigd.

Ze staarden allebei weer voor zich uit over de weg. Sara kon niets meer bedenken om het gesprek gaande te houden. Ze wist nauwelijks iets over de man naast haar. In de drie maanden dat ze elkaar nu zagen had ze nog nooit iets over Jeffreys familie of zijn verleden gehoord. Ze wist dat hij in Alabama was geboren, maar over de details bleef hij vaag. Als ze niet in bed lagen praatte Jeffrey meestal over zaken waaraan hij in Birmingham had gewerkt of over dingen die in Grant gebeurden. Nu Sara erover nadacht was zij, als ze samen waren, het grootste deel van de tijd aan het woord. Hij kwam zelden met persoonlijke informatie over zichzelf, en als ze hem met haar vragen het vuur te na aan de schenen legde, reageerde hij door volledig dicht te klappen of gleed hij met zijn hand over haar dijbeen tot ze vergat waarover ze het had.

Na een korte aarzeling liet ze haar blik over hem heen glijden. Het donkere haar op zijn achterhoofd begon lang te worden, wat een tikkeltje riskant was omdat de scholen in Grant County het beleid hadden jongens naar huis te sturen als hun haar tot hun boord kwam. Zoals gewoonlijk was zijn gezicht gladgeschoren. Hij droeg een versleten spijkerbroek en een zwart Harley Davidson-T-shirt. Zijn gympen zagen er hightech uit, met extra luchtkussens in de zolen en een zwart wafelprofiel voor het rennen. Zijn beenspieren waren duidelijk zichtbaar onder de spijkerstof, en hoewel zijn shirt niet strak genoeg zat om ze te laten zien was Sara meer dan genoeg vertrouwd met de sterke buikspieren eronder.

Sara keek omlaag naar haar benen en wenste dat ze iets anders had aangetrokken. Ze had zich verkleed in een zeeblauwe wikkelrok, maar tegen de donkere vloerbekleding hadden haar witte kuiten de kleur van vet op ongebakken spek. Ondanks de airco zweette ze onder haar katoenen shirt, en als ze met een toverstokje had kunnen zwaaien om de tijd stil te zetten zou ze haar wurgende beha hebben uitgetrokken en uit het raam hebben gegooid.

'Zo,' zei Jeffrey.

'Zo,' antwoordde ze, terwijl ze iets probeerde te bedenken om het gesprek weer op gang te brengen. Het enige wat ze kon verzinnen was: 'Je bent universeel donor.'

'Hè?'

'Universeel donor,' herhaalde ze. 'Je kunt iedereen bloed geven.' Ze klampte zich aan een volgende strohalm vast en zei: 'Je kunt natuurlijk niet van iedereen bloed krijgen. Alleen van andere O-negatieven.'

Hij wierp haar een bevreemde blik toe. 'Dat zal ik onthouden.'

'Je bloed bevat antigenen die...'

'Zodra we terug zijn zal ik bloed geven.'

Het gesprek stokte weer, en ze vroeg: 'Heb je zin in kip?'

'Is dat die lucht die ik voortdurend ruik?'

Sara boog zich over naar de achterbank en zocht naar de plastic bak die haar moeder had ingepakt. 'Er zijn nog wat koekjes, als Tessa ze tenminste niet heeft gejat.'

'Dat zou lekker zijn,' zei hij terwijl hij de achterkant van haar dijbeen kietelde. 'Jammer dat we geen thee bij ons hebben.'

Ze probeerde zijn hand te negeren. 'We kunnen even stoppen om ergens thee te drinken.'

'Misschien.'

Hij kneep in haar been; ze sloeg naar zijn hand en zei: 'Hé.'

Hij lachte goedgehumeurd om haar terechtwijzing. 'Vind je het erg om een omweg te maken?'

'Helemaal niet,' zei ze, terwijl ze de Tupperware onder een kussen vond. Ze liet zich weer op haar stoel zakken terwijl hij een Winnebago-camper passeerde. 'Waarheen?'

'Sylacauga.'

Sara's hand bleef halverwege het verwijderen van de plastic deksel hangen. 'Sil-a-wat?'

'Sylacauga,' herhaalde hij. 'De plaats waar ik vandaan kom.'

Vier

10:15

'Matt?' vroeg iemand; het was meer een gestotter. 'M-a-a-a-att.'

Zijn oren klampten zich aan de echo vast, waardoor de a nog meer werd gerekt.

'M-a-a-a-a-att.'

Hij probeerde zich te bewegen, maar zijn spieren reageerden niet. Om onverklaarbare redenen deden zijn vingers pijn. Ze waren koud. Alles was koud.

'Matt,' zei Sara, haar stem plotseling zo scherp als een mes. 'Matt, word wakker.' Ze legde haar handen om zijn gezicht. 'Matt.'

Hij dwong zich zijn ogen te openen, het beeld vervaagde en werd toen dubbel. Hij zag twee Sara's over zich heen gebogen. Twee Marla's. Twee kinderen die hij nog nooit in zijn leven had gezien. Ze waren allemaal reusachtig groot, als gigantische versies van zichzelf. De plafondtegels boven hun hoofden waren zelfs nog groter, als vliegende schotels met mammoetachtige tl-buizen.

Hij probeerde overeind te komen.

'Matt, nee,' hield Sara hem tegen. 'Niet doen.'

Hij legde zijn hand tegen zijn hoofd, dat aanvoelde alsof zijn hersenen in een bankschroef zaten. Zijn rechterschouder brandde alsof iemand een hete pook in het vlees ronddraaide. Hij bewoog zijn linkerhand om hem aan te raken, maar Sara hield hem tegen.

'Matt,' zei ze. 'Niet doen.'

Hij tastte met zijn tong zijn mond af, probeerde het bloed te vinden dat hij achter in zijn keel proefde.

Ze streek zijn haar naar achteren en hij zag een glinstering van goud aan haar vinger. Ze droeg zijn Auburn-ring. In zijn eerste jaar had de hele voetbalploeg er een gekregen, en hij had hem sindsdien onregelmatig gedragen.

'Matt?'

Hij knipperde met zijn ogen, hoorde een ver gerinkel in zijn oren galmen. Jeffrey kneep zijn ogen dicht, probeerde zich te oriënteren. Het gerinkel kwam van de telefoon op Marla's bureau. Het bloed dat hij proefde was afkomstig uit een snee ergens op zijn hoofd.

'Matt?' herhaalde Sara. 'Kun je me horen?'

Hij vroeg: 'Waarom noem je...'

Ze zette een fles water tegen zijn lippen. 'Drink dit. Je hebt water nodig.'

Jeffrey dronk, voelde hoe de koele vloeistof zijn uitgedroogde keel open dwong. Het water stroomde in zijn hals toen Sara de fles te schuin hield voor het tempo waarin hij slikte.

'Oké, dank je,' zei hij, terwijl hij haar hand wegduwde.

Hij kneep zijn ogen weer dicht om het beeld helder te krijgen. Toen hij ze weer opendeed vloeiden de twee Marla's samen tot een. Haar wangen waren ingevallen, haar oog was gekneusd en bloedde. Er zaten inderdaad twee kinderen, maar hun gezichten waren identiek. Een derde kind leunde tegen Sara aan; het was een klein meisje dat schokkerig in- en uitademde terwijl het probeerde haar angst onder controle te houden.

Jeffrey draaide zich weer om naar Sara. Hij had haar nog nooit zo bang gezien. Ze keek hem recht en gespannen aan, boorde met haar blik een gat in hem alsof ze probeerde een gedachte in zijn hersenen naar binnen te dwingen. Traag knikte hij dat hij het begreep. Hij moest Matt zijn.

Ze vroeg weer: 'Oké?'

'Ja.' Hij keek om zich heen en probeerde erachter te komen wat er aan de hand was. Ze lagen op de vloer achter in de kantoorruimte; het gebied om hen heen was helemaal leeg. Brad stapelde archiefkasten op elkaar voor de branddeur. Het raam en de deur van Jeffreys kamer waren op eenzelfde manier gebarricadeerd. Tussen het puin lagen lichamen. Burrows, Robinson, Morgan. Morgan had vijf kinderen thuis. Burrows was een enthousiast dierenliefhebber die zich over twee geredde windhonden had ontfermd. Robinson... Robinson was nieuw. Jeffrey kon zich zijn voornaam niet eens herinneren, hoewel hij hem minder dan een week geleden in dienst had genomen.

Het beeld vervaagde weer en hij sloot zijn ogen toen een duizeling een golf van misselijkheid veroorzaakte.

'Diep ademhalen,' zei Sara op dwingende toon, terwijl ze zijn haar naar achteren streek. Zijn hoofd lag in haar schoot, en te oordelen naar het bloed op haar rok had het daar al enige tijd gelegen. Hij probeerde zich te bewegen, maar ontdekte dat zijn voeten met zijn eigen riem aan elkaar waren gebonden.

Plotseling torende er een man boven hen uit, die een geweer op Marla gericht hield en tegelijkertijd Brad met een militaire Sig Sauer onder schot hield. Er zaten nog twee pistolen in holsters op zijn borst, samen met een volledige set extra munitie.

Smith. Jeffrey herinnerde zich dat de man zichzelf Smith had genoemd. Hij herinnerde het zich nu allemaal: Sara die zijn naam riep, het hoofd van Matt dat explodeerde tegen de voordeur, het vuurgevecht erna, de doden. Sam. De voornaam van de nieuwe agent was Sam.

De moordenaar keek met een koude taxerende blik naar Jeffrey. 'Ga rechtop zitten.'

Sara zei: 'Hij moet naar het ziekenhuis.' Ze wachtte niet op een antwoord. 'De kinderen zijn in shock. Ze moeten allemaal naar het ziekenhuis.'

Smith hield zijn hoofd scheef alsof hij iets had gehoord. Hij draaide zich om naar het halletje, waar een andere man een geweer op de balie liet rusten, gericht op de voordeur. De ander was ook in een donker jasje en een kogelvrij vest gekleed. Een zwarte honkbalpet zat laag over zijn voorhoofd getrokken, waardoor zijn gezicht in de schaduw viel. De man keek niet naar Smith, maar knikte kort.

Sara profiteerde van dit korte contact en fluisterde Jeffrey iets toe wat klonk als 'portefeuille'.

Smith draaide zich weer naar Jeffrey om. 'Ga rechtop zitten.' Hij gaf een schop tegen Jeffreys voeten, en door deze beweging kreeg Jeffreys schouder een ruk die hevig genoeg was om het hem te laten uitschreeuwen van de pijn.

'Hij moet naar het ziekenhuis,' herhaalde Sara.

'Hé,' zei Brad, als een kind dat probeerde tussen twee ruziemakende ouders te komen. 'Ik heb hulp nodig met die kasten.'

Smith richtte het geweer op Sara's gezicht. 'Ga hem helpen.'

Sara bleef waar ze was. 'Matt heeft medische verzorging nodig,' zei ze terwijl ze haar hand op Jeffreys goede schouder liet rusten. Haar woorden kwamen er gejaagd en paniekerig uit. 'Zijn pols is heel zwak. De kogel heeft waarschijnlijk een slagader geschampt. Hij is god weet hoe lang bewusteloos geweest. Die wond aan zijn hoofd moet bekeken worden.'

'Je schijnt je niet al te veel zorgen over mij te maken,' zei Smith, wijzend naar een stuk wit textiel dat strak om zijn linkerarm zat gebonden. In het midden zat een donkere plek bloed.

'Jullie lijken me allebei heel goed in staat voor jezelf te zorgen,' zei ze, en keek toen over zijn schouder naar zijn partner in het halletje.

'Inderdaad,' zei hij, wippend op de ballen van zijn voeten. Jeffrey probeerde het gezicht van de tweede man goed te bekijken, maar het licht boven hem was zo schel dat hij zijn ogen niet open kon houden.

Brad struikelde en liet een dossierkast vallen. Bliksemsnel draaiden Smith en de tweede schutter zich om, allebei klaar om te schieten.

Brad stak zijn handen omhoog. 'Sorry,' zei hij. 'Ik probeerde alleen...'

De tweede schutter draaide zich weer om naar de voordeur terwijl Smith naar Brad liep. Sara hield de tweede man in de gaten terwijl ze haar hand onder Jeffreys rug liet glijden. Portefeuille. Ze had portefeuille gezegd.

Hij richtte zich iets op om haar te helpen, verbeet de pijn in zijn schouder, en ze haalde zijn portefeuille uit zijn zak, precies op het moment dat Smith zich weer met een ruk omdraaide. Hij keek strak naar hen, zijn ogen bewogen zich van de een naar de ander, terwijl een soort zesde zintuig zijn argwaan deed opvlammen. De kinderen waren zo bang dat ze nauwelijks ademden en Marla leek nietsziend naar de vloer kijkend in haar eigen wereld te verkeren.

Brad zei: 'Misschien kun jij...'

Smith stak zijn hand op en snoerde hem de mond. Er klonk geen geluid in het vertrek, maar de schutter hoorde duidelijk iets wat zij niet hoorden. Of misschien, bedacht Jeffrey, was het gewoon een paranoïde zak, opgefokt van cocaïne of methamfetamine. Waarom zou iemand in godsnaam iets dergelijks doen? Wat hadden ze er in godsnaam bij te winnen?

Smith liep achteruit, beide vuurwapens op Brad gericht. Hij bleef voor de deur van de toiletten staan, keek naar zijn partner en kreeg een snel knikje als reactie. De twee mannen werkten samen als een precisie-instrument. Zelfs zonder die militaire uitrusting was duidelijk dat ze ofwel samen waren getraind, ofwel samen hadden gevochten.

Smith opende geluidloos de deur van de toiletten en ging met geheven pistool naar binnen. Jeffrey telde de seconden af en keek strak naar de deur terwijl deze zich langzaam sloot. Plotseling hoorden ze een vrouw schreeuwen en een enkel schot. Nog geen minuut later kwam Smith weer de toiletten uit met een politiegordel als een trofee omhooggestoken.

Smith zei tegen zijn partner: 'Ze zat onder het aanrecht.'

De tweede man haalde zijn schouders op alsof het zijn zaak niet was, en Jeffrey voelde zich beroerd worden bij de gedachte aan weer een van zijn agenten die door die beesten was doodgeschoten. Ze had waarschijnlijk al die tijd onder het aanrecht verstopt gezeten, biddend en smekend dat ze haar niet zouden vinden.

Smith gooide de gordel in de richting van de balie voordat hij zich weer tot Jeffrey richtte. 'Ga rechtop zitten,' zei hij, en toen Jeffrey niet snel genoeg bewoog sleurde hij hem aan zijn boord overeind.

Jeffrey voelde zijn maag omhoogkomen terwijl zijn hersenen zich aan de plotselinge verandering probeerden aan te passen. Sara legde haar hand in zijn nek en leidde hem: 'Adem erdoorheen. Niet misselijk worden.'

Hij probeerde te doen wat ze zei, maar de muesli die hij als ontbijt had gegeten wilde niet gehoorzamen. Hij kwam in een hete golf gal omhoog.

'Jezus, godverdomme,' Smith deed snel een stap achteruit om de spetterende vloed te ontwijken. 'Waarmee heb jij ontbeten, man?'

Jeffrey gaf hem een tweede aanwijzing toen de rest van de muesli naar buiten kwam. Hij voelde Sara's hand in zijn nek, waar het metaal van zijn Auburn-ring in de huid drukte. Waarom had ze zijn ring gepakt?

Smith zei: 'Geef me je portefeuille.'

Jeffrey veegde met de rug van zijn hand zijn mond af. 'Die zit in mijn jasje,' zei hij, met een dankgebedje dat hij in de verhoorkamer zo kwaad op Sara was geweest dat hij niet even was blijven staan om het aan te trekken.

'Waar is het?' vroeg Smith dreigend. 'Waar is je jasje?'

Jeffrey haalde diep adem en probeerde de volgende golf die in zijn maag omhoogkwam te onderdrukken.

Smith gaf een schop tegen Jeffreys voeten. 'Waar is je jasje?' zei hij weer.

'In mijn auto.'

Smith greep Jeffreys boord en rukte hem overeind tot hij stond. Jeffrey schreeuwde van de pijn, vuurwerk explodeerde achter zijn oogleden. Hij drukte zijn gezicht tegen de muur en probeerde niet op de vloer terug te glijden. De spieren in zijn schouder bonsden bij iedere hartslag en zijn knieën waren zo zwak dat hij begon te wankelen.

'Je doet het prima,' zei Sara terwijl ze hem onder zijn arm pakte. Ze was verbazingwekkend sterk, en hij hield op dat moment meer van haar dan hij in zijn hele leven had gedaan. 'Blijf ademhalen,' zei ze, hem met een kalmerende rondcirkelende beweging over zijn rug strijkend. 'Je doet het prima.'

'Vooruit.' Smith duwde haar weg. Hij stak het pistool in zijn riem en streek met zijn handen heel geroutineerd langs Jeffreys lichaam. De man wist precies hoe je een verdachte moest fouilleren, en hij sprong niet zachtzinnig om met Jeffreys schouder.

'Goed.' Smith deed een stap achteruit en Jeffrey spande zich tot het uiterste in om hem aan te kijken, tegen de muur leunend om niet in elkaar te zakken. De telefoon begon weer te rinkelen; de metalige klank schuurde tegen iedere zenuw in zijn lichaam.

'Gaat het een beetje, Matt?' Smith sprak de dubbele t nadrukkelijk uit, alsof hij ze uitprobeerde. Jeffrey wist niet of het door paranoia of door paniek kwam, maar hij kreeg het gevoel dat Smith precies wist met wie hij te maken had, en dat diegene niet Matt Hogan was.

'Het gaat niet,' zei Sara. 'De kogel zit waarschijnlijk tegen een slagader gedrukt. Als je tegen hem blijft duwen zou hij los kunnen raken. En dan kan hij doodbloeden.'

'Ach, wat vreselijk toch,' zei Smith, die een blik op Brad wierp om het resultaat van diens werk te bekijken.

Op de achtergrond bleef de telefoon overgaan en Sara zei: 'Waarom neem je niet op en zeg je dat je de kinderen laat gaan?'

Smith hield zijn hoofd schuin, alsof hij haar voorstel overwoog. 'Waarom leg jij je lippen niet om mijn pik en zuig je hem lekker af?'

Sara negeerde deze opmerking en zei: 'Je moet je betrouwbaarheid laten blijken door de kinderen te laten gaan.'

'Ik móét niets.'

Brad zei: 'Ze heeft gelijk. Jij vermoordt geen kinderen.'

'Nee,' zei Smith, die het pistool uit zijn riem trok en het op Brads borst richtte. 'Ik vermoord alleen maar smerissen.'

Hij liet dit terdege doordringen, terwijl het aanhoudende gerinkel van de telefoon de spanning verder opvoerde.

Sara zei tegen hem: 'Hoe eerder je je eisen stelt, hoe sneller we hier allemaal weg kunnen.'

'Misschien wil ik hier helemaal niet weg, dokter Linton.'

Jeffrey klemde zijn kaken op elkaar en bedacht dat de manier waarop de man Sara's naam had genoemd net iets te vertrouwd was.

Smith merkte zijn reactie op. 'Vind je dat niet leuk, jongen?' vroeg hij, zijn gezicht een paar centimeter van dat van Jeffrey. 'Dokter Linton en ik kennen elkaar al een hele tijd. Nietwaar, Sara?'

Sara staarde de jongeman aan, leek onzeker van zichzelf. 'Sinds wanneer dan?'

Smith zond haar een scheef lachje toe. 'Een hele tijd, dacht je ook niet?'

Sara probeerde haar onzekerheid te verbergen, maar voor Jeffrey was het volkomen duidelijk dat ze geen idee had wie die jongen was. 'Vertel jij het maar.'

Ze hielden elkaars blik vast, de spanning tussen hen was om te snijden. Smith likte op suggestieve manier langs zijn lippen en Sara keek de andere kant op. Als Jeffrey had gekund had hij de man besprongen en hem doodgeslagen.

Weer pikte Smith het signaal op. Hij vroeg Jeffrey: 'Wou jij problemen maken, Matt?'

Jeffrey stond zo rechtop als met zijn gebonden enkels mogelijk was. Hij zond de ander een blik toe waaruit pure haat sprak. Smith betaalde hem met gelijke munt terug.

Brad zei iets en verbrak zo de spanning. 'Hou mij hier,' bood hij aan.

Smith hield zijn gezicht op Jeffrey gericht, hoewel zijn blik langzaam de kant van Brad op gleed.

Brad zei: 'Laat ze gaan en hou mij hier.'

Smith lachte om het voorstel en in het halletje begon zijn partner mee te lachen.

'Hou mij dan hier,' zei Sara, en ze hielden beiden op met lachen.

Jeffrey zei: 'Nee.'

Ze negeerde hem en richtte zich tot Smith. 'Jullie hebben Jeffrey al vermoord.' Haar stem trilde even toen ze zijn naam noemde, maar de rest kwam er vrij duidelijk uit. 'Jullie willen Brad of Matt niet. Jullie willen zeker geen oude vrouw en drie kinderen van tien jaar. Laat ze gaan. Laat ze allemaal gaan en hou mij hier.'

Vijf

Zondag

De rit naar Sylacauga bleek een langere omweg te zijn dan Jeffrey had beloofd. Hij zei dat ze die nacht bij zijn moeder zouden blijven slapen, maar in het tempo waarin ze reden dacht Sara dat het eerder de volgende ochtend zou worden. Toen ze dichter in de buurt van Talladega kwamen, liep de snelweg vol met verkeer dat op weg was naar de races van de NASCAR, maar Jeffrey beschouwde dit meer als een uitdaging dan als een hindernis. Nadat hij slingerend een hele reeks auto's, vrachtwagens en terreinwagens had gepasseerd, op zo korte afstand dat Sara haar veiligheidsgordel omdeed, sloeg Jeffrey eindelijk af. Ze was opgelucht tot ze besefte dat het laatste voertuig dat deze weg had gebruikt waarschijnlijk een rijtuigje met een paard was geweest.

Naarmate ze dieper in Alabama doordrongen leek Jeffrey zich meer te ontspannen, en de lange perioden van stilte werden gezellig in plaats van ondraaglijk. Hij vond een goede zuidelijke rockzender en terwijl ze door het boerenland reden luisterden ze naar muziek in de geest van Lynyrd Skynyrd en Alabama. Onderweg wees hij op verschillende bezienswaardigheden, zoals drie onlangs failliet gegane katoenfabrieken en een bandenfabriek die na een ongeluk was gesloten. Het Helen Keller Centrum voor Blinden was een indrukwekkende reeks gebouwen maar was met honderddertig kilometer per uur niet echt goed te zien.

Jeffrey klopte op haar knie terwijl ze langs een volgende countygevangenis kwamen. Hij glimlachte en zei: 'We zijn er bijna,' maar er lag een vreemde uitdrukking op zijn gezicht, alsof hij er spijt van had dat hij haar had meegevraagd.

Ze namen op het laatste moment een afslag naar een volgende verwaarloosde weg en Sara peinsde hoe ze hem kon vragen of hij verdwaald was toen er in de verte een groot bord opdoemde. Ze las hardop: 'WELKOM IN SYLACAUGA, DE GEBOORTEPLAATS VAN JIM NABORS.'

'We zijn hier een trots slag mensen,' zei Jeffrey, terugschakelend toen de weg een bocht maakte. 'Ah,' zei hij vol liefde. 'Daar is een plaatselijke bezienswaardigheid.' Hij wees op een vervallen ogende landelijke winkel. 'Yonders Blossom.'

Het uithangbord was verschoten, maar Sara kon nog wel lezen dat het inderdaad Yonders Blossom heette. Verschillende artikelen die je in een landelijke winkel zou verwachten lagen op strategische plaatsen verspreid over het erf, van een radiator waaruit een varen groeide tot een stel rubberbanden die wit waren geschilderd en als plantenbakken dienden. Naast het gebouwtje stond een grote Coca-Cola-automaat.

Jeffrey vertelde: 'Achter die automaat ben ik mijn maagdelijkheid kwijtgeraakt. '

'Nee maar.'

'Ja,' zei hij met een scheve grijns. 'Op mijn twaalfde verjaardag.'

Sara probeerde niet te laten merken hoe geschokt ze was. 'Hoe oud was zij?'

Hij grinnikte zelfingenomen. 'Niet te oud om door haar moeder over de knie te worden gelegd toen Blossom dorst kreeg en ons betrapte.'

'Dat effect schijn je nu eenmaal op moeders te hebben.'

Hij lachte weer en legde zijn hand op haar been. 'Niet op alle moeders, schatje.'

'Schatje?' herhaalde ze; zoals hij het woord uitsprak had hij het evengoed over zijn favoriete soort biefstuk gehad kunnen hebben.

Hij lachte om haar reactie, hoewel ze nog nooit serieuzer was geweest. 'Je gaat toch niet opeens de feministe uithangen?'

Ze keek naar zijn hand op haar been en zond een duidelijk signaal uit dat die hand daar nu weg moest. 'Toch wel, geloof het of niet.'

Als reactie kneep hij in haar been en liet dezelfde grijns zien die hem waarschijnlijk al duizend keer uit de problemen had gehaald. Sara was niet kwaad; ze kreeg eerder het gevoel dat hij het haar betaald zette dat ze hem ten overstaan van haar moeder stom had genoemd. Tegen beter weten in zei ze er niets van.

Ze reden langzaam door het centrum van het plaatsje, dat veel op dat van Heartsdale leek maar slechts half zo groot was. Onderweg liet hij haar andere 'bezienswaardigheden' uit zijn kindertijd zien. Uit zijn flauwe glimlachjes kreeg ze duidelijk de indruk dat er aan elk van deze plekken verschillende meisjes waren verbonden, maar ze besloot dat ze de details liever niet hoorde.

'Daar heb ik op de middelbare school gezeten.' Hij wees naar een lang, plat gebouw waarvoor verschillende caravans stonden. 'Ah, mevrouw Kelley.'

'Ook een verovering van je?'

Hij liet een laag gebrom horen. 'Was het maar waar. Goeie god, ze is nu waarschijnlijk tachtig, maar toen...'

'Ik zie het helemaal voor me.'

'Jaloers?'

'Op een tachtigjarige?'

'Daar gaan we dan,' zei hij, links afslaand. Ze zaten in Main Street, dat alweer erg veel op die van Heartsdale leek. Hij vroeg: 'Ziet het er bekend uit?'

'Jullie Piggly Wiggly ligt dichter bij het centrum,' zei ze terwijl ze keek hoe een vrouw met drie tassen in haar handen en aan beide kanten een klein kind de levensmiddelenwinkel uit kwam. Sara keek naar de kinderen die zich aan de jurk van hun moeder vasthielden en vroeg zich af hoe het zou zijn om zo'n leven te leiden. Ze had altijd gedacht dat ze, als haar praktijk eenmaal liep, zou trouwen en zelf een paar kinderen zou krijgen. Door een buitenbaarmoederlijke zwangerschap na de verkrachting was er voorgoed een einde aan deze mogelijkheid gekomen.

Ze voelde een brok in haar keel omhoogkomen toen ze er voor de zoveelste maal aan werd herinnerd wat haar allemaal afgenomen was.

Jeffrey wees op een groot gebouw rechts van hen. 'Daar is

het ziekenhuis,' zei hij. 'Daar ben ik geboren toen het nog maar twee verdiepingen en een parkeerplaats met grind was.'

Ze keek naar het gebouw terwijl ze probeerde zich weer te beheersen.

Hij gaf haar zijn zakdoek. 'Gaat het?'

Sara pakte de zakdoek aan. Ze was al eerder ingestort, en om de een of andere reden kreeg ze door zijn gebaar de neiging echt te gaan huilen. Ze veegde echter haar neus af en zei: 'Dat moet van het stuifmeel komen.'

'Alsjeblieft,' zei hij terwijl hij over haar heen leunde om het raam omhoog te draaien. 'Die verdomde kornoeljes ook.'

Ze legde haar hand in zijn nek en streek met haar vingers door zijn haar. Ze was altijd verbaasd hoe zacht het was, als van een kind.

Hij keek naar de weg en toen weer naar haar. Hij liet een van zijn flauwe glimlachjes zien en zei: 'God, wat ben je toch mooi.'

Ze snoot haar neus om het compliment te ontkrachten.

Hij ging rechtop zitten en minderde nog meer vaart. 'Je bent prachtig,' zei hij weer, en kuste haar vlak onder haar oor. De auto ging nog langzamer rijden en hij kuste haar weer.

'Je houdt het verkeer nog op,' waarschuwde ze, maar ze waren de enigen op de weg.

Hij kuste haar weer, ditmaal op haar lippen. Ze werd heen en weer geslingerd tussen genieten van de gewaarwording en het merkwaardige gevoel dat het halve ziekenhuis door de zonneweringen naar hun voorstelling keek.

Ze duwde hem zachtjes weg en zei: 'Ik wil niet eindigen als een van de volgende "plaatselijke bezienswaardigheden" voor het volgende meisje dat je hierheen meeneemt.'

Hij vroeg: 'Denk je dat ik hier andere meisjes mee naartoe neem?' en ze wist niet of hij het serieus meende of niet.

Achter hen toeterde een auto, en Jeffrey reed verder met de toegestane snelheid van vijftig kilometer per uur. Sara was zo slim om er niet op te wijzen dat dit de eerste keer was dat hij zich aan de maximumsnelheid hield sinds ze in de auto waren gestapt. Er was iets veranderd, maar ze kon er niet achter komen wat. Voordat ze een manier kon bedenken om haar vraag te formuleren sloeg hij bij het ziekenhuis een zijstraat in en parkeerde op een oprijlaan achter een donkerblauwe pick-up.

Hij glimlachte tegen haar op een manier die geforceerd aandeed. 'Ik ben zo terug,' zei hij en stapte uit voordat ze hem kon vragen waar hij heen ging.

Sara keek hoe Jeffrey naar de voordeur liep en aanklopte. Hij stak zijn handen in zijn zakken en draaide zich weer om. Ze zwaaide naar hem maar besefte toen dat hij haar vanwege het schelle licht waarschijnlijk niet kon zien. Jeffrey klopte weer maar er werd nog steeds niet gereageerd. Hij draaide zich weer naar de auto om, schermde zijn ogen af tegen de zon en stak een vinger naar haar op om haar duidelijk te maken dat het nog een minuut zou duren. Ze opende het portier om uit te stappen terwijl hij naar de achterkant van het huis rende.

Sara nam de buurt in zich op terwijl ze op hem wachtte. De straat leek nogal op de straten in Avondale, wat niet echt het beste deel van Grant County was. De huizen zagen eruit alsof ze haastig waren gebouwd voor de soldaten die uit de Tweede Wereldoorlog waren teruggekomen, klaar om een gezin te stichten en de oorlog achter zich te laten. Halverwege de jaren veertig moest het een aardige buurt zijn geweest, maar nu zag hij er verwaarloosd uit. Er stonden een paar auto's op blokken en een flink aantal tuinen was hard aan een onderhoudsbeurt toe. Van de meeste huizen bladderde de verf af en op de stoepen groeide onkruid. Sommige eigenaren hadden echter de strijd nog niet opgegeven, en hun smetteloze tuintjes en met vinyl beklede muren getuigden van zorgvuldig onderhoud. Het huis waarvoor Jeffrey had geparkeerd viel in deze tweede categorie, met zijn zorgvuldig gladgeschoren gazon en keurig aangeharkte oprijlaan van grind.

Sara liep de oprijlaan op, langs de bestelwagen. Over de zijkant liep een brede oranje baan met in blauw de woorden AUBURN TIGERS. Naast de voordeur wapperde een oranje vlag met de blauwe afdruk van een poot erop. Ze zag dat ook de postbus oranje-en-blauw was geschilderd. Kennelijk was een van de bewoners van het huis een fan van universiteits-football.

Zonder enige voorafgaande waarschuwing kwam er over de stoep een hondje aanrennen, dat tegen haar op sprong, waarbij het vuile poten op Sara's rok achterliet. Sara zei zonder enig resultaat 'Af!' en knielde toen uiteindelijk om het al te opgewonden dier te aaien, zodat het zou ophouden met dat gespring.

Het hondje blafte, en Sara probeerde niet te kokhalzen toen ze zijn adem rook. Ze aaide de vacht op zijn kop naar achteren en bedacht dat ze nog nooit in haar leven zo'n lelijk dier had gezien. Tot halverwege zijn rug had hij krullend haar als een poedel, maar de vacht op zijn poten was stug als die van een terriër. Zijn kleur was een afzichtelijke combinatie van zwart, grijs en donkerbruin. Zijn ogen puilden uit alsof er iemand in zijn testikels kneep, ook al maakte een snelle controle duidelijk dat hij die niet had. De controle onthulde ook dat hij een zij was.

Sara richtte zich op en probeerde de pootafdrukken van haar rok te kloppen. De klei van Georgia stelde vergeleken bij de modder van Alabama niet veel voor, en zonder een lange weekbeurt zouden de vlekken er nooit van zijn leven uit-gaan.

'Zaftig!' riep een man vanaf de oprijlaan, en Sara keek op om te zien tegen wie de man het had.

Hij hield een boodschappentas in zijn ene hand en klopte met de andere tegen zijn been. 'Tig! Kom hier, meisje.' De hond week niet van Sara's zijde, en de man liep goedgehumeurd lachend de voortuin door. Hij bleef voor Sara staan en liet een zacht gefluit horen terwijl hij haar van top tot teen bekeek. 'Hé, schatje, als je een van die Jehova's getuigen bent, dan ben ik bereid me te bekeren.'

De voordeur zwaaide met een klap open en een donkerharige vrouw van ongeveer Sara's lengte kwam naar buiten. 'Luister maar niet naar die malloot,' zei ze tegen Sara en bekeek haar met aanzienlijk minder waardering dan waarvan de man blijk had gegeven. 'Sara, is het niet?'

'Eh...' stamelde Sara. 'Inderdaad.'

'Ik ben Darnell, maar iedereen noemt me Nell. Dit is mijn man, Jerry.'

'Noem mij maar Possum,' zei hij terwijl hij zijn oranje-met-blauwe honkbalpet aantikte.

Geheel in de war zei Sara: 'Leuk kennis met u te maken.'

'Mevrouw.' Possum tikte nog eens tegen zijn pet alvorens het huis in te lopen.

Nell liet de hond binnen, maar Sara niet. 'Zo,' zei ze leunend tegen de deurstijl. 'Jij bent dat nieuwe liefje van Jeffrey?'

Sara zag niet of ze een grapje maakte, maar ze was in Grant vaak genoeg zo behandeld. Ze sloeg berustend haar armen over elkaar. 'Ik neem aan van wel.'

Nell vertrok haar mond, ze was nog niet klaar. 'Ben je stewardess of stripper?'

Sara begon hard te lachen, maar hield ermee op toen Nell niet meedeed. Ze rechtte haar schouders en koos 'stripper' omdat dat exotischer klonk.

De vrouw kneep haar ogen half dicht. 'Jeffrey zei dat je met kinderen werkte.'

Sara probeerde iets gevats te bedenken, maar kwam niet verder dan: 'Ik gebruik dierenballonnen bij mijn optreden.'

'O, juist.' Ze deed een stap opzij. 'Iedereen zit achter.'

Sara liep de zitkamer van het bescheiden huis in, die waarschijnlijk meer souvenirs van Auburn bevatte dan wettelijk was toegestaan. Pompons en vaantjes hingen boven de open haard en een ingelijste trui met nummer 17 boven de schoorsteenmantel. Onder een glazen stolp op de salontafel stond een klein dorp dat waarschijnlijk een model van de campus van de universiteit was. Op een boekenplank stonden verschillende tijdschriften over voetbal aan de universiteit, en zelfs op de lampenkap was een oranje-met-blauw logo AU geschilderd.

Nell leidde haar door de gang naar de achterdeur, maar Sara bleef voor een ingelijst omslag van een tijdschrift staan. Onder het logo SEC MONTHLY stond een foto van Jeffrey op de 50-meterlijn. Zijn haar was langer, en naar zijn snor te oordelen was de foto ongeveer vijftien jaar oud. Hij droeg een blauwe trui en stond met zijn gymschoen op een bal. De tekst onder aan de pagina luidde: 'De volgende ster voor de Tigers?'

Voordat ze haar woorden kon inslikken vroeg Sara: 'Heeft hij voor Auburn gespeeld?'

Eindelijk lachte Darnell. 'Heeft hij je in bed gekregen zonder je zijn Sugar Bowl-ring te laten zien?' vroeg ze, waarmee ze erin slaagde Sara tegelijkertijd dom en losbandig te laten klinken.

'Hé,' zei Jeffrey, die naar Sara's smaak iets te laat binnenkwam. Hij had een flesje bier in zijn hand. 'Ik zie dat jullie allemaal kennis met elkaar hebben gemaakt.'

Nell zei: 'Je hebt me niet verteld dat ze stripper was, Slick.'

'Alleen in de weekends,' zei hij, terwijl hij Nell het bier overhandigde. 'Alleen maar totdat ze een volledige baan bij die luchtvaartmaatschappij krijgt.'

Sara probeerde zijn blik te vangen om hem duidelijk te maken dat ze hier zo snel mogelijk weg wilde, maar ofwel Jeffrey had de afgelopen paar maanden niet geleerd haar signalen te begrijpen, ofwel hij was zich volledig bewust van de behandeling die ze kreeg en het kon hem niet schelen. Zijn scheve grijns maakte haar duidelijk hoe de vork in de steel zat.

Jeffrey sloeg een arm om haar heen, trok haar tegen zich aan en gaf haar een kus op haar hoofd. Het voelde erg aan alsof hij haar probeerde duidelijk te maken dat ze sportief moest zijn, en Sara kneep hem buitengewoon pijnlijk in de achterkant van zijn arm om hem aan het verstand te brengen dat ze niet in de stemming was voor dit soort spelletjes.

Zijn gezicht vertrok en hij wreef over zijn arm. 'Nell, kun je ons even alleen laten?'

Nell liep weg door de gang en verdween in wat waarschijnlijk de keuken was. Achter de openstaande achterdeur zag Sara een zwembad in de tuin en nog een stel, dat er in strandstoelen bij zat. In de verte blafte een hond. Possum stond met een lange vork in zijn hand bij een barbecue en zwaaide naar hen beiden door de hordeur.

Sara zei: 'Ik kreeg een beetje de indruk dat deze omweg gepland was.'

'Sorry?'

Ze bleef op gedempte toon praten, zich ervan bewust dat Nell waarschijnlijk probeerde mee te luisteren. 'Is dit deel van de indoctrinatie voor al je nieuwe liefjes?'

'Mijn wat?'

Ze wees op de keuken. 'Zo noemde je vriendin me.'

Het pleitte voor hem dat hij geërgerd keek. 'Ze denkt alleen maar...'

'Dat ik een van je sletten ben?' maakte Sara zijn zin af, waarbij haar keel pijn deed van de inspanning, ook al fluisterde ze. 'Want dat zei ze wel zo ongeveer: dat ik een van je sletten ben.'

Hij probeerde zijn glimlach weer op haar uit. 'Sara, schatje...'

'Waag het niet me zo te noemen, klootzak.'

'Ik heb niet...'

Ze moest zich verschrikkelijk inspannen om zachtjes te blijven praten. 'Ik weet niet wie je verdomme denkt dat ik ben, dat je me naar deze uithoek meesleept alleen maar om me voor gek te zetten, maar ik stel het niet op prijs en je hebt ongeveer twee seconden om afscheid te nemen van die lui, want ik ga nu meteen terug naar Grant en het interesseert me geen moer of je dan naast me in de auto zit of niet.'

Er verstreken ongeveer drie seconden voordat hij in lachen uitbarstte. 'Dat is meer dan je de hele reis tegen me hebt gezegd.'

Sara was zo razend dat ze hem een zo hard mogelijke stomp tegen zijn schouder gaf.

'Au,' zei hij, over de plek wrijvend.

'Kan de grote voetbalster geen tikje hebben?' Ze gaf hem weer een stomp. 'Waarom heb je me niet verteld dat je voetbal hebt gespeeld?'

'Ik dacht dat iedereen dat wel wist.'

'Hoe zou ik dat moeten weten?' vroeg ze uit de hoogte. 'Van Rhonda van de bank soms?' Hij greep haar hand voordat ze weer kon stompen. 'Of van die slet van die reclamebordenwinkel?' Ze probeerde haar hand los te trekken, maar hij hield hem te stevig vast.

'Schatje...' Hij zweeg, half en half grijnzend om te laten zien dat hij haar probeerde te paaien. 'Sara.'

'Dacht je dat ik niet wist dat je zo ongeveer iedere vrouw in de stad hebt genaaid?'

Zijn gezicht kreeg een gekwetste uitdrukking. 'Dat waren alleen maar plaatsvervangsters terwijl ik op jou wachtte.'

'Wat ben je toch een klootzak.'

Hij deed een stap in haar richting en stak zijn handen uit om ze om haar middel te leggen. 'Zoen je je moeder ook met die mond?'

Ze probeerde hem weg te duwen maar hij drukte haar tegen de muur. Sara voelde het vertrouwde gewicht van zijn lichaam tegen haar aan drukken, maar het enige waaraan ze kon denken was dat zijn vrienden vlak achter het huis stonden te kijken. Ze verwachtte dat hij haar hartstochtelijk zou kussen of een andere voorstelling van zijn mannelijke bekwaamheden zou geven, gevolgd door een ererondje om het zwembad en een opgestoken duim van Possum, maar het enige wat hij deed was een zoen op haar voorhoofd drukken en zeggen: 'Ik ben hier in zes jaar niet geweest.'

Ze keek hem aan, vooral omdat zijn gezicht zich op minder dan vijf centimeter van het hare bevond.

Plotseling sloeg de deur met een klap open en kwam een van de meest aantrekkelijke mannen die Sara alleen op modetijdschriften ooit had gezien het huis binnenslenteren. Hij was even lang als Jeffrey maar had bredere schouders en liep uitdagender.

Toen hij zijn mond opendeed sprak hij met het meest sexy, slepende zuidelijke accent dat ze ooit had gehoord. 'Ben je te bang om me je nieuwe vriendin voor te stellen, Slick?'

'Tuurlijk niet,' zei Jeffrey, die bezitterig zijn arm om Sara's middel legde. 'Schatje, dit is Spot. Possum en hij waren in mijn jeugd mijn beste vrienden.'

'We zitten nog steeds te wachten tot deze jongen hier eindelijk eens volwassen wordt,' zei de man, die deed alsof hij Jeffrey een stomp wilde geven. 'Bovendien is het nu Robert.'

Possum riep van buiten: 'Kan een van jullie even die hamburgers uit de ijskast halen?'

Robert vroeg: 'Slick, waarom doe jij dat niet?' Hij pakte Sara bij de arm en nam haar mee door de gang voordat Jeffrey hen tegen kon houden.

Hij hield de hordeur voor Sara open en vroeg: 'Hoe was de reis?'

'Goed,' zei ze, hoewel dat discutabel was. Ze probeerde iets positiefs te bedenken. 'Mijn god, wat een prachtige tuin.'

Possum straalde. 'Nell vindt het heerlijk om buiten te zitten.'

'En dat is te zien ook,' zei Sara, die dit werkelijk meende. Overal bloeiden weelderige bloemen; ze stroomden over de rand van potten op het terras, klommen omhoog langs de houten schutting. Een geweldige magnolia beschaduwde een hangmat achter in de tuin en verschillende coniferen stonden contrasterend tegen de schutting. Afgezien van de blaffende honden in de tuin ernaast was deze tuin een oase.

'Wauw,' zei Robert, die tegen haar aan botste toen de hond langs hen heen schoot.

'Tig!' riep Possum halfhartig toen de hond in het zwembad dook. Ze zwom naar de overkant, klom er weer uit en begon door het gras te rollen, waarbij haar poten in de lucht schopten.

'Man,' zei Possum. 'Wat zou ik er niet voor overhebben om zo te kunnen leven.'

De vrouw die bij het zwembad zat keek over haar schouder. 'Dat heeft ze allemaal van Jeffrey geleerd.' Ze wees op de stoel naast zich. 'Kom naast me zitten, Sara. Ik ben niet zo vreselijk als Nell.'

Sara ging graag op het aanbod in.

'Jessie,' stelde de vrouw zichzelf voor. Met een loom handgebaar duidde ze Robert aan. 'Dat exemplaar daar is mijn echtgenoot.' Ze sprak het woord uit als 'eggenoot', waarbij ze erin slaagde het door de toon waarop ze het zei een enigszins pornografische bijsmaak te geven.

Tegemoetkomend zei Sara: 'Het lijkt me een aardige man.'

'Dat lijken ze aanvankelijk allemaal,' zei ze achteloos. 'Hoe lang ken je Slick al?'

'Niet zo lang,' biechtte Sara op, die zich afvroeg of iedereen hier een bijnaam had. Ze kreeg heel duidelijk de indruk dat Jessie waarschijnlijk nog erger was dan Nell. Ze ging alleen iets beleefder te werk. Te oordelen naar haar adem was een royale dosis alcohol verantwoordelijk voor haar zachtaardige stemming.

'Het is een heel close groepje,' merkte Jessie op terwijl ze zich vooroverboog om een glas wijn te pakken. 'Ik ben nieuw in de stad, wat betekent dat ik hier nog maar twintig jaar woon. Ik ben in mijn eerste studiejaar van LA hierheen verhuisd.'

Gezien haar accent veronderstelde Sara dat ze Lower Alabama bedoelde.

'Robert zit bij de politie, net als Jeffrey. Is dat niet leuk? Ik noem ze Mutt en Jeff, maar Jeffrey heeft er een hekel aan Jeff te worden genoemd.' Ze nam een flinke slok wijn. 'Possum is de baas van de winkel, daar bij de Tasty Dog. Je zou de kinderen van hem en Nell moeten leren kennen, vooral de oudste. Het is een prachtige kleine jongen. Het is zo heerlijk om kinderen om je heen te hebben. Nietwaar, Bob?'

'Wat is er, liefje?' vroeg Robert, hoewel Sara zeker wist dat hij haar wel had verstaan.

Nell kwam naast Sara zitten en gaf haar een fles bier. 'Een vredesaanbod,' zei ze.

Sara nam de fles aan, hoewel ze altijd vond dat bier naar afwaswater smaakte. Sara besloot haar best te doen en zei: 'Je hebt een prachtige tuin.'

Nell haalde diep adem en blies weer uit. 'De azalea's hebben razendsnel gebloeid en zijn even snel weer verlept. De buurman is nooit thuis om zijn honden te verzorgen, dus die lopen de hele dag te blaffen. Ik raak die steekmieren bij de hangmat maar niet kwijt en Jared komt voortdurend met gifklimop aan, maar ik heb geen flauw idee waar hij het vandaan haalt.' Ze pauzeerde even om weer adem te halen. 'Maar bedankt. Ik doe mijn best.'

Sara draaide zich om om Jessie bij het gesprek te betrekken, maar deze had haar ogen gesloten.

'Waarschijnlijk bewusteloos geraakt.' Nell wuifde zichzelf met haar hand koelte toe. 'Mijn god, wat ben ik vreselijk tegen je geweest.'

Sara dong hier niet op af.

'Normaal ben ik niet zo vervelend. Als Jessie wakker was zou ze je wel iets anders vertellen, maar je kunt niet afgaan op een vrouw die voor vier uur 's middags een hele fles wijn drinkt, en dan bedoel ik niet alleen op zondag.' Ze sloeg een vlieg dood. 'Heeft ze je verteld dat ze hier nieuw is?'

Sara knikte.

'Je mag wel blij zijn dat ze buiten westen is geraakt. Als het nog een paar minuten langer had geduurd had ze je verteld hoe afhankelijk ze altijd is van de vriendelijkheid van vreemden.'

Sara nam een slokje bier.

'Slick is hier in geen eeuwen geweest. Hij is uit het stadje vertrokken alsof de duivel hem op de hielen zat.' Ze zweeg even. 'Ik denk dat ik kwaad op hem was en daarom jou te grazen heb genomen.' Ze legde haar hand op Sara's stoel. 'Wat ik wil zeggen is dat het me spijt dat ik zo tekeer ben gegaan.'

'Dank je voor je verontschuldiging.'

'Ik had het niet meer toen je dat zei over die dierenballonnen.' Ze lachte. 'Hij heeft me verteld dat je dokter was, maar dat geloofde ik niet.'

'Kinderarts,' bevestigde Sara.

Nell leunde achterover in haar stoel. 'Je moet slim zijn om op de medische opleiding te worden toegelaten, niet?'

'Behoorlijk slim.'

Ze knikte waarderend. 'Dan neem ik aan dat je weet waar je aan begint met Jeffrey.'

'Dank je,' zei Sara, en meende het. 'Je bent de eerste die dat zegt.'

Nell werd serieus en keek Sara enigszins medelijdend aan. 'Wees niet verbaasd als ik niet de laatste ben.'

Zes

In de vijf uur die ze in het huis van Nell doorbracht kwam Sara meer over Jeffrey Tolliver aan de weet dan in de drie maanden die ze nu met hem omging. Jeffreys moeder was een onverbeterlijke alcoholiste en zijn vader zat in de gevangenis vanwege iets waarover niemand zich echt uitliet. Jeffrey had twee jaar voor zijn afstuderen Auburn voor gezien gehouden en was bij de politie gegaan zonder iemand te vertellen waarom. Hij danste uitstekend en had een hekel aan limabonen. Hij was zeker niet het type dat wilde trouwen, maar dat hoefde Nell Sara niet te vertellen. Jeffrey zond voortdurend de boodschap 'overtuigde vrijgezel' uit.

Aangezien Nell kans had gezien het grootste deel van deze details binnensmonds te mompelen tijdens een buitengewoon agressief spelletje Trivial Pursuit, was Sara uitsluitend op de hoogte van de hoofdzaken en helemaal niet van de verdere details. Het was pikdonker toen ze afscheid namen van de groep, en terwijl Sara en Jeffrey naar het huis van zijn moeder liepen probeerde ze een manier te bedenken om meer te weten te komen.

Uiteindelijk kwam ze niet verder dan: 'En wat doet je moeder?'

'Verschillende dingen,' zei hij, en daar liet hij het bij.

'En je vader?'

Hij bracht haar koffer naar zijn andere hand over en sloeg zijn arm om haar heen. 'Je leek je vanavond prima te vermaken.'

'Nell heeft veel inzicht in mensen.'

'Ze houdt van het geluid van haar eigen stem.' Hij liet zijn hand naar haar heup glijden. 'Ik zou niet alles geloven wat ze zegt.'

'Waarom niet?'

Zijn hand gleed nog verder omlaag terwijl hij zijn neus in haar nek drukte. 'Je ruikt lekker.'

Ze registreerde de boodschap maar veranderde niet echt van onderwerp. 'Weet je zeker dat je moeder het niet lastig vindt dat we blijven slapen?'

'Ik heb haar een paar uur geleden bij Nell gebeld,' zei Jeffrey. 'Weet je nog, toen Nell je mijn levensverhaal vertelde?' Hij wierp haar een blik toe waaruit bleek dat hij precies wist wat er met Nell was voorgevallen, hoewel Sara ervan uit moest gaan dat Jeffrey haar niet zou hebben meegenomen om kennis te maken met zijn vrienden zonder precies te weten wat er zou gebeuren.

Ze besloot hem uit te dagen. 'Dit is een behoorlijk makkelijke manier om me alles over je leven te vertellen zonder dat je een woord hoeft te zeggen.'

'Ik heb je al gezegd: ik zou niet alles geloven wat Nell vertelt.'

'Ze kent je al sinds jullie zes waren.'

'Ze is niet echt mijn grootste fan.'

Uiteindelijk bracht Sara de spanning tussen hen ter sprake. 'Je gaat me toch niet vertellen dat je ook iets met haar hebt gehad?'

Hij antwoordde niet, wat ze als een bevestiging opvatte. 'Hier is het,' zei hij, wijzend op een huis met een aftandse Chevrolet Impala op de oprijlaan. Jeffrey mocht hun komst dan hebben aangekondigd, zijn moeder had niet de moeite genomen een lamp voor hen aan te laten. Het was volkomen donker in het huis.

Ze aarzelde. 'Kunnen we niet beter naar een hotel gaan?'

Hij lachte en ondersteunde haar toen ze over wat los grind uitgleed. 'Er zijn hier geen hotels, behalve een achter het café, waar vrachtwagenchauffeurs kamers per uur huren.'

'Klinkt romantisch.'

'Voor sommigen is het dat misschien ook wel,' opperde hij terwijl hij haar voorging op de trap. Zelfs in het donker zag Sara dat het een van de huizen was die door gebrek aan onderhoud waren vervallen. Hij waarschuwde haar: 'Pas op voor die plank' terwijl hij zijn hand over de bovenkant van de deurlijst liet glijden.

'Doet ze de deur op slot?'

'We zijn een keer beroofd, toen ik twaalf was,' legde hij uit terwijl hij de sleutel in het slot manoeuvreerde. 'Sindsdien is ze bang.' De deur klemde aan de onderkant, en hij duwde hem met zijn voet open. 'Welkom.'

De lucht van nicotine en alcohol was overweldigend en Sara was blij dat haar gezicht in het donker niet te zien was. Er hing een verstikkende stank in het huis, en ze kon zich niet voorstellen dat ze er de nacht zou doorbrengen, laat staan dat ze er zou wonen.

'Het is oké,' zei hij met een gebaar dat ze naar binnen moest gaan.

Ze dempte haar stem: 'Moeten we niet stil zijn?'

'Die slaapt door een wervelstorm heen,' zei Jeffrey terwijl hij de deur achter hen dichtdeed. Hij sloot hem met de sleutel af en liet, te oordelen naar het geluid, de sleutel in een glazen schaal vallen.

Sara voelde zijn hand op haar elleboog. 'We moeten naar achteren,' zei hij terwijl hij dicht achter haar aan liep. Ze deed ongeveer vier stappen door de voorkamer toen ze de eetkamertafel voor zich voelde. Nog drie stappen en Sara stond in een kleine gang, waar ze in het licht van een nachtlampje een wc-deur en aan weerszijden twee dichte deuren zag. Hij deed de deur rechts open en liep achter haar aan naar binnen, waarna hij de deur weer sloot en het licht aanknipte.

'O,' zei Sara, die knipperend met haar ogen de kleine kamer bekeek. Een dubbel bed met groene lakens en zonder deken was in de hoek onder een raam geduwd. Affiches van halfnaakte vrouwen zaten overal met plakband op de muren en Farah Fawcett had een ereplaats boven het bed gekregen. De kastdeur bevatte de enige afwijkende versiering: op een affiche was een kersrode Mustang met een open dak te zien en een overdreven blondine die over de motorkap gebogen stond – waarschijnlijk omdat het gewicht van haar opgeblazen borsten het haar onmogelijk maakte rechtop te staan.

'Fraai,' wist Sara uit te brengen terwijl ze zich afvroeg hoe beroerd dat hotel eigenlijk was.

Jeffrey leek voor het eerst sinds ze elkaar hadden leren kennen beschaamd. 'Mijn moeder heeft er sinds mijn vertrek niet veel aan veranderd.'

'Dat zie ik,' zei ze. Toch was Sara wel geïntrigeerd. Toen zij een tiener was geweest hadden haar ouders haar duidelijk gemaakt dat jongenskamers verboden terrein waren, en dus had Sara deze ervaring gemist. Het affiche met Farah Fawcett was voorspelbaar, maar er was nog iets met de kamer, een soort fluïdum. Het rook er niet naar sigarettenrook of bourbon. Die geur was verdrongen door testosteron en zweet.

Jeffrey legde haar koffer plat op de vloer en ritste hem voor haar open. 'Ik weet dat het niet is wat je gewend bent,' zei hij, nog steeds met iets van schaamte in zijn stem. Ze probeerde zijn blik te vangen, maar hij was bezig iets in zijn weekendtas te zoeken. Uit zijn houding maakte ze op dat hij zich schaamde over het huis en over wat ze waarschijnlijk vond van dat hij hier was opgegroeid. Zo bezien zag de kamer er anders uit, en Sara merkte op hoe keurig alles op zijn plaats stond en dat de affiches op gelijke afstanden van elkaar hingen, alsof hij een liniaal had gebruikt. Ook zijn huis in Grant County weerspiegelde deze drang aan orde. Sara was er maar een paar keer geweest, maar voorzover ze had gezien stond ook daar alles precies op zijn plaats.

'Het is prima,' stelde ze hem gerust.

'Ja,' beaamde hij, hoewel niet van harte. Hij vond zijn tandenborstel. 'Ik ben zo terug.'

Sara keek hoe hij de kamer uit liep en de deur zachtjes achter zich dichtdeed. Ze profiteerde van zijn afwezigheid en trok snel haar pyjama aan, steeds naar de deur kijkend voor het geval zijn moeder zou binnenkomen. Nell had niet echt complimenteus geklonken toen ze over May Tolliver had gepraat en Sara wilde de vrouw niet ontmoeten zonder een broek aan te hebben.

Sara ging op de vloer zitten en ploegde haar koffer door op zoek naar haar haarborstel. Ze vond hem ingepakt in een korte broek en slaagde erin haar haarspeld te verwijderen zonder al te veel van haar krullende, verwarde haar uit haar hoofd te trekken. Al borstelend keek ze de kamer rond naar de affiches en de verschillende voorwerpen die Jeffrey vroeger had verzameld. Op de vensterbank lagen verschillende uitgedroogde botten die ooit van een klein dier waren geweest. Op het nachtkastje, dat van eigen makelij leek, stonden een kleine lamp en een glazen bakje met een handvol muntjes. Op een prikbord zaten hier en daar lintjes en in een melkkrat zaten cassettebandjes met de titels van de nummers netjes op kaartjes getypt. Tegenover de plaats waar ze zat stond een geïmproviseerde boekenkast van houten planken en bakstenen, van het ene einde naar het andere vol boeken. Waar Sara stripverhalen en nu en dan een Hardy Boys had verwacht vond ze dikke delen met titels als *Strategische veldslagen uit de Burgeroorlog* en *De sociaal-politieke netwerken van de wederopbouw in het landelijke zuiden*.

Ze legde de borstel neer en pakte het minst intimiderend ogende studieboek op. Op de voorpagina vond ze Jeffreys naam, gevolgd door een datum en informatie over de colleges. Terwijl ze het boek doorbladerde zag ze waar hij in de marges massa's aantekeningen had gemaakt en passages die interessant waren had onderstreept en gehighlight. Sara was enigszins geschokt toen ze besefte dat ze Jeffreys handschrift helemaal niet kende. Hij had nooit een briefje voor haar achtergelaten of in haar tegenwoordigheid boodschappenlijstjes geschreven. In tegenstelling tot haar eigen krampachtige blokletters had hij een prachtig, vloeiend handschrift – het soort dat ze op school niet meer onderwezen. Zijn w's waren vlekkeloos en gingen mooi over in de klinkers ernaast. De lussen van zijn g's hadden allemaal hetzelfde patroon, alsof hij er een mal voor had gebruikt. Hij schreef zelfs in een rechte lijn en niet diagonaal zoals de meeste mensen op ongelinieerd papier deden.

Ze streelde met haar vinger over zijn aantekeningen en voelde de moeten die het potlood in het papier had achtergelaten. De woorden leken bijna gegraveerd, alsof hij te hard op het potlood had gedrukt.

'Wat zit je te doen?'

Sara kreeg een steek van schuldgevoel, alsof ze was betrapt

met zijn dagboek in plaats van met een studieboek van lang geleden. 'De Burgeroorlog?'

Hij knielde naast haar en pakte het boek uit haar handen. 'Mijn hoofdvak was Amerikaanse geschiedenis.'

'Je zit vol verrassingen, Slick.'

Bij het horen van deze naam vertrok zijn gezicht toen hij het boek weer op zijn plaats zette – nauwkeurig in het gelid, zodat het even ver uitstak als de andere. Een dun streepje stof gaf de precieze plaats aan. Hij trok een dun, in leer gebonden boekje van de plank. Op de band stond in gouden letters simpelweg BRIEVEN.

'Het zijn brieven van soldaten aan hun vriendinnen thuis,' zei Jeffrey, door het broos uitziende boekje bladerend en een pagina opslaand die hij uit zijn hoofd moest hebben gekend. Hij schraapte zijn keel en las voor: '"Liefste. De nacht valt en ik lig wakker, verwonderd over het karakter van de man die ik ben geworden. Ik kijk naar de fluwelen hemel en vraag me af of jij nu omhoogkijkt naar deze zelfde sterren en ik bid dat je geest het beeld zal vasthouden van de man die ik voor jou ben geweest. Ik bid dat je me nog steeds ziet."'

Jeffrey keek strak naar de woorden, met een glimlach om zijn lippen alsof hij een geheim met het boek deelde. Hij las voor op dezelfde manier als waarop hij de liefde bedreef: weloverwogen, hartstochtelijk, welsprekend. Sara wilde dat hij doorging, haar in slaap wiegde met het diepe regelmatige ritme van zijn stem, maar met een diepe zucht verbrak hij de betovering.

'Maar goed.' Hij zette het boek weer op zijn plaats met de woorden: 'Ik had ze moeten verkopen toen het jaar achter de rug was, maar ik kon de moed niet opbrengen.'

Ze wilde dat hij doorging met voorlezen, maar zei: 'Ik heb ook een paar van mijn boeken gehouden.'

Hij ging achter Sara op de grond zitten, zijn benen aan weerszijden van haar. 'Dat kon ik me niet veroorloven.'

'Ik was ook niet bepaald rijk,' zei ze, in de verdediging gedrongen. 'Mijn vader is loodgieter.'

'Die het halve stadje bezit.'

Sara ging hier niet op in en hoopte dat hij het onderwerp verder zou laten rusten. Eddie Linton had wat goede beleggingen in onroerend goed in de buurt van de universiteit gedaan, waar Jeffrey achter was gekomen na een paar telefoontjes van huiseigenaren over luidruchtige huurders die binnenkort op straat zouden worden gezet. Ze veronderstelde dat het gezin Linton naar Jeffreys maatstaven rijk was, maar Sara en Tessa waren opgegroeid met de indruk dat ze nooit meer geld mochten uitgeven dan wat ze in hun zak hadden – wat nooit veel was.

Jeffrey zei: 'Ik neem aan dat Nell je over mijn vader heeft verteld.'

'Zo'n beetje.'

Zijn lach had een harde klank. 'Jimmy Tolliver was een kleine gangster die dacht dat hij een grote slag zou slaan. Tijdens die bankroof werden er twee mannen doodgeschoten, en nu zit hij achter de tralies zonder kans op proefverlof.' Jeffrey pakte de haarborstel op. 'Met wie je ook praat in dit stadje, iedereen zal je vertellen dat ik net zo slecht ben als hij.'

'Dat betwijfel ik ernstig,' sprak Sara hem tegen. Ze werkte nu al een tijdje met Jeffrey en wist dat hij altijd meer dan zijn best deed om correct op te treden. Zijn integriteit was een van de belangrijkste redenen waarom ze zich tot hem aangetrokken had gevoeld.

Hij zei: 'Ik heb toen ik klein was een hoop problemen gehad.'

'Dat geldt voor de meeste jongens.'

'Die hebben geen problemen met de politie gehad,' riposteerde hij, en ze wist niet wat ze moest zeggen. Zo slecht kon hij niet zijn geweest, want anders had geen enkele politieorganisatie in het land hem toegelaten, laat staan dat ze hem de sleutels van het bureau hadden gegeven.

Hij voegde eraan toe: 'Ik kan me zo voorstellen dat Nell je ook het een en ander over mijn moeder heeft verteld.'

Sara gaf geen antwoord.

Hij begon haar haar te borstelen. 'Deed je het daarom zo beroerd met Trivial Pursuit? Had je het te druk met luisteren naar wat Nell allemaal vertelde?'

'Ik ben nooit goed geweest in bordspelletjes.'

'En in andere spelletjes?'

Ze sloot haar ogen en genoot van de strelende haren van de

borstel. 'Ik heb je verslagen met tennissen,' bracht ze hem in herinnering.

'Ik heb je laten winnen,' zei hij, hoewel ze wist dat hij zich bijna dood had gevochten.

Jeffrey streek haar haar naar achteren en kuste zachtjes haar hals.

'Wil je soms een revanche?' stelde ze voor.

Hij sloeg zijn armen om haar heen en trok haar dichter tegen zich aan. Hij deed iets met zijn tong waardoor ze gedachteloos in hem wegzonk.

Ze probeerde rechtop te gaan zitten maar hij hield haar tegen. Ze fluisterde: 'Je moeder ligt in de kamer hiernaast.'

'De kamer hiernaast is de wc,' zei hij terwijl hij zijn handen onder haar jasje liet glijden.

'Jeff...' hapte ze naar adem toen zijn hand in haar pyjamabroek verdween. Ze hield hem tegen voordat hij verder kon gaan.

Jeffrey zei: 'Vertrouw me, die slaapt overal doorheen.'

'Daar gaat het niet om.'

'Ik heb de deur op slot gedaan.'

'Waarom heb je de deur op slot gedaan als ze overal doorheen slaapt?'

Hij gromde tegen haar net zoals hij het toen over zijn leraar op de middelbare school had gehad. 'Weet je hoeveel nachten ik als jongen in deze kamer wakker heb gelegen, wensend dat ik hier een prachtige vrouw bij me had?'

'Ik betwijfel ernstig of ik de eerste vrouw ben met wie je hier bent.'

'Hier?' vroeg hij, op de vloer wijzend.

Ze draaide zich om zodat ze hem kon aankijken. 'Is dat voor jou soms een afrodisiacum – me vertellen hoeveel vrouwen je in je slaapkamer hebt gehad?'

Hij schoof een paar centimeter over de vloer en trok haar met zich mee. 'Je bent de eerste die ik *hier* heb.'

Ze zuchtte overdreven diep. 'Eindelijk een manier om me van de anderen te onderscheiden.'

'Hou daarmee op,' zei hij, opeens serieus.

'Want anders?' plaagde ze.

'Ik speel geen spelletjes.'

'Naar wat ik heb gehoord...'

'Ik meen het, Sara. Dit is niet zomaar een spelletje voor me.'

Ze keek hem aan, kon hem niet volgen.

'Wat je toen tegen je moeder zei,' zei hij terwijl hij een lok achter haar oor streek. 'Ik heb je niet alleen voor de lol.' Hij zweeg even voordat hij zijn blik afwendde en naar de boekenplanken keek. 'Ik weet dat dat voor jou geldt, maar niet voor mij, en ik wil dat je ophoudt dit soort dingen te zeggen.'

Iedere waarschuwing die Sara de laatste paar maanden te horen had gekregen sloeg nu als een vloedgolf door haar brein, en ze verbeet de opkomende neiging haar armen om hem heen te slaan en hem te vertellen hoeveel ze van hem hield. Instinctief wist ze dat een deel van de redenen waarom Jeffrey dit nu tegen haar zei was dat hij geen idee had van haar gevoelens. Sara was niet zo onnozel dat ze het hem zou vertellen.

Hij werd duidelijk doodzenuwachtig van haar zwijgen. Ze zag zijn onderkaak bewegen en hij staarde over haar schouder in de verte.

Sara probeerde hem aan te kijken, maar hij ontweek haar blik. Ze haalde haar vinger langs zijn lippen en glimlachte toen ze besefte dat hij zich voor haar had geschoren. Zijn huid was glad en ze rook zijn aftershave samen met iets mufs.

Hij zei: 'Vertel eens hoe je je voelt.'

Sara vertrouwde zichzelf niet genoeg om antwoord te geven. Ze kuste zijn kaak, daarna zijn hals. Toen hij niet reageerde kuste ze de palm van zijn hand.

Jeffrey legde zijn handen aan weerszijden tegen haar gezicht, met een intense en niet te doorgronden blik. Hij gaf haar een lange, sensuele kus terwijl hij haar achteroverduwde, en Sara voelde hoe ze met de vloer versmolt. Hij legde zijn handen om haar borsten en bracht met zijn tong over haar hele huid rillingen teweeg. Langzaam begon hij aan de weg omlaag, zijn ademhaling een vederlichte kus over haar buik, daarna lager. Hij bracht zijn tong in haar, en Sara voelde een kortstondige gewichtloosheid terwijl alles in haar lichaam zich op die ene plek richtte. Ze haalde haar vingers door zijn haar, trok hem omhoog naar haar toe om hem te laten ophouden.

Zijn stem was een schor gefluister: 'Wat is er?'

Ze trok hem dichter tegen zich aan, hem kussend, zichzelf

in zijn mond proevend. Er was helemaal geen haast, maar toch voelde Sara een grote, dringende behoefte toen ze met de ritssluiting van zijn spijkerbroek knoeide. Hij probeerde haar te helpen, maar Sara zei: 'Nee', terwijl ze genoot van zijn gewicht in haar hand.

'In me,' zei ze, in zijn oor bijtend tot er een keelgeluid bij hem opwelde. 'Ik wil je in me.'

'Christus,' fluisterde hij, en zijn hele lichaam trilde terwijl hij probeerde zich in te houden. Hij stak zijn hand uit naar zijn broek, probeerde een condoom te vinden, maar ze riep hem scherp tot de orde en leidde hem naar binnen.

Ze kromde haar lichaam toen hij binnendrong. Aanvankelijk bewoog hij traag, bijna pijnlijk, tot Sara's hele lichaam strak stond als een vioolsnaar. De spieren op zijn rug stonden even gespannen, en onwillekeurig zette ze er haar nagels in toen ze probeerde hem dieper in zich te trekken. Jeffrey hield het ritme traag, keek naar iedere beweging die ze maakte, stemde zijn lichaam op het hare af zodat ze verschillende malen tot de rand werd gevoerd maar daarna steeds weer zachtjes naar de aarde werd teruggebracht. Ten slotte voerde hij het tempo op, zijn heupen maalden tegen de hare, het gewicht van zijn lichaam duwde haar naar de grens, tot de verlossing haar hoofd achteroverdwong, haar mond open. Hij kuste haar, waardoor hij haar geluiden smoorde, terwijl zijn eigen lichaam tegen het hare sidderde.

'Sara,' fluisterde hij in haar oor terwijl hij zich uiteindelijk liet gaan.

Ze hield hem in zich en hij begon haar weer te kussen, traag en sensueel, terwijl hij de zijkant van haar gezicht streelde alsof ze een kat was. Haar lichaam krampte van de naschokken, en ze sloeg haar armen om hem heen, hield hem dicht tegen zich aan, kuste zijn lippen, zijn gezicht, zijn oogleden, tot hij zich uiteindelijk op zijn zij liet rollen en zijn gewicht op zijn elleboog liet rusten.

Ze liet wat adem ontsnappen en voelde hoe haar lichaam langzaam van het hoogtepunt neerdaalde. Het duizelde haar nog en ze kon haar ogen niet openhouden, hoe ze het ook probeerde.

Met zijn vingers streelde hij haar slaap, raakte haar oogleden, haar wangen aan. 'Ik ben gek op je huid,' zei hij terwijl hij zijn hand over haar lichaam liet glijden.

Ze legde haar hand op de zijne terwijl ze een tevreden zucht slaakte. Ze zou de hele nacht zo kunnen blijven liggen – misschien zelfs de rest van haar leven. Ze voelde zich nu dichter bij Jeffrey dan ze zich haar hele leven bij een man had gevoeld. Sara wist dat ze bang hoorde te zijn, dat ze moest proberen een deel van zichzelf niet prijs te geven, maar op dat moment was het enige waaraan ze kon denken daar liggen en hem laten doen wat hij wilde.

Zijn vingers vonden het litteken in haar linkerzij en hij zei: 'Vertel me hier eens iets over.'

Sara's brein maakte een wervelende beweging van withete paniek en ze dwong zichzelf zich niet van hem los te rukken. 'Blindedarm,' zei ze, hoewel de wond door een jachtmes was veroorzaakt.

Hij opende zijn mond en ze wist zeker dat hij nu zou vragen hoe het mogelijk was dat ze als arts niet wist dat een blindedarm aan de rechterkant zat, maar hij zei: 'Buikvliesontsteking?'

Ze knikte, hopend dat het hierbij zou blijven. Liegen was niet Sara's gewoonte, en ze wist dat het het beste was geen ingewikkeld verhaal te verzinnen.

'Hoe oud was je toen?'

Ze haalde haar schouders op en keek hoe hij naar zijn vinger keek, die langs het litteken ging. De rand was gekarteld, zeer zeker niet de precisiesnee van het mes van een chirurg. Een gegolfd blad had de wond veroorzaakt toen het mes bijna tot aan het heft in haar zij was verdwenen.

'Ik vind het wel sexy,' zei hij terwijl hij zich vooroverboog om het litteken te kussen.

Sara legde haar hand op zijn achterhoofd en staarde naar het plafond terwijl de enormiteit van de leugen tot haar door begon te dringen. Dit was nog maar het begin. Als ze ooit een soort toekomst met Jeffrey wilde hebben moest ze het hem nu vertellen, voordat het te laat was.

Hij streek met zijn lippen over de hare. 'Ik had gedacht morgen vroeg te vertrekken.'

Haar mond ging open, maar in plaats van hem de waarheid

te vertellen zei ze: 'Je wilt geen afscheid nemen van je vrienden?'

Hij haalde zijn schouders op. 'We kunnen ze bellen als we in Florida zijn.'

'Godver,' Sara richtte zich op, zoekend naar een klok. 'Hoe laat is het?'

Hij probeerde haar achterover te trekken, maar Sara was te snel. Ze rommelde in haar koffer en vroeg: 'Waar is mijn horloge?'

Hij vouwde zijn handen achter zijn hoofd. 'Vrouwen hoeven geen horloge te dragen.'

'Waarom niet?'

Hij glimlachte. 'Omdat er een klok op de oven zit.'

'Heel leuk,' zei ze, haar borstel naar hem gooiend. Hij ving hem met één hand op. 'Ik heb mijn moeder gezegd dat ik zou bellen zodra we in Florida waren.'

'Bel haar dan morgen.'

Sara vond haar horloge en vloekte binnensmonds. 'Het is al na middernacht. Ze maakt zich vast zorgen.'

'Er is een telefoon in de keuken.'

Haar onderbroekje zat nog om haar enkel omdat het haar niet helemaal gelukt was het weg te schoppen. Sara probeerde het zo elegant mogelijk aan te trekken, gevolgd door haar pyjamabroek.

'Hé,' zei hij.

Ze keek op, maar hij schudde zijn hoofd om aan te geven dat hij van gedachten was veranderd.

Ze knoopte haar jasje dicht terwijl ze naar de deur liep. Haar hand lag al op de kruk toen ze besefte: 'Er zit geen slot op.'

Hij deed verbaasd: 'Echt waar?'

Sara liep de gang in en trok de deur achter zich dicht. Ze zocht tastend haar weg langs de muur en bleef staan op de plaats waar ze wist dat de eettafel stond. Het nachtlampje gaf zo ver van de badkamer niet veel licht en Sara gebruikte haar handen om haar weg naar de keuken te vinden. Buiten de kamer was de geur van nicotine nog sterker dan ze zich herinnerde. Door puur geluk vond ze de telefoon aan de muur bij de koelkast.

Ze draaide op kosten van de ontvanger het nummer van

haar ouders, fluisterde haar naam toen de juffrouw van de centrale erom vroeg en hoopte dat ze Jeffreys moeder niet wakker zou maken. Het gesprek werd doorverbonden en de telefoon ging een keer over voordat haar vader opnam.

'Sara?' zei Eddie met krakende stem.

Ze leunde tegen het aanrecht, opgelucht hem te horen. 'Hallo, pappie.'

'Waar zit je in godsnaam?'

'We zijn onderweg in Sylacauga langsgegaan.'

'Waar is dat in godsnaam?'

Ze begon het uit te leggen, maar hij liet haar niet uitspreken.

'Het is al na middernacht,' zei hij op scherpe toon, nu hij zich realiseerde dat er niets met haar aan de hand was. 'Wat heb je in jezusnaam uitgevoerd? Je moeder en ik hebben ons vreselijk zorgen gemaakt.'

Ze hoorde Cathy op de achtergrond iets mompelen en Eddie zei: 'Ik wil de naam van die zak niet horen. Ze heeft nog nooit zo laat gebeld voordat ze hem kende.'

Sara zette zich schrap voor een tirade, maar haar moeder zag kans de hoorn uit haar vaders handen te rukken voordat hij verder een woord kon zeggen.

'Liefje?' Cathy klonk bezorgd, en Sara voelde zich schuldig over hoe ze de afgelopen twee uur had doorgebracht terwijl ze ook even twee minuten had kunnen bellen om haar ouders te laten weten dat het goed met haar ging.

'Het spijt me dat ik niet eerder heb gebeld,' zei Sara. 'We zijn gestopt in Sylacauga.'

'En dat is?'

'Een stadje,' zei Sara, nog steeds niet wetend of ze het goed uitsprak. 'Jeffrey is hier opgegroeid.'

'O,' zei Cathy. Sara wachtte of er nog meer zou komen, maar haar moeder zei alleen maar: 'Gaat het wel goed?'

'Ja,' stelde Sara haar gerust. 'We hebben een leuke avond gehad met vrienden van hem. Ze hebben samen op school gezeten. Het is net Grant hier, alleen kleiner.'

'O ja?'

Sara probeerde haar toon te ontcijferen, maar slaagde hier niet in. 'We zijn nu bij zijn moeder. Ik heb haar nog niet ontmoet maar ik weet zeker dat zij ook aardig is.'

'Goed, laat het ons weten als je morgen in Florida aankomt, als je tenminste tijd kunt vinden.'

'Goed,' antwoordde Sara, nog steeds niet in staat de klank van haar moeders stem te ontcijferen. Ze wilde haar moeder vertellen wat er was gebeurd, wat Jeffrey had gezegd, maar ze had er niet de moed voor. Nog belangrijker was dat ze geen dwaas genoemd wilde worden.

Cathy concludeerde niets uit Sara's aarzeling. Ze zei: 'Slaap lekker dan.'

Sara wenste haar hetzelfde en hing op voordat haar vader weer aan de lijn kon komen. Ze liet haar hoofd achterover tegen de keukenkast leunen, en vroeg zich af of ze nog een keer zou bellen. Hoe vreselijk ze het ook vond dat haar moeder zich met haar zaken bemoeide, Sara vond Cathy's mening belangrijk. Er gebeurde op dit moment te veel. Ze moest er met iemand over praten.

In de eetkamer klonk een luide bons toen er iemand tegen de tafel viel.

Een vrouwenstem grauwde een vloek.

'Hallo?' zei Sara, zodat Jeffreys moeder niet zou schrikken.

'Ik weet dat je daar bent,' zei de vrouw met raspende en koude stem. 'Jezus christus,' mompelde ze terwijl ze de deur van de koelkast opendeed. In het licht zag Sara een voorovergebogen oude vrouw met peper-en-zoutkleurig haar. Haar gezicht was veel gerimpelder dan door haar leeftijd werd gerechtvaardigd, en iedere lijn om haar mond leek in dienst van het roken van sigaretten te staan. Ze rookte nu ook een sigaret, de as aan het uiteinde boog door.

May Tolliver zette met een klap een fles gin op de aanrecht, nam een lange haal van haar sigaret en richtte haar aandacht op Sara. 'Wat doe je precies?' vroeg ze, en grinnikte daarna vals. 'Dat wil zeggen, afgezien van mijn zoon naaien?'

Sara was zo geschokt dat ze begon te stotteren. 'I... I... Ik heb...'

'Fraaie dokter,' zei ze. 'Hè?' Het lachje klonk weer, ditmaal nog valser. 'Hij leert je nog wel mores. Dacht je soms dat je de eerste was? Denk je dat je zo speciaal bent?'

'Ik...'

'Lieg niet tegen me,' blafte de oude vrouw. 'Ik kan hem van hier in je kut ruiken.'

Een paar tellen later stond Sara op straat. Ze kon zich niet herinneren dat ze de sleutel had gevonden of de voordeur had geopend of zelfs maar het huis uit was gelopen. Het enige wat ze wist was dat ze een zo groot mogelijke afstand tussen zichzelf en Jeffreys moeder wilde. Nog nooit in haar leven had een andere vrouw iets dergelijks tegen haar gezegd. Sara's gezicht brandde van schaamte, en toen ze uiteindelijk onder een straatlantaarn bleef staan om op adem te komen merkte ze dat de tranen over haar wangen stroomden.

'Godver,' mompelde ze terwijl ze zich een hele slag omdraaide in een poging zich te oriënteren. Ze was in elk geval linksaf gegaan, maar afgezien daarvan had Sara geen idee van haar omgeving. Ze kon zich niet eens de naam van Jeffreys straat herinneren, laat staan dat ze wist hoe zijn huis eruitzag. Er blafte een hond terwijl ze langs een geel huis met een wit hek kwam, en Sara huiverde toen ze besefte dat ze de hond en het hek niet herkende. Om het allemaal nog erger te maken brandden haar voeten van het hete asfalt en waren de muggen op volle sterkte komen opdagen om zich tegoed te doen aan de idioot die in niets anders dan een dunne katoenen pyjama in het holst van de nacht alleen op straat rondliep. Ze wist niet waarom ze het belangrijk vond het huis terug te vinden. Ook al zou het haar lukken het terug te vinden, Sara zou liever op straat slapen dan weer naar binnen gaan. Haar enige hoop was de route van het huis van Jeffrey naar dat van Nell en Possum terug te vinden. Er zat een magnetisch sleutelkluisje tegen de onderkant van de BMW. Jeffrey kon zelf wel een lift naar Grant terug krijgen. Het kon Sara niet schelen of ze haar kleren of haar koffer ooit nog zou zien.

Plotseling klonk er een bloedstollende schreeuw door de nacht. Sara bleef met een ruk staan terwijl de spanning loodzwaar in de lucht hing. De uitlaat van een auto knalde als een pistool en elke spier in haar lichaam spande zich van de adrenaline. In de verte zag ze een lange gedaante snel haar kant op komen, en instinctief draaide Sara zich om en rende zo hard mogelijk weg. Zware voetstappen bonkten achter haar en ze rende uit alle macht; haar longen barstten bijna in haar borst terwijl ze wanhopig probeerde te ontsnappen.

'Sara!' riep Jeffrey terwijl hij met zijn vingertoppen over haar rug streek. Ze bleef zo abrupt staan dat hij met een klap tegen haar aan liep, waardoor ze allebei vielen. Hij zag kans haar val met zijn lichaam te breken, maar haar elleboog sloeg tegen het plaveisel.

'Wat is er met jou aan de hand?' vroeg hij agressief, terwijl hij haar bij haar arm overeind trok. Hij sloeg een paar steentjes van de zijkant van haar pyjamabroek. 'Heb jij geschreeuwd?'

'Natuurlijk niet,' snauwde ze, plotseling kwader op hem dan ze ooit had gedacht te kunnen worden. Waarom had hij haar hierheen meegenomen? Wat had hij gehoopt te bereiken?

'Kalm nou maar,' zei hij, zijn hand uitstekend alsof hij haar wilde troosten.

Ze sloeg zijn hand weg. 'Raak me niet aan,' was het enige wat ze kon zeggen voordat de uitlaat van de auto weer knalde. Ditmaal wist Sara echter dat het geen auto was. Ze was vaak genoeg op de schietbaan geweest om het geluid van een vurend wapen te herkennen.

Jeffrey hield zijn hoofd scheef terwijl hij probeerde erachter te komen uit welke richting het geluid kwam. Weer klonk er een enkel schot, en hij draaide zich om met de woorden: 'Blijf hier.' Hij schoot de weg af in de richting van het gele huis met het houten hek.

Sara kwam zo snel mogelijk achter hem aan, om het hek heen waar Jeffrey overheen gesprongen was, over een uitgesleten paadje in iemands tuin om achter het gele huis te komen. Ze zag een heldere lichtflits toen Jeffrey de achterdeur intrapte, waarna er nog een schreeuw klonk. Een paar tellen later rende hij weer naar buiten en leken alle lichten in het huis tegelijk aan te gaan.

'Sara!' schreeuwde Jeffrey en wuifde dat ze binnen moest komen. 'Snel!'

Ze rende naar hem toe en voelde een scherpe steek in haar voetzool toen ze door het gras liep. Er lagen naalden en dennenappels, en ze probeerde zo voorzichtig mogelijk te lopen zonder vaart in te houden.

Jeffrey greep haar arm en trok haar het huis in. De indeling was dezelfde als die bij Possum: een lange gang door het midden en de slaapkamers rechts.

'Daar verderop,' zei Jeffrey, terwijl hij haar in de richting van de slaapkamers duwde. Hij pakte de telefoon in de keuken en zei: 'Ik bel de politie.'

Sara kreeg even een schok toen ze de grote slaapkamer in liep.

De ventilator aan het plafond draaide wankelend omdat hij scheef hing en de bladen maakten een vreemd hakkend geluid. Jessie stond naast een open raam en haar mond bewoog, maar er kwam geen geluid uit. Een man zonder overhemd lag met zijn gezicht omlaag op de vloer bij het bed. De rechterkant van zijn hoofd was eraf geblazen. Vegen bloed wezen in de richting van een pistool met een korte loop, alsof het weg was geschopt van het stuk vlocr in de buurt van zijn linkerhand.

'Mijn god,' mompelde Sara. Er lag een fijne nevel van bloeddruppeltjes op de vloer bij het bed; delen van het plafond en de lamp op de ventilator zaten onder de bloedspatten. Een stuk schedel met hoofdhuid hing aan het nachtkastje; iets wat eruitzag als een stuk van een oorlel zat tegen de voorkant van de la geplakt.

Ondanks het afgrijselijke tafereel voelde Sara hoe haar medische training de overhand kreeg. Ze liep naar de man toe, drukte haar vingers tegen zijn hals om een hartslag te vinden. Ze controleerde zijn halsslagader en vond niets; haar vingers kleefden aan de huid toen ze probeerde ze terug te trekken. Er lag een glans van zweet over het lichaam. De weeë zoete geur van vanille vulde de lucht.

'Is hij dood?'

Sara draaide zich met een ruk om.

Robert stond achter de deur van de slaapkamer. Hij stond enigszins voorovergebogen, steun zoekend tegen de muur. Zijn linkerhand lag over een wond in zijn zij, bloed sijpelde tussen zijn vingers door naar buiten. In zijn rechterhand hield hij een pistool, dat op de dode man was gericht.

Sara zei tegen Jessie: 'Ga eens een paar handdoeken halen,' maar de vrouw bewoog niet.

'Gaat het?' vroeg Sara, die zorgde dat ze bij Robert uit de buurt bleef. Hij hield het pistool nog steeds bij zijn zij en er lag een glazige blik in zijn ogen, alsof hij niet wist waar hij was.

Jeffrey kwam binnen en beoordeelde in een oogwenk de situatie. 'Robert?' zei hij, terwijl hij een paar stappen in de richting van zijn vriend deed. De andere man knipperde met zijn ogen en scheen toen Jeffrey te herkennen.

Jeffrey wees op het pistool. 'Waarom geef je dat niet aan mij, man?'

Roberts hand trilde toen hij het wapen met de loop naar voren aan Jeffrey gaf. Jeffrey haalde de veiligheidspal over en stak het pistool in de band van zijn spijkerbroek.

Sara zei tegen Robert: 'Ik moet je je overhemd uittrekken, oké?'

Hij keek haar niet-begrijpend aan. 'Is hij dood?'

'Waarom ga je niet even zitten?' stelde ze voor, maar hij schudde zijn hoofd en liet zich weer tegen de muur zakken. Hij was een grote man en heel gespierd. Zelfs in zijn hemd en boxershort zag hij eruit als iemand die niet gewend was bevelen te krijgen.

Jeffrey keek Sara even aan voordat hij vroeg: 'Wat is er gebeurd, Bobby?'

Roberts mond maakte heftige bewegingen, alsof het hem moeite kostte iets te zeggen. 'Hij is dood, hè?'

Jeffrey stond tussen zijn vriend en het lijk. 'Wat is er gebeurd?'

Jessie sprak op gejaagde toon, terwijl ze op het raam wees. 'Hier,' zei ze. 'Hier kwam hij binnen.'

Jeffrey liep langs de muren door de kamer en keek door het open raam naar buiten zonder het aan te raken. Hij zei: 'De hor is weggehaald.'

Robert siste van de pijn terwijl Sara het hemd van zijn bovenlichaam trok. Niettemin hielp hij haar het over zijn hoofd te trekken, zodat ze goed kon zien wat voor schade er was aangericht. Hij vloekte tussen zijn tanden en greep het hemd stevig beet terwijl ze tastend op de wond drukte. Er droop een gestaag straaltje bloed van het kleine gaatje in zijn zij in de band van zijn boxershort, maar hij drukte zijn overhemd over de plek heen om het bloeden te stelpen voordat Sara de wond goed had kunnen onderzoeken. Ze zag een uitgangswond iets hoger in zijn rug voordat hij zijn lichaam van haar afwendde.

De kogel zat in de muur rechts achter hem en rode speldenpuntjes bloed vormden een kring om het gat.

'Bob,' zei Jeffrey, ditmaal op scherpe toon. 'Kom op, man. Wat is er gebeurd?'

'Ik weet het niet,' zei Robert, die zijn hemd zo'n beetje in de wond draaide. 'Hij kwam gewoon...'

Jessie viel hem in de rede: 'Hij heeft Bobby neergeschoten.'

'Hij heeft je neergeschoten?' herhaalde Jeffrey, die het verhaal kennelijk van Robert zelf wilde horen. Er lag een vreemde ondertoon van woede in zijn stem terwijl hij rondkeek in de kamer, waarschijnlijk om het tafereel voor zichzelf te reconstrueren.

Jeffrey wees op een kogelgat in de muur aan de andere kant van het bed. 'Is dat van zijn pistool of van dat van jullie?'

'Van het zijne,' zei Jessie met schrille stem. Afgaande op haar gedrag veronderstelde Sara dat de vrouw zo hard praatte om te verhullen dat ze stoned was. Ze zwaaide als een slinger heen en weer en haar pupillen waren zo groot dat ze in direct zonlicht meteen zou worden verblind.

Jeffrey legde Jessie met een blik het zwijgen op. 'Robert, vertel me wat er is gebeurd.'

Robert schudde zijn hoofd, terwijl hij zijn hand stevig tegen zijn gewonde zij drukte.

Jeffrey zei op eisende toon: 'Goddomme, Robert, laten we zorgen dat je verhaal klopt voordat iemand het opschrijft.'

Sara probeerde te helpen: 'Vertel ons gewoon wat er gebeurd is.'

'Bob?' drong Jeffrey aan, zijn boosheid nog hoorbaar.

Sara probeerde het op een vriendelijke manier: 'Het zou makkelijker zijn als je even ging zitten' zei ze tegen Robert.

'Het zou makkelijker zijn als hij eens iets zei, godverdomme,' schreeuwde Jeffrey.

Robert keek naar zijn vrouw, zijn mond een rechte lijn. Hij schudde zijn hoofd, en Sara dacht dat ze tranen in zijn ogen zag. Jessie daarentegen stond daar maar, licht heen en weer zwaaiend, haar kamerjas om zich heen getrokken als om zich tegen de kou te beschermen. Ze zou zich waarschijnlijk pas de volgende morgen realiseren hoe dicht bij de dood ze allebei waren geweest.

'Hij kwam door het raam naar binnen,' zei Robert uiteindelijk. 'Hij richtte een pistool op Jess. Een pistool op haar hoofd.'

Jessies gezicht stond ondoorgrondelijk terwijl hij dit zei. Zelfs op die afstand zag Sara dat ze er moeite mee had het verhaal te volgen. Aan Jessies voeten lagen verschillende geopende medicijnflesjes, die waarschijnlijk van het nachtkastje waren gevallen. Er zaten bloedspatten op de driehoekige witte tabletten. Sara zag waar haar voetafdrukken vegen hadden achtergelaten op de hoge pool van het tapijt. Jessie was op weg naar het raam langs het lichaam gerend. Sara vroeg zich af wat ze had gedacht. Had ze geprobeerd te ontsnappen terwijl haar echtgenoot voor zijn leven vocht?

Jeffrey zei: 'En toen?'

'Jessie schreeuwde, en ik duwde...' Robert wierp een blik op de dode man op de vloer. 'Ik duwde hem achteruit en hij viel... en toen schoot hij op me – raakte me – en ik...' Hij zweeg en probeerde zijn emoties onder controle te krijgen.

'Er is drie keer geschoten,' herinnerde Sara zich. Ze keek in de kamer rond en probeerde wat ze op straat had gehoord te rijmen met het verhaal dat hij vertelde.

Robert staarde naar de dode man. 'Weet je zeker dat hij dood is?'

'Ja,' zei ze, wetend dat liegen nergens goed voor was.

'Hier?' vroeg Jeffrey, die kennelijk probeerde Robert af te leiden van de grimmige waarheid. Hij wees op het kogelgat bij het bed. 'Heeft hij de eerste keer gemist?'

Robert slikte zichtbaar. Sara zag een druppel zweet over zijn wang rollen toen hij antwoord gaf: 'Ja.' Dat hij nog steeds overeind stond getuigde van wilskracht.

'Hij kwam door het raam binnen,' begon Jeffrey. 'Hij zette een pistool tegen Jessies hoofd.' Zoekend naar een bevestiging keek hij naar Jessie, die snel knikte. 'Je duwde hem van het bed en hij schoot op je. En toen pakte jij je pistool. Klopt dat?' Robert knikte kort, maar Jeffrey was nog niet klaar. 'Waar bewaar je dat pistool? In de kast? In de la?' Hij wachtte, maar weer werkte Robert niet bepaald mee. 'Waar bewaar je je pistool?'

Jessie deed haar mond open, maar sloot hem weer toen Robert naar een dichte kast tegenover het bed wees en zei: 'Daar,' voordat Jeffrey zijn vraag kon herhalen.

'Dus je pakte je pistool,' zei Jeffrey terwijl hij de kast opendeed. Er viel een overhemd uit en hij legde het terug op de stapel. Over zijn schouder zag Sara dat er een uit plastic gegoten bewaarplaats voor een pistool op de bovenste plank lag. 'Bewaar je je reservepistool hier ook?'

Robert schudde zijn hoofd. 'In de zitkamer.'

'Goed.' Jeffrey liet zijn hand op de open kastdeur liggen. 'Je pakte je pistool. En toen schoot hij?'

'Ja,' knikte Robert, hoewel hij niet erg overtuigd klonk. Zijn stem klonk sterker toen hij eraan toevoegde: 'En toen schoot ik hem neer.'

Jeffrey draaide zich weer om naar de scène, knikkend alsof hij inwendig een gesprek voerde en alles reconstrueerde. Hij liep weer naar het raam en wierp een blik naar buiten. Sara keek geschokt toe hoe hij te werk ging. Niet alleen had Jeffrey dingen veranderd op de plaats delict, hij hielp Robert nu ook een geloofwaardig verhaal in elkaar te draaien hoe het allemaal was gebeurd.

Jessie schraapte haar keel en haar stem beefde toen ze Sara vroeg: 'Komt het goed met hem?'

Het duurde even voordat Sara besefte dat Jessie het tegen haar had. Ze was nog steeds volledig op Jeffrey gericht en vroeg zich af wat deze nu zou doen. Hij was heel even met Robert en Jessie alleen geweest voordat hij Sara binnen had geroepen. Wat had hij in die tijd gedaan? Wat hadden ze bekokstoofd?

'Sara?' drong Jessie aan.

Sara dwong zich te concentreren op datgene waarop ze invloed kon hebben en vroeg Robert: 'Mag ik nu kijken?'

Hij trok zijn hand weg van de kogelwond en Sara hervatte het onderzoek. Door zijn hemd was het bloed overal uitgesmeerd, maar ze dacht dat ze een V-vormig schroeipatroon vlak onder de opening zag.

Ze probeerde het bloed weg te vegen, maar Robert legde zijn hand weer over de wond en zei: 'Niets aan de hand.'

'Ik moet toch even kijken...'

Hij viel haar in de rede. 'Het gaat prima.'

Sara probeerde zijn blik vast te houden, maar hij wendde de zijne af. Ze zei: 'Misschien kun je beter even gaan zitten tot de ambulance er is.'

Jeffrey vroeg: 'Is het ernstig?'

'Nee,' antwoordde Robert in haar plaats, weer tegen de achtermuur leunend. En tegen Sara: 'Dank je.'

'Sara?' vroeg Jeffrey.

Ze haalde haar schouders op, niet wetend wat ze moest zeggen. In de verte hoorde ze het gehuil van een sirene. Jessie sloeg haar armen voor haar borst alsof ze het opeens koud had. Sara wilde dat hemd zien, ze wilde zien of de stof in hetzelfde patroon was verbrand als Roberts huid, maar hij hield het stevig in zijn vuist en drukte het tegen de wond.

Sara was nog maar twee jaar lijkschouwer, maar het soort spoor dat ze gezien dacht te hebben kwam zo uit het boekje. Zelfs een groentje dat nog maar twee dagen dit werk deed zou weten wat het betekende.

Het pistool was tegen het lichaam gedrukt afgevuurd.

Zeven

11:45

Lena stond voor Stomerij Burgess naar het politiebureau aan de overkant van Main Street te kijken. De getinte glazen deur was te donker om iets te kunnen zien, maar nog steeds staarde ze ernaar alsof ze in het gebouw kon kijken, alsof ze precies wist wat er gebeurde. Een halfuur geleden was er nog een schot gelost. Van de twee agenten van wie ze aan het begin van de gebeurtenissen niet wisten waar ze waren, had alleen Mike Dugdale zich gemeld. Marilyn Edwards ontbrak nog en Frank zei dat hij dacht dat de aantrekkelijke jonge politieagente toen de overval begon in de kantoorruimte had gezeten. Iedereen van de politie in Grant liep verslagen rond. Het enige wat Lena kon bedenken was dat als ze vijf minuten eerder aan het werk was gegaan ze iets had kunnen doen. Misschien had ze Jeffrey kunnen redden. Op dit moment wilde ze zo graag in het gebouw zijn dat ze het verlangen kon proeven.

Ze draaide zich om en keek naar Nick en Frank bij de tafel met kaarten. De agenten van het Georgia Bureau of Investigation (GBI) hingen rond bij het koffieapparaat, met gedempte stem pratend terwijl ze op orders wachtten. Pat Morris praatte met Molly Stoddard, en Lena vroeg zich af of Pat een van Sara's patiënten was geweest. Hij was er jong genoeg voor.

'Ben je nou helemaal,' zei Frank tegen Nick, hard genoeg om over alle activiteiten heen te worden gehoord. Iedereen in het vertrek keek op.

Nick wees op het kantoor van de oude Burgess. 'Daar.'

Ze liepen samen naar het kleine raamloze vertrek en sloten de deur achter zich. De spanning die ze hadden opgeroepen hing nog steeds in de kamer, en een paar mensen liepen naar de achterkant van de stomerij, waarschijnlijk om naar buiten te gaan om na deze uitbarsting even te roken en erover te praten.

Lena haalde haar mobieltje te voorschijn en wachtte tot het bereik had. Het piepte twee keer, wat betekende dat ze berichten had. Ze overlegde wie ze zou bellen: Nan of Ethan. Haar oom Hank schoot haar even door het hoofd, maar gezien hun gesprek die ochtend, toen hij haar bijna had gesmeekt op zijn schouder uit te huilen, zou het lijken alsof ze toegaf als ze hem nu belde, en dat was Lena niet van plan. Ze vond de gedachte dat ze mensen nodig had bijna even weerzinwekkend als ze een helpende hand te moeten toesteken. Uiteindelijk zette ze de telefoon weer af en stopte hem in haar zak, terwijl ze zich afvroeg waarom ze dat verdomde ding überhaupt had aangezet.

Frank kwam naast haar staan. Zijn adem rook zuur toen hij vroeg: 'Zitten er scherpschutters op het dak?'

Lena wees op het gebouw naast het station. 'Daar zitten er twee, voorzover ik kan zien,' zei ze, wijzend op de mannen in het zwart die op hun buik met scherpschuttersgeweren op het dak lagen.

'Er zijn nog twintig mensen van het bureau van Nick gekomen,' zei hij.

'Waarvoor?'

'Om een beetje met hun duimen te staan draaien, voorzover ik zie.'

'Frank,' begon Lena, die een brok in haar keel omhoog voelde komen. 'Weet je het zeker?'

'Wat?'

'Van Jeffrey,' zei ze; het woord kwam er maar nauwelijks uit.

'Ik heb het met mijn eigen ogen gezien,' zei Frank, zichtbaar ontdaan door de herinnering. Hij veegde met zijn hand zijn neus af en sloeg zijn armen over elkaar. 'Hij ging gewoon neer. Sara kroop naar hem toe en...' Hij schudde zijn hoofd. 'En meteen zette de schutter een pistool tegen haar hoofd en zei dat ze daar weg moest.'

Lena beet op haar lip en voelde een verrassende sympathie voor Sara Linton in zich opwellen.

'Nick schijnt te weten wat hij doet,' zei Frank. 'Ze hebben net alle elektriciteit van het hele gebouw afgesneden.'

'Werken de telefoons dan nog?'

'Er is een rechtstreekse lijn naar Marla's balie,' zei Frank. 'Die heeft de chef meteen laten aanleggen toen hij hier kwam werken. Ik heb tot dit moment nooit begrepen waarom.'

Lena knikte en probeerde er niet te veel aan te denken. Toen hij de baan als chef had aangenomen had Jeffrey veel dingen gedaan die op dat moment ongebruikelijk hadden geleken, maar die uiteindelijk volmaakt logisch waren geweest.

Frank zei: 'De telefoonmaatschappij heeft hem zo aangelegd dat ze niet naar buiten kunnen bellen, behalve naar ons.'

Lena knikte weer, terwijl ze zich afvroeg wie dit allemaal had georganiseerd. Als het aan haar lag zouden ze het gebouw nu meteen bestormen, de klootzakken vinden die dit allemaal begonnen waren en er een einde aan maken, zodat hun lijken het gebouw uit gedragen konden worden.

Ze zette haar voet op de vensterbank en strikte haar schoenveter, zodat Frank niet zou zien dat de tranen in haar ogen opwelden. Ze vond het verschrikkelijk dat ze tegenwoordig om het minste of geringste kon huilen. Ze kreeg er een stompzinnig gevoel van, vooral omdat iemand als Frank het als een zwakheid zou opvatten, terwijl de werkelijkheid was dat ze huilde omdat ze maar een haarbreed van de totale woede verwijderd was. Hoe kon iemand zoiets doen? Hoe konden ze naar het bureau gaan, de laatste plek die Lena nog als heilig beschouwde, en iets dergelijks doen? Jeffrey was haar leidsman geweest door alle ellende die haar de laatste paar jaren was overkomen. Hoe kon hij haar nu worden afgenomen, nu ze net haar leven begon terug te krijgen?

Frank mompelde: 'En die klotemedia proberen zich er ook al mee te bemoeien.'

'Wat?' vroeg ze, een snik onderdrukkend.

'De media,' zei hij. 'Ze proberen helikopters hierheen te krijgen om de zaak te filmen.'

'Het bureau ligt in de no-fly zone,' merkte Lena op, terwijl ze met de rug van haar hand haar neus afveegde. Fort Grant was onder Reagan gesloten, waardoor duizenden inwoners van Grant hun baan waren kwijtgeraakt en het stadje Madison was geruïneerd. De militaire no-fly-zone was echter nog van kracht, en dat zou de televisiestations ervan moeten weerhouden hun helikopters boven het gebied te laten hangen.

Frank zei: 'Dat geldt niet voor het ziekenhuis.'

'Stelletje klootzakken,' zei ze, zich afvragend hoe iemand dergelijk werk kon doen. Het waren aasgieren, en de mensen thuis, die het allemaal live zaten te bekijken, waren zelf ook geen haar beter.

Met gedempte stem zei Frank: 'We moeten de boel hier onder controle houden.'

'Wat bedoel je daarmee?'

'Nu Jeffrey er niet meer is...' Frank staarde uit over de straat. 'We moeten onze mensen leiding geven.'

'Heb je het over jezelf?' vroeg Lena, maar ze zag aan zijn gezicht dat hij het niet zo had bedoeld. Ze vroeg: 'Wat is er met je aan de hand? Ben je ziek?'

Hij haalde zijn schouders op en veegde met een vuil ogende zakdoek zijn mond af. 'Matt en ik hebben gisteravond iets verkeerds gegeten.' Ze schrok toen ze tranen in zijn ogen zag toen hij Matt ter sprake bracht. Lena kon zich niet voorstellen wat het voor hem had betekend zijn vriend pal onder zijn ogen te zien sterven. Frank was Matts supervisor geweest toen deze als jongeman zijn opwachting bij de politie had gemaakt. Er waren sindsdien bijna twintig jaar verstreken, en ze hadden zo ongeveer elke dag samengewerkt.

Frank zei: 'We kennen Nick. We weten wat voor man hij is. Hij zal alle steun nodig hebben die we hem kunnen geven.'

'Zaten jullie daarover te praten op kantoor?' vroeg Lena. 'Het zag er vijf minuten geleden niet naar uit dat je stond te springen om hem te steunen.'

'We zijn het niet met elkaar eens hoe dit verder moet. Ik wil niet dat er een of andere bureaucraat binnen komt wandelen en er een puinhoop van maakt.'

'Dit is geen cowboyfilm,' bracht Lena hiertegen in. 'Als die onderhandelaar weet wat hij doet, moeten we gewoon zijn aanwijzingen volgen.'

'Het is geen man,' zei Frank. 'Het is een vrouw.'

Lena zond hem een vernietigende blik toe. Frank had vanaf Lena's eerste dag duidelijk gemaakt dat hij vond dat vrouwen geen uniform hoorden te dragen. Het moest aan hem hebben gevreten dat er een vrouw uit Atlanta op weg was om de leiding op zich te nemen.

Frank zei: 'Het gaat me er niet om dat het een vrouw is.'

Lena schudde haar hoofd, woedend dat hij zich zorgen maakte over iets stompzinnigs als dit. 'Je komt niet bij die rot-GBI door koekjes te bakken.'

'Nick is samen met die meid opgeleid toen hij hier kwam werken. Hij kent haar.'

'Wat heeft hij je verteld?'

'Hij wil er niet over praten,' zei Frank, 'maar iedereen weet wat er is gebeurd.'

Lena zette haar stekels op. 'Ik weet van niets.'

'Ze zaten vast in een restaurant buiten Whitfield. Twee idioten met pistolen wilden het lunchpubliek beroven.' Hij schudde zijn hoofd. 'Ze aarzelde. De hele zaak liep in minder dan een minuut mis. Zes doden.' Hij wierp haar een blik van verstandhouding toe. 'Onze mensen daar binnen bidden om een verlosser' – hij wees met een vinger naar het bureau – 'en zij heeft niet de kloten om het te doen.'

Lena staarde naar de overkant van de straat. Er zaten nog maar zes mensen in de kantoorruimte.

Ze keek Frank weer aan. 'We moeten erachter komen wat daar gaande is.' Er waren ouders en echtgenotes en vriendjes die nog steeds in onzekerheid verkeerden, die nog zaten te wachten op bericht of hun geliefde leefde of dood was. Lena wist hoe het voelde om iemand te verliezen, maar ze was er in ieder geval tamelijk snel achter gekomen dat Sibyl dood was. Ze had niet hoeven wachten zoals die gezinnen nu. Jeffrey had het haar verteld, en daarna waren ze naar het lijkenhuis gegaan. En dat was alles geweest.

Frank vroeg: 'Wat is er?'

Ze had haar gedachten de vrije loop gelaten en zich alle

tweede kansen herinnerd die Jeffrey haar had gegeven, met inbegrip van die van vandaag. Wat voor stommiteiten Lena ook beging, hij was in haar blijven geloven. Er was niemand anders die dat ooit nog zou doen.

Frank herhaalde: 'Wat is er?'

'Ik dacht alleen...' zei ze, maar ze hield haar mond toen ze een helikopter boven de horizon zag verschijnen. Lena en Frank keken allebei terwijl de grote zwarte vogel boven de universiteit in de lucht hing en daarna op het dak van het Medisch Centrum van Grant County landde. Het gebouw was niet meer dan twee verdiepingen van oude baksteen, en Lena hield haar adem in, wachtend tot het zou instorten. Het hield kennelijk, want een paar tellen later ging Nick Sheltons telefoon. Hij klapte hem open, luisterde een paar tellen en klapte hem weer dicht.

Hij zei: 'De cavalerie is aangekomen,' maar er klonk geen opluchting in zijn stem. Hij gebaarde naar Lena en Frank dat ze via de achterdeur van de stomerij met hem mee naar buiten moesten gaan, en ze liepen met zijn drieën naar het ziekenhuis terwijl de hitte letterlijk op hen neerdrukte.

Lena vroeg Nick: 'Kunnen we iets doen?'

Hij schudde zijn hoofd en zei: 'Zij zijn nu de baas. Wij hebben er niets meer mee te maken.'

Lena probeerde Franks verhaal bevestigd te krijgen. 'Ben jij samen met die vrouw opgeleid?'

Hij klonk afgemeten. 'Niet zo lang.'

'Is ze goed?' moedigde Lena hem aan.

'Ze is een machine,' zei Nick, maar het klonk niet als een compliment.

Ze zwegen terwijl hij hen voorging langs de winkels aan Main Street. Nog geen vijf minuten later stonden ze bij het ziekenhuis, maar door de hitte en de spanning leek het alsof het uren had geduurd. Lena wist niet wat ze had verwacht toen ze het ziekenhuis bereikten, maar zeker niet de elegant geklede vrouw die de achterdeur opengooide en met doelgerichte passen hun kant op liep. Achter haar stonden drie stevige mannen in de voorgeschreven overhemden en kaki broeken van het GBI. Ze droegen geweldige Glocks op hun heup en liepen alsof hun ballen van koper waren. De vrouw die voor hen uit liep was klein, ongeveer een meter vijfenzestig, en tenger, maar ze liep met dezelfde intimiderende pas op Nick af.

'Fijn dat je kon komen,' zei Nick met een berustende klank in zijn stem. Hij stelde iedereen voor en zei tegen Frank en Lena: 'Dit is dr. Amanda Wagner. Ze is de belangrijkste onderhandelaar van het GBI. Ze doet dit werk al langer dan wie ook in de staat.'

Wagner keek hen nauwelijks aan terwijl ze Nick een hand gaf. Ze nam niet de moeite de drie mannen voor te stellen die ze had meegenomen, en niemand van hen scheen daar al te veel aanstoot aan te nemen. Van dichtbij gezien was ze ouder dan Lena aanvankelijk had gedacht, waarschijnlijk in de vijftig. Ze droeg kleurloze nagellak en gaf zo te zien een stevige hand. Een simpele ring met een diamant was het enige sieraad dat ze droeg en haar haar was gekapt in zo'n luchtige stijl waarvoor je een uur bezig was om het in model te brengen. Haar verschijning had echter iets kalmerends, en Lena bedacht dat wat er ook tussen de onderhandelaar en Nick was voorgevallen, het iets persoonlijks geweest moest zijn. Ondanks wat Frank had verteld had Amanda Wagner niets aarzelends. Ze leek meer dan bereid in het diepe te springen.

Wagner vroeg Nick met een gepolijst slepend accent: 'We hebben twee volwassen mannelijke schutters, zwaar gewapend, en zes gijzelaars, waarvan drie kinderen?'

'Dat klopt,' zei Nick. 'Telefoons en apparatuur worden gecontroleerd. We zoeken naar signalen van mobiele telefoons, maar tot nu toe zonder resultaat.'

'Deze kant op?' vroeg ze. Nick knikte en ze liepen terug naar de stomerij terwijl ze verder vroeg. 'Auto gevonden?'

'Daar wordt aan gewerkt.'

'Ingangen en uitgangen?'

'Worden bewaakt.'

'Scherpschutters?'

'Standaard zespuntsformatie.'

'Minicamera's?'

'Die zullen we van jou moeten krijgen.'

Ze wierp een blik over haar schouder, en een van de mannen zei iets in zijn mobieltje. Ze vervolgde: 'De bevolking van de gevangenis?'

'Naar Macon geëvacueerd.'

Boven hun hoofd vertrok de helikopter die hen had gebracht. Wagner wachtte tot het donderende geraas van de wieken was weggestorven voordat ze vroeg: 'Hebben jullie al contact gelegd?'

'Een van mijn mannen zit bij de telefoon. Ze hebben nog niet opgenomen.'

'Is hij een getraind onderhandelaar?' vroeg Wagner, hoewel ze het antwoord natuurlijk al wist. Nick schudde zijn hoofd en ze zei: 'Laten we dan maar hopen dat ze niet opnemen, Nicky. Het eerste contact wordt in het algemeen gelegd door de belangrijkste onderhandelaar tijdens de hele belegering. Ik dacht dat je dat wel geleerd had.' Ze zweeg even, maar toen Nick niet reageerde stelde ze voor: 'Misschien kun je hem eraf halen en mij het nummer geven?'

Nick haakte zijn portofoon van zijn riem. Hij liep een paar passen voor hen uit en gaf het bevel door. Daarna riep hij over zijn schouder het telefoonnummer van het bureau en een van de mannen van Wagners ploeg sloeg het op in een mobieltje en hield het toestel tegen zijn oor.

'Wie zitten er allemaal binnen?' vroeg ze terwijl ze weer begonnen te lopen. 'Noem ze nog een keer allemaal voor me op.'

Nick dreunde het rijtje als een brave student op terwijl hij de mensen op zijn vingers aftikte. 'Marla Simms, de receptioniste van het bureau. Ze is bejaard. We zullen niet veel aan haar hebben. Brad Stephens, straatagent. Zes jaar ervaring.'

Wagner vroeg Frank: 'Kunnen we op hem rekenen?'

Frank leek verbaasd dat ze deze vraag aan hem stelde. 'Hij is een betrouwbare straatagent.'

Lena vond het nodig hieraan toe te voegen: 'Hij wordt een tikkeltje nerveus als hij onder druk staat.'

Ze draaiden zich allemaal naar haar om. Frank keek kwaad, maar Lena had er geen spijt van dat ze de onderhandelaar voor Brad waarschuwde. 'Ik heb het afgelopen jaar patrouille met hem gereden. Onder druk blijft hij niet kalm.'

Wagner keek haar taxerend aan. 'Hoe lang ben je al rechercheur?'

Lena voelde een brok in haar keel en bij deze ene vraag verdween al haar gedecideerdheid. 'Ik heb dit jaar een tijd vrij genomen vanwege persoonlijke...'

'Wat heerlijk voor je,' zei Wagner en draaide zich weer naar Nick om. 'Wie nog meer?'

Nick liep door en ze liepen achter hem aan. 'Sara Linton, de kinderarts van het stadje en lijkschouwer.'

Wagners lip krulde op in een glimlach. 'Dat zie je maar zelden.'

'Ze is getrouwd geweest met onze chef,' zei Nick. 'Jeffrey Tolliver.'

'Geef me alleen maar de namen van de mensen die nog leven.'

Hij bleef staan bij de open deur van de stomerij, waar Hemming en haar collega-agent nog steeds op wacht stonden. 'Er zitten drie kinderen binnen, ongeveer tien jaar oud en volkomen over hun toeren.'

'Die krijgen waarschijnlijk wel hulp van die kinderarts. Hoeveel kinderen zijn er gedood?'

'Niet een,' antwoordde Nick. 'Een ligt er in het ziekenhuis, hij raakt misschien zijn voet kwijt. De school is bezig de ouders op te sporen. Er forenzen er een heleboel naar Macon, maar we weten van alle kinderen wie het zijn.' Hij zweeg even om het lijstje af te lopen. 'Er zit nog een agent binnen. Barry Fordham. Voorzover Frank kon zien is hij ernstig geraakt.'

'Dan moeten we aannemen dat hij dood is,' zei Wagner zakelijk terwijl ze de stomerij binnenliep. Binnen maakte de menigte officieren en agenten een weg voor haar vrij. Wagner keek rond in het vertrek en nam iedereen op, van de vier GBI-agenten die Nick had meegenomen tot Molly Stoddard, Sara's verpleegster. Uiteindelijk richtte ze haar blik weer op Lena en zei: 'Zou jij wat koffie voor me willen halen, liefje? Zwart, twee klontjes suiker.'

Lena voelde een steek van woede, maar ze liep naar het koffieapparaat om te doen wat haar was gezegd. Pat Morris probeerde haar blik te vangen, maar ze negeerde hem.

Wagner leunde tegen de rand van de klaptafel en richtte het woord tot de groep. 'Eerst het begin van de overval. Jullie zitten met – hoeveel – vijf doden?'

Lena slikte haar trots in en merkte op: 'Er wordt nog een patrouille-agent vermist,' terwijl ze twee suikerzakjes in een papieren beker leeggooide.

'Zes doden dus,' zei Wagner. 'De hele stad staat ervan op zijn kop. Er is maar één reden waarom hij zich niet heeft gemeld.'

'Marilyn,' corrigeerde Nick haar. 'De vermiste agent is een vrouw.'

'Dat zijn dan de twee extra schoten die jullie hebben gehoord. Ze pikken degenen eruit van wie het het waarschijnlijkst is dat ze zich zullen verzetten. De mensen in uniform zijn natuurlijk de schietschijf. Misschien is die nerveuze van jou' – ze liep naar Lena en schonk de koffie zelf in – 'niet bedreigend genoeg. Dan heeft die Brad het leven gered. Voorlopig tenminste.'

Wagner keek op haar horloge en vroeg toen: 'Hebben we het schema van de airco van het bureau?'

Frank zei: 'Al die tekeningen liggen op het stadhuis. Er zijn al twee mensen aan het zoeken.'

'Dat is onze prioriteit,' zei Wagner tegen een van haar mannen. 'James, wees zo vriendelijk met Nicky mee te gaan, zodat het zoeken wat sneller gaat.' Voordat ze vertrokken voegde ze er nog aan toe: 'En als je daar toch bent, kijk dan even of het water kan worden afgesloten.'

Frank vroeg: 'Wat is de volgende stap?'

Wagner nam een slokje van haar koffie alvorens te antwoorden: 'Ze zullen het bureau beveiligen. Ze zetten alle gijzelaars op één plek om ze onder controle te kunnen houden. Stap drie is dat ze ervoor zullen zorgen dat er niemand naar binnen kan. Ze barricaderen de deuren, en omdat de schutter die kennelijk de leiding heeft zo slim is geweest een vriend mee te nemen zal er altijd een op wacht staan om ervoor te zorgen dat er via de voordeur geen verrassingen zullen komen.'

Ze nam weer een slokje koffie terwijl ze in gedachten de verschillende variabelen leek te berekenen. 'Ze hebben hier ruimschoots de tijd voor gehad, wat betekent dat ze binnenkort zullen overgaan tot stap vier, namelijk het stellen van eisen. En dan beginnen de onderhandelingen. Ten eerste zullen ze weer water en elektriciteit willen hebben, en daarna voedsel. Wat wij willen is een kans om binnen te komen.' Wagner zag dat Lena haar mond opendeed om zich als vrijwilliger te melden. Ze stak een vinger op en zei: 'Daar komen we nog op als het zover is.'

Frank zei: 'En er komen natuurlijk ouders die met hun kinderen willen praten.'

'Dat gebeurt niet,' zei Wagner. 'Ons doel is emoties er zoveel mogelijk buiten te houden. We willen hier geen huilende ouders die om het leven van hun kinderen smeken. Onze schutters weten heus wel hoe waardevol het leven van de gijzelaars is zonder dat wij dat nog eens bevestigen.'

'En dan?' vroeg Lena. 'Wat gebeurt er daarna?'

'Dan krijgen ze honger of willen ze zichzelf op de tv zien. Uiteindelijk bereiken we het punt dat we de bodem van de onderhandclingen hebben bereikt en zullen ze daar weg willen. We moeten nu al bedenken wat ze dan zullen willen, afgezien van geld. Ze willen altijd geld – niet gemarkeerd en kleine coupures.' Ze pauzeerde. 'We moeten hun auto vinden. Ze hebben niet opeens vleugels gekregen om hierheen te vliegen, en ze zijn zeker niet van plan op die manier te vertrekken.'

Lena zei: 'Er is een meer achter de universiteit.'

'Particulier?'

'Deels,' zei ze. 'Het is niet eenvoudig er een boot in te leggen zonder dat iemand het ziet, maar het kan wel als het moet.'

Wagner koos een van Nicks mensen uit. 'Dat is jouw taak, goed? Neem een paar mannen mee en zoek de oever af naar boten. We hebben het over loopafstand hiervandaan. Ze hebben geen zondagswandeling gepland als deel van hun ontsnappingsroute.' Ze vroeg Frank: 'Ik neem aan dat eventuele rapporten over vermiste boten van de afgelopen week op het bureau liggen?'

'Ja.'

'Heb je de 112-oproepen omgeleid?'

'Ja,' zei Frank weer. 'Naar de brandweer verderop in de straat.'

'Zou je alsjeblieft willen nagaan of er vanmorgen een melding van een vermiste boot is binnengekomen?'

Frank pakte een van de telefoons op de balie om het te vragen.

Wagner keek naar de twee resterende mannen van haar ploeg. 'We halen eerst de kinderen eruit in ruil voor eten en water.' Ze vroeg Lena: 'Is er een waterkoeler binnen?'

'Achterin, bij de cellen.'

'Hoeveel wc's?'

Lena begreep de vraag niet, maar ze antwoordde: 'Een.'

Wagner zag dat Lena het niet begreep en legde uit: 'Drinkwater. Er zit ongeveer vijf liter water in een stortbak. Die zullen ze voor zichzelf gebruiken.'

Frank hing op. 'Geen vermiste boten,' zei hij. 'Ik heb een oproep op de radio gezet om te zien of iemand zich herinnert dat hij een rapport binnen heeft gekregen.'

'Uitstekend,' zei Wagner. En toen, tegen haar ploeg: 'We proberen na de kinderen die oude vrouw of die agent naar buiten te krijgen. Ze zullen er niet op zitten te wachten ze al te lang vast te houden: die agent is nog nerveus en die oude vrouw zien ze alleen maar als ballast. Ik gok erop dat ze die kinderarts zullen willen houden.' Ze vroeg Frank en Lena: 'Is ze aantrekkelijk?'

Lena begon: 'Ik zou haar niet..,' toen Frank antwoordde: 'Ja.'

'Ik stel me zo voor dat ze behoorlijk wat zelfvertrouwen heeft,' zei Wagner. 'Vrouwen voltooien geen medische opleiding door zich onderdanig te gedragen.' Ze fronste haar voorhoofd. 'Daar houden ze op zo'n opleiding niet van.'

Molly zei: 'Ik ben haar verpleegster op de kliniek. Sara is de meest nuchtere persoon die ik ken. Ze zou niets doen om de situatie te compliceren, vooral niet als er kinderen bij zijn.'

Wagner keek haar ploeg aan. 'Wat denken jullie ervan, jongens?'

Degene die het mobieltje tegen zijn oor gedrukt hield zei: 'Ze vinden haar zonder enige twijfel een probleem.'

De andere voegde hieraan toe: 'Ze moeten over niet al te lange tijd van hun adrenaline af.' Hij begon te knikken. 'Ik gok erop dat ze die vrouw houden.'

'Ik ook,' zei Wagner, en Lena voelde haar bloed ijskoud worden.

Molly zei: 'Denkt u niet dat ze...'

Wagners sceptische reactie kwam snoeihard aan. 'Ze hebben vier agenten vermoord en op kinderen geschoten en er één ernstig verwond. Denk je nou echt dat ze zullen terugdeinzen voor aanranding?' Ze richtte zich tot Frank. 'Jij was daar, rechercheur. Waar kwamen ze voor? Wat zullen ze nog meer willen?'

Hij haalde zijn schouders op, en Lena voelde zijn woede en verwarring. 'Ik weet het niet.'

Ze begon hem te ondervragen. 'Wat deden ze als eerste?'

'Ze schoten Matt neer. Ze richtten een bloedbad aan op het bureau.'

'Zou je zeggen dat het hun eerste doel was rechercheur Hogan dood te schieten?'

Ook al had Lena Nick iemand details horen geven over de telefoon, ze was toch verbaasd dat de vrouw Matts naam kende.

Wagner drong aan. 'Rechercheur Wallace?'

Frank haalde weer zijn schouders op. 'Ik weet het niet.'

'Je weet meer dan wij, rechercheur. Jij bent daar binnen geweest. Wat zeiden ze?'

'Ik weet het niet. Ze schreeuwden. Nou ja, een van hen schreeuwde. Hij begon Marla af te tuigen. Ik ging naar de achterkant van het bureau om Nick te roepen.'

Lena beet op het puntje van haar tong. Ze had Marla nooit gemogen, maar een oude vrouw in elkaar slaan had iets afgrijselijks. Gezien wat ze allemaal hadden gedaan had Lena niet verbaasd horen te zijn, maar toch, toen ze het verhaal over Marla hoorde werd ze weer kwaad.

'Wacht eens even,' zei Frank. Te oordelen naar de uitdrukking op zijn gezicht ging hem plotseling een licht op. 'Hij vroeg naar de baas. Degene die zei dat hij Smith heette. Hij zei tegen Marla dat hij de baas wilde spreken. Zij zei het tegen mij, en ik ging Jeffrey zoeken en...' Hij had gehaast gesproken tot hij bij Jeffreys naam kwam.

Op de een of andere manier begreep Wagner wat hij probeerde te zeggen. 'Ze vroegen naar chef Tolliver, maar ze schoten rechercheur Hogan dood?'

'Ik...' Frank haalde zijn schouders op. 'Ik denk van wel.'

Ze keek de kamer rond en zag Pat Morris bij Lena staan. 'Ben jij Morris?'

Hij knikte, duidelijk ongemakkelijk onder deze persoonlijke aandacht. 'Ja, mevrouw.'

Ze schonk hem een ontwapenende glimlach, alsof ze oude vrienden waren. 'Jij bent er vanaf het begin bij geweest?'

'Ja, mevrouw.'

'En wat heb je gezien?'

'Hetzelfde als Frank.'

Haar glimlach werd iets flauwer. 'En dat was?'

'Ik zat aan mijn bureau een rapport te tikken,' begon Morris. 'De baas kwam de kamer binnen en ik vroeg hem iets over hoe ik bij het D-15-scherm kon komen. Ik ben niet zo fantastisch met computers.'

'Daar is niks mis mee,' zei Wagner geruststellend. 'En toen?'

Lena zag dat Morris moeizaam slikte. 'En toen kwam Matt binnen door de voordeur. Marla zei iets tegen hem, iets in de trant van: "Ben je daar eindelijk?", en toen schreeuwde dokter Linton.'

'Alleen maar schreeuwen?'

'Nee, mevrouw. Ze riep: "Jeffrey", alsof ze hem wilde waarschuwen.'

Wagner ademde diep in en liet de lucht weer ontsnappen.

Ze perste haar lippen op elkaar en Lena zag dat haar lippenstift een beetje was uitgesmeerd.

'We zouden dus te maken kunnen hebben met een geval van persoonsverwisseling.'

Frank vroeg: 'Hoe komt u daarbij?'

'De schutter dacht dat rechercheur Hogan jullie chef was.' Wagner keek de kamer rond. 'Ik weet dat dit een onnozele vraag is, maar is er een specifieke misdadiger die door jullie chef is opgesloten en tot zoiets in staat zou zijn?'

Lena pijnigde haar hersens, terwijl ze zich afvroeg waarom ze dit niet al eerder had gedaan. Ze kon genoeg mensen bedenken die reden hadden Jeffrey te willen vermoorden, maar niemand van hen had de moed om het te doen. Bovendien waren het nooit de mensen met een grote mond die hun dreigementen waarmaakten. Het waren juist de stillen, degenen die hun woede diep in hun maag lieten doorsmeulen tot hij tot ontploffing kwam; dat waren de lui die daadwerkelijk met een pistool kwamen aanzetten.

'Het was een gokje waard.' Wagner had het weer tegen de hele groep. 'Maar hoe dan ook, de missie van onze twee schutters is geslaagd. Ze kwamen om Tolliver te vermoorden en voorzover ze weten is dat de eerste twee minuten gebeurd. Hun ontsnappingsroute is geblokkeerd door onze behulpzame baas van de stomerij die met zijn geweer de straat op rende. Ik zou zo denken dat het hun eerste doel is om zonder doodgeschoten te worden het gebouw uit te komen.'

'Amanda?' zei Nick. Hij kwam met een opgerolde blauwdruk in zijn hand naar haar toe. 'Het schema van de airco.'

'Prachtig,' zei ze terwijl ze het vel op de tafel uitspreidde. Ze bestudeerde een tijdje het schema van het ventilatiesysteem en volgde met haar vinger een schacht langs een deel van de achtermuur. 'Dit lijkt me de beste plek,' besloot ze. 'We kunnen door het verlaagde plafond in de conferentieruimte om bij die schacht te komen en dan een minicamera laten zakken om een algemeen beeld van de situatie te krijgen.'

Frank vroeg: 'Waarom kunnen we niet gewoon door het plafond heen?'

'Die tegels breken te gemakkelijk. We willen niet dat er rommel omlaagvalt en dat ze gealarmeerd worden en...'

'Nee,' onderbrak hij haar opgewonden. 'Dat verlaagde plafond loopt over de hele lengte van het bureau. Je zou gewoon over die achtermuur kunnen klimmen en je kunnen laten zakken en...'

'Iedereen daar laten vermoorden,' maakte Wagner zijn zin af. 'We zijn nog lang niet aan wanhoopsmaatregelen toe, rechercheur Wallace. Wat we nu nodig hebben is beeld en geluid uit die kamer. Onze eerste stap in de richting van controle over de situatie is dat we moeten weten wat ze van plan zijn.'

Wagner gebaarde naar haar ploeg dat deze bij haar moest komen staan en ze bogen zich over het schema om te kijken waar ze precies naar binnen zouden gaan. Lena stond een paar minuten naar hen te kijken en probeerde hun jargon te volgen terwijl ze een lijst maakten van de spullen die ze nodig zouden hebben. Ze zag dat Nick, met een harde uitdrukking op zijn gezicht, zich op afstand hield. Hoe hij ooit van dit soort actie afscheid had kunnen nemen ontging haar volledig. Er moest meer aan de hand zijn met het verhaal over die reddingsoperatie in Whitfield dan Frank wist. Er ging altijd een duisterder waarheid achter dergelijke geruchten schuil. God mocht weten wat voor gore flauwekul de mensen over haar hadden verzonnen toen ze bij de politie was weggegaan.

Naast haar schoof Pat Morris heen en weer tegen de tafel waarop het koffieapparaat stond. Hij fluisterde tegen Lena: 'Kun je iets volgen van wat ze zeggen?'

Ze schudde haar hoofd.

'Ze schijnen te weten wat ze doen,' zei Morris, en hoewel Lena het met hem eens was gaf ze geen commentaar.

'Het is zo idioot,' praatte Morris door, nog steeds met gedempte stem. 'Die schutters, die kunnen niet veel ouder zijn dan mijn broertje, en die zit nog op de middelbare school.'

Ze draaide zich naar hem om terwijl er allerlei alarmbellen in haar hoofd begonnen te rinkelen. 'Meen je dat?' vroeg ze. 'Hoe jong? Hoe jong zagen ze eruit?'

Hij haalde zijn schouders op. 'Ze zullen wel ouder zijn, maar ze zagen eruit als hoogstens achttien.'

'Waarom zullen ze wel ouder zijn?' vroeg Lena. Ze merkte dat Wagner en haar ploeg zwegen, maar het kon haar niet schelen. 'Tenger gebouwd? Androgyn?'

Morris ging onder de druk ongemakkelijk verzitten. 'Ik weet het niet, Lena. Het ging allemaal zo snel.'

Wagner viel hem in de rede: 'Wat denk je, rechercheur Adams?'

'De laatste zaak waaraan ik heb gewerkt voordat ik wegging,' zei Lena, terwijl ze een brok in haar keel voelde, en nauwelijks nog iets kon zeggen.

Nick sloeg met zijn vuist op tafel terwijl hij zei: 'Godverdomme,' en Lena stelde zich voor dat de afschuw op zijn gezicht een weerspiegeling was van de hare. Hij had ook aan die zaak gewerkt en met eigen ogen de schade gezien.

'O, nee,' zei Molly. 'Je denkt toch niet...'

Uit de toon van Wagners stem bleek dat haar geduld begon op te raken. 'Laat ons niet langer in spanning zitten, mensen.'

'Jennings,' zei Lena ten slotte terwijl de naam een smaak

van gal achter in haar keel omhoogbracht. 'Een pedofiel die er goed in is jonge mannen het vuile werk voor hem te laten opknappen.'

Acht

Maandag

Jeffrey hielp de ziekenbroeders Robert de paar treden voor het huis af te dragen. Robert weigerde nog steeds vanwege zijn eigen koppige redenen om op een brancard te gaan liggen, en iedere keer dat Jeffrey probeerde hem te bepraten schudde Robert alleen maar zijn hoofd en weigerde iets te zeggen.

Jeffrey bood aan: 'Ik kom wel in het ziekenhuis langs zodra Hoss hier is.'

Robert schudde voor de honderdste keer zijn hoofd. 'Nee, man. Het gaat prima. Zorg er alleen voor dat Jessie bij haar moeder komt.'

Jeffrey gaf een paar klopjes op zijn schouder. 'We praten morgen wel, als je het wat beter aankunt.'

'Het gaat prima,' hield Robert vol. Zelfs toen ze hem achter in de ambulance hielpen zei hij alleen maar: 'Zorg voor Jess.'

Jeffrey liep terug naar het huis, maar ging niet naar binnen. Hij ging op de trap voor het huis zitten en wachtte op de komst van Hoss. Clayton Hollister was de sheriff van het stadje – al zo lang Jeffrey zich kon herinneren – en toen Jeffrey had gebeld over de schietpartij had hij te horen gekregen dat de oude man was gaan vissen. Hoss moest terugkomen van Lake Martin, wat ongeveer een halfuur rijden was. Toen Jeffrey had aangeboden aan het werk te gaan en de plaats van het delict voor te bereiden, had zijn oude leermeester hem gezegd niets te doen. 'Hij is vast nog steeds dood tegen de tijd dat ik er ben.'

Twee ondergeschikten van de sheriff stonden buiten met

Roberts buren te praten; ze wisten allebei wel beter dan naar binnen te gaan voordat de baas er was. Hoss regeerde zijn manschappen met ijzeren hand, een stijl van leidinggeven die Jeffrey zich nooit eigen had gemaakt. Jeffrey wist dat de oude deze zaak met extra veel aandacht zou behandelen: Robert en Jeffrey zouden waarschijnlijk al een hele carrière in de misdaad achter de rug hebben gehad als Hoss zich er niet in een vroeg stadium mee was gaan bemoeien. Hij had ze flink achter hun vodden gezeten toen ze tieners waren geweest en had iedere beweging die ze maakten in de gaten gehouden. Zelfs als Hoss niet in de buurt was wisten zijn hulpsheriffs dat de twee jongens zijn speciale project waren, en ze letten even scherp op als de sheriff zelf, misschien zelfs nog wel meer.

Destijds had Jeffrey een enorme hekel gehad aan het gespioneer van de man – hij had al een vader, ook al bracht Jimmy Tolliver meer tijd in de gevangenis door dan thuis – maar nu hij zelf bij de politie zat begreep Jeffrey welke gunst Hoss hem als kind had bewezen. Er was een reden waarom zowel Jeffrey als Robert de handhaving van de wet als loopbaan hadden gekozen. Op zijn eigen manier had Hoss hun een voorbeeld gegeven. Hoewel, God weet waar Robert nu in verwikkeld was geraakt.

Zittend op de veranda en kijkend naar de hulpsheriffs liet Jeffrey voortdurend het verhaal van Robert de revue passeren en probeerde te begrijpen wat Jessie en hij hadden gezegd. Er klopte iets niet, maar dat hoefde niet zo verbazingwekkend te zijn, aangezien Jeffrey in Sylacauga terug was. Hij haatte dit godvergeten stadje, haatte de manier waarop elke seconde die hier voorbijging het leven uit hem leek te zuigen. Hij was niet goed wijs geweest om hier terug te komen, en het was nog stommer dat hij Sara had meegesleept. Er was hier de afgelopen zes jaar niets veranderd. Possum en Bobbie brachten nog steeds elke zondag samen door, gingen sentimenteel zitten doen bij het zwembad terwijl Jessie zich een stuk in haar kraag zoop en Nell haar bittere uitvallen aan de cocktail toevoegde. Het feit dat Sara hier was maakte alles nog erger dan hij zich had kunnen voorstellen.

Ondanks zijn idiote bekentenis van vannacht kon Jeffrey maar niet besluiten welke gevoelens hij precies voor Sara had.

Ze had kans gezien op de een of andere manier in zijn systeem binnen te dringen, en hij had haar gedeeltelijk mee naar Florida gevraagd in de hoop dat hij haar er eens en voor altijd weer uit zou kunnen neuken. Normaal gesproken sloofden de vrouwen met wie hij omging zich enorm uit om het hem naar de zin te maken, wat hem na een paar maanden begon te vervelen en hem een goed excuus bood om naar de volgende in de rij te verhuizen. Sara was niet zo. Oppervlakkig gezien was ze het soort vrouw waarvan hij altijd had gedacht dat hij er vroeg of laat definitief bij zou neerstrijken: een ideale combinatie van sex-appeal en zelfvertrouwen, waardoor hij zich onmogelijk kon gaan vervelen. Het was echter wel zaak voorzichtig te zijn met wat je wenste, makkelijk was ze niet. Ze had haar eigen mening over van alles en nog wat en veranderde niet snel van gedachten. Om het allemaal nog erger te maken beschouwde haar moeder hem duidelijk als de vleesgeworden duivel en haar zuster had hem onmiddellijk bestempeld als het soort losbol dat hij zijn hele leven was geweest. Ze had hem zelfs in zijn gezicht uitgelachen toen ze gisteren de deur had opengedaan, had hem met een blik vol verstandhouding van top tot teen bekeken en gezegd dat zijn reputatie hem al was vooruitgesneld.

Zijn instinctieve reactie was geweest te willen bewijzen dat ze allemaal ongelijk hadden. Misschien was dat wel het probleem – en de kern van zijn aantrekkingskracht. Jeffrey was op zoek naar hun goedkeuring. Hij wilde dat de mensen dachten dat hij een goeie kerel was, het soort man dat afkomstig was uit een godvrezend gezin uit de middenklasse en aan de goede kant van de wet stond. Dat leek nu echter een verloren zaak. Sara bekeek hem met dezelfde blik als iedereen in Sylacauga, alsof hij gewoon even slecht was als zijn vader.

'Hé,' zei Sara, terwijl ze naast hem op de trap kwam zitten.

Hij schoof iets van haar vandaan. 'Hoe is het met Jessie?'

'Buiten westen geraakt op de bank,' zei Sara, die haar armen om haar knieën sloeg. Haar toon was gereserveerd, alsof ze onbekenden voor elkaar waren.

'Heeft ze iets genomen?'

'Ik denk dat haar adrenaline het verder heeft laten afweten en dat wat ze ook in haar lichaam gehad mag hebben haar uiteindelijk te veel is geworden.' Ze staarde hem aan, leek hem te bestuderen.

'Wat?'

'We moeten praten.'

Er sloeg een golf van angst door Jeffrey heen, maar van de duizend dingen die bij hem opkwamen was wat ze daadwerkelijk zei een grotere schok dan al het andere.

'Je hebt iets op de plaats delict veranderd.'

'Wat?' Hij stond op en ging tussen Sara en de mensen op straat staan. Hij wist dat hij niets verkeerd had gedaan, maar voelde zich toch in de verdediging gedrongen. 'Waar heb je het in godsnaam over?'

'Je hebt de deur open laten staan.'

'De achterdeur? Hoe moest je anders binnenkomen?'

Sara drukte haar kin tegen haar borst, zoals ze altijd deed als ze probeerde rustig te blijven. 'Die staande kast,' zei ze. 'Je hebt de deur opengedaan. Je hebt dat hemd teruggelegd.'

Nu wist hij het weer, en hij begreep helemaal niets van zijn eigen optreden. 'Ik heb alleen maar...' Hij kon geen antwoord bedenken. 'Ik weet niet wat ik deed. Ik was in de war. Het heeft niets te betekenen.'

Sara sprak op zakelijke toon. 'Een man houdt een pistool tegen het hoofd van zijn vrouw, schiet op hem en Robert rent naar de kast, grijpt zijn pistool en doet de deur van de kast dicht?'

Jeffrey probeerde een logische verklaring te bedenken. 'Hij heeft hem waarschijnlijk dichtgedaan zonder erbij na te denken.' Nog terwijl hij dit zei besefte Jeffrey dat hij zich aan een strohalm vastklampte. De timing klopte niet.

Sara stond op en sloeg het stof van de achterkant van haar pyjama. 'Ik ben niet van plan hier medeplichtig aan te worden,' zei ze, en het klonk als een waarschuwing.

'Medeplichtig?' herhaalde hij, denkend dat hij haar verkeerd had verstaan.

'Het verstoren van de plaats delict.'

'Dat is belachelijk,' zei hij terwijl hij weer naar binnen ging.

Ze volgde hem alsof ze hem niet alleen in het huis vertrouwde. 'Waar ga je heen?'

'Ik doe hem weer dicht,' antwoordde hij, op weg naar de

slaapkamer. Hij bleef voor de kast staan. De deur was al dicht.

Toen hij Sara aankeek voor een verklaring zei ze: 'Ik heb hem niet dichtgedaan.'

Jeffrey deed de deur weer open en stapte achteruit. Hij deed nog een stap achteruit, en terwijl ze allebei stonden te kijken ging de deur dicht. Hij lachte opgelucht. 'Zie je?' Hij deed het allemaal nog eens, met hetzelfde resultaat. 'Waarschijnlijk is de vloer niet vlak,' legde hij uit, en hij probeerde de verschillende scheve planken. 'Als je achteruitloopt gaat de deur dicht.'

Er verscheen een vonkje twijfel in Sara's ogen. 'Goed,' zei ze, alsof ze er nog steeds niet zeker van was.

'Nog iets?'

'Zat dat kluisje op slot?'

Hij deed de deur weer open en vond een zwart kluisje voor een pistool op de bovenste plank. 'Een combinatieslot,' zei hij. 'Het is mogelijk dat hij het open heeft laten staan. Ze hebben geen kinderen.'

Ze staarde naar de dode man op de vloer. 'Ik wil aanwezig zijn bij de lijkschouwing.'

Jeffrey was vreemd genoeg het lijk in de kamer vergeten. Hij draaide zich nu om en keek naar het lichaam. Het blonde haar van de man lag plat door het bloed en verborg gedeeltelijk zijn gezicht. Zijn blote rug zat onder het bloed en de stukjes hersenen en de losse veters van zijn gymschoenen lagen over de vloer gekronkeld. Jeffrey had nooit begrepen hoe mensen konden denken dat een dode alleen maar sliep. De dood veranderde de lucht, laadde hem met iets compacts, iets afschrikwekkends. Zelfs met dat halfopen oog en die open mond was er geen twijfel mogelijk dat de man dood was.

Jeffrey zei: 'Laten we hier weggaan,' en liep de kamer uit.

Sara hield hem in de gang tegen. 'Heb je me gehoord?' vroeg ze. 'Ik wil aanwezig zijn bij...'

'Waarom doe je het zelf niet?' viel hij haar in de rede, denkend dat dit de enige manier was om haar de mond te snoeren. 'Ze hebben hier geen lijkschouwer. De man van de begrafenisonderneming doet het voor honderd piek per klus.'

'Oké,' zei ze, maar de behoedzame uitdrukking op haar gezicht was verre van geruststellend. Jeffrey wist dat ze, als ze ook maar iets abnormaals vond, van een wondpatroon tot een ingegroeide teennagel, hem zou blijven inwrijven dat ze gelijk had gehad.

'Wat denk je te zullen vinden?' vroeg hij sarcastisch; toen herinnerde hij zich dat Jessie in de kamer ernaast lag en hij dempte zijn stem. 'Denk je nou echt dat mijn beste vriend een moordenaar is?'

'Hij heeft al toegegeven dat hij die man heeft neergeschoten.'

Jeffrey liep naar de voordeur; hij wilde het huis uit en bij Sara uit de buurt zijn. Ze liep, typerend voor haar, achter hem aan, niet in staat de zaak te laten rusten.

Ze zette haar handen in haar zij en haar stem klonk waarschijnlijk net zoals wanneer ze het tegen haar patiënten had. 'Denk even na over hun verhaal, Jeffrey.'

'Daar hoef ik niet over na te denken,' zei hij, maar naarmate Sara verder praatte ging hij er meer over nadenken, en hij was niet erg blij met de conclusies die hij in gedachten trok. Ten slotte vroeg hij: 'Waarom doe je dit?'

'Het tijdsverloop klopt niet met wat we op straat hebben gehoord.'

Jeffrey sloot de voordeur omdat hij niet wilde dat iemand hun gesprek zou horen. Door het smalle raam zag hij de twee hulpsheriffs, in gesprek met de bestuurder van de ambulance die net had geparkeerd.

Sara zei: 'Er lag flink wat tijd tussen die schreeuw en het eerste schot.'

Hij probeerde zich de volgorde te herinneren, maar het lukte niet. Toch zei hij: 'Zo is het niet gegaan.'

'Het schot was een paar tellen later.'

'Wat is een paar tellen?'

'Misschien vijf seconden.'

'Weet je hoe lang vijf seconden is?'

'Jij?'

Hij zag de terreinwagen van Hoss de straat in draaien. Het was dezelfde rotwagen als waarin hij had rondgereden toen Jeffrey nog een tiener was, tot de afbladderende sheriffster op de zijkant toe. Jeffrey en Robert hadden in hun eerste jaar op de middelbare school die auto elk weekend gewassen als boetedoening omdat ze een nietsvermoedende eerstejaars op school met elektradraad aan de cola-automaat hadden vastgebonden.

'Oké,' zei Jeffrey, die dit allemaal zo snel mogelijk achter de rug wilde hebben. 'Vijf seconden. Dat klopt met wat ze zeiden – zij begon te schreeuwen, Robert duwde hem achteruit, hij schoot. Dat kan bij elkaar best vijf seconden hebben geduurd.'

Sara staarde hem aan, en hij wist niet of ze hem nu een gek of een leugenaar zou noemen. Ze verraste hem met de woorden: 'Ik kan me echt niet herinneren wat ze zeiden, of ze eerst heeft geschreeuwd of dat hij die man eerst wegduwde.' En toen, waarschijnlijk in een poging iets vals te zeggen, voegde ze eraan toe: 'Misschien kun je Robert maar beter gaan helpen dit allemaal op een rijtje te krijgen voordat hij een verklaring aflegt.'

Jeffrey keek hoe Hoss met zijn hulpsheriffs praatte. Hij droeg zijn visjasje en een haveloze oude hoed waar vliegen op geprikt zaten. Jeffrey werd overweldigd door een gevoel van angst.

Hij zei: 'We hoorden dat tweede schot pas toen ik je had ingehaald. En dat was – hoeveel – nog tien seconden later?'

'Ik weet het niet. Het gebeurde niet meteen.'

'Misschien heeft Robert naar zijn pistool staan zoeken.'

Ze verraste hem nogmaals door toe te geven. 'Dat kan.'

'En toen viel het volgende schot een paar seconden later, nietwaar?' Toen ze niet reageerde zei hij: 'Misschien twee of drie seconden later?'

'Zo ongeveer.'

'Het zou kunnen kloppen,' hield hij vol. 'Die kerel schiet op hem, Robert gaat zijn pistool pakken. Het is donker, hij kan het eerst niet vinden. Terwijl hij het zoekt wordt hij geraakt. Hij is verbaasd dat hij geraakt wordt, maar het lukt hem toch terug te schieten.'

Ze knikte, maar leek niet overtuigd. Jeffrey voelde dat ze nog iets achterhield, en de tijd begon te dringen.

'Wat is er nou?' vroeg hij; hij wilde het uit haar wringen. 'Wat hou je achter?'

'Vergeet het maar.'

'Ik meen het, Sara. Je houdt iets achter. Wat precies?'

Ze staarde uit het raam en antwoordde niet.

Hoss stond nog steeds aan het eind van de oprijlaan. De ambulance maakte een piepend geluid terwijl hij achteruit de oprijlaan op reed. Iedere piep leek Jeffreys frustratie verder op te voeren, zodat hij, toen Sara aanstalten maakte naar buiten te lopen, haar arm pakte en niet los wilde laten.

Ze klonk verbaasd: 'Wat ben je...'

'Je zegt geen woord tegen hem,' waarschuwde hij haar met het gevoel dat de hemel omlaagkwam en dat hij niets kon doen om hem tegen te houden. Als hij ervoor kon zorgen dat Sara nog een paar uur haar mond hield zou hij misschien alles kunnen uitvlooien.

Sara probeerde haar arm met een ruk terug te trekken; haar gezicht stond geschokt. 'Laat me los.'

'Beloof het me.'

'Laat los,' herhaalde ze, haar arm wegrukkend.

Jeffrey was zo kwaad en voelde zich zo hulpeloos dat hij met zijn vuist een klap tegen de muur achter haar gaf. Sara kromp in elkaar alsof ze dacht dat hij haar had willen slaan. Angst, en toen pure haat flitste op in haar ogen.

'Sara,' zei hij terwijl hij een stap achteruit deed en zijn handen opstak. 'Ik wilde niet...'

Haar mond verstrakte tot een dunne lijn. Toen ze begon te praten klonk haar stem diep, alsof ze haar uiterste best deed haar stem niet te verheffen. Hij had haar nog nooit echt kwaad gezien, en haar roerloze houding was dreigender dan wanneer ze een pistool tegen zijn hoofd had gehouden.

'Luister goed naar me, lul,' zei ze met opeengeklemde kaken. 'Ik laat me niet door jou intimideren.'

Hij probeerde haar te kalmeren. 'Ik probeerde je niet...'

Ze rukte zich van hem los. 'Als je me ooit nog eens aanraakt, scheur ik met mijn blote handen je strot uit je keel.'

Jeffrey voelde hoe zijn hart stil bleef staan. Door haar blik voelde hij zich smerig en laag, een bullebak. Geen wonder dat zijn vader zich altijd een stuk in zijn kraag zoop als hij zijn vrouw in elkaar had geslagen. De haat moest hem van binnenuit hebben opgevreten.

Jeffrey zag dat Hoss en zijn hulpsheriffs in beweging kwamen en zich naar het huis begaven. Hij slikte de bittere smaak weg en probeerde Sara te overreden.

'Het enige wat we hebben zijn vragen,' zei hij. 'Ik zal zorgen dat je de lijkschouwing mag doen, oké? Morgen praten we met Bobby en Jess, oké? Gun me alleen even de tijd om erachter te komen wat hier in jezusnaam aan de hand is voordat je mijn beste vriend naar de elektrische stoel helpt sturen.'

Ze was niet eens bereid hem aan te kijken, maar hij voelde haar woede duidelijk als een klok in zijn oren galmen.

'Sara...'

Hoss klopte op de voordeur en Jeffrey legde zijn hand op de kruk, alsof hij Hoss zo buiten kon houden. De oude man wierp hem een blik toe die dwars door Jeffrey heen ging, en deze voelde zich alsof hij weer vijftien was en voor de winkel op heterdaad was betrapt met de transistorradio waarvoor hij niet had betaald.

Sara reikte naar de kruk en Jeffrey deed open.

'Hallo daar.' Hoss stak zijn hand uit en Jeffrey schudde hem, verbaasd door de kracht van de greep. Het haar van de man was volledig grijs geworden en de groeven in zijn gezicht waren dieper, maar voor de rest zag hij er precies hetzelfde uit.

Hoss zei: 'Vreselijk om je in deze omstandigheden terug te zien, Slick.' Hij tikte tegen zijn pet voor Sara. 'Mevrouw.'

Sara deed haar mond open om iets te zeggen, maar Jeffrey was haar te snel af en zei: 'Hoss, dit is Sara Linton. Sara, dit is sheriff Hollister.'

Hoss liet een van zijn zeldzame glimlachjes zien. 'Ik hoor dat u Robert voor ons hebt behandeld. Dank u dat u zich over mijn jongen hebt ontfermd.'

Sara knikte, en Jeffrey zag dat ze het moment afwachtte om te zeggen wat ze te zeggen had. Ze was nog steeds zo kwaad dat haar hele lichaam ervan leek te trillen.

Hoss zei tegen haar: 'We kunnen uw verklaring morgenochtend wel opnemen. Ik weet dat het een zware nacht voor u is geweest.'

Jeffrey hield zijn adem in, wachtend tot ze zou ontploffen.

Sara schraapte haar keel, alsof het haar moeite kostte haar stem terug te vinden. Ze verraste hem door te zeggen: 'Morgen is prima.' Met nauwelijks meer dan een blik op Jeffrey vroeg ze: 'Denk je dat Nell er bezwaar tegen heeft als ik vannacht bij haar op de bank slaap?'

Jeffrey keek naar de vloer en ademde langzaam en opgelucht uit. 'Nee.'

Hoss knikte naar een van zijn hulpsheriffs en vroeg: 'Breng jij mevrouw even naar Possum?'

Jeffrey herkende de man uit de kerk, uit de tijd dat May Tolliver op zondag nog nuchter genoeg was om haar zoon te dwingen iets aan godsdienst te doen. Hij zei: 'Dank je, Paul.'

Paul tikte tegen zijn pet en wierp Jeffrey een argwanende blik toe – dezelfde argwanende blik waarmee Jeffrey altijd was bekeken sinds hij oud genoeg was geweest om te kunnen lopen. Om de zaken nog erger te maken keek Sara hem op dezelfde manier aan toen ze zonder nog een woord te zeggen het huis uit liep.

Hoss keek haar na en nam niet de moeite de waarderende uitdrukking op zijn gezicht te verbergen. Zelfs in een verschoten gestreepte pyjama was Sara een aantrekkelijke vrouw. 'Flink kaliber.'

Jeffrey zei: 'Ze is in de war,' en hij wist precies hoe Hoss zijn woorden zou opvatten.

'Niet iets wat een vrouw zou moeten zien,' beaamde hij. 'En Jessie?'

'Die ligt op de bank,' zei Jeffrey en hij voegde er toen aan toe: 'Ze slaapt,' met het gevoel dat hij weer tien was en tegen zijn moeder stond te liegen.

Hoss knikte, en Jeffrey wist dat hij begreep dat Jessies slaap door iets anders dan uitputting was veroorzaakt. 'Ik heb haar moeder gebeld dat ze hierheen moest komen en haar mee naar huis moest nemen. Je weet dat Faith de enige is die dat meisje kan kalmeren.'

Hij draaide zich om naar zijn andere hulpsheriff, die een fototoestel om zijn nek droeg en een felrode gereedschapskist in zijn hand had. De man zag eruit als een jongen van twaalf en was waarschijnlijk iets wat hier voor technisch rechercheur doorging. Jeffrey onderdrukte een grijns van herkenning terwijl Hoss tegen de man zei: 'Reggie, blijf hier maar even op Jessies moeder wachten. We zijn zo terug.'

Reggie zette zijn gereedschapskist neer en zei vol ontzag: 'Ja, meneer.'

Hoss betrad het huis en liet zijn blik over de voorkamer gaan. Er hingen foto's aan de muren, de meeste van Jeffrey, Possum en Robert in hun middelbare schooltijd. Op een paar andere stonden Nell en Jessie, maar meestal ging het om de drie mannen. Op een groepsfoto stond de voetbalploeg van Jeffrey en Robert van de middelbare school met een geweldig spandoek erachter met de woorden KAMPIOENEN VAN DE STAAT. Toen ze de vorige dag aan de rand van het zwembad hadden gezeten had Possum Sara over hun laatste gewonnen wedstrijd tegen Comer verteld, en het verhaal verfraaid op een manier waardoor Jeffrey zich gegeneerd en verdrietig had gevoeld. Possum was altijd de ultieme toeschouwer geweest.

Hoss vroeg: 'Wat is hier vannacht in jezusnaam gebeurd?'

'Ik zal u meenemen naar de kamer,' zei Jeffrey, wat niet precies een antwoord op de vraag was. 'Sara en ik waren op straat toen we Jessie hoorden schreeuwen.' Hij beet op de binnenkant van zijn wang terwijl ze door de gang liepen, en de leugens – alles wat hij niet vertelde – vraten een gat in zijn maag.

Zoals gewoonlijk doorzag Hoss hem volledig. 'Iets aan de hand, jongen?'

'Nee, meneer,' antwoordde hij. 'Het is alleen een lange nacht geweest.'

Hoss gaf Jeffrey zo'n harde klap op zijn rug dat deze begon te hoesten: het was zijn manier om andere mannen zijn affectie te laten blijken. 'Je bent een taaie. Je komt er wel overheen.' Hij bleef voor de deur van de slaapkamer staan. 'Christenenzielen,' mompelde hij. 'Wat een rotzooi.'

'Ja,' antwoordde Jeffrey, die probeerde het tafereel te zien zoals Hoss het zag – voor het eerst. De ventilator aan het plafond draaide nog, maar hij zag dat hij uit had gestaan toen de man was neergeschoten; de bladen hadden het patroon van het omhooggespoten bloed op het plafond onderbroken. Er zat een veeg bloed op de plaats waar de schakelaar van de ventilator was aangezet, waarschijnlijk door Robert. Dat kon kloppen. Hij had na de schietpartij waarschijnlijk het licht willen aandoen om te zien hoe ernstig hij gewond was. Het kon ook kloppen dat er enige tijd was verstreken tussen de twee laatste schoten. Robert was al sinds zijn achtste met vuurwapens in de weer. Hij wist wel beter dan in het donker te schieten. Hij had waarschijnlijk eerst zijn ogen laten wennen en geprobeerd te zien waar Jessie precies was. Haar kennende had ze hulpeloos in de hoek gestaan. Net iets voor Robert om de tijd te nemen.

Hoss keek uit het raam en zei: 'De hor is eruit gemept.' Jeffrey wist niet of hij vanbinnen of vanbuiten bedoelde, maar Jezus in eigen persoon zou hem niet meer die kamer in kunnen trekken. Jeffrey zou wel buiten kijken als Hoss eenmaal was vertrokken.

Hoss vroeg: 'Wat heeft Robert gezegd?'

Jeffrey dacht na over een antwoord, maar Hoss maakte een afwerend gebaar. 'Dat komt nog wel.' Op Jeffreys gezicht moest zijn verbazing te lezen zijn geweest, want Hoss voegde eraan toe: 'Je kunt morgen wel een verklaring afleggen als je je vriendin meeneemt.'

Afgaande op de manier waarop Sara Jeffrey had aangekeken toen ze het huis uit was gelopen wist hij niet zeker of hij de volgende dag nog een vriendin zou hebben, maar dit zei hij maar niet. In plaats daarvan keek hij hoe Hoss rondliep in de kamer en voelde iedere keer dat hij dacht aan wat hij achterhield hoe zijn maag omhoogkwam. Dit was de belangrijkste reden waarom Jeffrey nooit serieus een leven als crimineel had overwogen. In tegenstelling tot Jimmy Tolliver kon Jeffrey 's nachts uit zijn slaap worden gehouden door schuldgevoel, en dit gebeurde inderdaad ook regelmatig. Hij had een hekel aan liegen – misschien omdat zijn kindertijd zo vol leugens was geweest. Zijn moeder had nooit willen toegeven dat zijn vader inderdaad schuldig was aan de misdaden waarvoor hij in de gevangenis was beland en zijn vader had altijd ontkend dat zijn moeder een drankprobleem had. En al die tijd had Jeffrey ook zo wel een paar leugens verteld, aan iedereen die maar luisteren wilde. Hij was uit Sylacauga weggegaan om niet meer die persoon te hoeven zijn. Hij was nog maar nauwelijks terug of hij was weer tot zijn oude manieren vervallen. Het was alsof hij een stel oude, vertrouwde schoenen had aangetrokken.

'Jongen?' zei Hoss. Hij stond nog steeds bij het raam. Jeffrey zag dat hij op een van Jessies bloederige voetafdrukken stond.

Een paar van haar witte pilletjes waren verpletterd onder zijn hak.

'Meneer?' vroeg Jeffrey, denkend dat Hoss even ontzet moest zijn als hij. Iedereen had een andere manier om het te laten blijken.

'Ik zei dat het me tamelijk duidelijk lijkt,' zei Hoss. Hij gaf met de neus van zijn laars een duw tegen de voet van de dode, en Jeffrey voelde zich alsof hij een schop in zijn buik kreeg toen hij zag hoe achteloos Hoss met de dood van deze man omsprong. Zo had het voor Hoss echter altijd gelegen. Je had goeie lui en slechte lui, en om de eersten te beschermen deed je de tweeden aan wat je de tweeden aan moest doen. Hij had zich altijd hard opgesteld tegenover Robert en Jeffrey, maar hij was ook de enige man in het stadje die iets kwaads over hen mocht zeggen.

Hoss liet zich door zijn knieën zakken en keek naar het lijk. Vettig blond schouderlang haar lag over het grootste deel van het gezicht. Toch vroeg Hoss: 'Herken je hem?'

'Nee, meneer,' zei Jeffrey, die ook knielde om beter te kunnen kijken. Hij stond nog steeds in de deuropening en nu hij zich zo dicht bij het tapijt bevond zag hij het patroon van spetters dat als een waaier om het lichaam heen lag. De randen van de waaier wezen naar de plaats waar Jeffrey op zijn knieën lag. Robert moest naar het lichtknopje hebben gezocht toen hij was neergeschoten.

'Luke Swan.' Hoss stond op en haakte zijn duim om zijn riem.

De naam kwam Jeffrey bekend voor, maar het gezicht niet. 'We hebben samen met hem op school gezeten.'

'Hij is eraf gegaan voordat jullie eindexamen deden,' zei Hoss. 'Weet je nog?'

Jeffrey knikte, hoewel hij het niet meer wist. Zijn leven op de middelbare school had hij in een geïsoleerd clubje voetballers en cheerleaders doorgebracht. Luke Swan was nauwelijks een atletisch type geweest. Hij had eruitgezien alsof hij negentig kilo schoon aan de haak woog.

'Heeft sindsdien aan de lopende band problemen gehad,' zei Hoss met een treurige klank in zijn stem. 'Drugs, alcohol. Meer dan eens 's nachts op het bureau vastgezeten.'

'Heeft Robert hem ooit gearresteerd?'

Hoss maakte zich met een schouderophalen van de vraag af. 'Jezus, Slick, we hebben op elk moment van de dag en nacht maar acht agenten op straat. We hebben allemaal wel eens met die jongen te maken gehad.'

'Heeft hij ooit eerder zoiets gedaan?' vroeg Jeffrey. Toen Hoss zijn hoofd schudde, voegde hij eraan toe: 'Gewapende inbraak is toch wel iets anders dan problemen hebben.'

Hoss sloeg zijn armen over elkaar. 'Probeer je me iets aan het verstand te brengen? Moet ik me zorgen maken?'

Jeffrey keek naar het lichaam. Hij kon nog steeds niet het hele gezicht van de man zien, maar de smalle blauwe lippen en de tengere bouw gaven hem iets jeugdigs. 'Nee, meneer.'

Hoss kwam zijn kant op zonder ook maar even te kijken waar hij zijn voeten neerzette. Hij zei tegen Jeffrey: 'Die dame van jou wekte de indruk dat ze iets te zeggen had.'

'Ze is de lijkschouwer van ons stadje.'

Hoss liet een laag gefluit horen, onder de indruk, maar niet om de voor de hand liggende reden. 'Kunnen jullie je daar een fulltime lijkschouwer veroorloven?'

'Ze werkt parttime,' zei Jeffrey.

'Is ze duur?'

Jeffrey schudde zijn hoofd, hoewel hij geen idee had wat Sara verdiende. Te oordelen naar haar huis en haar auto verdiende ze verdomd veel meer dan hij. Natuurlijk was het veel gemakkelijker om geld te verdienen als je ermee was opgegroeid. Jeffrey had zijn hele leven gezien hoe waar dat was.

Hoss knikte naar het lichaam. 'Denk je dat ze deze hier voor ons wil doen?'

Jeffrey voelde weer een kramp in zijn borst. 'Ik zal het haar vragen.'

'Prachtig.' Hoss draaide zich om en keek nog even de kamer in. Hij zei: 'Ik wil dat deze rommel wordt opgeruimd en dat Robert weer zo snel mogelijk aan het werk gaat.'

Toen, alsof hij een verdere discussie wilde voorkomen, stak hij zijn hand uit en knipte het licht uit.

Negen

Sara werd zwetend wakker en haar hoofd begon te tollen toen ze te snel overeind kwam. Ze keek paniekerig rond in de kamer terwijl ze zich probeerde te herinneren waar ze was. De souvenirs van Auburn waren bijna een geruststelling. Zelfs de oranje met blauwe deken die Nell haar de afgelopen nacht had gegeven bood een welkome aanblik. Ze liet zich terugzakken op de bank en trok de deken op tot onder haar kin terwijl ze aan de zachte geluiden van de buurt probeerde te wennen. In de keuken werd koffie gezet en ergens klonk een claxon.

Sara trok haar benen op en liet haar kin op haar knieën rusten. Ze had lange tijd niet van Atlanta gedroomd, maar nog maar een paar seconden geleden was ze er terug geweest – daar op die toiletten in het Grady-ziekenhuis waar ze was verkracht. Haar aanrander had haar armen achter haar rug gebonden en haar geschonden op manieren die ze nog steeds kon voelen als ze er lang genoeg bij stil bleef staan. Toen had hij haar met een mes in haar zij gestoken en haar doodbloedend achtergelaten.

Bij de herinnering werd haar keel weer dichtgeknepen, en Sara sloot haar ogen en probeerde door haar emoties heen te ademen.

'Hoe is het?' vroeg Nell. Ze stond met een kop koffie in haar hand in de deuropening.

Sara knikte en probeerde haar stem terug te vinden.

'Possum is naar de winkel om open te doen. Jeffrey is gaan kijken hoe het met Jessie is. Ze logeert bij haar moeder een paar straten verderop, maar hij is gestoord als hij echt denkt dat ze voor twaalven uit haar bed komt.' Ze zweeg even toen Sara niet reageerde. 'Hij heeft me gevraagd aan je door te geven dat je om halfnegen klaar moet staan.'

Sara keek naar de klok op de schoorsteenmantel. Het was halfacht.

Nell zei: 'De koffie is klaar, als je wilt,' en liet Sara alleen.

Sara kwam overeind en stootte haar teen tegen haar koffer. Jeffrey had hem daar een paar uur geleden neergezet terwijl zij had gedaan alsof ze sliep. Hij was als een dief naar binnen geslopen en ze had gekeken hoe hij weer vertrok, zich afvragend waar ze zich precies in had begeven. Jeffrey Tolliver was niet de man voor wie ze hem had aangezien. Zelfs Cathy Linton zou verbaasd hebben gestaan over zijn gedrag van vannacht. Sara had zich bedreigd gevoeld en was op een zeker moment bang genoeg geweest om te denken dat hij haar zelfs zou slaan. Ze kon zich niet verder met zo iemand inlaten. Het viel niet te ontkennen dat ze gevoelens koesterde voor Jeffrey, misschien was ze zelfs wel verliefd op hem, maar dat betekende niet dat ze zich in een situatie moest manoeuvreren waarin ze bang zou zijn dat er iets zou kunnen gebeuren.

Sara perste haar lippen op elkaar terwijl ze naar het ingelijste tijdschriftomslag met Jeffrey aan de muur keek. Misschien was hij opeens veranderd nu hij even thuis was. De man die Sara de afgelopen nacht had gezien had in niets geleken op de Jeffrey Tolliver die ze de afgelopen paar maanden had leren kennen.

Ze merkte dat ze probeerde zijn gedrag te verklaren. Hiervoor was er in zijn persoonlijkheid niets geweest wat op de uitbarsting van vannacht had gewezen. Hij was gefrustreerd. Hij had een klap tegen de muur gegeven, haar niet geslagen. Misschien reageerde ze te heftig. Misschien hadden de omstandigheden hem naar de rand van de afgrond getrokken, en zij had niets anders gedaan dan helpen hem eroverheen te duwen. Hij had haar bij haar arm gegrepen, maar hij had haar ook weer losgelaten. Hij had haar gewaarschuwd niets te zeggen, maar toen de sheriff was gekomen had hij niets gedaan om haar het zwijgen op te leggen. Nu het dag was begreep Sara zijn woede en frustratie. Jeffrey had in één ding gelijk: Alabama was een staat waar ze de doodstraf kenden, en dat niet alleen, ze maakten er bijna net zo gretig gebruik van als in Texas of Florida. Als Robert schuldig werd bevonden zou hij oog in oog met de elektrische stoel komen te staan.

Hoewel ze nog verdoofd was van het slaapgebrek probeerde Sara te reconstrueren wat ze de afgelopen nacht in Roberts slaapkamer had gezien. Ze was er niet meer zo zeker van wat ze op straat had gehoord, en evenmin van het schroeipatroon dat ze had gezien toen Robert zijn hand even had weggehaald. Het was heel snel gegaan en hij had het bloed rond de wond heel slim uitgesmeerd. Waar het op neerkwam was dat Sara zich moest afvragen waarom hij zo'n moeite had gedaan de ingangswond te verbergen als er niets te verbergen viel.

Als ze het bij het rechte eind had, had de vuurmond van het pistool waarmee Robert was neergeschoten schuin omhoog tegen de huid gestaan. Ofwel degene die hem had geraakt had zich in een lagere positie bevonden, gehurkt of knielend, of Robert had het pistool tegen zijn eigen zij gehouden en de trekker overgehaald. De tweede theorie zou verklaren waarom er zo weinig schade was aangericht. De buikholte bevatte zeven belangrijke organen en ongeveer negen meter darm. De kogel had kans gezien dit allemaal te missen.

Sara had haar vermoedens de vorige nacht tegenover de sheriff willen verwoorden, maar nadat ze een blik op de man had geworpen had ze geweten dat hij net als Jeffrey alles zou doen om Robert het voordeel van de twijfel te geven. Alles aan Clayton 'Hoss' Hollister schreeuwde ouwe-jongens-krentenbrood, van zijn bijnaam tot zijn cowboylaarzen. Sara wist precies hoe dit type opereerde. Haar vader maakte zeker geen deel uit van het netwerk machtige oude mannen in Grant – hij had er een hekel aan iemand een gunst te bewijzen omdat het móést – maar Eddie Linton speelde wel kaart met de meesten. Sara was er al in haar eerste week als lijkschouwer achtergekomen hoe ze te werk gingen, toen de burgemeester haar had uitgelegd dat de county een exclusief contract had om alle medische spullen via de onderneming van zijn zwager te bestellen.

Vandaag wilde Sara Roberts wond weer zien, en zelfs als Jeffrey zijn belofte om haar de lijkschouwing te laten doen niet wilde – of kon – nakomen, wilde ze toch kijken als degene die ermee belast werd het onderzoek bij de neergeschoten man deed – ofwel het slachtoffer, al naar gelang je het bekeek. Als dat achter de rug was wilde ze alleen maar zo snel mogelijk uit Sylacauga en bij Jeffrey weg. Ze had tijd en wat afstand nodig om haar hersens weer bij elkaar te krijgen en er precies achter te komen wat ze in het licht van de uitbarsting van de afgelopen nacht voor hem voelde.

Sara probeerde of ze kon staan. Haar voetzolen waren gekneusd door haar geïmproviseerde sprint van de afgelopen nacht, en iets scherps had een stukje huid uit haar hiel gescheurd. Zodra ze weer op de snelweg zat zou ze ergens stoppen om pleisters te kopen.

Nell glimlachte zwakjes toen Sara hinkend de keuken binnenkwam. 'Het duurt nog wel een uur voordat de kinderen op zijn.'

Sara probeerde beleefd te zijn. 'Hoe oud zijn ze?'

'Jared is tien, Jennifer is tien maanden jonger.'

Sara trok een wenkbrauw op.

'Maak je geen zorgen, ik heb mijn eierstokken laten afbinden zodra ze eruit was.' Nell pakte een koffiekop uit de kast. 'Drink je het zwart?' Sara knikte. 'Jen is de slimmerik. Zeg niet tegen Jared dat ik dat gezegd heb, maar Jen is hem een hele klas voor. Het is zijn eigen stomme schuld – hij is niet dom, hij heeft alleen meer belangstelling voor sport dan voor boeken. Jongens van die leeftijd kunnen met geen mogelijkheid stilzitten. Daar weet je met jouw baan waarschijnlijk alles van.' Ze zette de kop voor Sara neer en schonk al pratend de koffie in. 'Volgens mij wil jij een huis vol kinderen als je eenmaal gesetteld bent.'

Sara keek hoe de damp uit de kop opsteeg. 'Om je de waarheid te zeggen: ik kan geen kinderen krijgen.'

'O,' zei Nell. 'Ik met mijn grote mond ook altijd. Het lijkt wel alsof ik een speciaal zintuig voor dat soort stommiteiten heb.'

'Het is al goed.'

Nell ging met een diepe zucht tegenover Sara zitten. 'God, wat ben ik toch nieuwsgierig. Dat is het enige wat mijn moeder over me zegt wat waar is.'

Sara glimlachte geforceerd. 'Echt, het is niet erg.'

'Ik zal niet op details aandringen,' zei Nell, maar uit de toon van haar stem bleek dat ze er meer dan open voor stond.

'Buitenbaarmoederlijke zwangerschap,' zei Sara, maar ging er niet dieper op in.

'Weet Jeffrey ervan?'

Sara schudde haar hoofd.

'Je kunt nog altijd kinderen adopteren.'

'Dat zegt mijn moeder ook altijd,' zei Sara, en voor de eerste keer verwoordde ze de reden waarom ze de gedachte aan adoptie niet kon verdragen. 'Ik weet dat het vreselijk klinkt, maar ik zorg al de hele dag voor andermans kinderen. Als ik thuiskom...'

'Vertel mij wat,' zei Nell. Ze stak haar hand uit en kneep in die van Sara. 'Jeffrey vindt het vast niet erg.'

Sara glimlachte benauwd tegen haar en Nell slaakte een diepe zucht met de woorden: 'Hè, verdomme. Ik kan niet zeggen dat ik het niet aan zag komen, maar ik had gehoopt dat het toch wel iets langer zou duren.'

'Het spijt me.'

'Zit er maar niet over in,' Nell gaf een klap op haar dijbenen terwijl ze opstond. 'Even goeie vrienden. Jeffreys verlies is mijn winst. En dat is voor het eerst, dat verzeker ik je.'

Sara staarde weer naar de koffie.

'Zin in pannenkoeken?'

'Zo'n honger heb ik niet,' zei Sara, ook al rommelde haar maag.

'Ik ook niet.' Nell pakte de koekenpan. 'Drie of vier?'

'Vier.'

Nell zette de pan op het fornuis en ging het beslag maken. Sara keek toe en bedacht dat ze haar moeder duizenden keren ditzelfde had zien doen. Het had iets heel geruststellends in een keuken te zitten en Sara voelde dat de schrikbeelden van de afgelopen nacht begonnen te vervagen.

'Die stomme buurman ook,' zei Nell, over het aanrecht vrolijk naar iemand buiten zwaaiend. Er sloeg een autoportier dicht, gevolgd door het starten van een motor. 'Hij is ieder weekend weg met een of andere slettebak die hij in Birmingham heeft opgeduikeld. Let maar op,' zei ze terwijl ze Sara over haar schouder een blik toewierp of ze wel keek. 'Zodra hij de oprijlaan af rijdt beginnen die honden te blaffen, en daar houden ze pas mee op als hij rond tien uur vanavond weer thuiskomt.' Ze ging op haar tenen staan en reikhalsde om in de tuin van de buurman te kunnen kijken. 'Ik heb wel tien keer met hem gepraat dat hij een soort hok voor die arme beesten moet kopen. Possum heeft zelfs aangeboden iets voor hem te timmeren. Goeie god, ze staan echt te huilen als het regent.'

De honden begonnen te blaffen alsof ze op een teken hadden staan wachten. Alleen maar om haar aan de praat te houden vroeg Sara: 'Hebben ze dan geen hok?'

Nell schudde haar hoofd. 'Nee. Hij moest steeds naar huis terug omdat ze over het hek sprongen, dus heeft hij ze aan de ketting gelegd. Dus gooien ze, daar kun je de klok op gelijkzetten, nu natuurlijk iedere ochtend hun bak water omver en dan moet ik erheen om hem weer te vullen.' Ze gaf Sara een doos eieren en een kom en zei: 'Maak jij je ook eens nuttig,' voordat ze doorging: 'Boxers zijn zo vreselijk lelijk. Ze zijn niet eens leuk-lelijk. En jezus, wat kwijlen ze. Het is net alsof ik onder de douche sta iedere keer dat ik erheen ga.'

Sara brak de eieren in de kom en luisterde niet zozeer naar Nells woorden als wel naar de cadans van haar stem. Ze dacht aan Jeffrey en probeerde een logica te vinden in wat er de afgelopen nacht was gebeurd. Sara wist dat het zowel haar grootste kracht als haar grootste zwakheid was dat ze altijd alles duidelijk in zwart en wit zag, maar nu zag ze voor de eerste keer in haar leven de grijstinten. Ze was de afgelopen nacht moe geweest, en van streek door alles wat er was gebeurd. Had ze werkelijk die schroeiplek gezien? Hoe meer ze erover nadacht, hoe meer ze zichzelf aanpraatte dat ze hem niet had gezien. Haar intuïtie zei haar echter dat ze aan haar eerste gedachte vast moest houden. En waarom bleef Robert die wond steeds maar bedekken als hij toch niets te verbergen had?

'Sara?' zei Nell. Ze had kennelijk een vraag gesteld.

'Neem me niet kwalijk,' verontschuldigde Sara zich. 'Wat zei je?'

'Ik vroeg of Robert die man heeft herkend?'

Sara schudde haar hoofd. 'Ik neem aan van niet, want anders had hij wel iets gezegd.'

'Het heeft nog niet in de krant gestaan – we hebben hier alleen maar een weekblad, en dat komt pas aanstaande zondag – maar tijdens mijn wandeling vanmorgen hoorde ik dat het Luke Swan was. Die naam zegt jou natuurlijk niets, maar we hebben allemaal met hem op school gezeten. Hij woonde hier een paar huizen vandaan.' Ze wees naar de achtertuin. 'Possum is hier geboren en ik ben aan de overkant opgegroeid – heb ik je dat al verteld?' Sara schudde haar hoofd. 'We zijn hier ingetrokken nadat zijn moeder was overleden. Ik kon die vrouw niet uitstaan...' Ze tikte drie keer op het houten kastje onder het aanrecht, '...maar het was aardig van haar ons het huis na te laten. Ik dacht dat Possums broer er vreselijke heibel over zou maken, maar het is allemaal goed gekomen.' Ze zweeg even om adem te halen. 'Waar was ik ook weer gebleven?'

'Luke.'

'O ja.' Ze draaide zich weer om naar het fornuis. 'Hij woonde hier een paar jaar voordat zijn vader zijn baan kwijtraakte, en toen zijn ze naar de buurt van de school verhuisd. Hij was niet echt goeie maatjes met ons clubje.'

Sara kon wel raden dat ze het over een populaire club had. Op haar eigen school had je ook dergelijke groepen gehad, en Sara was weliswaar verre van populair geweest, maar had wel het geluk gehad niet gepest te worden.

Nell vervolgde: 'Ik hoorde dat hij altijd moeilijkheden zocht, maar wie zal het weten? Mensen zeggen altijd van alles als er iemand dood is. Je had Possum eens over zijn moeder moeten horen: alsof hij het over Mary Poppins had, en die vrouw is geen dag van haar leven gelukkig geweest. In dat opzicht leek ze heel erg op Jessie.' Nell goot vier pannenkoeken uit in de pan. 'Ik hoorde dat Jessie bij haar moeder zat.'

'Dat klopt,' bevestigde Sara.

'Goeie hemel,' mompelde Nell terwijl ze de kom met eieren van Sara aannam. Ze klopte ze met een vork los en goot ze toen in een koekenpan. Hoewel Sara bij de beste tien procent van haar jaar aan een van de zwaarste medische opleidingen in het land was afgestudeerd, voelde ze zich altijd incompetent in de buurt van vrouwen die konden koken. De enige maaltijd die ze voor haar laatste vriend had gemaakt eindigde met het weggooien van twee pannen en een uitpuilende vuilnisbak.

Nell zei: 'Het gaat altijd op en neer tussen mij en die vrouw. Misschien komt dat doordat Robert en Possum ons voortdurend samenbrengen en verwachten dat we dan wel met elkaar zullen kunnen opschieten. Soms denk ik dat ze toch niet zo kwaad is en op andere momenten wil ik haar een oplawaai verkopen om er wat gezond verstand in te rammen.' Ze tikte met de vork op de rand van de pan voordat ze hem op een servet zette. 'Op het ogenblik heb ik alleen maar medelijden met haar.'

'Het is verschrikkelijk als zoiets je overkomt.'

Nell keerde de pannenkoeken met een spatel. 'Bobby is een schat, maar je weet nooit echt hoe ze zijn tot je ze thuisbezorgd krijgt en ze kunt uitpakken. Misschien pist hij naast de pot. Dat begon Possum een paar jaar geleden ook te doen, tot ik dreigde hem een dreun met een honkbalknuppel te geven.' Ze legde de pannenkoeken en een paar eieren op een bord en gaf het Sara. 'Bacon?'

'Nee, dank je.'

Nell pakte drie plakken bacon vanonder een servet en legde ze op Sara's bord. 'Ik had tot een paar maanden geleden een verschrikkelijke klerehekel aan haar. Toen kreeg ze een miskraam. Ik ging iedere dag bij haar langs om ervoor te zorgen dat ze niet iets stoms deed. Ze waren er allebei kapot van. Sinds ik haar ken heeft ze altijd een kind gewild. En dan heb ik het over de laagste klas van de middelbare school. Maar ze heeft er nooit een kunnen krijgen.'

Sara goot stroop over de pannenkoeken. Ze waren allemaal volmaakt rond en even dik. 'Wat voor stoms zou Jessie volgens jou doen?'

'Te veel pillen nemen,' zei Nell terwijl ze de pannenkoeken een voor een dubbelklapte. 'Ze heeft het al eens gedaan. Als je het mij vraagt wilde ze gewoon aandacht. Niet dat ik geloof dat Robert zo weinig aandacht voor haar heeft, maar je kunt toch nooit weten?'

'Nee,' beaamde Sara met een mond vol bacon. Tot de afgelopen nacht zou ze nooit vermoed hebben dat Jeffrey in staat was haar te bedreigen. Ze voelde nog steeds de luchtverplaatsing van zijn vuist, die maar een paar centimeter langs haar hoofd was gegaan toen hij tegen de muur sloeg. 'Zou ze hem ooit bedriegen?'

'Ha,' lachte Nell, terwijl ze zichzelf opschepte. Ze ging tegenover Sara zitten en goot een genereuze hoeveelheid stroop over de pannenkoeken terwijl ze doorpraatte. 'Als ze dat deed zou het met iemand helemaal in Alaska moeten zijn. Robert weet alles wat er in dit stadje gebeurt. Hij neemt waarschijnlijk de baan van de sheriff over als die oude zak ooit met pensioen gaat. Hoss is al sheriff sinds de steentijd. Ik denk dat hij er pas mee ophoudt als ze hem weg moeten dragen. Jezus, dit stadje kennende zullen de mensen nog op hem stemmen als hij dood is.'

'Jullie hebben hier niet echt politie, alleen het bureau van de sheriff.'

Nell nam een hap ei. 'Weet je hoe klein dit stadje is? Als we zowel politie als een sheriff hadden zou er niemand over zijn om bij de benzinepomp te werken.' Ze stond op. 'Sap?'

'Nee, laat maar.'

Nell pakte twee glazen uit de kast en zette ze op tafel. 'Maar als Jeffrey hier nog was geweest zou Hoss jaren geleden met pensioen zijn gegaan.'

'Waarom?'

Nell schonk het sap in. 'Eerste erfgenaam. Roberts vader was een halve nietsnut, maar beter een halve nietsnut dan dat je met Jimmy Tolliver te maken had. Die man was een monster. Jeffrey wil er niet over praten, maar dat litteken onder zijn schouderblad, dat heeft zijn vader gedaan.'

Sara had het litteken gezien, maar omdat ze geen gesprek wilde beginnen over littekens had ze er nooit naar gevraagd. Nu vroeg ze: 'Hoe is dat gebeurd?'

Nell ging weer zitten. 'Ik stond er met mijn neus bovenop,' zei ze, een hap van een pannenkoek nemend. Sara wachtte terwijl ze kauwde en wenste voor de verandering eens dat Nell door zou gaan met haar verhaal. Uiteindelijk slikte Nell. 'May zei iets zogenaamd geestigs en Jimmy vloog haar aan. Ik bedoel, als een furie. Ik heb nog nooit zoiets gezien. Ik hoop het trouwens ook nooit meer te zien – even afkloppen.' Ze gaf met haar knokkels een roffel op de tafel.

Sara slikte, hoewel ze niets in haar mond had. 'Sloeg hij haar?'

'O, liefje, hij sloeg haar voortdurend. Alsof ze zijn privé-boksbal was. En Jeffrey ook, als hij thuis was. Niet dat Jeffrey veel thuis was. Hij zat het grootste deel van de tijd bij de steengroeve, om maar weg te zijn. Hij zat daar maar buiten te lezen tot de zon onderging. Soms sliep hij daar, tenzij Hoss hem vond, die hem dan meenam naar het bureau zodat Jeffrey daar kon slapen.' Ze nam een paar slokken sap. 'Maar hoe dan ook, die ene keer dat ik erbij was gingen ze mekaar te lijf en probeerde Jeffrey ertussen te komen. Jimmy sloeg hem helemaal verrot en Jeffrey vloog – en dat bedoel ik heel letterlijk – door de kamer. Hij haalde zijn rug open aan de bovenkant van het fornuis. Het was toen ze nog van die knoppen met die scherpe metalen randen hadden, niet zoals die van nu, met al die tiptoetsen en displays.'

Na een tijdje zei Sara: 'Dat wist ik niet.' Ze probeerde zich voor te stellen hoe het voor Jeffrey geweest moest zijn om in een dergelijke omgeving op te groeien; ze kon het niet. Zoals de meeste kinderartsen had ze meer dan genoeg mishandelde kinderen gezien. Niets maakte haar kwader dan een laffe volwassene die zijn frustraties op een kind botvierde. Wat Sara betrof mochten ze allemaal achter de tralies wegrotten.

'Er is heel wat voor nodig om Jeffrey boos te krijgen,' praatte Nell door. 'Ik denk dat dat wel goed is, hoewel het misschien helemaal niet zo goed is. Je gaat je onwillekeurig afvragen hoe hij dat allemaal steeds maar binnen kan houden. Hij heeft een hekel aan ruzie. Altijd gehad. Weet je dat hij een studiebeurs voor Auburn had?'

'Jeffrey?' vroeg Sara, die probeerde deze nieuwe informatie te verwerken.

'Gedeeltelijk had hij dat te danken aan het voetballen, maar ze geven je niet een volledige beurs om alleen maar de bank warm te houden.' Ze lachte verbaasd, alsof ze niet kon geloven wat ze zojuist had gezegd. 'Zeg nooit tegen Possum dat ik dat heb gezegd, maar ik zweer het je, het is wel de waarheid. Zodra Jeffrey in Auburn was aangekomen kreeg hij een hekel aan voetballen. Hij zou uit de ploeg zijn gestapt als Hoss het had toegelaten.'

'Wat had Hoss daarmee te maken?'

Nell legde haar vork neer. 'Weet je waarom Jeffrey "Slick" wordt genoemd?'

'Ik heb wel zo'n vermoeden.'

Nell lachte snuivend. 'Ja, hij is glad, dat geef ik toe, maar die naam heeft hij gekregen omdat hij zich altijd overal uit wist te wurmen, welke problemen hij ook kreeg.'

'Wat voor problemen?'

'O, niets bijzonders als je kijkt wat kinderen tegenwoordig allemaal uitspoken. Dingen stelen uit de winkel van Sinkel, de auto van zijn moeder lenen terwijl zij buiten westen op de bank lag. Dezelfde dingen die zijn vader waarschijnlijk heeft gedaan toen hij zo jong was. We hebben het nu over tien-twaalfjarigen. Eet je dat nog op?' Sara schudde haar hoofd en Nell stak haar vork uit en nam het laatste stuk pannenkoek. 'Jeffrey zou waarschijnlijk zitten waar zijn vader zit als Hoss zich er niet mee had bemoeid.'

'Wat deed Hoss dan?'

'Hij liet Jeffrey het gras bij de gevangenis maaien in plaats van dat hij hem er een paar nachten opsloot. Soms nam hij Jeffrey mee naar de cellen en liet hem met een paar zware gevallen praten. Eigenlijk maakte hij hem doodsbang. Robert ook, maar die hoefde niet zo bang te worden gemaakt. Robert is altijd meer een meeloper geweest, en als Jeffrey zich gedroeg dan deed Robert dat ook.'

'Het is mooi dat Hoss zich met ze heeft bemoeid.'

'Dat vraag ik me soms af,' zei Nell, terwijl ze achteroverleunde met haar koffie in de hand. 'Jeffrey is heel zachtaardig. Ik neem aan dat je dat wel hebt gemerkt.'

Sara reageerde niet, hoewel ze zich afvroeg of Nell wel een juist beeld van hem had. Er kon in zes jaar een hoop gebeuren. Er kon in één nacht een hoop gebeuren.

'Ik heb hem altijd als leraar zien eindigen, misschien als voetbaltrainer op de middelbare school. Toen Jimmy levenslang had gekregen veranderde Jeffrey. Misschien heeft hij wel gedacht dat hij door bij de politie te gaan zou kunnen goedmaken dat zijn vader een misdadiger was. Misschien heeft hij gedacht dat Hoss er blij mee zou zijn.'

'En was dat zo?'

Nell schoof haar bord van zich af. 'Je hebt geen idee hoe blij.'

Sara zag Jeffrey langs het keukenraam lopen en stond op terwijl ze tegen Nell zei: 'Ik moet me gaan aankleden.'

Jeffrey deed de achterdeur open. Hij leek verbaasd Nell en Sara samen aan het ontbijt aan te treffen.

Sara zei: 'Ik wilde me net gaan aankleden.'

Hij wierp een snelle blik op haar en zei: 'Je ziet er prima uit,' ook al droeg ze nog steeds de pyjama die ze had gedragen toen ze de vorige nacht uit het huis van zijn moeder was weggevlucht.

Nell vroeg: 'Hoe is het met Jessie en de anderen?'

'Gewoon.' Hij wees op de lege borden. 'Dat ruikt lekker.'

'Ik ben niet met Possum getrouwd om voor jou te koken,' zei ze opstaand. 'Er zit nog genoeg beslag in de kom en de eieren zijn waarschijnlijk nog niet te koud. Ik moet even gaan kijken of die stomme honden hun bak met water al hebben omgegooid.'

Toen Nell de keuken uit liep nam ze alle conversatie mee. Niet wetend wat ze anders moest doen ging Sara weer aan de tafel zitten. Het was alsof de pannenkoeken in haar maag begonnen uit te zetten. De koffie in haar kop was lauw, maar het lukte haar hem op te drinken.

Jeffrey schonk zichzelf kauwend op een stuk bacon een kop koffie in. Hij zette de pot op de warmhouder, pakte hem er weer af en hield hem voor Sara op, waarmee hij wilde vragen of Sara nog wat wilde. Ze schudde haar hoofd en hij zette de pot terug, waarna hij met zijn gezicht op de keukenkraan starend nog een stuk bacon at.

Sara pakte haar vork op en trok er lijntjes mee door de stroop op haar bord, zich afvragend wat ze moest zeggen, als ze al iets moest zeggen. Eigenlijk lag de taak iets te zeggen bij hem. Ze legde de vork neer en sloeg haar armen over elkaar, terwijl ze hem strak aankeek en wachtte.

Hij schraapte zijn keel en vroeg toen: 'Wat ga je vandaag zeggen?'

'Wat wil je dat ik zeg?' vroeg ze. 'Of wil je me soms weer bedreigen?'

'Dat had ik niet moeten doen.'

'Nee, inderdaad,' zei ze terwijl haar woede weer voelbaar in haar opsteeg. 'Ik zal het duidelijk zeggen: na wat je moeder afgelopen nacht tegen me heeft gezegd en na jouw bedreigingen zou ik nu meteen kunnen vertrekken en nooit meer achteromkijken.'

Hij keek naar de vloer en ze voelde zijn schaamte zonder haar werkelijk te zien. Zijn stem stokte toen hij probeerde te praten en hij moest zijn keel schrapen voor het hem lukte te zeggen: 'Ik heb nog nooit in mijn leven een vrouw geslagen.'

Sara wachtte.

'Ik zou nog eerder mijn eigen handen afhakken,' zei hij; zijn kaak maalde terwijl hij duidelijk worstelde met de emoties die in hem opwelden. 'Ik heb elke dag van mijn leven moeten zien hoe mijn vader mijn moeder sloeg. Soms maakte ze hem kwaad, soms deed hij het gewoon omdat hij het kon.' Hij hield zijn gezicht van haar afgewend. 'Ik weet dat je geen enkele reden hebt om me te geloven, maar ik zou je nooit pijn doen.'

Toen Sara niet reageerde vroeg hij: 'Wat heeft mijn moeder afgelopen nacht tegen je gezegd?'

Sara was te gegeneerd om het te herhalen. 'Het doet er niet toe.'

'Het doet er wel toe,' zei hij. 'Het spijt me. Het spijt me dat ik je... hierheen heb meegenomen.' Hij waagde het haar aan te kijken en ze zag dat zijn ogen bloeddoorlopen waren. 'Ik wilde alleen maar dat je zag...' Hij zweeg. 'Jezus, ik weet niet wat ik je wilde laten zien. Wie ik werkelijk ben, neem ik aan. Misschien zie je dat nu. Misschien is deze man degene die ik werkelijk ben.'

Ze had medelijden met hem en voelde zich toen stom dat ze medelijden met hem had.

Hij trok de stoel waar Nell op had gezeten een stukje bij de tafel vandaan en ging ook zitten. 'Bobby wilde vanochtend niet met me praten.'

Sara wachtte op de rest.

'Ik liep de kamer in en hij was zich aan het aankleden om naar huis te gaan.' Jeffrey zweeg even, en ze voelde zijn hulpeloosheid eerder dan dat ze haar zag. 'Ik zei hem dat we moesten praten en hij zei alleen maar nee. Alleen maar "nee", alsof hij iets te verbergen heeft.'

'Misschien is dat ook wel zo.'

Hij tikte met zijn vingers op de tafel.
'Was Jessie bij hem?'
'Nee. Ze was nog niet eens wakker toen ik langskwam om te kijken hoe het met haar was.'
Sara beet op haar lip terwijl ze in dubio verkeerde of ze hem moest vertellen wat ze had gezien.
'Ga je gang maar,' zei hij. 'Ga je gang en vertel me wat ik niet zie.' Hij sloeg gefrustreerd met de palm van zijn hand op de tafel. 'Jezus, ik doe dit niet voor mijn lol, Sara. Hoeveel jaren er ook voorbij zijn gegaan, hij is nog steeds mijn beste vriend. Het valt me niet bepaald makkelijk dat ik nu bij de politie zit.'
Sara haalde diep en kalmerend adem. Ze was teruggedeinsd toen hij op de tafel had geslagen, en haar eerste opwelling was geweest op te staan en weg te lopen. Het feit dat Jeffrey uit een gewelddadig gezin kwam betekende niet dat hij zelf gewelddadig was, maar ze kon niet nalaten hem nu met andere ogen te bekijken. Zijn brede schouders en zijn gespierde lichaam, die ze ooit zo aantrekkelijk had gevonden, herinnerden haar er nu alleen maar aan hoeveel sterker hij was dan zij.
Hij moest dit hebben aangevoeld, want hij matigde zijn toon. 'Kijk me alsjeblieft niet zo aan.'
'Ik wilde alleen maar...'
Toen ze verder niets zei drong hij aan: 'Wat?'
Sara drukte haar kin tegen haar borst. Ze wilde dit gesprek niet. Ze leidde hem terug naar het probleem waarover ze waren begonnen en zei: 'Ik wil de schotwond van Robert nog eens zien.'
'Waarom?'
'Ik weet het niet zeker, maar...' begon ze, maar terwijl ze het zei wist ze het zeker. 'Er zat een schroeiplek aan de onderkant van de wond.'
'Weet je het niet zeker?'
'Ik wil het niet, maar ik weet het zeker.'
Hij lachte vreugdeloos. 'Hij bedekte hem voortdurend met zijn hand.'
'Hij heeft zijn hemd gebruikt om het bloeden te stelpen.'
'Heeft hij je dat hemd laten zien?'
Ze schudde haar hoofd. Als het pistool tegen de huid was ge-

houden, zou er op het hemd zowel een schroeiplek als roet zitten.

Hij zei: 'Ze hebben het in het ziekenhuis waarschijnlijk weggegooid.'

'Of hij.'

'Of hij,' gaf Jeffrey toe. Hij schudde weer zijn hoofd. 'Als hij maar met me wilde praten, uitleggen wat er is gebeurd...'

'En wat doen wij?'

Hij bleef zijn hoofd schudden. 'Waarom wil hij niet met me praten?'

Sara gaf niet het voor de hand liggende antwoord.

Hij zei: 'Luke Swan kan hem te lijf zijn gegaan. Zijn lichaam bevond zich maar op enkele tientallen centimeters afstand.'

'Waarschijnlijk negentig centimeter of een meter.'

'Robert duwde hem weg,' zei Jeffrey. 'Dan zou Swan gehurkt hebben gezeten of op zijn knieën hebben gelegen.'

'Dat zou kunnen.'

Ze hoorde de spanning in zijn stem toen hij het allemaal probeerde weg te redeneren. 'Swan kan gehoord hebben dat Robert zijn pistool wilde pakken. Hij liep op hem af. Misschien hield hij zijn pistool omhooggericht voor zich.' Jeffrey illustreerde het door zijn hand als een pistool voor zich uit te steken. 'Hij raakte Robert, en toen Robert hem.'

Sara probeerde de gaten in zijn theorie te vinden. 'Het is mogelijk.'

Zijn opluchting was voelbaar. 'Laten we zien wat er uit de lijkschouwing komt, oké? Tot dat moment houden we dit voor ons. Uit de lijkschouwing zal blijken wat er is gebeurd.'

'Heb je gevraagd of ik erbij mag zijn?'

'Hoss wil dat jij het onderzoek doet.'

'Prima.'

'Sara...'

'Ik heb al gepakt,' zei ze terwijl ze opstond. 'Zodra het achter de rug is wil ik weg.' En om misverstanden te voorkomen zei ze: 'Ik wil naar huis.'

Tien

13:32

Het gerinkel van de telefoon kraste als een nagel over een schoolbord. Sara's gehoor begon haar parten te spelen: het gerinkel daalde en steeg als de sirene van een wegrijdende politieauto. Om de tijd door te komen telde ze de seconden tussen de signalen; nu eens raakte ze de tel kwijt, dan weer wist ze zeker dat het gerinkel was opgehouden, maar dan begon die angstaanjagende bel weer. En het was een bel, en niet het gebruikelijke computergeblieb van een digitale telefoon. De zwarte telefoon was zo oud dat het Sara verbaasde dat hij geen kiesschijf had. Hij had geen slanke lijnen of glanzende knoppen. Met al die mobieltjes en draadloze telefoons en de digitalisering van geluid was ze bijna vergeten hoe een echte telefoon klonk.

Met de rug van haar hand veegde ze het zweet van haar lippen. Sinds de elektriciteit was afgesneden drong de hitte van buiten in de slechtgeventileerde kantoorruimte door. Nu, meer dan een uur later, was de lucht zwaar, bijna verstikkend. Om alles nog erger te maken begonnen de in het vertrek verspreid liggende lichamen te ruiken.

Brad had het overhemd van zijn uniform en zijn broek moeten uittrekken. Smith had ze in de roosters van de airco gepropt, waarschijnlijk tegen nieuwsgierige blikken van de politie. Brad zat in zijn witte boxershort en zijn zwarte sokken, de schaamte allang voorbij. Om de een of andere reden vertrouwde Smith Brad, die als enige gijzelaar wat vrijheid kreeg. Sara had hem stiekem Jeffreys portefeuille toegestoken toen hij de meisjes naar de wc had begeleid. Ze had geen idee waar hij hem verstopt had. Ze hoopte alleen maar dat hij het goed had gedaan.

De twee andere meisjes waren uiteindelijk door de spanning uitgeput geraakt en sliepen allebei met hun hoofd op Brads schoot. Marla zat een eindje van de groep vandaan; haar mond hing open, ze staarde nietsziend naar de vloer. Sara was doodsbang dat de oude vrouw weer een aanval zou krijgen en Smith Jeffreys werkelijke identiteit zou onthullen. Ze besefte nuchter dat als er een keus gemaakt zou moeten worden, ze al het nodige zou doen om Jeffrey te beschermen.

Ze liet haar hoofd achterover tegen de muur zakken en waagde het weer naar Smith te kijken. Deze liep weer binnensmonds mompelend te ijsberen. Hij had zijn jack uitgetrokken en ze zag dat iedere centimeter van zijn lichaam door training ontwikkeld was: de spieren van zijn armen en schouders bolden op onder zijn T-shirt met korte mouwen. Op zijn rechterbiceps zat een enorme blauwe tatoeage van een adelaar, en tevergeefs probeerde Sara bij iedere tweede stap die hij door de kamer zette de woorden eronder te ontcijferen.

Net zoals zijn medeplichtige droeg hij een dikke broek voor nachtcamouflage in combinatie met zijn legerkistjes. Het kogelvrije vest moest in deze hitte als een dwangbuis aanvoelen, maar hij bleef het strak tegen zijn borst dragen. Een dierlijke agressie wasemde uit elk van Smiths poriën, maar de tweede schutter, de zwijgende, joeg Sara het meest angst aan. Hij was degene die de bevelen opvolgde, die deed wat hem werd gezegd, of hij nu op kleine kinderen moest schieten of een gat in het hoofd van een agent moest blazen. Dit persoonlijkheidstype zag je wel vaker onder jongere mannen – het leger rekruteerde actief – maar in combinatie met Smith werd hij nog ongrijpbaarder. Als Smith iets overkwam was absoluut niet te zeggen wat de tweede schutter zou doen. Als je de kop van een schorpioen afhakte kon hij nog steeds steken.

Jeffrey bewoog zijn hoofd op Sara's schoot; ze legde haar hand op zijn goede schouder om hem te kalmeren en zei: 'Rustig maar.'

Hij wreef als een slaperig kind zijn ogen uit. Een vouw in de stof van haar jurk had een lijn in zijn gezicht getrokken en ze wilde niets liever dan deze wegkussen.

'Hoe laat is het?'

Ze keek op haar horloge. 'Halftwee,' zei ze terwijl ze het haar van zijn voorhoofd streek. 'Weet je nog waar we zijn?'

Hij ademde diep in en weer uit. 'Ik droomde over de eerste keer dat ik werkelijk de liefde heb bedreven met mijn vrouw.'

Sara perste haar lippen op elkaar. Ze wilde zo graag naar die plaats terug gaan dat de tranen in haar ogen sprongen.

Hij vervolgde: 'We waren in het huis waar ik ben opgegroeid, op de vloer in mijn kamer...'

'Ssst,' deed ze, omdat ze niet wilde dat hij te veel zou zeggen.

Hij begreep het, maar sloot zijn ogen even, alsof hij de herinnering niet wilde laten schieten. Toen hij zijn ogen weer opende zag Sara hoeveel pijn hij had. Toch klaagde hij niet over zijn verwondingen. Hij zei: 'Ik word gek van die verdomde telefoon.'

'Dat weet ik,' zei ze, onlogisch wensend dat ze gewoon de stekker uit het contact zouden trekken als ze toch niet van plan waren op te nemen. Ze wachtte tot het volgende gerinkel was opgehouden voordat ze vroeg: 'Heb je veel pijn?'

Hij schudde ontkennend zijn hoofd, maar ze wist dat hij loog. Het zweet stroomde van zijn lichaam, en niet alleen van de hitte. Het bloed in de wond was gestold, maar in zijn lichaam stroomde het waarschijnlijk nog steeds. Zijn arm voelde koud aan, zijn pols was nog heel zwak. Ze veronderstelde dat de kogel tussen een kapotte slagader en een zenuw zat. Telkens als Jeffrey bewoog gaf de zenuw een schok, waardoor er een pijnscheut ontstond die ondraaglijk moest zijn. Elke beweging bracht bovendien het risico met zich mee dat de kogel van zijn plaats zou raken. Omdat de wond zo hoog zat kon ze geen tourniquet aanbrengen. Het enige wat hem ervoor behoedde dood te bloeden was de druk van de kogel. Als hij niet snel hulp kreeg wist Sara niet hoe lang hij het nog zou volhouden.

'Ik bedacht net,' zei ze met een stem die nauwelijks meer was dan een gefluister, 'hoe je...' Ze keek naar Smith, die echter met zijn medeplichtige stond te praten. 'Hoeveel er is veranderd,' zei ze. Hij was zo anders dan de man op wie ze verliefd was geworden, en toch was zoveel aan hem nog steeds hetzelfde. De tijd had zijn karakter niet verzacht maar als een steen gepolijst.

'Waar zijn ze?' vroeg hij terwijl hij zich probeerde op te richten.

Ze duwde zachtjes op zijn schouder en hij bleef liggen. Het feit dat hij zo weinig tegenstribbelde was alarmerend. 'Ze zitten voorin,' zei ze. 'Ze hebben Allison.'

'De dochter van Ruth Lippman?' vroeg hij terwijl het hem lukte zijn hoofd op te tillen. Ze liet hem het meisje zien voordat ze zijn hoofd weer omlaagduwde. Allison zat op de balie, haar benen bungelden in de lucht. Er zat een lange snee op haar scheen: het gevolg van een slippartij op de stoep nadat ze vorige week een bijzonder domme stunt op haar fiets had uitgehaald. Sara had twee hechtingen aangebracht en haar in ruil voor een lolly de belofte ontfutseld dat ze de volgende keer voorzichtiger zou zijn.

Smith was opgehouden met ijsberen en stond naast Allison, zijn geweer in de holte van zijn arm. Aan de andere kant van het meisje stond de tweede schutter; zijn geweer rustte op de balie, nog steeds op de voordeur gericht. Smith hield hen nauwkeurig in de gaten en Sara wist dat hij alles kon horen wat ze zeiden.

Ze zei tegen Jeffrey: 'Ik maak me zorgen over je arm.'

'Dat hoeft niet,' zei hij terwijl hij wat verder overeind probeerde te komen.

'Niet doen,' zei ze, en toen: 'Alsjeblieft. Je moet niet meer bewegen dan nodig is.'

Jeffrey moest de bezorgdheid in haar stem hebben gehoord, want hij staakte zijn worsteling.

Hij vroeg: 'Hebben ze gezegd wat ze wilden?'

Ze schudde haar hoofd en probeerde oogcontact met Smith te vermijden. Ze had een groot deel van haar leven als kinderarts gewerkt. Smith was weliswaar geen kind maar had wel alle kenmerken van een jongen van in de twintig die nog niet helemaal volwassen was. Ze wist hoe agressief jonge mannen zich konden gedragen als ze werden uitgedaagd, vooral als er iemand in de buurt was op wie ze indruk wilden maken. Ze wilde niet worden doodgeschoten als gevolg van een partijtje bluf tussen Smith en zijn vriend.

Jeffrey verschoof om iets comfortabeler te liggen en ze hield haar adem in, biddend dat hij niet nog meer schade aan zijn arm zou aanbrengen. Hij liet zijn stem dalen: 'Een van die twee leek je te kennen. Herken je hem?'

Ze schudde weer haar hoofd, wensend dat ze hem kon vertellen dat ze precies wist wie de twee schutters waren en waarom ze hier waren. Ze was bijna vijftien jaar geleden van Grant terug naar Atlanta verhuisd en zou zich Smith zeker herinneren als hij een patiënt van haar was geweest. Maar als Smith inderdaad een ex-patiënt was die ze zich niet herinnerde, waarom was hij dan hier om Jeffrey te vermoorden? Of was hij hier op bevel van zijn vriend? Sara stak haar hoofd boven de balie uit en probeerde de tweede man beter te bekijken. Diens honkbalpet zat diep over zijn gezicht getrokken zodat ze het niet kon zien, maar in het felle zonlicht dat door de gedeeltelijk openstaande voordeur naar binnen kwam zag ze wel zijn ogen. Ze waren leeg, als een stilstaande vijver.

Sara besefte dat Smith zag hoe ze naar zijn maatje staarde, en ze dwong zichzelf tegen Allison te glimlachen. Het meisje zat met haar jurk tot haar knieën opgetrokken in elkaar gezakt tegen de achterkant van de balie. Tranen stroomden over haar gezicht. Ruth Lippman was in de tiende klas Sara's lerares Engels geweest. De vrouw was een volmaakte combinatie van hard en uitdagend, en Sara was om deze reden dol op haar geweest.

'Hij heeft niet veel accent,' zei Jeffrey, en dat klopte. Smith sprak met een duidelijke zuidelijke neusklank als zijn agressiviteit met hem op de loop ging, maar meestal sprak hij het vlakke, toonloze Engels van een jonge soldaat. Of misschien dacht Sara dit alleen maar om hem in een hokje te kunnen stoppen. Wat haar betreft kon hij evengoed iemand zijn die weliswaar soldaat wilde zijn, iemand wiens vader een beroepsmilitair was geweest, maar die door zijn strafblad of psychologisch profiel het leger al had moeten verlaten voor zijn eerste week opleidingskamp bij de mariniers begonnen was.

Jeffrey sloot zijn ogen.

'Waarom probeer je niet te slapen?'

'Ik hoor niet te slapen,' zei hij, maar zijn oogleden trilden en vielen dicht.

Sara keek op naar Smith, die een en ander met waakzame blik had gevolgd. Ze probeerde haar stem een krachtige klank te geven maar kon niet voorkomen dat hij trilde. 'Hij heeft medische verzorging nodig. Laat hem alstublieft gaan.'

Smith vertrok zijn mondhoeken alsof hij haar verzoek serieus overwoog. Naast hem verzette de tweede schutter zijn voeten. Hij fluisterde iets. Smith liep naar de telefoon en onderbrak het gerinkel door de hoorn van de haak te nemen.

Hij zei: 'We ruilen dat oude mens voor broodjes en flessen water. En probeer er niet mee te rotzooien. We kunnen het testen.' Hij luisterde met scheef gehouden hoofd naar het antwoord. 'Nee, dat denk ik niet.' Er viel weer een stilte en Smith draaide zich om tot hij recht tegenover Allison stond. Hij hield de hoorn voor haar gezicht en Sara voelde dat hij tegen haar glimlachte. Ze probeerde met haar gedachten het meisje te dwingen hem niet te vertrouwen, maar ze zag dat Allison terugglimlachte, vlak voordat Smith in haar been kneep. Allison gaf een schreeuw en Smith bracht de hoorn weer naar zijn oor.

Hij lachte laag, metalig. 'Dat klopt, mevrouw. De kinderen houden we vast.' Hij draaide zich weer om en nam de resterende gijzelaars in ogenschouw. 'We willen ook bier.'

Zijn partner draaide met een ruk zijn hoofd om, en Sara kreeg de indruk dat Smith van het scenario was afgeweken. Dus, dacht ze, had Smith toch niet helemaal de leiding over de hele operatie.

Pijnlijk getroffen door de terechtwijzing reageerde Smith zijn woede af op degene aan de andere kant van de lijn. 'Een uur, slet. Als het ook maar even langer duurt wordt het aantal lijken een stuk hoger.'

Elf

Maandag

Sara reed naar de begrafenisonderneming terwijl Jeffrey haar vanuit de passagiersstoel de weg wees. Normaal was ze voor een lijkschouwing graag een tijdje alleen om de taak die voor haar lag tot zich te laten doordringen, maar voor een dergelijke luxe was nu geen tijd. Ze had haar moeder gebeld voordat ze bij Nell was vertrokken en had gezegd dat ze die avond in Grant terug zou zijn.

'Hier is het,' zei Jeffrey, wijzend op een lang U-vormig gebouw langs de snelweg. Er was verder niets te zien, behalve een kleine bloemenwinkel aan de overkant. Zware vrachtwagens brachten de hete lucht in beweging toen Sara uitstapte. In de verte klonk gerommel van de donder, wat haar stemming precies weergaf.

Ze vertrok haar gezicht toen ze op het asfalt stapte en een los steentje door de dunne zool van haar sandaal heen drong.

Jeffrey vroeg: 'Gaat het?' En ze knikte terwijl ze naar de ingang liep.

Paul, de hulpsheriff die haar de afgelopen nacht naar Nell had gebracht, stond in de deuropening een sigaret te roken. Hij drukte hem uit tegen de zijkant van de asbak en gooide hem in het zand bovenin.

'Mevrouw,' zei hij terwijl hij de deur voor Sara openhield.

'Dank je,' antwoordde Sara, die de argwanende blik registreerde waarmee de hulpsheriff Jeffrey bekeek.

Jeffrey vroeg: 'Waar zijn ze?'

Toen hij antwoordde keek hij Sara aan in plaats van Jeffrey.

'Ze zijn aan het einde van die gang, achterin.'

De hulpsheriff liep tussen hen in door de gang naar de achterkant van het gebouw, en Sara hoorde hoe zijn sleutels rinkelden en het leer van zijn gordel kraakte bij iedere stap die hij deed. De begrafenisonderneming leek wel een kantoor, met muren van geverfde blokken gasbeton en tl-licht waarin alles een gelige kleur kreeg. Sara rook vloeistof om lijken te balsemen en een soort luchtverfrisser die in een zitkamer of op een kantoor aangenaam was geweest maar hier bijna bedwelmend was.

Paul wees: 'Hierheen,' en stak voor haar langs zijn hand uit om de deur aan het einde van de gang te openen. Ze wierp even een blik op Jeffrey, maar deze keek met een strak gezicht langs haar heen de kamer in. Er stonden spullen om te balsemen rond een holle metalen tafel waarop het lichaam was gelegd. Over de dode man lag een schoon wit laken, waarvan de randen zachtjes heen en weer bewogen op de luchtstromen van een luidruchtige airco bij het raam. De lucht was zo koud dat je adem werd afgesneden.

'Hallo,' zei Hoss, terwijl hij zijn hand naar Sara uitstak. Ze wilde hem schudden en besefte te laat dat hij zijn hand op haar elleboog wilde leggen om haar de kamer in te leiden. Sara wist dat mannen van Hoss' generatie vrouwen in het algemeen geen hand gaven, tenzij bij wijze van grapje. Haar grootvader Earnshaw, op wie ze dol was, was net zo.

Hoss stelde haar aan de mannen in de kamer voor. 'Dit is Deacon White, de directeur van de begrafenisonderneming.' Een ronde, stugge man met een wijkende haargrens knikte kort naar Sara. 'Dat is Reggie Ray.' Hoss wees op de tweede hulpsheriff, die de afgelopen nacht in Roberts huis was geweest. De jongeman had nog steeds een camera om zijn nek en Sara vroeg zich af of hij deze altijd droeg.

'Slick,' zei Hoss tegen Jeffrey. 'Ik geloof niet dat ik het vannacht heb gezegd: Reggie is de zoon van Marty Ray.'

'Echt waar?' zei Jeffrey zonder veel belangstelling. Toch stak hij de ander zijn hand toe. Reggie leek het gebaar niet graag te beantwoorden en Sara vroeg zich weer af waarom die hulpsheriffs zo schichtig werden als hij in de buurt was.

Hoss zei: 'Ik heb vanmorgen Roberts verklaring gekregen,'

en Sara zag de verbaasde uitdrukking op Jeffreys gezicht. 'De buurman heeft het verhaal zo ongeveer bevestigd.'

Sara wachtte tot Jeffrey zou vragen wat Robert had gezegd, maar Jeffrey zweeg.

Na een ongemakkelijke stilte wees Deacon White op een deur achter Sara. 'We bewaren onze beschermende kleding in het magazijn. U kunt alles pakken wat u wilt.'

'Dank u,' zei Sara, en kreeg in ruil hiervoor een plechtig knikje. Ze vroeg zich af of de man het vervelend vond dat ze het overnam. De directeur van de begrafenisonderneming van Grant County was nog een jeugdvriend van Sara en was maar al te blij geweest de verantwoordelijkheid van lijkschouwer van de stad te kunnen opgeven, maar Deacon White was moeilijker te doorgronden.

Ze liep naar het magazijn, dat weinig meer was dan een fors uitgevallen kast. Toch sloot ze de deur. Zodra de deur dicht was begonnen de mannen te praten. Ze hoorde de diepe bariton van Hoss samen met de stem van Paul. Te oordelen naar wat ze kon verstaan hadden ze het over een recente basketbalwedstrijd op de middelbare school.

Sara sloeg een operatiejas open en trok hem aan, waarna ze zich een idioot voelde toen ze zich als een hond die achter zijn staart aan zat omdraaide om de achterkant dicht te knopen. De jas was geweldig groot voor haar, duidelijk bedoeld voor de omvangrijke middel van Deacon White. Toen ze een paar plastic sloffen had aangetrokken en een kap had opgezet voelde ze zich een clown.

Ze legde haar hand tegen de deur maar deed hem niet open. Ze sloot haar ogen en probeerde alles wat er de afgelopen vierentwintig uur was gebeurd buiten te sluiten. Als ze zich uitsluitend richtte op haar overtuiging dat Robert zichzelf die wond had toegebracht zou dit van invloed kunnen zijn op wat ze tijdens de lijkschouwing vond, en Sara wilde er zeker van zijn dat ze alleen van de feiten zou uitgaan. Ze was geen rechercheur. Het was haar baan de politie haar professionele mening te geven en de politie te laten beslissen wat er verder moest gebeuren. Het enige waar ze zelf invloed op had was hoe goed ze haar werk deed.

De mannen hielden weer op met praten toen ze in de kamer

terugkeerde. Ze dacht een glimlach op het gezicht van Paul te zien, maar hij keek weer in zijn aantekenboek en schreef er iets in met een behoorlijk afgekloven potlood. Deacon White stond bij het lichaam en Jeffrey en Hoss leunden beiden met hun armen over elkaar geslagen tegen de muur. Reggie stond bij het aanrecht; zijn camera glansde in het licht. Er hing een sfeer van verwachting in het vertrek, maar toch kreeg Sara duidelijk de indruk dat dit alleen maar een routineaangelegenheid was.

Toch vroeg ze: 'Waar zijn de röntgenfoto's?'

Deacon wisselde een blik met Hoss voordat hij zei: 'Normaal maken we geen röntgenfoto's.'

Sara probeerde te verbergen hoe geschokt ze was: ze wist welke indruk het zou maken als ze zomaar hun achtertuintje zou binnenwandelen en hen als een stelletje boerenkinkels zou behandelen. Röntgenfoto's waren een standaardprocedure bij een lijkschouwing, en ze waren van buitengewoon groot belang als het om een hoofdwond ging. De kogel drukte bot naar binnen als hij in de schedel drong, en een röntgenfoto van de botsplinters kon afdoende aantonen welke route de kogel had genomen. Snijden in de wond kon deze route vervormen of zelfs valse sporen veroorzaken.

Ze vroeg: 'Hebt u de kogel gevonden?'

'Uit zijn hoofd?' vroeg Reggie met een verbaasde klank in zijn stem. 'Ik heb twee 22'ers uit de muren gehaald. In de buurt van zijn hoofd heb ik verder niets gevonden behalve... hoofd.'

'De kogel zou er nog in kunnen zitten,' zei Sara.

Hoss schraapte beleefd zijn keel en zei toen: 'Misschien heeft die goeie Reg hem over het hoofd gezien toen hij de kamer doorzocht. Ik weet zeker dat we hem zullen vinden als we nog eens gaan kijken.'

Reggie leek hier een beetje verontwaardigd over, maar hij had zijn zelfbeheersing weer terug toen Hoss zijn kant op keek. Hij haalde even zijn schouders op als om te zeggen dat zulke dingen nu eenmaal konden gebeuren.

Sara probeerde zorgvuldig te formuleren: 'Soms kan hersenweefsel een kogel zo vertragen dat hij niet meer voldoende snelheid heeft om de schedel te verlaten.'

Hoss merkte op: 'De rechterkant van zijn hoofd is weggeblazen.'

'Dat zou door een breuk kunnen komen.' Omdat ze wist welke munitie een politieman het liefst gebruikte deed ze een weloverwogen gok en vroeg Reggie: 'Ik neem aan dat we het over een 9-mm met een holle punt hebben?'

Hij bladerde terug in zijn aantekenboek en las: 'In de Beretta Bobcat zat 22-mm geweermunitie en in de Glock zaten holle kogels.'

Sara zei: 'Die zouden genoeg kracht kunnen uitoefenen om het bot te verbrijzelen en door de hoofdhuid naar buiten te drukken.' Ze voegde hier niet aan toe dat dit met een röntgenfoto gemakkelijk te zien zou zijn geweest.

Hoss zei: 'Goed.'

Ze wachtte tot hij nog iets zou zeggen, maar toen hij dit niet deed trok Sara het laken weg. Ze had eigenlijk niet verbaasd mogen zijn geweest dat het lichaam met het gezicht naar boven lag, en ze hoopte dat het haar lukte haar ergernis te verbergen. Het bloed van het trauma was naar het achterhoofd verschoven, wat betekende dat er bloed in het zachte weefsel van de hoofdhuid kon zijn doorgedrongen. Symptomen van kneuzingen als gevolg van de dood zouden nu moeilijk te onderscheiden zijn van kneuzingen van voor de dood. Tenzij de hoofdhuid beschadigingen of een of andere bult zou vertonen, zou het bijna onmogelijk zijn om uit te maken of de kneuzingen veroorzaakt waren door het omlaagzakken van het bloed van de man of doordat iemand hem op zijn hoofd had geslagen.

De rigor mortis was al ingetreden, waardoor het lichaam in begrafenishouding was gefixeerd. Swans haar zat met zweet en bloed over het grootste gedeelte van zijn gezicht geplakt. Toch zag ze dat zijn mond en ogen nog enigszins geopend waren, en er lag een paarsblauwe kleur over de zijkant van zijn gezicht die op het tapijt had gelegen. Hij had een smalle borstkas met geprononceerde ribben. Er was veel ruimte tussen zijn broekband en zijn buik, alsof hij kort daarvoor sterk was afgevallen. Zijn handen waren niet ingepakt om materiaal van de plaats delict te bewaren, zoals resten kruit of vezels die hij misschien in zijn hand had geklemd – en 'geklemd' was in dit geval het juiste woord: Swans rechterhand was tot een harde vuist gebald.

Reggie zei: 'Ik heb het geprobeerd, maar ik kon zijn hand niet openkrijgen.'

'Dat is prima,' zei Sara, die bedacht dat als ze resten van het schot zou kunnen vinden er nog steeds geen enkel bewijs zou zijn of het afkomstig was van de handen van Reggie of van de dode. 'Hebt u al foto's van de plaats delict?'

Hij schudde zijn hoofd. 'Ik heb hier wel mijn tekeningen,' zei hij, een opgevouwen envelop uit zijn zak trekkend. Erin zaten drie vellen papier met ruwe schematische tekeningen van de plaats delict. Hij kreeg iets verontschuldigends toen hij ze Sara liet zien. 'Ik had ze vanochtend willen bijwerken.'

'Geeft niets,' herhaalde ze, terwijl ze de vellen papier op een tafel bij het aanrecht gladstreek. Het bed en de staande kast waren twee scheve rechthoeken tegenover elkaar. Luke Swan was gereduceerd tot een figuur van stokjes met twee X'en als ogen. Zijn rechterhand zat onder zijn lichaam, de linker lag naast hem. Ze vroeg: 'Lag hij op zijn rechterhand?'

Reggie knikte weer. 'Ja. Die lag onder hem geklemd.'

Deacon zei erbij: 'De rigor mortis was ontzettend sterk.'

'Hoe laat bent u er aangekomen?'

'Ongeveer twee uur na het ongeluk,' zei hij, en Sara probeerde niet al te veel na te denken over het feit dat de man die de lijkschouwing oorspronkelijk zou hebben uitgevoerd het nu al een ongeluk noemde.

'Heeft het u moeite gekost hem te verplaatsen?'

'We moesten de rigor breken om hem op de brancard te krijgen.'

'Zijn armen en zijn benen?' vroeg ze, en hij knikte instemmend. De rigor mortis begon in het algemeen bij de kaak en rukte dan op naar de extremiteiten. Het kon tussen de zes en twaalf uur duren voordat het lichaam helemaal verstijfd was.

Jeffrey deed voor het eerst zijn mond open: 'Misschien is hij in paniek geraakt. Misschien was hij high van iets waardoor zijn hartslag werd opgevoerd.'

'We doen een giftest.'

Hoss moest zichzelf dwingen beleefd te blijven toen hij zich in het gesprek mengde: 'Zou u dat de mensen die niet hebben gestudeerd even willen uitleggen?'

Sara zei: 'De rigor mortis kan versneld worden door grote lichamelijke inspanning voor de dood. Een flinke dosis adenosine trifosfaat, ofwel ATP, zou ervoor kunnen zorgen dat de spieren sneller verstijven.'

De sheriff knikte, hoewel ze aan zijn gezicht zag dat hij niet begreep wat ze zei.

Sara maakte aanstalten het nog eens uit te leggen, maar iets in de houding van Hoss vertelde haar dat het geen zin had. Hij leek zoveel op haar grootvader Earnshaw dat ze zichzelf op een glimlachje betrapte.

Reggie zei: 'Dit zijn de hulzen,' wijzend op een lijn die hij in de buurt van de deur had getrokken. Naast het slachtoffer waren er nog twee aangegeven. 'De 22'ers lagen hier en hier. De 9-mm ligt hier bij de deur.'

Jeffrey schraapte zijn keel; het leek erop alsof hij eigenlijk liever niet iets zei. 'Heb je vingerafdrukken van de hulzen genomen?'

Reggie liet zijn verontwaardiging ditmaal de vrije loop. 'Natuurlijk heb ik dat gedaan.' Hij voegde eraan toe: 'De Glock bleek van Robert te zijn. Het is zijn dienstwapen. Van de Bobcat was het serienummer weggevijld.'

Hoss knikte en stak zijn handen in zijn zakken.

Sara vroeg Deacon: 'Handschoenen?' Deacon pakte een doos uit het kastje van het aanrecht. Alle mannen keken toe terwijl Sara twee paar operatiehandschoenen aantrok, het ene paar over het andere heen. Deacon reed een instrumententafel naar haar toe en ze keek naar de instrumenten, opgelucht een broodmes, een schaar, scalpels en de andere noodzakelijke instrumenten voor een lijkschouwing te vinden.

Deacon zei: 'Ik zal u even helpen,' en samen sloegen ze het laken terug dat de onderste helft van het lichaam van Luke Swan bedekte. Zijn spijkerbroek en onderbroek waren al uitgetrokken, wat betekende dat ze alleen aan de hand van de plaats waar de bloedspatten uit de hoofdwond ophielden kon gissen waar de broek had gezeten.

Swan was een kleine man, waarschijnlijk niet langer dan een meter vijfenzeventig en ongeveer zeventig kilo zwaar, en zijn lichaam had in de verste verte niet de elegantie die zijn achternaam suggereerde. Hoewel zijn blonde haar schouderlang was, had hij verder weinig beharing; rond zijn kruis zat een eenzame pluk schaamhaar. Zijn penis was enigszins gezwollen en de gezwollen testikels vertoonden tekenen van petechiae. Hij had spillebenen en langs zijn linkerdijbeen liep een groot litteken. Sara veronderstelde dat hij deze wond in zijn kindertijd had opgelopen. Oorspronkelijk moest het een aanzienlijke verwonding zijn geweest. Om de een of andere reden dacht ze aan het litteken op Jeffreys rug, en ze vroeg zich af wat er door Jeffreys hoofd was gegaan toen zijn vader hem die klap had gegeven.

Ze vroeg Paul: 'Zou u aantekeningen voor me willen maken?'

'Zeker, mevrouw,' zei hij, en sloeg een lege pagina in zijn aantekenboek op.

'Hoe oud is hij?'

Paul zei: 'Vierendertig.'

Ze knikte, denkend dat dat wel paste bij de man die voor haar lag. Ze dicteerde haar bevindingen tot dusver, waarbij ze pauzeerde om Paul de tijd te geven het op te schrijven. In Grant gebruikte ze altijd een dictafoon voor haar rapporten, en ze was niet gewend het natuurlijke ritme van het onderzoek te moeten verstoren.

'De huid is enigszins droog, waarschijnlijk als gevolg van ondervoeding,' zei ze terwijl ze haar hand over zijn arm liet gaan. 'Injectiesporen, waarschijnlijk een paar jaar oud, langs zijn rechterarm.' In een ingeving bekeek ze het gebied tussen zijn tenen en zei: 'Verse naaldsporen.'

'Hè?' viel Hoss haar in de rede.

Jeffrey legde het uit: 'Hij gebruikte het gebied tussen zijn tenen om te spuiten en de sporen daarvan te verbergen.' Tegen Sara zei hij: 'Dat zou de ATP kunnen verklaren.'

'Dat zou inderdaad kunnen, afhankelijk van wat hij gebruikte.' Ze vroeg Deacon: 'Hebt u bloed en urine afgenomen?'

De man knikte. 'Het duurt alleen wel een week voordat we het terughebben.'

Sara hield haar mond, maar Jeffrey vroeg: 'Kan dat niet wat sneller?'

Hoss zei: 'Dat wordt duurder.'
Jeffrey haalde zijn schouders op en Hoss knikte even naar Deacon ten teken dat het in orde was.
Sara onderzocht het oppervlak van het lichaam en vond niets opmerkelijks, afgezien van een stervormig litteken onder de rechterenkel.
Ze vroeg Deacon: 'Kunt u me helpen zijn hand open te maken?'
Hij trok een stel handschoenen aan, en terwijl ze allemaal toekeken probeerde Deacon de vingers open te wrikken. De hand gaf niet mee, en Deacon paste de stand van zijn voeten aan en ging wijdbeens staan terwijl hij probeerde zijn duim in de kleine opening tussen Swans duim en wijsvinger te drukken. Toen hij zich met zijn schouder schrap zette brak de vinger open. De volgende ging gemakkelijker, en een voor een brak hij de vingers en de duim. Het klonk alsof er takken gebroken werden.
'Niets,' zei Deacon. Hij stond over de hand gebogen en deed een stap opzij zodat Sara kon kijken. Er stonden groeven van vingernagels in Swans vlezige handpalm, maar de hand zelf leek leeg.
Deacon vroeg: 'Doodskramp?'
'Dat is heel zeldzaam,' antwoordde Sara, terwijl ze weer naar de borst keek waar de vuist onder had gelegen. 'Hij lag op zijn vuist. Het gewicht van zijn lichaam kan de vingers hebben gesloten, en toen zijn ze door de rigor gefixeerd.' Ze keek om zich heen en zag in de hoek een rijdende lamp staan. 'Zou u die willen halen, zodat ik beter kan zien?'
Hij deed wat hem was gevraagd, wikkelde het snoer af en liet Paul de stekker in het stopcontact steken. De gloeilamp flikkerde een paar keer maar verlichtte de lege handpalm royaal.
Met de scherpe rand van het pincet schraapte ze onder de vingernagels en verwijderde droge huid en daarnaast een paar grotere, niet-identificeerbare fragmentjes. Ze stopte alles samen met een paar stukjes nagel in een flesje en keek hoe Paul het met een strook felgroen plakband afsloot.
Terwijl Reggie foto's maakte hield Sara een liniaal bij de littekens en andere kenmerken die ze had gevonden. Daar-

na richtten ze hun aandacht op het hoofd en gebruikte ze haar vingers om stukjes schedel en hersenweefsel uit de wond te plukken, waarna ze het haar uit Swans gezicht streek en de ingangswond aan de linkerkant van zijn hoofd blootlegde.

Jeffrey had al die tijd zijn mond gehouden, en toen hij 'kruittatoeage' zei klonk zijn stem zo zacht dat Sara niet wist of hij het had gezegd of dat ze het woord in haar eigen hoofd had gehoord.

Hij had gelijk. Er zat een sproeispoor van roodbruine kleine bloedinkjes om de ingangswond, waar hete korrels kruit uit het pistool de huid hadden verbrand. Sara hield de liniaal vast terwijl Reggie foto's maakte. Ze haalde voorzichtig haar vingers door het haar en controleerde de huid om de wond op relevante sporen. Uiteindelijk zei ze: 'Voorzover ik zie zit er geen roet.'

'Is het samen met het bloed weggespoeld?' vroeg Jeffrey, die naast haar stond.

'Niet aan deze kant,' zei ze enigszins opgelucht. Het hoofd was een zootje, maar ze zag het nu duidelijk in het licht van de lamp. Een kruittatoeage zonder roet wees hoogstwaarschijnlijk op een wond die van gemiddelde afstand was toegebracht, wat betekende dat Robert minstens vijfenveertig tot vijfenvijftig centimeter van Swan af had gestaan toen hij hem had neergeschoten.

Jeffrey vroeg: 'Wat zat er ook weer in de Glock?'

Paul bladerde terug door zijn aantekeningen. 'Federaal. Korrel 1-15.'

'Korrelkruit,' zei Jeffrey hoorbaar opgelucht. Tegen Hoss zei hij: 'Korrelkruit verplaatst zich sneller. Robert kan nu tussen de zestig centimeter en een meter twintig van hem af hebben gestaan.'

'Dat klopt met wat hij vanmorgen heeft gezegd,' zei Hoss. 'Het schot bleef hangen toen hij de trekker overhaalde.'

'Bleef hangen?' herhaalde Sara, maar niet omdat ze de uitdrukking niet begreep. Als een schot bleef hangen betekende dat dat er enige tijd was verstreken tussen het moment dat Robert de trekker had overgehaald en het moment dat de kogel uit het pistool was gekomen.

Jeffrey vroeg: 'Heeft hij gezegd hoe lang het duurde?'
'Hij wist het niet zeker,' antwoordde Hoss. 'Misschien een halve seconde of zo.'
Jeffrey keek Sara aan, en ze vroeg zich af of haar ongelovige blik een afspiegeling was van de zijne. Er bestond geen wetenschappelijke methode om te bewijzen hoe het pistool was afgevuurd of wanneer. Op kogels stond nu eenmaal geen tijdstip, en of het pistool was blijven hangen of niet kon onmogelijk met enige wetenschappelijke nauwkeurigheid worden aangetoond.
Sara richtte haar aandacht weer op het hoofd; ze kamde het haar op zoek naar verder materiaal en legde het op het blad om het later te kunnen opbergen. Ze probeerde zich bij haar werk te houden, maar het enige waaraan ze kon denken was hoe snel er elke keer een uitvlucht werd bedacht voor iedere vraag waartoe het bewijsmateriaal aanleiding gaf. Ze wist dat als de situatie omgekeerd was geweest en Robert hier nu voor haar op de tafel had gelegen, alle mannen hier achter Luke Swan aan zouden zitten alsof hij een dolle hond was.
Jeffrey leek te raden wat ze dacht en vroeg Hoss: 'Waar is Robert nu?'
'Hij zit met Jessie bij haar moeder,' zei Hoss. 'Hoezo?'
'Ik dacht erover even bij hem langs te gaan. Even kijken hoe hij het maakt.'
'Uitstekend,' zei Hoss, op zijn horloge kijkend. 'Het duurt hier allemaal een beetje langer dan ik had verwacht. Ik moet weg, vergadering.'
Jeffrey vroeg: 'Wil je dat Paul onze verklaring opneemt?'
Hoss leek dit vergeten te zijn, maar antwoordde: 'Nee, dat doe ik. Laten we om ongeveer drie uur op het bureau afspreken.'
Jeffrey zei: 'We waren van plan daarvoor al te vertrekken.'
'Heel goed,' zei Hoss, en gaf Jeffrey een harde klap op zijn rug. 'Komen jullie maar op weg naar huis op het bureau langs. Ik weet zeker dat het niet lang zal duren.'
Paul wachtte tot zijn baas was vertrokken en zei: 'Ik moet zelf ook nog wat paperassen afhandelen.' Hij knikte beleefd tegen Sara en liep toen het vertrek uit. Deacon White was de volgende, met een excuus over een lunchafspraak. Sara vroeg

zich af of hij had gezien dat de klok in het vertrek op tien uur stond.

Reggie legde zijn camera neer en leunde tegen het aanrecht. Uit zijn gezicht sprak duidelijk dat hij nergens heen kon, maar dat zelfs als hij dat wel kon, hij Jeffrey niet alleen met het lijk in de kamer vertrouwde.

Jeffrey voerde de spanning op door Reggie te vragen: 'Wat stond er in Roberts verklaring?'

Reggie haalde zijn schouders op. 'Waarom bent u daar zo nieuwsgierig naar?'

Jeffrey reageerde hierop met een schouderophalen.

Sara wist niet hoe Reggie deze situatie wilde aanpakken, maar toch zei ze tegen Jeffrey: 'Ik wil niet naar de kogel gaan graven. We moeten eerst een röntgenfoto hebben, want anders vernietig ik bewijsmateriaal.'

Reggie zei: 'Er zat geen andere kogel in die kamer. Dat heb ik gecontroleerd. Er waren alleen die twee 22'ers en de hulzen op de vloer zoals ik ze heb getekend.'

Jeffrey klonk behoedzaam, alsof hij Reggie aftastte. 'Wat had Robert als reserve?'

Reggie staarde hem aan zonder antwoord te geven.

Sara zei hierachteraan: 'Een .22 zou minder snel zijn dan een 9-mm. De kans zou groter zijn dat die in de schedel was blijven zitten.'

Reggies mond zakte een beetje open. Zijn ogen gingen van Jeffrey naar Sara. 'Volgens mij moeten we die kogel vinden.'

Jeffrey knikte instemmend: 'Ja.'

Sara trok een nieuw stel handschoenen aan; ze dacht dat ze eigenlijk niet de bevoegdheid had om dit te doen, maar wist ook dat het de enige manier was om achter de waarheid te komen. Voorzichtig verkende ze met haar vingers de uitgangswond in de schedel; ze wilde de tang niet gebruiken omdat die krassen op het metaal kon veroorzaken of de bestaande krassen kon veranderen.

'Niets,' zei ze ten slotte. 'Hij zou dieper kunnen zitten.'

Reggie zei: 'Hoss vindt het niet goed dat we hem naar het ziekenhuis brengen voor een röntgenfoto.'

'Luke,' zei Jeffrey. 'Hij heet Luke Swan. Heb je hem ooit in je patrouillewagen gehad?'

'Goeie hemel,' antwoordde Reggie. 'Die keren zijn niet te tellen.'

'Waarvoor?'

'Meestal inbraak, maar hij zorgde er altijd voor dat zo'n huis leeg was. Hij brak meestal in als hij dacht dat de mensen in de kerk zaten.'

'Gisteren was het zondag.'

'Tegen achten is de kerkdienst afgelopen. Zelfs als hij stoned was zou hij de auto's op de oprijlaan hebben gezien, en dat zou genoeg zijn geweest.'

'Heb je ooit een wapen op hem gevonden?'

'Niet eenmaal.'

'Heeft hij ooit geweld gebruikt?'

'Nee.' Reggie zweeg even, alsof hij hier even over moest nadenken. 'Het was een kruimeldief, hij nam meestal alleen maar mee wat hij in een kussensloop kon dragen.' Hij voegde eraan toe: 'Maar je kunt toch nooit weten? Ik wil wedden dat de mensen hetzelfde hebben gezegd over jouw vader voordat hij zich bij die lui aansloot die mijn oom Dave hebben doodgeschoten.'

Ze zag Jeffreys adamsappel bewegen toen hij slikte.

Reggie ging door: 'Je weet nooit waartoe sommige mensen in staat zijn. Het ene moment stelen ze grasmaaiers, het andere vermoorden ze in koelen bloede een hulpsheriff.'

Sara voelde de behoefte iets te zeggen, maar kon niets bedenken. Jeffreys vuisten waren gebald alsof hij niets liever wilde dan Reggie tot moes slaan. Om de zaken nog erger te maken hield Reggie zijn kin omhoog, alsof hij Jeffrey bijna smeekte uit te halen.

Sara vroeg: 'Reggie, zou jij aantekeningen willen maken?'

Reggie nam alle tijd om het oogcontact met Jeffrey te verbreken. 'Natuurlijk, mevrouw,' zei hij, terwijl hij zijn aantekenboek te voorschijn haalde. Hij wierp een blik op Jeffrey. 'Altijd tot uw dienst.'

Terwijl hij zat te schrijven keerde Sara terug naar de resultaten van het onderzoek; ze had geen zin om Paul op te sporen om zijn eerdere aantekeningen te achterhalen en haar vertrek uit dit godvergeten stadje een minuut langer dan nodig was uit te stellen. Vanuit haar ooghoeken zag ze dat Jeffrey naar Luke Swan stond te staren en ze vroeg zich af wat hij dacht. Hij had haar niet verteld dat de schietpartij waarbij zijn vader betrokken was geweest de dood van een politieman tot gevolg had gehad. Reggies woorden hadden kennelijk doel getroffen, en ze voelde Jeffreys woede wegsmelten in een treurnis die letterlijk in de kamer aanwezig was.

De rest van de lijkschouwing was routinewerk, voorzover dat bij het slachtoffer van een pistoolschot mogelijk is. Ze deden geen opmerkelijke vondsten en er was geen sprake van aanwijzingen dat er iets anders was gebeurd dan wat Robert hun de afgelopen nacht had verteld. Het slachtoffer had duidelijk langdurig drugs gebruikt en even duidelijk op een vetrijk dieet geleefd, dat een deposito van calcium in zijn hart had achtergelaten. Zijn lever was groter dan ze had verwacht, maar aangezien Sara alcohol in de maag van de man vond kon dit wel kloppen. Wat de ontbrekende kogel betrof: die had Reggie misschien in het huis over het hoofd gezien of misschien zat hij ergens dieper in de hersenen. Sara had het hoofd van Swan niet geopend omdat ze de mogelijkheid van een röntgenfoto wilde openlaten voor het geval Hoss later overreed zou worden echt onderzoek naar de zaak te doen.

Sara sloot de Y-incisie met de gebruikelijke honkbalsteek toen haar opeens door het hoofd schoot dat ze naar de kleding moest informeren.

Reggie zei: 'Die zit in een tas op het bureau.'

'Niet hier?' vroeg Sara, die dit vreemd vond.

'Hoss heeft hem vanochtend als bewijsmateriaal meegenomen,' zei Reggie, terugbladerend door zijn aantekeningen. 'Een Levi-spijkerbroek maat 39-40, een paar Nike-gympen en witte sokken, portefeuille met zes dollar en een rijbewijs.'

'Geen ondergoed?' vroeg Sara.

Hij las de aantekeningen nog eens door. 'Zo te zien niet.'

'Autosleutels?'

'Hij reed nooit zelf. Rijbewijs kwijtgeraakt toen hij drie jaar geleden dronken achter het stuur werd aangetroffen.'

'Dat wil nog niet zeggen dat hij niet meer reed,' merkte Jeffrey op.

Reggie haalde zijn schouders op. 'Ik heb hem nooit betrapt. De auto was sowieso van zijn grootmoeder. Die is zo gek als een deur. Hoss heeft haar een paar keer opgepakt toen ze aan de verkeerde kant van de weg reed, en toen is ze een keer door dat verkeerslicht bij Henderson gereden, waardoor de hele voorkant eraf is gescheurd. Zelfs als ze daarna nog had willen rijden, die auto was niet meer aan de gang te krijgen.'

Sara trok haar handschoenen uit. 'Kan ik ergens mijn rapport schrijven?'

'Ik ga Deacon even zoeken,' bood Reggie aan. 'Ik weet zeker dat hij er geen bezwaar tegen heeft dat u zijn kamer gebruikt.'

Sara liep naar de gootsteen om haar handen te wassen en had het gevoel dat Jeffrey iedere beweging die ze maakte observeerde. Ze probeerde zijn blik weer te vangen, maar Deacon kwam het vertrek binnen, en hij keek de andere kant op.

'Juist,' zei Deacon, een paar paperassen doorbladerend. 'Ik neem aan dat u deze wel gewend bent.'

Sara wierp een blik op de formulieren voor de lijkschouwing. 'Ja, dank u.'

'Ik vul ze meestal hier in,' zei Deacon erbij, terwijl hij een stoel naar de balie bij het aanrecht reed.

'Dit is uitstekend.'

Jeffrey zei: 'Ik sta buiten bij de auto als je klaar bent,' en liep het vertrek uit.

Deacon zei: 'Ik laat het verder aan u over.'

Sara trok de stoel bij de balie; Reggie kwam bij haar staan en keek over haar schouder terwijl ze haar naam en de verschillende door de staat vereiste details opschreef. Ze noteerde het adres en telefoonnummer van Luke Swan en daarna de diverse gewichten en afmetingen van organen en andere kenmerken die ze op het lichaam had aangetroffen. Ze was bezig met het schrijven van haar conclusie toen Reggie zijn keel schraapte. Sara keek op, wachtend tot hij iets zou zeggen.

Om de een of andere reden verwachtte ze een preek tegen Jeffrey. Wat ze te horen kreeg was echter: 'Het lijkt me een heel normale zaak, en u?'

Sara probeerde haar woorden goed af te wegen omdat ze niet wist of ze de man wel kon vertrouwen. 'Ik vind geen enkele schietpartij erg normaal.'

'Dat is waar,' beaamde hij op even behoedzame toon als zij. 'Hoe lang kent u Jeffrey Tolliver al?'

Sara was niet het type dat graag loog, maar om de een of andere reden voelde ze de behoefte het voor Jeffrey op te nemen. 'Al een tijdje. Waarom?'

'Zomaar een vraag,' zei hij.

'Was er nog iets?'

Hij schudde zijn hoofd, en ze boog zich weer over het rapport.

Een paar minuten later schraapte Reggie zijn keel weer en ze keek met verwachtingsvolle blik op.

Hij zei: 'In het magazijn van die Bobcat kunnen zeven kogels.'

'Dan had je vijf kogels in het magazijn moeten vinden.'

'Zes als er een in de kamer had gezeten.'

Sara wachtte; het voelde aan alsof ze een paar kiezen moest trekken. 'Hoeveel heb je er gevonden?'

'Zes.'

Ze legde de pen neer. 'Reggie, probeer je me iets duidelijk te maken?'

Zijn kaak bewoog precies zoals die van Jeffrey als hij boos was. Sara kreeg er genoeg van informatie uit onwillige mannen te trekken.

Ze zei: 'Als je iets te zeggen hebt, zeg het dan.'

Meteen wist ze dat ze hem de verkeerde kant op had geduwd, maar het kon Sara niet meer schelen of ze op iemands tenen trapte. 'Reggie, als je denkt dat er iets verdacht is aan deze schietpartij, moet je het zeggen. Het enige wat ik kan doen is deze formulieren invullen. Ik zit niet bij de politie en ik ben je moeder niet .'

'Mevrouw,' begon Reggie met van woede trillende stem. 'U weet niet waarin u zich begeeft.'

'Dat klinkt nogal als een bedreiging.'

'Het is een waarschuwing,' zei hij. 'U lijkt me een heel aardig iemand, maar ik vertrouw de man niet met wie u bent.'

'Dat heb je buitengewoon duidelijk gemaakt.'

'Misschien dat u eens wilt nadenken over de vraag waarom mensen u steeds voor hem waarschuwen.' Hij tikte tegen zijn pet terwijl hij naar de deur liep. 'Mevrouw.'

Twaalf

De hitte trof Sara als een moker zodra ze de deur opendeed om het gebouw van de begrafenisonderneming te verlaten. Aan de lucht zag ze dat er onweer op komst was, maar de overdrijvende wolken koelden de lucht allerminst af. Haar huid leek even samen te trekken voordat hij zich aanpaste, en tegen de tijd dat ze Jeffrey bereikte, die bij de auto stond te wachten, voelde ze het zweet over haar rug lopen. Niettemin zei ze: 'Laten we een stukje wandelen.'

Hij stelde geen vragen terwijl ze om de begraafplaats achter het gebouw heen liepen. Er stond geen zuchtje wind terwijl ze een steile heuvel beklommen, en Sara voelde zich enigszins duizelig van de hitte. Toch liep ze door, afwezig de wegwijzers lezend terwijl ze naar het beboste gebied achter de begraafplaats liepen. Er zat een hek in de afrastering en Jeffrey hield het voor haar open.

De hemel werd nog donkerder terwijl ze het bos in liepen, en Sara wist niet of dit door het baldakijn van bomen boven haar hoofd of door de dreigende onweersbui kwam. Maar hoe dan ook, de temperatuur leek in de schaduw ongeveer tien graden lager te zijn, en daarvoor was ze dankbaar.

Ze volgden een smal pad; Jeffrey liep voor haar uit, takken wegduwend en rommel opzijschoppend. Boven haar hoofd sjilpten vogels en ze hoorde een sissend geluid dat van een krekel of een slang afkomstig kon zijn, al naargelang ze haar fantasie de vrije loop liet.

Uiteindelijk verbrak ze de stilte. 'Ik weet dat het een idiote vraag is omdat we in Alabama zitten, maar heeft iemand eraan gedacht te informeren waarom Luke Swan geen hemd droeg?'

Jeffrey trok een twijg van een laaghangende tak. 'Ik vind dat er sowieso niet veel wordt gevraagd.' Hij keek over zijn schouder naar haar. 'Er waren geen voetafdrukken buiten bij het raam.' Ogenschijnlijk alsof het pas nu bij hem opkwam voelde hij eraan toe: 'De grond was natuurlijk droog. Je zou kunnen stellen dat er dan überhaupt geen voetafdrukken worden achtergelaten.'

'Het lijkt me dat er een hoop wordt beweerd om een heleboel dingen onder het tapijt te vegen,' zei ze terwijl haar gezicht vertrok omdat er een boomwortel in haar hiel drong.

Hij bleef staan en draaide zich naar haar om. 'Ik kon niet zien of de hor er van buiten af was getrokken of er van binnen uit was gedrukt.'

'Wat ga je nu doen?'

'Verdomme,' zei hij terwijl hij de twijg het bos in gooide. 'Ik weet het niet.' Hij knielde en begon de veters van zijn schoenen los te maken.

'Wat doe je?'

'Met die sandalen kun je evengoed op blote voeten lopen.' Hij trok zijn tennisschoen uit en gaf hem haar.

Ze aarzelde en hij zei: 'Ik heb met mijn mond elk deel van je lichaam verkend, Sara. Dacht je dat ik niet heb gemerkt dat jouw voeten ongeveer even groot zijn als de mijne?'

'Zo groot zijn ze niet,' mompelde ze, haar hand op zijn schouder leggend om haar evenwicht te bewaren terwijl ze haar voet in zijn schoen stak. Tot haar ongenoegen paste hij bijna precies.

Ze keek omlaag om te zien of hij het had gemerkt, en hij glimlachte omhoog. 'Ik mag je graag zien blozen.'

'Ik bloos niet,' zei ze, hoewel ze het in haar wangen voelde.

Hij hielp haar in de andere schoen. Ze wilde knielen om de veters dicht te knopen, maar Jeffrey deed het voor haar en zei: 'Ik wacht steeds maar tot er iemand iets zegt. Het is onmogelijk dat ze dit verhaal allemaal slikken.'

'Ik denk dat Reggie met een paar vragen zit,' zei ze, toekijkend hoe hij een dubbele knoop in de veters legde. Hij had erg grote handen, maar ze waren zacht en zijn aanraking was altijd zo strelend. Om de een of andere reden was de woede die Sara die ochtend jegens hem had gevoeld opgelost, en het enige waaraan ze nu kon denken was dat ze vierentwintig uur geleden op het punt had gestaan verliefd op deze man te worden. Hoe graag ze het ook anders wilde, ze kon niets doen aan haar gevoelens voor hem.

'Zo.' Hij stond op, met haar sandalen in zijn ene hand. 'Goed?'

Ze deed een stap en loog: 'Ze zitten een beetje los.'

'Ja, dat zal wel.' Hij liep op zijn sokken door. 'Heeft Reggie verteld dat ik een tijdje iets met zijn zuster heb gehad?'

'Ik had het idee dat je met iedere vrouw in de stad wel iets hebt gehad.'

Hij wierp haar een blik toe.

'Sorry,' zei ze, en het speet haar werkelijk. Ze liepen een paar minuten door voordat ze vroeg: 'Waarom is iedereen zo tegen je?'

'Mijn vader was niet bepaald lid van de Rotary Club.'

'Het is meer dan dat,' zei ze, zich afvragend wat hij verborg. Ze had echter zelf ook zo haar geheimen en ze verkeerde nauwelijks in de positie om hem kwalijk nemen dat hij zo zwijgzaam was.

Hij bleef staan en draaide zich weer naar haar om. 'Ik wil nog een dag hier blijven.'

'Oké.'

'En ik wil dat jij bij me blijft.'

'Ik wil niet...'

'Je bent de enige hier die niet denkt dat ik een soort crimineel ben.'

'Hoss denkt dat niet.'

'Dat zal hij wel denken als ik mijn verklaring heb afgelegd.'

'Wat wil je gaan zeggen?' vroeg ze, op haar hoede voor zijn antwoord.

'Precies wat jij zult vertellen: de waarheid.' Hij liep weer door en zij volgde. 'Misschien zou het anders komen te liggen als hij met Robert zou gaan praten.' Hij bleef staan en wees achter Sara. Ze draaide zich om en keek naar de bergen aan de horizon.

'Dat is Herd's Gap,' zei hij. 'Daar wonen alle rijke mensen. Ook Jessies familie.'

Sara schermde haar ogen af en nam het uitzicht in zich op.

'Ik weet dat het niet veel voorstelt, maar het ligt precies aan de voet van de Appalachen. Je kunt ze van hieruit niet zien, maar daar boven' – hij wees in de ruimte links van hen – 'liggen de Cheaha Mountains.' Hij liep verder. 'En aan onze voeten liggen bijna vijftig kilometer van het hardste, witste marmer ter wereld. Het reikt tot een diepte van ongeveer dertig meter.'

Sara keek naar zijn rug, zich afvragend waarom hij haar dit vertelde. 'O ja?'

'Het marmer uit Sylacauga zit in het Washington Monument en het gebouw van het hooggerechtshof,' praatte hij door. 'Ik weet nog, toen ik kind was, dat de ramen altijd trillden van alle explosies.' Hij stapte over een omgevallen boom heen en stak zijn hand uit om Sara te helpen. Ze zag dat zijn sokken smerig begonnen te worden, maar het leek hem niet te deren.

Hij zei: 'Er loopt een ondergrondse rivier dwars door de stad heen. Door de rivier en de explosies in de steengroeve zijn er in de hele stad stukken grond ingestort. Een paar jaar geleden ontstond er plotseling een gat bij de baptistenkerk, waardoor de achterste helft van het gebouw ongeveer drie meter lager kwam te liggen.'

'Jeffrey...'

Hij bleef weer staan. 'Zo voel ik me nou, Sara. Ik heb het gevoel dat dit hele stadje in de grond verdwijnt en dat ik meega.' Hij lachte schor. 'Ze zeggen dat je niet lager kunt zitten dan de grond, maar dit is de enige plek waar dat wel kan.'

Ze haalde diep adem en zei zachtjes: 'Ik kan geen kinderen krijgen.'

Hij zweeg; het leek een eeuwigheid te duren, en toen zei hij, neutraal: 'Oké.'

'Ik begrijp dat we geacht worden te doen alsof je niet hebt gezegd wat je vannacht hebt gezegd voordat...' Ze stak een hand in de lucht. '... voordat de hel losbrak.'

'Nee,' onderbrak hij haar. Ze geloofde hem toen hij zei: 'Ik meende wat ik zei.'

'Vertel me dan eens,' zei ze. 'Vertel me dan eens waarom Reggie je niet vertrouwt.'

Er tikten een paar regendruppels tegen de bladeren boven hen, en Sara keek omhoog naar de hemel, precies op het moment dat de bodem eruit viel. Binnen enkele seconden waren ze allebei doorweekt. Het watergordijn was zo dicht dat ze haar arm uitstak om Jeffreys hand te pakken uit angst dat ze hem zou kwijtraken.

'Hierheen,' riep hij boven het geraas uit. Hij liep snel en begon te rennen toen een bliksemflits een scheur door de hemel trok. De hoge bomen om hen heen, die daarvoor zo prachtig waren geweest, waren nu alleen nog maar bliksemafleiders, en Sara zette het samen met hem op een lopen, omdat ze een schuilplaats wilde vinden voordat het onweer erger zou worden.

De hemel werd donkerder en Sara keek omhoog net toen Jeffrey haar in een hurkende positie dwong. Voorzichtig duwde hij een warboel van afhangende ranken en een paar rottende oude planken opzij voordat hij haar door een meter hoge opening een grot in duwde. Binnen was de lucht bijna koud, en ze legde haar hand tegen de ruwe rots van het plafond om zich te oriënteren. Zelfs met gebogen knieën kon ze niet rechtop staan. Ze bukte zich en stak haar handen uit in een poging de omgeving af te tasten terwijl Jeffrey haar verder de grot in trok. Links en rechts van haar was niets dan lege ruimte, maar boven haar ging het plafond omhoog zodat ze zich iets meer kon oprichten. Toch moest ze haar hoofd en schouders gebogen houden om niet tegen het plafond te schuren.

In de verte hoorde ze niet alleen het gedempte geluid van de regen maar ook een voortdurend gedruppel. Door de wijnranken en de kapotte planken bij de ingang kwam nog net genoeg licht naar binnen om hen voor totale duisternis te behoeden, maar op de een of andere manier was dat geen troost. Zelfs toen haar ogen gewend waren aan het donker kon ze de achterkant van de grot niet zien.

'Oké?' vroeg Jeffrey.

'Oké.' Sara huiverde, maar niet van de kou. Ze hield haar hand tegen het plafond en voelde hoe de claustrofobie over haar heen golfde.

'Jezus, het stinkt hier.' Hij liep weer langs haar heen en deed iets bij de ingang van de grot. Er kwam meer licht naar binnen toen hij de planken wegschopte, maar het was nog steeds te donker om je prettig te voelen.

Sara knipperde een paar keer met haar ogen en zag een lange bank zoals ze vroeger in auto's zaten. Vulling en veren staken uit de vinylbekleding. Tegenover de bank stond een oude salontafel met touw langs de randen; kale plekken maakten duidelijk waar mensen er met hun voeten op hadden gezeten. Jeffrey veegde iets uit zijn haar terwijl hij naar de bank liep. Hij zocht eronder, en boven het gestage geruis van de regen uit hoorde ze hem lachen.

'Ze liggen er nog,' zei hij met blij verraste stem.

Ze ging iets dichter bij hem staan, met een onbehaaglijk gevoel door het donker. De lucht was bedompt, met daaronder een rottende geur. Ze vroeg zich af of er hier dieren zouden zitten, of misschien was er een dier op weg naar huis, vol verlangen het onweer achter zich te laten.

Jeffrey streek een lucifer af, en de grot werd kort verlicht voordat het vlammetje weer uitging. Net zoals zij stond hij met gebogen schouders tegen het plafond. In tegenstelling tot haar leek hij zich volkomen op zijn gemak te voelen. Ze schaamde zich dat ze zo bang was. Sara was nooit bang geweest voor het donker, maar de afgesloten ruimte ademde een sfeer die ze niet helemaal kon benoemen.

Hij streek nog een lucifer af. Het vlammetje ging even snel weer uit als bij de eerste lucifer, waardoor de grot weer in het duister verdween. Hij zei: 'Ik denk dat ze nat zijn geworden.'

Sara had het al gezegd voordat ze het kon inslikken. 'Ik vind het hier vreselijk.'

'Dat onweer is zo meteen voorbij,' zei hij terwijl hij Sara's arm pakte en haar naar de bank trok. 'Niets aan de hand,' zei hij kalmerend. 'We gingen hier vroeger altijd na school heen.'

'Waarom?' vroeg ze; ze bedacht dat ze het moment van levend begraven worden niet dichter wilde naderen. Zelfs zittend voelde ze de grot dreigend over haar heen hangen. Ze stak haar arm uit en pakte Jeffreys hand stevig vast.

'Niets aan de hand,' herhaalde hij toen hij eindelijk haar angst voelde. Hij legde zijn arm om haar heen en kuste de zijkant van haar hoofd.

Sara vlijde zich tegen hem aan en vroeg: 'Hoe hebben jullie deze plek gevonden?'

'We zijn hier in de buurt van de steengroeve,' zei hij. 'Robert heeft hem op een dag toevallig gevonden toen we hier op zoek waren naar pijlpunten.'

'Pijlpunten?'

'Het wemelde hier van de indianen. Aanvankelijk Creeks, en daarna Shawnee krijgers. Ze noemden het Chalakagay. In de verslagen van DeSoto wordt het stadje al aan het begin van de zestiende eeuw genoemd.' Hij zweeg even. 'Rond 1836 kwam de regering natuurlijk en verdreef alle indianen naar het westen.' Hij zweeg weer. 'Sara, ik wil geen kinderen.'

Het geluid van de regen vulde de grot en klonk alsof er duizend bezems over de rots veegden.

'Ik heb niet echt de beste rolvoorbeelden gehad toen ik opgroeide, en wie weet wat mijn genen zullen doorgeven.'

Ze legde haar vingers op zijn lippen. 'Vertel me eens iets meer over die indianen.'

Hij kuste haar vingers en vroeg: 'Waarom, wil je soms iets om in slaap te vallen?'

Sara lachte, en ze realiseerde zich verrast dat ze hier eeuwig zou kunnen blijven zolang hij maar bleef praten. Ze herhaalde: 'Vertel me eens iets meer.'

Hij zweeg even, probeerde waarschijnlijk iets te bedenken. 'Je ziet het niet, maar hier zit ook een hoop marmer. Niet genoeg om de belangstelling van de mijnbouwers te wekken, maar je ziet in de achtermuur de aderen lopen. Daarom is de lucht hier zo koel. Heb je het koud?'

'Nee, ik ben alleen doornat.'

Hij trok haar dichter tegen zich aan en ze legde haar hoofd tegen zijn schouder, denkend dat alles goed zou komen als ze alleen maar zouden kunnen blijven zitten tot het onweer achter de rug was.

Hij praatte door: 'We hebben deze bank uit een oude auto op de vuilnisbelt gestolen. Possum heeft waarschijnlijk nog steeds littekens op zijn achterste van de hond waarop we hem moesten veroveren. Die salontafel stond aan de kant van de weg, voor de gemeentereiniging. We hebben hem drie kilometer langs de snelweg gesjouwd om hem hier te krijgen.' Hij lachte geamuseerd. 'We hadden het hier heel aardig voor elkaar, vonden we.'

'Ik wil wedden dat jullie hier voortdurend meisjes mee naartoe namen.'

'Ben je gek? Die waren bang voor spinnen.'

'Spinnen?' verstijfde ze.

'Ga me nou niet vertellen dat je opeens bang bent voor spinnen.'

'Ik ben gewoon bang voor dingen die over me heen kruipen en die ik niet zie.' Hij stond op en ze vroeg: 'Waar ga je heen?'

'Wacht even,' zei hij, en ze hoorde zijn hand langs de wand van de grot tasten. 'We hadden hier vroeger een koffiekan...' Hij zweeg opeens en ze hoorde de klank van metaal tegen metaal. 'Aha. Nog meer lucifers. Possum heeft ze van een coupon uit een stripalbum. Ze zouden tegen water bestand moeten zijn.'

Sara stak haar voeten onder zich en bleef met haar rug tegen de leuning gedrukt zitten. Hoe krankzinnig het ook was, ze had de onnatuurlijke angst dat iets – of iemand – zijn hand zou uitsteken en haar schouder zou aanraken.

'Daar gaan we dan,' zei hij terwijl hij een lucifer afstreek. Ze zag zijn gezicht in het licht terwijl hij het vlammetje bij een kleine kaars hield. Ze zag een flakkering en hield haar adem in; ze durfde pas weer te ademen toen de pit vlam vatte.

'Ongelooflijk dat die het na al die tijd nog doet.'

In het flakkerende licht zag Sara een gedaante achter hem staan. Haar hart sprong in haar keel en ze hapte zo luidruchtig naar adem dat Jeffrey schrok en zijn hoofd tegen het plafond stootte.

Hij keek achter zich en riep: 'Jezus christus!' In zijn haast om weg te komen struikelde hij over de salontafel en kon hij zijn evenwicht niet meer hervinden, zodat hij tegen de grond sloeg.

Sara raakte in paniek en stak haar arm uit naar de kaars. Hete was brandde op haar hand, maar het lukte haar te voorkomen dat de vlam uitging. Haar hart bonkte zo hard dat haar ribben er pijn van deden.

'Christus,' zei Jeffrey terwijl hij het vuil van zijn spijkerbroek sloeg. 'Wat is dat in godsnaam?'

Sara dwong zich op te staan en liep naar het skelet, dat haar een paar tellen daarvoor zoveel angst had aangejaagd.

De resten lagen op een stuk rots dat als een bank uit de wand naar voren stak. Hoewel de botten er vergeeld uitzagen van ouderdom zaten er op een paar plekken nog pezen, waarschijnlijk als gevolg van de koele temperatuur in de grot. Een deel van het linkerbeen tot de voet ontbrak, evenals enkele vingers aan de rechterhand. Zelfs in het flauwe licht van de kaars zag Sara de afdrukken van tanden waar een of ander knaagdier het vlees van het bot had gevreten. Ze hield de kaars omhoog bij het hoofd, dat scheef was gezakt en in een spleet tussen twee stenen klem was komen te zitten. De schedel was aan de rechterkant gebroken, een stuk ervan was in de schedelholte gevallen door de inslag van wat een heel zwaar voorwerp moest zijn geweest.

Ze keek achterom naar Jeffrey, net op tijd om te zien dat hij iets in zijn zak liet glijden.

Hij klonk defensief. 'Wat is er?'

Ze draaide zich weer om naar het skelet. 'Ik denk dat deze persoon is vermoord.'

Dertien

13:58

Lena knarste zo hard met haar tanden dat haar kaak er pijn van deed. Wagner zei niet veel door de telefoon, maar Lena en waarschijnlijk ook alle anderen in de stomerij konden de schutter aan het andere eind van de lijn horen schreeuwen.

Wagner vroeg: 'Waarom vertel je me niet hoe je heet?' Het enige antwoord was een schamper gelach. Toen ze naar de kinderen vroeg was de enige reactie een gil van een klein meisje in de telefoon. Het geluid weergalmde door de kamer en Lena vocht tegen de neiging haar handen over haar oren te leggen.

Wagner bleef rustig. 'Ik neem aan dat dit betekent dat je de kinderen vasthoudt?'

Het antwoord was een gemompel, maar de laatste eis van de schutter was luid en duidelijk, vooral omdat Wagner de telefoon een paar centimeter van haar oor hield om het geluid een uitweg te geven. 'Een uur, slet. Als het ook maar even langer duurt wordt het aantal lijken een stuk groter.'

Ondanks het dreigement glimlachte Wagner toen ze haar mobieltje dichtklapte. 'Nou,' zei ze. 'Ze willen bier.'

Lena deed haar mond open om zich nogmaals als vrijwilliger te melden, maar Wagner stak een vinger op om stilte te krijgen en zei toen tegen Frank en Nick: 'Heren, hebt u even voor me?'

De twee mannen volgden haar naar de kamer van Bill Burgess. Wagner glimlachte naar Lena voordat ze de deur sloot. Het was de glimlach van een kat, en Lena kon niet zeggen of de vrouw alleen maar beleefd was of haar waarschuwde uit de buurt te blijven. In beide gevallen zou Lena met hand en tand vechten om degene te zijn die het bureau in zou worden gestuurd. Ze moest haar deel voor haar rekening nemen. Jeffrey had haar weer bij de politie toegelaten, wat iedereen in het stadje ook over haar zei. De ergste misdaad was dat hij daar nu dood op de grond zou liggen terwijl zij nog leefde.

Molly Stoddard had tegen de klaptafel geleund gestaan, maar richtte zich nu op en klopte op de deur van Burgess' kamer. Zonder op antwoord te wachten liep ze naar binnen en sloot de deur achter zich.

Lena keek hoe de mannen van Wagner hierop zouden reageren, maar ze leken ongeïnteresseerd. Een van hen praatte zo zachtjes in zijn mobieltje dat ze zich afvroeg of hij alleen maar zijn lippen bewoog, en de twee anderen stonden over een plattegrond van het bureau gebogen en wezen verschillende plekken aan alsof ze een plan opstelden. Ze hadden geen kans gezien een camera in het ventilatiekanaal aan te brengen omdat de schutters het met kleren hadden dichtgestopt.

Ze liep naar de tafel om te zien wat ze van plan waren. De man met het mobieltje beëindigde het gesprek. Hij zei: 'Jennings is vorig jaar om het leven gekomen bij een kettingbotsing met zes auto's in de buurt van Friendswood in Texas.'

'Je maakt een grapje,' zei ze; ze had het gevoel dat alle lucht uit haar longen werd geslagen.

De man vervolgde: 'Er zaten twee jongens achterin. Een van hen is na het ongeluk gewoon weggelopen. Dat is toch mooi, nietwaar?'

'Ja,' zei Lena, hoewel ze betwijfelde of de jongen het ook zo mooi had gevonden. Ze had met eigen ogen gezien hoeveel schade Jennings kon aanrichten. Dat zo'n beest op een zo ogenschijnlijk normale manier was gestorven was gewoon niet rechtvaardig.

De deur van de kamer ging weer open en Amanda Wagner kwam naar buiten gevolgd door Frank. Nick en Molly zaten nog binnen en Lena zag dat Molly zat te telefoneren met het toestel op het bureau van de oude Burgess. Ze hield haar hoofd gebogen en had haar hand in haar nek gelegd alsof ze wilde dat niemand hoorde wat ze zei.

De man van Wagner herhaalde de informatie over Jennings.

Zijn baas zei: 'Nou ja, de kans was toch al niet erg groot.' Met een gebaar riep ze Lena naar de kamer. 'Kom even mee.'

Nick wachtte tot ze allemaal binnen waren voordat hij de deur dichtdeed. Molly keek op naar Lena, met een flits van ergernis in haar ogen. Ze zei in de telefoon: 'Liefje, mama moet nu ophangen, oké?' Ze wachtte even. 'Ik hou ook van jou.'

Lena had nooit veel aandacht aan de verpleegster van Sara besteed, behalve dat ze haar op de kliniek had gezien, en het was nooit bij Lena opgekomen dat ze wel eens moeder zou kunnen zijn. Ze was waarschijnlijk ook een goede moeder: altijd rustig, altijd beschikbaar voor haar kinderen. Ze leek geen greintje egoïsme in zich te hebben. Sommige mensen waren gewoon geschapen voor een dergelijk leven.

'Rechercheur Adams,' begon Wagner. 'We hebben jou uitgekozen om het gebouw in te gaan.'

Nick zei: 'Ik wil nogmaals zeggen dat ik ertegen ben.'

Lena begon zich te verdedigen. 'Ik weet wat ik...'

'Ik heb het niet over jou,' viel Nick haar in de rede. 'Ik heb het over haar.'

'Wacht eens even,' zei Lena, die eindelijk begreep wat Molly had gedaan. 'Gaat zij ook naar binnen?'

Wagner zei: 'We sturen jullie naar binnen als verpleegsters, onder het mom dat jullie medische hulp komen bieden.'

'U zei dat Barry waarschijnlijk dood was.'

Molly keek Nick aan: 'Er zouden kinderen gewond kunnen zijn. Sara zou me nodig kunnen hebben.'

Nicks mond werd een rechte lijn, en Lena vroeg zich af waarom hij zo heftig reageerde. Zijn verzet leek meer persoonlijk dan professioneel.

'Voor alle duidelijkheid,' begon Wagner, 'ik aarzel een beetje om jou naar binnen te sturen, rechercheur, maar Nicky heeft me verzekerd dat je de uitdaging aankunt.'

Lena slikte de verdedigende opmerking in die naar buiten wilde. Ze verbeet haar trots en zei: 'Als u niet zeker weet...' Ze probeerde de woorden te vinden en worstelde met haar emoties. 'Als u denkt dat iemand anders meer gekwalificeerd is, dan doe ik graag een stap terug.'

'Dat is nu juist het punt,' antwoordde Wagner. 'Er is niemand meer gekwalificeerd. En als ik een van mijn eigen jongens naar binnen stuur zullen de schutters meteen weten wat er gaande is. Volgens mij is het het beste actieplan om jullie allebei naar binnen te sturen. Met vrouwen zullen ze zich meer op hun gemak voelen.'

'Of ze gijzelen jullie allebei,' voegde Nick hieraan toe. 'Of ze schieten jullie gewoon dood.'

'Hij heeft gelijk,' zei Wagner. 'Niets zal hen ervan weerhouden een van beide of allebei te doden.' Ze sloeg haar armen over elkaar. 'Willen jullie nog steeds zo graag naar binnen?'

Lena aarzelde niet. 'Ja.'

Ze keken allemaal naar Molly.

'Juffrouw Stoddard?' vroeg Wagner.

Molly wisselde een blik met Nick. 'Ja.'

Wagner zei: 'Uw vastbeslotenheid lijkt iets minder te zijn geworden.'

'Nee.' Molly stond op. 'Ik ben klaar.'

14:15

Lena waste haar handen in de toiletruimte van het Medisch Centrum van Grant. Ze trilden een beetje, maar dat was niets nieuws. Ze trilden de afgelopen twee jaar, sinds ze was ontvoerd, heel vaak. Soms dacht Lena dat het trillen kwam door de littekens in haar handen die haar aanvaller had veroorzaakt, maar haar artsen hadden haar verzekerd dat er geen zenuwen beschadigd waren.

'Gaat het?' vroeg Molly Stoddard. Ze keek naar Lena's handen alsof deze een heel verhaal vertelden.

'Uitstekend,' zei Lena terwijl ze een papieren handdoekje van de rol trok.

'Het is helemaal niet ongewoon om zenuwachtig te zijn,' zei Molly. 'Ik zou het zelfs prettiger vinden als je wel zenuwachtig was.'

'O,' antwoordde Lena. Ze pakte het verpleegstersuniform van de balie en liep een hokje in om zich te verkleden.

'Ík ben wel zenuwachtig,' zei Molly. Ze stond duidelijk te wachten of Lena iets zou zeggen, maar toen dit niet gebeurde liet Molly een langgerekt 'o-o-oké' horen.

Lena trok haar jasje uit en hing het op de haak aan de achterkant van de deur van het hok. Ze knoopte net haar overhemd open toen er op de deur van de toiletten werd geklopt.

Nick Shelton vroeg: 'Zijn jullie toonbaar?'

Molly zei 'ja' op het moment dat Lena 'nee' zei.

'Sorry,' verontschuldigde Molly zich, maar Lena hoorde Nick al het vertrek binnenkomen. Ze ging op de wc zitten omdat ze niet ongekleed samen met hem in die ruimte wilde zijn, ook al zat er een afgesloten deur tussen.

'Ik wilde alleen maar zeggen,' begon Nick met een stem die aarzelend klonk. 'Ik wilde alleen maar...'

'Het komt wel goed,' zei Molly, alsof ze precies wist waar hij mee zat. Lena gluurde door de kier in de deur en zag dat Molly haar hand tegen Nicks gezicht had gelegd.

Molly fluisterde weer: 'Het komt wel goed.'

'Je hoeft dit niet te doen,' zei Nick.

'Als ik daar zat en Sara...'

'Sara heeft geen twee kinderen thuis, en dat is precies wat zij zou zeggen als zij nu hier zat.'

Molly keek Lena's kant op en Lena stond weer op om zich verder te verkleden, zodat ze niet zouden denken dat ze had gekeken. Haar broek viel op de vloer en ze hoorde een gesmoord gekletter toen het mes dat ze altijd in haar achterzak had op de tegels viel. Lena keek weer door de kier om te controleren of Molly en Nick het niet hadden gezien. Ze stonden nog steeds te fluisteren, alsof het feit dat Lena een meter verderop stond er niet toe deed. Nick wilde duidelijk niet dat Molly het bureau in zou gaan. Lena kon het hem niet kwalijk nemen. Er was geen enkele garantie dat de schutters niet naar meer gijzelaars op zoek waren.

Lena klapte haar zakmes open en liet haar vinger langs het scherpe lemmet gaan. Het mes was niet veel langer dan tien centimeter, maar ze kon er wel enige schade mee aanrichten. Het enige probleem was waar ze het kon verbergen als de schutters haar zouden fouilleren.

Nick verhief zijn stem, zodat ook Lena hem zou horen. 'Ze gaven zich te gemakkelijk gewonnen,' zei hij. 'Normaal gesproken zijn gijzelnemers instabiel. Ze zijn emotioneel. Je moet altijd een tijdje met ze onderhandelen, hun vertrouwen winnen, voordat ze concessies doen. Ze laten Marla te snel gaan.'

Lena trok de broek van het verpleegstersuniform aan. Hij was ongeveer een maat te groot, maar paste beter dan ze had durven hopen. Ze opperde: 'Misschien hebben ze honger.'

'Er klopt iets niet,' hield Nick vol. 'Ze weten kennelijk wat we doen. Ze hebben de airco niet zomaar geblokkeerd. Ze wisten dat we camera's zouden hebben en dat het een standaardprocedure is om eerst de airco te proberen. Het zou een val kunnen zijn om meer gijzelaars te krijgen.'

Lena trok haar gymschoen uit en liet het zakmes erin vallen. Ze stapte weer in de schoen en schoof met haar voet tot het mes prettig in haar voetholte zat.

'Lena?' vroeg Nick op dringende toon.

'Ik weet wat de gevaren zijn, Nick,' snauwde Lena, die vond dat hij haar als een kleuter behandelde in plaats van als een doorgewinterde rechercheur. Ze trok het witte verpleegstershemd aan, dat strak over haar borst zat. Op het plaatje op de borstzak stond de naam MARTIN, en ze vroeg zich af of Martin een magere jongen of een vrouw met een platte borst was.

Toen ze de deur opendeed stapte Molly van Nick terug, alsof ze betrapt waren. Lena bekeek zichzelf in de spiegel en bedacht dat ze er met die strak gespannen knopen op haar borst uitzag als een of andere slet uit een pornofilm. Een paar van de verpleegsters die ze in Grant had zien rondlopen waren geknipt voor de rol.

Ze zei tegen Nick: 'Ik weet dat je Wagner niet vertrouwt.'

'En weet je ook waarom niet?' vroeg Nick, maar hij liet haar geen antwoord geven. 'Ik ken het gerucht, maar laat het me rechtzetten. Ik was degene die aarzelde. Zij aarzelde niet. Ze aarzelt nooit. Ze is van ijs. En ik zal je nog iets zeggen.' Hij keek Molly veelbetekenend aan. 'Ze houdt niet van vrouwen.'

Lena liet lucht langs haar lippen ontsnappen.

'Het is waar,' zei Nick. 'Ze heeft er geen bezwaar tegen ze als lokaas te gebruiken. En dat is precies wat ze nu doet, wat jullie er ook van mogen denken. Hetzelfde is in Ludowici gebeurd. Daar heeft ze een vrouwelijke agent naar binnen gestuurd en de schutters hebben haar vastgehouden. Tien minuten later was ze dood.'

'Omdat jíj aarzelde?' vroeg Lena. Ze zag de flits van schuldbewustzijn in zijn ogen en had spijt van haar woorden – niet omdat ze ze niet meende maar omdat de situatie al gespannen genoeg was zonder dat Molly Stoddard ook nog eens kwaad op haar werd.

Nick zei: 'Dit loopt niet af zoals je denkt. Je werkt hier al lang genoeg om te weten dat er iets niet in de haak is. Je voelt het gewoon. Dat weet je, Lena.'

'Ik wacht buiten op je,' zei Lena tegen hem, denkend dat het het beste zou zijn hen alleen te laten. Ze verliet de toiletruimte en liep een van Wagners mannen tegen het lijf. Hij was gebouwd als een bakstenen muur en pakte haar verrast vast. Zijn handen bleven iets te lang op haar lichaam liggen, en ze duwde hem achteruit, waarbij ze probeerde haar woede niet te laten blijken. Ze liep naar Wagner, die met een mobieltje tegen haar oor aan het einde van de gang stond. Ze brak het gesprek af toen Lena bijna bij haar was.

Wagner vroeg: 'Wat zit er in je schoen?'

'Hij zit gewoon strak,' zei Lena. 'Net als deze tuniek.'

'Beter te strak dan te groot,' riposteerde Wagner. 'Wat is er met je lip gebeurd?'

Lena bracht haar hand naar haar mond en besefte een seconde later dat ze zich verraden had. 'Een ongelukje,' zei ze, maar deze leugen klonk zelfs Lena zwak in de oren.

Wagner leek dit alles te overdenken, maar ze ging niet met Lena in discussie. 'Ik vertrouw je niet helemaal, rechercheur Adams, maar ik laat je naar binnen gaan omdat je het gebouw kent en omdat ze jou minder als een bedreiging zullen zien.'

'Dank u voor dit vertrouwen.'

'Van mij heb je niet nog meer vertrouwen nodig, rechercheur,' snauwde Wagner terug. 'Luister goed: je moet het eten afleveren en zo snel mogelijk Marla Simms naar buiten zien te krijgen.'

'Oké.'

'Ik heb geen zin in heldendaden en ik heb er zeker geen behoefte aan dat je aanbiedt met een van de gijzelaars te ruilen.'

Lena keek omlaag terwijl ze probeerde de uitdrukking op haar gezicht te verbergen. Dit was precies wat ze van plan was geweest.

'Het zou misschien een goed idee lijken, maar hier buiten ben je nuttiger voor me dan daar. Je bent erop getraind gevaarlijke situaties te beoordelen. Ik heb je mening als deskundige nodig.'

Ze leek een openhartig iemand, dus besloot Lena te zeggen wat ze op haar lever had. 'Dat klinkt als een vals compliment.'

Wagners mondhoeken gingen in een lachje omhoog, en ze kreeg een blik in haar ogen die Lena al verschillende keren bij andere mensen had gezien: Wagner besefte dat ze Lena had onderschat. 'Misschien is het dat ook wel, maar je hebt met Brad Stephens gewerkt. Misschien kan hij je iets duidelijk maken. Ik weet dat partners elkaars codes kunnen oppikken.'

'Hij was mijn partner niet.'

'Laat dat vertoon van ego maar zitten,' zei Wagner bestraffend. 'Wat ik van jou wil als je weer naar buiten komt is een gedetailleerde tekening waar iedereen zich bevindt. Ik wil weten hoeveel bureaus en dossierkasten er tegen de deuren staan en ik moet precies weten hoe ze gewapend zijn. Wat gebruiken ze, Sig, S&W, Glock? Rechercheur Wallace denkt dat het geweer een Wingmaster is. Hebben ze extra munitie bij zich? Welk kaliber? Dragen ze nog steeds een kogelvrij vest? Hoe kunnen ze het samen vinden? Is er iemand die een te grote mond krijgt? Misschien kan die tweede man op andere gedachten worden gebracht of worden afgeleid. Ik moet iedere zwakke plek in hun pantser kennen en dat kan ik niet van jou te weten komen als jij binnen blijft.'

Lena knikte. Al die informatie zou nuttig zijn en Molly Stoddard zou in de verste verte niet het verschil kunnen zien tussen een .22 en een 9-mm, laat staan dat ze een accurate beoordeling zou kunnen geven van de beschikbare vuurkracht.

Lena vroeg: 'Moet ik proberen ze iets te geven?'

'Nee,' zei Wagner. 'Nog niet. We moeten een of andere vertrouwensbasis scheppen. Ze zullen je van top tot teen fouilleren.' Ze wierp een blik op Lena's schoen. 'Als ze iets vinden zullen ze kwaad worden en dan zullen ze dat op iemand afreageren. Die iemand ben jij misschien niet, dus voor je enig risico neemt zou je je moeten afvragen of het de moeite waard is de levens van de mensen daar op het spel te zetten.'

'Oké,' zei Lena, die op haar andere voet ging staan. 'Ik ben klaar.'

Wagner staarde haar even aan. Ze zei meesmuilend: 'Schatje, je kunt op mijn gezicht pissen, maar probeer me dan niet wijs te maken dat het regent.'

Lena was betrapt, maar ze probeerde het niet te laten blijken.

Wagner wierp weer een blik op Lena's schoen. Het enige wat ze zei was: 'Wees voorzichtig.'

Veertien

Maandag

Jeffrey ploeterde terug door de bossen, op sokken die uitpuilden van de natte aarde. Hij bleef bij een boom staan en leunde er met zijn hand tegen aan terwijl hij ze uittrok. De regen was nauwelijks meer dan een herinnering en de lucht was gevuld met nevel die onder invloed van de zon verdampte en opsteeg naar de wolken. Terwijl Jeffrey naar de begraafplaats liep veegde hij met de rug van zijn hand het zweet van zijn voorhoofd. Op de onbeschermde begraafplaats scheen de zon feller, en de helling van de heuvel waarop de witte wegwijzers uitstaken was net een grote bek met tanden die hem probeerde te verslinden.

Reggie zat met het portier open in zijn patrouillewagen; een sigaret bungelde in zijn mondhoek. Hij bleef zitten waar hij zat en dwong Jeffrey naar hem toe te komen. Het asfalt brandde onder Jeffreys blote voeten, maar hij keek wel uit dit te laten merken.

Reggie wierp een lome blik omlaag op de natte sportsokken die Jeffrey in zijn hand hield. Zijn lip krulde op in een sarcastische grijns, maar Jeffrey gaf hem niet de kans de rotopmerking te maken die hij van plan was te maken.

'Breng me naar het bureau,' beval Jeffrey terwijl hij op de stoel naast de bestuurder ging zitten.

Reggie nam nog een laatste trek van zijn sigaret voordat hij de deur sloot. Hij startte de motor en liet hem even in zijn vrij draaien. 'Waar is je vriendin?'

'Maak je geen zorgen,' zei Jeffrey kortaf. Ondanks het feit

dat ze bijna gek was geworden van angst voordat ze de botten hadden gevonden had Sara met alle geweld daar willen blijven terwijl Jeffrey hulp ging halen.

Reggie liet zijn hand even op de pook rusten voordat hij de auto in zijn versnelling zette. Hij nam er alle tijd voor om de snelweg op te rijden en sukkelde met de voorgeschreven maximumsnelheid het stadje in, zorgeloos uit het raam naar de mensen wuivend alsof hij geen enkele zorg had. Omdat hij wist dat Reggie dit allemaal met opzet deed probeerde Jeffrey zijn ergernis niet te laten blijken, maar toen ze met dertig kilometer per uur langs de middelbare school kropen moest hij even stoom afblazen omdat hij anders was ontploft.

'Moet je per se zo langzaam rijden?'

'Alleen maar om jou kwaad te maken, Slick.'

Jeffrey staarde uit het raam, en vroeg zich af hoeveel beroerder deze dag nog kon worden.

Reggie zei: 'Wil je vertellen wat er aan de hand is?'

'Nee.'

'Dat is jouw prerogatief.'

Jeffrey liet een laag gefluit horen. 'Wat een moeilijk woord.'

'Ik dacht wel dat je onder de indruk zou zijn.'

'Heeft je zuster je dat geleerd?'

'Hou jij je mond over mijn zuster.'

'Hoe is het met Paula?'

'Ik zei hou je mond, klootzak,' zei Reggie, zijn stem een lage waarschuwing. 'Waarom vraag je me niet hoe het met mijn neefjes en nichtjes is? Hoe ze het rooien zonder hun vader? Hoe het voor ons allemaal voelt als we bij elkaar zijn en mijn oom Dave er niet bij is?'

Jeffrey voelde alle schuldbewustzijn die zijn woorden konden veroorzaken, en nog wel meer dan dat. Toch zei hij: 'Ik ben niet mijn vaders hoeder.'

'Nee, inderdaad,' zei Reggie, die een scherpe bocht maakte en de parkeerplaats van het bureau op reed. 'Dat komt jou natuurlijk erg goed uit. Ik zal het mijn nichtje Jo zeggen als ze deze herfst afstudeert en haar vader er niet is om haar te feliciteren. Ik weet zeker dat dat een hele troost zal zijn.'

Eindelijk stonden ze bij het bureau. Jeffrey graaide zijn natte sokken van de vloer en stapte uit nog voordat Reggie de motor had stilgezet. Hij liep het gebouw in, negeerde de secretaresse en de hulpsheriff die over haar bureau stond gebogen en liep naar de kamer van Hoss achterin, waar hij zonder aankloppen de deur opendeed.

Hoss keek over de krant heen die hij zat te lezen terwijl Jeffrey de deur dichtdeed. 'Wat is er, jongen?'

Jeffrey wilde gaan zitten, maar iets weerhield hem hiervan. Hij zocht steun tegen de muur terwijl de angst hem in zijn greep kreeg. Hij keek rond in Hoss' kamer. Net zoals aan de man zelf was er de afgelopen tien jaar niets veranderd. Overal zag hij nog de vistrofeeën en foto's van Hoss in zijn boot, en de opgevouwen Amerikaanse vlag die op de kist van zijn broer had gelegen toen ze diens lichaam uit Vietnam hadden teruggebracht, had nog steeds een ereplaats op de plank bij het raam. Nadat zijn broer was gesneuveld had Hoss geprobeerd bij het leger te komen, maar dat was door zijn platvoeten niet gelukt. Hij grapte altijd dat het verlies van het leger Sylacauga's winst was geweest, maar Jeffrey wist dat hij er niet graag over praatte, alsof hij door zijn platvoeten minder mans was.

Hoss moedigde hem aan: 'Jeffrey?'

'We hebben een paar botten gevonden.'

'Botten?' vroeg Hoss, terwijl hij de krant keurig opvouwde.

'In die oude grot waar de jongens en ik altijd heen gingen toen we in de eerste klas van de middelbare school zaten.'

'Daar aan de rand van de groeve?' vroeg Hoss behoedzaam. 'Waarschijnlijk gewoon een beer of zo.'

'Sara is arts, Hoss. Ze weet hoe menselijke botten eruitzien. En Jezus, zelfs als ze dat niet wist, het lag daar allemaal op de rotsen alsof ze een dutje deed.'

'Ze?' vroeg Hoss, en het leek of plotseling alle lucht uit de kamer verdween.

Er werd geklopt.

'Wat is er?' vroeg Hoss dreigend.

Reggie deed de deur open. 'Ik wilde alleen...'

'Laat ons even met rust,' blafte Hoss. Zijn toon nodigde niet uit tot tegenspraak.

Jeffrey hoorde de deur weer dichtgaan, maar hij hield zijn blik op Hoss gericht. In een paar seconden leek de oude man ongeveer honderd jaar ouder te zijn geworden.

Jeffrey stak zijn hand in zijn zak en haalde het kettinkje eruit dat hij in de grot had gevonden. Hij hield het omhoog en liet het gouden hartvormige medaillon heen en weer slingeren in het licht.

'Dat bewijst niets,' zei Hoss. 'Ze is tientallen keren naar die grot geweest. Dat weet iedereen. Ze heeft het ze zelf verteld, verdomme.'

'Sara laat het er niet bij zitten.'

'Ik dacht dat jullie vanmiddag zouden vertrekken?'

'Ik heb haar overgehaald nog een dag te blijven voordat dit allemaal gebeurde,' zei Jeffrey. 'En zelfs al was dat niet zo geweest, dan zal ze dit zeker willen onderzoeken.'

'Ik zie er de zin niet van om haar een keus te geven.'

Jeffrey voelde de scherpte van zijn opmerking en de waarschuwende ondertoon. 'Ik heb niets te verbergen,' zei hij, en hoorde de valse bravoure in zijn eigen stem.

'Het gaat er niet om of je iets verbergt, Slick. Het gaat over het begraven van het verleden en doorgaan met je leven. Zowel voor jou als voor Robert.'

'Wat een kutwijf Lane Kendall ook is, ze heeft het recht dit tc wctcn.'

'Wat te weten?' vroeg Hoss. Hij stond op uit zijn stoel en liep naar het raam. Zijn kamer bood een panoramisch uitzicht op de parkeerplaats. 'Voorlopig weten we nog niets.'

'Sara is er snel genoeg achter.'

'Waarachter?'

'Haar schedel is ingeslagen,' zei Jeffrey. 'Iemand heeft haar vermoord.'

'Misschien is ze gevallen,' opperde Hoss. Hij stond kaarsrecht, met zijn rug naar Jeffrey. 'Heb je daar wel eens over nagedacht?'

Jeffrey zei: 'Dan zouden we het Sara moeten laten uitzoeken.'

'Misschien is ze het wel helemaal niet,' probeerde Hoss. Hij draaide zich weer om en leek zijn zelfbeheersing te hebben hervonden. Hij stak zijn hand uit naar Jeffrey en vroeg om het kettinkje.

Jeffrey gaf het hem met de woorden: 'Ze droeg het altijd. Dat heeft iedereen gezien.'

'Ja,' beaamde Hoss. Hij pakte zijn zakmes en wrikte het medaillon open. Hij legde het hartje in de palm van zijn hand en hield het voor Jeffrey op. Twee foto's van baby's waren ruw in de vorm van het medaillon geknipt en aan weerszijden in het sieraad geplakt. Om de foto links zat een lokje blond haar gedraaid dat door een klein stukje draad bij elkaar werd gehouden.

'Twee verschillende baby's,' zei Jeffrey. De ene was in kleur en de andere in zwart-wit, maar je zag algauw dat het kind rechts diepzwart haar had terwijl het kind links blond was.

Hoss draaide het medaillon om om naar de foto's te kijken. Hij zuchtte diep en sloot het medaillon alvorens het Jeffrey terug te geven met de woorden: 'Hou dit bij je.'

Jeffrey wilde het niet, maar hij nam het kettinkje aan en stopte het weer in zijn zak.

Hoss zei: 'Ik heb Reggie gezegd achter de begrafenisonderneming op je te wachten.'

'Waarom?'

'Je moet met Robert praten.'

'Hij leek vanmorgen niet al te geïnteresseerd.'

'Nu wel,' zei Hoss. 'Hij heeft het bureau gebeld omdat hij je zocht.'

'Sara zit daar in de grot bij het lichaam te wachten.'

'Ik ga haar meteen ophalen.'

'Ze zal dit niet laten rusten,' herhaalde Jeffrey.

'Wat niet?' vroeg Hoss. 'Het zou evengoed een zwerfster kunnen zijn die de grot in is gelopen en vergeten is weer naar buiten te lopen. Het kan ook iemand zijn geweest die is gevallen en haar hoofd heeft gestoten. Het zou van alles en nog wat geweest kunnen zijn, nietwaar?' Toen Jeffrey niet antwoordde bracht hij hem in herinnering: 'Je hebt niets te verbergen.'

Jeffrey zei niets. Ze wisten beiden dat hij wel degelijk iets te verbergen had. De hele zaak liep sneller uit de hand dan hij bij kon houden.

Hoss gaf hem een harde klap op zijn schouder. 'Heb ik je ooit iets laten gebeuren, jongen?'

Jeffrey schudde zijn hoofd en bedacht dat deze woorden hem niet al te veel troost boden. Hoss had meer dan eens bewezen dat hij zich niet te goed voelde om de wet geweld aan te doen als het erom ging Jeffrey en Robert uit de problemen te houden.

Hoss liet een van zijn zeldzame lachjes zien. 'Het komt wel goed.' Hij opende de deur en wenkte Reggie naar binnen terwijl hij Jeffrey vroeg: 'Wat is er met je schoenen gebeurd?'

Jeffrey keek omlaag naar zijn blote voeten. Ze hoorden op dit moment op het strand van Florida te spelen. Hij hoorde nu zonnebrandmiddel op de rug en de voorkant en elk onderdeel van Sara's lichaam te smeren terwijl zij om zijn grapjes lachte en hem aankeek alsof hij de wedergeboren Christus was.

Hoss vroeg: 'Welke maat heb je?'

'Tien.'

'Ik heb elfenhalf.' Hij vroeg Reggie: 'Welke maat heb jij?'

Reggie keek verlegen, alsof zijn antwoord de clou van een mop zou zijn. Toch zei hij: 'Negen.'

'Dan krijg je dus de mijne.' Hoss haalde een sleutelbos uit zijn zak en gaf hem aan Reggie. 'Ga snel even mijn laarzen uit de kofferbak van mijn auto halen.'

Vijftien

Hoss' laarzen roken alsof hij er enkeldiep mee in ingewanden van vissen had gestaan. Gezien de opgedroogde schubben die aan de zolen kleefden veronderstelde Jeffrey dat dit inderdaad het geval was. Ze hadden stalen neuzen en waren verder van leer, en dus verschrikkelijk heet en zwaar als lood. Jeffrey hoefde er niet eens naar te kijken om er een hekel aan te hebben. Als hij het zich had kunnen veroorloven niets te dragen zou hij net zo lief op zijn blote voeten hebben gelopen.

In zijn jeugd had Jeffrey altijd afgedragen of gebruikte schoenen en kleren moeten dragen, die goedkoop waren gekocht op de rommelmarkt die de baptistenkerk ieder kwartaal organiseerde. Hij had er altijd een verschrikkelijke hekel aan gehad de spullen van anderen te dragen, en toen hij eenmaal oud genoeg was, was het merendeel van zijn winkeldiefstallen op het warenhuis Belk in Opelika gericht geweest. Soms, als het druk was op de schoenenafdeling, kon het personeel niet bijhouden wie wat pakte, en Jeffreys eerste paar nieuwe schoenen die echt pasten was een onderdeel geweest van zijn meest gedurfde stunt op het gebied van winkeldiefstal ooit: hij was zelfverzekerd als een god de schoenenafdeling uit gelopen op een paar blinkend nieuwe instappers van vijftien dollar die heerlijk aan zijn voeten zaten, de zolen zo nieuw dat hij bijna uitgleed op de in de was gezette marmeren vloer. Zijn hart had de hele tijd geklopt alsof er op een trommel werd geslagen, maar toen hij de volgende dag met het uiterlijk en het gevoel van een miljonair op school was verschenen was het alle spanning meer dan waard geweest.

Met Hoss' laarzen aan zijn voeten had Jeffrey het gevoel dat hij twee blokken beton droeg. Losse blokken, want ze waren anderhalve maat te groot. Hij begon al een blaar op zijn hiel te krijgen, en zijn voetholte voelde aan alsof er een stuk steen in vastzat, waarschijnlijk iets van een vis.

Reggie reed de auto even traag door de stad als op de heenweg en slaagde erin irritant te blijven voortkruipen toen ze naar het leek wel honderd kilometer achter een tractor bleven hangen. Hij liet zijn scanner op laag volume staan terwijl hij naar countrymuziek op de radio luisterde, met de ene hand op het stuur en de andere op de tunnel in het midden, lichtjes meetikkend met Hank Williams.

Jeffrey wierp even een blik op hem terwijl ze in de richting van het huis van Jessies moeder door Herd's Gap omhoogreden. Reggie Ray was van gemiddelde lengte maar een beetje aan de magere kant. Hij kon niet ouder dan vijf- of zesentwintig zijn, maar zijn vieze bruine haar week al terug bij zijn slapen. Een plek op zijn achterhoofd zag er iets donziger uit dan je zou verwachten, en Jeffrey had het idee dat hij zijn haar over een dunner wordende plek had gekamd om deze te verbergen. Reggie zou waarschijnlijk al kaal zijn als hij halverwege de dertig was.

Jeffrey haalde zijn hand door zijn eigen haar en bedacht dat het enige goede wat zijn vader hem ooit had gegeven een volle haardos was. Zelfs toen hij tegen de zestig liep had Jimmy Tolliver nog steeds hetzelfde dikke, golvende haar waarop hij op de middelbare school zo trots was geweest. Hij droeg het nog steeds in dezelfde stijl die destijds populair was geweest: een achterovergekamde variant van de spuuglok. In zijn gevangenispakje zag hij eruit als een figurant uit een film van Elvis.

Reggie vroeg: 'Wat is er zo leuk?'

Jeffrey realiseerde zich dat hij had geglimlacht bij de herinnering aan zijn ouwe, maar hij was niet bereid deze herinnering met Reggie te delen, vooral niet gezien het litteken dat Jimmy bij de familie Ray had achtergelaten.

Hij zei: 'Niets.'

'Die laarzen stinken verschrikkelijk,' zei Reggie terwijl hij het raam opendraaide. Hete lucht stroomde als uit een oven de auto in. 'Wat is er met je schoenen gebeurd?'

'Die heb ik bij Sara achtergelaten,' zei Jeffrey zonder verdere uitleg.

'Het lijkt me een erg aardige vrouw.'

'Ja,' zei Jeffrey. En toen, om hem voor te zijn, voegde hij eraan toe: 'Ik heb geen idee wat ze met mij moet.'

'Amen,' stemde Reggie in. Hij zette zijn pet iets naar achteren terwijl ze een heuvel op reden. In de verte zag Jeffrey mensen op de golfbaan van de Sylacauga Countryclub. Jeffrey had er een paar keer als caddy gewerkt, maar was zich al snel gaan ergeren aan de neerbuigende manier waarop die rijke mannen hem hadden behandeld. Afgezien daarvan had hij nooit iets van de aantrekkingskracht van golf begrepen. Als hij een paar uur buiten kon doorbrengen, ging hij liever hardlopen, zijn spieren gebruiken voor iets anders dan in een mallotig autootje achter een wit balletje aanzitten.

Reggie schraapte zijn keel en Jeffrey zag dat het hem moeite kostte te vragen: 'Wat is er aan de hand?'

'Wat bedoel je?'

'Waarom wil Robert met je praten?'

Jeffrey antwoordde eerlijk, maar alleen omdat hij wist dat Reggie de waarheid niet zou geloven. 'Ik weet het niet.'

'O, aha,' zei Reggie sceptisch. 'Waarom zou Hoss willen dat ik jou reed en niet hij?'

Dat was een goede vraag, een die Jeffrey niet had overwogen toen Hoss had aangeboden Sara daar in de grot te gaan helpen. Dat was meer het soort rotkarweitjes dat Hoss normaal naar zijn hulpsheriffs afschoof. Normaal gesproken had het meer voor de hand gelegen dat Hoss samen met Jeffrey Robert was gaan opzoeken dan dat hij op zoek naar Sara door het bos zou gaan banjeren. Misschien dacht hij dat hij op de een of andere manier haar aandacht zou kunnen afleiden. Jeffrey wenste hem sterkte, maar hij wist dat dit Hoss in geen geval zou lukken.

'Slick?' vroeg Reggie.

'Ik heb liever niet dat je me zo noemt,' zei Jeffrey, maar meteen besefte hij dat Reggie hem nu tot zijn dood Slick zou noemen. 'Hoss is Sara gaan zoeken.'

'Is ze dan verdwaald?'

'Nee.' Jeffrey had niet veel tijd nodig om te beslissen of hij

Reggie al dan niet zou vertellen wat er aan de hand was. 'Ze heeft iets gevonden. We hebben iets gevonden. Je hebt daar die grot bij de steengroeve...'

'Die grot met die planken ervoor,' zei Reggie. Hij moest Jeffreys verbaasde blik hebben opgevangen, want hij zei: 'Paula heeft me erover verteld.'

'Hoe is ze daarachter gekomen?' vroeg Jeffrey, die wist dat hij de zus van Reggie nooit naar de grot had meegenomen. Het was tussen hem, Robert en Possum een ongeschreven regel geweest dat er geen meisjes werden toegelaten. Afgezien van die ene keer wist hij dat ze zich er allemaal aan hadden gehouden.

Reggie haalde zijn schouders op en gaf geen antwoord. 'Wat hebben jullie gevonden?'

'Botten,' zei Jeffrey, die probeerde Reggies reactie te peilen. 'Een skelet.'

'Nou nou.' Reggies kaak ontspande zich, en hij wierp een blik op Jeffrey. 'Dit is niet echt je week, hè, Slick?' Hij liet een raspend gegrinnik horen dat uitmondde in een hartelijke lach. 'O, jemig,' bracht hij onder het gelach uit. Hij gaf zelfs een klap op zijn dijbeen.

'Dat is echt professioneel van je, Reggie,' zei Jeffrey. De opluchting spoelde over hem heen terwijl ze Elton Drive insloegen. Jessies moeder was in de tuin een paar bloeiende planten water aan het geven. Achter haar stond een wit huis van twee verdiepingen met hoge pilaren die een balkon op de eerste verdieping ondersteunden. Jasper Clemmons zou nu wel gepensioneerd zijn, maar hij was lid van de hoofddirectie van de plaatselijke fabriek geweest, en zijn huis weerspiegelde zijn positie. De eerste keer dat Jeffrey het huis had gezien had hij aan *Gejaagd door de wind* moeten denken. Nu vond hij dat het er meer uitzag als een goedkoop Tara. Het huis was goed onderhouden, maar Jeffrey begreep nu met zijn meer ervaren blik dat het huis te hard zijn best deed. Voor Jessies familie was het perfect.

Faith Clemmons had Jeffrey nooit gemogen. Wat de mensen ook vonden, Jeffrey had niet met iedere vrouw in het stadje iets gehad, en Faith leek het als een persoonlijke belediging te beschouwen dat Jeffrey haar dochter had overgeslagen.

Niet te ontkennen viel dat Jessie een prachtige vrouw was geweest – Jezus, zelfs nu was ze nog heel mooi – maar ze was naar Jeffreys smaak iets te desperaat. Hij hield niet van vrouwen die zich aan je vastklampten, zelfs als tiener had hij er niet van gehouden, en hij had Jessie gezien zoals ze was: een bodemloze put van behoeftigheid.

Aanvankelijk had Jeffrey zich zorgen gemaakt toen Jessie haar vizier op Robert had gericht, maar nu wist hij dat ze het ideale stel waren – als je twee mensen die elkaar eerder nodig hadden dan dat ze van elkaar hielden tenminste een ideaal stel kon noemen. Robert hield ervan mensen te redden. Hij hield ervan de goeie jongen te spelen en daarin bevestigd te worden. Jessie, de schone maagd die voortdurend in nood verkeerde, was voor hem het volmaakte excuus om zijn witte paard te bestijgen en te hulp te snellen. Sommige mannen hielden hiervan, maar Jeffrey kreeg alleen bij de gedachte al het gevoel dat er een strop om zijn nek zat.

'Hallo, Faith.'

'Jeffrey,' zei ze, terwijl ze water sproeide op de planten tussen hen in. 'Robert is binnen.'

'Dank je,' antwoordde hij, maar ze had hem al de rug toegedraaid.

Reggie mompelde met een scheef lachje: 'Je zoveelste fan.'

Jeffrey negeerde hem terwijl ze naar het huis liepen. De blaar op zijn hiel begon gemeen pijn te doen, maar Jeffrey piekerde er niet over te hinken waar Reggie bij was.

Om niet aan de pijn te denken dacht Jeffrey aan Sara daar in die grot. Hoss was er nu waarschijnlijk wel aangekomen. Wat vertelde hij haar allemaal? Welk verhaal verzon hij om Jeffrey te beschermen? Sara zou er doodziek van worden, dat wist hij. Ze was niet het soort vrouw tegen wie je ongestraft kon liegen, en door het gedoe van de afgelopen nacht was ze bijna voorgoed weggelopen. Binnenkort zou ze waarschijnlijk gaan beseffen dat er wel enige waarheid school in wat iedereen beweerde. Het aspect dat het meest pijn deed was dat het Jeffreys eigen stomme schuld was. Hij had haar hierheen meegenomen, maar hij had evengoed een op scherp staande granaat kunnen inslikken. Jeffrey kon alleen maar wachten tot hij zou exploderen.

Door de hordeur zag Jeffrey de lange gang die naar de achterkant van het huis liep. Het huis was gebouwd in een tijd dat landhuizen populair waren: geen grote lege dozen die galmden als je er een voet in zette, maar het trotse bezit van de elite. Jeffrey was maar een enkele keer in Jessies huis geweest, maar hij herinnerde zich dat er aan weerszijden van de centrale hal zowel een salon als een zitkamer lag, en achterin een eetkamer, een keuken en een enorme huis/woon-kamer. Hij stak zijn hand op om aan te kloppen, en precies op dat moment kwam Jessie de keuken uit. Ze had een glas in haar hand en hij vermoedde aan de kleur van de drank en het getinkel van ijs, terwijl ze door de gang liep, dat ze pure whisky dronk.

Ook Reggie zag het. Hij keek heel nadrukkelijk op zijn horloge. 'Nog maar nauwelijks na twaalven.'

Jeffrey wilde een excuus voor haar verzinnen maar hield op het laatste moment zijn mond.

'Hallo, jongens,' zei Jessie. Ze was een goede drinker in de zin dat ze nooit met dubbele tong of onduidelijk ging praten. Sterker nog: drinken maakte haar alleen maar scherper en agressiever. Onder Jessies smetteloze huid en volmaakte figuur ging een verbitterde vrouw schuil, die overal alleen maar het slechte van zag. De alcohol bracht het bijtende zuur aan de oppervlakte.

Jeffrey vroeg: 'Is Robert er?'

'Wat dacht je? We kunnen toch niet naar huis,' zei Jessie terwijl ze de deur openduwde. Ze deed een stap opzij maar blokkeerde de doorgang nog steeds zo dat Jeffrey zich langs haar moest wringen om naar binnen te kunnen. Voor Reggie was dezelfde behandeling niet weggelegd. Ze sneed hem bij de deur de pas af en zei: 'Jullie kunnen in de salon wachten. Ik ga Robert halen.'

Jeffrey keek hoe ze wegliep. Ze liep wankelend op hakken die zo hoog waren dat het onmogelijk leek erop te lopen. Hoe ze met een stuk in haar kraag dit staaltje evenwichtskunst wist te volbrengen, tartte de wetten der natuur.

Reggie schraapte zijn keel. Hij had als een afkeurende schoolmeester zijn armen over elkaar geslagen. Natuurlijk had hij Jeffreys taxerende blik op Jessie verkeerd opgevat. 'Ze is de vrouw van je beste vriend.'

Jeffrey negeerde hem en liep naar de salon. Net zoals in de rest van het huis was er ook hier niet veel veranderd. Twee lange banken met een bekleding van bordeauxrood met wit gestreepte zijde stonden tegenover elkaar en ertussenin stond een iele salontafel. Fauteuils stonden aan weerszijden van een groot panoramavenster in de voorkant van de kamer tegenover een geweldige haard waarin je een kleine man kon roosteren. Al het meubilair zag er zo delicaat uit dat het leek alsof het zou omvallen als je niesde, maar Jeffrey wist wel beter. Hij liet zich in een van de banken wegzakken om op Robert te wachten terwijl Reggie met dezelfde spottende uitdrukking op zijn gezicht bij de deur bleef staan.

Jeffrey keek naar het witte tapijt, dat eruitzag alsof al het leven eruit was gezogen. Hij zag zijn voetafdrukken naar de bank lopen en vroeg zich af of de lucht in de kamer afkomstig was van de dode vissen van Hoss' laarzen of van de schaal potpourri op de salontafel. Hij dacht weer aan Sara en vroeg zich af wat ze nu deed. Hij wilde bij haar zijn, wilde proberen haar gedachten te sturen, haar laten geloven dat hij geen monster was. Als het in zijn vermogen had gelegen had hij met zijn vingers geknipt en zouden ze als bij toverslag ergens anders zijn dan hier – waar dan ook.

Reggie vroeg: 'Heb je soms ook iets met de moeder?'

'Hè?' Jeffrey besefte dat zijn blik door het raam naar buiten was afgedwaald, waar Faith Clemmons haar azalea's water aan het geven was. 'Jezus christus, Reggie. Hou even op, wil je?'

Reggie sloeg zijn armen over elkaar. 'Want anders?'

Er kwamen trage, gedempte voetstappen de trap af, en Jeffrey voelde de druk wegebben toen Robert de kamer binnenkwam. Hij had er die morgen al slecht uitgezien, maar nu leek het alsof hij door een vrachtwagen was overreden. Zijn schouders hingen en hij hield een hand tegen zijn zij gedrukt, precies zoals de afgelopen nacht.

Jeffrey stond op, niet wetend wat hij moest zeggen. Hij liet het bij: 'Waarom ga je niet zitten?'

'Het gaat wel,' zei Robert. 'Reggie, kun je ons even alleen laten?'

'Natuurlijk,' antwoordde Reggie enigszins op zijn hoede. Toch tikte hij even tegen zijn pet voordat hij de kamer verliet.

Robert wachtte tot de hordeur dicht was voordat hij iets zei. 'Je hebt haar lichaam in de grot gevonden.'

Jeffrey was verbijsterd door de zekerheid waarmee Robert het formuleerde. Hij had geen vraag gesteld maar een mededeling gedaan. Haar lichaam was gevonden.

'Hoss heeft gebeld,' zei Robert, die zich voorzichtig in een van de leunstoelen liet zakken. 'Hij denkt dat het misschien een zwerfster of iets dergelijks is – gevallen en haar hoofd gestoten. Jij weet dat het Julia Kendall is.'

Bij het noemen van deze naam daalde er een loodzware sfeer in de kamer neer. Jeffrey voelde dat er ondanks de airconditioning opeens zweet op zijn voorhoofd stond. Hij zocht in zijn zak en haalde het kettinkje met het hartvormige medaillon eruit. 'Dit heb ik bij de bank gevonden.'

Robert stak zijn hand naar het kettinkje uit en Jeffrey gaf het hem. Met de nagel van zijn duim maakte hij het medaillon open en keek naar de foto's. 'Jezus. Julia.'

Jeffrey keek uit het raam. Faith had de tuinslang uitgezet en stond met Reggie te praten. Ze amuseerden zich waarschijnlijk kostelijk met het uitwisselen van verhalen over wat een lul Jeffrey eigenlijk was. Misschien zou Reggie haar zelfs wel over Julia vertellen. Het nieuws zou in het stadje de ronde doen nog voordat Jeffrey een kans kreeg om het Sara te vertellen. Ze zou het verhaal van iemand anders horen, van iemand die het helemaal verkeerd zou vertellen. Hij liet zich op de bank terugzakken en bedacht dat hij het niet zou kunnen verdragen als ze hem weer zo zou aankijken als de afgelopen nacht.

Robert vroeg: 'Wat heb je Sara verteld?'

'Niets,' zei Jeffrey, terwijl hij de wroeging voelde opkomen. Dat was het moment geweest om het haar te vertellen, toen in de grot. Hij wist niet zeker of ze had gezien dat hij het kettinkje had gevonden en in zijn zak had gestopt. Hij had toen meteen iets moeten zeggen in plaats van te doen alsof hij zich ergens schuldig aan had gemaakt.

Jeffrey zei: 'Ik heb het kettinkje voor haar verborgen gehouden.'

'Waarom?'

'Omdat er al genoeg mensen in het stadje zijn die haar zonder enig bewijs vertellen dat ik een soort beest ben.'

'Wat bewijst dit?' vroeg Robert terwijl hij Jeffrey het kettinkje teruggaf. Niemand wilde dat rotding bij zich houden en het ergerde Jeffrey dat het steeds maar weer bij hem terugkwam.

Jeffrey zei: 'Al die rotzooi wordt weer opgerakeld. Jezus, wat haat ik dit klotestadje toch.'

Robert zat naar zijn handen te staren. 'Iedereen zei dat ze gewoon was weggelopen.'

'Dat weet ik.'

Ze zwegen beiden, dachten waarschijnlijk allebei hetzelfde. Jeffrey had het misselijkmakende gevoel dat zijn leven op het punt stond overhoop te worden gegooid en dat hij niets kon doen om het te voorkomen.

Robert vroeg: 'Weet je wat ze in de gevangenis met politiemensen doen?'

Jeffrey voelde hoe zijn keel werd dichtgeknepen. 'We gaan niet naar de gevangenis,' wist hij uit te brengen. 'Zelfs als ze iets zouden vinden... een manier om ons hiermee in verband te brengen... is het al allemaal verjaard en...'

'Nee,' zei Robert. 'Ik vraag je iets. Ik heb geen idee, behalve wat ik op de televisie heb gezien, en dat is genoeg om je bloed in ijs te veranderen. Wat doen ze met politiemensen in de gevangenis?'

'Robert...'

'Ik meen het, Jeffrey. Wat doen ze met ze? Wat kan ik verwachten?'

Jeffrey keek zijn vriend aan, misschien voor het eerst sinds Robert de kamer was binnengekomen. Afgezien van een paar kraaienpootjes zag Robert er hetzelfde uit als op de middelbare school. Hij was nog steeds fit en enigszins slungelachtig, maar de manier waarop hij onderuitgezakt in de stoel zat en de hak van zijn schoen op en neer bewoog was nieuw. Op het voetbalveld had Jeffrey iedere gedachte kunnen lezen die door Roberts hoofd was gegaan, maar nu had hij geen idee wat hij dacht.

Uiteindelijk vroeg Jeffrey: 'Wat probeer je me te zeggen, Bobby?'

'Ik probeer niets te zeggen, ik zeg het. Ik heb Luke doodgeschoten. Ik heb hem in koelen bloede doodgeschoten.'

Jeffrey wist zeker dat hij het verkeerd had verstaan.

'Hij had een verhouding met Jessie.'

Jeffrey was zo geschokt dat hij even niets kon zeggen. 'Wat bedoel je...'

Roberts toon was zakelijk, alsof hij het had over het bestrijden van mieren in zijn tuin in plaats van over de dood van een ander menselijk wezen. 'Ik was naar de winkel gegaan om een paar dingen te halen en toen kwam ik thuis en trof ze samen aan. Hij was... Hè, je snapt wel wat hij met haar deed.'

Het was te veel: Jeffrey kon er vandaag niet nog meer bij hebben. 'Robert, waarom zeg je dit? Het is niet waar.'

'Ik pakte mijn pistool en schoot hem dood.' Hij schudde zijn hoofd. 'Zo ging het niet helemaal. Ik zag ze eerst en toen ben ik mijn pistool gaan halen. Ik kwam in de kamer terug en Jessie begon te schreeuwen. Ik vroeg ze waar ze verdomme mee bezig waren. Hij probeerde zich te verontschuldigen en ik haalde gewoon de trekker over.'

Jeffrey stond op. 'Hou hier nu mee op.'

'Zijn hoofd... Het knalde gewoon uit elkaar.'

'Robert, hou je kop. Je hebt een advocaat nodig.'

'Ik heb geen advocaat nodig,' zei hij. 'Ik moet iets hebben om dit uit mijn gedachten te krijgen. Ik moet iets hebben wat me kan helpen vergeten hoe zijn hoofd gewoon...'

'Robert,' viel Jeffrey hem in de rede, waarbij hij probeerde zijn stem gedecideerd te laten klinken. 'Je hoeft me dit allemaal niet te vertellen.'

'Jawel,' zei Robert. 'Dat moet ik wel. Ik leg een bekentenis af. Er is niet ingebroken. Dat tweede pistool is mijn reserve. Ik heb het gebruikt om mezelf neer te schieten. Sara weet dat, ze zag waar ik het pistool had gehouden. Jezus, dat was stom, maar ik heb het wel gedaan. Ik dacht er niet bij na. Ik had niet zoveel tijd. Het licht bij de buren ging al aan. Als politieman word je altijd bij dit soort dingen gehaald, en dan denk je: Christus, wat een idioot, maar de waarheid is dat als het jou overkomt je niet de tijd hebt om na te denken. Misschien komt het door de schok of door angst of door iets stompzinnigs wat totaal onverwachts een rol gaat spelen, maar je maakt fouten. Je wílt niet gepakt worden, maar je kunt niet bedenken hoe je het moet voorkomen.' Hij wees op de stoel. 'Ga zitten, Jeffrey. Ik word zenuwachtig van je.'

Jeffrey ging zitten. 'Waarom doe je dit?'

'Omdat het niet in de haak is,' antwoordde Robert. 'Ik heb vanmorgen met Hoss gepraat en dezelfde verklaring afgelegd die ik jou vannacht heb gegeven. Net als toen we op school zaten. Bij elk verhaal dat we voor zijn neus houden hapt hij.'

'Hij weet hier allemaal niets van?'

'Nee, ik wilde het jou eerst vertellen. Dat ben ik je wel verschuldigd.'

'Robert,' zei Jeffrey, die vond dat de ander hem helemaal niet zo'n grote dienst bewees. Hoe het allemaal ook mocht kloppen, Jeffrey kon het verhaal niet geloven. Hij was met deze man opgegroeid, had eindeloze uren samen met hem naar platen zitten luisteren, over meisjes gepraat, over de auto's die ze zouden kopen als ze zestien waren.

Robert zei: 'Ik moet de verantwoordelijkheid voor mijn daden op me nemen. Die man is dood en dat komt door mij, omdat ik me niet kon beheersen – al mijn woede en haat en... alles. Het kwam gewoon naar boven, en voor ik het wist lag hij dood op de vloer.' Hij begon in te storten. 'Ik heb hem vermoord. Hij is dood. Hij naaide mijn vrouw en ik heb hem vermoord.'

Jeffrey drukte zijn vingers tegen zijn slapen, niet wetend wat hij moest zeggen.

'Wist je dat Jessie een paar maanden geleden een miskraam heeft gehad?'

Jeffrey probeerde door de brok in zijn keel heen te praten. 'Nee.'

'Het zou een jongen zijn geweest. Hoe vind je dat? Het was het enige wat haar uiteindelijk gelukkig zou hebben gemaakt, en God wilde het gewoon niet laten gebeuren.'

Jeffrey betwijfelde of er iets was wat Jessie gelukkig zou kunnen maken, maar toch zei hij: 'Wat vreselijk.'

'Het was mijn schuld,' zei Robert. 'Er is iets met me... Ik weet het niet, Slick. Er is iets met me waardoor het niets wordt tussen ons. Ik ben gewoon vergif.'

'Dat is niet waar.'

'Ik ben geen goed mens. Ik ben geen goede echtgenoot.' Hij zuchtte diep. 'Ik ben nooit een goede echtgenoot geweest. Mensen wijken om allerlei redenen van het rechte pad af, neem ik aan, maar uiteindelijk...' Hij keek op. 'Ik heb ook tegenover jou als vriend nooit veel voorgesteld.'

'Dat is niet waar,' herhaalde Jeffrey.

Robert staarde Jeffrey alleen maar aan; er lag een uitdrukking van wanhoop op zijn gezicht. Hij liet zich nog verder in de stoel terugzakken, alsof hij niet meer de kracht had om rechtop te zitten. Hij bleef Jeffrey aankijken terwijl zijn ogen heen en weer schoten alsof hij een boek las.

'Ik heb het gedaan,' zei Robert uiteindelijk. 'Ik heb het allemaal gedaan. Ik heb Swan vermoord en ik heb Julia ook vermoord.'

Jeffrey hapte naar adem.

'En al die andere dingen – die heb ik ook gedaan.'

'Nee, die heb je niet gedaan,' hield Jeffrey vol. Waar had hij het in godsnaam over? Natuurlijk had Robert helemaal niemand vermoord.

'Ik heb een steen naar haar hoofd gesmeten,' zei Robert. 'Het ging allemaal erg snel.'

'Dat heb je niet gedaan,' zei Jeffrey met trillende stem, van woede of van angst. Dit was gewoon te veel. 'Iedereen dacht dat ze was weggelopen. Dat heb je zelf nog geen vijf minuten geleden gezegd.'

'Ik loog,' pareerde hij. 'Nu vertel ik de waarheid. Ik heb daar in die verlaten steengroeve die steen gegooid. Je zult hem nooit kunnen vinden, maar mijn bekentenis zou voldoende moeten zijn.'

'Waarom zeg je dit allemaal?'

Hij stond op en zijn gezicht vertrok van de pijn in zijn zij. 'Ga Reggie halen.'

'Dat doe ik niet. Niet zolang je me niet vertelt waarom je liegt.'

Robert klopte op het raam en gebaarde dat Reggie binnen moest komen. 'Ik wil dat Reg me arresteert.'

'Dat is niet...'

'Het is beter zo, Slick. Eenvoudiger. Nu klopt alles keurig. Het is nu eindelijk klaar en achter de rug.' Robert veegde zijn ogen af. 'Kijk nou toch, ik sta als een meid te janken.' Hij lachte vreugdeloos. 'Als Reggie me zo ziet denkt hij vast dat ik een mietje ben.'

'Reggie kan naar de hel lopen,' zei Jeffrey precies op het moment dat de hulpsheriff binnenkwam. Reggies ene wenkbrauw schoot met een ruk omhoog, maar deze ene keer zei hij niets.

Robert stak zijn handen naar de hulpsheriff uit. 'Je moet me in de boeien slaan.'

Reggies blik ging tussen de twee mannen heen en weer. 'Is dit een slechte grap of zo?'

'Ik heb afgelopen nacht Luke Swan vermoord,' zei Robert terwijl hij zijn hand in zijn borstzak stak. Om de een of andere reden dacht Jeffrey in eerste instantie dat hij een wapen wilde trekken. Robert liet hun echter een gebruikte kogel zien.

Reggie bekeek hem. 'Federaal,' merkte hij op, precies zoals de kogels die Robert in zijn Glock had.

Robert zei: 'Hij stak uit zijn hoofd.' Hij duidde met zijn wijsvinger het gebied onder zijn oor aan. 'Alleen de punt, precies hier. Je zou niet verwachten dat een kogel zich zo zou gedragen, dat hij naar buiten zou steken alsof iemand hem er zo had verstopt, maar ik kon hem er zo uit trekken. Ik hoefde niet eens hard te trekken.'

Reggie wilde het nog steeds niet geloven. Hij wilde Robert de kogel teruggeven, maar Robert wilde hem niet aannemen. 'Je neemt me in de maling, toch?' Hij lachte snuivend. 'Is dit soms een van die rotgeintjes van je, Bubba? Probeer je me weer moeilijkheden met Hoss te bezorgen?'

'Hou op met die flauwekul, jongen,' zei Robert op een hardere toon dan Jeffrey ooit van hem had gehoord. Robert was Reggies superieur, en hij gaf hem een bevel toen hij zei: 'Doe me de boeien aan en vertel me wat mijn rechten zijn. Volgens het boekje.'

Jessie kwam met een tot de rand gevuld glas binnen. 'Willen jullie iets...' Haar stem stierf weg toen ze bij uitzondering opmerkte dat ze niet het middelpunt van een drama was. Haar blik vond die van Robert en in de fractie van een seconde voordat ze erin slaagde zichzelf weer in de hand te krijgen maakte ze een doodsbange indruk. Ze herstelde zich snel maar hield haar hand nog steeds op de deurkruk, alsof ze iets nodig had om te voorkomen dat ze zou vallen. 'Wat heb je ze verteld?'

Roberts ogen liepen weer vol tranen en met een stem vol spijt zei hij: 'De waarheid, liefje. Ik heb ze de waarheid verteld.' Weer stak hij zijn handen naar Reggie uit. 'Luke Swan had een verhouding met mijn vrouw. Ik kwam thuis en vond ze samen en ik heb hem neergeschoten.' Hij schudde met zijn handen. 'Kom, Reggie. Doe wat je moet doen.'

Jessie mompelde: 'O, jezus.'

Robert zei: 'Doe me de boeien aan.'

Reggie bracht zijn hand naar de achterkant van zijn riem, maar hij pakte zijn handboeien niet. 'Ik ga je niet boeien,' zei hij. 'Ik breng je naar het bureau om met Hoss te praten, maar ik pieker er niet over je te boeien.'

'Reggie, dit is een bevel.'

'Geen sprake van,' zei Reggie. 'Niet dat ik het niet heerlijk zou vinden je achter in mijn auto te hebben, maar ik voel er niets voor Hoss over me heen te krijgen voor iets wat jij hebt gedaan.' Hij voegde eraan toe: 'Niet deze keer, in elk geval.'

'Je moet dit volgens het boekje doen,' zei Robert.

Reggie was niet te vermurwen. 'Ik ga de auto vast starten, zodat hij wat koeler wordt. Kom jij maar naar buiten als je eraan toe bent.'

'Ik ben er nu aan toe,' zei Robert. Toen Jeffrey aanstalten maakte achter hem aan te lopen stak Robert zijn hand op. 'Nee, Jeffrey. Laat me dit alleen doen.'

Jessie stond nog steeds in de deuropening en Robert moest langs zijn vrouw om naar buiten te kunnen. Jeffrey keek terwijl Robert haar een zoen op haar wang gaf, zag hoe Jessie terugdeinsde voor zijn aanraking, hoe ze ook probeerde het te verbergen. Jeffrey wilde haar vastpakken en door elkaar schudden, haar op de grond gooien en het leven uit haar wringen omdat ze Robert zo behandelde. Het was onmogelijk dat Robert iemand had vermoord. Jeffrey wilde er niet aan. Er klopte hier iets niet.

En toch, toen Robert Jeffrey vroeg: 'Zorg voor Jess, wil je?', knikte Jeffrey.

Hij zei tegen Robert: 'Ik kom later op het bureau langs.'

'Jess,' zei Robert. 'Geef hem de sleutels van mijn auto.' Hij lachte treurig. 'Die zal ik een tijdje niet nodig hebben.'

'Zeg helemaal niets, zelfs niet tegen Hoss,' bond Jeffrey hem op het hart. 'We moeten een advocaat voor je vinden.'

Zonder te reageren liep Robert de kamer uit. Een paar tellen later sloeg de hordeur dicht.

'Nou,' zei Jessie, en nam een grote slok. Het glas was bijna vol geweest toen ze was begonnen, en nu zat er weinig meer dan de ijsblokjes in. Jeffrey keek hoe haar keel bewoog toen ze het laatste beetje naar binnen goot en vroeg zich af hoe ze zo'n kalme indruk kon maken terwijl haar echtgenoot ieder moment wegens moord kon worden aangeklaagd.

Jessie zoog op een ijsblokje voordat ze het weer in het glas liet vallen. 'Dit moet de mooiste dag uit het leven van die lul zijn.' Ze wachtte tot Jeffrey iets zei, maar Jeffrey was haar niet ter wille. 'Reggie heeft al die jaren als een havik op de loer gelegen, wachtend op de dag dat Robert zou struikelen. Ik weet zeker dat hij morgen het bureau komt binnenstormen om die promotie in de wacht te slepen die hem zo lang is ontgaan.'

'Het komt op mij niet over alsof Robert degene is die is gestruikeld,' zei Jeffrey, die alle gal die hij voelde in zijn stem liet doorklinken. Dit was haar schuld. Zij had dit Robert aangedaan. Zij had dit hun allen aangedaan.

'O, nou wordt ie mooi, Slick. Echt iets voor jou. Hij schiet iemand dood en op de een of andere manier zie jij kans mij zwart te maken.'

'Waarom heb je hem bedrogen?' vroeg Jeffrey op hoge toon. 'Waarom?'

Ze haalde haar schouders op, alsof het niet de moeite waard was. Ze had iets nerveus, het was bijna een zenuwtrek.

'Hij was goed voor je.'

'Doe niet zo braaf, Jeffrey Tolliver. Je vergeet tegen wie je het hebt.'

'Ik heb nooit iemand bedrogen,' zei hij, walgend van de blik waarmee ze hem aankeek. Jeffrey mocht dan flink hebben rondgeneukt, hij had er wel altijd voor gezorgd dat de vrouwen met wie hij iets had precies wisten waaraan ze begonnen – of niet begonnen.

Hij zei: 'Als ik iemand iets beloof, dan doe ik het ook. Je kunt er vergif op innemen dat ik mijn vrouw nooit zou belazeren.'

'Dat kun je nu makkelijk zeggen,' zei Jessie, die de drank van een volgend ijsklontje zoog. Ze smakte met haar lippen. 'Jij bent het ergste soort bedrieger, omdat je denkt dat je te goed bent om het te laten gebeuren.'

'Kan het je eigenlijk wel iets schelen dat hij naar de gevangenis gaat? In deze staat hebben ze de doodstraf, Jessie. Hij zou met een naald in zijn arm kunnen eindigen.'

Ze keek omlaag naar haar glas en liet het ijs erin ronddraaien.

'Hoe is het allemaal begonnen?' vroeg Jeffrey. 'Kocht je soms drugs van hem?'

'Drugs?' Ze keek geschrokken. 'Robert?'

'Luke Swan,' zei hij. 'Hij was een gebruiker. Zat het zo in elkaar?' Hij greep haar arm en zocht naar naaldsporen. 'Jullie spoten samen en zo is het begonnen?'

'Je doet me pijn.'

Hij trok haar mouw omhoog en controleerde de holte van haar elleboog en onder haar arm.

'Hou op!'

Hij controleerde haar andere arm, waardoor er ijs op de vloer viel. 'Waarom heb je het gedaan, Jessie? Nou?'

'Godverdomme, Slick!' gilde ze terwijl ze hem wegduwde. 'Hoe durf je me zo te behandelen?'

'Hier heb ik geen zin in,' zei Jeffrey, die ervan overtuigd was dat als hij niet meteen maakte dat hij wegkwam hij Jessie werkelijk pijn zou doen. Met Sara de afgelopen nacht had de gedachte hem met weerzin vervuld, maar nu wilde hij niets liever dan er bij Jessie wat gezond verstand in timmeren.

Hij zei: 'Geef me Roberts sleutels.'

Ze hield zijn blik nog even vast en zei toen: 'Ze zitten in mijn tas in de keuken.' Ze wachtte even, alsof ze zich ervan wilde verzekeren dat hij wist dat ze een keus maakte. 'Ik ga ze wel halen.'

Jeffrey ijsbeerde in de deuropening terwijl hij op haar wachtte. Hij werd doodziek van al dit gelazer. Het zou hem een zorg zijn dat Reggie hem een loer draaide, maar hij zou iets dergelijks zeker niet van Roberts trouweloze vrouw pikken.

'Nou, hier dan,' zei Jessie, die met een vol glas in de ene hand en de sleutels in de andere de keuken uit kwam.

'Je bent wel een fraai nummer,' zei hij, terwijl hij zijn hand uitstak om de sleutels aan te pakken.

Ze wierp hem een vreemde blik toe, die hij niet helemaal begreep. 'Ik had met jou moeten trouwen.'

'Ik kan me niet herinneren dat ik je heb gevraagd.'

Ze lachte alsof het het grappigste was wat ze die hele dag had gehoord. 'Pas maar op, Slick.'

'Waarop?'

'Die Sara van je heeft je aardig te pakken.'

'Laat haar erbuiten.'

'Waarom? Omdat ze beter is dan ik?'

Dat was waar, maar Jeffrey wilde er niet op ingaan. Hij had geleerd dat je niet kon discussiëren met iemand die dronken was. 'En geef me nu die verdomde sleutels.'

'Je zult met haar trouwen, en dan zul je haar iedere dag belazeren.'

'Jessie, ik zeg het nog één keer.'

'Er komt een dag dat je beseft dat je niet meer het middelpunt van haar wereld bent, en dan ren je naar buiten, rondsnuffelend op zoek naar iets nieuws. Let op mijn woorden.'

Jeffrey stak zijn hand uit en dwong zich om niet te reageren.

Ze hield de sleutels boven de palm van zijn hand en liet ze vallen met de woorden: 'Kom me over een paar jaar maar opzoeken.'

'Ik zou nog liever kijken hoe mijn pik eraf rot.'

Ze glimlachte en hief haar glas. 'Tot dan.'

Roberts open vrachtwagentje was nog steeds dezelfde rottige Chevrolet 68 waarin hij al sinds de middelbare school rondreed. De versnellingen hadden kuren en de hele auto kermde iedere keer als Jeffrey probeerde te schakelen. Het was een hele kunst het geval in beweging te krijgen, maar die kunst was aan Jeffrey niet besteed. Bij ieder verkeerslicht maakte de auto een sprong alsof Jeffrey een jongen van zestien was die net leerde rijden, en de motor sloeg vaker wel dan niet af als hij probeerde dat kloteding in zijn één te zetten.

Zodra hij Herd's Gap achter zich had gelaten wist hij niet meer waar hij heen moest. Sara was waarschijnlijk in het gebouw van de begrafenisonderneming, bezig met het onderzoek naar het skelet. Hoss zat op het bureau de verklaring van Robert op te nemen. Jeffrey kon naar huis gaan, maar zijn moeder zou er voor de lunch zijn, en het laatste waaraan hij behoefte had was toe te kijken hoe zijn moeder zichzelf met goedkope wodka opkikkerde voordat ze aan haar tweede dienst in het ziekenhuis begon. Eén alcoholiste per dag was wel genoeg. Hij reed naar het huis van Nell, met het idee dat ze zo langzamerhand waarschijnlijk wel van de arrestatie van Robert zou hebben gehoord, toen de gedachte aan Possum hem te binnen schoot.

Zo was het met Possum altijd geweest: hij was iemand aan wie je altijd pas achteraf dacht. In tegenstelling tot Robert, die met Jeffrey in de voetbalploeg had gezeten en zich sociaal op eigen houtje had kunnen handhaven, was Possum altijd het derde wiel aan de wagen geweest, iemand die altijd als stootblok tussen zijn twee ultracompetitieve vrienden had meegesjokt. Hij lachte om hun grappen en hield de stand tussen hen bij. Niet dat Possum zo altruïstisch was. Soms had hij geluk en zag hij kans een van de afdankertjes van Jeffrey of Robert aan de haak te slaan.

Nell was beslist een van Jeffreys afdankertjes, en een waarvan hij erg blij was geweest dat hij eraf was. Zelfs als tiener had ze precies geweten wat ze wilde en was ze niet bang geweest te zeggen wat haar voor de mond kwam. Dat dit gewoonlijk te maken had met wat ze als Jeffreys vele tekortkomingen zag was het grootste probleem geweest dat hij met haar had gehad. Ze was erg uitgesproken en kon regelrecht vals worden als ze vond dat ze haar mening over zijn meest recente wangedrag moest geven. Als ze niet een van de weinige respectabele meisjes op school was geweest die toch tot seks bereid was, zou hij haar na hun eerste afspraak hebben laten vallen.

Jeffrey zou de eerste zijn geweest om toe te geven dat hij van uitdagingen hield, maar Nell was het type waarvan je nooit kon winnen. Uiteindelijk had hij ingezien dat Possum beter bij haar paste – Possum vond het niet erg gecommandeerd te worden en aanvaardde graag zonder tegenstribbelen elke soort kritiek – maar toch was Jeffrey verbaasd geweest over het bericht dat ze een maand nadat hij naar de universiteit van Auburn was vertrokken waren getrouwd. Het stelde hem voor de vraag wat er achter zijn rug allemaal was gebeurd. Negen maanden later besefte hij precies wat er was gebeurd. Als hij zichzelf toestond erover na te denken zat het hem nog steeds niet lekker, maar eerlijk is eerlijk, hij had zelf tegen Nell gezegd dat ze na zijn verhuizing allebei met anderen zouden moeten uitgaan. Het probleem was dat hij zich had voorgesteld dat ze naar hem zou zitten smachten, niet dat ze met zijn beste vriend de koffer in zou duiken.

Jeffrey dwong de auto in zijn tweede versnelling terwijl hij de parkeerplaats van Possums winkel op draaide. De winkel maakte nog steeds een afgetrapte en deprimerende indruk, met verschoten vlaggen van Auburn aan weerszijden van de deur. In de etalages werd reclame gemaakt voor koud bier en levend aas, twee zaken die voor elke winkel in een klein stadje op het platteland van wezenlijk belang waren.

De bel boven de deur klingelde luid toen Jeffrey naar binnen ging. Houten vloeren, die nog tijdens de Depressie waren gelegd, kraakten onder zijn schoenen, het vuil van zestig jaar puntschoenen en werkschoenen en nu gymschoenen vulde de kieren tussen de planken.

Jeffrey liep meteen door naar achteren en trok een pak met zes flesjes Bud uit de manshoge koelkast. Voordat hij de deur weer dichtdeed haalde hij er een tweede pak uit en liep weer naar de voorkant van de winkel.

'Hallo?' riep Jeffrey, het bier op de toonbank zettend. De kassa was van het oudere type waar je zonder veel moeite in kwam, en er stond een bak met ongeveer honderd dollar in wisselgeld voor het grijpen. Typisch Possum om op de eerlijkheid van anderen te vertrouwen.

'Possum?' zei Jeffrey terwijl hij een van de flesjes uit het pak haalde. Hij gebruikte de Coca Cola-opener aan de zijkant van de toonbank om het flesje te openen. Het bier was bitter en Jeffrey goot het door zijn keel, waarbij hij probeerde zijn smaakpapillen te vermijden. Hij liep om de toonbank heen en keek naar de foto's die Possum overal op de rekken met sigaretten had geplakt. Net zoals Robert had hij veel foto's uit hun tijd op de middelbare school. In tegenstelling tot bij Robert hingen er foto's van kinderen in verschillende stadia van hun leven. Jennifer ontwikkelde zich van een groot gezicht in een bundel dekens tot een vroegrijpe tiener. Jared groeide van een kleine baby tot een lange en zwerflustig ogende jongen uit. Jeffrey veronderstelde dat hij nu ongeveer negen jaar was en voelde oprecht met de jongen mee: op die leeftijd was Jeffrey druk en onhandig geweest, als een veulen dat net leerde lopen. Jared had zoals Nell donker haar en stak zijn kin precies zo hooghartig naar voren. Jared had niets van Possum, maar Jennifer was heel erg de dochter van haar vader. Ze had zijn ogen en maakte haar schouders breed op die goedgehumeurde, niet-bedreigende manier die Possum bij meer dan één gelegenheid voor een pak slaag had behoed.

Jeffrey nam een flinke slok bier; zijn tong was nu verdoofd voor de smaak. Hij dacht aan Robert en wat deze moest hebben doorgemaakt toen Jessie hun kind had verloren. Huwelijken waren net verbijsterende dieren: altijd bezig te veranderen, soms zachtaardig, soms vals. Toen Jeffrey nog gewoon straatagent was geweest had hij altijd een hekel gehad aan oproepen vanwege huiselijke ruzies omdat er altijd iets was, een ondefinieerbare band tussen een echtgenoot en zijn echtgenote, waardoor ze het ene moment elkaar wilden vermoorden en het volgende moment degene die tussenbeide probeerde te komen, in dit geval de politie. Het ene moment stonden ze tegenover elkaar te schreeuwen, elkaar uit te schelden voor alles wat mooi en lelijk was, en het volgende moment gooiden ze zich voor de patrouillewagen om te voorkomen dat hun man of vrouw achter de tralies werd gezet.

Kinderen maakten de zaak altijd erger, en als agent had Jeffrey steeds zijn best gedaan ze uit de vuurlinie te houden. Dit was moeilijk, omdat de meeste kinderen dachten dat ze hun ouders enigszins konden kalmeren door tussen hen in te gaan staan. Jeffrey had dit bij zijn eigen ouders vaak genoeg gedaan, en hij wist wat kinderen ertoe bracht zich ermee te gaan bemoeien. Hij wist ook hoe futiel een dergelijke poging was. Niets was afgrijselijker dan bij een huiselijke ruzie te worden geroepen en een kind met een blauw oog of een kapotte lip kermend in een hoek aan te treffen. Bij meer dan een gelegenheid had Jeffrey een vader met geweld tot de orde geroepen. Hij wist dat hij een deel van zijn eigen razernij afreageerde als hij een mishandelende ouder te grazen nam, en tot een paar jaar geleden had Jeffrey dit als een van de bonussen van zijn bestaan als politieman beschouwd.

Jeffrey gooide zijn lege flesje bier in de prullenmand en pakte een volgend. Hij wipte op de rand van de toonbank de kroonkurk eraf en begreep uit de kras die het metaal in het hout maakte dat Possum de toonbank voor hetzelfde doel gebruikte.

Hij hield zijn hoofd achterover en nam een lange teug bier. Zijn maag rommelde protesterend, en Jeffrey besefte dat hij sinds de bacon bij Nell die ochtend niets had gegeten. Hij was al zover heen dat het hem ook niets meer kon schelen. Hij was halverwege het flesje toen hij achterin de winkel een wc hoorde doortrekken.

'Hé, Slick.' Possum kwam zijn broek dichtknopend van de wc. Hij zag het bier. 'Ga je gang, bedien jezelf.'

'Het is maar goed dat ik dat niet heb gedaan,' zei Jeffrey terwijl hij de toets *geen verkoop* op de kassa aansloeg. De la sprong open, waardoor keurige stapels geld zichtbaar werden. 'Hier zit minstens tweehonderd dollar in.'

'Tweehonderddrieënvijftig eenentachtig,' zei Possum, terwijl hij een van de flesjes bier pakte. Hij maakte het open op de toonbank en nam een slok.

Jeffrey dronk zijn flesje leeg en pakte het volgende. Possum wierp een blik op de twee lege flesjes maar hield zijn mond.

Jeffrey zei: 'Ik neem aan dat je het gehoord hebt, van Robert?'

'Wat dan?'

Jeffrey voelde hoe de moed hem in de schoenen zonk. Hij nam een flinke slok en probeerde zijn hersens zover te krijgen dat niets van dit alles er meer toe deed. 'Hij heeft zichzelf aangegeven.'

Possum begon te hoesten toen het bier in het verkeerde keelgat terechtkwam. 'Wat zeg je?'

'Ik was net bij de moeder van Jessie. Hij zei dat hij het had gedaan.'

'Wat gedaan?'
'Die man doodgeschoten.'
'Luke Swan,' fluisterde Possum. 'Goeie hemel.'
'Jessie bedroog hem.'
Possum schudde zijn hoofd. 'Daar geloof ik niets van.'
'Je hoeft me niet te geloven. Ga maar met Robert praten. Hij zei dat hij binnenkwam toen die kerel haar lag te naaien.'
'Waarom zou ze hem bedriegen?'
'Omdat ze een slet is.'
'Dat hoef je niet te zeggen.'
'Wat zeggen, Possum? De waarheid?' Jeffrey nam nog een slok bier, en toen nog een. 'Jezus, je bent geen haar veranderd.'
'Kom nou.'
'Possum,' zei Jeffrey. 'Dat is nou net iets voor jou: je dood houden tot alles overwaait en dan naar buiten komen alsof er niets is gebeurd.' Hij dronk zijn bier op en wachtte op dat gezoem in zijn hoofd dat iets van de pijn zou wegnemen. 'Hij zei dat hij Julia ook heeft vermoord.'
Possum leunde tegen de toonbank; zijn mond hing een beetje open. 'Dat is een krankzinnig verhaal.'
'Ja, het is krankzinnig. Deze hele rotstad is krankzinnig.'
'Geloof je hem?'
Jeffrey werd verrast door deze vraag, vooral omdat Possum nooit ergens een vraagteken bij zette. 'Nee,' zei hij. 'Verdomme, ik weet het niet.'
'Godver,' zei Possum.
Jeffrey stak zijn hand uit naar het volgende flesje bier. Possum pakte zijn hand beet en zei: 'Misschien moet je het een beetje rustig aan doen.'
'Ik heb al een moeder.'
'En die is een heel goeie reden om het een beetje rustig aan te doen.'
Voordat hij zich kon inhouden gaf Jeffrey Possum een klap tegen zijn kaak. Hij miste zijn doel, maar de kracht achter zijn vuist was voldoende om Possum uit zijn evenwicht te slaan, zodat deze achterover tegen de kluis van de winkel viel.
'Au!' zei Possum, meer verrast dan kwaad. Hij hield zijn hand tegen zijn mond en keek naar het bloed. 'Jezus, Slick, je hebt er bijna een tand uit geslagen.'

Jeffrey hief zijn vuist om weer te slaan, maar toen hij de blik in Possums ogen zag hield hij zich in. Possum zou niet terugslaan. Hij sloeg nooit terug. Hij werd nooit kwaad en vond nooit dat Jeffrey iets verkeerd deed.

Jeffrey stak zijn hand in zijn zak en haalde een paar muntjes van tien cent te voorschijn voor het bier.

'Nee,' zei Possum, het geld wegduwend terwijl het bloed over zijn kin liep. 'Vergeet dat nou maar.'

'Ik betaal altijd,' zei Jeffrey, die het geld op de toonbank gooide. Hij pakte de resterende flesjes en het andere pak op.

'Luister, Slick, ik zal je een lift geven...'

'Lazer op,' zei Jeffrey, hem opzij duwend.

Toch volgde Possum hem naar de deur en zei: 'In deze staat moet je niet rijden.'

'Hoe?' vroeg Jeffrey terwijl hij het rechterportier van Roberts auto opendeed. Hij legde het bier in de auto en liep om naar de kant van de bestuurder, waarbij zijn voet achter een los stuk plaveisel bleef haken. Hij hield zich aan de versiering op de motorkap vast om overeind te blijven.

Possum zei: 'Jeffrey, kom nou.'

Jeffrey klom achter het stuur en voelde zijn blik vaag worden terwijl de wereld begon te tollen. De auto sloeg met een bevredigend gezoem aan en hij reed de parkeerplaats af, waarbij hij op het laatste moment een ruk aan het stuur gaf om de benzinepomp niet te raken.

Zestien

14:50

Molly ging op de passagiersstoel van de ambulance zitten en inspecteerde Lena grondig. 'Een strakkere tuniek hadden ze zeker niet?'

'Volgens mij niet,' zei Lena, wetend dat Molly de boel alleen maar een beetje probeerde op te vrolijken, maar niet in staat het spelletje mee te spelen. Haar handen zweetten en haar zenuwen, die gewoonlijk zo sterk waren als staal, lieten haar in de steek. Het zou wel goed komen als ze eenmaal op het bureau was. Lena was het soort persoonlijkheid dat haar angst meteen te lijf ging. Zenuwen waren begrijpelijk, maar zodra de voorstelling eenmaal was begonnen was ze klaar om haar rol te spelen.

Molly haalde diep adem. Toen ze weer uitademde zakten haar schouders in als een leeglopende ballon. Haar stethoscoop hing om haar nek; ze pakte de beide uiteinden vast en zei: 'Oké, ik ben klaar.'

Lena probeerde de sleutel in het contact te steken maar kon haar hand niet stil genoeg houden. Nadat ze een paar pogingen had gedaan boog Molly zich voorover en zei: 'Alsjeblieft.'

'Het komt door de littekens,' zei Lena, terwijl de motor aansloeg. 'Beschadigde zenuwen.'

'Heb je er veel last van?'

Lena gaf gas en voelde de trillingen in de vloer. 'Nee,' zei ze, en toen: 'Soms.'

'Hebben ze je fysiotherapie gegeven?'

Lena begreep niet waarom ze dit stompzinnige gesprek

voerden, maar ze ging ermee door terwijl ze de ambulance in zijn versnelling zette omdat ze het gebabbel prettig vond. 'Ongeveer drie maanden,' zei ze. 'Paraffinebaden, spelen met een tennisbal, stokjes in gaatjes stoppen.'

'Dat is voor je spierbeheersing,' zei Molly, die recht voor zich op de weg keek.

'Ja,' zei Lena. Het Medisch Centrum van Grant lag op minder dan driehonderd meter van het politiebureau, maar hoe dichterbij ze kwamen, hoe verder het leek. Lena voelde zich alsof ze door een tunnel een zwart gat in reden.

'Ik moest een tijdje geleden fysiotherapie doen voor mijn knie,' zei Molly. 'Geblesseerd toen ik achter mijn jongste aan de trap op rende.'

'Je hebt twee kinderen?'

'Twcc jongens,' zei Molly met iets van trots in haar stem.

Lena stuurde de wagen over een stalen plaat die over een gat in de weg lag; in de zware ambulance was het verschil nauwelijks te voelen. Ze vroeg zich af of er een baby in haar groeide en of het een jongen of een meisje was. Wat zou er gebeuren als ze een kind kreeg? Als ze met Ethan trouwde zou ze nooit meer van hem af komen.

Molly zei: 'Een tweeling.'

'Goeie hemel,' zei Lena, hoewel niet om de reden die Molly waarschijnlijk dacht. Een tweeling. Tweemaal zoveel verantwoordelijkheid. Tweemaal zoveel gevaar. Tweemaal zoveel pijn.

'Gaat het wel?' vroeg Molly.

'Ik ben vandaag jarig,' zei Lena, die niet echt keek waar ze heen reed.

'Nee toch.'

'Ja.'

Molly zei: 'Hier moet ergens een goede plek zijn,' en Lena besefte dat ze bijna het bureau voorbij was gereden. Nick had gezegd dat ze de ingang niet mochten blokkeren, maar ze hadden bedacht dat de beste plaats om te parkeren dichter bij de kledingzaak was en niet bij de universiteit.

Lena overwoog achteruit te rijden, maar het was te laat. 'Nou, dan moet het maar zo.'

'Goed,' zei Molly, die haar handen aan haar dijen afveegde.

'Eh... dit zou toch gewoon routine moeten zijn? Naar binnen met het eten en weer naar buiten met Marla, toch?'

'Ja,' stemde Lena in; haar hand glipte van de versnellingspook toen ze de wagen op de parkeerplaats zette. Ze vloekte binnensmonds en probeerde zich geestelijk voor te bereiden op wat er gedaan moest worden. Ze was nooit bang. Lena had de afgelopen paar jaar meer verschrikkingen meegemaakt dan wie ook in een heel leven. Waarvoor moest ze bang zijn? Wat stond haar in dat gebouw te wachten dat erger kon zijn dan wat haar twee jaar geleden was overkomen?

'Hoor eens,' begon Molly met een aarzeling in haar stem. 'Nick heeft me gezegd dat ik je dit niet mocht vertellen...'

Lena wachtte.

'De standaardprocedure is dat er een tijdslimiet wordt gesteld. Als we niet naar buiten komen, komen zij naar binnen.'

'Waarom wilde hij niet dat ik dit wist?'

'Omdat hij bang was dat zij erachter zouden komen,' zei Molly, op de schutters doelend.

'O,' zei Lena, die het begreep. Nick vertrouwde haar daar niet. Dat had hij met zoveel woorden tegen Amanda Wagner gezegd. Hij dacht dat ze iets stoms zou doen, iets wat hun allemaal het leven zou kosten. Misschien zou ze dat ook inderdaad doen. Misschien zou ze zonder er ook maar even bij na te denken de hele boel verknallen zoals ze de rest van haar leven had verknald. Misschien was het nu wel gekomen. Het einde van alles.

'We redden het wel,' zei Molly, die zich naar Lena overboog en haar hand pakte.

Bij gebrek aan beter keek Lena op haar horloge.

Molly volgde haar voorbeeld en zei: 'We hebben het mijne op het zijne gelijkgezet,' en liet Lena het grote Snoopy-horloge zien dat ze droeg. Lena zette haar digitale horloge gelijk met dat van Molly en vroeg zich af of dit alles iets zou opleveren.

'Ze komen precies veertig minuten nadat we naar binnen zijn gegaan.' Ze keek weer op haar horloge. 'Ik neem aan dat dat om 15:32 uur zal zijn.'

Lena zei: 'Oké.'

Molly legde haar hand op de deurkruk. 'We zorgen dat je op tijd terug bent voor je feestje.'

'Feestje?' vroeg Lena, zich afvragend wat ze in jezusnaam bedoelde.

'Voor je verjaardag,' herinnerde Molly haar. Ze deed de deur een paar centimeter open. 'Klaar?'

Lena knikte; ze vertrouwde zichzelf niet genoeg om iets te zeggen. Ze stapten uit en liepen naar de achterkant van de wagen, waar de mannen van Wagner dozen koud water en voorverpakte sandwiches hadden ingeladen die ze bij een van de benzinestations aan de rand van het stadje hadden gekocht. Terwijl ze naar het bureau liepen concentreerde Lena zich op de sandwiches. Ze las de etiketten en vroeg zich af wie er in godsnaam geld overhad voor een sandwich van witbrood met hamsalade. De uiterste consumptiedatum was over drie maanden. Er zaten in één hap waarschijnlijk genoeg conserveermiddelen om een heel paard goed te houden.

'Daar gaan we dan,' zei Molly, precies op het moment dat de deur van binnenuit werd opengeduwd.

Lena onderdrukte een kokhalzende beweging toen het lichaam van Matt achterover op de grond viel. Wat er van zijn hoofd over was maakte een spetterend geluid toen het het beton raakte. Bloed en hersenen verspreidden zich over de stoep. Het grootste deel van zijn gezicht was verdwenen, zijn linkeroog bungelde aan een zenuw als een slecht Halloweenmasker. Zijn hele onderkaak lag bloot en ze zag alles: zijn tanden, zijn naar buiten hangende tong, hoe de pezen en spieren alles op zijn plaats hielden.

'Rustig aan,' zei de man die net achter de deuropening stond. Hij droeg een zwarte gebreide bivakmuts met amandelvormige gaten voor zijn ogen en mond, maar niet voor zijn neus. Hij deed Lena denken aan iets uit een horrorfilm, en ze voelde een koude rilling van angst die haar bijna verlamde. Frank had niets over bivakmutsen gezegd. De mannen hadden ze speciaal opgezet om hun identiteit voor de verpleegsters te verbergen. Wat dit voor de gijzelaars betekende, die hen al hadden gezien, wist Lena niet.

'Kalm aan, heel kalm aan,' zei hij terwijl hij hen naar binnen gebaarde. In zijn ene hand hield hij een geweer – de Wingmaster die Frank had gezien – en in zijn andere een Sig Sauer.

Zijn kogelvrije vest zat strak om zijn bovenlichaam en ze zag nog een pistool uit de band van zijn legerbroek steken.

Lena besefte pas dat ze stil was blijven staan toen Molly fluisterde: 'Lena!'

Door pure wilskracht lukte het Lena haar voeten in beweging te zetten. Ze probeerde over Matt heen te stappen zonder echt naar hem te kijken, haar maag de hele tijd zo dichtgeknepen dat ze de aanvechting voelde dubbel te buigen. Haar gymschoenen lieten sporen achter in zijn bloed.

De temperatuur in het bureau was minstens tien graden hoger dan op straat. Achter de balie stond een tweede schutter en op de balie voor hem lag een AK-47. Ook hij droeg een bivakmuts, maar deze had meer de vorm van een zandloper, waardoor hij genoeg ruimte had om adem te halen. Zijn blik was blanco, bijna levenloos, en hij keek nauwelijks naar Lena en Molly toen ze het halletje binnenkwamen.

De eerste, waarschijnlijk Smith, probeerde de deur dicht te doen maar Matt lag in de weg. Hij sloeg de deur tegen het lichaam aan, maar het bewoog niet. 'Godver,' mompelde hij en gaf Matt een harde trap in zijn zij. Hij droeg legerkistjes met stalen neuzen en Lena hoorde iets breken, waarschijnlijk Matts ribben.

Smith zei: 'Help die lul even verschuiven.'

Lena stond daar, met de doos sandwiches in haar handen, als aan de vloer vastgenageld. Molly keek haar in paniek aan voordat ze de doos met flessen water op de grond zette. Ze liep naar Matt en pakte hem bij zijn enkels om hem terug het bureau in te trekken.

'Nee,' zei Smith. 'Naar buiten. Trek die malloot naar buiten.' Hij veegde met de rug van zijn arm zijn mond af. 'Die klerelijer stinkt.' Terwijl Molly naar het hoofd liep gaf Smith Matt nog een stevige schop tegen zijn borst. 'Stomme klootzak,' zei hij, met een gespannen toon in zijn stem waarvan Molly verstijfde. Hij tilde zijn voet weer op en gaf Matt een schop in zijn lendenen. Het dode gewicht bood geen weerstand en het geluid van de laars die het vlees raakte deed Lena denken aan het geluid dat Nan maakte als ze de kleden buiten ophing en ze met de bezem uitklopte.

Smith' woede was tamelijk snel over, en na een laatste trap

zei hij tegen Molly: 'Waar sta je godverdomme op te wachten? Versleep die zak.'

Molly keek alsof ze niet wist waar ze hem moest aanraken. Matt droeg zijn gebruikelijke witte overhemd met korte mouwen en een das die uit de mode was geraakt toen Jimmy Carter het Witte Huis had verlaten. Zijn overhemd was doorweekt van bloed uit zijn hoofdwond, en er zaten verse verwondingen op zijn armen waar Smith hem had geschopt. De nieuwe kneuzingen hadden een vreemde paarse kleur, en er kwam geen bloed uit.

Smith gaf Molly een duw met zijn laars. Het was op zichzelf geen dreigend gebaar, maar gezien zijn eerdere actie leek Molly het te interpreteren als een bedreiging wat het was. Ze probeerde Matt aan zijn overhemd weg te trekken, maar trok het alleen maar los, waarbij de knopen eraf sprongen en als hagel op de vloer terechtkwamen. Zijn witte vissenbuik hing over zijn broek. Ten slotte pakte ze hem onder zijn armen en trok.

Het lichaam bewoog niet en Smith wilde het weer een schop geven toen Molly zei: 'Nee.'

Smith keek haar ongelovig aan. 'Wat zei je?'

'Neem me niet kwalijk,' zei Molly, naar de vloer kijkend. De voorkant van haar uniform zat onder het zwarte bloed. Ze keek Lena aan. 'In godsnaam, help me even.'

Lena keek om zich heen alsof ze niet wist waar ze de doos moest neerzetten die ze in haar handen had. Ze wilde Matt niet aanraken. Ze kon zijn dode lichaam niet aanraken.

Smith richtte de Wingmaster op haar. 'Doe het.'

Lena zette de doos neer en voelde hoe haar longen trilden in haar borst toen ze probeerde adem te halen. Ze klemde haar kaken op elkaar om te voorkomen dat haar tanden zouden gaan klapperen. Ze was nog nooit in haar leven zo bang geweest. Waarom was ze bang? Er waren momenten in het verleden geweest dat ze de dood had verwelkomd, hem zelfs had gesmeekt haar te komen halen, maar nu verstijfde ze bij de gedachte vermoord te worden.

Op de een of andere manier zag ze kans aan Matts voeten te knielen. Ze staarde naar zijn goedkope zwarte instappers, de gerafelde omslagen van zijn versleten broek, de witte sportsokken waarover een vuilbruine waas hing. Molly telde tot drie en ze tilden hem op. De rand van zijn broek gleed omhoog langs zijn linkerbeen en Lena zag het bot van zijn enkel naar buiten steken en de deegachtige witte, haarloze huid eromheen opkrullen terwijl de voet tegen Lena's buik doorboog. Ze dacht aan de baby daar binnen, vroeg zich af of hij wist hoe dicht hij bij een dode man was. Ze vroeg zich ook af of het besmettelijk kon zijn.

Ze legden hem een eindje van de voordeur op de stoep terwijl Smith iedere beweging die ze maakten in de gaten hield. Om zijn mond lag een trek van diepe bevrediging terwijl hij naar hen keek, en Lena onderdrukte met geweld de aanvechting weg te rennen terwijl ze achter Molly aan weer het bureau binnenliep. Ze besefte pas toen ze weer binnen waren wat er was gebeurd. Smith had het eten en het water. Hij had hen op dat moment kunnen buitensluiten. Hij had hen in hun gezicht kunnen schieten of kunnen zeggen dat ze moesten oplazeren, maar dat had hij allemaal niet gedaan.

'Dat is beter,' zei Smith. 'Tolliver begon de lucht hier te verpesten.'

Molly draaide met een ruk haar hoofd om; haar mond viel open.

'Wat?' vroeg Smith terwijl hij de Sig op Molly's voorhoofd richtte. 'Wil je nog iets zeggen, klerewijf? Wou je je mond opendoen?'

'Nee,' antwoordde Lena in haar plaats, verbaasd dat ze het woord überhaupt kon uitbrengen.

De glimlach van Smith achter het masker was ijzingwekkend. Ze zag zijn ogen over haar lichaam kruipen, met speciale aandacht voor haar borsten; de glinstering maakte haar duidelijk dat wat hij zag hem beviel. Hij duwde de vuurmond van zijn pistool nog een keer tegen Molly's hoofd voordat hij zijn aandacht op Lena richtte. 'Dat dacht ik ook.' Hij gebaarde Lena dat ze zich moest omdraaien. 'Handen tegen de muur.'

De telefoon ging, een schel geluid dat als een mes door de lucht sneed.

Smith zei nog eens: 'Draai je om.'

Lena drukte haar handpalmen tussen twee ingelijste foto's van de politie van Grant County uit de jaren zeventig. Het waren allemaal mannen, allemaal in blauw uniform, met ruige snorren. Ben Walker, het hoofd van politie, was de enige die er met zijn legercoup en schoongeschoren wangen uitzag alsof hij er niet thuishoorde. Verder omlaag hing een foto waar Lena op stond. Ze hield haar adem in en hoopte wanhopig dat Smith het niet zou zien.

'Probeer je iets mee te smokkelen?' Smiths handen waren net voorhamers toen hij haar fouilleerde. Hij duwde haar plat tegen de muur en drukte zich tegen haar aan. 'Heb je iets bij je?' vroeg hij weer, terwijl hij met een hand geroutineerd haar blouse openmaakte.

Ze zei niets, haar hart bonkte in haar borst. Ze probeerde niet naar de foto te kijken die een halve meter van haar neus hing. Ze was toen nog zo jong geweest, had zo opengestaan voor haar toekomst en wat deze zou brengen. Bij de politie werken, net zoals haar vader, was zolang Lena zich kon herinneren haar plan voor het leven geweest. De dag dat die foto was gemaakt was een van de mooiste dagen van haar leven geweest, en nu zou ze er misschien om vermoord worden.

Smith liet zijn hand in haar open blouse glijden en legde hem om haar ene borst. 'Lekker, hè?' vroeg hij 'Je hart gaat behoorlijk tekeer.'

Ze bleef zo stil staan als ze kon, hield haar ogen gesloten terwijl zijn hand naar haar andere borst bewoog. Zijn adem ging zwaar, het genot was evident.

Lena had doodsbang moeten zijn, maar ze was het niet. De dreiging van zijn tegen haar aan gedrukte lichaam had iets griezelig vertrouwds. Smith was een kleine man, compact gebouwd. De spieren rimpelden over zijn armen en borst, en als Lena zichzelf de gedachte toestond deed hij haar aan Ethan denken. Ze wist hoe ze Ethan moest hanteren, hoe ze hem op die smalle lijn tussen woede en zelfbeheersing moest houden. Kijken hoever ze haar minnaar kon krijgen was nu bijna een spelletje geworden. Het probleem was dat ze soms verloor. Haar gespleten lip was hier het bewijs van.

Smith fluisterde: 'O, wat lekker toch?' Zijn adem was heet in haar oor. Ze voelde Smith harder tegen zich aan drukken; zijn bedoelingen waren duidelijk. Lena voelde dat ze op de een of andere manier wegdreef, alsof haar ziel ergens anders was terwijl haar lichaam op het bureau was achtergebleven.

Toen kwam er een andere stem, die Lena niet herkende. De tweede schutter zei: 'Hou daarmee op' – met weinig gezag, maar Smith deed toch een stap achteruit terwijl hij zijn hand zo lang mogelijk op haar borst liet rusten.

Smith beval Lena: 'Trek je schoenen uit.' En toen tegen Molly: 'En nu jij. Tegen de muur.'

Molly verkeerde duidelijk in tweestrijd, maar ze gehoorzaamde en ging met haar handen tegen de muur tussen de foto's staan. Lena knoopte haar blouse weer dicht terwijl ze keek hoe Smith Molly grondig fouilleerde zonder haar meer te betasten dan nodig was. Ze liep weg van de foto's en ging op de vloer zitten om haar schoenen los te maken. Ze had het mes in de holte vlak achter haar enkel vastgetapet, onder haar sok. De pees deed behoorlijk pijn, en ze probeerde haar nervositeit niet te laten blijken terwijl ze Smith haar schoenen gaf. De hoge schoenen hadden haar enkel bedekt toen hij haar had gefouilleerd. Als hij haar niet nog eens zou fouilleren of haar zou vragen haar sokken uit te trekken was er niets aan de hand.

Smith hield haar schoenen ondersteboven, keek naar de zolen en in de schoenen. Hetzelfde deed hij met Molly's schoenen, waarna hij ze op de vloer liet vallen. Molly wilde haar schoenen weer aantrekken, maar Smith hield haar tegen.

Hij doorzocht de dozen op smokkelwaar en zei toen: 'Pak deze op en breng ze naar achteren.'

Lena knielde en raapte de doos op, waarbij ze haar rug naar Smith hield. Ze wachtte tot Molly het water had opgepakt voordat ze de deuren naar de kantoorruimte opende. Lena had kans gezien haar gymschoenen weer aan te trekken maar had de veters niet dichtgeknoopt. Haar voeten zweetten, maar ze voelde de leukoplast waarmee het mes vastzat. Hoe kon ze het doorgeven? Hoe kon ze het ergens achterlaten waar iemand er iets aan had?

Ze concentreerde zich op de dingen die ze wel kon en keek rond in de kamer. Het bureau was ondersteboven gekeerd, maar Lena was blij toen ze zag dat de plattegrond die Frank en Pat hadden getekend behoorlijk accuraat was. Er waren kleren in de buizen van de airco gepropt en de dossierkasten en bureaus waren tegen de deuren geschoven. Brad stond in zijn boxershort en een wit onderhemd midden in de kamer; zijn onbehaarde witte benen staken als lucifers uit zijn zwarte sokken en dienstschoenen. Naast hem lagen de drie meisjes tegen elkaar aan gedrukt op de vloer, als een troep meesjes onder Marla's armen. Achter in de kamer zat Sara met haar rug tegen de muur. Er lag een man met zijn hoofd in haar schoot. De zolen van zijn schoenen waren naar Lena toegekeerd. Ze struikelde en liet de doos vallen. De man was Jeffrey.

'Hier,' zei Brad, terwijl hij de sandwiches opraapte en weer in de doos deed. Zijn ogen stonden wijder open dan normaal en hij sprak met een diepe bariton. 'Matt is in zijn schouder geschoten,' zei hij.

'Wat?'

'Matt,' zei Brad terwijl zijn blik naar Jeffrey ging. 'Hij is in zijn schouder geschoten.'

Haar mond zei: 'O,' alsof ze het begreep, maar Lena voelde hoe haar brein zich tot het uiterste inspande om een verband te zien.

Sara's stem was een hees gefluister, haar bezorgdheid was duidelijk. 'Hij is bij vlagen bij bewustzijn. Ik weet niet hoe lang hij het nog volhoudt.'

Molly vroeg: 'Kunnen we iets doen om hem te helpen?'

Het spreken kostte Sara moeite. Ze schraapte haar keel en zei: 'Jullie zouden hem hier weg kunnen halen.'

'Dat gebeurt niet,' zei Smith, die de sandwiches bekeek en de etiketten las. 'Jezus, wat een troep.' Hij leek indruk te willen maken, en Lena veronderstelde dat het voor haar was bedoeld. Ze begon een van die vrouwen te worden aan wie ze als rechercheur zo'n hekel had. Ze ging naar hun huizen als hun vriendjes door het lint waren gegaan, en dan smeekten en huilden ze om te voorkomen dat zo'n klootzak achter de tralies verdween. Ze hadden iets, iets in hun manier van doen en hun kijk op de wereld, alsof ze gewoon op de volgende klap zaten te wachten. Ze scheidden een geur af, of iets anders wat uitnodigend werkte op het soort kerel dat graag vrouwen sloeg.

Sara zei: 'Hij moet medische verzorging krijgen.'

Molly pakte haar stethoscoop en liep naar achteren.

Smith vroeg: 'Waar wou je heen?'

'Ik wilde alleen maar...'

'Goed, goed.' Smith stapte met een lichte buiging opzij. Hij zag Lena kijken en knipoogde tegen haar.

Lena wist wat er van haar werd verwacht en zei zonder er verder bij na te denken: 'Dank je.'

Ze begon de sandwiches uit te pakken, gaf ze aan de meisjes en vroeg elk op haar beurt hoe het ging. Toch voelde ze nog steeds dat gebrek aan contact met de werkelijkheid, alsof iemand anders daar sandwiches stond uit te delen en Lena erboven zweefde en het tafereel bekeek.

De telefoon rinkelde nog steeds en Smith liep erheen, pakte de hoorn op en legde hem met een klap weer neer.

Een van de meisjes schrok van het lawaai. Ze huilde: 'Ik wil naar papa.'

Lena suste: 'Ik weet het. Het duurt niet lang meer.'

Het meisje begon nu echt te huilen, en Lena gaf haar een fles water; ze voelde zich hulpeloos en kwaad tegelijk. 'Niet huilen,' zei ze, maar het klonk meer als een smeekbede. Lena was altijd vreselijk geweest met kinderen. Toch probeerde ze het: 'Het komt wel goed.'

Marla liet een zacht gekreun horen; met glazige ogen keek ze Lena aaan.

Lena probeerde de aandacht van de oude vrouw te trekken en vroeg: 'Gaat het?' Ze probeerde zich als verpleegster te gedragen, legde haar hand op Marla's schouder en vroeg: 'Hoe voel je je?'

Smith zat bij Molly en Sara. Hij stelde duidelijk niet op prijs wat hij hoorde, want uiteindelijk zei hij: 'Mooi geweest. Wegwezen. En neem dat ouwe wijf mee.'

Molly zei: 'Hij heeft hulp nodig.'

'En ik dan?' vroeg Smith, wijzend op een smalle strook wit textiel die om zijn arm zat. Vanuit het midden had zich bloed verspreid, dat het verband bijna doorweekte.

De telefoon ging weer. Wagner was waarschijnlijk door het lint gegaan toen ze Matt naar buiten hadden gedragen.

'Er liggen spullen in de ambulance,' zei Molly. 'Laat Matt gaan, dan blijf ik hier om je te hechten.'

'We hebben er een paar helden bij gekregen,' zei Smith tegen zijn partner, en Lena besefte dat hij ook haar bedoelde.

Lena zat bij Marla geknield en Smith liep bijna uitdagend

naar hen toe. Zonder een woord te zeggen trok hij een van de meisjes aan haar arm overeind en sleurde haar naar de voorkant van het vertrek. Ze gilde, maar hij moest hard genoeg in haar pols hebben geknepen om haar het zwijgen op te leggen. Hij trok het huilende kind mee en praatte met zijn partner. Lena lag nog op haar knieën en ze draaide zich om om naar hen te kijken, waarbij ze haar voeten naar achteren verplaatste. Langzaam bracht ze haar hand naar haar enkel en voelde het zakmes. Ze voelde een hand over de hare heen maar durfde zich niet om te draaien. Brad zat rechts van haar, dus wist ze dat hij het niet was. De kinderen waren te bang om zich te verroeren. Marla. Marla moest degene zijn wier vingers zo behendig met de tape in de weer waren en het zakmes verwijderden.

Smith zei: 'We hebben hier een dokter en een stel verpleegsters. Waarom niet?'

Zijn partner schudde wantrouwend zijn hoofd, maar leek te berusten in wat Smith ook van plan mocht zijn.

Smith liep terug naar Lena, waarbij hij het meisje meesleepte. 'Ga die spullen uit de ambulance halen.'

'Wat?' vroeg Lena, niet-begrijpend.

Hij keek op zijn horloge, dat ze in advertenties in tijdschriften had gezien; er werd reclame gemaakt met het feit dat NAVY SEALS hetzelfde horloge droegen. Hij zei: 'Haal je spullen en kom dan terug.' Hij drukte de Sig tegen het hoofd van het meisje. 'Je hebt dertig seconden.'

'Ik kan niet...'

'Negenentwintig.'

'Godver,' vloekte Lena. Ze kwam moeizaam overeind en sprong naar de deur terwijl haar hart omhoogkwam in haar borst. Toen ze bij de ambulance was gekomen gooide ze de achterdeuren open, zoekend naar iets wat op een eerstehulpdoos leek.

'Agent?' riep een man. Ze wist dat het een van de agenten bij de patrouillewagens was, maar ze had geen tijd. 'Agent?'

'Niets aan de hand!' riep ze terwijl de paniek doorklonk in haar stem. 'Het is goed!' Er zat een langwerpige plastic doos met banden aan de zijkant van de ambulance bevestigd. Ze was vaak genoeg op plaatsen geweest waar een ongeluk was gebeurd om te weten dat dit het eerste was dat het personeel van de ambulance uit de auto haalde. Haar vingers frommelden aan de gesp en ze zei: 'Kut-kut-kut,' en ze probeerde zich te herinneren hoe lang ze al buiten was.

De man bleef aandringen. 'Hebt u hulp nodig?'

'Hou je kop!' schreeuwde ze terwijl ze de kist met een ruk opende. Er zaten allerlei medicijnen en doosjes in. Ze hoopte dat alles erin zat wat ze nodig zouden hebben. Op het laatste moment pakte ze nog een tas en de defibrillator.

Ze rende door de voordeur weer naar binnen, waardoor ze de tweede schutter alarmeerde. Hij kwam razendsnel overeind maar haalde niet de trekker over. Lena stoof naar achteren, waar Smith nog steeds het pistool tegen het hoofd van het meisje gedrukt hield. Hij keek glimlachend op zijn horloge en ze voelde zo'n laaiende haat dat ze de spullen liet vallen, haar handen naar het meisje uitstak en haar wegrukte.

De loop van Smiths pistool raakte Lena tegen haar voorhoofd, waardoor ze even verdoofd raakte. Ze viel op haar knieën en hij gaf haar een schop tegen haar ribben. Ze viel op haar rug op het moment dat Brad probeerde haar te hulp te komen. Smith richtte de Sig op Brad en zette zijn voet op Lena's borstbeen.

Hij zei: 'Ik wist wel dat je zou proberen de held uit te hangen.'

'Nee,' zei Lena terwijl de druk van zijn laars het leven uit haar perste.

Smith drukte harder. 'Wil je de held uithangen?'

'Nee,' zei ze. 'Alsjeblieft.' Ze probeerde zijn laars omhoog te duwen maar als reactie verhoogde hij de druk alleen maar. 'Alsjeblieft,' herhaalde ze, denkend aan het kind daar binnen, zich afvragend wat hiervan het gevolg zou kunnen zijn.

Smith ademde hoorbaar uit, alsof hij teleurgesteld was. 'Goed,' zei hij terwijl hij zijn voet weghaalde. 'Laat dat een lesje zijn.'

Brad hielp Lena overeind. Ze merkte dat haar knieën trilden en was kotsmisselijk. Had de druk iets aangericht? Had Smith haar inwendig beschadigd?

Met zijn voet duwde Smith de plastic doos in de richting van Sara. 'Dit zou voldoende moeten zijn,' zei hij. 'Veldchirurgie, net als op tv.'

Sara schudde haar hoofd. 'Het is te gevaarlijk. Het is onmogelijk...'

'Natuurlijk is het wel mogelijk.'

'Hij moet naar een operatiekamer.'

'Het moet maar zo.'

'Hij zou dood kunnen gaan.'

Smith wees op zijn pistool. 'Hij zou sowieso dood kunnen gaan.'

'Wat heb je tegen...' Sara zweeg en probeerde duidelijk haar emoties onder controle te houden. Deze leken het pleit echter te winnen, en ze vroeg: 'Wat hebben jullie tegen ons? Wat hebben we jullie gedaan?'

'Het gaat niet om jou,' zei Smith. Hij nam de telefoon aan en schreeuwde: 'Wat wil je, godverdomme?'

'Dan gaat het om Jeffrey,' zei Sara terwijl haar stem iets vaster werd. Smith keek haar niet aan, dus vroeg ze het de tweede schutter. 'Wat heeft Jeffrey je ooit gedaan?'

De tweede schutter draaide zich naar Sara om, zijn geweer nog steeds op de deur gericht.

'Hou je bek,' blafte Smith in de telefoon. 'We gaan hier een beetje aan veldchirurgie doen. Daarom heb je toch die verpleegsters gestuurd?'

Sara wilde niet loslaten. 'Wat?' vroeg ze dringend. 'Waar gaat het om? Waarom doen jullie dit?' smeekte ze met een wanhopige klank in haar stem. 'Waarom?'

De tweede schutter bleef haar aanstaren, en Smith drukte de telefoon tegen zijn borst, wachtend of zijn partner zou antwoorden. De jonge man had een zachte stem, die echter ver droeg toen hij antwoordde: 'Omdat Jeffrey zijn vader is.'

Sara keek alsof ze een geestverschijning had gezien. Haar lippen trilden toen ze vroeg: 'Jared?'

Zeventien

Maandag

Sara telde het aantal malen dat de telefoon rinkelde en wachtte tot het antwoordapparaat van haar ouders zou aangaan. Eddie had een hekel aan antwoordapparaten, maar hij had er een aangeschaft toen Sara uit Atlanta was teruggekomen, zodat ze zich veiliger zouden voelen. Na het zesde signaal ging het apparaat aan en hoorde ze haar vader de beller kortaf vragen een bericht achter te laten.

Sara wachtte op het piepje, en zei toen: 'Mama, ik ben het...'

'Sara?' zei Cathy. 'Blijf even hangen.' Sara wachtte terwijl haar moeder het apparaat uitzette, dat boven in de slaapkamer van haar ouders stond. Er waren maar twee telefoons in het huis: het toestel in de keuken met een snoer van twintig meter, en het toestel in de slaapkamer van haar ouders, dat voor Sara en Tessa verboden was zodra ze de leeftijd hadden bereikt waarop ze afspraakjes gingen maken.

Sara keek naar het skelet op de tafel waarop nog diezelfde ochtend Luke Swan had gelegen. Hoss had drie kartonnen dozen meegenomen om de botten te vervoeren, en hoewel Sara geschokt was geweest over zijn nonchalante houding verkeerde ze niet in een positie om vraagtekens te zetten bij 's mans methoden. Ze had het skelet heel zorgvuldig weer in elkaar gezet en geprobeerd aanwijzingen te vinden die bij een identificatie zouden kunnen helpen. Het hele proces had uren in beslag genomen, maar ze was nu eindelijk van één ding zeker: het meisje was inderdaad vermoord.

Cathy kwam weer aan de telefoon. 'Hoe is het?' vroeg ze.

'Iets aan de hand? Waar ben je?'
'Het gaat prima, mama.'
'Ik was strooisel voor op muffins aan het kopen.'
Sara kreeg een steek van schuldgevoel. Haar moeder maakte alleen maar muffins als ze probeerde Sara op te vrolijken.
Cathy praatte door: 'Je vader is weer weggeroepen, door de Chorkes. De kleine Jack heeft een handvol kleurpotloden door de wc gespoeld.'
'Alweer?'
'Alweer,' echode Cathy. 'Wil je hier komen om me met glazuren te helpen?'
'Het spijt me,' zei Sara. 'Ik zit nog in Sylacauga.'
'O.' Ze zag kans met dit ene woordje zowel teleurstelling als afkeuring over te brengen.
'Er is een probleem geweest,' begon Sara, terwijl ze zich afvroeg of ze haar moeder moest vertellen wat er was gebeurd of niet. Die morgen had ze Cathy over Robert en de schietpartij verteld, maar niets gezegd over haar vermoeden wie de trekker had overgehaald. Nu ze verder praatte besefte Sara echter dat ze niets kon verzwijgen en vertelde haar moeder alles, van de schroeiplek en Reggies waarschuwing tot haar zorgen om wat Jeffrey in zijn zak had gestopt.
'Een kettinkje of iets dergelijks?' vroeg Cathy.
'Ik heb geen idee,' zei Sara. 'Het zag eruit als een gouden kettinkje.'
'Waarom zou hij dat doen?'
'Goeie vraag,' zei Sara. 'Ik heb de hele dag naar die botten staan turen.'
'En?'
'Haar schedelnaden waren nog niet helemaal dicht.' Sara leunde tegen de tafel en keek naar het meisje terwijl ze zich afvroeg waardoor dat korte leven zo tragisch was geëindigd. 'De knoppen van de gewrichten aan de lange beenderen zijn ook nog niet helemaal vastgegroeid.'
'En dat betekent?'
'Dat ze waarschijnlijk rond de twintig was.'
Cathy zweeg even en zei toen: 'Die arme moeder.'
'Ik heb de sheriff gebeld om te vragen of er nog vermiste personen zijn.'

'En?'

'Ik heb nog geen antwoord gekregen. Ik heb trouwens de hele dag nog van niemand iets gehoord.' Zelfs Deacon White had nauwelijks iets tegen haar gezegd toen ze met het skelet was teruggekeerd. Sara voegde eraan toe: 'Ik kan me niet voorstellen dat er in zo'n klein stadje een lange lijst vermisten zou zijn.'

'Denk je dat het kortgeleden is gebeurd?'

'Als je met kortgeleden tien, misschien vijftien jaar bedoelt,' giste Sara. 'Ik ben de afgelopen vijf uur bezig geweest met het in elkaar zetten van het skelet. Ik denk dat ik weet wat er met haar is gebeurd.'

'Heeft ze geleden?'

'Nee,' loog Sara, hopend dat ze overtuigend klonk. 'Ik weet niet wat er nu gebeurt. Ik weet niet zeker of we morgen naar huis terug kunnen.'

'Blijf je dan bij Jeffrey?'

Sara beet op haar onderlip. Nu ze zover was gekomen had ze besloten dat ze evengoed kon doorgaan. 'Het schijnt dat ik, naarmate er meer mensen kwaad van hem spreken, sterker de behoefte krijg...'

'Voor hem te zorgen?'

'Dat zou ik niet willen zeggen.'

'Hem te verdedigen?'

'Mama...' begon Sara, maar haar stem dwaalde weg. 'Ik weet het niet,' zei ze, en dat was de waarheid. 'Ik vind het vervelend dat jullie zo tegen ons zijn.' Ze zweeg even, denkend aan haar vader. 'Ik vind het vervelend dat pappie zo'n hekel aan hem heeft.'

'Ik weet nog,' zei Cathy, 'toen je vier of vijf was.'

Sara perste haar lippen op elkaar, wachtend op de preek.

'We zaten met zijn allen aan de Golf, en je vader nam jullie mee uit vissen, om er even uit te zijn. Weet je dat nog?'

'Nee,' zei Sara, hoewel ze de foto's vaak genoeg had gezien.

'Jullie visten met rubber wurmen, maar de krabben bleven maar komen en klampten zich eraan vast, denkend dat het voedsel was.' Ze lachte. 'Ik hoorde jullie vader schreeuwen en vloeken als een bezetene, tierend tegen die krabben dat ze los moesten laten, dat ze iets oneetbaars te pakken hadden.'

Ze wachtte even, waarschijnlijk om er zeker van te zijn dat Sara haar kon volgen. 'Hij probeerde alles om ze te laten loslaten. Hij sloeg ze zelfs met een hamer, maar hun scharen bleven gewoon om de lijn geklemd, wat hij ook deed. Uiteindelijk sneed hij de lijn door en liet ze gaan.'

Sara ademde langzaam uit. 'Ben ik die hardleerse krab of het waardeloze aas?'

'Je bent onze kleine meid,' zei Cathy. 'En je vader draait wel bij. Hij zal uiteindelijk de lijn doorsnijden en je laten gaan.'

'En jij?'

Ze lachte. 'Ik ben de hamer.'

Sara wist dit maar al te goed. Ze zei tegen haar moeder: 'Ik weet gewoon wat ik diep in mijn hart voel.'

'En wat voelt je hart?'

'Dat ik...' Ze stond op het punt te zeggen dat ze van Jeffrey hield, maar Sara kon zich er niet toe brengen het daadwerkelijk uit te spreken.

Cathy ging er niettemin op in. 'En dat "gewoon neuken" van jou had dus niet zoveel te betekenen.'

Ze kon niet precies onder woorden brengen wat er in de grot was gebeurd, maar ze probeerde het: 'Ik weet niet waarom, maar ondanks alles wat er is gebeurd vertrouw ik hem. Ik voel me veilig bij hem.'

'Dat is niet gering.'

'Inderdaad,' stemde Sara in. 'Ik geloof dat je me beter kent dan ik denk.'

'Dat is ook zo,' zei Cathy met een berustende zucht. 'Maar ik zou je meer moeten vertrouwen.'

Sara zei niets.

'Ik kan je niet tegen de hele wereld beschermen.'

'Dat hoeft ook niet,' zei Sara. 'Dat *wíl* ik misschien wel, maar dat hoeft niet.' Om haar woorden te verzachten zei ze: 'Maar ik vind het heerlijk dat je er bent.'

'Ik hou ook van jou, liefje.'

Sara slaakte nu zelf ook een zucht en voelde hoe ze van alle kanten tegelijk werd belaagd. Normaal gesproken wilde ze, als ze het moeilijk had, niets liever dan bij haar moeder in de keuken zitten en naar haar luisteren. Cathy was zo lang Sara zich kon herinneren haar toetssteen geweest. Nu wilde ze niets liever dan met haar hoofd op Jeffreys schouder in slaap vallen. De overgang was angstaanjagend. Ze had nog nooit in haar leven zo'n gevoel over een man gehad. Zelfs met Steve Mann, toen ze nog een tiener was en alles zo emotioneel en hopeloos was geweest, had Sara niet hetzelfde brandende verlangen gehad om bij hem te zijn. Jeffrey was een soort drug waar ze niet genoeg van kon krijgen. Sara was gevangen, en ze kon niets anders doen dan het uitzitten en kijken wat er zou gebeuren.

Sara zei: 'Ik moet ophangen, mama. Ik bel je morgen, oké?'

'Pas op jezelf,' zei Cathy. 'Ik zal een paar muffins voor je bewaren.'

Sara wachtte tot haar moeder had opgehangen. Ze wilde net hetzelfde doen toen ze een geluid op de lijn hoorde – een ademhaling – en toen een tweede klik.

Iemand had het gesprek afgeluisterd.

Sara liep naar de deur en keek door het raam de gang in. De lampen waren uren geleden uitgedaan toen Deacon White naar huis was gegaan. Ze wist dat er een interne medewerker was, Harold, die in een flatje boven de garage woonde, maar men had haar verteld dat hij na diensttijd erg op zichzelf was, tenzij hij werd opgeroepen om een lijk op te halen.

Ze pakte de telefoon weer en drukte op de knop met het woord FLAT.

Hij ging zesmaal over voordat de man opnam met een slaperig klinkend: 'Hallo?'

'Harold?'

'Mm-mm,' gromde hij, en ze hoorde hem rondlopen. Kennelijk had ze hem wakker gebeld. Hij herhaalde: 'Hallo?'

'Probeerde jij zonet te bellen?'

'Wat?'

Sara probeerde het weer. 'Dit is Sara Linton. Ik zit in het gebouw.'

'O... Oké...' wist hij uit te brengen. 'Meneer White zei dat u nog laat bezig zou zijn.' Hij zweeg even, en uit het geluid maakte ze op dat hij gaapte. 'Neemt u me niet kwalijk,' zei hij, en toen binnensmonds: 'Jezus.'

Sara trok de lijn van de telefoon strak zodat ze weer door het raam kon kijken. Er draaide een auto de parkeerplaats op en een stel koplampen verlichtte de hal. Ze schermde haar ogen af en probeerde te zien wie het was. De auto parkeerde op de plaats voor invaliden naast haar BMW en de koplampen stonden op groot licht.

Harold klonk geërgerd. 'Hallo?'

'Neem me niet kwalijk,' verontschuldigde Sara zich. 'Ik wilde weggaan en...'

'O, natuurlijk,' zei hij. 'Ik kom de deur voor u opendoen.'

'Nee, ik...' probeerde ze, maar hij had al opgehangen.

Sara keek weer de hal in en kneep haar ogen half dicht tegen de felle koplampen terwijl ze probeerde te zien of er iemand naar de deur liep. Er verstreken een paar minuten voordat er een gedaante door de lichtbundel liep. Harold stond midden in de hal, zijn ogen afschermend zoals Sara had gedaan. Hij droeg een pyjama en zijn mond stond in een uitgebreide geeuw open toen Sara bij hem kwam staan.

'Wie is dat in godsnaam?' vroeg Harold, terwijl hij naar de voordeur liep.

'Ik...' Ze zweeg. De auto was een vrachtwagentje en ze zag Jeffrey van de bestuurdersstoel klimmen. De radio stond keihard op een of ander station met countrymuziek, en ze onderdrukte een vloek, waarna ze tegen de intern zei: 'Dank je dat je me eruit laat.'

'Ja,' zei hij, nogmaals gapend met zijn mond zo wijdopen dat Sara zijn achterste kiezen kon zien. Hij draaide de sleutel om in het slot en opende de deur.

Sara wilde naar buiten lopen maar vroeg de man toch: 'Is er nog iemand in het gebouw?'

Harold keek over zijn schouder. 'Helemaal niemand.' Hij gaapte weer, ditmaal een geeuw te veel, en Sara vroeg zich af of hij werkelijk had liggen slapen toen ze belde.

Ze deed haar mond open om hem aan de tand te voelen maar hij zwaaide nonchalant naar haar terwijl hij de glazen deur op slot deed, nogmaals voor alle duidelijkheid gapend.

Sara rook Jeffrey op drie meter afstand; het was alsof ze langs een brouwerij liep. Zelfs zonder de overweldigende stank van bier was het duidelijk: hij wankelde toen hij op haar af kwam. Sara was ietwat teleurgesteld. Ze had Jeffrey nooit als geheelonthouder beschouwd, maar evenmin had ze hem ooit meer dan een glas wijn of zo nu en dan bier zien drinken. Wetend wat ze over zijn moeder wist vond ze dit verstandig, en het feit dat hij zich uitgerekend vanavond had bedronken was een waarschuwingssignaal waarvan Sara nog niet helemaal wist hoe ze het moest interpreteren.

Behoedzaam zei ze: 'Hallo.'

Op zijn gezicht lag een dwaze grijns, en hij stak zijn vinger op om haar tot stilte te manen terwijl Elvis Presleys 'Wise Men Say' uit de radio klonk.

'Jeffrey...'

Hij sloeg zijn arm om haar middel, trok haar naar zich toe en maakte er een rommeltje van toen hij probeerde haar te leiden bij het dansen.

Ze keek naar het vrachtwagentje, dat waarschijnlijk ouder was dan zij. Een lange bank van het type dat ze in de grot had gezien liep van de ene deur naar de andere en een versnellingspook stak uit de vloer.

Ze vroeg: 'Ben je hierheen komen rijden?'

'Sst,' zei hij. De bierlucht in zijn adem was zo sterk dat ze haar hoofd afwendde.

'Hoeveel heb je gedronken?'

Hij neuriede met het liedje mee, pikte de tekst op: 'Falling in love... with... you...'

'Jeff.'

'Ik hou van je, Sara.'

'Dat is fijn,' zei ze, hem zachtjes wegduwend. 'Laten we zorgen dat je thuiskomt, oké?'

'Ik kan niet naar Possum.'

Ze legde haar handen op zijn schouders, zich bewust dat ze hem letterlijk overeind hield. 'Ja, dat kan wel.'

'Ze hebben Robert gearresteerd.'

Sara liet deze informatie tot zich doordringen, maar gaf geen commentaar. 'Daar praten we wel over als je weer nuchter bent.'

'Ik ben nu nuchter.'

'Natuurlijk,' zei ze, met een blik over haar schouder om te zien of Harold stond te kijken.

'Laten we ergens heen gaan,' zei Jeffrey, terwijl hij halsoverkop in het vrachtwagentje probeerde te klimmen.

'Hou je vast,' zei Sara, terwijl ze hem opving toen hij weer naar buiten viel. Ze zette haar handen tegen zijn achterwerk en duwde hem naar binnen.

Zijn tong sloeg dubbel toen hij zei: 'L-l-lange dag geweest.'

'Ik kan niet geloven dat je in deze staat hebt gereden.'

'Wie zal me daarvoor arresteren?' vroeg hij. 'Hoss zou Robert niet eens hebben gearresteerd als het niet aan mij had gelegen.' Hij legde zijn handen op het stuur. 'Jezus, ik breng ongeluk. Dit hele stadje verandert in een gekkenhuis zodra ik me vertoon.'

'Schuif eens op,' zei ze, terwijl ze hem een duw gaf.

'Mannen laten vrouwen niet rijden.'

Sara lachte en gaf hem nu meer een harde zet dan een duw. 'Kom, grote jongen. Morgenochtend ben je nog steeds een man.'

Bierflesjes rinkelden op de vloer terwijl hij op de passagiersplaats gleed. Hij boog zich voorover en rommelde tussen de flesjes. 'Godver,' zei hij. 'We moeten meer bier hebben.'

'We halen wel wat,' zei ze, terwijl ze in het vrachtwagentje klom en het portier dichtdeed. De metalige klap weergalmde in de cabine. Ze stak haar hand omlaag om de motor te starten, maar de sleutels waren weg.

'Hij zal de naald wel krijgen,' zei Jeffrey, en ze hoorde de pijn in zijn stem. 'O, jezus,' zei hij terwijl hij zijn hand voor zijn ogen sloeg.

Sara staarde naar de hoofdingang van de begrafenisonderneming, niet wetend wat ze moest zeggen. Dankzij haar tijdelijke baan bij de Eerste Hulp in het Grady-ziekenhuis had ze meer dan haar portie dronkelappen te verwerken gekregen. Het had geen zin met ze in discussie te gaan als logisch denken het laatste was wat ze interesseerde.

Ze vroeg: 'Waar zijn de sleutels?'

Jeffrey liet zijn hoofd tegen het raam achteroverzakken en sloot zijn ogen. 'In mijn zak.'

Sara keek naar hem, voelde zich verscheurd tussen de behoefte hem een klap te geven en hem te zeggen dat alles wel goed zou komen. Ze volstond met: 'Laat je een beetje onderuitzakken.' Toen hij het deed stak ze haar hand in zijn zak.

Hij glimlachte en duwde haar hand een beetje verder naar

het midden. Gezien zijn staat van dronkenschap was ze verbaasd dat er met zijn libido niets aan de hand was.

'Hé,' protesteerde hij toen ze de sleutels vond en haar hand terugtrok.

'Sorry,' zei ze, op een toon waaruit het tegendeel bleek. Ze zocht naar de contactsleutel.

'Zin om me even te pijpen?'

Sara lachte toen ze de gehavende sleutel vond. 'Jij bent dronken, weet je nog? Ik niet.' Ze startte de motor, opgelucht toen deze bij de eerste poging aansloeg. 'Doe je gordel om.'

'Er zitten geen gordels in,' zei hij terwijl hij dichter naar haar toe schoof.

Sara drukte de koppeling in en zette het vrachtwagentje in zijn achteruit. Jeffrey had een positie gekozen waarin hij met zijn benen om de versnellingspook heen zat. Ze vroeg: 'Hoeveel heb je gedronken?'

'Te veel,' gaf hij toe terwijl hij in zijn ogen wreef.

De lichtreclame op het gebouw verlichtte de cabine terwijl ze achteruitreed, en Sara zag minstens acht lege bierflesjes over de vloer heen en weer rollen. Jeffrey droeg zwarte laarzen die ze niet eerder had gezien, en een van de pijpen van zijn spijkerbroek was opgetrokken, waardoor zijn harige onderbeen zichtbaar werd.

Ze wachtte tot ze op de snelweg zaten en vroeg toen: 'Wanneer hebben ze Robert gearresteerd?'

'Kort nadat ik bij jou was weggegaan,' zei hij terwijl zijn hoofd achterover tegen het glas bonkte. 'Hij wilde dat ik langskwam. Ik was alleen maar blij dat hij met me wilde praten.'

Hij zweeg weer en ze moedigde hem aan: 'Wat zei hij?'

'Dat hij het had gedaan,' zei Jeffrey, met zijn hand door de lucht maaiend. 'Ik stond daar in die godverdomde stomme salon en hij keek me aan en zei dat hij het had gedaan.'

Sara kon hem maar moeilijk volgen, maar ze zei: 'Wat erg.'

'Hij kwam terug van de winkel en schoot hem gewoon dood. Zonder ook maar iets te vragen.'

Sara kon alleen maar herhalen: 'Wat erg.'

'Je had gelijk.'

'Ik wilde geen gelijk hebben.'

'Echt niet?'

Ze wierp even een blik op hem. Hij leek weer enigszins tot zichzelf te komen, maar zijn adem was genoeg om haar weer voor zich te laten kijken. 'Natuurlijk niet.' Ze legde haar hand op zijn been. 'Ik vind het heel erg dat het zo gegaan is. Ik weet dat je hebt gedaan wat je kon.'

'Je gelooft me vast niet,' zei hij. 'Ik weet dat je zei dat Robert al eerder had gelogen, en ik zei dat je ongelijk had, maar nu denk ik dat je gelijk hebt. Ik bedoel – ik denk dat hij nu liegt.'

Sara keek naar de weg.

'Je denkt dat dat is omdat hij mijn vriend is, maar daar gaat het niet om. Ik weet dat dat erbij komt. Ik weet ook dat zijn verhaal klopt, maar hij is nu eenmaal een smeris. Hij heeft tijd gehad om erover na te denken en een kloppend verhaal te verzinnen.' Hij tikte met zijn vinger tegen zijn hoofd, een paar keer ernaast. 'Ik weet het hier. Ik heb zelf te lang bij de politie gewerkt om niet te zien wanneer mensen liegen.'

'We praten er morgen wel over,' zei ze, wetend dat dit geen zin had.

Hij legde zijn hoofd op haar schouder. 'Ik hou van je, Sara.'

De eerste keer had ze hier geen aandacht aan besteed, maar nu voelde ze de behoefte te reageren. 'Je hebt gewoon te veel gedronken.'

'Nee,' ontkende hij, zijn adem heet in haar hals. 'Je weet niet hoe het zit.'

Ze kneep even in zijn been voordat ze de auto in de vierde versnelling zette. 'Probeer te slapen.'

'Ik wil niet slapen,' zei hij. 'Ik wil met je praten.'

'We praten morgen.' Ze hield in bij een kruispunt en probeerde zich te herinneren welke kant ze op moest. Een reclamebord dat naar een bank wees zag er bekend uit, en ze sloeg linksaf.

Ze vroeg: 'Ga ik de goede kant op?'

'Mensen zeggen alleen maar wat ze werkelijk bedoelen als ze dronken zijn,' zei hij. 'Ik bedoel, als je dronken bent zeg je geen dingen die je niet meent.'

'Dat weet ik nog niet zo zeker,' zei ze, terwijl ze tot haar blijdschap een benzinepomp van die ochtend herkende. De winkel was donker en zoals alles in het stadje waarschijnlijk al uren geleden gesloten.

'Ik hou van je.'

Sara lachte, omdat ze niets anders kon bedenken.

'Hier afslaan,' zei hij. Toen ze niet snel genoeg afsloeg greep hij het stuur.

'Jeffrey!' zei ze, terwijl haar hart opsprong in haar keel. Hij had een grindweggetje genomen.

'En nu gewoon rechtdoor,' zei hij recht voor zich wijzend.

Sara remde af. 'Waar zijn we?'

'Nog iets verder.'

Ze boog zich dieper over het stuur heen en probeerde het weggetje voor zich te zien. Toen ze in de verte een omgevallen boom zag stopte ze. 'De weg is versperd.'

'Nog iets verder,' zei hij.

Sara zette de auto in zijn vrij en trok de handrem aan, waarna ze zich naar hem omdraaide. 'Jeffrey, het is laat, en ik ben moe, en jij bent dro...'

Hij kuste haar, maar niet zoals ze gewend was. Hij was gehaast en nonchalant, zijn handen frummelden onhandig aan de knopen van haar spijkerbroek.

'Hou op...'

'Ik wil je zo graag.'

Dat voelde ze: hij lag als een stuk staal tegen haar dijbeen, maar ook al merkte Sara dat haar lichaam op het zijne reageerde, seks was wel het laatste waaraan ze nu dacht.

'Sara,' zuchtte hij en kuste haar zo intens dat ze geen adem meer kon krijgen.

Het lukte haar zich iets van hem los te maken, en toen zijn lippen naar haar hals verhuisden zei ze: 'Rustig aan.'

'Ik wil in je,' zei hij. 'Ik wil het als afgelopen nacht.'

'We staan ergens in een woestenij.'

'Laten we doen alsof,' zei hij. 'Laten we doen alsof we op het strand liggen.' Hij sloeg zijn handen om haar billen en ze slaakte iets wat alleen maar een gil genoemd kon worden toen ze opeens horizontaal werd getrokken, haar voeten gespreid tegen het ene portier en haar hoofd klem tegen het andere. Sara had sinds haar vijftiende niet meer plat op haar rug in een geparkeerd vrachtwagentje gelegen.

Jeffrey probeerde zich op haar te laten zakken, maar gezien het feit dat ze allebei volwassen mensen van meer dan gemiddelde lengte waren, gepropt in een ruimte die nauwelijks anderhalve meter breed was, was zijn poging verre van succesvol.

'Liefje,' zei ze, in een poging hem tot rede te brengen. Ze dwong zijn hoofd omhoog, zodat hij haar aan moest kijken, en was verbaasd toen ze de rauwe begeerte in zijn ogen zag.

'Ik hou van je,' zei hij, zich oprichtend om haar weer te kussen.

Sara beantwoordde de kus en probeerde weer hem iets te kalmeren. Hij begreep wat ze bedoelde en kuste haar nu minder heftig. Hij kwam iets overeind om adem te halen en kreunde: 'Ik hou van je.'

'Dat weet ik,' zei ze terwijl ze zijn nek streelde.

Hij keek haar weer aan en ze zag dat zijn blik recht op de hare was gericht, voor de eerste keer sinds ze het gebouw van de begrafenisonderneming uit was gekomen. Hij zag er verloren uit, alsof de hele wereld hem in de steek had gelaten en Sara zijn enige hoop was. 'Zo goed?'

Ze knikte, niet wetend wat ze anders moest zeggen.

Hij herhaalde: 'Zo goed?'

'Ja,' zei ze terwijl ze hem hielp haar spijkerbroek uit te trekken.

Ook al was haar lichaam klaar voor hem, Sara zette zich schrap toen Jeffrey bij haar binnendrong. Ze hield haar hand tegen haar hoofd om te voorkomen dat het tegen de armleuning zou bonken terwijl hij in haar bewoog. Boven haar hoofd zag ze een systeemkaartje dat in de zonneklep was gestoken. Een vrouwenhand had haastig een boodschappenlijst op het kaartje geschreven, en Sara las tussen de stoten door de verschillende boodschappen. Eieren... melk... sap... wc-papier...

Ze draaide zich iets om, zodat de versnellingspook niet voortdurend in haar dijbeen stak. Meer had Jeffrey niet nodig om klaar te komen, en hij zakte als dode ballast op haar in elkaar.

Sara bracht haar hand naar haar voorhoofd, zich afvragend hoe ze hierin verzeild was geraakt. Ze zei: 'Was dat even romantisch.'

Jeffrey reageerde niet, en toen ze haar hand op zijn rug legde draaide hij zijn hoofd om en ademde diep uit.

Hij sliep.

Sara werd wakker met een bonzende hoofdpijn die in haar nek begon en zich als een boor een weg naar haar hoofd baande. Ze kon zich er in de verste verte geen voorstelling van maken hoe Jeffrey zich vanmorgen voelde, maar ergens hoopte ze dat hij in doodsnood verkeerde. God wist dat ze in haar leven wel beroerde seks had meegemaakt, maar de afgelopen nacht stond wel boven aan wat goddank een tamelijk korte lijst was.

Ze richtte zich op op de bank en tastte naar haar schoenen terwijl ze zich afvroeg hoe laat het was. Het zonlicht stroomde door de ramen de kamer in en Sara giste dat het bijna tien uur was. De klok vertelde een ander verhaal: het was bijna twaalf uur.

'Jezus,' mompelde Sara terwijl ze zich uitrekte. Haar rug voelde aan alsof alle spieren in de knoop zaten en haar ruggengraat leek waarschijnlijk erg op een vraagteken door de houding waarin ze op de bank had geslapen.

Ze bleef haar rug en schouders uitrekken terwijl ze op zoek naar Nell door het huis liep. De keuken was leeg, potten en pannen stonden te drogen in de gootsteen. Ze keek naar buiten en zag Nell met een bijl boven haar hoofd geheven in de tuin van de buren staan. Terwijl Sara stond te kijken liet Nell de bijl neerkomen op de ketting waarmee de honden aan een boom waren vastgebonden.

'Wat was dat?' vroeg een stem achter Sara. Ze draaide zich met een ruk om en zag een jonge jongen met donker haar in de deuropening staan. Hij droeg een korte broek en geen hemd, zijn magere borst was in het midden hol.

'Jared?'

'Ja, mevrouw,' zei hij, in de kamer rondkijkend. 'Waar is mijn moeder?'

'Ze is buiten,' zei Sara, die zich afvroeg of Nell wel wilde dat haar zoon wist wat ze van plan was. Om de waarheid te zeggen was Sara zelf ook nogal nieuwsgierig.

Jared liep naar de achterdeur, waarbij zijn gymschoenen over de vloer sloften. Sara was meer dan vertrouwd met dit merkwaardige verschijnsel waardoor jonge jongens werden geplaagd – de meesten leerden pas tegen hun twintigste onder het lopen hun voeten optillen.

Sara liep achter hem aan, op enige afstand om het stof te vermijden dat hij met zijn schoenen opwierp. Hij deed haar denken aan Pigpen in de strip *Peanuts*.

Nell zat op de achterveranda van de buren en legde de honden aan een gewone lijn. Ze zag Jared en zei: 'Wat doe jij uit bed?'

'Ik verveel me.'

'Dat had je moeten bedenken voor je zei dat je te ziek was om naar het dagkamp te gaan.' Nell glimlachte tegen Sara. 'Heb je je aan dokter Linton voorgesteld?'

'Dokter?' vroeg hij met een lichte ondertoon van angst in zijn stem.

Nell zei: 'Ga maar weer naar je bed, voordat ik haar je temperatuur laat opnemen.'

Zijn reactie had iets zo vertrouwds – de trek van zijn mond, de ergernis die opvlamde in zijn ogen – dat Sara merkte dat ze de jongen met open mond stond aan te staren.

'Wat is er?' vroeg Jared, die haar een volgende, maar al te bekende blik toewierp.

Sara schudde haar hoofd, vertrouwde zichzelf niet genoeg om iets te zeggen. Zijn gelijkenis met Jeffrey was angstaanjagend.

Nell zag de uitdrukking op haar gezicht en bonjourde Jared weg. 'Kom, ga nu. En neem mama's bijl mee.'

Hij slofte terug naar het huis, de bijl achter zich aan slepend, en Sara perste haar lippen op elkaar om de voor de hand liggende vraag in te slikken.

Nell klakte met haar tong en gaf een rukje aan de lijnen. De honden stonden in de houding. 'Je ziet eruit alsof je iets op je lever hebt.'

'Het is mijn zaak niet.'

'Dat heeft mij er nooit van weerhouden.' Nell bracht de honden naar de voorkant van het huis en zei: 'Jeffrey weet het niet.'

Sara knikte om duidelijk te maken dat ze haar had gehoord maar geen commentaar durfde te geven.

Voor het huis van de buren ging Nell met een zucht op de veranda zitten. 'Possum en ik zijn een paar weken nadat Jeffrey naar Auburn was vertrokken getrouwd.'

'Heb je het hem niet verteld?'

'Zodat hij terug zou komen om met mij te trouwen?' vroeg ze terwijl ze een van de honden aaide. 'Dat had niet veel zin; we zouden elkaar de eerste week al vermoord hebben. Ik werkte hem op de zenuwen omdat ik hem altijd zei dat hij ongelijk had en hij werkte mij op de zenuwen omdat hij niet wilde toegeven dat ik gelijk had.'

Sara kon haar alleen maar aankijken.

'Hij zou hebben gedaan wat hij moest doen,' zei Nell. 'En ik wilde niet dat iemand met me zou trouwen omdat het moest.' De hond rolde zich op zijn rug en Nell krabbelde over zijn buik. 'Ik hou van Possum. Ik vond hem eerst wel aardig, maar hij maakte zijn opwachting toen Jeffrey was vertrokken en we kregen Jared en Jen kwam later – niet veel later.' Ze glimlachte even voor zich uit. 'Maar we hebben nu een gezin, een leven samen. Possum is een goeie man. Hij werkt minder dan vijf minuten hiervandaan, en toch belt hij als hij iets later thuiskomt. Hij vindt het niet erg om Motrin of tampons voor me te halen bij de Piggly Wiggly en hij heeft nog nooit gezegd dat iets me dik maakt, zelfs niet toen ik meteen na de geboorte van Jen drie jaar lang overalls heb gedragen. Ik weet elke seconde van de dag waar hij is, en ik weet dat als ik in de kerk een wind laat hij de schuld op zich neemt.' Ze keek Sara scherp aan. 'Ik vind dat ik een prettig leven heb, precies zoals het nu is.'

'Vind je niet dat Jeffrey het recht heeft het te weten?'

'Waar zou dat goed voor zijn?' vroeg ze, en daar had ze wel gelijk in. 'Possum is Jareds vader. Hij heeft die jongen verschoond en rondjes met hem gelopen toen ik half bewusteloos was van uitputting. Hij tekent zijn rapporten en is trainer van de junioren. Ze hebben geen van beiden ergens over te klagen en er is geen enkele reden om onrust te zaaien.'

'Ik begrijp het.'

'Echt?'

'Ik zal het hem niet vertellen,' zei Sara, terwijl ze zich afvroeg hoe ze iets dergelijks geheim kon houden.

'Het is voor Jeffrey niet goed om hier terug te zijn,' zei Nell. 'God weet dat ik razend op hem was dat hij zo lang wegbleef, maar hij heeft hier te veel geschiedenis. Er is te veel gebeurd.'

Ze liet haar slipper van haar voet glijden en krabbelde de andere hond met haar tenen. 'Met Jeffrey is het goed gekomen. Erg goed. In de kern is hij goed, net als Possum, je moet alleen de oppervlakte eraf krabben om erbij te komen. Ik weet niet hoe jij het zou noemen, maar hij is uitgegroeid tot degene van wie ik altijd heb gedacht dat hij het zou kunnen worden als hij maar weg kon komen van...' Ze maakte een gebaar naar de straat. 'Van deze plek, waar iedereen denkt dat ze je verhaal kennen en waar ze er geen been in zien om Jan en alleman te vertellen wat ze ervan vinden.'

'Reggie Ray heeft me het een en ander verteld.'

'Naar die boerenhufter moet je niet luisteren,' zei Nell bestraffend. 'Hij is de ergste van allemaal. Hij loopt voortdurend te vertellen dat hij wedergeboren is. Die heeft nog wel een paar wedergeboorten nodig wil hij ooit een fatsoenlijk menselijk wezen worden.'

'Hij leek me wel in orde.'

'Dan heb je niet goed genoeg gekeken,' zei Nell met een scherpe waarschuwende toon in haar stem. 'Er zijn twee dingen die je over dit stadje moet weten, Sara: de Rays denken dat hun stront niet stinkt en de Kendalls zijn puur blank uitschot.' Ze wees op haar eigen voortuin. 'Niet dat ik veel kan zeggen met al die rommel die Possum in de tuin bewaart, maar mijn kinderen gaan in ieder geval in schone kleren naar school.'

'Wie zijn de Kendalls?'

'Die hebben dat fruitstalletje vlak buiten de stad,' zei ze. 'Valse klootzakken, zonder uitzondering.' Ze voegde eraan toe: 'Begrijp me niet verkeerd, er is niks mis met arm zijn – Possum en ik hebben er een soort kunst van gemaakt –, maar dat wil nog niet zeggen dat je je kinderen met ongewassen gezichten en troep onder hun nagels de deur uit kunt sturen. Als je ze in de winkel ziet moet je je adem inhouden, zo vuil zijn ze.' Nell zweeg even en schudde afkeurend haar hoofd. 'Een paar jaar geleden verscheen er een met luizen op school. Besmette de hele derde klas.'

'Heeft iemand er wel eens de kinderbescherming bij gehaald?'

Nell snoof. 'Hoss probeert ze nu al jaren te grazen te nemen.

Die ouwe was een verschrikkelijk type. Sloeg zijn vrouw, sloeg zijn kinderen, sloeg zijn honden. Het beste dat hij ooit heeft gedaan was doodvallen na een hartaanval toen hij het gras achter de zaadwinkel maaide.' Ze schudde weer haar hoofd. 'Hij liet zijn vrouw achter met nog eentje onderweg, en dat is de ergste van allemaal. Goddank zit hij niet in Jareds klas. Hij wordt om de dag van school gestuurd vanwege vechten of stelen of god mag weten wat. Vorige week heeft hij een meisje mishandeld. Die kleine lul is precies zijn vader.'

Sara zei: 'Het klinkt afgrijselijk,' maar toch voelde ze ondanks zichzelf medelijden met het kind. Ze vroeg zich vaak af of het met dergelijke kinderen nog goed zou komen als ze de juiste ouders om zich heen hadden. Ze had het nooit helemaal eens kunnen zijn met de theorie over 'slecht zaad', hoewel Nells oordeel dat de appel niet ver van de boom was gevallen waarschijnlijk door iedereen in het stadje werd gedeeld.

Nell veranderde van onderwerp: 'Jullie zijn vannacht laat thuisgekomen.'

'Ik hoop dat we je niet wakker hebben gemaakt.'

'Possum en ik waren al op,' zei ze. 'Die idioot is in de winkel met zijn kin tegen de toonbank geslagen. Vraag me niet hoe hij het voor elkaar heeft gekregen, maar hij heeft de hele nacht kiespijn gehad. Hij heeft liggen draaien en woelen tot ik hem bijna heb gewurgd.'

Een auto met een vrouw en een kleine jongen reed langzaam langs het huis; de vrouw hield een vel papier in haar handen alsof ze probeerde een routebeschrijving te lezen.

Sara zei: 'Jeffrey had iets te veel gedronken.'

Nells verbazing was duidelijk. 'Ik heb hem nooit veel zien drinken.'

'Ik geloof ook niet dat het een gewoonte van hem is.'

Nell bekeek haar goed, alsof ze probeerde erachter te komen wie Sara eigenlijk was. 'Ging het over Julia?'

'Wie is Julia?'

Nell keek uit over de straat, waar de auto die eerder langzaam voorbij was gereden terug was gekomen en nu voor de oprijlaan parkeerde.

'Wie is Julia?' herhaalde Sara. 'Nell?'

Nell stond op. 'Dat moet je Jeffrey vragen.'

'Wat vragen?'

Nell zwaaide naar de vrouw die uit de auto stapte en zei: 'U hebt het gevonden.'

De vrouw glimlachte terwijl haar zoontje naar de honden rende en er zijn armen omheen sloeg. 'Ze zien er precies zo uit als op de foto's.'

'Dit is Henry,' zei Nell, op een van de honden wijzend. 'Dit is Lucinda. Maar eerlijk gezegd luistert ze alleen naar Lucy.' Ze hield de jongen de riemen voor, die hij blij beetpakte.

De vrouw deed haar mond open; het leek of ze wilde gaan protesteren, maar Nell stak haar hand in haar zak en haalde een pakje bankbiljetten te voorschijn. 'Dit moet genoeg zijn om ze te laten behandelen. Mijn man en ik zijn er nooit aan toegekomen.'

'Dank u,' zei de vrouw; het geld hielp haar duidelijk bij het nemen van een beslissing. 'Is er eten dat ze speciaal lekker vinden?'

'Ze eten alles,' zei Nell. 'Ze zijn dol op eten en ze zijn dol op kinderen.'

De jongen zei: 'Ze zijn fantastisch!' Op die enthousiaste toon die kinderen aanslaan als ze proberen hun ouders ervan te overtuigen dat ze later astronaut of president worden, mits ze natuurlijk krijgen waarom ze op dat moment vragen.

'Maar goed.' Nell keek naar Sara en toen weer naar de vrouw. 'Ik moet nu weg. We moeten de laatste spullen inpakken. De verhuizers zijn hier om twee uur.'

De vrouw glimlachte. 'Wat zonde dat u ze niet kunt houden in de stad.'

'Dat vindt de huisbaas niet goed,' zei Nell, haar hand uitstekend. 'Dank u heel hartelijk.'

'Dank ú,' zei de vrouw, de hand schuddend. Ze gaf ook Sara een hand en zei toen tegen het kind: 'Liefje, zeg eens dank u wel.'

De jongen mompelde een bedankje, maar zijn aandacht was helemaal bij de honden. Sara keek hoe ze naar de auto sprongen, terwijl de jongen het op een rennen zette om de uitgelaten dieren bij te houden.

Sara wachtte tot de vrouw in de auto zat, maar Nell stak een hand op om te voorkomen dat ze iets zou zeggen. 'Ik heb een advertentie gezet,' zei ze. 'Het heeft geen enkele zin die honden daar achter te laten wegkwijnen terwijl er mensen zijn die wel weten hoe ze voor ze moeten zorgen.'

'Wat vertel je je buurman als hij thuiskomt van zijn werk?'

'Ik denk dat ze hun ketting hebben gebroken,' zei Nell schouderophalend. 'Ik moet even naar Jared gaan kijken.'

'Nell...'

'Geen vragen stellen, Sara. Ik weet dat ik al te veel zeg, maar er zijn dingen die je beter van Jeffrey kunt horen.'

'Die lijkt weinig behoefte te hebben om me waar dan ook iets over te vertellen.'

'Hij is bij zijn moeder,' zei Nell. 'Maak je geen zorgen, die is de eerste paar uur niet thuis. Woensdag snaait ze altijd haar middageten bij elkaar in het ziekenhuis.'

'Nell...'

Nell stak haar hand op en liep weg.

Nadat ze de straat op en neer was gelopen kwam Sara op het idee dat ze altijd naar de brievenbussen kon kijken in plaats van te proberen zich te herinneren hoe het huis van Jeffreys moeder eruitzag. Ze vond de brievenbus met de naam Tolliver vijf huizen van dat van Nell af en hoopte maar dat niemand had gezien hoe ze zichzelf voor gek had gezet. Ze voelde zich buitengewoon dom toen ze de auto van Robert herkende die op de oprijlaan geparkeerd stond.

Bij daglicht zag het huis er nog verwaarloosder uit dan Sara zich van de eerste keer herinnerde. Er waren met de jaren verschillende lagen verf toegevoegd, waardoor de planken gerimpeld aandeden. Het grasveld was deprimerend bruin en de uitgemergelde boom in de voortuin wekte de indruk elk moment te kunnen omvallen.

De voordeur stond wijd open, de hordeur was niet op slot, maar toch klopte ze aan en riep: 'Jeffrey?'

Er werd niet gereageerd, en Sara hoorde achter in het huis een deur dichtslaan op het moment dat ze naar binnen liep.

Ze riep weer: 'Jeffrey?'

'Sara?' vroeg hij terwijl hij de zitkamer in kwam. In zijn ene hand had hij een soldeerlamp en in de andere een waterpomptang.

'Nell zei dat je hier was.'
'Ja,' zei hij, zonder haar echt aan te kijken. Hij hield de lamp omhoog. 'De afvoerpijp in de keuken is ongeveer twee jaar geleden gebroken. Zij heeft sinds dat moment de afwas in de badkamer gedaan.' Ze reageerde niet en hij gebaarde dat ze met hem mee moest lopen naar de keuken. 'Ik maak deze klus af en daarna ga ik naar de gevangenis om te kijken hoe het met Robert is. Ik geloof gewoon niet wat hij gisteren heeft gezegd. Ik weet dat hij iets voor me verzwijgt.'
'Dat schijnt hier vaker te gebeuren,' mompelde Sara.
'Wat?'
Ze haalde haar schouders op en keek naar de rommel op de vloer. Hij had de hele gootsteen uit elkaar gehaald, alleen maar om de pijp te vervangen. Ze vroeg: 'Heb je het water afgesloten?'
'Daar was ik buiten mee bezig,' zei hij terwijl hij op de vloer ging zitten. Hij pakte wat schuurlinnen en schuurde een eind koperen pijp met de methodische precisie van een amateur.
Sara ging tegenover hem zitten en probeerde zich niet kritisch uit te laten over het werk dat hij al had gedaan. Als haar vader hier was geweest had hij Jeffrey een mietje genoemd.
Er klonk een zekere trots in Jeffreys stem door toen hij zei: 'Ik heb het zekere maar voor het onzekere genomen en alles vervangen.'
'Hmm,' mompelde ze. 'Heb je hulp nodig?'
Hij wierp haar een vernietigende blik toe en ze begreep dat het hiermee zo'n beetje hetzelfde was als met autorijden: alleen voor mannen weggelegd. Omdat haar vader zowel Sara als Tessa nog voordat ze deze woorden ook maar hadden kunnen uitspreken de veiligheidsprocedures had bijgebracht voor het werken met propaan- en acetyleenbranders, was dit zonder meer een beetje beledigend.
Ze liet het echter gaan en zei: 'Ik heb je vannacht niet verteld...'
'O ja,' viel hij haar in de rede. 'Het spijt me vreselijk. Ik verzeker je: normaal drink ik niet zoveel.'
'Dat dacht ik ook niet.'
'En wat dat andere betreft...' Zijn stem dwaalde weg, en Sara pakte het blikje vloeimiddel op, omdat ze haar handen

iets te doen wilde geven.

Ze zei: 'Maak je geen zorgen, ik zal je er niet aan houden.'

'Waaraan?'

Ze haalde haar schouders op. 'Aan wat je hebt gezegd.'

'Wat heb ik dan gezegd?' vroeg hij argwanend.

'Niets,' zei ze, terwijl ze het blikje open probeerde te maken.

'Ik had het over wat we hebben gedaan,' zei hij, en corrigeerde zichzelf vervolgens. 'Ik bedoel, wat ík heb gedaan.'

'Het is wel goed.'

'Nee, dat is het niet,' zei hij terwijl hij het blikje pakte en het voor haar openmaakte. 'Het deugt niet.' Hij zweeg even, alsof hij een woord zocht. 'Normaal gesproken ben ik niet zo egoïstisch.'

'Vergeet het maar,' zei ze, maar op de een of andere manier voelde ze zich beter door zijn halfslachtige verontschuldiging. Ze doopte de kwast in het vloeimiddel en smeerde het uit over een van de ellebogen die hij al had geschuurd. 'Ik wil het over het skelet hebben.'

Zijn houding veranderde volledig, en ze zag hoe hij zijn verdediging optrok. 'Waarover precies?'

'Het is een vrouw. Een jonge vrouw.'

Hij keek haar behoedzaam aan. 'Weet je dat zeker?'

'Het is duidelijk te zien aan de vorm van het hoofd. Mannen hebben gewoonlijk grotere schedels.' Ze pakte het meetlint en mat de afstand van de gootsteen naar de afgezaagde pijp in de vloer. 'De schedels van mannen zijn ook zwaarder. Normaal zit er een richel in het bot boven de ogen.' Ze mat een lengte pijp af en klampte de snijder er op de juiste plaats omheen. 'Mannen hebben langere hoektanden en bredere wervels,' ging ze door terwijl ze de snijder ronddraaide tot de pijp afbrak. 'En dan is er nog het bekken. Het bekken van een vrouw is breder omdat ze kinderen moet kunnen baren.' Ze schuurde de pijp even. 'En dan is er bovendien nog de hoek van het schaambeen. Als die minder dan negentig graden is is het een man, als hij meer dan negentig graden is is het een vrouw.'

Hij smeerde het vloeimiddel op de pijp terwijl Sara een veiligheidsbril opzette. Zijn gezicht bleef volkomen uitdrukkingsloos terwijl hij de elleboog over de pijp schoof, en hij wachtte tot Sara met een lucifer de brander had aangestoken voordat hij vroeg: 'Hoe weet je dat ze jong was?'

Sara stelde de vlam bij voor ze hem over de pijp liet gaan om hem zo te verhitten dat het vloeimiddel aan de kook zou raken. 'Het hele verhaal wordt door het bekken verteld. De twee schaambeenderen raken elkaar voor het bekken. Als het oppervlak van het bot bobbels of richels vertoont betekent dit dat het van een jonge vrouw is. Oudere mensen hebben gladdere beenderen.'

Ze deed de brander uit en bracht het soldeer aan, waarna ze keek hoe het in de voeg trok. Ze vervolgde: 'In het schaambeen zit bovendien een dieper gelegen gebied. Als een vrouw een kind heeft gehad zit er een opening waar de beenderen uit elkaar zijn gegaan zodat het hoofd van de baby erdoorheen kon.'

Het leek alsof Jeffrey zijn adem inhield. Toen Sara niet doorging vroeg hij: 'Had ze een baby gehad?'

'Ja,' zei ze. 'Ze had een baby gehad.'

Jeffrey legde de pijp voor zich neer.

'Wie is Julia?'

Hij ademde langzaam uit. 'Heeft Nell je dat niet verteld?'

'Ze zei dat ik dat jou moest vragen.'

Jeffrey leunde met zijn rug tegen het keukenkastje en legde zijn handen op zijn knieën. Hij keek haar niet aan. 'Het is allemaal heel lang geleden.'

'Hoe lang?'

'Tien jaar, schat ik. Misschien langer.'

'En?'

'En zij was... Ik weet niet, het klinkt achteraf ongepast, maar ze was zo'n beetje de slet van het stadje.' Hij veegde zijn mond af. 'Ze deed dingen. Je weet wel, ze zat aan je.' Hij wierp een blik op haar, keek toen weer de andere kant op. 'Het gerucht ging dat ze bereid was je te pijpen als je haar iets gaf. Kleren of een lunch of wat dan ook. Ze had niet zoveel, dus...'

'Hoe oud was ze?'

'Van onze leeftijd,' zei hij. 'Ze zat in dezelfde klas als Robert en ik.'

Sara begreep waar hij op aanstuurde. 'Heb jij ooit iets voor haar gekocht?'

Hij keek beledigd. 'Nee,' zei hij. 'Voor dat soort dingen hoefde ik niet te betalen.'

'Natuurlijk niet.'

'Wil je het verhaal horen of niet?'

'Ik wil dat je me vertelt wat er is gebeurd.'

'Op een dag is ze gewoon weggegaan,' zei hij, ongemakkelijk zijn schouders ophalend. 'De ene dag was ze er en de volgende was ze verdwenen.'

'Er is vast wel wat meer gebeurd.'

'Ik kan...' Zijn stem stierf weg. 'Dit heb ik gisteren in de grot gevonden,' zei hij terwijl hij iets uit zijn zak haalde. Sara zag een kettinkje met een medaillon.

'Waarom heb je me dat niet op dat moment gezegd?'

Hij opende het medaillon en keek erin. 'Ik weet het niet. Ik wilde gewoon...' Hij zweeg. 'Ik wilde gewoon niet dat je nog iets slechts over me te horen zou krijgen.'

'Hoezo slecht?'

'Praatjes,' zei hij, terwijl hij haar aankeek. 'Het zijn alleen maar praatjes, Sara. Dezelfde flauwekul die me achtervolgt sinds ik hier weer ben. Je komt op een punt dat je ergens schuld aan hebt, en dat de mensen geloven dat je ook iets anders hebt gedaan.'

'En wat denken ze dan dat je hebt gedaan?'

Jeffrey hield het kettinkje op. 'Ik heb het Hoss laten zien. Hij wilde er niets mee te maken hebben.'

Sara keek naar het goedkope gouden hartje en de fotootjes erin. De kinderen waren nog baby's, waarschijnlijk nog maar een paar weken uit het ziekenhuis.

Jeffrey zei: 'Ze droeg het voortdurend. Iedereen heeft haar ermee gezien, niet alleen ik.' Hij lachte met een rauw geluid. 'Het probleem was dat niemand wist wat ze ervoor gedaan had. Niemand wilde het toegeven, snap je? Ze kwam in een nieuwe jurk op school, en dan begonnen wij allerlei onzin te praten over wie hem voor haar had gekocht en wat ze had gedaan om hem te krijgen. Dit' - hij wees op het kettinkje - 'liet ze iedereen zien. Ze wist niet beter. Ze dacht dat het een duur ding was. Het is niet eens massief goud, het is verguld.' Zijn schouders zakten omlaag. 'Het is onmogelijk erachter te komen wat ze ervoor heeft gedaan.'

'Het lijkt me oud,' zei Sara. 'Niet antiek, maar wel oud.'
Hij haalde zijn schouders op.
'En die foto's?'
Hij keek weer naar het medaillon en naar de foto's erin. 'Ik heb geen idee.'
'Dus gisteren in die grot wist je dat zij het was?' vroeg Sara, die zich afvroeg waarom hij op dat moment niets had gezegd.
'Ik wilde gewoon niet weten dat zij het was,' zei Jeffrey. 'Ik heb me mijn hele leven schuldig gevoeld vanwege dingen die ik niet had gedaan. Dingen die ik niet in de hand had.' Hij zuchtte lang en treurig. 'Mijn ouders, het huis waar ik woonde, de kleren die ik droeg. Ik schaamde me altijd zo over alles, ik wilde de mensen een betere kant van me laten zien dan de omstandigheden waarin ik leefde.' Hij keek rond in de keuken. 'Daarom ben ik hier weggegaan, daarom wilde ik zo graag weg en nooit meer terugkomen. Ik was het zat de zoon van Jimmy Tolliver te zijn. Ik was het zat op straat te lopen en te voelen dat iedereen me in de gaten hield, wachtend tot ik er een zootje van zou maken.'
Sara wachtte.
'Jij ziet een betere kant van me.'
Ze knikte, want ze kon dit niet ontkennen, wat haar gezonde verstand haar ook mocht voorschrijven.
'Waarom?' vroeg hij, en hij wekte de indruk het echt te willen weten.
'Ik weet niet...' Ze liet haar stem wegsterven en haalde haar schouders op. 'Ik wou dat ik het kon zeggen. Mijn verstand zegt het me voortdurend...' Ze weidde niet verder uit. 'Ik voel het gewoon hier,' zei ze, terwijl ze met haar vingers op haar borst tikte. 'Het gevoel dat je me geeft als je met me vrijt, en dat je een dubbele knoop in mijn veters legt zodat ze niet losgaan en de manier waarop je luistert... Je doet het nu ook, je luistert echt naar wat ik te zeggen heb, omdat je echt wilt weten wat ik denk.' Ze dacht aan de brief van de soldaat die hij haar had voorgelezen; het leek een eeuwigheid geleden, en ze kon geen betere verklaring verzinnen dan: 'Ik denk dat jij mij ook begrijpt.'
Hij legde zijn hand op de hare. 'Die hele zaak met dat skelet. Dat komt iedereen nu te weten.'

'Hoe?'

'Julia,' zei hij, en het leek hem veel moeite te kosten haar naam uit te spreken. 'Ik heb je hier nodig, Sara. Ik heb er behoefte aan dat je me ziet zoals ik werkelijk ben.'

'Vertel me wat er aan de hand is.'

'Dat kan ik niet,' zei hij. Ze dacht dat ze tranen in zijn ogen zag, maar hij wendde zijn blik af. 'Het is zo'n rotzooi,' zei hij. 'Ik dacht dat Robert misschien...'

'Dat Robert misschien wat?'

Ze zag zijn adamsappel bewegen toen hij slikte. 'Robert zegt dat hij haar heeft vermoord.'

Sara legde haar hand tegen haar borst. 'Wat?'

'Dat heeft hij me gisteren verteld.'

'Gisterochtend?'

'Nee, nadat we het skelet hadden gevonden.' Sara wilde hem vertellen dat de volgorde niet klopte, maar Jeffrey praatte door: 'Ik liet hem het kettinkje zien, en hij zei dat hij haar met een steen de hersens heeft ingeslagen.'

Sara ging achteroverzitten en probeerde tot zich door te laten dringen wat hij zei. 'Heb je hem verteld dat haar schedel gebroken was?'

'Nee.'

'Hoe wist hij dat dan?'

'Hij kan het van Hoss hebben gehoord. Waarom?'

'Omdat ze daaraan niet is overleden,' zei Sara. 'Die breuk in haar schedel dateert van minstens drie weken voor haar dood.'

'Weet je dat zeker?'

'Natuurlijk weet ik dat zeker,' zei Sara. 'Bot is levend weefsel. Die breuk was al aan het helen toen ze is vermoord.'

'Het zag eruit alsof ze een klap op haar hoofd had gehad.'

'Dat kwam ergens anders door. Misschien is er in de grot een steen gevallen of heeft een dier...' Ze wilde hem niet vertellen wat de dieren aangericht zouden kunnen hebben. 'Ontbrekende hoofdhuid en ontbrekend weefsel – ik kan je niet zeggen of ze vlak voor haar dood op haar hoofd is geslagen, dat neemt niet weg dat haar tongbeen is gebroken.'

'Haar wat?'

'Het tongbeen,' zei ze terwijl ze haar vingers naar haar keel bracht. 'Het zit hier, een u-vormig botje in het midden. Dat breekt niet zomaar vanzelf. Er moet behoorlijk druk op worden uitgeoefend, een of andere blinde kracht of wurging met de hand.' Ze keek Jeffrey aan terwijl ze probeerde zijn reactie te peilen. 'Het was niet zomaar gebroken, het was doormidden.'

Hij ging rechtop zitten. 'Weet je dat zeker?'

'Ik kan je het botje wel laten zien als je wilt.'

'Nee,' zei hij, en hij stopte het kettinkje weer in zijn zak. 'Waarom zou hij zeggen dat hij haar vermoord heeft als hij het niet heeft gedaan?'

'Dat was mijn volgende vraag.'

'Als hij daarover liegt, liegt hij misschien ook over afgelopen nacht.'

'Waarom?' vroeg Sara. 'Waarom zou hij over allebei liegen?'

'Dat weet ik niet,' zei Jeffrey. 'Maar daar moet ik achter komen.' Hij wees op het aanrecht. 'Kun jij dit afmaken?'

Sara keek naar de knoeiboel. 'Ik denk het wel.'

Hij wilde vertrekken en draaide zich toen om. 'Ik meende het, Sara.'

Ze keek op. 'Meende wat?'

'Wat ik vannacht zei,' zei hij. 'Ik hou echt van je.'

Ondanks de afschuwelijke gebeurtenissen van de afgelopen paar dagen voelde ze dat ze glimlachte. 'Ga jij maar met Robert praten,' zei ze. 'Ik maak dit af en dan zie ik je bij Nell.'

Achttien

Dinsdag

Jeffrey trok de zonneklep van Roberts auto omlaag tegen de zon. Hij had niet echt een kater, maar er zat een kleine hoofdpijn vlak achter zijn neus, als een heet muntstukje. Net zoals haar echtgenoot had May Tolliver één ding aan haar zoon doorgegeven waarvoor Jeffrey dankbaar was: tenzij hij stomdronken was geweest had hij nooit een kater. Het was zowel een geschenk als een vervloeking. Op de universiteit was Jeffrey in staat geweest iedereen onder tafel te drinken en toch de volgende dag te kunnen trainen met voetballen, terwijl de meeste jongens het eerste semester het zware drinken eraan hadden gegeven uit angst uit de ploeg te worden gezet. Voor Jeffrey had het een paar jaar langer geduurd. Sommige ervan herinnerde hij zich niet eens meer. Nadat hij op een dag in een ziekenhuis even buiten Tuscaloosa wakker was geworden met zijn hand in het gips en geen enkele herinnering aan hoe hij daar was gekomen had Jeffrey besloten een einde te maken aan zijn drinkperiode.

Reggie Ray zat aan het voorste bureau en vertrok zijn mond in een hatelijke grimas toen Jeffrey het bureau van de sheriff binnenkwam. Hij vroeg: 'Wat doe jij hier?'

Jeffrey had geen tijd voor grapjes. 'Lazer op, zak.'

Reggie stond zo snel op dat zijn stoel omviel. 'Wil je me dat nog een keer in mijn gezicht zeggen?'

Jeffrey was het bureau al gepasseerd, maar hij draaide zich om. 'Ik dacht dat ik het al had gezegd.'

Ze stonden allebei te wachten: dat stomme spelletje uitdagen dat mannen van hun leeftijd werden geacht ontgroeid te zijn. Ook al besefte hij dit, Jeffrey wilde van geen wijken weten. Hij had er genoeg van op deze manier te worden behandeld. Nee, het ging verder. Hij had er genoeg van zich zo te *laten* behandelen. Terwijl hij met Sara had zitten praten had Jeffrey uiteindelijk na al die jaren beseft dat zijn schuldgevoel en schaamte zijn eigen stomme schuld waren geweest. Sara zag hem niet als de zoon van zijn vader. Zelfs nu, terwijl ze van allerlei mensen het slechtst denkbare hoorde, bleef ze bij haar oorspronkelijke visie op hem. Ze kende hem het kortst en toch leek ze hem beter te doorzien dan alle anderen bij elkaar, zelfs beter dan Nell.

Jeffrey sloeg zijn armen over elkaar en vroeg Reggie: 'En?'

'Hoe komt het toch dat er elke keer dat je in de stad bent iets beroerds gebeurt?'

'Een kwestie van geluk, denk ik.'

'Ik mag je niet,' zei Reggie.

'Is dat het enige wat je kunt verzinnen?' vroeg Jeffrey. 'En zal ik je eens wat vertellen, kleine klootzak: ik mag jou ook niet. En dat is al zo sinds je toevallig binnenkwam terwijl je zuster me pijpte in de garage van je vader.'

Reggie haalde uit, maar Jeffrey ving zijn vuist op in de palm van zijn hand. De klap klonk harder dan hij werkelijk was en echode luid door het lege vertrek. Jeffrey kneep in Reggies hand tot de ander door de knieën ging.

'Klootzak,' fluisterde Reggie terwijl hij probeerde zijn hand terug te trekken.

Jeffrey rukte Reggie naar voren en trok hem met een klap tegen het bureau voordat hij losliet. De voordeur ging open en Possum kwam binnen; hij wierp een blik op de dubbelgebogen Reggie en schonk Jeffrey een vriendelijke glimlach, alsof er de dag daarvoor niets was gebeurd.

'Possum,' begon Jeffrey, die zich een verschrikkelijke zak voelde toen hij de blauwe plek over de hele lengte van Possums kaak zag.

Possum bleef vriendelijk glimlachen, zoals altijd. 'Stelt niets voor, Slick,' zei hij terwijl hij Jeffrey een klapje op zijn rug gaf. 'Ik heb je wisselgeld van gisteren bij me. Help me herinneren dat ik het je teruggeef.'

'Nee,' zei Jeffrey, die dacht dat hij zich nog nooit van zijn leven zo beroerd had gevoeld.

Possum liep door. 'Heb je met Robert gepraat?'

'Dat wilde ik net proberen.'

'Vanochtend is de borgsom vastgesteld,' zei Possum terwijl hij een dikke envelop uit zijn zak haalde.

Jeffrey zag een pak bankbiljetten in de envelop en nam Possum een paar meter mee de gang in. Niet dat Reggie Ray niet zou luisteren, maar hij vond het prettiger enige afstand tot hem te bewaren.

Hij vroeg: 'Possum, waar heb je dat geld vandaan?'

'Geleend met de winkel als onderpand,' zei Possum. 'Nell kreeg zo ongeveer een beroerte, maar we kunnen Robert niet zo achter de tralies laten zitten.'

Jeffrey voelde de schaamte terugkomen. Hij had de mogelijkheid niet eens overwogen dat Robert borgtocht zou aanvragen, laat staan hem ermee te helpen. 'Jessies familie heeft meer dan genoeg geld,' zei hij. 'Je had hen dit moeten laten doen.'

'Ze hadden al gezegd dat ze het niet zouden doen,' zei Possum, die nu eens een keer ergens kwaad over leek. 'Echt, Slick, het doet me gewoon pijn zoals ze hem behandelt. Wat er ook gebeurt, hij is toch nog steeds haar man.'

'Heb je met haar gepraat?'

'Ik kom er net vandaan.' Hij liet zijn stem dalen. 'Ze was straalbezopen, en het is nog niet eens twaalf uur.'

'Wat zei ze?'

'Ze zei dat hij wat haar betrof in de hel kon wegrotten,' zei Possum, wiens stem zo bitter klonk als bij zo'n beminnelijk man maar mogelijk was. 'Kun je dat geloven? Ze zijn al een eeuwigheid bij elkaar, en ze schrijft hem gewoon af.'

'Ze hád een verhouding,' bracht Jeffrey hem in herinnering.

'Hoe lang?' vroeg Possum, en Jeffrey vond dat een goede vraag. 'Ik begrijp het gewoon niet, dat is het. Hoe vals ze ook kon zijn, hoe heeft ze kans gezien in het hele stadje de beest uit te hangen zonder dat iemand erachter is gekomen en het Robert heeft verteld?'

'Misschien heeft iemand het Robert wel verteld,' zei Jeffrey met een blik op Reggie. Reggie keek hen met onverholen haat aan, en Jeffrey vroeg zich af of hij op het punt stond door het lint te gaan.

Ook Possum moest dit hebben opgemerkt. Hij stelde zich tussen de twee mannen op en vroeg Reggie: 'Waar moet ik borgtocht betalen?'

'Achterin,' zei Reggie. 'Ik breng je er wel heen.'

Terwijl hij op Jeffrey af liep verschoof hij zijn riem met zijn pistool iets, waarbij hij zijn hand op de kolf van zijn pistool liet rusten alsof hij Jeffrey eraan wilde herinneren dat hij hem zou kunnen gebruiken. Toen hij met zijn schouder tegen Jeffrey aan bonkte liet Jeffrey het aan hem voorbij gaan; hij bedacht dat hij de laatste tijd genoeg vechtpartijen was begonnen en wilde nu niet weer bij de zoveelste betrokken raken. Toen de twee mannen waren vertrokken klopte Jeffrey op de deur van Hoss' werkkamer en wachtte niet tot er werd gereageerd.

'Hé,' zei Hoss terwijl hij opstond achter zijn bureau. Robert zat tegenover hem, met zijn handen op zijn schoot, in elkaar gedoken alsof hij op de beul wachtte.

'Possum is er om borgtocht voor je te betalen,' zei Jeffrey tegen hem.

Robert boog zijn hoofd nog meer. 'Dat moet hij niet doen.'

'Hij heeft geld opgenomen met de winkel als onderpand.'

'Christus,' fluisterde Robert, 'waarom zou hij dat doen?'

'Hij kon het niet aanzien dat je hier zat,' zei Jeffrey, die de aandacht van Hoss probeerde te trekken. De oude man staarde uit over de parkeerplaats. Jeffrey kreeg het gevoel dat hij stoorde. 'Ik moet zeggen dat ik het zelf ook niet al te leuk vind.'

Robert zei: 'Met mij gaat het prima.'

Jeffrey wachtte tot hij zich zou omdraaien, maar dat deed Robert niet. 'Bobby?'

Hij wierp Jeffrey een snelle blik toe, maar dat was voldoende om te laten zien dat hij een blauw oog en een gescheurde lip had. Jeffrey liep om de stoel heen en probeerde hem beter te bekijken. Boven zijn oranje gevangenispak waren kneuzingen zichtbaar en om zijn linkerarm zat een groot verband. Zonder erbij na te denken balde Jeffrey zijn vuisten, en hij vroeg met enige moeite: 'Wat is er gebeurd?'

Hoss antwoordde namens Robert. 'Er is de afgelopen nacht een kleine rel geweest.'

'Waarom zat hij bij de gewone gevangenen?' wilde Jeffrey weten.

'Hij wilde geen speciale behandeling.'

'Speciale behandeling?' herhaalde Jeffrey, die geen moeite deed zijn woede te verbergen. 'Goeie god, dat is geen speciale behandeling, dat is gewoon een kwestie van gezond verstand.'

'Ga niet met me in discussie, jongen,' waarschuwde Hoss, zijn vinger dreigend naar Jeffrey geheven. 'Ik kan niemand dwingen iets te doen wat hij niet wil.'

'Dat is gelul!' riposteerde Jeffrey. 'Hij is een doodgewone gevangene. Je kunt hem in zijn eigen stront laten slapen als je wilt.'

'Nou, ik was er niet bij!' tierde Hoss. 'Ik was er godverdomme niet bij.' Hij veegde met de rug van zijn hand zijn mond af en Jeffrey voelde hoe Hoss ellende uitstraalde alsof het stank was. Wat Jeffrey op dit moment ook mocht voelen, hij wist dat Hoss zich nog beroerder voelde.

'Wie heeft het gedaan?' vroeg Jeffrey Robert. 'Was het Reggie Ray? Als hij het geweest is...'

Robert onderbrak hem: 'Het was niet de schuld van Reggie.'

'Als hij...'

'Ik heb zelf gevraagd of ik bij ze kon worden gezet,' zei Robert. 'Ik wilde zien hoe het was.'

Jeffrey kon nog steeds geen woorden vinden.

Hoss verschoof zijn riem ongeveer zoals Reggie het had gedaan. 'Ik ga een ommetje maken en geef jou even de tijd om te kalmeren,' zei hij tegen Jeffrey. Zijn toon was tamelijk vlak, maar de manier waarop hij de deur achter zich dichtsloeg sprak duidelijke taal.

Jeffrey wendde zich tot degene om wie het ging en vroeg Robert: 'Wat is er gebeurd?'

Robert haalde zijn schouders op en vertrok zijn gezicht omdat het gebaar hem duidelijk pijn deed. 'Ik sliep. Ze waren speciaal voor mij wakker gebleven.'

'Waarom heb je niet om hulp geroepen?'

'Wie had ik om hulp moeten roepen?' vroeg Robert met een treurige klank in zijn stem. 'Ze hebben allemaal op zo'n gelegenheid gewacht,' zei hij, met zijn hoofd het bureau aanduidend. 'Het is precies hetzelfde als toen we nog jong waren, Jeffrey. Er is helemaal niets veranderd. Ze zaten gewoon te wachten tot ik een fout zou maken en ze hier binnen konden stormen en zich als een roedel wolven op me konden storten.' Hij lachte bedroefd. 'Al die jaren... Ik dacht echt dat sommige van die mannen vrienden waren, dat ik me had bewezen.' Hij zweeg even, probeerde duidelijk zijn gevoelens onder controle te krijgen. 'Ik had een vrouw. Ik was deel van een gezin. Jezus, ik heb zelfs de junioren getraind. Wist je dat? We hebben het vorig jaar tot de A-competitie gebracht. We hadden het nog bijna gewonnen ook, maar een van de jongens van Tompson gooide te hoog terug naar de thuisplaat.' Hij glimlachte bij de herinnering. 'Wist je dat? We hebben het tot het grote stadion in Birmingham gebracht.'

Jeffrey schudde zijn hoofd. Hij was met deze man opgegroeid, had iedere dag van zijn jeugd met hem doorgebracht, en toch wist hij niets van zijn leven als volwassene.

'Je weet toch nooit wat mensen van je vinden?' vroeg Robert. 'Je gaat naar barbecues en picknicks en kijkt hoe hun kinderen opgroeien en je hoort over hun echtscheidingen en verhoudingen, en het betekent allemaal helemaal niks. Ze glimlachen tegen je en proberen je tegelijkertijd een mes in de rug te steken.'

'Je had vannacht Hoss moeten roepen,' zei Jeffrey. 'Die zou hierheen zijn gekomen en er een einde aan hebben gemaakt.'

'Dat zou het de volgende keer alleen maar erger hebben gemaakt.'

'Erger?' vroeg Jeffrey. 'Wat is er erger dan zo te worden afgetuigd?' Zijn eigen hersenen beantwoordden deze vraag voor hem, en hij liet zich in de stoel naast die van Robert zakken voordat zijn knieën het begaven. 'Ze hebben je toch niet...?'

Roberts stem klonk alsof hij uit een lijk kwam. 'Nee.'

Jeffrey legde zijn hand tegen zijn maag terwijl er een hete golf van misselijkheid omhoogkwam. 'Jezus...' fluisterde hij; veel dichter bij een gebed was hij in twintig jaar niet gekomen.

Roberts handen begonnen te trillen, en Jeffrey zag de boeien waardoor ze bij elkaar werden gehouden. Zijn vingers waren even erg toegetakeld als zijn gezicht; diepe sneden op zijn knokkels waar zijn vuisten iets hards hadden geraakt. Hij zag eruit alsof hij de afgelopen nacht voor zijn leven had gevochten.

Jeffrey vroeg: 'Waarom ben je geboeid?'

'Ik ben een gevaarlijke misdadiger,' bracht Robert hem in herinnering. 'Ik heb twee mensen vermoord.'

'Dat heb je niet gedaan,' zei Jeffrey. 'Robert, ik weet dat je dit niet hebt gedaan. Waarom zit je te liegen?'

'Ik kan dit niet aan,' zei Robert. 'Ik dacht dat ik sterk genoeg was, maar ik ben het niet.'

Jeffrey legde zijn hand op Roberts schouder, maar trok hem weer terug toen de ander in elkaar kromp. Hij vroeg zich af of Robert hem de waarheid vertelde over de afgelopen nacht – hoewel, als hij er werkelijk over nadacht, wilde Jeffrey er helemaal niets van weten.

Jeffrey zei: 'We zorgen dat je een advocaat krijgt.'

'Ik heb geen cent,' zei Robert. 'Jessies familie zou nog niet op me pissen als ik in brand stond.'

'Ik betaal,' zei Jeffrey, terwijl hij zijn hersens pijnigde waar hij zo'n bedrag vandaan moest halen. 'Mijn huis heeft niet genoeg overwaarde, maar ik heb een pensioenvoorziening die ik als onderpand kan gebruiken. Het is niet veel, maar als voorschot is het genoeg. Possum en ik kunnen samen wel iets bedenken. Ik ga bij een beveiligingsdienst, ik neem een extra baan als het moet.' Hij zocht naar iets concreets. 'Ik kan naar Birmingham terugverhuizen en in de weekends heen en weer rijden.'

'Dat kan ik niet toestaan.'

'Je hebt geen keus,' zei Jeffrey. 'Je kunt niet nog een nacht hier in de gevangenis zitten.'

Robert schudde zijn hoofd en een overweldigende treurigheid vulde de kamer. 'Ik heb nooit veel keus gehad, met wat dan ook, Jeffrey. Ik ben zo ziek van dit leven. Ik heb gewoon schoon genoeg van iedereen en alles in mijn bestaan.' Hij sloot zijn ogen. 'Jessie heeft het wel gezien met me. Ze had het al heel lang geleden met me gezien.'

'Komt dat door die miskraam?' vroeg Jeffrey, denkend dat dat op zich al genoeg was om iedere verhouding onder druk te zetten. Er moest een reden zijn waarom Jessie haar man liet vallen. Mensen bedrogen elkaar niet als er geen reden voor was.

'Het gaat verder terug,' zei Robert. 'Het gaat terug tot de dag dat Julia naar school kwam en zei dat ik haar verkracht had. Sindsdien heeft ze me nooit meer vertrouwd.'

Jeffrey voelde dat al zijn zenuwen verstrakten. 'Heb je Jessie verteld wat er is gebeurd?'

'Ze heeft het nooit gevraagd,' zei Robert. 'Er zijn dingen die ze in haar hart wel weet, maar de vraag stelt ze nooit. Waarom stellen mensen die vraag nooit?'

'Misschien willen ze het antwoord niet weten,' zei Jeffrey, denkend dat hij even slecht was als Jessie. Toch zei hij: 'Jessie geloofde die geruchten niet. Niemand die je echt kende geloofde dat het waar was.'

'Ze geloofden het van jou,' zei Robert. Hij keek naar Jeffrey op en zijn ogen vulden zich met tranen. 'Ik heb het ze al die tijd laten denken.'

'Wat denken?'

'Dat jij Julia hebt verkracht,' zei hij, terwijl zijn ogen heen en weer schoten alsof hij elk detail van Jeffreys reactie wilde zien. 'Ik heb ze in de waan gelaten dat jij het was, daar in de bossen. Ik heb ze laten denken dat jij haar hebt verkracht.'

Jeffrey voelde zijn mond droog worden.

'Ik beschermde mezelf alleen maar,' zei Robert. 'Jij ging weg, maar ik moest hier blijven, ik moest tussen ze wonen terwijl ze aan alle kanten opdrongen omdat ze dachten te weten hoe ik in elkaar zat.' Hij wendde zijn blik af. 'Iedere zondag in de kerk voelde ik hoe de starende blik van Lane Kendall een gat in me brandde, alsof ze zag wat er gaande was, alsof ze wist wat er die dag was gebeurd.'

'Wat is er gebeurd, Robert?' Jeffrey wachtte, maar Robert antwoordde niet. 'Vertel me wat er is gebeurd,' herhaalde hij. 'Ik heb het je nooit eerder gevraagd omdat ik geloofde dat je onschuldig was. Als je nu zegt dat je schuldig bent, vertel me dan ook wat er is gebeurd.'

Robert schraapte een paar keer zijn keel, stak toen beide handen uit om een beker water van het bureau te pakken. Hij nam een slokje en vertrok zijn gezicht toen hij het doorslikte, waarbij zijn adamsappel opwipte in zijn keel. Jeffrey zag de kneuzingen in zijn hals en wist dat iemand had geprobeerd hem te wurgen. Of hadden ze hun handen om zijn hals geslagen om te voorkomen dat hij zou schreeuwen? De kneuzingen in zijn hals werden donkerder. Had er iemand achter hem gestaan en zijn keel dichtgeknepen? Wat hadden ze gedaan dat zo erg was om er zeker van te zijn dat Robert niet zou schreeuwen?

'Robert,' fluisterde Jeffrey, die probeerde zijn stem terug te vinden. 'Vertel me wat er is gebeurd.'

Robert schudde zijn hoofd. 'Ga naar huis, Slick.'

'Ik ga niet bij je weg.'

'Ga terug naar Grant County en trouw met Sara. Begin een leven. Neem een stel kinderen.'

'Dat doe ik niet, Robert. Ik ga je niet een tweede keer in de steek laten.'

'Je hebt me die eerste keer niet in de steek gelaten,' zei Robert terwijl er woede opvlamde in zijn ogen. 'Hoor eens, ik heb haar verkracht. Dat is ook precies wat ik ze zal vertellen: ik heb haar meegenomen naar de grot en ik heb haar verkracht, en toen begon ze te schreeuwen en zei dat ze het iedereen zou vertellen. Ik raakte in paniek, net zoals ik gisternacht in paniek ben geraakt. Ik pakte een steen en sloeg de zijkant van haar hoofd in.' Hij keek Jeffrey scherp aan. 'Ben je daar tevreden mee?'

'Welke zijkant?' vroeg Jeffrey. 'Welke kant van haar hoofd heb je geraakt?'

'Jezus, dat weet ik niet meer. Kijk dan naar die schedel. De kant die kapot is.'

'Je hebt haar niet vermoord,' zei Jeffrey. 'Ze is gewurgd, ze is niet doodgeslagen.'

'O.' Robert kon de verrassing niet verbergen, maar hij herstelde zich snel. 'Ja, ik heb haar ook gewurgd.'

'Dat heb je niet gedaan.'

'Jawel,' hield hij vol. 'Ik heb haar gewurgd – zo,' zei hij; de handboeien rinkelden toen hij zijn handen om een denkbeeldige hals sloeg.

'Je hebt het niet gedaan,' protesteerde Jeffrey.

Robert liet zijn handen zakken, hoewel hij zich niet gewonnen wilde geven.

'Eerst praatte ik alleen maar met haar, probeerde ik aardig te zijn,' zei hij met een stem die steeds zachter werd. Zijn blik werd vaag, alsof hij ergens anders was, en zijn stem werd zo zacht dat Jeffrey moeite moest doen om hem te verstaan. 'Toen ze even de andere kant op keek sloeg ik haar op haar hoofd, en toen ze viel sprong ik op haar, achter haar. Ze schreeuwde en ik kneep haar keel dicht om haar te laten zwijgen.' Hij illustreerde het weer met zijn handen. 'Ze hield maar niet op met schreeuwen, en ik werd er gek van, en het wond me ook op... Het wond me enorm op. Ik hield een hand in haar nek.' Hij hield zijn hand met de palm omlaag, alsof hij het weer meemaakte. 'Ik zag dat ze bang was, doodsbang. Ik was ook bang. Ik dacht dat er iemand zou komen, dat iemand me zou zien, alsof ik een dier was. En ik kon niet ophouden. Ik kon niemand te hulp roepen. Mijn keel...' Hij bracht zijn hand naar zijn keel. 'Mijn keel voelde aan alsof ik glasscherven had ingeslikt. Ik kreeg gewoon geen adem. Ik kon niet meer uitbrengen dan een gekreun, maar in gedachten hoorde ik ze erom lachen, me opjutten, alsof het een soort spelletje was om te kijken hoever ze konden gaan voordat ik door het lint zou gaan.' Hij liet zijn handen op zijn schoot vallen en haalde met scherpe, raspende stoten adem. Jeffrey wist niet of hij het over Julia had of over wat hem de afgelopen nacht was overkomen. 'Ik wilde in mijn hoofd gewoon ergens heen gaan, naar een veilige plek waar ik me goed voelde, maar het was allemaal zo afgrijselijk dat ik niets anders kon doen dan op mijn tong bijten en bidden dat het snel achter de rug zou zijn.' Zijn lippen trilden, maar er kwamen geen tranen.

'Robert,' zei Jeffrey, die zijn hand weer uitstak om hem aan te raken.

Robert deinsde terug alsof Jeffrey hem een klap had gegeven. Hij dook zo diep mogelijk in elkaar. 'Raak me niet aan,' fluisterde hij. 'Raak me alsjeblieft niet aan.'

'Robert,' herhaalde Jeffrey, terwijl hij probeerde zijn stem onder controle te houden. Als hij een pistool had gehad was hij nu meteen naar de gevangenis teruggegaan en had hij al die gore klootzakken zonder uitzondering overhoopgeschoten. Hij zou met Reggie beginnen en zijn weg omhoog zoeken langs de voedselketen tot – wat? – hij het pistool tegen zijn eigen hoofd zou zetten en de trekker zou overhalen? Hij was in dit alles even schuldig als de rest.

Toch moest hij het weten: 'Waarom lieg je tegen me over Julia?'

'Ik lieg niet,' zei Robert, wiens woede weer oplaaide. 'Ik heb haar verkracht.' Hij keek Jeffrey recht aan. 'Ik heb haar verkracht en toen heb ik haar vermoord.'

'Je hebt Julia niet vermoord,' zei Jeffrey nadrukkelijk. 'Hou daarmee op. Je wist niet eens hoe ze is gestorven.'

'Wat doet het ertoe?' vroeg Robert. 'Ik krijg de naald toch wel.'

'Nietwaar,' zei Jeffrey. 'Niet als je op doodslag mikt. Dan ben je na zeven jaar weer vrij. Dan heb je nog een heel leven voor je.'

'Wat voor leven?'

'Ik help je wel een leven op te bouwen,' zei Jeffrey, en op dat moment wist hij zeker dat hij daarin zou slagen. 'Je kunt met me mee naar Grant. Bij de politie werken.'

'Niet met een misdaad op mijn kerfstok.'

'Dan vinden we wel wat anders,' zei Jeffrey. 'Je moet als de sodemieter weg uit dit stadje. Dan kun je opnieuw beginnen, een nieuw bestaan opbouwen.'

'Wat voor leven?' herhaalde Robert. Hij tilde zijn handen op, duidde het bureau aan. 'Wat voor leven krijg ik nog hierna?'

'Dat bekijken we wel als het moment daar is,' zei Jeffrey. 'Je moet alleen niet meer met mensen praten, goed? Praat met niemand behalve met de advocaat – zelfs niet met Hoss. We nemen de beste die we kunnen krijgen. Als het moet gaan we naar Atlanta.'

'Ik wil geen advocaat,' zei Robert. 'Ik wil gewoon rust.'

'Je vindt geen rust in een gevangenispak, Robert. Dat zou je zo langzamerhand moeten weten.'

'Het kan me niet meer schelen,' zei Robert. 'Echt niet meer.'

'Dat zeg je nu,' zei Jeffrey. 'Dat komt gewoon door vannacht.'

'Er is vannacht niets gebeurd,' zei Robert. 'Er was een knokpartij, maar dat was alles. Ze wisten wel beter toen ik met ze klaar was.'

Jeffrey leunde achterover in de stoel.

'Ik heb ze een enorm pak op hun lazer gegeven,' zei Robert, die zijn tanden liet zien in wat waarschijnlijk als een glimlach was bedoeld, maar er meer als de opgetrokken lip van een roofdier uitzag. 'Drie tegen een, en ik heb ze verschrikkelijk te grazen genomen.'

'Dat is prachtig,' zei Jeffrey, wetend dat hij niet op het verhaal mocht afdingen.

Roberts valse bravoure hield stand. 'Ik heb er een zo geslagen dat hij om zijn moeder brulde.'

'Heel goed,' zei Jeffrey, wiens hart nu brak. 'Je hebt ze een lesje geleerd, Bobby. Je hebt ze laten zien wie je bent.'

Robert haalde diep adem, ging rechter zitten, maakte zijn schouders breed. 'Prima,' zei hij, alsof hij zich schrap zette. 'Het is prima. Ik kan het aan.'

'Je hoeft dit niet alleen aan te kunnen,' zei Jeffrey. 'Ik ben er. Possum is er.'

'Nee,' zei Robert alsof hij een besluit had genomen. 'Ik kan het, Jeffrey. Het is wel het minste wat ik kan doen.'

'Het minste wat je kunt doen, waarvoor?'

'Voor jou,' zei hij, Jeffrey veelbetekenend aankijkend. 'Ik weet wat er werkelijk is gebeurd.'

Jeffrey voelde zich bedreigd, maar hij wist niet waarom. 'Wat bedoel je?' vroeg hij.

'Ik heb je die dag met Julia in de bossen gezien. Ik zag jullie allebei naar de grot lopen.'

Jeffrey schudde zijn hoofd. Ze waren die dag alleen geweest. Dat had hij gecontroleerd.

'Ik ben bereid alle schuld op me te nemen,' zei Robert terwijl de tranen weer in zijn ogen opwelden. Toen hij begon te spreken trilde zijn stem van de inspanning. 'Ik zal zeggen dat ik het heb gedaan, ik zal de schuld voor alles op me nemen en jou ermee laten wegkomen. Je moet me alleen iets vertellen, Slick. De waarheid. Heb jij haar vermoord?'

Negentien

Sara zat op een stoel op de veranda voor het huis van Nell toen Jeffrey op de oprijlaan parkeerde. Hij had Roberts auto voor haar BMW ingeruild, en ze was blij hem onbeschadigd terug te zien. Ze liep naar hem toe terwijl hij uitstapte, maar iets in zijn gelaatsuitdrukking maakte dat ze bleef staan.

'Wat is er aan de hand?' vroeg ze.

'Niets,' zei hij, maar dat was duidelijk een leugen. 'Laten we nog een keer naar het huis van Robert gaan.'

'Goed,' stemde ze in. 'Dan ga ik Nell even vertellen waar we zijn.'

Hij pakte haar hand en trok haar de straat op. 'Daar komt ze vanzelf wel achter.'

'Goed,' herhaalde ze, zich afvragend wat er gaande was. Hij hield haar hand vast terwijl ze door de straat liepen. Er stond een zwak briesje, wat de dag draaglijker maakte, maar het was nog steeds heet op het zwarte asfalt, en Sara dacht onwillekeurig aan een paar nachten daarvoor, toen ze de straat op gerend was om zo ver mogelijk bij Jeffrey uit de buurt te komen. Misschien dacht hij aan hetzelfde, want hij kneep in haar hand.

Ze vroeg: 'Gaat het wel?'

Hij schudde zijn hoofd, maar ging niet op haar vraag in.

'Waarom wil je het huis nog eens bekijken?'

'Het deugt niet,' zei hij. 'Het klopt niet.'

'Wat heeft Robert gezegd?'

'Niets nieuws,' zei Jeffrey. 'Hij neemt nog steeds de schuld op zich. Hij neemt de schuld voor alles op zich.' Zijn kaak verstrakte en hij zweeg even. 'Hij liegt over Julia. En dus vraag ik me af waarover hij nog meer heeft gelogen.'

'Zoals?' vroeg Sara, die vond dat het behoorlijk duidelijk was wat er die nacht in de slaapkamer was gebeurd. 'Al het bewijsmateriaal ondersteunt zijn verklaring.'

'Ik wil het gewoon nog een keer bekijken,' zei hij. 'Ik wil zelf zien dat het klopt.'

'Waarvan denk je precies dat het niet klopt?'

Hij liet haar hand los toen ze Roberts huis naderden en gaf geen antwoord op haar vraag. De gele houten planken zagen er vers geschilderd uit en het witte hekje verleende het geheel een surrealistisch effect, alsof het een Hollywood-versie was van wat een huis hoorde te zijn.

Er hing een felgele strook politietape over de deur. Jeffrey haalde zijn zakmes te voorschijn en wurmde met zijn vingernagel het lemmet naar buiten. 'Hij is vannacht aangevallen.'

'In de gevangenis?'

Hij knikte.

'Door wie?'

Jeffrey sneed de tape door. 'Dat wil hij niet zeggen.'

'Hoe heeft Hoss dat kunnen laten gebeuren?'

'Het kwam niet door Hoss,' zei Jeffrey terwijl hij het mes dichtklapte. 'Robert wil niet zeggen wie hem bij de andere gevangenen heeft gestopt, maar ik heb het gevoel dat het Reggie is geweest.'

'Had hij dan niet beter gewoon een schietschijf op zijn rug kunnen schilderen?'

'Als ik die stomme reactionaire boer ooit nog eens zie ruk ik zijn kop van zijn lijf.'

Sara kon het beeld van Reggie maar moeilijk met dit optreden combineren, maar Nell had gezegd dat hij niet te vertrouwen was.

Ze vroeg: 'Hoe is het met Robert?'

Jeffrey opende de deur en deed een stap achteruit. Hij liet Sara voorgaan. 'Ik probeerde hem zover te krijgen dat hij iets tegen me zei, me te vertellen wat er allemaal is gebeurd, maar dat wilde hij niet.'

'Is hij erg geslagen?'

'Dat is niet waar ik me zorgen over maak,' zei Jeffrey, en ze las in een fractie van een seconde alles van zijn gezicht af.

'O, nee,' zei ze terwijl ze haar hand tegen haar borst drukte. 'Hoe is het met hem?'

Hij trok de deur achter hen dicht. 'Hij zegt dat het prima met hem gaat.'

'Jeffrey,' zei ze, en ze legde haar hand om zijn middel. Hij keek de gang in, niet naar haar, en ze zag dat het hem geweldig veel moeite kostte zijn zelfbeheersing te bewaren.

'Possum was vanmorgen in de gevangenis om borgtocht voor hem te betalen,' zei hij. 'Het idee is niet eens bij me opgekomen.'

'Hoe heeft hij dat voor elkaar gekregen?'

'Hoss moet hier en daar een babbeltje hebben gemaakt,' zei Jeffrey. 'Er is niet echt sprake van een risico dat Robert ervandoor gaat. Waar moet hij heen?'

'Wat vreselijk,' zei ze, terwijl ze zijn verdriet kon voelen.

Hij legde zijn armen om haar heen en ze hield hem vast; ze probeerde troost te bieden en wist dat ze weinig meer kon doen dan dat.

'O, Sara,' fluisterde hij, en begroef zijn gezicht in haar hals. Zijn hele lichaam ontspande zich, en ondanks alles wat er was gebeurd voelde ze een overweldigende gewaarwording van geluk dat ze hem zo'n rust kon geven door hem alleen maar vast te houden.

Hij zei: 'Ik wil hier alleen maar weg, samen met jou.'

'Dat weet ik,' zei ze, zijn nek strelend.

'Ik wil met je dansen,' zei hij, en ze lachte omdat ze beiden wisten dat Sara de motoriek van een pasgeboren veulen had. 'Ik wil met je op het strand wandelen en pina colada's drinken uit je navel.'

Ze lachte weer, probeerde zich los te maken, maar hij wilde haar niet loslaten. Sara kuste hem in zijn hals, liet haar lippen op zijn huid rusten. Hij smaakte zilt, als de oceaan, en ze rook de zware geur van zijn aftershave. 'Ik ben hier,' zei ze.

'Dat weet ik,' zei hij, en liet haar ten slotte los. Hij zuchtte diep en maakte een snel handgebaar naar het huis. 'Laten we dit even snel doen.'

'Wat zoeken we precies?' vroeg ze terwijl ze achter hem aan de zitkamer in liep.

'Dat weet ik niet,' zei hij en trok hij een van de laden van de salontafel open. Hij rommelde erin en schoof hem weer dicht. 'Waar bewaarde hij zijn reservepistool?'

'Zei hij niet in de zitkamer?' vroeg Sara. Ze wist het echt niet meer .

'Er zou een kluisje moeten zijn,' zei hij. 'Als hij tenminste de waarheid sprak over de plaats waar hij het bewaarde.'

Sara wist niet zeker of ze konden afgaan op ook maar iets wat Robert had verteld, maar ze opende de deuren van het kastje waarin de televisie stond. Behalve een grote tv en een stapel video's zag ze niets. Ze boog zich voorover om in de laden te zoeken en zei: 'Er wonen hier geen kinderen. Hij zou het evengoed in een la kunnen bewaren.'

'Robert weet wel beter,' zei Jeffrey, die zich op handen en knieën liet zakken om onder de bank te kijken. 'Hoss heeft ons allebei geleerd dat je je wapen altijd op een veilige plaats moet opbergen.' Hij richtte zich op zijn hurken op, met een treurige blik in zijn ogen. 'Robert heeft de junioren getraind,' zei hij. 'Waarschijnlijk zaten hier voortdurend kinderen. Hij zou hier geen pistool laten rondslingeren.'

'Jessie heeft een moeilijke tijd gehad,' zei Sara. 'Nell heeft me verteld dat ze rond de miskraam te veel pillen heeft geslikt.'

'Een reden te meer om het pistool te verbergen,' merkte Jeffrey op.

Sara doorzocht een stapel gebruiksaanwijzingen van alle elektronische apparaten in het huis. Ze vond verschillende oude afstandsbedieningen, een paar lege batterijen en een nagelvijl, maar geen kluisje voor een pistool. Ze vroeg: 'Waar bewaarde jij je reserve?'

'Bij mijn bed,' antwoordde hij. 'Als ik thuis ben ligt mijn gewone pistool in het kastje boven het fornuis.'

'Waarom in de keuken?'

'Daar heb ik nooit zo over nagedacht,' zei hij terwijl hij met zijn hand onder de salontafel zocht. 'Het leek me gewoon logisch: een boven, een beneden.'

'Waar in de keuken?' vroeg Sara, die naar de achterkant van het huis liep.

'Het kastje boven het fornuis,' riep hij, en toen: 'Verdomme.'

'Wat is er?'

'Een splinter.'

'Probeer een beetje voorzichtiger te zijn,' adviseerde ze hem vanuit de gang. De slaapkamer lag recht tegenover de keuken, maar ze stond zichzelf niet toe te kijken. De stank van opgedroogd bloed was overweldigend, en Sara wist dat hij nog lang in het huis zou blijven hangen nadat Robert en Jessie iemand hadden gevonden om het schoon te maken. Ze kon zich niet voorstellen hoe Jessie hier zou kunnen blijven wonen na wat er was gebeurd.

Sara deed het kastje boven het fornuis open en vond een stapel Tupperware-kommen met de deksels keurig ernaast. Ze ging op haar tenen staan en keek helemaal achter in het kastje, maar zag niets wat ook maar in de verste verte op een pistool leek. Ze maakte een ronde door de keuken, deed alle kasten open en dicht, met hetzelfde resultaat. Ze keek zelfs in de koelkast, waarin een vol pak melk stond, vruchtensap en de gebruikelijke voorraden, maar geen pistool.

'Iets gevonden?' vroeg Jeffrey. Hij stond in de deuropening, hield zijn ene hand met de andere vast.

'Doet het pijn?' vroeg Sara.

'Niet zo erg,' zei hij terwijl hij zijn hand uitstak. Ze knipte het licht aan en zag een dikke splinter in de palm.

'Ze zullen hier toch wel een pincet hebben?' zei ze, en trok de laden open. Een snelle zoektocht leverde niets anders op dan gewone keukenspullen. 'Ik zal even in de badkamer kijken.'

Ze liep naar de grote slaapkamer, maar bleef staan toen ze een naaidoos op de bijzettafel naast de eetkamertafel zag.

Ze zei tegen Jeffrey: 'Kom even hier binnen, het licht is hier beter,' terwijl ze de doos doorzocht. 'Hiermee zal het wel lukken,' zei ze, nadat ze tussen de spelden en naalden een pincet met rechte randen had gevonden.

'Moet ik deze opendoen?' vroeg Jeffrey, maar hij draaide al aan de stok om de blinden te openen. Hij keek in de achtertuin en zei: 'Het is hier lekker, hè?'

'Ja,' zei ze en pakte zijn hand. Op haar werk droeg ze soms een bril, maar ze was te ijdel geweest om hem op dit tochtje mee te nemen. 'Dit zou pijn kunnen doen.'

'Dat kan ik wel aan,' zei hij, en toen: 'Au, verdomme.' Hij rukte zijn hand terug.

'Sorry,' zei ze. Ze probeerde niet te glimlachen. Ze hield zijn hand dichter bij het raam om van het licht te profiteren. 'Denk gewoon maar aan iets anders.'

'Dat zal niet zoveel moeite kosten,' zei hij sarcastisch terwijl hij zijn gezicht vertrok toen het pincet dichterbij kwam.

'Ik heb hem nog niet eens aangeraakt,' zei ze.

'Ben je ook zo gemeen tegen die kinderen van je?'

'Die zijn normaal gesproken wel iets flinker.'

'O, dank je wel.'

'Kom nou,' plaagde ze hem. 'Als je braaf bent krijg je een lolly.'

'Ik zou liever jou iets geven om op te zuigen.'

Ze trok een wenkbrauw op, maar ging er niet op in. Langzaam peuterde ze aan de splinter, probeerde hem er in zijn geheel uit te krijgen.

Jeffrey vroeg: 'Is je iets vreemds aan Swan opgevallen?'

'Hoezo, iets vreemds?' Ze kreunde toen de splinter brak.

'Iets in de zin van...' Hij maakte een sissend geluid toen ze het pincet in zijn huid drukte. 'Hij is precies het tegendeel van Robert.'

Ze haalde haar schouders op. 'Misschien ging het daarom. Misschien wilde ze iets anders. Een verandering.'

'Ben ik anders dan de kerels met wie je gewoonlijk omgaat?'

Sara concentreerde zich op de splinter en probeerde tegelijkertijd een goed antwoord te bedenken. 'Ik kan niet zeggen dat ik daar erg over heb nagedacht.' Ze glimlachte toen de splinter naar buiten kwam. 'Ziezo.'

Hij bracht zijn hand naar zijn mond, iets wat Sara kinderen op de kliniek ook zag doen, alsof ze er door een genetisch gebod van overtuigd werden dat hun mond een wond kon schoonmaken.

'Laten we in de slaapkamer kijken,' zei Jeffrey.

'Denk je dat hij loog toen hij zei dat hij een reservepistool in de zitkamer bewaarde?'

'Ik weet het niet.'

'Hij zou hem in zijn auto bewaard kunnen hebben.'

'Misschien.'

'Wat zit je nog meer dwars?' Ze besloot geen genoegen meer te nemen met een vage ontkenning. 'Ik ben niet achterlijk,

Jeffrey. Er zit je iets dwars. Vertel het me of niet, maar blijf het niet ontkennen.'

Hij legde zijn hand op de vensterbank. 'Ja, er zit me inderdaad iets dwars. Ik kan er alleen niet over praten.'

'Oké,' zei ze, blij dat ze hem in ieder geval had gedwongen het toe te geven. 'Laten we de klus hier afmaken. Misschien kunnen we dan terug naar Nells huis en proberen een soort logica in alle gebeurtenissen te ontdekken.'

De deur van de slaapkamer stond op een kier en de scharnieren piepten toen ze hem verder openduwde. Het licht stroomde door de ramen naar binnen, en Sara was verbaasd hoe haar herinnering aan de kamer op de avond dat Swan was neergeschoten vertekend was. Op de een of andere manier had ze in gedachten alles overdreven, zodat ze elke keer dat ze probeerde zich de kamer voor te stellen overal bloed zag. In werkelijkheid was de kamer, afgezien van de waaier van spatten in de richting van de deur en de plas bloed en stukjes hersenen waar Swan had gelegen, schoon.

Jeffrey opende de kast en zocht de planken af terwijl Sara naar het nachtkastje liep tegenover de plek waar Swan was doodgeschoten. Alles was op vingerafdrukken afgezocht; zwart poeder maakte vuile plekken en randen op ieder oppervlak zichtbaar. Ze veronderstelde dat Reggie al het bewijsmateriaal had meegenomen dat hij nodig had, maar toch probeerde Sara het zwarte poeder op de deur van het nachtkastje niet aan te raken omdat ze uit ervaring wist hoe moeilijk het was om het van je handen te krijgen. Ze opende het deurtje aan de bovenkant en deed een stap achteruit toen er een lichtblauwe vibrator uit het kastje en op de vloer viel.

Jeffrey keek over haar schouder mee. 'Dat verklaart een heleboel,' zei hij op alwetende toon.

'Wat dan?' vroeg Sara, terwijl ze het apparaat met een papieren zakdoekje op zijn plaats teruglegde. 'Elke vrouw heeft er wel een.'

Hij leek verrast. 'En jij?'

'Natuurlijk niet,' schertste ze. 'Jij bent mans genoeg voor me.'

'Ik meen het serieus, Sara.'

'Wat?' vroeg ze, terwijl ze een blik in het kastje wierp voordat ze het deurtje weer dichtdeed. Er lag een kleine tube glijmiddel, maar ze vond het niet verstandig dit Jeffrey te vertellen. Ze zei: 'Het heeft niets om het lijf. Sommige stellen gebruiken ze. Naar wat voor soort aanwijzingen ben je hier op zoek?'

'Dat weet ik niet,' zei hij met een verslagen klank in zijn stem. 'Hij vertelt me de waarheid niet. We moeten of bewijzen dat hij liegt, of dat hij de waarheid spreekt.' Hij haalde zijn schouders op. 'Hoe het ook zij, ik ga hem hier doorheen helpen.'

Sara zei: 'Als mensen liegen, strooien ze er soms hier en daar een beetje waarheid doorheen, zodat het geloofwaardig klinkt.'

'Waarmee je bedoelt?'

'Misschien heeft Robert ons wat informatie gegeven die we gewoon niet registreren.' Sara opperde: 'Laten we bij het begin beginnen en nog eens doornemen wat Robert en Jessie de eerste keer hebben verteld.'

'Je bedoelt wat ze ons hebben verteld vlak nadat Luke was neergeschoten?'

Ze knikte.

'Goed,' zei hij, in de kamer rondkijkend. 'We beginnen bij het begin. We waren op straat. Ik hoorde die schoten en rende door de achtertuin hierheen.' Hij stond in de deuropening. 'Ik zag wat er gebeurd was, of ik zag in ieder geval die dode man. Robert kreunde en ik draaide me om. Hij stond hier.' Jeffrey wees achter de deur. 'Jessie stond daar,' zei hij, naar het raam wijzend.

'En toen?'

'Ik vroeg Robert of het ging, en toen ging ik jou zoeken.'

'Oké,' begon Sara en nam het relaas over. 'Ik kwam binnen en jij ging de politie bellen. Ik controleerde Swans pols en ging toen Robert helpen.'

'Hij wilde je niet naar de wond laten kijken,' merkte Jeffrey op. 'Jessie viel ons telkens in de rede terwijl ik probeerde het verhaal uit hem te krijgen.'

'Dat als volgt luidde,' nam Sara het over. 'Ze lagen in bed. Swan kwam door het raam naar binnen.'

Jeffrey liep naar het raam. Hij keek de achtertuin in. 'Iemand kan hierdoor naar binnen zijn geglipt.'

'Heeft Robert ooit gezegd dat hij de hor eruit heeft geslagen?' Ze verduidelijkte: 'Als deel van zijn nieuwe verhaal, waarin hij zei dat hij Swan heeft doodgeschoten. Heeft hij gezegd dat hij de hor eruit heeft geslagen?'

'Nee.'

Sara keek rond in de kamer, probeerde zich te herinneren hoe alles er die nacht had uitgezien.

'Dus Swan heeft een pistool,' zei Jeffrey, die doorging met Roberts eerste verhaal. 'Hij kruipt naar het bed. Jessie wordt wakker en begint te schreeuwen. Robert draait zich om en Swan schiet op hem.'

'Hij mist,' zei Sara. 'Robert rent naar de kast en pakt zijn pistool.' Ze ging voor de kast staan. 'Hij schiet op Swan, maar het pistool blijft hangen.'

Jeffrey maakte het verhaal af. 'Swan schiet op hem, daarna gaat Roberts pistool af en hij schiet Swan in het hoofd.'

Sara keek omlaag naar de plek waar ze stond. Het patroon van bloedspatten wees niet naar de kast.

Ze zei: 'Hij had hier moeten staan,' terwijl ze naar de deur liep en zich in het verlengde van het patroon opstelde. 'Kijk maar,' zei ze, wijzend op het bloed in het tapijt waar Swan was gevallen. 'Hij had hier moeten staan.'

'Waarom?'

'Hij schiet,' zei ze, terwijl ze haar hand met haar duim en wijsvinger uitgestoken ophield alsof het een pistool was. 'De kogel treft Swan in zijn hoofd, en daarachter moeten dan bloedspatten zijn van het schot. Rudimentaire wetenschap: iedere actie leidt tot een even grote en tegengestelde reactie. De kogel gaat naar binnen, het bloed sproeit terug. Kijk eens naar het patroon van het bloed.'

Jeffrey kwam naast haar staan en keek naar het tapijt. 'Oké,' zei hij. 'Ik zie het. Hij stond hier.'

'Blijf even staan,' zei ze, en liep de kamer uit voordat hij kon vragen waarom. Ze pakte de naaidoos en kwam terug: 'Dit is niet echt wetenschappelijk.'

'Wat doe je?'

Ze pakte een klosje geel garen, denkend dat dit het best

zichtbaar zou zijn. 'Bloed is, zoals alles, onderworpen aan de wet van de zwaartekracht.'

'Dus?'

'Dus,' zei ze, terwijl ze een doosje met rechte spelden opende. 'Dus kun je aan de hand van de vorm van de druppel zien welke kant het bloed op is gevallen. Als het alle kanten op is gespetterd is het recht omlaaggevallen.' Ze wees op het kogelgat achter de deur. 'Zie je?' vroeg ze. 'Je kunt aan het patroon zien dat Robert bij de muur stond toen de kogel weer uit zijn lichaam kwam. De bloeddruppels zijn bijna volmaakt rond, behalve bovenaan, waar je kunt zien dat ze een lichte ellipsvorm hebben. Dat betekent dat de kogel zich schuin naar boven heeft bewogen.'

'Maar het lijkt alsof het uit elkaar is gespat,' zei Jeffrey, wijzend op de dunne rode lijntjes die als radiaaltjes om de ronde druppels lagen.

'Het bloed raakte de muur rechtstreeks, maar het spetterde toch terug.' Ze gebruikte een rechte speld om duidelijk te maken wat ze bedoelde. 'Dit is de plek waar de belangrijkste inslag plaatsvond.'

'Goed,' beaamde hij, hoewel ze zag dat hij het nog steeds niet accepteerde. 'En wat worden we wijzer van de rest?'

'Kijk,' zei ze, terwijl ze het eind van de draad pakte. Ze trok een paar meter van het klosje en boog zich toen naar het tapijt om het in het patroon van het bloed te leggen. 'De hoek omlaag of omhoog is natuurlijk een gok, en ik zal hem natuurlijk moeten corrigeren – waarschijnlijk omhoog – voor de parabool, maar ik...'

'Waar heb je het over?'

'Eenvoudige trigonometrie,' antwoordde ze, denkend dat het wel duidelijk was. 'Ik heb hier niet echt de goeie spullen, dus dit is alleen maar een benadering, maar de formule is zoiets als de verhouding tussen breedte en lengte van de bloedvlekken is gelijk aan de hoek van de inslag...' Hij kon haar weer niet volgen, dus ze zei: 'Ga eens wat plakband zoeken.'

'Doorzichtig? Ondoorzichtig?'

'Als het maar plakt.'

Terwijl Jeffrey het huis op plakband doorzocht zette Sara de draden uit. Met spelden bevestigde ze de uiteinden aan het tapijt en spande het draad in lengten van drie tot drieënhalve meter.

'Kan het hiermee?' vroeg Jeffrey terwijl hij haar een rol isolatieband gaf.

'Het zou moeten gaan,' zei Sara, die stukjes band van de rol trok en ze op haar arm plakte. Ze vond de grootste spatten op het tafeltje naast het bed en zorgde ervoor niet de stukken vlees aan te raken die er nog op zaten. Ze wenste dat ze handschoenen had aangetrokken voordat ze hiermee was begonnen, maar daar was het nu te laat voor.

Ze zei tegen Jeffrey: 'Ga eens daar staan.'

'Wat ben je van plan?'

'Ik heb aan dit uiteinde niets om de draad aan vast te maken,' zei ze. 'Daar moet ik jou voor gebruiken.'

'Oké,' stemde hij in, en ze richtte haar aandacht weer op elk stuk draad, in totaal zo'n vijftig. Terwijl ze de hoeken zo goed mogelijk schatte, hoewel ze niet over de juiste instrumenten beschikte, speldde ze de draden vast aan Jeffreys kleren. Ze gebruikte de zwarte tape om de plaatsen aan te geven waar de gele draden elkaar kruisten. Tegen de tijd dat ze klaar was zat Sara behoorlijk te zweten in die dichte kamer, maar het was de moeite wel waard.

'Zijn hoofd bevond zich hier,' zei Jeffrey, wijzend op het punt waar alle draden bij elkaar kwamen. Het zwarte isolatieband markeerde de plek van de inslag, als een soort forensische spin in een web, en liet de precieze plaats zien waar de kogel een explosie van bloed, bot en hersenen had veroorzaakt.

Sara had door al dat rondkruipen op het bebloede tapijt haar spijkerbroek al vuilgemaakt, maar ze aarzelde toch om zich te laten zakken op de plek waar Swan had geknield toen hij was neergeschoten. Hij moest zich enkele tientallen centimeters van het bed hebben bevonden toen de kogel was ingeslagen. Ze zei: 'Hij was iets kleiner dan ik, dus zijn hoofd moet ongeveer hier hebben gezeten, met een marge van een paar centimeter om een mogelijke calculatiefout van mij te corrigeren.'

'Jessie lag in bed,' zei Jeffrey, die zich niet verroerde vanwege de draden. 'Swan moet voor haar op zijn knieën hebben gelegen.'

Sara zag iets wat de contouren van een afdruk van een hand zouden kunnen zijn. 'Hier,' zei ze. 'Zie je dit?'

'Ja,' knikte hij. 'Swan moet daar op zijn hand hebben gesteund. Misschien leunde hij tegen het bed, om in evenwicht te blijven.'

'Hij keek deze kant op,' zei Sara op het bed wijzend. 'De kogel drong de zijkant van zijn hoofd binnen – hier.' Ze legde haar vingers tegen het gebied boven haar oor. 'En aan de andere kant kwam hij er lager weer uit.' Ze wees op het stuk vlees dat nog steeds tegen het nachtkastje geplakt zat. 'Dit is zijn oorlelletje.'

'Dat klopt dus,' zei Jeffrey. 'Robert stond ongeveer waar ik sta en Swan knielde naast het bed, wat hij daar ook deed.'

'Met zijn gezicht naar Jessie toe.'

Jeffrey liet zijn schouders zakken en de draden gingen mee. 'Wat hij zei was dus waar. Hij heeft hem niet eens gewaarschuwd. Hij heeft hem gewoon in koelen bloede doodgeschoten.'

'Laten we deze maar weghalen,' zei Sara, doelend op de spelden. 'Die maken ons het waarom niet duidelijk.'

'Het waarom is duidelijk genoeg,' zei hij terwijl hij haar met de spelden hielp. 'Hij zag een andere man met zijn vrouw rotzooien. Ik zou hetzelfde hebben gevoeld.'

'Maar jij zou iemand niet neerschieten.'

'Ik weet niet wat ik zou doen,' zei Jeffrey. 'Als ik jou met iemand anders zou zien...'

'Robert zag hen eerst,' zei Sara, die nog steeds probeerde verder te denken. 'Hij had zijn pistool niet bij zich toen hij de eerste keer binnenkwam.'

'Nee,' beaamde Jeffrey. 'Hij moet naar de kamer zijn teruggelopen, of naar zijn auto, of waar hij zijn pistool ook bewaart.'

'En toen kwam hij terug,' ging Sara door. 'Dat is voorbedachten rade.'

'Dat weet ik,' zei Jeffrey, die een paar spelden in het plastic doosje liet vallen.

Sara wond de draad op en vroeg zich af wat ze nu moesten

doen. Robert had al bekend. Hun doel hier was geweest zijn verhaal op de een of andere manier te weerleggen. Ze hadden nu alleen maar bewezen dat hij de man met voorbedachten rade had neergeschoten. Het was het verschil tussen tien jaar met vervroegde vrijlating wegens goed gedrag en de dodencel.

Buiten gierden autobanden en Jeffrey zei: 'Ik vraag me af wat...', toen er een portier werd dichtgeslagen. Ze liepen allebei naar de voorkant van het huis om te kijken wie het was. Jeffrey trok de deur precies open op het moment dat een vrouw haar vuist hief om er een klap op te geven.

'Jij!' schreeuwde ze; haar stem deed Sara aan een betonmolen denken. 'Smerige klootzak, ik wist wel dat je hier zou zijn!'

Jeffrey probeerde de deur weer dicht te doen, maar de vrouw drong het huis binnen. Sara werd in eerste instantie getroffen door haar geur, de metalige lucht van menstruatiebloed, hoewel de vrouw die periode in haar leven allang achter de rug had. Het was een kolossale vrouw, waarschijnlijk honderd pond te zwaar, met een gezicht dat een masker van pure razernij was.

'Zwijn!' gilde de vrouw terwijl ze een stomp tegen Jeffreys borst gaf.

'Lane...' begon hij, zijn handen omhoog om haar tegen te houden.

'Jij hebt mijn dochter vermoord, klotehufter!' bulkte ze. 'Jij en die klotevriendjes van je komen hier niet mee weg!'

Jeffrey probeerde haar de deur uit te duwen, maar ze zag kans deze door de pure druk van haar gewicht open te houden. Ze gaf weer een hevige stoot tegen Jeffreys borst, ditmaal hard genoeg om hem achteruit het huis in te laten vliegen. De deur zwaaide open terwijl Jeffrey op de vloer terechtkwam.

Sara liep naar hem toe terwijl ze, voordat ze besefte wat ze deed 'Stop!' tegen de vrouw riep.

De vrouw draaide zich naar Sara om en nam haar op zoals ze waarschijnlijk een lepralijder zou bekijken. 'Ik heb van je gehoord,' zei ze. 'Kloteslet. Je hebt geen idee met wat voor uitschot je het hebt aangelegd.'

Jeffrey had kans gezien overeind te komen, maar hij ademde moeilijk, en Sara vroeg zich af of hij door de kracht van de stoot misschien een rib had gebroken.

Sara fluisterde: 'Wie is dit?'

'Eric!' riep de vrouw over haar schouder naar de voortuin. 'Kom binnen. Jij ook, Sonny.'

Jeffrey leunde zwaar tegen de muur, alsof hij hulp nodig had om overeind te blijven. Sara wilde hem net vragen wat er aan de hand was toen ze twee jongens de treden van de veranda op zag komen. Het waren meelijwekkende knulletjes, ondervoed en vuil. Sara moest denken aan twee jonge vogeltjes die uit hun nest waren gevallen en door hun moeder in de steek waren gelaten, en alleen al van de aanblik werd ze kwaad. Wie kon een dergelijke verwaarlozing toelaten? Wie kon twee kinderen zo behandelen?

De vrouw greep een van de jongens in zijn nek en duwde hem naar Jeffrey toe. 'Zeg eens dag tegen je vader, kleine rotzak.'

Sara ving de jongen op voordat hij viel. Onder zijn vuile grijze hemd voelde ze zijn uitstekende ribben.

De vrouw zei: 'Dit is de klootzak die je moeder heeft verkracht.'

Sara had het gevoel dat haar keel werd dichtgeknepen. Ze keek naar Jeffrey, maar hij keek niet terug.

'Verkracht?' kreeg Sara eruit, terwijl het woord als een echo in haar hoofd bleef nagalmen.

'Zwijn,' zei de vrouw tegen Jeffrey. 'Wees godverdomme een vent en neem een keer in je zielige leven eens een beetje verantwoordelijkheid op je.'

'Alstublieft,' zei Sara tegen de vrouw, terwijl ze zich probeerde te concentreren op de dingen waarop ze enige invloed kon hebben. 'Doet u dit alstublieft niet waar de kinderen bij zijn.'

'Doe wat niet?' vroeg de vrouw op hoge toon. 'Die jongen moet toch weten wie zijn vader is? Nietwaar, Eric? Wil je de man niet leren kennen die je moeder heeft verkracht en vermoord?'

Eric keek naar Jeffrey omhoog, nieuwsgierig, maar Jeffreys gezicht was van steen en hij keurde het kind geen blik waardig.

'Gaat het?' vroeg Sara de jongen terwijl ze met haar vingers zijn vuile haar uit zijn ogen streek. Hij was lang genoeg om van Jareds leeftijd te zijn, maar had iets ziekelijks. Ze zag vreemd ogende kneuzingen in zijn gezicht. Ze vroeg: 'Ben je ziek?'

De vrouw gaf namens hem antwoord. 'Hij heeft slecht bloed,' zei ze. 'Precies zoals die klotevader van hem.'

'Maak dat je hier wegkomt,' gromde Jeffrey; zijn stem klonk als een waarschuwing. 'Je hoort hier niet.'

'Je laat Robert hiervoor opdraaien,' zei ze. 'Verdomde lafbek.'

'Je weet er niets van.'

'Wat ik weet is dat ik word begraven onder de doktersrekeningen,' schreeuwde ze terug. 'Niemand aan mijn kant van de familie heeft ooit zulke ellende meegemaakt.' Ze wierp de jongen een blik vol haat toe, alsof ze het niet kon verdragen bij hem in de buurt te zijn. 'Denk je soms dat het geld me op de rug groeit? Denk je dat ik het me kan permitteren dat jong iedere keer dat hij valt weer naar het ziekenhuis te brengen?'

Jeffrey waarschuwde: 'Maak dat je als de sodemieter wegkomt, voordat ik Hoss roep.'

Ze wist niet van wijken. 'Laat maar komen! Laat maar komen, nu, dan regelen we het voor eens en altijd.'

'Er valt niets te regelen,' snauwde Jeffrey terug. 'Er is niets veranderd, Lane. Je kunt niets beginnen.'

'Krijg nou wat,' zei ze. 'Ik heb haar lichaam. Ik heb haar skelet. We weten allebei dat ik niet meer nodig heb.'

'De zaak is drie jaar geleden verjaard,' zei hij, en het feit dat hij dit wist deed een koude huivering over Sara's ruggengraat lopen. 'Ook al zou je me iets kunnen maken, ze zouden me niets kunnen maken.'

De vrouw priemde met haar dikke vinger naar Jeffreys gezicht. 'Ik vermoord je met mijn eigen handen, godverdomde klootzak.'

'Mevrouw,' probeerde Sara, terwijl ze haar handen op Eric liet rusten omdat ze hem niet wilde loslaten. Hij leek kilometers verder weg, alsof hij eraan gewend was dat volwassenen zich zo gedroegen. De jongen die in de tuin was blijven staan speelde met een plastic speelgoedvrachtwagen, waarbij zijn lippen de geluiden van een motor nadeden. Toch zei Sara: 'Laten we dit niet doen waar de kinderen bij zijn.'

'En wie mag jij dan wel zijn?' lachte de vrouw. 'Wie denk jij wel niet dat je bent?'

Sara richtte zich op; ze was zo kwaad dat ze iets moest zeggen. 'Ik weet dat dit kind ziek is. Hij is vervuild. Hoe kunt u dat toelaten?' Ze wees op de andere jongen. 'En hij ook. Ik zou de kinderbescherming op uw dak moeten sturen.'

'Ga je gang, roep ze maar,' zei ze. 'Denk je dat het mij ene flikker uitmaakt? Twee monden minder te voeden.' Toch stak ze bij deze woorden haar hand uit en gebaarde Eric dat hij bij haar moest komen staan. De jongen volgde haar bevel op en Sara stak haar arm uit om hem tegen te houden, waarbij haar vingers in zijn hemd bleven haken. Jeffrey greep haar arm en liet het kind gaan.

De vrouw zei tegen Sara: 'Dat vriendje van je heeft mijn dochter verkracht.'

Sara voelde zich licht in het hoofd worden. Ze steunde met haar hand tegen de muur om overeind te blijven.

'Hij heeft haar verkracht en zwanger gemaakt, en toen ze om hulp vroeg heeft hij haar vermoord en mij die kleine zak van een zoon laten opvoeden.' De vrouw stak haar vinger weer uit naar Jeffreys gezicht. 'Hier is het laatste woord nog niet over gezegd.'

'Jawel,' zei hij. 'Hier is het laatste woord wel over gezegd.'

'Vertel dat klotevriendje van je maar dat als ik hem op straat tegenkom hij zo goed als dood is.'

'Waarom zou ik Hoss niet zeggen dat hij je kan oppakken wegens bedreiging?'

'Laffe klootzak,' zei ze terwijl haar lippen zich tot een grimas vertrokken en ze haar keel schraapte. Voordat Jeffrey een stap opzij kon doen spuugde ze hem in zijn gezicht.

'We zijn nog niet klaar met elkaar,' zei ze, en pakte Eric bij zijn pols. Het kind had al over zijn hele arm blauwe plekken, maar verzette zich niet. De andere jongen, in de voortuin, draafde terug naar de auto met een gezicht alsof zijn moeder hem had gezegd dat ze een ijsje gingen halen.

Jeffrey haalde zijn zakdoek te voorschijn en vouwde hem zorgvuldig open. Hij bette zijn gezicht, veegde het speeksel weg.

Het duurde enige tijd voordat Sara haar stem terug had. Ze

hoorde de beschuldiging van de vrouw steeds weer in haar hoofd weerklinken. Uiteindelijk lukte het haar te vragen: 'Wil je me vertellen waar dat over ging?'

'Nee.'

Ze stak haar handen in de lucht, met een boos en kwetsbaar gevoel. 'Jeffrey, ze zei dat je haar dochter hebt verkracht.'

'Geloof je haar?' vroeg hij terwijl hij haar recht aankeek. 'Geloof je dat ik iemand heb verkracht? Dat ik iemand heb vermoord?'

Ze was te geschokt geweest om deze mogelijkheid helemaal te overwegen. De beschuldiging had haar als een moker getroffen, haar hersenen uitgeschakeld.

'Sara?'

'Ik weet niet...' Ze schudde haar hoofd. 'Ik weet niet meer wat ik moet geloven.'

'Dan hebben we elkaar niet veel meer te zeggen,' zei hij, weglopend.

'Wacht,' zei ze, terwijl ze achter hem over de oprit achterna kwam. 'Jeffrey.' Hij draaide zich niet om en ze moest rennen om hem bij te houden. 'Praat met me.'

'Het lijkt erop dat je je conclusies al hebt getrokken.'

'Waarom wil je me niet vertellen wat er is gebeurd?'

Hij bleef staan en draaide zich naar haar om. 'Waarom laat je het niet gewoon rusten, Sara? Waarom kun je me niet gewoon vertrouwen?'

'Het is geen kwestie van vertrouwen,' zei Sara. 'Mijn god, die vrouw zegt dat je haar dochter hebt verkracht. Ze zegt dat je een zoon hebt.'

'Dat is flauwekul,' snauwde hij. 'Denk je dat ik een kind zou kunnen hebben zonder het te weten? Uitgesloten.'

Sara dacht aan Jared en verbeet de neiging hem Nells geheim in het gezicht te slingeren.

'Wat?' vroeg hij woedend; hij zag haar zwijgen voor iets ergers aan. 'Weet je wat? Krijg de klere.' Hij liep verder de straat af, duidelijk wanhopig. 'Ik dacht dat jij anders was. Ik dacht dat jij iemand was die ik kon vertrouwen.'

'Het is geen kwestie van vertrouwen.'

'"Kwestie van vertrouwen,"' bauwde hij haar na. 'Ga toch weg!'

'O, dat is nou echt een volwassen reactie,' zei ze spottend. '"Ga toch weg."'

Ze probeerde zijn schouder te pakken om hem tegen te houden, maar hij rukte zich los van haar en waarschuwde: 'Laat me nu maar alleen.'

'Waarom?' vroeg ze. 'Wou je mij soms ook verkrachten? Wurgen?'

Hij was al eerder kwaad op haar geweest, witheet zelfs, maar nu zag ze zijn gekwetstheid alsof het een open boek was, en had onmiddellijk spijt van haar woorden.

Sara probeerde te kalmeren, maar hij schudde zijn hoofd alsof hij zichzelf niet vertrouwde als hij iets zou zeggen. Hij stak zijn vinger naar haar op; hij leek iets te willen betogen, maar zei nog steeds niets. Ten slotte schudde hij weer zijn hoofd en liep door in de richting van het huis van zijn moeder.

'Verdomme,' fluisterde Sara, terwijl ze haar handen in haar zij zette. Waarom moest alles toch zo moeilijk gaan tussen hen? Zodra het even goed ging kwam er wel weer iets – gewoonlijk iemand – langs waardoor het om zeep werd geholpen. Verkrachting. Ze kon alles hebben wat ze over hem zeiden, maar dit... Waarom had hij het haar niet eerder gezegd? Waarom had hij haar niet vertrouwd? Waarschijnlijk om dezelfde redenen als waarom zij hem niet helemaal vertrouwde.

Nell zat op de trap van de veranda toen Sara aan kwam lopen. Ze stond op en stak haar hand uit met de woorden: 'Ik zag de auto van Lane Kendall bij Roberts huis. Wat heeft dat ouwe wijf tegen je gezegd?'

Sara deed haar mond open maar barstte tot haar eigen verbazing in huilen uit.

'O, liefje,' zei Nell, terwijl ze haar meenam, het huis in. 'Kom hier.' Ze trok Sara naar de bank. 'Ga zitten.'

Sara ging zitten, en Nell sloeg haar armen om haar heen. Sara voelde zich belachelijk en dankbaar tegelijk, en haar woorden kwamen er tussen haar snikken door met horten en stoten uit; ze gooide alles eruit wat ze tegen Jeffrey had willen zeggen. 'Die arme kinderen.'

'Ik weet het.'

'Ze zagen er zo vuil, zo hongerig uit.'

Nell schudde haar hoofd, onderwijl sussende geluidjes makend.

'Ik wil me niet zo voelen.'

'Rustig nou maar,' zei Nell, haar haar strelend. 'Ssst.'

'Wat is er gebeurd?' vroeg ze smekend. 'Vertel me alsjeblieft wat er gebeurd is.'

'Rustig maar,' suste Nell, terwijl ze een Kleenex uit de doos pakte. Ze hield de tissue tegen Sara's neus en zei: 'Snuit even.'

Sara deed wat haar werd gezegd en geneerde zich opeens vanwege haar uitbarsting. Ze ging rechtop zitten en veegde met een volgende tissue haar ogen af. 'O god, neem me niet kwalijk.'

'Het is een wonder dat je niet al eerder bent ingestort,' zei Nell, die zelf ook een tissue pakte om haar ogen te betten.

'Die kinderen,' mompelde Sara. 'Die arme jongens.'

'Ik weet het. Elke keer dat ik ze zie krijg ik er hartzeer van.'

'Waarom kan niemand er iets aan doen?'

'Dat moet je mij niet vragen,' zei Nell. 'Ik zou een advertentie zetten als ik dacht dat iemand ze zou willen hebben.'

Sara probeerde te lachen, maar het lukte niet. 'En de kinderbescherming?'

'Wil je een mooie grap horen?'

Sara wachtte.

'Daar heeft ze gewerkt.'

'Nee,' zei Sara. Ze kon het niet geloven.

'Jawel,' bevestigde Nell. 'Ongeveer vijftien jaar geleden werkte ze als eerstelijns hulp bij de afdeling Kinderbescherming. Toen kreeg ze op weg naar een huisbezoek een ongeluk met de auto en heeft de county en de staat en iedereen die ze verder kon bedenken een proces aangedaan. Met haar arbeidsongeschiktheidsuitkering en wat ze aan schadevergoeding heeft gekregen zit ze niet bepaald om geld verlegen.'

'Waar geeft ze dat dan aan uit?'

'Niet aan die kinderen,' antwoordde Nell meesmuilend. 'Waar het eigenlijk om gaat is dat ze alle regels kent. Ze weet precies hoe ze moet voorkomen dat de kinderen haar worden afgepakt. Ze zijn bang voor haar. Als Hoss niet af en toe poolshoogte kwam nemen zou ze die jongens waarschijnlijk in een kast stoppen en de sleutel weggooien.'

'Wat is er met de jongste aan de hand?'

'Iets met zijn bloed,' zei Nell. 'Hij moet voortdurend transfusies hebben.'

'Hemofilie?' vroeg Sara, denkend dat dat de blauwe plekken zou kunnen verklaren.

'Nee, wel iets dergelijks, maar geen hemofilie,' zei Nell. 'De staat betaalt alle rekeningen, dat weet ik wel.'

Sara liet zich op de bank achteroverzakken; ze voelde zich op een overweldigende manier uitgeput. De twee vrouwen zaten daar zwijgend, en opeens zei Sara om de een of andere reden: 'Ik ben verkracht.'

Bij uitzondering reageerde Nell niet.

'Ik heb het nooit hardop gezegd,' zei Sara. 'Ik bedoel, de feitelijke woorden. Ik heb altijd gezegd dat ik ben aangevallen of gewond ben geraakt.' Ze perste haar lippen op elkaar. 'Ik ben verkracht.'

Nell gaf haar de tijd.

'Het is gebeurd toen ik in Atlanta werkte,' zei Sara, en voegde eraan toe: 'Jeffrey weet het niet.' Ze plukte aan een draadje dat uit het kussen stak.

Nell wachtte even en zei toen: 'Ik geloof dat we allebei zo onze geheimen voor hem hebben.'

'Ik heb me nog nooit zo gevoeld met een man,' zei Sara. 'Met niemand.' Ze probeerde het onder woorden te brengen. 'Ik voel me alsof ik volkomen de controle kwijt ben; alsof er, wat mijn verstand me ook zegt, altijd een klein stemmetje in mijn achterhoofd zit dat zegt: "Nee, niet luisteren naar wat de mensen zeggen. Je kunt niet zonder hem."'

Nell zei: 'Dat effect heeft hij nu eenmaal op vrouwen.'

'Ik wil alleen maar...' Ze stak haar handen in de lucht. 'Ik weet niet wat ik wil.' Ze plukte weer aan het draadje. 'Ik kan hem niet eens in zijn gezicht zeggen dat ik van hem houd, maar iedere keer dat ik hem zie, of zelfs maar aan hem denk...'

Nell pakte weer een tissue en gaf hem Sara. 'Ik heb het nooit geloofd,' zei ze. 'Wat ze over hem en Julia zeggen.'

'Wat zeggen ze dan precies?'

'Dat Jeffrey en Robert haar in het bos hebben verkracht.'

Sara beet op haar onderlip. Nell had het op achteloze toon

gezegd, maar toch troffen haar woorden doel. Het woord 'verkrachting' was op zichzelf het meest obscene soort godslastering.

'Ze was een slet,' zei Nell. 'Niet dat dat een excuus is, trouwens. Jezus, mijn zus Marinell was een veel grotere slet, maar die wist wel beter dan erover op te scheppen.'

'Vertel me er alles over,' zei Sara. 'Jeffrey wil er niets over kwijt.'

Nell haalde haar schouders op. 'Ze deed dingen met jongens. Ik weet niet; het lijkt tegenwoordig niet veel bijzonders, maar destijds liep je er niet mee te koop.' Ze corrigeerde zichzelf. 'Nou ja, dat deed je wel, maar je zorgde er wel voor dat je het niet iedereen vertelde.'

'Dat weet ik nog,' zei Sara. Angst had haar ervan weerhouden aan Steve Mann toe te geven, en schaamte had haar ervan weerhouden ervan te genieten toen ze het eindelijk wel had gedaan.

'Julia was niet mooi,' zei Nell. 'Ze was ook niet lelijk, maar meisjes als zij hebben iets waardoor ze lelijk worden. Ik denk dat het een soort wanhoop is, waardoor ze zich aan iedereen vastklampen van wie ze denken dat hij hun een beter gevoel over henzelf kan geven.' Ze staarde naar de foto's van haar gezin die aan de muur hingen. 'Als ik naar Jen kijk krimp ik soms in elkaar omdat ik die behoefte bij haar ook zie.'

'De meeste meisjes van die leeftijd hebben dat.'

'Echt?'

'Ja,' zei Sara. 'Sommigen kunnen het alleen beter verbergen dan anderen.'

'Ik probeer haar te vertellen dat ze knap is. Possum is gewoon gek met haar. Hij is met haar naar het vader-dochterschoolbal geweest, aan het einde van het vorige schooljaar. Mijn god, die man kan zelfs in een hemelsblauwe smoking te voorschijn komen, ongelofelijk.'

Sara lachte en probeerde zich Possum in een dergelijke smoking voor te stellen.

'Ze doet nu aan sport,' zei Nell. 'Basketbal, softbal. Dat maakt wel uit.'

Sara knikte. Meisjes die aan sport deden hadden meer zelfvertrouwen; dat was een bekend feit. Ze zei: 'Als ik terugkijk dank ik God dat ik mijn moeder had.' Sara lachte om zichzelf. 'Niet dat ik ooit een woord geloofde van wat ze zei, maar ze heeft me altijd ingeprent dat ik alles kon worden wat ik wilde.'

'Dan heb je duidelijk toch wel een beetje naar haar geluisterd,' merkte Nell op. 'Je wordt geen dokter alleen maar omdat je aantrekkelijk bent.'

Sara voelde zich even blozen bij dit compliment.

'Maar hoe dan ook,' zei Nell, terwijl ze de tissue open en dichtvouwde, 'Julia was een beetje losgeslagen. En daar maakte ze ook geen geheim van. Ze dacht dat het iets betekende dat de jongens wel met haar mee wilden, alsof ze dacht dat ze speciaal was of dat ze van haar hielden. Alsof ze bijzonder werd doordat ze ze na school achter de gymzaal pijpte. Ze schepte er zelfs over op.'

'Heeft ze het ooit met Jeffrey gedaan?'

'Wil je de waarheid horen?' vroeg Nell.

Sara kon alleen maar knikken.

'De waarheid is dat ik het je niet kan zeggen. Ik zie niet in waarom hij het zou hebben gedaan. Hij deed het destijds regelmatig met mij.' Ze lachte om zichzelf. 'Maar je kunt nooit weten met jongens van die leeftijd. Zou een jongen van zestien de kans voorbij laten gaan om gepijpt te worden? Jezus, de meeste mannen zouden zo'n kans niet voorbij laten gaan. Seks is nu eenmaal seks, en ze doen alles om het te krijgen.'

'Heb je hem ooit gevraagd wat er is gebeurd?'

'Daar had ik de moed niet toe,' zei Nell. 'Ik zou het nu geen probleem vinden, maar je weet hoe het is als je jong bent: je bent bang iets te zeggen waardoor iemand kwaad wordt en wegloopt en achter de volgende meid aan gaat.'

'Wie was de volgende meid?'

'Jessie, dacht ik, maar achteraf gezien weet ik dat hij dat Robert nooit zou hebben aangedaan.' Nell trok haar voeten onder haar benen op. 'Ik geloof niet dat hij het heeft gedaan, als je wilt weten wat ik diep in mijn hart geloof. Zelfs toen al had Jeffrey die wonderlijke eigenschap, een soort gids die hem het verschil tussen goed en kwaad duidelijk maakte.'

'Ik dacht dat hij voortdurend problemen had gehad.'

'O, dat was ook zo,' zei Nell. 'Maar hij wist dan donders

goed dat het niet deugde wat hij deed. Daarom bleef ik ook bij hem. Hij wist dat hij alle ellende die hij uithaalde eigenlijk niet moest uithalen. Hij zou vroeg of laat onvermijdelijk het punt bereiken waarop hij naar zijn instinct moest gaan luisteren.' Ze voegde hieraan toe: 'Je instinct is een hoop slimmer dan je denkt.' Sara dacht aan het gesprek dat ze een dag eerder met haar moeder had gehad. 'Mijn instinct zegt me dat ik hem moet vertrouwen.'

'Het mijne ook,' zei Nell. 'Ik weet nog, toen Julia op school kwam – de dag nadat ze naar eigen zeggen was verkracht. Het was afgrijselijk. Ze vertelde het iedereen die maar wilde luisteren. De details sijpelden door, zodat we tegen twaalven het idee hadden gekregen dat ze verschrikkelijk was toegetakeld.' Ze zweeg even. 'Toen zag ik haar op de gang, en ze zag er helemaal niet zo van streek uit. Ze leek te genieten van alle aandacht.' Nell haalde weer haar schouders op. 'Het probleem was dat ze voortdurend loog. Loog om aandacht te krijgen, loog om medelijden te krijgen. Niemand geloofde haar. Ze geloofde waarschijnlijk zichzelf niet eens.'

'Wat zei ze precies?'

'Dat Robert haar had meegenomen naar de grot, haar bier had gegeven, haar wat had opgewarmd.'

'En waar verschijnt Jeffrey op het toneel?'

'Later,' antwoordde Nell. 'Het verhaal ging een eigen leven leiden, zoals altijd met dit soort dingen. Hij hield bij hoog en bij laag vol dat hij met Robert samen was geweest toen het was gebeurd, en zij verklaarde honingzoet dat, o ja, Jeffrey er ook bij was geweest. Ze zei dat ze haar om beurten hadden gegrepen.'

'Had ze haar verhaal veranderd?'

'Naar wat ik heb gehoord wel, maar roddels werken altijd twee kanten op. Ze kan van meet af aan hebben gezegd dat ze er allebei bij betrokken waren, en ik kon het gewoon verkeerd hebben begrepen. Het was een zootje. Tegen het einde van de dag gingen er geruchten dat ze door een hele bende jongens van Comer was verkracht. Sommige jongens van de voetbalploeg wilden achter die knullen aangaan. Mensen worden gewoon gestoord van zo'n verhaal.'

'En de politie...' Sara zweeg. 'Hoss.'

'O, zeker, Hoss werd erbij gehaald. Een of andere docent van de school hoorde Julia er toevallig over roepen, en toen hebben ze Hoss laten komen.'

'En wat deed die?'

'Hij heeft haar verhoord, neem ik aan. Hij wist natuurlijk waar ze woonde. Vlak voor de dood van haar vader moest Hoss er elk weekend heen om een einde te maken aan die vechtpartijen tussen hem en Lane.'

'Heeft hij Jeffrey en Robert ook verhoord?'

'Waarschijnlijk wel,' zei Nell, die echter niet klonk alsof ze dit zeker wist. 'Julia slikte het verhaal heel snel weer in nadat Hoss erbij was geroepen. Ze had het er niet meer over op school, gedroeg zich niet meer als slachtoffer. De mensen probeerden haar erover aan de praat te krijgen – niet omdat ze medelijden hadden, maar omdat het een mooi schandaal was – maar ze wilde er niets meer over zeggen. Niets meer. Ongeveer een maand later was ze opeens verdwenen.'

'Waarheen?'

'Bevallen, neem ik aan,' zei Nell. 'Omdat Lane zo dik is legde niemand een verband toen ze zei dat ze weer zwanger was. Haar man was net gestorven, en we hadden allemaal medelijden met haar.' Nell zweeg even. 'Dat was me wel een zegen, dat die man dood was. Hij was een verschrikking, erger dan Lane ooit had verwacht. Erger dan de vader van Jeffrey, zou ik zeggen. Gewoon een vals, smerig stuk uitschot.'

'Hoeveel kinderen heeft ze gekregen?'

'Zes, volgens de laatste tellingen.'

'Degene die ik vandaag heb gezien, Sonny, is dat de jongste?'

'Dat is een neefje. Ik weet niet waarom ze hem in huis heeft gehaald. Waarschijnlijk vanwege het extra geld dat ze dan van de staat krijgt.'

'Ongelofelijk,' zei Sara, die zich afvroeg hoe iemand kon toestaan dat zo'n vrouw een kind opvoedde, laat staan twee.

'Julia kwam negen of tien maanden later terug, en daar was dan Eric, haar nieuwe broertje.'

'En niemand heeft iets gezegd over de timing?'

'Wat moesten ze zeggen?' vroeg Nell. 'En toen, een paar weken later, verdween ze weer. Het was gewoon simpeler om te zeggen dat Lane de moeder was en dat Julia met onbekende bestemming was verdwenen. Dan Phillips, een van de jongens uit de voetbalploeg, liep rond die tijd ook weg. Er gingen allerlei geruchten, maar die bedaarden al snel weer. Zo werd het voor iedereen gemakkelijker, denk ik.'

Nell kwam overeind op de bank en pakte vanonder de salontafel een fotoalbum. Ze bladerde het door tot ze vond wat ze zocht. 'Dat is ze, daar achterin.'

Sara zag een foto van Possum, Robert en Jeffrey, die op de tribune van een voetbalstadion stonden. Ze droegen alle drie hun clubjasje met hun nummer op de borstzak gestikt boven het nummer op hun shirt. Jeffrey stond met zijn arm om Nell heen, en ze leunde als een verliefd jong meisje tegen hem aan. Om onverklaarbare redenen voelde Sara een steek van jaloezie.

'Die lul wilde me nooit zijn jasje geven,' zei Nell, en Sara lachte, maar voelde zich om de een of andere reden heimelijk opgelucht. Op de middelbare school betekende het dragen van het clubjasje van een jongen ongeveer hetzelfde als het dragen van zijn ring. Het was niet zozeer een symbool van de liefde van de jongen alswel voor het betreffende meisje een manier om haar vriendinnen de ogen uit te steken.

Alsof ze haar gedachten las vroeg Nell: 'Wiens ring droeg jij?'

Sara voelde dat ze bloosde, maar meer van schaamte dan van iets anders. De ring van Steve Mann was een enorme klomp goud geweest met een afgrijselijke schaakloper, die in niets leek op de voetbal- en basketbalringen die de atleten droegen. Sara had het vreselijk gevonden om hem te dragen en had hem afgedaan zodra ze naar Atlanta was verhuisd. Er waren drie maanden overheen gegaan voordat ze de moed had kunnen opbrengen hem terug te sturen, samen met een briefje waarin ze uitlegde dat ze een einde aan hun verhouding wilde maken. Tot haar eer diende te worden gezegd dat ze hem jaren later haar verontschuldigingen had aangeboden, maar Sara vroeg zich af of ze hier nog aan zou hebben gedacht als ze niet gedwongen naar Grant was terugverhuisd na wat er in Atlanta was gebeurd.

Nell interpreteerde haar zwijgen heel anders, ze nam waarschijnlijk aan dat iemand als Sara op de middelbare school niet veel met jongens was omgegaan. Ze zei: 'Nou ja, het is hoe dan ook stompzinnig. Jeffrey had er geen, kon hem niet betalen, maar alle andere meisjes droegen er een alsof het een trouwring was.' Ze lachte. 'De enige manier waarop ze hem passend konden maken was door er een halve rol plakband omheen te wikkelen.'

Sara glimlachte besmuikt. Ze had hetzelfde gedaan.

Nell keek weer in het fotoalbum en zei: 'Daar,' terwijl ze haar vinger op een vaag beeld van een jong meisje legde dat achter een foto van Possum en Robert stond. 'Dat is Julia.'

Sara had naar aanleiding van Nells beschrijving iets afgrijselijks verwacht, maar Julia zag eruit als ieder ander tienermeisje uit die tijd. Haar haar hing recht af tot haar middel en ze droeg een simpel jurkje met een bloemenpatroon. Ze zag er in de eerste plaats treurig uit, en even plotseling als haar eerdere steek van jaloezie voelde Sara nu een scherpe gewaarwording van medelijden met die tiener.

Nell boog zich voorover om beter te kijken. 'Nu ik haar weer zie vind ik dat ze er helemaal niet zo verschrikkelijk uitzag. Je kunt op een foto natuurlijk niet iemands persoonlijkheid beoordelen, nietwaar?'

'Nee,' beaamde Sara, die bedacht dat het meisje zelfs tamelijk aantrekkelijk was. Toch was het niet genoeg geweest om haar te helpen boven haar gezinsomstandigheden uit te groeien. Ze vroeg: 'Was haar vader handtastelijk?'

'Hij sloeg ze volkomen in elkaar.'

'Nee,' zei Sara. 'Dat bedoel ik niet.'

'O, je bedoelt...' Nell leek even na te denken. 'Ik heb geen idee, maar het zou wel in het beeld passen.'

'Weet je wie de vader van haar kind geweest zou kunnen zijn?'

'Geen flauwe notie,' zei Nell. 'Als je een lijst zou aanleggen met wie ze het allemaal heeft gedaan zou de halve stad erop staan.' Ze wierp Sara een scherpe blik toe. 'Inclusief Reggie Ray.'

'Die was jonger dan zij.'

'En wat dan nog?'

Sara moest haar gelijk geven en zei toen: ' Uit wat Lane zei, maak ik op dat Eric vaak naar het ziekenhuis moet voor een bloedtransfusie. Dat betekent dat hij waarschijnlijk een bloedstollingsprobleem heeft.' Ze probeerde andere mogelijkheden te bedenken. 'Er moet sprake zijn van een autosomale dominante overerving.' Ze zag Nells niet-begrijpende gezicht en zei: 'Sorry, dat wil zeggen dat de stoornis genetisch is bepaald. Het heeft te maken met een van de twee proteïnen die de stollingsfactoren vormen.'

'Moet dat de verklaring zijn?'

'Storingen in de bloedstolling worden van ouder op kind doorgegeven.'

'Aha.'

'Weet je of Julia iets dergelijks had?'

'Ik zou denken van niet,' zei Nell. 'Ik weet nog, een keer tijdens huishoudles, dat ze haar vinger behoorlijk openhaalde aan een schaar. Of het een ongeluk was of niet weet ik niet, maar ze leek niet erger te bloeden dan een ander.'

'Als ze iets als de ziekte van Von Willebrand had, dan zou een bevalling levensbedreigend zijn geweest,' zei Sara. 'Dan zouden ook andere leden van haar familie die ziekte hebben gehad, en Lane zei bijna met zoveel woorden dat dat niet het geval was.'

'Je wilt dus zeggen dat het van de vader moet zijn gekomen?' vroeg Nell. 'Ik kan in het hele stadje niemand met zo'n kwaal bedenken.' Ze voegde eraan toe: 'Vooral Robert niet. Die kreeg op het voetbalveld af en toe flink op zijn falie, maar scheen er nooit veel last van te hebben.'

'Hetzelfde geldt voor Jeffrey,' zei Sara. Ze herinnerde zich dat ze hem een bloedproef had afgenomen. Het wondje had niet meer gebloed dan normaal. Terwijl ze hierover zat na te denken begon Sara zich schuldig te voelen. Ze had nooit echt gedacht dat Jeffrey een van beide misdaden begaan kon hebben, maar ergens was ze toch wel blij dat er nu een onweerlegbaar bewijs was.

'Ik zou hier en daar eens kunnen informeren,' bood Nell aan.

'Het bestaat in verschillende gradaties,' zei Sara. 'Een vader kan een heel milde vorm hebben, terwijl zijn kind er vrijwel hulpbehoevend door is. Sommige mensen hebben het en weten het niet eens. Bij vrouwen ligt het niet zo simpel vanwege hun menstruatie. In het algemeen weten vrouwen het wel als er sprake is van een probleem. Ik zou erop gokken dat hij het van zijn vader heeft.'

'Een speld in een hooiberg dus,' merkte Nell op. 'Wie weet, misschien heeft Dan Phillips het.' Ze friste Sara's geheugen op: 'Die jongen die in ongeveer dezelfde periode als Julia is weggelopen.' Ze bladerde door het album. 'Hier,' zei ze, wijzend op een jonge man op de achterste rij van een foto van de voetbalploeg.

'Die ziet er helemaal niet als voetballer uit,' zei Sara. De jongen was aan de magere kant, en zijn donkere haar was strak achterovergekamd. Hij zag er heel gezond uit, maar één enkele foto kon niet het hele verhaal vertellen.

'Hij was meestal proefkonijn bij tackles,' zei Nell. 'Bij de ploeg horen en dat jasje dragen – meer wilden de meesten van die jongens eigenlijk niet. Ga op een dag dat er gespeeld wordt maar naar de ijzerwinkel, dan hoor je ze er nog steeds over praten alsof ze persoonlijk aan de Super Bowl hebben meegedaan.'

'Hun glorietijd,' zei Sara. In Grant was het van hetzelfde laken een pak geweest. Ze sloeg de bladzijde om en keek naar de andere foto's. Er was een zwartwitkiekje van Jared van een paar jaar terug, en ze zei: 'Dat wordt een heel knappe jongen.'

'Je vertelt het Jeffrey toch niet?' Nell probeerde te glimlachen. 'Geef maar geen antwoord.' Ze legde het album weer onder de tafel. 'Ga je nog steeds terug?'

'Ik weet het niet.'

'Blijf nog even hier.' Nell gaf haar een klopje op haar been. 'Ik maak vanavond maïsbrood.'

'Waar is Robert?'

'Possum heeft hem meegenomen om een paar kleren voor hem te kopen,' zei Nell. 'Robert wilde niet naar huis terug en god mag weten wat Jessie heeft uitgespookt met de spullen van hem.'

'Hoe is het met hem?'

'Het komt wel goed.'

'Nee,' zei Sara. 'Ik bedoel met Robert. We hebben het tot nu toe alleen maar over Jeffrey gehad. Heb je ooit geloofd dat hij er iets mee te maken heeft gehad?'

Nell nam de tijd om de vraag te beantwoorden. 'Hij is altijd ongrijpbaar geweest.'

'Wat betreft wat?'

'Misschien is "ongrijpbaar" het verkeerde woord. Dan lijkt het alsof hij glad is. Hij is gewoon erg op zichzelf. Praat niet veel over zijn gevoelens.'

'Dat doet Jeffrey ook niet.'

'Nee, bij Robert is het anders. Alsof hij niet wil dat je te dichtbij komt.' Ze liet zich op de bank achteroverzakken, zodat haar rug een c vormde. 'Iedereen dacht dat Possum er altijd buiten stond, maar ik denk dat dat voor Robert eigenlijk meer gold. Hij leek er nooit helemaal bij te passen. Niet dat Jeffrey hem zo behandelde, maar het gaat om hetzelfde als waarover we het al eerder hadden. Hij wachtte altijd af wat Jeffrey deed voordat hij zelf iets deed.'

'Dat is voor tieners niet ongewoon.'

'Het was meer dan dat,' zei Nell. 'Als Jeffrey zich in de nesten werkte nam Robert altijd de schuld op zich. Hij was net Jeffreys vangnet, en Jeffrey liet het zich aanleunen.' Ze keek Sara aan. 'Jeffrey had zijn hielen nog niet gelicht of Robert schakelde over op Hoss. Hij zou voor die twee met plezier een kogel hebben opgevangen, en nu overdrijf ik niet.'

Sara aarzelde even voordat ze zei: 'Robert zegt dat hij Julia heeft vermoord.'

Er veranderde iets in Nells gezicht, hoewel Sara er niet precies de vinger op kon leggen. Ook haar stem was veranderd. 'Dat vraag ik me nu af.'

'Ja,' zei Sara. 'Ik ook.'

Twintig

Jeffrey vond de Impala van zijn moeder geparkeerd op de gebruikelijke plek voor het ziekenhuis. Ze zou gemakkelijk naar haar werk en terug kunnen lopen, maar May Tolliver zou het moment dat ze, na haar werk in de cafetaria van het ziekenhuis, haar eerste glas kon nemen nooit langer dan strikt noodzakelijk uitstellen.

Zoals gewoonlijk had ze de ramen open laten staan om te voorkomen dat de auto in een oven veranderde. Jeffrey rook de verschaalde lucht van sigaretten die naar buiten golfde toen hij het portier opende. Ze liet altijd een reservesleutel in het handschoenenvak liggen, en hij vond hem onder een bundel religieuze traktaatjes en felgekleurde reclamefolders die ooit onder de ruitenwisser moesten zijn gestoken. Hoe dronken ze ook was en hoezeer ze ook aan één stuk door rookte, May gooide nooit afval op straat.

Nadat Jeffrey verschillende malen het gaspedaal had ingetrapt sloeg de motor aan, en hij veegde as van de versnellingstunnel toen hij de auto in de eerste versnelling zette. De ramen waren beslagen van de nicotine-aanslag, en hij pakte zijn zakdoek en veegde de voorruit schoon terwijl hij de parkeerplaats af reed. Als zijn moeder uit het ziekenhuis zou komen voordat hij met de auto terug was, zou ze snel begrijpen hoe het zat en beseffen dat Jeffrey in de stad was en waarschijnlijk haar auto had geleend. Hij had hem als tiener vaak genoeg 'geleend', en May had er nooit met iemand over gepraat. De twee keer dat Jeffrey door een hulpsheriff was aangehouden had May hem verzekerd dat ze haar zoon de auto had meegegeven.

Jeffrey reed op goed geluk, niet met een bepaald doel voor ogen, door het centrum van het stadje. Hij voelde zich hondsberoerd, alsof er iemand was doodgegaan. Misschien was dat ook wel zo. Hij zonk weg in het oude gevoel dat hij zijn leven totaal niet meer in de hand had. Hij was het oog van de tornado die alleen maar verwoestingen aanrichtte.

Hij kon zich niet over het feit heen zetten dat Robert al die jaren ook maar even had gedacht dat Jeffrey Julia Kendall had vermoord. In de kamer van Hoss, toen Robert die vraag had gesteld, was Jeffrey te geschokt geweest om iets anders dan woede te laten blijken. Zelfs toen hij het had ontkend, toen hij had geprobeerd Robert te vertellen wat er werkelijk was gebeurd, had Robert alleen maar zijn hoofd geschud, alsof hij niet had willen horen welke smoes Jeffrey had verzonnen om zijn optreden te verklaren.

'Het doet er niet toe,' had Robert steeds weer gezegd. 'Ik neem de schuld wel op me.'

Jeffrey besefte opeens dat hij in de buurt van de begrafenisonderneming zat, en hij ging op het laatste moment de snelweg af en parkeerde de auto. Hij zette hem achter het gebouw, hopend dat Deacon White hem niet zou laten wegslepen. Jeffrey was het spuugzat auto's en schoenen en al die andere dingen die hij de laatste dagen nodig had gehad, te moeten lenen. Hij wilde in zijn eigen huis in zijn eigen bed liggen. Hij wilde alleen zijn. De grot was de plek die het dichtst in de buurt kwam bij iets wat hem rust zou geven.

Er kwam niemand het gebouw uit om te zeggen dat hij daar niet mocht parkeren, dus nam Jeffrey het weggetje achterom naar de begraafplaats. Ergens op de heuvel lag een grootvader van hem begraven, maar Jimmy Tolliver had nooit de naam van de man genoemd. Wetend hoe deze dingen in hun werk gingen nam Jeffrey aan dat Jimmy's vader hem alles over het ouderschap had geleerd wat hij wist, wat wilde zeggen: niet veel. Jeffrey had nooit die aandrang gehad die sommige mannen voelen: dat ze een vrouw zwanger moesten maken om hun genen door te geven. Misschien corrigeerde de natuur in zijn geval een fout. Sommige mensen waren niet voorbestemd om hun bloed door te geven.

Terwijl hij het bos in liep kon Jeffrey zich niet onttrekken aan de gedachte aan Sara en aan wat ze allemaal had gezegd. Ze geloofde kennelijk alles wat Lane Kendall haar had verteld, ongeacht het feit dat dat mens een leugenachtig stuk vuilnis was. Jeffrey voelde nog steeds de brandende schaamte die Lane hem al die jaren geleden had bezorgd toen ze de ronde door het stadje had gemaakt en iedereen had verteld dat ze zeker wist dat Jeffrey haar dochter had verkracht, ook al had Julia haar verhaal zo vaak veranderd dat ze het zelf niet meer had kunnen bijhouden.

Maar wat was verkrachting? Iedereen zag het altijd in termen van iets gewelddadigs en kwaadaardigs: een of andere gestoorde psychopaat die een vrouw onder bedreiging met geweld dwong haar benen te spreiden. Julia had heel wat jongens afgewerkt, en Jeffrey wist zeker dat ze geen enkele van die jongens had gewild. Ze was op zoek geweest naar liefde en aanvaarding, en had seks als een manier gezien om die te krijgen. Waarschijnlijk hadden de meeste jongens die met haar mee waren gegaan dat geweten, maar op die leeftijd viel het niet mee je daar zorgen over te maken. Als een meisje ook maar even bereid was, was je al halverwege. Lief doen tegen Julia voordat ze haar rok optrok, of haar achteraf een paar minuten vasthouden, was de prijs die je betaalde om seks te hebben. Sommige jongens maakten er zelfs grappen over, probeerden te raden wie wat had gedaan om in haar broekje te komen. De grappen kwamen niet uit de lucht vallen, die dag dat Julia met dat rotkettinkje aan was komen zetten, met een air alsof ze eindelijk iemand zover had gekregen dat hij van haar hield. De arme stakker die het haar had gegeven had het waarschijnlijk in zijn broek gedaan toen ze met dat ding te koop was gaan lopen.

Misschien had een jongen zich schuldig gevoeld dat hij van haar had geprofiteerd; had hij, nadat hij in haar mond was klaargekomen, opeens beseft dat ze het misschien toch niet zo lekker had gevonden. Natuurlijk, welke man had niet ooit seks gehad met een vrouw die er niet echt zin in had? Hoe dronken hij de afgelopen nacht ook was geweest, Jeffrey had geweten dat Sara er niet voor in de stemming was, maar hij had op de een of andere manier kans gezien haar mee te laten doen. Hij was zo hard aan die bevrijding toe geweest, aan dat moment dat alles goed leek, dat hij het feit had genegeerd dat ze hem alleen maar een gunst had bewezen.

Zo had Julia Kendall het altijd genoemd: een jongen een gunst bewijzen. Jeffrey wist nog hoe ze hem had aangekeken terwijl ze dat stomme goedkope kettinkje om haar vinger had laten draaien en had gezegd: 'Hé, Slick, wil je dat ik je een gunst bewijs?'

In het bos bleef Jeffrey voor de ingang van de grot staan. De planken waren weggebroken, waarschijnlijk toen Hoss het skelet was komen ophalen. Julia's skelet. Jeffrey aarzelde voordat hij naar binnen ging, denkend dat dit nu een tombe was, en niet meer de schuilplaats uit zijn kindertijd. Toch ging hij naar binnen met de gedachte dat er op dit moment geen betere plek voor hem was.

Hij ging op de bank zitten en zijn gedachten dwaalden weer naar Sara. Ze dacht dat hij het had gedaan, en waarom ook niet? De dingen die de mensen haar hadden verteld waren afschuwelijk, en sommige ervan waren waar. God mocht weten wat Nell haar op dit moment allemaal wijsmaakte. Toen Julia was verdwenen was Nell zich anders tegen hem gaan gedragen. Ze was hem gaan mijden, alsof ze hem niet meer vertrouwde. Drie weken voor hun afstuderen had ze in de gymzaal hun verhouding verbroken, waarbij ze tegen hem had geschreeuwd alsof hij een hond was. God, wat had ze hem die dag gehaat, en Jeffrey wist nog steeds niet wat hij had misdaan.

Hij was de gymzaal uit gelopen en toevallig Julia tegengekomen. Ze was terug van weggeweest, was naar huis teruggegaan om haar moeder met de nieuwe baby te helpen. De man van Lane Kendall was dood, en Lane kon alle hulp gebruiken. Zelfs ondanks de valse beschuldigingen die Julia tegen Jeffrey en Robert had geuit toen hij haar tegen het lijf liep – en hij was haar letterlijk tegen het lijf gelopen; ze had vlak achter de deur van de gymzaal gestaan – en ze hem had gevraagd of hij wilde dat ze hem een gunst bewees, had hij gezegd: 'Natuurlijk.'

De beweringen over verkrachting waren een zachte dood gestorven toen Julia de eerste keer uit het stadje was verdwenen. Niemand had haar trouwens geloofd. Ze was met zoveel jongens geweest dat de mensen weigerden te geloven dat ze het niet vrijwillig had gedaan, en waarom zou iemand haar verkrachten als ze toch zo soepel meewerkte?

'Het spijt me wat ik allemaal heb verteld,' had Julia gezegd terwijl ze door het bos achter hem aan liep, over het pad achterom naar de grot. 'Het was niet mijn bedoeling jullie in de problemen te brengen.'

'Je hebt ons niet in de problemen gebracht.'

Ze lachte. 'Dat zal wel,' zei ze. 'Die ouwe Hoss kan het niet hebben dat iemand jullie kwaad doet.'

Jeffrey had niet gereageerd. Ze waren bij de grot aangekomen en hij hield de wijnranken opzij.

'Wat is het hier donker.'

'Kom je nou nog of niet?' vroeg hij, terwijl hij haar de grot in probeerde te trekken. Op zijn zeventiende had Jeffrey de fijne kunst van de verleiding nog niet onder de knie. Jezus, hij had nog niet eens geleerd zijn hersens te laten doorwerken als al het bloed in zijn lichaam naar die ene plek stroomde. Terwijl hij daar voor de grot stond, wetend dat Julia over een paar minuten het enige zou doen dat Nell weigerde te doen, stond de voorkant van zijn broek zo strak dat hij zich nauwelijks kon verroeren.

'Ben je nog kwaad op me?' vroeg ze, met een nieuwsgierig lachje op haar lippen naar zijn kruis kijkend. 'Misschien kan ik hier maar beter niet naar binnen gaan.'

'Zoals je wilt,' zei hij terwijl hij voor haar uit naar binnen ging, met een erectie die zo'n pijn deed dat het hem verbaasde dat hij nog een woord kon uitbrengen.

Jeffrey keek nu rond in de grot en probeerde zich te herinneren hoe het was geweest om hier met Sara te zijn. Zeker beter dan het met Julia was geweest. Uiteindelijk was ze achter hem aan naar binnen gegaan, en binnen een paar minuten was ze in huilen uitgebarsten, had ze hem verteld dat ze een zootje van haar leven maakte en zich verontschuldigd voor wat ze over Robert en Jeffrey had rondverteld. Hij was kwaad geworden omdat hij alleen maar gepijpt wilde worden en geen enkele behoefte had aan zo'n kloteverhaal over haar leven.

Julia had hem willen zoenen, maar dat had Jeffrey geweigerd. De vorm van haar mond had iets heel afstotends, en het enige waaraan hij kon denken was hoeveel andere kerels er al in hadden gezeten. Uiteindelijk had hij haar gezegd dat ze weg moest gaan. Toen ze dat niet wilde was hij zelf weggegaan. De volgende keer dat hij Julia Kendall had gezien was Sara erbij geweest en was Julia niet meer dan een skelet, op de rotsen gedrapeerd alsof ze daar die dag in slaap was gevallen, wachtend tot Jeffrey zou terugkomen.

De vraag was: had Robert haar werkelijk vermoord? God wist dat hij die meid had gehaat, omdat ze het praatje had verspreid dat ze haar hadden verkracht. In tegenstelling tot Jeffrey, die het gewoon aan Julia's behoefte aan aandacht had toegeschreven, was Robert verteerd door het soort haat dat verteert. Misschien kwam het doordat Jeffrey wist dat hij binnenkort toch in de herfst naar Auburn zou vertrekken, of misschien doordat hij wist dat de beschuldiging elke grond miste, maar hij had zich Julia's beschuldiging niet zo aangetrokken als Robert. Achteraf gezien was Robert misschien kwaad geweest omdat hij zich schuldig had gevoeld. Iemand had dat kind verwekt.

Jeffrey ademde diep in en langzaam weer uit. Robert kon haar niet vermoord hebben. Hij had niet eens geweten hoe ze was gestorven. Maar iemand anders wel. Er was iemand samen met Julia in deze grot geweest. Er was een ruzie ontstaan, of misschien had degene die het had gedaan gewoon genoeg van haar gekregen. Jeffrey had iets dergelijks zo vaak gezien toen hij nog gewoon agent in Birmingham was geweest. Het was deprimerend als je uit de eerste hand de stompzinnige excuses hoorde waarmee mensen probeerden te rechtvaardigen dat ze een ander mens van het leven hadden beroofd. Was er daar in het stadje op dit moment een man die op zondag naar de kerk ging en die na zijn werk in de tuin met zijn kinderen balde en zichzelf voorhield dat hij nog steeds een goeie jongen was omdat Julia Kendall er zelf om had gevraagd? Hij werd ziek van het idee.

Hij zette zijn voet op de salontafel en keek om zich heen in de vochtige grot. Toen ze deze plek hadden gevonden was het voor hem de mooiste plek ter wereld geweest. Nu zag het er alleen maar uit als een klam gat in de grond. Sterker nog: het was een graf.

Hij stond met enige moeite op en liep het zonlicht in. Langzaam wandelde hij terug naar de begrafenisonderneming en probeerde te bedenken wat hem nu te doen stond. Hij wilde antwoorden op alle vragen die bij hem opkwamen, wilde het allemaal eens en voor altijd opgelost zien. Robert zou hem nergens bij helpen, maar omdat Jeffrey politieman was, was hij eraan gewend dat de belangrijkste verdachte niet meewerkte. Misschien was dat wel wat Jeffrey te doen stond: als een politieman over deze zaak nadenken in plaats van als vriend van Robert. Nu hij het zo bekeek, besefte hij dat hij een belangrijke stap was vergeten: hij moest met de familie van het slachtoffer praten.

Een paar jaar nadat hij naar Grant County was verhuisd had Jeffrey twee weken door het zuiden rondgetoerd en alle historische huizen bekeken waarover hij in zijn jeugd alleen maar had kunnen lezen. De tocht was het gevolg van een impuls geweest, en van de behoefte Birmingham een tijdje achter zich te laten nadat een bepaalde assistent-openbaar aanklager Jeffrey de bons had gegeven nadat hij haar gezegd had dat het volstrekt ondenkbaar was dat ze ooit zouden trouwen. Nu hij erop terugkeek was het een van de beste perioden in zijn leven geweest.

Naast andere bezienswaardigheden zag hij Biltmore House, Belle-Monte en het Monticello van Jefferson. Hij bezocht slagschepen en historische slagvelden en liep hetzelfde pad af dat Grant naar Atlanta had gelopen. Terwijl hij door het centrum zwierf na een bezoek aan The Dump, een oud flatgebouw dat nu ook werkelijk een ruïne was geworden maar toch nog steeds de distinctie had van het huis waar Margaret Mitchell het grootste deel van *Gejaagd door de wind* had geschreven, stuitte hij bij toeval op een in klassieke stijl ontworpen landhuis dat het Swan House heette.

Net zoals iedereen die iets te betekenen had met enige status in Georgia had de familie Inman haar geld in de katoen verdiend en besloten een huis te bouwen dat haar rijkdom recht zou doen. Ze hadden een plaatselijke architect, Phillip Trammell Shutze, in dienst genomen om het huis te ontwerpen, en hij had niets minder dan een meesterwerk afgeleverd.

Swan House bezat enkele van de mooiste kamers die Jeffrey ooit had gezien, met inbegrip van een badkamer die van vloer tot plafond met roze marmer was bekleed dat was geschilderd, zodat het op wit marmer leek; de vrouw des huizes had de oorspronkelijke kleur niet mooi gevonden. Lang nadat de rondleiding was afgelopen had hij kans gezien de weelderige bibliotheek binnen te glippen en alleen maar naar de oude boeken op de planken staan staren. Jeffrey was nog nooit van zijn leven in een dergelijk vertrek geweest en voelde zich tegelijkertijd vervuld van ontzag en nederigheid.

Een groot contrast hiermee was het huis van Luke Swan: het soort keet waarop zelfs Jeffrey als kind had neergekeken. Het huis was zelfs zo slecht dat de familie Swan het op een zeker moment gewoon had verlaten en haar intrek had genomen in een stacaravan die op de oprijlaan stond geparkeerd. Op het balkonnetje stonden stapels kranten en tijdschriften, gewoon wachtend op een verdwaalde sigaret of een lucifer die de hele zaak in lichterlaaie zou zetten. Het stonk er naar armoede en uitzichtloosheid, en Jeffrey bedacht niet voor de eerste keer dat er nog steeds grote stukken van het landelijke zuiden waren die nog niet volledig van de Reconstruction waren hersteld, de periode waarin de zuidelijke staten opnieuw bij de Federatie werden ingelijfd.

Terwijl Jeffrey op de onverharde weg voor het huis parkeerde renden er zes of zeven honden op de auto af: de standaardalarminstallatie van de verpauperde plattelandbewoners. Een majesteitelijk ogende brievenbus met fantasieletters die het huisnummer aangaven, aan het begin van de oprijlaan was minstens één meter twintig hoog. Voor de zekerheid controleerde Jeffrey het huisnummer op de pagina die hij uit het telefoonboek had gescheurd dat hij hangend aan een draad in de telefooncel bij Yonder's Blossom had gevonden. Het telefoonboek was minstens tien jaar oud geweest, maar de mensen in Sylacauga verhuisden niet vaak. Er woonden maar twee Swans in het stadje, en Jeffrey had erop gegokt dat Luke geen familie was van de Swans die in de buurt van de countryclub woonden.

'Wegwezen!' riep een vrouw tegen de honden terwijl Jeffrey uitstapte. De dieren verspreidden zich en de oude vrouw bleef zwaar leunend op een houten wandelstok op het balkonnetje van gasbetonblokken voor de caravan staan. Haar wangen waren ingevallen en Jeffrey nam aan dat ze haar gebit in een glas ergens in de caravan had achtergelaten.

Ze vroeg: 'Komt u voor de kabel?'

'Eh...' Hij keek over zijn schouder naar de auto van zijn moeder, terwijl hij zich afvroeg wat ze moest hebben gedacht. 'Nee, mevrouw. Ik bcn gekomen om met u over Luke te praten.'

Met een knokige oude hand hield ze haar kamerjas dicht. Hij liep naar haar toe en zag dat haar waterige ogen er moeite mee hadden hem recht aan te kijken.

Alsof ze wist wat hij dacht zei ze: 'Ik heb staar.'

Ze had zo'n zwaar accent dat het hem moeite kostte haar te verstaan. 'Wat naar voor u.'

'Ach, daar kan niemand iets aan doen,' zei ze; haar stem klonk niet dreigend. 'Kom binnen,' zei ze. 'Pas op die eerste tree. Mijn kleinzoon zou hem voor me repareren, maar toen... Nou ja, ik denk dat je wel weet wat er is gebeurd.'

'Ja, mevrouw,' zei Jeffrey, terwijl hij voorzichtig de eerste tree probeerde. Het blok gasbeton lag niet vlak, en hij zag dat het water uit de regenpijp van de caravan de grond eronder had weggespoeld. Hij schoof er met zijn voet wat aarde en stenen onder, waardoor het blok iets vlakker kwam te liggen, voordat hij achter haar aan de caravan binnenging.

'Het stelt niet veel voor,' zei de oude vrouw. Dat was wel het understatement van de eeuw. De caravan was een zwijnenstal; door het smalle ontwerp leek het alsof de wanden op je afkwamen. In het vertrek lagen nog meer stapels kranten en blaadjes, en Jeffrey vroeg zich af waarom ze al die rommel bewaarde.

'Mijn overleden man was een verwoed lezer.' Ze wees op de stapels tijdschriften. 'Ik kon geen afscheid nemen van zijn spullen toen hij was overleden.' Ze voegde hieraan toe: 'Hij is aan longemfyseem doodgegaan. Jij rookt toch niet?'

'Nee, mevrouw,' zei hij terwijl hij haar het hoofdvertrek in probeerde te volgen: een combinatie van keuken, eetkamer en zitkamer van weinig meer dan negen vierkante meter. De caravan rook naar kippenvet en zweet, met de enigszins medicinale ondertoon die oudere mensen kregen als ze zichzelf niet meer verzorgden.

'Goed zo,' zei ze, haar handen voor zich uit stekend om op de tast de weg naar haar stoel te vinden. 'Roken is verschrikkelijk. Je komt op een vreselijke manier aan je einde.'

Naast zich zag Jeffrey een stapel *Guns & Ammo*'s, samen met tijdschriften van aanzienlijk volwassener aard. Hij wierp een blik op de oude vrouw terwijl hij zich afvroeg of ze zich realiseerde dat er minder dan een meter van de plaats waar ze stond een exemplaar van het kerstnummer uit 1978 van *Penthouse* lag.

Ze zei: 'Ga maar zitten als je een plek kunt vinden. Schuif die spullen maar opzij. Mijn Luke zat me daar altijd voor te lezen.' Ze hield haar hand achter zich, tastend naar de stoel. Jeffrey pakte haar elleboog en hielp haar terwijl ze ging zitten. 'Ik hou van de *National Geographic*, maar de *Reader's Digest* begint naar mijn smaak een beetje te vrijzinnig te worden.'

Hij vroeg: 'Hebt u iemand die u hier komt verzorgen?'

'Ik had alleen maar Luke,' zei ze. 'Zijn moeder is weggelopen met een colporteur. Zijn vader, dat was mijn jongste, Ernest, die heeft nooit zo gedeugd. Die is in de gevangenis gestorven.'

'Wat erg,' zei Jeffrey, die over het kleverige tapijt liep. Hij keek naar de stoel, maar bleef liever staan.

'Daar kan ook niemand iets aan doen,' zei de vrouw, op het tafeltje naast zich tastend. Hij zag een bord crackers en vroeg zich af hoe ze erop kauwde. Ze stopte er een in haar mond en hij zag dat ze er niet zozeer op kauwde als wel hem al pratend op haar tong liet smelten.

Kruimels rondsproeiend zei ze: 'De kabel doet het nu al twee dagen niet. Ik dacht dat ik het bestierf toen de televisie uitging – midden in mijn lievelingsprogramma.'

Jeffrey wilde weer zeggen dat het hem speet, maar hij hield zich in. 'Kunt u me iets over uw kleinzoon vertellen?'

'O, het was een goeie jongen,' zei ze terwijl haar besnorde mond even trilde. 'Ligt hij nog steeds bij die begrafenisonderneming?'

'Ik weet het niet. Ik neem aan van wel.'

'Ik weet niet waar ik het geld vandaan moet halen om hem te begraven. Ik heb alleen mijn AOW en een klein beetje geld van de fabriek.'

'Hebt u daar gewerkt?'

'Tot ik niet meer kon zien,' zei ze, met haar lippen smakkend. Ze zweeg even terwijl ze de doorweekte cracker in haar mond stak. 'Dat was vier, vijf jaar geleden, zou ik zeggen.'

Ze zag eruit alsof ze ongeveer honderd was, maar zo oud kon ze niet zijn als ze tot zo kort geleden in de fabriek had kunnen werken.

'Luke wilde dat ik die operatie zou laten doen,' zei ze, op haar ogen wijzend. 'Ik vertrouw dokters niet. Ik ben nooit in een ziekenhuis geweest. Ik ben niet eens in een ziekenhuis geboren,' zei ze trots. 'Ik zeg altijd maar dat je de lasten die God je geeft moet dragen en gewoon door moet leven.'

'Dat is een goede houding,' zei Jeffrey, hoewel hij zich afvroeg of je voor de rest van je leven voor blindheid moest kiezen.

'Hij zorgde voor me, die jongen,' zei de oude vrouw. Ze stak haar hand naar een volgende cracker uit. Jeffrey keek naar het piepkleine keukentje en vroeg zich af of dit al het eten was dat ze had.

Hij vroeg: 'Weet u of Luke slechte dingen deed? Ging hij misschien met de verkeerde mensen om?'

'Hij verdiende wat geld met goten schoonmaken en ramen lappen. Er is niks mis met een dag rechtschapen werk.'

Ze had 'rechtschapen' gezegd in plaats van eerlijk, en Jeffrey glimlachte even; hij had dat woord al een hele tijd niet meer in deze betekenis gehoord. 'Nee, mevrouw.'

'Hij heeft wat problemen met de wet gehad, maar welke jongen hier in de buurt heeft dat nou niet? Er was altijd wel wat aan de hand, maar de sheriff was altijd heel schappelijk. Liet hem de mensen altijd alles teruggeven.' Ze stak de cracker in haar mond. 'Had Luke maar een goede vrouw gevonden. Het enige wat hij nodig had was iemand om voor hem te zorgen.'

Jeffrey dacht dat Luke Swan wel aanzienlijk meer nodig had gehad, maar hij hield zijn mening voor zich.

'Ik heb gehoord dat hij iets had met de vrouw van de hulpsheriff.'

'Dat zeggen ze.'

'Hij had iets met vrouwen.' Om de een of andere reden vond

ze dit een verschrikkelijk geestige opmerking. Ze sloeg zich op haar knie van het lachen, en Jeffrey zag zowel haar tandeloze kaken als stukjes cracker in haar open mond.

Toen ze was uitgelachen vroeg hij: 'Woonde hij hier bij u?'

'Daar achterin. Ik sliep hier op de bank of soms op mijn stoel. Er is niet veel voor nodig om mij in slaap te krijgen. Toen ik nog een klein meisje was sliep ik altijd daar buiten in die boom daar. Dan kwam papa soms naar buiten en brulde: "Meisje, kom uit die boom," maar daar sliep ik dan dwars doorheen.' Ze smakte weer met haar lippen. 'Wilt u zijn kamer zien? Dat wilde die andere hulpsheriff.'

'Welke hulpsheriff?'

'Reggie Ray,' zei ze. 'Dat is nog eens een goeie kerel. Hij zingt soms in het koor in de kerk. Ik zweer u, die man heeft een stem als een engel.'

Weer hield Jeffrey zijn mening voor zich, hoewel hij zich afvroeg waarom Reggie niet had gezegd dat hij naar het huis van Luke Swan was geweest. Gegeven het feit dat Reggie hulpsheriff was, was het bezoek een routineaangelegenheid, maar toch was Jeffrey verbaasd.

Hij vroeg: 'Heeft Reggie iets gevonden?'

'Niet dat ik weet,' zei ze. 'Maar gaat u gerust naar achteren om rond te kijken.'

'Erg vriendelijk van u,' zei Jeffrey, die haar een klapje op haar schouder gaf alvorens naar de achterkant van de caravan te lopen.

Hij moest het harmonicadeurtje van het badkamertje dichtdoen om de gang door te kunnen, maar voordat hij dit deed zag Jeffrey de smerigste wc die hij ooit van zijn leven had gezien. De muren waren van beschimmelde plastic imitatietegels, en overal in het piepkleine vertrek zaten spatten van god weet wat. Alleen met een snijbrander had je het kamertje nog schoon kunnen krijgen.

De oude vrouw riep: 'Ziet u iets?'

'Nog niet,' zei Jeffrey, die door zijn mond probeerde te ademen. Hij duwde nog een harmonicadeurtje opzij, overtuigd dat niets de stank in het gangetje kon overtreffen. Hij had ongelijk. Luke Swans kamer was een stinkende vuilnisbelt. Het laken was opengeslagen, en in het middelpunt van het dubbele bed zat een stijf ogende vlek. Een enkele kale gloeilamp bungelde boven het bed, aan een draad waarvan de rest los aan het plafond hing. Hij kon niet geloven dat Jessie belangstelling had voor iemand die in een dergelijke omgeving woonde. Daar was ze te kieskeurig voor. Hij vond het vreselijk om het toe te geven, maar Jessie had wel iets meer klasse dan dit.

Twee plastic opbergdozen bij het bed leken het merendeel van Luke Swans kleren te bevatten. Het plastic was doorzichtig, en Jeffrey was blij dat hij niets hoefde aan te raken om de inhoud te kunnen bekijken. Onder het bed zaten spinnenwebben en het soort vuil dat zich alleen in de loop van jaren had kunnen ophopen, maar behalve een smerig ogende witte sok lag er niets.

In de kast was een kluisje geschoven, van het soort dat je op scholen zag. Gevlekt ondergoed en sokken waren op de bovenste plank gegooid, hemden en spijkerbroeken op de bodem. Jeffrey rekte zijn nek om achter in het kluisje te kijken omdat hij zijn hand er niet in wilde steken. Alleen al de aanblik van de kamer van Luke Swan bezorgde Jeffrey het gevoel dat er iets over hem heen kroop. Ten slotte gaf hij het op en schudde de kleren uit, hopend dat hij nergens door gebeten zou worden. Behalve een Speedo-zwembroek met een scheur in het kruis vond hij niets.

Jeffrey draaide zich om en keek weer de kamer door. Hij was niet van plan de matras aan te raken, zelfs niet als er een brief onder zou liggen waarin alles werd uitgelegd wat er was gebeurd. Dat zou Reggie toch al gedaan hebben. Als Reggie iets belastends had gevonden zou hij dat Robert zeker al lang geleden voor de voeten hebben geworpen.

Met zijn voet duwde Jeffrey Swans kleren terug in de kast. Nadat hij alles had teruggeschoven bedacht hij zich en schoof het weer naar buiten. Hopend dat hij niet een of andere ziekte zou oplopen legde Jeffrey zijn handen aan weerszijden van het kluisje en trok het uit de kast.

Het metaal maakte een afgrijselijk piepend geluid; het hele vertrek schudde en de oude vrouw riep: 'Gaat het wel?'

'Ja, mevrouw,' zei hij, maar toen hij achter het kluisje keek en zag wat er achter in de kast verborgen was ging het plotseling helemaal niet meer.

'Hoe...' begon hij, maar hij kreeg de vraag niet uit zijn mond. Hij kon alleen maar op het smerige bed zitten en voor zich uit staren, terwijl hij koortsachtig nadacht en probeerde een soort verklaring of verhaal te bedenken – iets waardoor Robert van schuld zou worden vrijgepleit in plaats van dat er een beschuldigende vinger recht op hem zou worden gericht. Hij kwam echter alleen maar voortdurend tot dezelfde conclusie, en hij wilde een borrel, verschillende borrels, en wel zo hevig dat hij kon proeven hoe de alcohol zich brandend een weg omlaag door zijn buik baande.

'Nee,' zei hij, alsof het waar zou worden doordat hij het hardop zei. 'Nee,' herhaalde hij, maar hij kon zich er toch niet van weerhouden te vragen: 'Robert, wat heb je gedaan?'

Eenentwintig

15:09

'Jared?' zei Smith terwijl hij de hoorn op de haak gooide. 'Wie is Jared?'

Sara keek paniekerig, en Lena probeerde hem af te leiden. 'Je zei dat je Marla zou laten gaan.'

'Hou je smoel,' zei hij terwijl hij op Sara af liep. 'Wie is Jared?' herhaalde hij. 'Wie is dat?'

Sara hield haar mond dicht en vroeg zich af hoever ze kon gaan om hem te provoceren.

Smith zette het geweer tegen haar oor. 'Ik vraag het je nog één keer,' zei hij, met een accent dat vetter werd toen zijn stem een paar octaven daalde. 'Wie is Jared?'

Jeffrey zei, met een door de pijn gesmoorde stem: 'Jeffreys zoon,' maar zelfs Lena hoorde de onzekerheid erin doorklinken. Hij bevestigde het niet, hij stelde Sara een vraag.

'Hij wist het niet,' zei Sara tegen Smith, terwijl haar hand op Jeffreys goede schouder drukte. 'Jared heeft een vader die hem heeft opgevoed.'

Smith trok het geweer terug en legde het over zijn schouder. 'Klootzak,' spuugde hij, terwijl hij zich naar zijn medeplichtige omdraaide. 'Hoor je dat, Sonny? Hij heeft nog een kind.'

Lena keek naar Sara, en Sara's gezicht werd slap, alsof ze een kleine beroerte kreeg. Ze wist het, dacht Lena. Ze wist wie ze waren.

Sonny was woedend dat zijn identiteit was verraden, en snauwde: 'Heel erg bedankt, *Eric*.'

Smith rende naar zijn partner, en ze spraken op luide fluistertoon met elkaar. Lena deed haar uiterste best om te horen wat ze zeiden, maar ze waren te voorzichtig. Ze wierp een blik over haar schouder op Marla. De oude vrouw had een glinstering in haar ogen. Lena besefte dat ze al die tijd toneel had gespeeld. Ze keek omlaag op Marla's handen om te zien waar deze het mes had verborgen.

'Krijg de tering!' krijste Smith, en Sonny gaf hem zo'n harde duw dat Smith struikelde en viel.

Glas en brokstukken schoven alle kanten op toen Smith overeind probeerde te krabbelen. Hij rukte zijn bivakmuts af. Lena voelde een steek van angst, alsof iemand zijn hand in haar borst had gestoken en haar hart had beetgepakt. Smith stond weer tegenover Sonny, obsceniteiten schreeuwend, en Lena's enige gedachte was dat ze nu allemaal zouden sterven. Hij had zijn gezicht laten zien. Het kon hem niet schelen wie hem zag, wat betekende dat hij niet dacht dat er nog iemand in leven zou blijven die hem zou kunnen identificeren.

Sara schreeuwde: 'Kijk omlaag! Kijk niet naar hem.'

Molly deed wat haar gezegd werd, maar Lena was te laat. Smith draaide zich met een ruk om, waarbij zijn zware laarzen glas vermaalden. Ze maakten oogcontact, en Lena dacht dat ze nog nooit van haar leven iemand had gezien die zo dood was. Smith rende met geheven geweer naar de achterkant van het vertrek. Ze probeerde hem beet te pakken, maar hij schudde haar als een deken van zich af.

'Niet naar zijn gezicht kijken,' herhaalde Sara, precies op het moment dat Smith haar een klap gaf die zo hard was dat ze omver werd gesmeten. Toch zei ze tegen Molly: 'Kijk niet naar hem. Doe je ogen dicht.'

Smith gaf een schop tegen Sara's kin, waarin een diepe snee achterbleef. Hij vroeg dreigend: 'Waar ben je mee bezig?'

'Ze heeft je niet gezien!' schreeuwde Sara terug terwijl ze zich met veel moeite oprichtte. 'Molly heeft je niet gezien! Doe je ogen dicht!' Ze stak haar hand naar Molly uit en raakte haar been aan voordat Smith hen uit elkaar duwde.

'Ze heeft twee kinderen,' zei Sara met een stem die schril klonk van de paniek. 'Ze heeft thuis twee jongens. Laat haar gaan. Ze heeft je niet gezien.'

Molly zat waar ze sinds het allereerste begin had gezeten.

Ze hield Jeffreys hand in de hare en hield haar ogen stevig gesloten. Het leek of ze zat te bidden.

'Ze heeft je niet gezien,' herhaalde Sara met bevende stem. 'Laat haar gaan.'

Smith staarde hen aan, zijn ogen schoten heen en weer, en Lena zag dat hij met veel moeite probeerde na te denken wat er zonet was gebeurd. Hij keek achterom naar zijn partner maar vroeg hem niet om zijn mening.

Lena zei: 'Je zou haar kunnen laten gaan. Laat haar Marla meenemen.'

Smith scheen dit ook te overwegen. 'En mijn arm dan?' vroeg hij. Hij draaide zich naar Molly om, die haar ogen nog steeds gesloten hield. 'Je zei dat je het zou hechten.'

'Ik moet de Lidocaïne hebben,' zei ze. 'Ik moet...' Ze draaide zich om en keek Lena met een vreemde blik aan. 'Geef me drieëndertig cc van twee procent-Lidocaïne.' Haar toon klonk scherp, haar tong kerfde iedere klank als een scheermes terwijl ze de woorden herhaalde: 'Drieëndertig cc van twee procent.'

Sara raakte te abrupt in verwarring om het te kunnen verbergen. Lena zag dat ze haar voorhoofd fronste, maar het was duidelijk dat Smith er genoeg van had begrepen om te zeggen: 'Wil je me soms buiten westen laten raken?' Hij gaf haar een duw met de neus van zijn laars. 'Hè?'

'Nee,' antwoordde Molly en wierp een blik op de klok aan de muur om Lena eraan te herinneren dat het bureau om 15:32 uur bestormd zou worden. Lena knikte gespannen om duidelijk te maken dat ze het had begrepen. Nog twintig minuten.

Smith zette het geweer tegen Molly's voorhoofd; hij was nu nog zenuwachtiger. 'Wegwezen,' zei hij. 'Ik vertrouw je niet. En neem dat oude mens ook mee.'

Molly stond op en Sara deed hetzelfde.

'En wat ga jij doen?' vroeg Smith.

'Ze is mijn vriendin,' zei Sara terwijl ze de verpleegster omhelsde. 'Zeg tegen mijn familie...' begon Sara, het was duidelijk dat ze haar zin niet kon afmaken.

Molly ging naar Marla en probeerde haar te helpen opstaan, maar de oude vrouw was te bang om iets te doen.

'Het is goed,' zei Lena, terwijl ze een arm onder die van Marla stak om haar te helpen. Marla's hand streelde over haar achterwerk, en Lena begreep niets van het gebaar tot ze besefte dat Marla het zakmes in haar achterzak had gestoken.

Lena nam het risico even naar Smith te kijken, maar hij had niets gezien. Ook Sonny leek zich nergens van bewust te zijn.

'Goed,' zei Smith, op de deur wijzend. 'Eruit.' Hij liet zijn pistool de kant van Marla op zwaaien. 'Hup, voordat ik van gedachten verander.'

Molly hield haar hoofd gebogen terwijl ze met Marla naar de voordeur liep. Lena zag dat haar hele lichaam bijna trilde van angst en ze wist dat Molly zich had gerealiseerd dat haar rug een doelwit was tot ze veilig aan de overkant van de straat zou zijn.

Smith kuierde achter hen aan, nog steeds met nonchalante stappen. Hij fluisterde iets tegen Lena, maar ze was blij dat ze het niet verstond. Ze dwong zichzelf neutraal te blijven kijken terwijl ze zich afvroeg hoe ze het mes uit haar zak kon halen en het diep in het hart van Smith kon stoten.

'Psst,' zei Brad. Ze stak haar kin in de lucht om hem duidelijk te maken dat ze luisterde.

'Wat bedoelde ze?'

Lena zei zo zachtjes mogelijk: 'De tijd.'

'De tijd?'

'Ze komen naar binnen om ons te halen als wij niet naar buiten komen.'

Brad dacht even na. 'Vijftien, tweeëndertig?' fluisterde hij, en ze knikte. 'Ik wacht op jouw teken.'

'Hou je gereed,' zei Smith tegen zijn partner, en Sonny boog zich over de balie en richtte zijn geweer voor een schot. 'Nu!'

Lena zag wat ze deden en sprong op het moment dat het geweer afging met een schreeuw op hen af: 'Nee!'

Ze had enkele meters van hem vandaan gestaan, en Smith had ruim de tijd om haar klap af te weren. Hij keek geërgerd en duwde haar weg zoals hij al eerder had gedaan, alsof hij een vlieg wegsloeg. Lena stond snel weer op, maar niet om hem uit te dagen. Ze keek door het raam aan de voorkant en zag Molly over Marla geknield liggen. De oude vrouw was in haar rug geschoten. De scherpschutters zwermden uit en gaven hun beiden dekking toen ze bij de stomerij naar binnen werden gesleept.

'Marla,' zei Lena, nog steeds uit het raam kijkend. 'Ze hebben Marla te pakken genomen.' Ze draaide zich met geheven vuisten naar Smith om. 'Godverdomde klootzak!' schreeuwde ze terwijl ze hem te lijf ging. Het was net zoals met Ethan – niets dan een muur van spieren.

'Wauw,' zei Smith, die een stap achteruit deed en haar meetrok. Hij pakte zonder enige moeite haar handen, lachend om haar woede. 'Wat ben jij een opgewonden standje,' zei hij terwijl hij zijn hand om haar billen sloeg en haar tegen zich aan drukte. 'Vind je dat lekker, schatje? Vind je die grote pik lekker?'

Lena klemde haar kaken op elkaar. 'Je hebt haar vermoord,' beet ze, en dreef haar nagels in zijn armen. 'Je hebt die oude vrouw vermoord.'

Hij bracht zijn lippen dicht bij haar oor. 'Ik zou jou ook kunnen vermoorden, liefje, maar maak je geen zorgen, we maken eerst nog een beetje pret.'

Ze rukte zich los, waarbij haar hand bleef haken in het verband dat hij om zijn biceps had gewikkeld. Ze smeet de bloederige lap op de grond en veegde toen haar handen aan haar benen af alsof ze zich van iets smerigs wilde ontdoen. 'Klootzak,' zei ze. 'Moorddadige klootzak.'

Hij hield zijn hand tegen zijn arm gedrukt en ze zag dat het bloed tussen zijn vingers door stroomde. 'Dit is niet goed,' zei hij.

Sonny legde zijn geweer neer en haalde een halsdoek uit zijn broekzak. Hij zei: 'Hier,' en Smith nam de doek aan.

'Wikkel deze om mijn arm,' beval Smith, en hield hem Lena voor.

'Krijg de tyfus,' zei ze, en hij gaf haar met zijn vlakke hand een klap, waardoor ze tegen de vloer sloeg.

'Doe het,' zei hij, terwijl hij haar de doek weer voorhield.

Lena stond op en pakte de doek aan. Zijn arm bloedde hevig, maar te oordelen naar wat ze kon zien was de wond niet diep. Toch legde ze een tourniquet aan om zijn bovenarm en trok hem strak aan, wensend dat ze hem om zijn nek dichttrok.

'Waar kijk je naar?' vroeg Smith Sara. Hij duwde Lena weg en liep naar de achterkant van het vertrek. Sonny had zijn geweer weer geheven en zond Lena een waarschuwende blik toe voordat hij zich weer naar de deur omdraaide.

Smith herhaalde: 'Waar kijk je naar?'

'Nergens naar,' zei Sara, die weer bij Jeffrey knielde. Ze bracht haar hand naar zijn gezicht en Lena zag dat hij zich bewoog maar niet wakker werd. 'Hij moet naar een ziekenhuis.'

'We gaan hem hier behandelen,' zei Smith, terwijl hij met zijn voet de doos uit de ambulance naar haar toe schoof. Hij zei tegen Lena: 'Pak die andere rommel.'

Lena pakte de defibrillator en het infuus, en wierp een blik over haar schouder om Sonny gerust te stellen. Brad was dichter naar de andere man toe geschoven, maar niet dichtbij genoeg om hem te kunnen pakken.

'Ik ben geen vaatchirurg,' zei Sara.

'Je kunt het wel,' zei Smith, de tas van Lena aanpakkend.

Sara probeerde het nog een keer: 'De slagader is geraakt. Ik zal niets kunnen zien.'

'Mij een biet,' zei hij, naast Jeffrey neerknielend.

'Ik kan zo geen verdoving toedienen,' zei ze. 'Ik ben geen anesthesist.'

'Je blijft maar smoezen verzinnen. Straks ga ik nog denken dat je er geen zin in hebt.' Smith gooide de infuusspullen op de vloer.

'Wat doe je?'

'We kunnen hem evengoed een kans geven om voor zijn leven te vechten,' zei Smith, die Jeffreys manchet begon los te maken.

'Laat mij maar,' zei Sara, maar Smith wuifde haar weg.

'Het is al gebeurd,' snauwde hij, terwijl hij Jeffreys mouw oprolde.

Sara vroeg op dringende toon: 'Waarom doe je dit?'

'Waarom niet?' Hij haalde zijn schouders op. 'Niks beters te doen.' Toch keek hij over zijn schouder naar Lena, en deze vroeg zich weer af of hij een show voor haar opvoerde of dat hij het gewoon leuk vond om dergelijke spelletjes te spelen. Misschien allebei een beetje.

'Je moet de canule aanbrengen...' begon Sara, maar Smith zond haar een waarschuwende blik toe.

Lena keek terwijl hij de rubberen tourniquet om Jeffreys bovenarm sloeg. Hij was zeker geen expert, maar slaagde erin bij de derde poging de naald in de ader te krijgen.

Smith lachte om zijn mislukte pogingen: 'Het is maar goed dat hij bewusteloos is.'

'Dit heb je al eerder zien doen,' zei Sara. 'Hoeveel transfusies heb je nu nodig?'

Hij keek naar haar op en Lena zag dat er in zijn kristalblauwe ogen eerst schrik te zien was, en toen iets wat er als plezier uitzag. Ze staarden elkaar een paar tellen aan voordat Smith begon te lachen.

Hij zei: 'Je hebt er wel lang over gedaan om het door te krijgen.'

'Je hebt het verkeerd,' zei ze, en Lena wenste dat ze wist waarover Sara het had. 'Je hebt het helemaal bij het verkeerde eind.'

'Misschien,' zei hij met een blik op zijn medeplichtige. De andere man staarde uit het raam aan de voorkant alsof het hem niet aanging wat er in de rest van het vertrek gebeurde. Lena wist echter dat hij hen in de gaten hield. Sonny, of hoe hij ook mocht heten, had ogen in zijn achterhoofd.

Smith sloot het infuus aan en riep toen Lena erbij. 'Hou dit vast,' zei hij, doelend op de plastic zak met vloeistof. 'Maak je eens nuttig.'

Lena ging met haar rug tegen de muur zitten. Ze hield haar ene hand achter zich terwijl ze met de andere het infuus vasthield. Smith bevond zich op minder dan dertig centimeter van haar vandaan, maar Lena had geen idee wat ze kon doen.

Smith opende de kist met medische spullen. 'Zeg me wat ik je moet geven.'

Sara zei: 'Ik kan dit niet.'

'Dame,' zei Smith, 'je hebt geen keus.'

Sara liet zich achteroverzakken en schudde haar hoofd. 'Ik weiger.'

'Ik schiet een kind dood voor elke minuut die je blijft weigeren,' zei hij. Toen ze niet reageerde trok hij het pistool uit de band van zijn broek, hield het omhoog en richtte het op een van de meisjes.

Brad ging voor het kind zitten en Smith zei: 'Dan ga jij er ook aan.'

'En dan?' vroeg Sara. 'Dan schiet je ze allemaal dood en ben alleen ik nog over?'

Hij knikte in de richting van Lena zonder haar aan te kijken. 'Ik kan nog wel iets anders bedenken,' zei hij. 'Wat dacht je daarvan, dokter? Wil je soms als publiek dienen?'

'Dat zou je niet doen,' zei Sara, die echter zeker wist dat hij het wel degelijk zou doen.

Hij vroeg haar: 'Denk je dat iets dergelijks een familietrekje is?'

Sara keek omlaag terwijl er iets als schaamte over haar gezicht trok.

Lena kon zich er niet van weerhouden te vragen: 'Waar hebben jullie het over?'

'Weet je dat niet?' reageerde Smith. 'Natuurlijk weet je het niet. Hij schreeuwt natuurlijk niet van de daken dat hij een kloteverkrachter is, toch?'

'Wie?' vroeg Lena op het moment dat Sara tegen Smith zei: 'Nee.'

'Dat vind je niet leuk, hè?' vroeg Smith. Hij hield het pistool op Brad gericht en vroeg: 'En jij, Skippy? Vind jij het wel leuk?'

Brad schudde zijn hoofd. 'Het is niet waar.'

'Wat is niet waar?' vroeg Lena.

Smith keek weer naar Sara. 'Vertel het ze maar, dokter. Vertel ze maar waarom we hier zijn.'

'Nee,' hield Sara vol. 'Je zit er helemaal naast.'

Smiths lippen weken in een afgrijselijke glimlach vaneen terwijl hij tegen Lena zei: 'Die baas van jou, hè? De grote baas Tolliver die daar buiten ligt met zijn weggeblazen kop? Die heeft mijn moeder verkracht, en ik ben de bastaard die ervoor heeft moeten boeten.'

Tweeëntwintig

Dinsdag

Sara werd wakker uit een diepe slaap, ditmaal niet bang gemaakt door dromen. Ze lag in het kleine bed van Jared, en een levensgrote rubberen adelaar, een van de mascottes van de universiteit van Auburn, hing aan een pianosnaar boven haar hoofd. Hoe die jongen kon slapen met dat dreigende ding boven zich, alsof het zich elk moment omlaag kon storten, begreep ze niet. Kleine jongens waren vreemde wezens, zoals ook werd aangetoond door de iguana met zijn uitpuilende ogen die haar vanuit zijn glazen kooi hongerig bekeek.

Ze ging rechtop zitten en wreef de slaap uit haar ogen. De airco stond aan, maar ze had het erg warm van haar middagdutje. Sara had het nooit prettig gevonden midden op de dag te slapen, en als om haar hieraan te herinneren klopte er een doffe pijn in haar rechterslaap.

In de keuken vond ze Coca-Cola en aspirine. Met de cafeïne en de medicijnen hoopte ze de hoofdpijn te verjagen, die als migraine begon aan te voelen. Misschien verspreidde de katoenfabriek of de steengroeve giftige dampen in de lucht. Sara had al hoofdpijn sinds ze in Sylacauga was aangekomen.

Ze schuifelde naar de achterkant van het huis en voelde zich een beetje als een wandelend lijk. Dutjes werden geacht verkwikkend te zijn, maar het was alsof ze geen seconde had geslapen. Misschien had ze gedroomd en kon ze het zich gewoon niet meer herinneren. Het was al beroerd genoeg dat haar lichaam zo aanvoelde, en Sara was blij dat ze de eventuele nachtmerrie die haar geest haar had opgedist was vergeten.

Nell had haar gewaarschuwd niet de badkamer van de kinderen te gebruiken, en Sara zag meteen waarom. Handdoeken en kleren lagen overal op de vloer verspreid en er lag, gegeven de leeftijden van Jen en Jared, een verdachte hoeveelheid speelgoed in het bad.

Ze liep door de grote slaapkamer en bedacht dat Nell een verbazingwekkend goede smaak had voor iemand met een palet waarop geen oranje en blauw voorkwamen. Een geweldig bed met een zelfgemaakte sprei stak vanuit de hoek de kamer in en bood een prachtig uitzicht op de zonnige achtertuin. In de andere hoek stond een antieke schommelstoel en op een grote ladekast een televisietoestel.

Net zoals de slaapkamer was de badkamer keurig opgeruimd. De handdoeken pasten bij de sprei op het bed en de kleedjes op de vloer vulden alles mooi aan. Sara zette het flesje Coca-Cola op de rand van de badkuip terwijl ze op de wc plaatsnam en met de rug van haar hand een enorme geeuw bedekte. Ze probeerde net een stukje wc-papier van de rol te peuteren toen ze iemand in het huis hoorde. Net als het vee in een stal had Sara de deur van de badkamer open laten staan en ze veegde zich haastig af en trok haar broek omhoog op het moment dat er in de voorkamer een luide klap klonk. Zonder erbij na te denken deed ze haar mond open om te vragen of er misschien iemand hulp nodig had, maar ze zweeg toen ze een verdacht geluid hoorde.

Voorzichtig liep ze de slaapkamer in toen er nog een harde klap door het huis galmde. Wie het ook mocht zijn, hij had de keuken bereikt. Deurtjes sloegen de een na de ander dicht terwijl iemand de kasten doorzocht, precies zoals Sara het een dag eerder in de keuken van Jessie had gedaan.

Ze keek om zich heen en besefte dat ze achter in het huis in de val zat. De badkamer kwam uit in de slaapkamer, en op het raam na was de gang de enige uitweg. Terwijl ze hierover nadacht kwamen er gedempte voetstappen door de gang, en Sara rende terug naar de badkamer en sprong in het bad. Ze had zich net achter het gordijn verstopt toen de indringer de slaapkamer binnenkwam.

Wie het ook was, hij of zij was ergens naar op zoek – zoveel was wel duidelijk. De deur van de kast werd opengetrokken en er werden spullen van de planken op de vloer geschoven. Sara voelde een zweetdruppel over haar rug lopen toen de indringer de badkamer betrad.

Ze zag de schaduw van een grote man bij de wc staan, een paar centimeter van de plaats waar ze zich had verstopt. Door het licht zag ze zijn schaduw op de muur, en ook al wist Sara dat hij haar niet kon zien, ze voelde zich toch erg zichtbaar, alsof ze elk moment kon worden ontdekt. De man stak zijn hand omlaag en pakte iets van de rand van de badkuip. Het flesje cola. Hij zou zien dat er condens op zat, hij zou de koude drank erin voelen.

Hij zei: 'Wie is daar?'

Sara legde haar hand tegen de achtermuur van de douche en voelde de koele tegels. Haar gedachten flitsten terug naar die badkamer in Atlanta, waar haar belager haar vastgebonden aan het douchehok had achtergelaten. Ze kon de gewaarwording van de koude tegels die in haar blote knieën drukten niet vergeten. Ze had, urenlang leek het wel, naar die tegels gekeken terwijl ze wachtte tot ze zou worden gevonden. Haar mond was met tape dichtgeplakt zodat ze niet kon schreeuwen, en ze had niets kunnen doen behalve kijken hoe haar leven weglekte op de vloer.

Het gordijn werd met een piepend geluid over de stang weggetrokken en ze schrok op en drukte zich met haar rug tegen de muur.

Daar stond Robert, met de cola in zijn hand. Hij was duidelijk boos haar te zien. 'Wat doe jij daar?'

Sara legde haar hand tegen haar borst terwijl de opluchting als een golf over haar heen spoelde. Ze voelde zich echter al snel bang worden toen ze besefte dat zij niet in dat huis hoorde te zijn. Waarom was Robert hier? Wat zocht hij?

Ze probeerde: 'Ik was...'

Robert keek om zich heen, alsof er ergens in de badkamer een excuus verborgen was. 'Kom daaruit, Sara.'

Ze wilde doen wat hij zei, maar haar voeten wilden niet bewegen.

'Wat wil je?' vroeg hij haar. Toen ze geen antwoord gaf zette hij het flesje op de console boven de wastafel en begon de kast in de badkamer te doorzoeken.

'Nell komt zo terug,' zei Sara terwijl hij handdoeken en dozen op de vloer gooide. Hij keek haar over zijn schouder aan. 'Possum heeft ze allemaal meegenomen naar de film, en daarna gaan ze uit eten.'

Het lukte Sara eindelijk zich te bewegen. Robert zou haar geen kwaad doen: hij was Jeffreys vriend. Ze tilde haar voet over de rand van de badkuip en zei: 'Jeffrey komt...'

'Die is voorlopig niet terug,' zei Robert, en toen: 'Probeer niet weg te lopen, Sara.'

Toch bleef ze zich in de richting van de deur bewegen. 'Ik ga alleen...'

'Blijf staan!' beval hij; het geluid van zijn stem weerkaatste tegen de muren. Hij had een wilde blik in zijn ogen en langzaam drong het tot haar door hoe wanhopig hij was.

Ze vocht tegen de paniek die in haar opwelde. 'Ik moet weg.'

Hij versperde haar de weg. 'Waarheen?'

'Jeffrey wacht op me.'

'Waar?'

'Op het bureau.'

Zijn blik brandde dwars door haar heen. 'Je liegt, Sara. Waarom lieg je tegen me?' Toen ze niet meteen antwoord gaf schreeuwde hij: 'Waarom ben je hier, goddomme? Je hoort hier niet...'

'Ik-ik...' stamelde ze, zoekend naar de juiste woorden. Ze was nooit bang voor Robert geweest, maar als een loden gewicht viel haar opeens in dat hij gezocht werd wegens moord. Terwijl ze hem nu aankeek vroeg ze zich af of Jeffrey geen ongelijk had. Misschien was Robert, als hij in de hoek was gedreven, wel degelijk tot moord in staat.

'Kom mee,' zei hij, terwijl hij haar bij haar arm pakte zodat ze geen keus had. Hij gaf Sara een harde duw in de richting van de schommelstoel en beval: 'Ga zitten.'

Sara probeerde tegen te spartelen, maar haar knieën konden haar niet dragen en ze zakte in de stoel in elkaar.

Robert liep naar de grote ladekast onder het raam, maar bleef dicht genoeg bij haar om haar te kunnen pakken als ze probeerde weg te lopen. Op de televisie stond een slordig gebogen metalen kleerhanger die als antenne dienstdeed. Robert trok de bovenste lade open en het metaal van de antenne maakte een droog, piepend geluid.

'Wat zoek je?' vroeg ze. 'Geld? Heb je geld nodig? Ik kan je wel...'

'Verdomme!' Hij duwde haar van zich af, waardoor de stoel hevig begon te schommelen. In een oogwenk keerde zijn kalmte echter terug en hij liep weer naar de ladekast. Sara keek toe terwijl hij de onderste lade opentrok en er een kleine zwarte doos uit haalde, die ze direct als een kluisje voor een pistool herkende.

Ze sprong uit de stoel, maar bleef staan toen hij zich met dezelfde kwade uitdrukking op zijn gezicht naar haar toe draaide. Ze drukte zich tegen de muur en probeerde voetje voor voetje bij de deur te komen terwijl hij de cijfercombinatie op het kluisje intoetste. Ze moest sneller zijn. Waarom zette ze het niet op een rennen? Waarom kon ze zich niet bewegen?

Hij scheen rustiger nu hij had gevonden wat hij had gezocht. 'Waar ga je heen?'

'Waarom heb je een pistool nodig?'

'Ik ga weg uit dit stadje,' zei hij. Het kluisje sprong open en hij pakte het pistool eruit. 'Zes-dertien, de einduitslag van de laatste wedstrijd die we tegen Comer hebben gespeeld.'

'Ik moet eigenlijk...'

Hij richtte het pistool op haar. 'Niet weglopen, Sara.'

Weer flitsten haar gedachten terug naar de uren die ze in de badkamer in het ziekenhuis van Grady had gelegen, overal bloedend, niet in staat haar armen of benen te bewegen, niet in staat hulp te krijgen. Ze zou – kon – niet nog eens zo in de val zitten. Dat zou ze niet overleven.

Hij beval haar: 'Ga zitten,' terwijl hij naar de stoel wees.

Ze wilde kalm zijn, maar haar hart gehoorzaamde niet. 'Ik zal het niemand vertellen,' zei ze; bij het horen van haar stem besefte ze dat het smekend klonk.

'Wat dat betreft kan ik je niet vertrouwen,' zei hij terwijl hij haar met het pistool terug naar de stoel gebaarde. 'Kom hier en ga zitten.' Hij wachtte even. 'Het spijt me van daarnet. Ik had niet tegen je moeten schreeuwen.'

Ze staarde naar het pistool en wenste uit alle macht dat wat ze zei waar was. 'Hij is niet geladen.'

Hij trok de schuif met een scherpe, metalige klik naar achteren. 'Nu wel.'

Ze bleef zitten. 'Wat ben je nu van plan?'

'Niets,' zei hij, en toen: 'Je vastbinden.'

Sara's hart sprong op in haar keel. Ze mocht niet vastgebonden worden. Ze zou gek worden als ze zo in haar bewegingsvrijheid werd beperkt. Ze probeerde adem te halen maar realiseerde zich dat dat nu juist het probleem was. Ze ademde te veel, te hard.

'Ik moet een voorsprong hebben,' zei hij, hoewel ze hem niets had gevraagd. Hij richtte het pistool weer op haar. 'Ga bij die deur weg, Sara. Ik schiet je wel degelijk dood.'

'Waarom?' vroeg ze, biddend dat de logica doel zou treffen, maar zich ook afvragend of dit het laatste was geweest dat Luke Swan had gezien voordat zijn hoofd aan flarden was geblazen.

'Ik wil je geen pijn doen,' zei hij, alsof dat haar gerust zou stellen terwijl hij toch een pistool op haar borst richtte. 'Maar je zou het Jeffrey vertellen en dan zou Jeffrey me kunnen vinden.'

Sara voelde dat haar handen begonnen te trillen. Ze zou zo meteen gaan hyperventileren als ze haar ademhaling niet onder controle kreeg. 'Ik weet niet waar Jeffrey is.'

'Hij zal hier snel genoeg terug zijn,' zei Robert, die de kast weer doorzocht terwijl hij het pistool nog steeds op haar gericht hield. Hij schopte een kleine gereedschapskist naar buiten. 'Hij kan je gewoon niet alleen laten. Zoiets heb ik nog nooit meegemaakt.'

Sara mat met haar blik de afstand naar de gang. Robert was nog steeds atleet. Hij kon even snel springen als zij. Een kogel zou nog sneller zijn, maar ze moest het risico nemen. Ze deed een kleine, bijna onzichtbare stap, verkleinde de afstand naar de deur.

Met één hand klikte Robert de gereedschapskist open. Hij bleef Sara in de gaten houden, ook terwijl hij een rol zilveren isolatieband uit de kist haalde.

Haar mond ging open, maar ze kon geen adem krijgen. Haar aanvaller had hetzelfde soort band gebruikt om Sara het zwijgen op te leggen toen hij haar verkrachtte. Ze had niet kunnen schreeuwen toen hij haar had misbruikt.

'Ik wilde dat ik iets anders kon gebruiken,' zei Robert. 'Dit doet pijn als je het wegtrekt.'

'Alsjeblieft,' zei ze met trillende stem. 'Sluit me dan liever in de kast op.'

'Dan ga je vast schreeuwen.'

'Ik zal niet schreeuwen,' beloofde ze hem, terwijl haar benen zo trilden dat ze dacht dat haar knieën het zouden begeven. 'Ik zweer dat ik niet zal schreeuwen,' herhaalde ze terwijl de tranen over haar wangen liepen toen ze zich voorstelde hoe de tape haar huid zou aanraken. Op de een of andere manier zag ze kans nog een stap in de richting van de deur te zetten. Ze stak haar handen naar hem uit en zei: 'Ik beloof dat ik geen lawaai zal maken. Ik zal geen woord zeggen.'

Het feit dat ze op het punt stond in te storten leek hem nog kalmer te maken, en hij sprak op ogenschijnlijk redelijke toon tegen haar: 'Daar kan ik niet op vertrouwen.'

Ze snikte; het klonk als geblaf. 'O, alsjeblieft, Robert. Doe dit alsjeblieft niet. Alsjeblieft...'

'Hou hiermee...'

Sara dook naar de deur, de gang in. Robert sprong uit zijn gehurkte houding op, zette een sprint in en ze voelde zijn vingertoppen over haar arm strijken toen ze langs hem glipte. Sara durfde niet over haar schouder te kijken toen ze de zitkamer in rende. Ze was bijna bij de voordeur toen er twee handen om haar middel werden geslagen en ze met een klap tegen de salontafel sloeg doordat Robert haar van achteren tackelde. Possums souvenirs van Auburn vielen links en rechts op de grond, het dikke glazen blad van de tafel brak onder Sara's buik keurig doormidden. De lucht werd uit haar borst geslagen en Sara voelde hoe haar longen in elkaar werden gedrukt.

'Godverdomme,' zei Robert, terwijl hij haar bij haar middel overeind sleurde. Sara's armen maaiden door de lucht en haar voeten verspreidden glas door de hele kamer toen hij haar weer naar de slaapkamer trok.

'Alsjeblieft...' smeekte ze, terwijl ze haar vingernagels in de rug van zijn hand zette. Ze klauwde naar alles om hem tegen te houden, klampte zich vast aan de muur, trok schilderijen omlaag en gooide planten omver. Ze greep zich vast aan de deurkruk toen hij probeerde haar de slaapkamer binnen te krijgen, en ze voelde haar vingernagels scheuren toen het hem uiteindelijk lukte haar naar binnen te duwen.

'Jezus,' schreeuwde Robert, die Sara op de vloer liet vallen toen ze een flink stuk huid van zijn arm trok. Ze probeerde overeind te krabbelen, inwendig schreeuwend maar niet in staat een geluid uit haar mond te laten komen. Haar handen bloedden, maar als het moest zou ze doorvechten.

'Hou op!' waarschuwde hij, en schopte haar voeten onder haar uit. Ze kroop op handen en knieën naar de deur en hij tilde haar weer bij haar middel op.

Precies op het moment dat Robert haar weer op de vloer gooide lukte het Sara uiteindelijk te schreeuwen: 'Laat me gaan!' Haar hoofd bonkte tegen het hout en ze voelde hoe haar maag zich omdraaide en haar oogleden knipperden.

'Sara,' zei hij terwijl hij haar overeind hielp. Hij wiegde haar hoofd in zijn schoot en zei: 'Hou hiermee op. Ik wil je geen pijn doen.'

'Robert, alsjeblieft...' smeekte ze, vechtend tegen haar misselijkheid. Ze probeerde zich op te richten maar er was geen kracht meer in haar lichaam over. Al haar spieren voelden nutteloos aan en ze kon haar blik nergens op richten.

Robert liet haar hoofd weer op de vloer zakken en sleepte de schommelstoel van de andere kant van de kamer naar haar toe. 'Ik wilde je geen pijn doen,' zei hij, en tilde haar zachtjes van de vloer op. Haar armen en benen deinden als die van een ledenpop slap op en neer toen hij haar in de stoel zette. Ze proefde braaksel achter in haar keel en opeens begon de kamer weer te draaien.

'Niet buiten westen raken,' zei hij; ze vroeg zich af hoe hij dit zou kunnen voorkomen. Sara was nog nooit van haar leven bewusteloos geraakt, maar haar hoofd tolde zo dat ze dacht dat ze misschien een hersenschudding had.

Ze haalde diep adem, ook al deden haar ribben pijn van de inspanning. Robert keek scherp naar haar, hield al haar bewegingen in de gaten. Na een tijdje – het leek verschillende minuten geduurd te hebben – zag Sara weer helder en ebde de druk op haar maag weg.

'De lucht was gewoon uit je longen geslagen,' zei Robert duidelijk opgelucht. Toch liet hij zijn hand nog even op haar borst rusten tot hij zeker wist dat ze op eigen kracht rechtop kon zitten. Hij observeerde haar nauwkeurig terwijl hij een stuk tape uitrekte. Hij trok haar sok omlaag en wikkelde toen de tape om haar enkel en de poot van de stoel.

Sara keek toe, niet bij machte iets te doen om hem tegen te houden.

'Ik kan niet naar de gevangenis,' zei hij. 'Ik dacht dat ik het wel kon, maar ik kan het gewoon niet. Nog een nacht als afgelopen nacht verdraag ik niet.'

Hij bond haar andere been aan de stoel, die begon te schommelen. Sara voelde hoe haar maag zich omdraaide, maar hij hield de stoel stil, ging op zijn hurken zitten en keek haar aan. 'Ik wil dat je tegen Possum zegt dat ik hem geld zal sturen als ik eenmaal ergens woon. Hij heeft zich uit de naad gewerkt voor die winkel, en ik ben niet van plan hem die te laten kwijtraken omdat ik mijn borgtocht niet terugbetaal.'

Sara spande haar benen tegen de tape omdat ze voelde dat haar bloedsomloop werd afgesneden. 'Robert, doe dit alsjeblieft niet.'

Hij trok nog een stuk tape van de rol. 'Leg je arm op de leuning van de stoel.'

Sara bewoog zich niet en hij tilde haar arm bij de pols op en legde hem op de leuning.

'Ik kan dit niet aan,' zei ze met het gevoel dat het leven uit haar wegvloeide. 'Ik kan het niet aan.'

Hij wierp een nieuwsgierige blik op haar, alsof ze zich aanstelde. Hij bood aan: 'Ik zal je mond niet afplakken als je belooft niet om hulp te roepen.'

Ze barstte weer in tranen uit, zo dankbaar voor deze kleine concessie dat ze alles voor hem zou hebben gedaan.

'Alsjeblieft, niet huilen,' zei hij terwijl hij zijn zakdoek te voorschijn haalde om haar tranen af te vegen. Ze dacht aan Jeffrey en zijn zakdoek, en hoe zachtaardig hij tegen haar was geweest. Sara begon nu nog harder te huilen.

'Jezus,' fluisterde hij, alsof Sara hem strafte. 'Het zal niet lang duren,' zei hij. 'Doe dit niet, Sara. Ik zal je geen pijn doen.' Hij keek even geschrokken en zei: 'Je hebt een snee bij je oog.'

Ze knipperde met haar ogen en merkte nu pas dat haar blik door bloed werd vertroebeld.

'Jezus, het spijt me zo,' zei hij, het bloed afvegend. 'Het was helemaal niet mijn bedoeling dat dit gebeurde. Ik wilde helemaal niemand pijn doen.'

Ze slikte en voelde iets van haar kracht terugkomen. Misschien kon ze hem tot rede brengen. Misschien kon ze hem overhalen ermee op te houden. Ze zou beloven niet te schreeuwen, niemand te roepen, als hij alleen maar bereid was haar arm vrij te laten.

Robert vouwde de zakdoek tot een keurig vierkant op. Ze probeerde te bedenken hoe ze tot hem door kon dringen, hem te laten inzien dat ze geen bedreiging was. 'Ik zal Possum over het geld vertellen,' zei ze. 'En wie nog meer? Met wie moet ik nog meer gaan praten? Met Jessie misschien?'

Hij stopte zijn zakdoek weer in zijn zak en pakte de tape. 'Ik heb geprobeerd een brief te schrijven, maar daar ben ik nooit zo goed in geweest.'

'Ze zal het toch willen weten,' drong Sara aan. 'Vertel het me, dan vertel ik het haar.'

'Jessie geeft niets om me.'

'Wel waar,' hield Sara vol. 'Ik weet dat het wel zo is.'

Hij ademde langzaam uit en scheurde met zijn tanden een stuk van de tape af.

Sara beet zo hard op haar lip dat ze bloed proefde.

'Ik heb echt mijn best gedaan,' zei hij, haar pols pakkend. Sara probeerde haar hand weg te trekken, maar hij dwong hem omlaag op de armleuning.

Ze keek naar zijn vingers terwijl hij haar arm vastbond, met zo'n gevoel van wanhoop dat ze bijna niet meer kon ademen.

Hij ging weer op zijn hurken zitten. 'Dit is toch niet zo erg.' Hij stak zijn hand uit om haar mond aan te raken. 'Je hebt op je lip gebeten,' zei hij. Sara rukte zonder erbij na te denken haar hoofd weg, en even zag ze een gekwetste uitdrukking in zijn ogen, alsof hij niet degene was die voor dit alles verantwoordelijk was.

'Ik ben niet zoals je denkt,' zei hij. 'Ik heb echt van haar gehouden.'

'Laat me alsjeblieft gaan,' smeekte ze.

Hij veegde zijn handen af aan zijn dijbenen. Het pistool lag naast hem op de vloer, maar Sara verkeerde niet echt in de positie om haar arm uit te steken en het te pakken. Hij had haar strak aan de stoel gebonden.

Hij herhaalde, bijna voor zichzelf: 'Ik heb echt van haar gehouden.'

Sara staarde naar het pistool alsof ze het puur met haar wilskracht naar haar hand zou kunnen lokken. Ze probeerde de trilling in haar stem te onderdrukken toen ze zei: 'Je zegt dat op een manier alsof je niet meer van haar houdt.'

'Ik weet niet wat er verkeerd is gegaan.' Hij glimlachte zwak. 'Wat zegt jou diep in je hart dat je van Jeffrey houdt?'

'Ik weet het niet,' antwoordde Sara, niet in staat het pistool met haar blik los te laten. Uiteindelijk dwong ze zich hem aan te kijken en zei: 'Robert, alsjeblieft. Laat me niet zo achter. Ik kan het niet aan. Ik kan het niet verdragen.'

'Het zal best gaan.'

'Niet zo,' zei ze. 'Alsjeblieft. Ik smeek het je.'

'Vertel me waardoor je van Jeffrey houdt,' vroeg Robert, alsof hij op de een of andere manier wilde gaan onderhandelen. 'Hoe komt het dat je dat weet?'

'Ik weet het niet.'

'Kom nou,' zei hij, en ze besefte dat hij haar probeerde te helpen rustiger te worden, zodat het voor hem gemakkelijker zou zijn te doen wat hij moest doen.

'Ik weet het niet,' herhaalde ze. 'Robert...'

'Er moet iets zijn,' zei hij, geforceerd tegen haar glimlachend, alsof ze twee keurige mensen waren die elkaar in beroerde omstandigheden hadden ontmoet. 'Vertel me niet dat het door zijn gevoel voor humor of zijn enorme persoonlijkheid komt.'

Sara pijnigde haar hersens om iets te bedenken. Er moest een goed antwoord zijn, een antwoord dat hem ertoe zou brengen haar uit die stoel los te maken en te laten gaan, maar ze kon niets bedenken.

'Je weet het niet?'

Ze zei hem het enige wat bij haar opkwam: 'Het zijn die kleine dingen. Nell zegt dat het met Possum precies hetzelfde is – de kleine dingen.'

'O ja?'

'Ja,' echode ze, terwijl ze probeerde haar paniek onder de duim te houden, en zich te herinneren wat Nell had gezegd. Haar stem klonk gedempt in haar oren, alsof ze onder water sprak. 'Hij is altijd thuis als hij zegt dat hij thuis zal zijn en hij vindt het niet erg om voor haar naar de winkel te gaan.'

Robert glimlachte treurig terwijl hij zich oprichtte. 'Misschien had ik voor Jessie naar de winkel moeten gaan.'

Sara voelde dat haar hersenen probeerden een verband te leggen, maar ze begreep niet waarom. Toch praatte haar mond door. 'Ik weet zeker dat je dat wel eens hebt gedaan.'

Hij trok een extra lang stuk tape van de rol, scheurde het met zijn tanden af en liet de rol op de vloer vallen. 'Nee, nooit,' zei hij terwijl hij de tape rond haar borst en bovenarmen wikkelde, waardoor ze met haar rug plat tegen de leuning van de stoel werd gedrukt. 'Ze zei dat ze dat graag zelf deed. Dat het haar het gevoel gaf dat ze voor me zorgde.'

'Ben je nooit naar de winkel geweest?' vroeg Sara. Iets wat Jeffrey haar de vorige nacht had verteld viel plotseling op zijn plaats, en ze voelde hoe er zich een griezelige rust door haar lichaam verspreidde.

Hij keek om zich heen, zoekend naar de tape. 'Verdomme,' zei hij, zijn gezicht vertrekkend toen hij voor het bed neerknielde. Hij legde zijn hand tegen zijn buik op de plaats waar hij was neergeschoten. 'Onder het bed gerold,' zei hij terwijl hij met zijn hand op de matras steunde en zich vooroverboog om de tape weer te pakken.

'Je bent nooit voor haar naar de winkel geweest?' vroeg Sara weer, kijkend hoe hij voor het bed knielde. Zijn hand lag op de matras terwijl hij zichzelf ondersteunde, en in gedachten zag ze de bloedige afdruk die Luke Swan op het bed had achtergelaten.

'Ik ben nog nooit naar de winkel geweest,' verzekerde hij haar terwijl hij zwaar ademend weer overeind kwam. 'Verdomme, dat deed pijn.'

Hoewel ze zich niet kon bewegen kreeg Sara opeens het gevoel dat ze de situatie enigszins onder controle begon te krijgen. 'Reed ze vaak in jouw auto?'

'Wat een rare vraag,' zei hij, maar toch antwoordde hij: 'Ja. Ze had er een hekel aan, maar als ik achter haar op de oprijlaan geparkeerd had was het makkelijker dan er twee auto's achteruit af te rijden.'

Sara spande haar pols tegen de tape om te zien of ze enige speling had en zei: 'Dus jij was niet degene die die avond naar de winkel ging, nietwaar, Robert? Het was Jessie. Ze ging met jouw auto. Toch?'

Hij rekte een volgend lang stuk tape uit. Hij keek haar niet aan en instinctief wist ze dat hij wilde dat ze doorpraatte.

'De avond dat Luke werd doodgeschoten,' zei ze, bijna bang voor zijn antwoord. 'Zondag. Heeft Jessie zondag in jouw auto gereden?'

Het stuk tape was te lang en rolde weer in elkaar. Hij probeerde het los te peuteren. 'Ik weet niet waar je het over hebt.'

'Jessie zat in jouw auto,' zei Sara, die dit zekerder wist dan wat dan ook in haar leven. 'Zíj is die avond naar de winkel geweest. Er stonden melk en vruchtensap in je koelkast. Ik heb het boodschappenlijstje in je auto gezien.'

Hij bleef aan het stuk tape plukken alsof het nog gered kon worden.

'Als Jessie naar de winkel is geweest, dan is Jessie ook degene geweest die terugkwam. Je hebt de waarheid gezegd, maar je hebt de rollen omgedraaid. Jessie was degene die thuiskwam, en jij...' Ze zweeg verbaasd. 'Jij was degene in de slaapkamer,' zei ze. 'Jij was daar met Luke Swan, niet Jessie.'

Robert lachte geforceerd; hij gaf zijn pogingen met de tape op en maakte er een bal van.

Sara bleef doordrukken, nog steeds zeker van wat er was gebeurd. 'Jij lag daar op de vloer, op je knieën naast het bed.'

'Misschien is een wel genoeg,' zei hij terwijl hij de rol tape oppakte.

'Bevond Luke zich achter jou toen hij werd neergeschoten?'

Hij scheurde een stuk van tien centimeter af. 'Ik moet je mond afplakken.'

Ze vocht tegen haar angst, moest de waarheid weten. 'Vertel me gewoon wat er is gebeurd, Robert. Je hebt hem niet gedood. Ik weet dat je hem niet gedood hebt. Was het Jessie? Heeft ze jullie betrapt? Robert, je moet het iemand vertellen. Je kunt het niet zomaar op zijn beloop laten.'

Hij maakte aanstalten de tape over haar mond te plakken,

maar stopte op het laatste moment. Sara keek hem aan toen hij het weer probeerde, maar om de een of andere reden kon Robert zich er niet toe brengen.

Ze hief uitdagend haar gezicht naar hem op en vroeg op dringende toon: 'Zeg me wat er is gebeurd.'

Hij deed een paar stappen achteruit en ging duidelijk gegeneerd op het bed zitten. Hij hield de tape in zijn handen, wiegde hem voorzichtig, alsof hij bang was dat hij zou ontploffen.

'Jij was daar met Luke, hè?'

Hij staarde naar zijn handen; zijn zwijgen was voldoende bevestiging om haar te laten doorpraten.

'Wist Jessie er voor die avond al van?'

Hij schudde zijn hoofd, zijn schouders zakten af. 'Ik heb zo mijn best gedaan met haar,' zei hij. 'Ze was de enige vrouw ter wereld voor wie ik dacht dat ik een echtgenoot zou kunnen zijn.' Hij keek uit het raam de achtertuin in. 'Ze zou een tijdje wegblijven. Ze zei dat ze naar haar moeder ging en daarna naar de winkel, zoals iedere zondagavond.'

'Wat is er gebeurd?'

'Ze kreeg ruzie met haar moeder.' Hij lachte treurig. 'Ze kwam eerder thuis, had genoeg tijd om alle boodschappen binnen te brengen. Mooie smeris ben ik, hè? Ik hoorde haar niet eens in de keuken.'

'Heeft ze jullie betrapt?'

'Ze dacht dat ik nog bij Possum naar de wedstrijd zat te kijken.'

'Heeft ze jullie betrapt?' vroeg Sara weer.

'Ik heb het geheimgehouden,' zei hij, haar vragen nog steeds niet beantwoordend. 'Ik heb het al die jaren geheimgehouden.' Hij wreef in zijn ogen. 'Ik heb een afspraak met God gemaakt. Ik heb Hem beloofd dat ik het niet meer zou doen als hij Jessie een baby zou geven.' Hij liet zijn hand zakken. 'Dat was het enige wat we nodig hadden, snap je: een gezin zijn. Ik zou een goede vader zijn geweest.'

Hij verwachtte duidelijk een soort bevestiging, want hij wendde teleurgesteld zijn blik af toen Sara niets zei. 'God wilde het alleen niet laten gebeuren. Misschien wist Hij dat ik me niet aan mijn deel van de afspraak zou kunnen houden.'

'God maakt dergelijke afspraken niet.'

'Nee,' zei hij. 'Niet met mannen zoals ik.'

'Dat je homo bent wil nog niet zeggen dat je een slecht mens bent.'

Zijn gezicht vertrok bij het woord.

Sara spande haar been tegen de tape om te zien of er nog rek in zat.

'Alles wat ik met haar probeerde veranderde in vergif,' zei hij. Om onverklaarbare redenen verscheen er een echte glimlach op zijn lippen. 'Je weet toch hoe het is om voor de eerste keer in je leven verliefd te zijn?'

Sara reageerde niet.

'Dan Phillips,' zei hij. 'Verdomme, die was mooi. Ik weet dat je nooit zou denken dat een jongen zo kon zijn, maar hij had van die blauwe babyogen die...' Hij sloeg zijn hand voor zijn mond en liet hem weer zakken. 'Word je daar beroerd van als je dat hoort?'

'Nee.'

'*Ik* werd er beroerd van,' zei hij. 'Julia heeft ons betrapt achter de gymzaal. Jezus, ik ben nooit op een van haar gunsten ingegaan. Dan evenmin. We hadden geen idee dat dat de plek was waar ze met jongens afsprak.' Hij lachte schor. 'Het was onze eerste keer. De eerste en de laatste.'

'Wat deed ze?'

'Ze schreeuwde de hele buurt bij elkaar,' zei hij. 'Ik heb me nog nooit van mijn leven zo geschaamd. De hele week erna heb ik lopen kotsen, alleen al als ik aan dat gezicht van haar dacht. Alsof we stukken vuil waren. Jezus, we wáren ook stukken vuil. Dan ging ervandoor. Hij verdween gewoon uit het stadje. Kon het niet meer verdragen mijn gezicht te zien.'

'Heb je haar daarom vermoord?'

Hij keek gekwetst, alsof ze hem had beledigd. 'Als je dat zo graag denkt, ga je gang dan maar.'

'Ik wil de waarheid weten.'

Hij keek haar even aan. 'Nee,' zei hij. 'Ik heb haar niet vermoord. Ik heb even gedacht dat Jeffrey het misschien had gedaan, maar...' Hij schudde zijn hoofd. 'Jeffrey heeft het ook niet gedaan. Er is in dit stadje waarschijnlijk een lange lijst mannen die haar om de een of andere reden haatten, maar zo is Jeffrey niet.'

'Je hebt haar ook niet verkracht.'

'Nee. Dat was gewoon haar manier om me te kwellen: dat rotgerucht verspreiden. Ze dacht dat ik dan wel zou zeggen hoe ik in elkaar zat, dat ik zou proberen me te verdedigen door het iedereen te vertellen.' Er trok een grimas over zijn gezicht. 'Alsof ik dat zou doen. Ik zou liever doodgaan dan het iemand laten weten.'

Sara moest wel vragen: 'En Jeffrey?'

'Ze dacht dat ik het voor hem zou opnemen. Leuke vriend was ik, hè? De mensen laten denken dat Jeffrey haar had verkracht, alleen maar om mijn geheim te kunnen bewaren.' Hij zweeg even en keek of ze wel luisterde. 'Ik zei je al, Sara: ik zou liever doodgaan dan het bekend te laten worden.'

Bij deze woorden keek hij haar recht aan, en Sara begreep het dreigement.

Ze moest hem aan de praat houden. 'Heb je daarom de schuld voor het neerschieten van Luke op je genomen?'

Robert keek haar zwijgend aan. 'Het was weer hetzelfde liedje.'

'Wat dan?'

'Hij wist het,' zei hij. 'Soort zoekt soort, denk ik.'

'Luke?'

'Ik had hem op een avond achter in de auto. Opgepakt wegens landloperij bij de kegelbaan.' Robert keek weer uit het raam. 'Hij had het koud, dus gaf ik hem mijn jasje. Van het een kwam het ander. Ik weet niet eens meer precies hoe het gebeurde... alleen maar dat het heel goed voelde, en de volgende dag heel verschrikkelijk.'

Sara zag de angst op zijn gezicht, en ondanks de situatie merkte ze dat ze medelijden met hem had.

'Ik weet niet hoe, maar hij heeft mijn clubjasje achterovergedrukt. Misschien heeft hij het uit de auto gestolen toen ik even niet keek. Het doet er niet toe hoe hij eraan kwam, maar mijn naam staat er in levensgrote letters op. Hij belde me de volgende ochtend op het bureau. Zei dat hij het overal zou dragen en iedereen zou vertellen dat hij mijn *vriendin* was.' Robert snoof walgend. 'Hij bleef maar achter me aan lopen, flirtte met me alsof ik een meid was, verdomme.' Zijn onderkaak maalde, en hij keek omlaag naar zijn handen.

'Je had hem gewoon kunnen zeggen dat hij op moest sodemieteren,' merkte Sara op. 'Niemand zou hem eerder geloofd hebben dan jou.'

'Zo werkt het hier niet,' zei hij, en gedeeltelijk wist ze dat Robert gelijk had. Roddels waren alles wat zo'n klein stadje had. Zelfs een gerucht dat onwaarschijnlijk aandeed was beter dan de slaapverwekkende waarheid van het alledaagse, normale leven.

Ze vroeg: 'Wat is er gebeurd, Robert?'

Het duurde even voordat hij antwoord gaf; de waarheid was voor hem afgrijselijker dan de leugen die hij de laatste paar dagen had verteld. 'Ik was zwak. Ik wilde gewoon iemand die me troostte, bij wie ik me goed kon voelen.' Hij keek Sara weer aan, alsof hij verwachtte dat ze iets zou zeggen waaruit een soort weerzin zou blijken. 'Ik belde hem op, zei hem dat hij langs moest komen. Ik zei hem dat ik wilde dat hij me neukte. Vind je het leuk dat te horen? Je weet wat we deden, hè? Kontneuken, als twee flikkers.'

Sara hapte niet. 'Was je verliefd op hem?'

'Ik haatte hem,' zei hij, en aan zijn stem hoorde ze dat het echt waar was. 'Het was alsof hij een spiegel ophield, waardoor ik mezelf zag. Alle smerigheden van mezelf.' Binnensmonds voegde hij eraan toe: 'Klotenicht. Flikker.'

'Heb je hem daarom vermoord?'

Buiten stopte er een auto, en ze wachtten terwijl er een portier werd dichtgeslagen. Een paar tellen later hoorden ze Nells buurman zijn huis binnengaan en de deur dichtslaan. Als hij al merkte dat de honden er niet meer waren leek het hem niet te kunnen schelen.

Sara moedigde hem aan: 'Robert?'

Robert nam de tijd. 'Jessie betrapte ons,' zei hij ten slotte. 'Ze hoorde ons. De geluiden die we maakten.' Hij keek weer naar Sara alsof hij haar reactie wilde peilen. 'Ze had mijn pistool in haar hand omdat ze dacht dat er iemand had ingebroken. Ze nam niet eens de moeite de politie te bellen.' Hij maakte een gedachtesprong. 'Daar ging die ruzie over. Daarom was ze thuisgekomen.'

Sara zweeg omdat ze hem niet kon volgen.

'Die ruzie met haar moeder. Ze hadden ruzie gehad omdat

Jessie knetterstoned aan was komen zetten. Dronken, pillen geslikt, wat dan ook. Haar moeder gaf mij daar altijd de schuld van, ook al is ze bijna elke dag bezopen, staat ze daar buiten uit de fles te drinken terwijl ze eigenlijk de tuin moet sproeien. Zo komt Jessie met mij het leven door. Zo heeft ze mijn fouten leren hanteren: ze nam pillen om de pijn weg te drukken.'

Sara hoorde de buurman weer zijn voordeur dichtslaan. Ze hield haar adem in, hopend dat hij langs zou komen om naar zijn honden te informeren, maar hij startte de motor en ze hoorde hem achteruit de oprijlaan af rijden.

'Jessie wilde me doodschieten,' zei Robert tegen Sara terwijl hij uit het raam keek, waarschijnlijk om te zien hoe de buurman de straat uit reed. 'Ze haalde de trekker over omdat ze zo schrok. Ze dacht er niet helemaal bij na, maar ze wilde mij neerschieten, niet hem. Dat zei ze later in ieder geval. Ze zei dat ze zo dronken was dat ze eerst dacht dat ik met zijn tweeën was en dat het me dan toch eindelijk was gelukt mezelf te naaien.' Hij haalde zijn tong langs zijn boventanden. 'Ik wist niet eens dat ze al thuis was. Ik hoor Luke nog in mijn oor zeggen: "Hé, kijk nou eens. Wou je misschien meedoen?" Ik wist bij god niet waar hij het over had. Later bedacht ik pas dat hij het tegen haar had. Dat hij haar provoceerde, ook al had ze een pistool in haar hand. Dat deed hij nu eenmaal: uitlokken en uitlokken tot iemand door het lint ging.'

'En toen schoot ze hem dood.'

'Ik droeg mijn T-shirt, maar...' Zijn stem stierf weg en hij slikte moeizaam voordat hij doorging. 'Ik voelde die douche op mijn rug, een soort motregen. Ik hoorde het geluid pas later, ongeveer twee of drie seconden later. Het moet sneller zijn gegaan, maar mijn hersenen vertraagden het, denk ik. Weet je hoe dat in zijn werk gaat?'

Sara knikte. Ze wist uit eigen ervaring dat een trauma een vertragende werking had, alsof pijn iets was waar je van moest genieten in plaats van dat je het moest doorstaan.

'Ik hoorde een soort ploppend geluid, alsof er een ballon knapte of zo.' Hij haalde diep adem. 'Toen zakte hij tegen me aan en voelde ik die natte...' Hij schudde zijn hoofd bij de herinnering. 'Hij gleed langs mijn rug omlaag.'

Sara herinnerde zich hoe Robert die nacht met zijn rug tegen de muur was blijven staan en zijn shirt stevig had vastgehouden.

'Daarna ging het allemaal zo snel. Hoe langzaam het ook ging toen het gebeurde, de rest ging verschrikkelijk snel.'

'Wat gebeurde er?'

'Jessie schoot op me.'

'En ze miste,' zei Sara, die zich het kogelgat in de muur herinnerde.

'Ik graaide mijn reservepistool uit de kast. Het kluisje zat niet eens op slot. Nadat we de baby hadden verloren...' Hij schudde zijn hoofd, wilde hier duidelijk niet over praten. 'Ik dacht niet echt na, behalve dan misschien dat ik had gewild dat de kogel niet had gemist toen ze schoot.' Robert zweeg even. 'Ze bleef staan, alsof ze me niet kon doodschieten, ook al had ze gezien wat ik was. Ik stond daar misschien een seconde en zag het opeens allemaal voor me – dat iedereen erachter zou komen wat er was gebeurd, erachter zou komen wie ik ben, en ik zette het pistool tegen mijn buik en haalde de trekker over.'

'Je hebt geluk gehad dat er niet meer schade is aangericht.'

'Het ging allemaal zo vlug,' zei hij weer. 'Ik kon niet eens denken. Het was alsof...' Hij knipte met zijn vingers.

Sara zei niets; ze hoorde het geluid van zijn vingers als een schot echoën.

'Het deed niet eens zo'n pijn,' voegde hij eraan toe. 'Ik dacht dat het pijn zou doen, maar de pijn voelde ik pas later.'

'Was het Jessies idee om te zeggen dat jij het had gedaan?'

'Goeie hemel, nee,' zei hij, en ze vroeg zich af of hij de waarheid sprak. 'Ze liep naar het bed en pakte een handvol pillen. De meeste morste ze op de vloer. Ik keek om me heen en dacht: christus, wat kan ik doen?'

'En wat deed je?'

'Nou ja, ik neem aan dat ik moet hebben geweten wat ik deed toen ik de trekker overhaalde, maar het duurde even voordat het tot mijn hersens doordrong. Ik raapte de hulzen op en veegde ze af. Zo'n drie seconden later hoorde ik iemand de achterdeur opentrappen. Ik gooide de hulzen op de vloer, precies op het moment dat Jeffrey binnenkwam. Hij riep:

"Wat is hier in jezusnaam gebeurd?" Hij ging naar buiten om jou te halen en ik zei tegen Jessie dat ze het raam open moest doen en de hor eruit moest drukken. Het was de eerste keer in haar leven dat ze iets deed zonder te vragen waarom.'

'En de kogel?' vroeg Sara. Robert had Reggie de kogel gegeven toen hij had bekend.

'Die heeft Jessie er later uit gehaald. Ik weet niet wanneer, maar ze heeft hem me gegeven. Ze heeft me verteld waar ze hem precies in zijn hoofd had gevonden. Ze zei dat het een aandenken voor me was.'

Sara wist dat er maar één moment was geweest dat Jessie met het lichaam alleen was geweest: toen Jeffrey en Sara buiten op de veranda op Hoss hadden staan wachten. Ze moest naar binnen zijn geglipt toen ze daar met elkaar hadden gediscussieerd en al het mogelijke gedaan hebben om niet te worden betrapt.

'Jessie is veel slimmer dan de meeste mensen denken,' ging Robert door. 'Toen jullie binnenkwamen speelde ze het spelletje gewoon mee; ze deed alsof ze te high was om te volgen wat er allemaal gebeurde. Zelf ging ik alleen maar over de rooie. Ik zag alle woorden uit mijn mond komen terwijl ik het verhaal verzon; ik dacht niet eens na over de delen die niet klopten. Ze liet me mijn gang gaan, stond daar alleen maar, liet me genoeg touw afwikkelen om mezelf op te knopen.'

'Waarom?' vroeg Sara, die het nog steeds niet begreep. 'Waarom heb je gelogen?'

'Omdat ik liever een koelbloedige moordenaar dan een flikker ben.'

Zijn woorden klonken erg definitief en hingen als lood in de lucht.

'Ik deug gewoon niet, Sara.' Hij zweeg even, alsof hij tijd nodig had om zichzelf tot de orde te roepen. 'Als ik een mes zou kunnen nemen en mijn hart eruit zou kunnen snijden, zou ik het doen. Dan zou ik dat klotehart van me eruit snijden om normaal te kunnen zijn.'

'Je bént normaal,' zei ze met nadruk. 'Er is niets met je aan de hand.'

'Het is te laat.'

'Je kunt hier een einde aan maken,' zei ze. 'Je kunt hier nu een einde aan maken. Je hoeft niet weg. Je bent onschuldig, Robert. Je hebt helemaal niets gedaan. Het is allemaal jouw schuld niet.'

'Het is wel allemaal mijn schuld,' hield hij vol. 'Ik heb gezondigd, Sara. Ik heb tegen God gezondigd. Ik heb mijn gelofte verbroken. Ik ben met een andere man geweest. Ik heb hem zo vaak dood gewenst. Jessie heeft de trekker overgehaald, maar ik heb gezorgd dat hij daar was. Ik heb hem in ons huis binnengebracht. Er is nu geen weg terug meer.'

'Je bent wie je bent,' zei ze, ook al zag ze dat er niet met hem te redeneren viel. 'Je hebt geen reden om je te schamen.'

'Jawel,' zei hij terwijl hij het pistool oppakte. 'Die heb ik wel.'

'O, god...'

Hij richtte het pistool recht op haar hoofd. Zijn hand trilde niet. Sara sloot haar ogen en dacht aan alle dingen die ze nooit had gedaan in haar leven, vroeg zich af hoe haar ouders dit zouden verwerken. Tessa had haar nog nodig, en Jeffrey... Er was zoveel dat Sara ongezegd had gelaten. Ze zou er alles voor overhebben om nu met hem samen te zijn, zijn armen om haar heen te voelen.

'Je bent geen moordenaar,' zei ze met een keel die pijn deed van de inspanning.

'Het spijt me vreselijk,' zei Robert, die zo dichtbij stond dat ze zijn zweet kon ruiken. Sara voelde het koude metaal van het pistool tegen haar voorhoofd drukken en ze huilde nu oprecht, met gesloten ogen. Ze hoorde hem de veiligheidspal overhalen, en nog een gemompelde verontschuldiging.

'Alsjeblieft,' fluisterde ze. 'Doe het alsjeblieft niet. Alsjeblieft.' Ze zei het enige waarvan ze dacht dat het tot hem door zou dringen. 'Ik ben zwanger.'

Het pistool bleef een paar tellen waar het was voordat het omlaagzakte, en Robert vloekte binnensmonds.

Ze opende haar ogen en zag dat hij met zijn rug naar haar toe stond. Zijn schouders schudden, en ze dacht dat hij huilde, tot hij zich omdraaide. Doodsangst joeg door haar heen toen ze besefte dat hij stond te lachen.

'Zwanger?' herhaalde hij, alsof ze juist de clou van een heel goede mop had verteld.

'Robert...'

'Alles gaat hem zo verdomd makkelijk af.'

Sara besefte dat ze een fout had gemaakt. 'Ik bedoelde niet...'

'Jezus,' siste hij terwijl hij het pistool weer op haar hoofd richtte. Ditmaal trilde zijn hand wel, en hij aarzelde, nogmaals vloekend. 'Godverdomme.'

'Jeffrey weet het niet,' zei ze, wanhopig naar de juiste woorden zoekend. 'Hij weet het niet!'

Robert hield het wapen stil. 'Hij zal het ook nooit weten.'

'Hij zal het wel weten!' gilde ze. 'Na de lijkschouwing!' Roberts kaak verstrakte, en ze drukte door. 'Wil je dat hij er zo achter komt? Wil je dat hij erachter komt als ik dood ben?'

'Hou op,' beval hij terwijl hij het pistool tegen haar schedel drukte. 'Hou je mond.'

'Het is een jongen!' schreeuwde ze, bijna hysterisch van angst. 'Het is een jongen, Robert. Zijn zoon. Jeffreys zoon.'

Hij liet het pistool weer langs zijn zij zakken, ditmaal niet lachend.

'Je weet wat het is om een kind te verliezen,' zei ze terwijl haar lichaam zo beefde dat de stoel begon te schommelen. 'Je weet hoe het is.'

Hij negeerde haar, schudde langzaam zijn hoofd, alsof hij een soort gesprek met zichzelf voerde. Sara zag zijn lippen bewegen, maar er kwamen geen woorden uit. Hij haalde de veiligheidspal over, stak het pistool weer in de band van zijn broek en pakte de rol tape weer.

Sara keek hoe hij aan de tape trok en wist dat hij haar mond zou afplakken om haar dood te kunnen schieten.

'Hij houdt van me,' zei Sara, die zich blind vastklampte aan alles wat hem op andere gedachten zou kunnen brengen.

Robert scheurde een stuk tape af.

'Dat ga je hem nu afnemen,' zei ze; de woorden rolden over elkaar heen haar mond uit. 'Je gaat hem zijn kind afnemen, Robert. Zijn ongeboren kind.' Sara's stem bleef bij deze woorden hangen, vooral omdat ze wist dat er nooit meer een moment zou komen dat ze ze zou kunnen uitspreken. '*Ons* kind,' zei ze, verliefd op de manier waarop de woorden in haar mond aanvoelden. '*Onze* baby.'

Robert hoorde kennelijk de hartstocht in haar stem, want hij hield op met waar hij mee bezig was.

'Ik draag zijn kind,' herhaalde Sara, die voelde dat ze zich volledig liet gaan. Ze had er vrede mee, hiermee en met wat er hierna zou gebeuren. De logica achter haar kalmte was niet te verklaren: het was gewoon het gevoel dat ze had. 'Onze baby.'

'Hij zal je pijn doen,' zei Robert. 'Iedereen die van hem houdt wordt uiteindelijk gekwetst.'

'Als je van iemand houdt,' zei Sara, 'neem je dat risico nu eenmaal.'

Hij bracht zijn vingers naar haar onderlip, streelde de kapotte huid. Voordat ze besefte wat er gebeurde bukte Robert zich en streek met zijn lippen over de hare. Het was de zachtste kus die Sara ooit had gekregen, en ze was te geschokt om haar hoofd weg te trekken.

Hij zei: 'Het spijt me,' en plakte voordat ze kon antwoorden haar mond af. Hij stond met zijn armen over elkaar geslagen tegenover haar. 'Het spijt me dat ik je pijn heb gedaan,' zei hij. 'Ik heb al genoeg mensen pijn gedaan in mijn leven.' Er trok een zure uitdrukking over zijn gezicht, alsof hij iets vervelends had bedacht. 'Jeffrey denkt vast dat ik op hem viel,' zei hij. 'Vertel jij hem dat dat niet waar is, oké? Ik heb nooit op een dergelijke manier aan hem gedacht – nooit.'

Sara knikte; tot meer was ze niet in staat.

'Zeg hem dat hij een fantastische vader wordt, en dat ik hem dat nooit zou afnemen.' Roberts stem stokte. 'Zeg hem dat hij de beste vriend was die ik ooit heb gehad, en dat er nooit meer aan de hand is geweest dan dat.'

Sara knikte weer terwijl ze probeerde te begrijpen wat er was gebeurd.

'Het spijt me dat ik je mond heb moeten afplakken. Ik weet dat ik had beloofd het niet te doen.'

Sara keek hem hulpeloos na terwijl hij de kamer uit liep. Een paar seconden later hoorde ze het portier van een auto dichtslaan en een motor starten. Ze herkende de rammelende uitlaat van Roberts vrachtwagentje terwijl hij achteruit de oprijlaan af reed.

Hij was weg.

Sara begon weer te huilen, ditmaal van opluchting. Ze kon

zich niet herinneren dat ze ooit in haar leven zoveel tranen had vergoten. Haar neus begon te lopen en ze snoof, stikkend door de tape. Haar opgetogenheid maakte snel plaats voor paniek terwijl ze met veel moeite lucht in haar longen zoog. Er verstreken een paar seconden voordat de claustrofobie die haar dreigde te overweldigen wegebde. Ze moest zich van die stoel bevrijden. Ze kon hier niet gewoon blijven wachten tot Nell of Possum of Jeffrey binnen zouden komen stormen om haar te redden. Ze kon niet toestaan dat een van hen – vooral Jeffrey niet – haar zo zou aantreffen: hulpeloos, bang. Niemand zou haar ooit nog zo zien.

Sara zocht de kamer af, op zoek naar iets waarmee ze zich uit de stoel zou kunnen bevrijden. Als ze naar voren en naar achteren schommelde zou ze met haar gezicht op de vloer terechtkomen, dus liet ze de stoel heen en weer wankelen tot het haar lukte hem te laten kapseizen. Haar hoofd sloeg met een stevige bons tegen de harde houten vloer en ze voelde, toen haar trommelvlies natrilde van de klap, dezelfde duizeligheid als daarvoor. Een scherpe pijn trok door de schouder waarop ze terecht was gekomen, maar ook de armleuning van de stoel was door de val losgeraakt. Ze rukte het hout een paar keer heen en weer om de verbindingen los te wrikken, maar de leuning bleef zitten. De stoel was waarschijnlijk ouder dan zij allen bij elkaar, een meubelstuk dat de voorouders van Nell hadden gemaakt.

Sara ademde diep in en probeerde te bedenken wat ze nu moest doen. De ronde schommelhouten onder aan de stoel maakten het haar onmogelijk hem op te richten en naar de deur te kruipen. Robert had haar polsen vastgeplakt, maar niet haar vingers. Zelfs als ze geen kans zou zien zich uit de stoel te bevrijden zou ze kunnen proberen de tape van haar mond te wurmen. Als ze de tape van haar mond kon krijgen kon ze schreeuwen. Als ze kon schreeuwen zou ze zich – ook al zou niemand haar horen – een stuk beter voelen.

Met al haar kracht trok Sara haar arm omhoog naar haar mond. Na een paar minuten hielp het zweet op haar arm de tape oprollen tot een gespannen lijn die in haar vlees sneed, maar ze bleef haar arm omhoogtrekken, waardoor de tape tot het uiterste werd uitgerekt. Toen de tape niet verder wilde rekken boog Sara haar arm naar voren en naar achteren; ze liep een lelijke brandwond op van de wrijving. De lijm vormde zwarte bolletjes, en Sara zag kans haar arm een paar centimeter naar voren te bewegen. Ze probeerde hem terug te trekken, maar de tape trok zich vast in haar huid, waardoor deze begon te bloeden.

Ze nam de situatie in ogenschouw alsof het een wiskundig probleem was, berekende de verschillende factoren en voegde er haar pijngrens aan toe voordat ze iets anders probeerde. Ze kromde haar rug zoveel als de tape om haar borst en bovenarmen toestond en kronkelde met haar lichaam tot haar schouder schreeuwde van de pijn. Toch bleef ze zich afzetten en rekte de tape om haar borst uit tot haar mond zich een paar centimeter van haar hand bevond. Haar vingers waren bijna volledig wit geworden door het gebrek aan bloedtoevoer, maar het lukte Sara met haar middelvinger de rand van de tape aan te raken.

Ze gunde zichzelf even een pauze, telde tot zestig, liet de minuut voorbijgegaan terwijl het gebons in haar arm en schouder tot een doffe pijn afnam. Haar vingers hadden de tape aangeraakt. Dat was genoeg om het te blijven proberen. Sara rekte de tape om haar arm weer uit en probeerde bij die over haar mond te komen. Zweet van haar huid en bloed en speeksel uit haar mond hadden al op de lijm ingewerkt, zodat ze in een laatste poging kans zag met haar duim en wijsvinger de rand van de tape te pakken en te trekken.

Maar niet genoeg om de tape weg te trekken.

Sara's adem ging moeizaam en ze voelde dat de muren weer op haar af kwamen, maar ze dwong zichzelf de moed niet op te geven, wetend dat ze het niet moest laten afweten nu ze haar doel zo dicht was genaderd. Haar hele lichaam deed pijn van de krachtsinspanning, maar toch slaagde ze erin haar spieren genoeg te spannen om nog een keer naar de tape te grijpen. Ditmaal liet de tape wel los, en ze opende haar mond, hijgend als een hond die met zijn kop uit het autoraampje hing.

'Ha!' zei ze tegen de lege kamer, alsof ze een geweldige vijand had overwonnen. Misschien was dat ook zo. Misschien had ze haar angst overwonnen. Toch zat ze nog steeds aan de stoel vastgebonden, lag ze ongeveer met haar gezicht tegen de vloer gedrukt, met maar een paar mogelijkheden om te handelen en verder alleen maar tijd.

'Goed,' zei Sara tegen zichzelf. 'Geen enkele reden om het nu op te geven.' Dankzij dit soort denken was ze de medische opleiding doorgekomen, en ze was niet van plan het nu op te geven.

Ze richtte haar aandacht op haar armen, zich afvragend of ze met haar tanden bij de tape zou kunnen. De tape om haar bovenlichaam sneed al in haar borsten. Ze kon zich niet voorstellen hoe de blauwe plekken eruit zouden zien, maar ze wist ook dat blauwe plekken uiteindelijk wegtrokken.

Opeens hoorde ze een geluid voor in het huis. Ze deed haar mond open om om hulp te roepen, maar deed het op het laatste moment niet. Was Robert van gedachten veranderd? Was hij teruggekomen om het karwei af te maken?

Voetstappen bewogen zich knersend over het glas van de kapotte salontafel, maar er riep niemand. Wie er ook was binnengekomen, hij of zij nam alle tijd en liep van de ene kamer naar de andere. Ze hoorde bewegingen in de keuken en wachtte waarheen ze daarna zouden gaan. Was Robert iets vergeten? Toen Sara hem had verrast, was hij toen naar iets anders dan Possums pistool op zoek geweest? Als het iemand was die hier in huis hoorde, zou hij of zij nu zeker wel hebben geroepen.

Sara zette haar tanden op elkaar en verbeet de pijn terwijl ze probeerde haar mond naar haar hand te brengen. Ze kronkelde en draaide zoveel ze kon in de stoel, maakte krassen op Nells mooie houten vloer en probeerde de tape te pakken te krijgen.

'Sara?' Jeffrey stond met Nells bijl in zijn handen in de deuropening. 'Jezus christus,' zei hij terwijl hij in de kamer rondkeek, kennelijk zoekend naar degene die dit had gedaan.

'Hij is weg,' zei Sara, die nog steeds probeerde bij haar hand te komen.

Jeffrey liet de bijl op de vloer vallen en haastte zich naar haar toe. 'Heb je iets ernstigs?' Hij bracht zijn hand naar haar oog. 'Je bloedt.' Hij keek in de kamer rond. 'Wie heeft dit gedaan? Wie zou...'

'Maak me los,' zei Sara, ervan overtuigd dat ze, als ze nog

een seconde in die stoel zou zitten, zou gaan schreeuwen en nooit meer zou kunnen ophouden.

Jeffrey moest het begrepen hebben, want hij haalde zijn zakmes te voorschijn en sneed zonder verder nog vragen te stellen de tape door.

'O, god.' Sara rolde uit de stoel, waarna ze alleen nog maar op haar rug kon blijven liggen. Ze werd gek van de pijn in haar schouder en haar lichaam voelde gekneusd en geteisterd aan.

'Je bent niet gewond,' zei Jeffrey terwijl hij al masserend de bloedsomloop in haar handen weer op gang bracht.

'Robert...'

Jeffrey leek niet verbaasd te horen dat zijn vriend dit had gedaan. 'Heeft hij je pijn gedaan?' Zijn gezicht betrok. 'Hij heeft toch niet...'

Sara dacht na over alles wat er was gebeurd, wat Robert zover had gebracht, en zei: 'Hij heeft me alleen maar bang gemaakt.'

Jeffrey bracht zijn hand naar haar gezicht, bekeek de snee boven haar oog en haar kapotte lip. Hij kuste haar voorhoofd, haar oogleden, haar hals, alsof zijn kussen alles konden genezen. Op de een of andere manier deden ze dit ook, en zonder erbij na te denken voelde Sara dat ze zich aan hem overleverde, dat ze hem zo stevig vasthield als ze kon.

'Het gaat weer,' zei hij terwijl hij over haar rug wreef. 'Het gaat weer,' zei hij steeds maar.

'Het gaat weer,' zei ze, en met nuchtere helderheid wist ze dat hij gelijk had.

Drieëntwintig

15:17

Smith bleef tegen haar glimlachen, wachtend op haar reactie. 'Hij heeft mijn moeder verkracht,' herhaalde hij. 'En toen heeft hij haar vermoord om haar het zwijgen op te leggen.'

Lena was geschokt noch van afschuw vervuld. 'Nee, dat heeft hij niet gedaan,' zei ze; ze was nog nooit van haar leven ergens zekerder van geweest. 'Ik ken het soort mannen dat tot iets dergelijks in staat is, en daar hoort Jeffrey niet bij.'

'Wat weet jij daarvan?' vroeg Smith.

'Ik weet genoeg,' was het enige wat ze zei.

Smith klakte eenmaal met zijn tong. 'Je weet helemaal niks,' zei hij verongelijkt. Hij zei tegen Sara: 'Laten we beginnen.'

'Ik kan hem niet verdoven,' zei ze. 'Het bloedvatenstelsel in de arm is te ingewikkeld.'

'Je hoeft hem niet te verdoven,' zei Smith. 'Hij is buiten westen.'

'Doe niet zo dom.'

'Pas op je woorden, dame,' waarschuwde hij. Hij rommelde in de kist die Lena uit de ambulance had meegenomen. 'Gebruik dit maar,' zei hij terwijl hij een flesje Lidocaïne omhooghield. Hij haalde een zaklantaarn te voorschijn en scheen er glimlachend mee in zijn gezicht. 'Nu kun je het zien.'

Sara bewoog zich niet.

'Vooruit,' beval hij; zijn gezicht zag er nog afschuwelijker uit door de zaklantaarn.

Het leek of Sara wilde weigeren, maar ze aarzelde. Misschien was Jeffreys toestand te ernstig om het nog veel langer te laten duren. Misschien probeerde ze tijd te winnen. Hoe dan ook, ze leek er niet erg op te vertrouwen dat wat ze zou gaan doen ook werkelijk zou helpen.

Ze pakte een stel handschoenen uit de kist en trok ze aan. Zelfs Lena zag dat ze bang was en vroeg zich af hoe Sara in godsnaam dacht dat ze een kogel uit Jeffreys arm kon verwijderen als haar zelfvertrouwen zo'n klap had gehad.

Sara's handen werden kalmer toen ze Jeffreys overhemd met een schaar wegknipte. Als hij al bij bewustzijn was, bewoog hij zich niet, en Lena was blij dat hij niet kon zien wat er gebeurde.

'Lena,' zei Sara. 'Ik moet weten of dit echt Lidocaïne is.'

Lena voelde het gewicht van haar vraag. 'Ik heb geen idee,' zei ze.

'Waarom maakte Molly er dan zoveel drukte over?'

'Ik weet het niet,' antwoordde Lena, die wenste dat er een manier was om Sara de waarheid te vertellen. 'Misschien dacht ze dat ze hem buiten westen kon krijgen,' zei ze, op Smith doelend.

Sara nam de fles met het spul en trok het beschermende kapje eraf. Ze pakte een injectiespuit en trok de zuiger naar achteren.

Tegen Smith zei ze: 'Giet alle betadine in de wond.'

Smith verzette zich niet tegen deze opdracht en maakte Jeffreys arm zelfs met watten schoon. Nu het bloed weg was zag Lena iets wat eruitzag als een klein gaatje in de voorkant van Jeffreys oksel.

Sara pakte de spuit en hield hem boven het gaatje. Ze vroeg Lena: 'Weet je het zeker?'

'Ik weet het niet,' herhaalde Lena, die met haar blik de boodschap probeerde over te brengen dat het in orde was. Smith staarde haar echter strak aan en Lena keek omlaag naar Jeffrey, hopend dat Smith niet zou zien dat ze zeker was van haar zaak.

Sara drukte de naald pal in de wond, en Lena zoog zonder het zelf te beseffen door haar tanden lucht naar binnen. Ze dwong zich haar blik af te wenden en voelde plaatsvervangende pijn in haar eigen arm. Ze zag dat Brad iets dichter bij

Sonny was gaan staan. Hij likte langs zijn lippen en keek naar een plek ergens boven haar hoofd. Ze veronderstelde dat hij naar de klok keek, en paniek golfde langs haar ruggengraat omhoog toen ze zich realiseerde dat het spoedig zover zou zijn.

Smith hield de zaklantaarn op zodat Sara goed kon zien, waardoor Lena een vrij zicht op zijn NAVY SEAL-horloge had. Er zaten allerlei knoppen en wijzers op, en ze herinnerde zich van de advertentie dat de tijd was gesynchroniseerd met de atoomklok in Colorado, die tot op een milliseconde of zoiets onmogelijks accuraat was. Het was een enorm horloge, een brok metaal aan zijn pols. Midden in de ronde zwarte wijzerplaat bevond zich een digitaal schermpje waarop de tijd tot in seconden leesbaar was.

3:19:12.

Twaalf minuten. Maar stond zijn horloge op dezelfde tijd als het hare? Als dat van Molly en Nick? Lena durfde niet op haar eigen horloge of op de klok achter zich te kijken. Smith zou onmiddellijk weten wat er aan de hand was en dan waren ze allemaal dood.

'Scalpel,' zei Sara en stak haar hand uit.

Smith sloeg het scalpel in haar handpalm en Sara sneed door de huid heen, waarna het vlees uit elkaar week terwijl ze het spoor van de kogel volgde. Ze gebruikte al werkend de rest van de Lidocaïne in de spuit en spoot het merendeel ervan uiteindelijk in de open wond. Lena probeerde niet te kijken maar merkte dat ze werd gehypnotiseerd door het binnenste van Jeffreys arm. Sara wist duidelijk wat ze deed, maar Lena had geen idee hoe ze erin slaagde rustig te blijven. Het was alsof ze iemand anders was geworden.

'Ik heb meer licht nodig,' zei Sara tegen Smith, en deze boog zich met de zaklantaarn naar voren terwijl ze in de arm keek. 'Dichterbij,' zei ze, maar Smith bewoog zich niet. Sara vloekte binnensmonds en veegde met haar onderarm het zweet van haar voorhoofd. Ze boog zich dieper voorover om beter te kunnen zien wat ze deed, waarbij haar lichaam zich onhandig kromde.

Jeffrey liet een laag gekreun horen, maar leek niet wakker te zijn.

Sara zei tegen Lena: 'Hou zijn ademhaling in de gaten.'

Lena legde haar vingers op Jeffreys borst, voelde de zachte op en neer gaande beweging. Langzaam draaide ze haar pols om en probeerde op haar horloge te kijken. Het was warm in het vertrek en het zweet droop over haar arm. De metalen horlogeband was naar buiten gedraaid en het was onmogelijk te zien hoe laat het was.

Sara trok zich met een ruk terug toen het bloed recht in haar gezicht spoot. Ze veegde het met de rug van haar hand weg en werkte door terwijl ze tegen Smith zei: 'Tang.'

Hij zocht met zijn ene hand naar het instrument terwijl hij met de andere de lantaarn vasthield. Sara veegde het bloed met wat gaas weg en zei: 'Ik zie hem niet.'

'Wat een toestand toch,' zei Smith, die klonk alsof hij van het drama genoot.

'Ik kan hem niet verwijderen als ik hem niet zie.'

'Rustig aan,' zei Smith, haar de tang overhandigend, die er uitzag als een gigantisch pincet. 'Hier,' zei hij, ermee door de lucht zwaaiend.

Sara pakte de tang aan, maar ze deed niets.

'Met jou is er ook geen lol aan,' zei Smith, die de huid met gaas bette. 'Je vindt hem vast wel,' drong hij aan. 'Ik heb alle vertrouwen in je.'

'Ik zou hem kunnen vermoorden.'

'Nu weet je precies hoe ik me voel,' zei hij met een valse grijns. 'Ga door.'

Even wekte Sara de indruk te willen weigeren, maar ze stak haar duim en vingers door de handgreep van de tang en stak daarna de tang in de wond. Er spoot meer bloed uit en ze zei: 'Klem.' Toen Smith niet snel genoeg reageerde zei ze: 'Nu! Geef me de klem!'

Smith reikte haar het instrument aan en Sara liet de tang op de vloer vallen. Hij kwam met een kletterend geluid neer, een platgeslagen kogel viel tinkelend op de tegels. Terwijl het bloed overal om haar heen omhoog spoot stak ze haar hand met de klem in de wond. Toen stopte het bloeden opeens .

Lena keek weer op het horloge van Smith.

3:30:58.

'Niet gek gedaan,' zei Smith, duidelijk geamuseerd. Hij

keek met een blij verraste glimlach op zijn gezicht met de zaklantaarn in de wond, als een kind dat een spelletje tegen een volwassene had gewonnen.

'Hij heeft ongeveer twintig minuten,' zei Sara terwijl ze gaas in de open snee duwde. 'Als hij niet naar het ziekenhuis gaat raakt hij zijn arm kwijt.'

'Hij heeft nog wel meer problemen om zich zorgen over te maken,' zei Smith. Hij legde de zaklantaarn op de vloer maar liet zijn hand op zijn been liggen, waardoor Lena zijn horloge duidelijk kon zien.

3:31:01.

3:31:02.

'Wat bijvoorbeeld?' vroeg Sara, en uit haar ooghoek zag Lena dat Brad dichter bij de tweede schutter ging staan. Hij keek weer op de klok, en ze wist dat hij hetzelfde dacht: ze konden hun optreden niet coördineren als hun horloges niet gelijkstonden. Wat zou er gebeuren als ze te snel in actie kwam? Wat zou er gebeuren als ze Brad op het verkeerde moment een teken gaf en ze allebei dood zouden zijn voordat het arrestatieteam zou binnenvallen?

'Nee,' fluisterde Lena, die zich te laat realiseerde dat ze het woord hardop had gezegd.

Smith glimlachte breed tegen haar. 'Ze is erachter,' zei hij. 'Toch, schatje?'

Lena schudde snel haar hoofd; haar hand bewoog zich naar haar rug en ze voelde de contouren van het mes in haar zak. Ze overdacht de situatie. Wat belangrijk was, was dat ze met Brad samenwerkte. Wat belangrijk was was het element van verrassing.

Smith zei tegen Sara: 'Zie je nou? Sommige mensen hier vinden me niet zo dom als jij.'

'Ik vind je niet dom,' zei Sara.

Lena wierp weer een blik op het horloge van Smith. Nog dertig seconden. Brad was weer iets dichterbij Sonny gaan staan, begon door de ruimte voorin te ijsberen alsof de spanning hem te veel werd. Misschien was dat ook zo. Misschien zou hij het niet kunnen.

'Ik weet hoe je over me denkt,' zei Smith tegen Sara.

Lena bewoog zich zo langzaam mogelijk terwijl ze haar vingers in haar achterzak stak. Haar hart bonsde in haar borst; iedere bons viel samen met een van Brads voetstappen.

'Volgens mij ben je een jongeman die heel erg in de war is,' zei Sara. 'Volgens mij heb je hulp nodig.'

'Je vond me uitschot, vanaf het moment dat je me voor het eerst zag.'

'Dat is niet waar.'

'Je hebt er alles aan gedaan om mijn leven te verwoesten.'

'Ik wilde je helpen,' zei Sara. 'Ik wilde je echt helpen.'

'Je had me in huis kunnen opnemen,' zei Smith. 'Ik heb je brieven gestuurd. Ik heb hem brieven gestuurd.'

Hij had op Jeffrey gewezen, maar Sara leek het niet op te merken. 'Die hebben we nooit ontvangen,' antwoordde ze, maar Lena kon haar door het geluid van het bloed dat in haar oren suisde nauwelijks verstaan. Smith had op Jeffrey gewezen. Hij wist wie Jeffrey was.

Lena pakte het mes vast en peuterde met haar duim het lemmet open. Ze drukte de rand van het metaal in haar hak en hoorde een klik toen het lemmet openklapte.

Ze hield haar adem in, wachtend of Smith het gehoord had, maar deze was te zeer op Sara gericht. Hoe lang wist hij het al van Jeffrey? Wanneer was hij erachter gekomen dat het niet Matt was die daar voor hem op de vloer lag, maar de man die hij had gezworen te doden?

Smith zei: 'Ik heb eindeloos gewacht tot jullie kwamen. Ik heb eindeloos gewacht tot jullie me bij haar weg zouden halen.' Zijn stem klonk nu kinderlijk. 'Weet je wat ze allemaal met me heeft gedaan? Weet je hoeveel pijn ze me heeft gedaan?'

Inwendig schreeuwde Lena: 'Hij weet dat het Jeffrey is,' maar ze hield de woorden binnen. Welk ziek spelletje Smith ook speelde, het moest nog even doorgaan. Nog een paar minuten, dan zou het achter de rug zijn.

Lena richtte haar blik op zijn horloge.

3:31:43.

'We konden je niet helpen,' zei Sara. 'Eric, Jeffrey is niet je vader.'

Lena keek naar Brad. Hij trok zijn wenkbrauwen op alsof hij wilde zeggen: 'Ik ben klaar als jij het bent.'

Smith zei: 'Je bent een vuile leugenaarster.'

'Ik lieg niet,' zei Sara zelfverzekerd. 'Ik zal je vertellen wie je vader is, maar dan moet je de mensen hier laten gaan.'

'Laten gaan?' vroeg Smith, terwijl hij de Sig Sauer uit zijn riem trok. Zijn andere hand liet hij echter nog op zijn dijbeen liggen.

3:31:51.

Lena slikte, hoewel ze geen speeksel meer in haar mond had. Aan de rand van haar blikveld zag ze Brad naar Sonny toe lopen.

'Wie laten gaan?' vroeg Smith, die er de tijd voor nam en duidelijk van het drama genoot. Hij keek glimlachend op Jeffrey neer. 'Bedoel je hem soms? Matt?' Hij sprak de t's hard uit, waarbij er speeksel uit zijn mond sproeide.

Sara aarzelde net even te lang. 'Ja.'

'Dat is Matt niet,' zei Smith, de haan naar achteren trekkend. 'Dat is Jeffrey.'

'Nu!' schreeuwde Lena terwijl ze op Smith af sprong. Ze ramde het mes in zijn keel, voelde hoe haar vingers langs het lemmet gingen en het scherpe metaal haar huid openhaalde.

Sara was enkele seconden na Lena overeind gesprongen en wrong de Sig uit Smith' hand op hetzelfde moment dat er in het voorvertrek een pistool afging. De drie kleine meisjes begonnen te gillen toen de glazen voordeur explodeerde.

GBI-agenten stormden het bureau binnen. Brad stond over Sonny gebogen en richtte het geweer op het gezicht van de jongeman terwijl hij met zijn voet op Sonny's borst stond.

'Sta op,' zei Sara tegen Lena terwijl ze haar van Smith af trok. Lena gleed uit in het bloed terwijl Sara hem op zijn rug draaide.

'Laat een ziekenauto komen,' zei Sara, die haar beide handen om Smiths hals sloeg om het bloeden te stoppen. Het was een verloren strijd. Overal zat bloed, het stroomde uit Smiths keel alsof er een dam was gebroken. Lena had nog nooit van haar leven zoveel bloed gezien. Het was alsof niets er een einde aan kon maken.

'Help me,' zei Smith – een onwaarschijnlijk verzoek, na wat hij allemaal had gedaan.

'Het komt wel goed,' suste Sara. 'Hou nog even vol.'

'Hij heeft mensen vermoord,' zei Lena, denkend dat Sara gek was geworden. 'Hij probeerde Jeffrey te vermoorden.'

'Laat een ziekenauto komen,' zei Sara weer. 'Alsjeblieft,' smeekte ze terwijl ze haar vingers in de gapende wond drukte. 'Alsjeblieft. Hij moet geholpen worden.'

Vierentwintig

Dinsdag

Jeffrey liet zich op een van de stoelen tegenover Hoss' kamer op het bureau vallen. Sinds een paar dagen begreep hij wat mensen bedoelden als ze zeiden dat ze de last van de wereld op hun schouders voelden drukken. Jeffrey had het gevoel dat het twee werelden waren, en geen van beide erg beschaafd.

Sara ging naast hem zitten en zei: 'Het zal fijn zijn om thuis te komen als dit allemaal achter de rug is.'

'Ja.'

Hij was nog maar net in dit stadje aangekomen toen hij alweer had willen vertrekken, maar nu dacht Jeffrey dat alles wat hij nodig had hier pal naast hem zat. Zoals altijd wist Sara wat hij dacht, en toen ze haar hand op zijn been legde vlocht hij zijn vingers door de hare, terwijl hij zich afvroeg hoe zijn leven zo'n rotzooi kon zijn en toch zo goed kon aanvoelen zolang zij zijn hand vasthield.

'Heeft hij gezegd hoe lang het zou duren?' vroeg Sara, op Hoss doelend.

'Ik denk dat hij eigenlijk zo'n beetje zit te wachten tot ik hem vertel dat het allemaal een soort grap is geweest.'

'Het komt wel in orde,' zei ze terwijl ze een kneepje in zijn hand gaf.

Jeffrey keek door de onverlichte gang naar de gevangenis, hopend dat zijn emoties hem niet de baas zouden worden. Sara was zo goed in logisch redeneren dat hij er soms bang van werd. Hij had nog nooit iemand ontmoet die zo volledig in staat was alles aan te pakken wat haar overkwam, en hij vroeg zich af welke plaats hij in haar leven zou kunnen innemen.

Sara onderbrak zijn gedachten met een vraag die hij zichzelf nog niet had toegestaan. 'Vind je dat het feit dat hij homo is er iets aan verandert?'

Jeffrey haalde zijn schouders op.

'Jeff?'

Jeffrey drukte een kus op haar vingers en probeerde van onderwerp te veranderen. 'Je kunt je niet voorstellen hoe ik me voelde toen ik je in die stoel zag. Wat er door mijn hoofd ging.'

Ze wachtte op zijn antwoord.

'Ik weet niet wat ik daarvan denk,' zei hij. 'Ik wil hem te grazen nemen om wat hij jou heeft aangedaan,' zei hij terwijl hij weer witheet werd. 'Dat soort dingen...' Hij schudde zijn hoofd, probeerde het niet tot zich door te laten dringen. 'Ik zweer bij god dat als ik hem ooit nog eens zie, hij daarvoor de rekening gepresenteerd krijgt.'

'Hij was wanhopig,' zei ze, maar Jeffrey begreep niet hoe ze zijn gedrag nog kon verontschuldigen. 'Wat is erger,' vroeg ze, 'wat hij mij heeft aangedaan of het feit dat hij homo is?'

Hij wist niet hoe hij deze vraag moest beantwoorden. 'Het enige wat ik weet is dat hij al die jaren tegen me heeft gelogen.'

'Had je anders iets met hem te maken gehad willen hebben?'

'We zullen nooit de kans krijgen daarachter te komen, toch?'

Sara reageerde niet.

'Toen ik Roberts jasje in Swans kast zag...' Hij leunde in de stoel achterover en liet haar hand los terwijl hij zijn armen over elkaar sloeg. Jeffrey bewaarde zijn eigen jasje achter in de kast thuis, en hoewel hij het nooit droeg kon hij zichzelf er niet toe zetten het aan een liefdadigheidsinstelling te geven of weg te gooien. Hij was een onverbeterlijke nostalgicus; hij klampte zich aan het jasje vast alsof hij zich aan zijn jeugd kon vastklampen.

Hij zei tegen Sara: 'Ik weet het niet. Ik zag zijn jasje en het begon me opeens te dagen dat er misschien een verband tussen hem en Swan was. Het duurde maar een fractie van een seconde, en toen dacht ik: geen sprake van. Er is geen sprake van dat Robert een...' Jeffrey zuchtte diep, terwijl hij bedacht dat hij het woord nooit meer zou kunnen gebruiken. Hij had het misschien sowieso niet moeten gebruiken. 'Ik ben naar het bureau gegaan omdat ik Hoss zocht, maar die was er niet.'

Jeffrey vertelde haar niet dat het eerste dat hij had willen doen nadat hij uit het huis van Swan was vertrokken was geweest dat hij Sara had willen zoeken, maar hij had de omweg naar het bureau genomen om zichzelf te bewijzen dat hij haar niet nodig had. Als hij niet zo koppig was geweest had Jeffrey Robert kunnen tegenhouden voordat de zaak uit de hand was gelopen. Hij had haar kunnen beschermen.

Omdat ze niets van dit alles wist drong ze aan: 'Vind je het vervelend dat hij homo is?'

'Ik kan het er allemaal niet los van zien, Sara, en dat is de waarheid. Ik ben woest op hem om wat hij jou heeft aangedaan, ik ben woest op hem omdat hij Jessie niet heeft aangegeven, omdat hij al die rotzooi overhoop heeft gehaald en er niets aan heeft gedaan. Ik ben woest op hem omdat hij het geld van zijn borgtocht niet terugbetaalt en Possum in zijn sop laat gaarkoken.'

'Hij zei dat hij geld zou sturen.'

'Ja, prachtig, maar zodra we terug zijn bel ik de staat om te zien hoeveel ik aan mijn pensioen kan onttrekken.' Hij dacht aan Possums gekneusde kaak en de manier waarop deze Jeffreys verontschuldiging had weggewuifd dat hij hem had geslagen. Jeffrey was niet van plan Possum de hele financiële last hiervan te laten dragen. Het was gewoon niet rechtvaardig.

'En wat nog meer?' vroeg ze. 'Waarom ben je nog meer kwaad op hem?'

Hij stond op omdat hij even moest lopen. 'Dat hij het me niet heeft verteld.' Hij keek de gang in toen een arrestant een obsceniteit schreeuwde. 'Als jij niet toevallig in dat huis was geweest hadden we niet meer geweten dan dat hij zijn borgtocht achterover had gedrukt en ervandoor was gegaan. We zouden niets geweten hebben van Jessie of van zijn verhouding, of hoe je het ook moet noemen, met Swan. Het enige wat we geweten zouden hebben is dat hij op de vlucht is.' Jeffrey hield op met ijsberen en draaide zich naar Sara om. 'Hij had me moeten vertrouwen.'

Haar gezicht kreeg een behoedzame uitdrukking, alsof ze er zeker van wilde zijn dat ze niets verkeerds zou zeggen. 'Hare had het zwaar op de universiteit,' begon ze. 'Het ene moment was hij de populairste jongen op de campus, het volgende werd hij met de dood bedreigd.'

Hij was in alle consternatie haar neef helemaal vergeten, en nu vroeg hij zich af of ze het voor Robert opnam omdat ze het eigenlijk voor Hare wilde opnemen. 'Wat is er gebeurd?'

'Ze kwamen er gewoon achter,' zei ze, haar schouders ophalend. 'Hij had die vriend, met wie hij een kamer deelde. Ze waren onafscheidelijk. Toen de mensen begonnen te praten deed Hare geen enkele moeite iets te verbergen. Het verbaasde hem dat het iemand iets kon schelen.'

'Dat is behoorlijk naïef.'

'Zo is Hare nu eenmaal,' zei ze. 'Ik denk dat we allebei in een behoorlijk beschermde wereld zijn opgegroeid. Onze ouders hebben ons nooit de gedachte bijgebracht dat er iets verkeerd was aan homo's of hetero's of zwarten, of wat er ook op de wereld rondloopt. Hare was geschokt toen zijn zogenaamde vrienden zich tegen hem keerden.'

Jeffrey kon zich voorstellen wat er was gebeurd, maar toch wilde hij het horen. 'Wat hebben ze gedaan?'

'Het gebeurde aan het einde van zijn eerste jaar aan UGA, dus er zat een zomer tussen, zodat iedereen een beetje kon afkoelen.' Ze zweeg even, en hij zag dat ze nog steeds van streek raakte door de herinnering. Boven alles koesterde Sara haar familie, en dat een van hen kwaad werd gedaan was zo ongeveer het enige ter wereld wat ze niet leek te kunnen tolereren.

Ze ging door: 'We hoopten dat het in de vakantie allemaal zou overwaaien, maar dat gebeurde natuurlijk niet. De eerste dag na de vakantie probeerden ze hem in elkaar te slaan, maar hij was altijd goed in vechten geweest en brak hier en daar een neus. Ik hoorde hem jou vertellen dat hij met voetballen is gestopt omdat hij een blessure aan zijn knie had gekregen, maar dat was de reden niet. Ze hadden hem gezegd dat ze hem niet meer in de ploeg wilden.'

Jeffrey ging weer zitten. 'Ik kan niet zeggen dat ik niet hetzelfde met Robert had gedaan als ik het toen had ontdekt.'

'En nu?'

'Nu...' Hij schudde zijn hoofd. 'Jezus, ik wil gewoon dat hij veilig is. Ik kan me niet voorstellen dat ik zo zou leven, dat de mensen zouden denken dat ik iemand was die ik niet was.'

'Het klinkt zoals het eerste deel van jouw leven.'

Hij lachte, omdat hij het nooit van die kant had bekeken. 'Ja, inderdaad.'

'Wat zei Hoss toen je hem dit allemaal over de telefoon vertelde?'

'Niets,' zei hij, en toen: 'Hij klonk niet verbaasd.'

'Denk je dat hij het wist?'

'Misschien vermoedde hij het. Maar daar kom je niet achter.' Hij keek haar veelbetekenend aan. 'Geloof me maar, je ziet zoiets niet, tenzij je echt kijkt.'

'Wat gaat er nu gebeuren?'

'Jessie wordt gearresteerd.' Hij liet sissend lucht tussen zijn tanden ontsnappen. 'Dat kan nog leuk worden. Ik weet zeker dat Reggie Ray hier enorm op zal kicken.'

'Daar hoef jij je toch geen zorgen over maken?'

'Als hij nu, op dit moment, binnen zou komen, zou hij op een brancard weer naar buiten gaan als ik met hem klaar was.'

'En Julia Kendall?'

'Hoezo, Julia Kendall?'

'Ik moet je iets vertellen,' zei ze terwijl ze zijn hand weer pakte. 'Ik moet met je praten over iets wat Lane Kendall heeft gezegd.'

'Dat is een...'

'Nee,' onderbrak Sara hem. 'Daar gaat het niet over. Ik moet je vertellen waarom ik reageerde zoals ik heb gereageerd toen ze je ervan beschuldigde... dat je Julia had verkracht.'

'Dat heb ik niet gedaan,' zei hij; hij voelde zich in de verdediging gedrongen. 'Ik zweer je, Sara: dat kind is niet van mij.'

'Dat weet ik,' reageerde ze, maar ze keek zo vreemd dat hij haar niet geloofde.

Hij stond weer op. 'Ik zeg je dat ik het niet heb gedaan. Ik heb er niets mee te maken.'

'Ik weet dat je het niet hebt gedaan,' zei ze kortaf, duidelijk geërgerd.

'Je kijkt niet alsof je me gelooft.'

'Het spijt me dat je dat gevoel hebt,' zei ze, en hij zag dat ze zich voor hem afsloot.

Hij begon weer te ijsberen; hij voelde zich in een hoek gedreven en schuldig, ook al wist hij dat hij niets had gedaan. Het enige wat hij kon bedenken was dat ze haar uiteindelijk toch hadden weten te overtuigen. Sara twijfelde nu ook aan hem, zoals iedereen aan hem twijfelde. Vanaf dit moment bestond er geen weg terug meer.

'Jeff,' zei Sara boos. 'Hou op met dat geijsbeer.'

Hij hield op, ook al voelde zijn lichaam aan alsof er elektriciteit doorheen werd gejaagd. 'We komen zo niet verder,' zei hij. 'Of je vertrouwt me, of je vertrouwt me niet, maar ik ben niet van plan...'

'Ho,' onderbrak ze hem.

'Acht je me tot iets dergelijks in staat?' vroeg hij. 'Denk je echt dat ik...' Hij kon de woorden niet vinden om zijn zin af te maken. 'Jezus, Sara, als je denkt dat ik iemand kan verkrachten, wat doe je dan hier met me?'

'Ik dénk niet dat je het hebt gedaan, Jeffrey. Dat probeer ik je nu juist duidelijk te maken.' Ze maakte een wanhopige indruk en haar stem klonk nu nog scherper. 'Zelfs als ik dacht dat je het hebt gedaan, wat ik niet denk, dan nog kan Eric Kendall medisch gezien onmogelijk jouw kind zijn.'

Hij keek haar zwijgend aan en wachtte tot ze het allemaal zou uitleggen.

'Er komen geen problemen met bloedstolling in jouw familie voor?' vroeg ze, alsof ze het tegen een kind van drie had.

'Ik weet niet eens waar je het over hebt.'

'Problemen met bloedstolling,' zei ze, alsof hij het zou gaan begrijpen als ze het maar vaak genoeg herhaalde. 'Problemen met bloedstolling. Lane Kendall vertelde dat Eric daar last van had.'

Jeffrey vroeg zich af waar ze heen wilde. Hij had zijn best gedaan de gebeurtenissen met Lane Kendall uit zijn geheugen te bannen en vond het niet bepaald een genoegen daaraan terug te denken.

Ze zei: 'Ik heb hem niet onderzocht, maar te oordelen naar wat Nell me heeft verteld klinkt het meer als de ziekte van Von Willebrand.'

Hij wachtte tot ze verderging.

'Zijn bloed stolt niet.'

'Net als bij hemofilie?'

'Zoiets,' antwoordde ze. 'Het kan heel onschuldig zijn. Sommige mensen hebben het en weten het niet eens. Ze denken gewoon dat ze bij het minste het geringste gaan bloeden.'

Jeffrey voelde hoe al het haar in zijn nek overeind ging staan.

Zijn gezicht moest hem verraden hebben, want Sara vroeg: 'Wat is er?'

Hij schudde zijn hoofd, terwijl hij bedacht dat alle ellende met Robert hem te argwanend had gemaakt. 'Het zou niet van Lanes familie kunnen zijn gekomen? Of van Julia's vader?'

'Dat zou kunnen,' antwoordde ze, hoewel uit haar toon bleek dat ze dit niet erg waarschijnlijk achtte. 'In het algemeen weten vrouwen het als ze het hebben. Ze hebben een extreem zware menstruatie. Bij veel vrouwen wordt uiteindelijk de baarmoeder weggehaald, hoewel die operatie niet echt nodig is. Het is een gemakkelijk te stellen diagnose, maar er zijn niet veel artsen die weten dat ze ernaar moeten zoeken.' Ze voegde hieraan toe: 'Omdat Lane zoveel kinderen heeft gekregen zou ze het weten als ze het had. Een zwangerschap is heel riskant voor iemand met een stoornis in de bloedstolling.'

Jeffrey kon haar alleen maar aanstaren terwijl hij inwendig conclusies trok waardoor er een mes in zijn maag werd omgedraaid. 'En als iemand vaak een bloedneus heeft?'

Ze fronste haar wenkbrauwen. 'Aan wie denk je nu?'

'Geef alleen maar antwoord, Sara. Geef alleen maar antwoord, alsjeblieft.'

'Het zou kunnen,' zei ze. 'Bloedneuzen, bloedend tandvlees. Wondjes die niet dichtgaan.'

'Weet je zeker dat dat een genetische kwestie is?'

'Ja.'

'Godver,' fluisterde hij, overwegend dat hoe beroerd alles een paar minuten geleden ook had geleken, het nu alleen nog maar erger was geworden, erger dan hij zich ooit had kunnen voorstellen.

'Wat ben je...'

Ze keken allebei op toen de deur openging.

'Sorry dat het zo lang heeft geduurd,' zei Hoss, die zijn sleutels uit zijn zak haalde terwijl hij naar zijn kamer liep.

Jeffrey kon zich niet verroeren.

Hoss keek naar Sara, nam duidelijk haar sneden en blauwe plekken op. 'Ik had nooit gedacht dat Robert in staat was een vrouw kwaad te doen,' zei hij tegen haar. 'Maar ik denk dat hij bij lange na niet de man was die hij was.'

'Met mij gaat het prima,' antwoordde Sara met een gespannen glimlach op haar gezicht.

'Dat is mooi,' zei Hoss, terwijl hij de deur van zijn kamer van het slot deed. Hij ging naar binnen, knipte het licht aan en liep naar zijn bureau, waar hij in wat papieren begon te rommelen. 'Kom binnen, dan ronden we de hele zaak af.'

Sara wierp Jeffrey een vragende blik toe, en deze beantwoordde de vraag met een bevestigend knikje.

Hoss zag dat Jeffrey nog steeds in de deuropening stond. 'Slick? Is er iets?'

Sara legde haar hand op Jeffreys schouder. Ze vroeg hem: 'Zal ik buiten wachten?'

'Dat is prima,' zei Hoss, die kennelijk dacht dat ze het tegen hem had.

'Ik wacht wel op de gang.' Ze gaf weer een kneepje in Jeffreys schouder, en op de een of andere manier gaf haar vertrouwen dat hij het goed zou doen hem de kracht de kamer in te lopen.

De deur viel achter hem dicht toen hij in de stoel tegenover Hoss plaatsnam.

'Ze zal het wel moeilijk hebben gehad,' zei Hoss, die kennelijk dacht dat Sara nog niet veel kon hebben. Hij pakte een rapport op en las het al pratend vluchtig door. 'Ik heb Reggie gestuurd om Jessie op te halen. Jezus, wat een zootje. Ik weet zeker dat ze zich met hand en tand zal verzetten.'

'We hebben nog steeds geen zekerheid over Julia.'

'Robert heeft bekend.'

'Hij heeft een hoop dingen bekend die hij niet heeft gedaan.'

'Ik weet niet of ik hem nog op zijn woord kan vertrouwen nu we van hem weten wat we weten.'

'U zegt dat hij homo is en dat hij daarom tot moord in staat is?'

'In mijn ogen is hij tot alles in staat wat ik kan bedenken,' zei Hoss, die de bladzijde omsloeg om de achterkant te lezen. 'Ik zou misschien zelfs een paar zaken van hem opnieuw moeten openen om te kijken waar hij echt mee bezig was.'

Deze opmerking wekte meer dan wat ook Jeffreys woede. 'Robert was een goede politieman.'

'Hij was een verdomde flikker,' zei Hoss, die nog steeds naar het rapport zat te kijken. Hij pakte zijn pen op en ondertekende het onderaan. 'Ik heb geen idee wat hij verder nog uitspookte. We hadden hier een paar jaar geleden een vermiste jongen. Robert werkte aan die zaak alsof het om zijn eigen zoon ging.'

Het lukte Jeffrey door zijn opeengeklemde kaken nog iets te zeggen. 'Wilt u nu beweren dat hij ook nog pedofiel was?'

Hoss pakte een ander rapport op. 'Dat gaat altijd samen.'

Jeffrey kon hem alleen maar aanstaren.

'Hij was trainer van de junioren,' zei Hoss. 'Ik heb al een paar ouders gebeld.'

'Dat is flauwekul,' zei Jeffrey woest. 'Robert was dol op kinderen.'

'Ja,' zei Hoss instemmend. 'Ze zijn allemaal dól op kinderen.'

Jeffrey probeerde het voor hem samen te vatten, om Hoss te laten zien hoe verkeerd zijn gedachtegang was. 'Hij is dus een pedofiel, heeft iets met jongens, maar heeft Julia vermoord toen ze allebei tiener waren?'

'Je weet nooit wat een zieke geest als de zijne zal doen,' zei Hoss. 'Een onschuldig meisje wurgen, een man vermoorden die zijn vrouw naait...'

Hoss' woorden echoden in Jeffreys hoofd, en uiteindelijk zag hij het allemaal als een puzzel duidelijk voor zich. 'Ik kan me niet herinneren dat ik u heb verteld dat ze gewurgd was,' zei hij kalm.

Hoss keek hem geschrokken aan. 'Dat heeft je vriendin me verteld.'

'Echt?' vroeg Jeffrey, terwijl hij half uit zijn stoel opstond. 'Moet ik haar even vragen wanneer ze dat precies heeft gezegd?'

Hoss aarzelde nu. 'Misschien heb ik het in de stad gehoord.'

Jeffrey kon niet geloven hoe stil het opeens in de kamer was. Alles viel op zijn plaats. 'U weet dat hij het niet heeft gedaan.'

Hoss keek Jeffrey over het rapport heen aan. 'Weet ik dat?'

'Eric Kendall heeft een probleem met zijn bloedstolling.'

Hoss sloeg zijn blik neer; zijn ogen bewogen terwijl hij de pagina doorlas. 'Nee toch?'

'Hij is uw kind, nietwaar?'

Hoss antwoordde niet, maar Jeffrey zag een lichte trilling in het papier dat hij vasthield.

'U hebt me eens verteld dat u na de dood van uw broer hebt geprobeerd bij het leger te gaan, maar dat ze u op medische gronden niet wilden hebben.'

'En dus?'

'Waarom wilden ze u niet hebben?'

Hoss haalde zijn schouders op. 'Platvoeten. Dat weet iedereen.'

'Weet u zeker dat het niet iets anders was? Iets waardoor u ook niet bij de politie zou mogen als het bekend zou worden?'

'Je praat onzin, jongen,' zei Hoss op een toon die duidelijk maakte dat het gesprek afgelopen was.

Jeffrey ging er niet op in. 'U hebt voortdurend een bloedneus. Uw tandvlees bloedt zonder enige aanleiding. Ik heb eens gezien dat u zich aan papier sneed, en dat bleef toen twee dagen bloeden.'

Hoss glimlachte zwak. 'Dat betekent nog niet...'

'Liegt u niet tegen me,' beval Jeffrey, wiens woede nu kokend aan de oppervlakte kwam. 'U kunt op dit moment alles zeggen wat u wilt, en het blijft binnenskamers, maar wáágt u het niet tegen me te liegen.'

Hoss haalde zijn schouders op, alsof het allemaal niets voorstelde. 'Ze was volkomen uit de bocht gevlogen. Dat weet je.'

'Ze was nog maar zestien.'

'Zeventien,' corrigeerde Hoss hem. 'Ik overtrad geen enkele wet.'

Jeffrey voelde alleen maar walging, en dat moest op zijn gezicht te lezen zijn geweest, want Hoss probeerde nu een andere benadering.

'Luister nou,' zei hij. 'Het waren heel andere tijden. Dat meisje had iemand nodig die een beetje op haar lette.'

Jeffrey voelde zich misselijk worden. Als politieman had hij die smoes duizend keer van vieze oude kerels gehoord, en nu hij hem uit de mond van Hoss hoorde was het alsof hij een klap in zijn gezicht kreeg. 'Op haar letten betekent niet haar neuken.'

'Pas een beetje op je woorden, jongen,' waarschuwde Hoss hem, alsof hij nog steeds Jeffreys respect verdiende. 'Kom, Slick. Ik heb voor haar gezorgd.'

'Hoe?'

'Dat haar vader bij haar uit de buurt bleef, om te beginnen,' antwoordde Hoss. 'En bovendien, denk je dat haar moeder haar heeft betaald om weg te gaan en die baby te krijgen?'

'*Uw* baby.'

Hij haalde zijn schouders op. 'Wie kon dat weten? Het zou van mij kunnen zijn geweest, het zou van jou kunnen zijn geweest.'

'Vergeet het maar.'

'Het kon van iedereen zijn geweest, dat bedoel ik. Ze had het met de halve stad gedaan.' Hij haalde een papieren zakdoek uit zijn zak en bette zijn neus. 'Het had wat mij betreft zelfs van haar vader kunnen zijn geweest.'

Jeffrey kon alleen maar naar het verraderlijke straaltje bloed staren dat uit Hoss' neus kwam. Hoss had altijd zo'n harde geleken, maar als hij eraan terugdacht had de ouwe iedere keer dat hij onder spanning kwam te staan een bloedneus gekregen.

Jeffrey vroeg: 'U hebt haar dat medaillon gegeven, nietwaar?'

Hoss keek naar de zakdoek voordat hij hem weer naar zijn neus bracht. 'Het was van mijn moeder geweest. Ik zal die dag wel een gulle bui hebben gehad.'

Jeffrey vroeg zich af wat Hoss werkelijk voor het meisje had gevoeld. Als je het alleen maar deed om te kunnen neuken gaf je zo'n vrouw geen cadeaus, vooral niet iets wat van je moeder was geweest. Hij drong aan: 'Waarom bent u niet met haar getrouwd?'

Hoss lachte om deze suggestie, waarbij een kleine douche

van bloed onder de zakdoek uitkwam. 'Word wakker, Slick. Met zoiets trouw je niet.' Hij wees naar de deur, waarachter Sara wachtte. 'Dát is het soort vrouw waarmee je trouwt.' Hij liet zijn hand zakken. 'Iemand als Julia, dat is het soort vrouw dat je neukt en waarvan je maar hoopt dat ze je niet iets geeft wat je alleen maar met een penicillinekuur weer kwijtraakt.'

'Hoe kunt u zo over haar praten? Ze is de moeder van uw kind.'

'Dat vind ik nogal een gotspe.'

'Wat bedoelt u daarmee?'

'Niets,' antwoordde Hoss, hoewel Jeffrey zeker wist dat hij iets achterhield. 'Luister nou, we hebben gewoon lol gemaakt.'

'Ze was te jong om te weten wat lol is.' Jeffrey stond op omdat hij vond dat hij zich lang genoeg afwachtend had opgesteld. 'Hebt u haar vermoord?'

'Ik kan niet geloven dat je me dat vraagt.'

Jeffrey zei niets. Hij had het antwoord in Hoss' ogen gezien. Alles werd nu omvergegooid. De man die hij altijd als goed en fatsoenlijk had beschouwd bleek nu het soort schoft te zijn waarvan Jeffrey blij was dat hij ze kon opbergen nu hij zelf bij de politie zat. Als hij Hoss in Grant County in zijn eigen verhoorkamer had gehad, had hij zich verschrikkelijk moeten beheersen om niet uit te halen en die klootzak een pak op zijn lazer te geven.

'Je weet niet hoe het was,' probeerde Hoss. 'Ik heb dit stadje meer dan dertig jaar lang goede diensten bewezen.'

'U hebt een meisje van zeventien vermoord,' zei Jeffrey, die vocht tegen de emoties die dit woord bij hem teweegbracht. 'Of wilt u soms beweren dat het in orde was omdat ze op dat moment al achttien was?'

Hoss stond op en gooide het zakdoekje weg. 'Ik probeerde Robert te beschermen.'

'Robert?' vroeg Jeffrey ongelovig. 'Wat had Robert hiermee te maken?'

Hoss leunde met zijn handen op zijn bureau en boog zich naar Jeffrey over. 'Ze zei dat hij haar had verkracht. Ik kon niet toestaan dat die meid zijn leven ruïneerde.'

'Dat is in een week overgewaaid,' protesteerde Jeffrey. 'In minder dan een week.'

Hoss keek omlaag op zijn bureau. 'De mensen hebben het er nog steeds over. Daar draait het allemaal om in dit gat; mensen kletsen, vertellen elkaar leugens, denken dat ze weten wat goed is terwijl ze in werkelijkheid geen benul hebben.' Hij veegde met de rug van zijn hand zijn neus af, waardoor er een smalle veeg bloed over de huid werd uitgesmeerd. 'Ik heb een reputatie hoog te houden. De mensen in dit stadje hebben me nodig. Ze weten wie hier de baas is. Ik doe het voor hen.'

'Idioot,' zei Jeffrey. 'Egoïstische ouwe idioot.'

Hoss richtte zijn hoofd met een ruk op. 'Je hebt niet het recht...'

'Wat had ze gedaan?' vroeg Jeffrey. 'U stuurde haar weg om dat kind te krijgen, maar ze kwam terug. Dacht u soms dat ze niet terug zou komen?'

Hoss maakte een ongeduldig gebaar en liep naar het raam, zodat hij met zijn rug naar Jeffrey toe stond.

'U denkt dat u onkwetsbaar bent. U denkt dat u beschermd wordt zolang u zich achter die penning verschuilt.'

Hoss reageerde niet.

'Ze kwam terug en wat toen, Hoss? Wat wilde ze? Geld?'

Hoss legde zijn hand op het kistje met de vlag van zijn broer. 'Ze dacht dat ik met haar zou trouwen. Geweldig, hè? Ze dacht echt dat ik met haar zou trouwen.' Hij lachte. 'Verdomme.'

'En dus hebt u haar vermoord?'

'Zo ging het niet.' Hoss maakte nu eindelijk een schuldbewuste indruk, hoewel Jeffrey wist dat het kwam doordat hij betrapt was, niet doordat hij enige wroeging voelde. 'Het was een ongeluk.'

'Ja, er worden voortdurend per ongeluk allerlei mensen gewurgd.'

Hoss' stem kreeg een hoge, onnatuurlijke klank. 'Ze dreigde het te vertellen,' zei hij. 'Ze kwam van de bevalling terug alsof ze de Maagd Maria was. Ze zei dat ze wilde dat ik een eerzame vrouw van haar zou maken. Heb je het ooit zo gek gehoord? Ik met haar trouwen, een taart kopen waarin iedere man in dit stadje zijn vinger heeft gestoken om even te proeven? Ik zou volkomen voor gek staan als ik met zo'n hoer zou trouwen.'

'Noemt u haar niet zo,' waarschuwde Jeffrey. 'Daar hebt u niet het recht toe.'

'Daar heb ik alle recht toe,' snauwde Hoss terug. 'Ze veroorzaakte alleen maar ellende. Ze beschuldigde jou van verkrachting. Wat vind je daarvan?'

'Dus,' zei Jeffrey, die zag welke kant dit op ging, 'voor alle duidelijkheid: u hebt haar voor mij vermoord?'

'En voor Robert,' zei Hoss.

Jeffrey probeerde zijn verbijstering lang genoeg te onderdrukken om het verhaal uit hem te krijgen. 'Wat is er gebeurd?'

'Ze kwam naar het bureau.' Hij gebaarde naar de kamer, nog verontwaardigd bij de herinnering. 'Hier, naar mijn kamer.'

'En?'

Hoss draaide zich weer om naar de vlag, streek met zijn vingers over het houten kistje. 'Het was laat, ongeveer even laat als nu. Er waren niet veel mensen meer.' Hij zweeg even. 'Ze begon me een beetje op te geilen, zoals ze altijd deed, en toen hield ze opeens op. Een enorme flirt, meer was ze niet, die meid.'

Jeffrey wachtte tot hij doorging met zijn verhaal.

'En dus,' ging Hoss verder, 'praatten we er een tijdje over.'

'Hebt u haar verkracht?'

'Ze vond het prima,' zei Hoss. 'Ze vond het altijd prima.'

Jeffrey werd er beroerd van, maar toch vroeg hij: 'Goed, en toen?'

'Ze zei dat ze wilde dat ik met haar trouwde. Ze wilde niet dat haar moeder Eric opvoedde.'

Jeffrey keek naar het kistje waarin de vlag zat. Hij had het koperen plaatje dat erop zat geschroefd wel duizend keer gezien, maar nooit het verband gelegd. JOHN ERIC HOLLISTER. Julia had hem onder druk gezet, maar ze had geen idee gehad dat ze hem te veel onder druk had gezet.

'Kregen jullie ruzie?' moedigde Jeffrey hem aan.

'Ja,' knikte Hoss. 'Ik bood haar wat geld aan. Ze smeet het in mijn gezicht. Ze zei dat ze toch alles zou krijgen als we eenmaal getrouwd waren.' Hij lachte wrang. 'Ongelofelijk hoe stom ze was, dat ze dacht dat ik dat zou doen. Dat ze dacht dat ze goed was voor meer dan neuken en pijpen.'

Jeffrey kreeg pijn in zijn kaak doordat hij zijn tanden zo op elkaar geklemd hield. Iedere keer dat Hoss zijn mond opendeed moest hij zich verzetten tegen de aanvechting diens keel dicht te knijpen.

'Ze bleef me maar voeren. Bleef me bedreigen. Ik laat me door niemand bedreigen.'

'En dus vermoordde u haar?'

'Zo ging het niet,' zei Hoss. 'Ik probeerde met haar te praten. Probeerde haar de logica te laten zien.' Hoss draaide zich met een ongemakkelijk lachje op zijn gezicht om, alsof hij verwachtte dat Jeffrey het met hem eens zou zijn. 'Ik probeerde haar de kamer uit te krijgen. Duwde haar zo'n beetje naar de deur. Voordat ik het wist sprong ze op mijn rug. Wat vind je daarvan? Sprong zomaar op mijn rug, schoppend en schreeuwend en krabbend. Ik wist dat iemand het zou horen. Ik wist dat er iemand zou komen en zou vragen wat er in godsnaam aan de hand was.'

Jeffrey knikte, alsof hij het begreep.

'En toen zaten mijn handen opeens om haar nek,' zei Hoss terwijl hij zijn handen gestrekt voor zich hield. Robert had hetzelfde gedaan toen hij had bekend dat hij Julia had vermoord, maar Hoss voerde de scène op met de hartstocht van iemand die erbij was geweest. Hij ging de confrontatie met zijn demonen rechtstreeks aan, probeerde het leven uit de herinnering te wurgen. Er kwam een gestaag druppelend straaltje bloed uit zijn neus, maar het leek hem niet te deren.

Hoss zei: 'Ik probeerde haar alleen maar haar mond te laten houden. Ik wilde haar geen kwaad doen, ik wilde alleen maar dat ze ophield met schreeuwen. En dat deed ze uiteindelijk ook.' Hij staarde naar een punt boven Jeffreys schouder. 'Ik probeerde haar te helpen. Gaf haar mond-op-mondbeademing. Duwde op haar borstkas. Ze was dood. Haar hoofd hing alleen maar... slap... Ik denk dat ik haar nek heb gebroken of iets dergelijks.'

Jeffrey liet Hoss' woorden een paar seconden in de lucht hangen terwijl hij probeerde te begrijpen wat er werkelijk was gebeurd. Een paar jaar daarvoor zou hij Hoss op zijn woord hebben geloofd. Hij zou hem waarschijnlijk zelfs hebben geholpen de sporen uit te wissen. Nu zag hij het verhaal voor wat het werkelijk was: een leugen, om de waarheid heen gevlochten, zodat de oude man 's nachts toch nog zou kunnen slapen.

Jeffrey kwam iets dichter bij hem staan. 'U hebt haar gewurgd.'

'Het was niet mijn bedoeling.'

'Hoe lang heeft het geduurd?' vroeg Jeffrey, die nog een stap dichterbij kwam. Hij wist van een zaak van het jaar daarvoor dat iemand met de hand wurgen niet zo gemakkelijk was als het leek, vooral niet als die iemand zich met hand en tand verzette, wat Julia zeker had gedaan. 'Hoe lang duurde het voordat ze bewusteloos raakte?'

'Dat weet ik niet. Niet lang.'

'Waarom hebt u haar naar de grot gebracht?'

'Niet bij nagedacht,' zei hij, maar even lag er een onmiskenbaar schuldgevoel in zijn ogen.

'Iedereen wist dat wij daar altijd heen gingen,' zei Jeffrey. 'Als ze daar ooit werd gevonden zouden de mensen het verband leggen, zouden ze denken dat Robert of ik het had gedaan. Of wij allebei.'

'Dat is niet wat...'

'Ze zei dat wij haar verkracht hadden,' viel Jeffrey hem in de rede. 'Ze zei dat het nog geen jaar daarvoor was gebeurd. Het zou heel logisch geleken hebben, nietwaar? We zouden haar gewoon betaald hebben gezet dat ze dat verhaal had verspreid.'

'Wacht even,' zei Hoss, terwijl hij Jeffrey eindelijk recht aankeek. Het kostte hem moeite, zoveel was wel duidelijk. 'Denk je dat ik heb geprobeerd jou en Robert erin te luizen?'

Jeffrey aarzelde niet. 'Ja.'

Nu verloor Hoss toch zijn zelfbeheersing. 'Ik zei toch dat het een ongeluk was!'

'Vertelt u dat maar in het stadje,' gaf Jeffrey terug, en Hoss werd bleek. 'Vertelt u dat maar aan Deacon White en Thelma bij de bank, en aan Reggie Ray als hij terugkomt met Jessie.'

De ouwe kreeg opeens een panische uitdrukking in zijn ogen. 'Dat zou je niet doen.'

'O, nee?' vroeg Jeffrey. 'Ik weet niet hoe het met u zit, maar die penning die ik draag betekent meer voor me dan gratis ontbijten in de cafetaria.'

'Ik heb jou geleerd die penning te respecteren.'

'U hebt me helemaal niets geleerd.'

Hoss priemde met zijn vinger naar Jeffreys gezicht. 'Je zou nu samen met je vader in de gevangenis vloeren dweilen als ik er niet was geweest, jongen!'

'Dat maakt niets uit,' zei Jeffrey. 'Ik sta nog steeds in één kamer met een moordenaar.'

'Iemand moest je beschermen,' zei Hoss met trillende stem. 'Dat is het enige wat ik deed: jou en die flikkervriend van je uit de wind houden.'

Bij dit woord deinsde Jeffrey terug, en Hoss drukte door.

'Inderdaad,' zei Hoss. 'Hoe zou je het vinden als ik het verhaal in omloop bracht dat Robert en jij meer dan vrienden waren?'

Jeffrey lachte snuivend.

'Voorzover ik weet,' vervolgde Hoss, 'waren jullie dat inderdaad misschien wel.'

'O, natuurlijk.'

'Jullie als neukmaatjes?' provoceerde Hoss. 'Wil je dat iedereen in het stadje dat hoort? Wil je dat je moeder erachter komt? En misschien dat iemand het je vader in de gevangenis vertelt?'

'Je kunt het mijn vader zelf vertellen als je hem daar tegenkomt, zielige oude klootzak.'

'Pas op wat je zegt.'

'Want anders?'

'Ik heb je beschermd!' riep Hoss uit. 'Denk je soms dat je vader dat had gedaan? Denk je dat die waardeloze zak je zou hebben geholpen?'

Jeffrey gaf met zijn vuist een dreun op het bureau. 'Ik wilde uw hulp niet!'

'Maar je had mijn hulp nodig, godverdomme!' schreeuwde Hoss terug. Het bloed druppelde uit zijn neus, maar hij bleef schreeuwen, terwijl zijn gezicht rood aanliep van woede. 'Ik heb je opgevoed, jongen! Ik heb je gemaakt tot de man die je nu bent!'

Jeffrey prikte met zijn duim in zijn borst. 'Ik heb mezelf gemaakt tot de man die ik nu ben. Ik heb mezelf gemaakt, ondanks u.' Hij voelde zich bevuild nu hij zo dicht bij Hoss stond. 'Ik beschouwde u als een god. U was alles wat ik wilde zijn.'

Hoss' lip trilde, alsof hij Jeffreys woorden als een compliment wilde opvatten.

Jeffrey maakte duidelijk wat hij bedoelde. 'U hebt een meisje van nog geen twintig gemolesteerd. U hebt een kind zijn moeder afgenomen.'

'Ik was niet...'

'Ik word doodziek van u,' zei Jeffrey, naar de deur lopend.

Hoss zette zijn hand op het bureau, alsof hij deze steun hard nodig had. 'Ga niet zo weg, Slick. Kom nou.' Zijn stem kreeg een wanhopige klank. 'Wat ga je zeggen? Wat ga je de mensen vertellen?'

'De waarheid,' zei Jeffrey, die zijn kalmte voelde terugkomen. Wat hij voor zich zag was niet meer zijn leermeester, zijn vervangende vader, maar een misdadiger, een liegende man die de mensen kapot had gemaakt die hij had moeten beschermen.

'Kom nou, alsjeblieft,' zei Hoss op smekende toon. 'Dat kun je niet doen. Je maakt me kapot. Je weet wat er zal gebeuren als je naar buiten gaat en... Alsjeblieft, Slick. Doe dit niet.' Hij deed een stap naar voren alsof hij Jeffrey wilde tegenhouden. 'Je kunt evengoed een pistool tegen mijn hoofd zetten.' Hij glimlachte zwakjes. 'Kom, jongen. Kijk me niet zo aan.'

'U aankijken?' vroeg Jeffrey terwijl hij zijn hand op de deurkruk legde. 'Ik kan uw gezicht niet meer verdragen.'

Hij sloeg de deur niet achter zich dicht, maar inwendig hoorde Jeffrey een luide klap. Sara stond met in elkaar geslagen handen op.

Hij wist niet wat hij haar moest vertellen. Hij zou nooit de juiste woorden kunnen vinden om te beschrijven hoe hij zich voelde. Stuurloos, dat was een aardig begin. Hij was datgene kwijt wat hem altijd richting had gegeven.

'Gaat het?' vroeg ze, en de bezorgde klank in haar stem was beter dan alles wat ze ooit voor hem had gedaan.

'Hij kwam me opzoeken nadat mijn vader was gearresteerd,' zei Jeffrey.

'Hoss?'

'Ik zat op Auburn, het was vlak voor mijn afstuderen. Ik weet het nog precies.' Hij zweeg even en haalde zich het beeld voor de geest van de veelkleurige bladeren aan de bomen op die prachtige herfstdag. Jeffrey zat op zijn kamer in zijn studentenflat en probeerde te bedenken hoe hij zijn proefschrift zou moeten betalen als hij door Auburn tot het programma zou worden toegelaten. Hij wilde leraar worden, iets respectabels met een vast inkomen. Hij wilde iets terug doen.

'Hij klopte aan,' vervolgde Jeffrey. 'Niemand klopte ooit aan. Iedereen kwam meestal gewoon zomaar binnen. Ik dacht dat er iemand leuk probeerde te doen.' Hij leunde tegen de muur. 'Hij bleef maar kloppen, en uiteindelijk deed ik de deur open, en daar stond hij, met een vreemde uitdrukking op zijn gezicht. Hij vertelde me dat mijn vader bereid was geweest een belastende verklaring af te leggen. Hij had zijn vrienden erbij gelapt om niet de doodstraf te krijgen. En weet je wat hij zei?'

Sara schudde haar hoofd.

'Wat een lafbek,' maakte Jeffrey zijn verhaal af. 'Hij zei me dat ik nu een man moest zijn, dat het speelkwartier afgelopen was. Het speelkwartier – alsof dat het enige was dat ik op de universiteit had gedaan, alsof ik alleen maar had feestgevierd. En hij gaf me dat aanvraagformulier. Het was al ingevuld.'

'Voor de politieacademie?'

'Ja,' knikte hij. 'Ik pakte het gewoon aan en ondertekende het, en dat was dan dat.' Hij sloot zijn ogen en vroeg zich af wat er van zijn leven terecht zou zijn gekomen als hij toen nee had gezegd. Om te beginnen zou hij Sara nooit hebben leren kennen. Hij zou waarschijnlijk nog steeds hier in Sylacauga wonen, geconfronteerd met dezelfde achterbakse opmerkingen en stiekeme blikken waarvoor Robert was gevlucht.

Hij zei: 'Ik weet niet hoe ik dit moet aanpakken.'

'Ik ben hier zo lang als je me nodig hebt.'

'Ik kan er niet eens over nadenken,' zei hij, en dat was de waarheid. Hoe kon hij dit doen? Hoe kon hij herhalen wat Hoss hem had verteld?

'Het komt wel goed,' zei Sara, precies op het moment dat er

in de kamer van Hoss een pistoolschot klonk.

Sara moest de deur hebben geopend. Jeffrey had niet het gevoel dat hij zich kon bewegen. Toch lukte het hem op de een of andere manier zich om te draaien. Hij wist niet hoe, maar hij ging Hoss' kamer in.

De man zat in zijn stoel, zijn ene hand op de vlag die over de kist van zijn broer had gelegen, in de andere zijn revolver. Hij had de vuurmond van het pistool recht tegen zijn hoofd gezet en de trekker overgehaald. Het was Jeffrey volstrekt duidelijk dat Hoss dood was, maar toch wist hij, toen Sara om het bureau heen liep en haar vingers tegen zijn hals hield, met zijn blik de vraag te stellen.

'Het spijt me,' zei ze. 'Hij is dood.'

Vijfentwintig

15:50

'Shit,' siste Lena en probeerde haar hand niet naar achteren te rukken toen Molly een naald in de snijwond stak.

'Neem me niet kwalijk,' verontschuldigde Molly zich, maar ze keek over Lena's schouder naar Sara en Jeffrey en niet naar Lena.

Lena zag hoe Jeffrey in de ziekenwagen werd geladen. 'Komt het goed met hem?'

Molly knikte, hoewel ze zei: 'Ik hoop het.'

'En Marla?'

'Die ligt in de operatiekamer. Ze is oud, maar ze is sterk.' Ze keek weer naar Lena's hand. 'Dit gaat behoorlijk prikken.'

'Nee toch?' antwoordde Lena. Het mes dat haar huid had opengelegd had niet zoveel pijn gedaan als die klotenaald.

'Het neemt de pijn weg, zodat ik je kan hechten.'

'Schiet nou maar op,' zei Lena, op haar lip bijtend. Ze proefde bloed en herinnerde zich dat haar lip gespleten was. Molly stak de naald weer in de wond. 'Christus, dat doet pijn.'

'Nog een klein beetje.'

'Christus,' herhaalde Lena, terwijl ze haar hoofd wegdraaide. Ze zag Wagner met Nick praten; ze keken allebei naar Lena en Molly, die in de achterkamer van de stomerij zaten.

'Klaar,' zei Molly. 'De verdoving zou over een paar minuten moeten werken.'

'Dat mag dan ook wel,' zei Lena, die de fantoompijn van de naald voelde. Door het raam in de voorgevel zag ze de puinhoop op straat. Er zwermden minstens vijftig agenten van het GBI rond, van wie er niet één wist wat hij daar eigenlijk deed. Smith was dood en Sonny zat opgesloten achter in een patrouillewagen en was op weg naar Macon, waar hij waarschijnlijk behoorlijk op zijn lazer zou krijgen.

Lena keek hoe Molly het doosje met hechtspullen opendeed dat ze uit de ziekenwagen had gehaald. 'Waar zijn de kinderen?'

'Terug bij hun ouders,' zei Molly terwijl ze de spullen klaarlegde. 'Ik kan me niet voorstellen hoe het voor ze moet zijn geweest. Voor de ouders, bedoel ik. Mijn god, als ik erover nadenk, stolt het bloed me gewoon in de aderen.'

Lena realiseerde zich dat ze iedere spier in haar lichaam gespannen had gehouden, en ze ontspande zich zodra haar hand verdoofd begon te raken.

'Beter?' vroeg Molly.

'Ja,' gaf Lena toe. 'Dank je dat je dit hier wilt doen. Ik zou het vreselijk vinden naar het ziekenhuis te moeten.'

'Dat is begrijpelijk,' zei Molly, die met een injectiespuit de wond uitwaste. 'Je hebt maar drie of vier hechtingen nodig. Sara is hier veel beter in dan ik.'

'Ze is harder dan ik dacht.'

'Volgens mij geldt dat voor ons allemaal,' merkte Molly op. 'Je hebt me aardig een rad voor ogen gedraaid toen we het bureau in liepen.'

'Ja,' zei Lena, hoewel het compliment vals klonk. Ze was doodsbang geweest.

Molly pakte met een lange tang een gebogen naald op. Ze stak hem in Lena's huid en Lena keek ernaar, bedenkend hoe vreemd het was dat haar vlees werd doorboord zonder dat ze iets meer voelde dan een dof schuren terwijl de draad er doorheen werd getrokken.

'Hoe lang ga je nu al met Nick om?'

'Niet zo lang,' zei Molly terwijl ze een knoop in de hechtdraad legde. 'Hij bedelde voortdurend bij Sara of ze met hem uit wilde. Ik denk dat ik de troostprijs was.'

Lena lachte terwijl ze zich Nick en Sara samen probeerde voor te stellen. 'Sara is ongeveer drie meter langer dan hij.'

'Bovendien is ze verliefd op Jeffrey,' bracht Molly haar in

herinnering, alsof dat niet duidelijk was. 'O, god, ik weet nog de eerste keer dat ik ze samen zag.' Ze knipte de draad af. Lena voelde hetzelfde doffe schuren toen Molly de naald weer in de huid stak. 'Ik heb haar nog nooit zo hoteldebotel gezien.'

'Hoteldebotel?' echode Lena, die dacht dat ze het verkeerd had verstaan. Sara was een van de meest serieuze mensen die ze ooit had leren kennen.

'Hoteldebotel,' bevestigde Molly. 'Als een schoolmeisje.' Ze legde met een keurige knoop de tweede draad vast. 'Nog eentje, denk ik.'

'Ik heb nooit in die termen aan hem gedacht.'

'Jeffrey?' vroeg Molly, die verbaasd klonk. 'Dat is toch een lekker ding?'

'Dat zal wel,' zei Lena schouderophalend. 'Maar ik zou het gevoel hebben dat ik een verhouding met mijn vader had.'

'Misschien geldt dat voor jou,' zei Molly op suggestieve toon. Ze zette nogmaals de naald in de huid en legde een knoop in de derde hechting. 'Ziezo,' zei ze terwijl ze de draad vlak boven de knoop afknipte. 'Klaar.'

'Dank je.'

'Er zal niet veel van een litteken te zien zijn.'

'Daar maak ik me geen zorgen over,' zei Lena die haar hand boog. De vingers bewogen, maar ze voelde ze niet.

'Neem maar wat Tylenol als het pijn begint te doen. Ik kan Sara wel wat voor je laten bestellen als je wilt.'

'Niet nodig,' zei Lena. 'Die heeft wel belangrijker dingen aan haar hoofd.'

'Ze doet het graag voor je,' zei Molly.

'Echt niet,' stelde Lena haar gerust. 'Dank je.'

'Goed,' zei Molly, die het doosje met hechtspullen weer dichtdeed. Ze zuchtte diep. 'En nu denk ik dat ik naar huis ga: naar een groot glas wijn en de kinderen.'

'Dat klinkt erg prettig,' zei Lena.

'Mijn moeder heeft ze afgeschermd voor het nieuws. Ik weet niet hoe ik ze dit allemaal moet vertellen.'

'Je bedenkt wel iets,' zei Lena.

Molly glimlachte. 'Zorg goed voor jezelf.'

'Dank je,' antwoordde Lena, en liet zich van de tafel glijden.

Nick passeerde haar terwijl ze naar de voordeur van de stomerij liep. Hij zei: 'Je zult morgen een verklaring moeten afleggen.'

'Je weet hoe je me kunt vinden.'

Wagner leunde tegen de toonbank met haar mobieltje tegen haar oor gekleefd. Toen ze Lena zag zei ze in de telefoon: 'Wacht even,' en daarna tegen Lena: 'Goed werk, rechercheur.'

'Bedankt,' zei Lena.

'Als je ooit eens met de grote jongens mee wilt doen,' bood Wagner aan, 'bel me dan.'

Lena keek de straat op, waar de plaatselijke politiemensen rondparadeerden alsof zij persoonlijk de zaak tot een goed einde hadden gebracht. Ze dacht aan Jeffrey, en hoe deze haar een tweede kans had gegeven. Om eerlijk te zijn was het eerder een vijfde of een zesde kans geweest.

Ze glimlachte tegen Wagner. 'Nee, dank u. Ik denk dat ik blijf waar ik ben.'

Wagner haalde haar schouders op alsof het haar eigenlijk niet kon schelen. Ze keerde terug naar het telefoongesprek en zei: 'Het is duidelijk dat we hem vannacht nog moeten ondervragen. Ik wil niet dat hij met de andere gevangenen praat en erachter komt dat hij een advocaat moet nemen.'

Lena duwde met haar goede hand de deur open en knikte naar een paar mannen op straat. Hier was ze thuis, maar ze hoorde er eigenlijk niet bij. Ze was weer Franks partner. Ze was een smeris. Oké, misschien was ze nog wel meer.

Ze liep naar de universiteit. Nu de belegering achter de rug was stond de man van de bewakingsdienst van de campus weer bij zijn auto op wacht. Hij tikte aan zijn pet toen ze voorbijkwam, en Lena, in een genereuze bui, knikte terug.

Er stond een welkom briesje toen ze de hoofdweg naar de studentenflats nam. Lena streek met haar vingers over haar buik. Ze vroeg zich af wat erin zat, wat voor moeder ze zou kunnen zijn. Na de gebeurtenissen van vandaag begon ze te denken dat niet alles onmogelijk was.

De campus was nogal leeg: de meeste studenten zaten waarschijnlijk aan de buis gekluisterd of lagen uitgeteld op bed, dankbaar voor een dag zonder colleges. Het centrum van het stadje was nog steeds afgesloten, maar Lena dacht dat de campusbewoners over een paar uur wel naar buiten zouden komen, nieuwsgierig om zich heen kijkend, proberend een deel van het drama dat zich vandaag had afgespeeld in zich op te nemen. Ze zouden hun ouders bellen en huilend vertellen hoe verschrikkelijk het was geweest. De decaan zou nog meer telefoontjes van boze ouders krijgen, alsof ook maar iemand iets aan een dergelijke gebeurtenis kon doen.

De studentenflat waar Ethan dit jaar woonde was rustiger dan de flat die hij had gehad toen Lena hem had leren kennen. Feesten die de hele nacht duurden en drinkgelagen in het weekend waren niet echt zijn stijl, en hij had kans gezien om bevriend te raken met de docent die met de indeling van de flats was belast en op een rustigere gang te worden ingedeeld.

Ze liep de drie treden naar het betonnen portaal op en passeerde een paar studenten die de flat uit kwamen. Ethans kamer was ooit een voorraadkast geweest, en ook al zag de universiteit er geen been in studenten als biefstukken op de kamers op elkaar te persen, ze hadden niet de moed gehad hem een kamer samen met iemand anders te geven. Hij had, terwijl Lena had staan kijken, zijn kamer ooit eens opgemeten, verbaasd dat deze met zijn tweeënhalf bij drieënhalf meter groter was dan ze beiden hadden gedacht.

Ze klopte aan voordat ze de deur opendeed. Ethan zat met een boek op zijn schoot in bed.

Hij vroeg: 'Wat doe je hier?'

'Je wilde dat ik na mijn werk langskwam.'

'Wilde,' zei hij. 'Verleden tijd. Niet meer.'

Lena leunde tegen de deur. 'Weet je wat voor dag ik heb gehad?'

'Weet je wat voor dag ík heb gehad?' snauwde hij terug terwijl hij het boek met een klap dichtsloeg.

'"Ik neem mijn maatregelen,"' zei hij. 'Dat heb je gezegd. "Ik neem mijn maatregelen."'

'Ik bedoelde niet...'

'Ben je zwanger?'

Ze staarde hem aan en voelde een steek van pijn in haar maag. Voor het eerst sinds ze hem had leren kennen wilde Lena niet alleen zijn.

'Krijg ik nog antwoord?'

Uiteindelijk zei ze: 'Nee.'

'Je liegt.'

'Niet waar,' hield ze vol en verzon het verhaal al pratend. 'Ik ben ongesteld geworden nadat we elkaar hadden gesproken. Het zal wel van de spanning zijn gekomen.'

'Je zei dat je je maatregelen zou nemen als je zwanger zou zijn.'

'Maar dat ben ik niet.'

Hij kwam van het bed af en liep naar haar toe. Ze voelde dat ze zich ontspande tot ze zijn vuist op zich af zag komen en zich met een klap in haar maag zag boren. Lena sloeg dubbel van de pijn; hij legde zijn hand op haar rug zodat ze gebogen moest blijven staan en fluisterde: 'Als je ooit nog eens "maatregelen neemt" tegen iets wat van mij is, vermoord ik je.'

'O,' huilde ze terwijl ze probeerde lucht te krijgen.

'Oprotten,' zei hij, en duwde haar weer de gang op. Hij sloeg de deur zo hard dicht dat het prikbord dat aan de andere kant hing met een klap op de vloer belandde.

Lena stak haar arm naar de muur uit en probeerde zich op te richten. De pijn schoot door haar buik en ze voelde de tranen opwellen in haar ogen.

Er stonden twee studenten in de hal bij de ingang. Ze liep langs hen heen terwijl ze probeerde haar rug zo recht mogelijk te houden. Ze hield deze houding vol tot ze achter de studentenflat was, verborgen in het bos, waar niemand haar kon zien.

Ze leunde tegen een boom en liet zich op de grond zakken. De grond was nat, maar dat kon haar niet schelen.

Haar mobieltje piepte toen ze hem aanzette. Ze wachtte tot ze bereik had en toetste toen een nummer in. De tranen stroomden over haar gezicht terwijl ze hoorde hoe de telefoon aan de andere kant overging.

'Hallo?'

Lena deed haar mond open om iets te zeggen, maar ze kon alleen maar huilen.

'Hallo?' zei Hank, en toen, waarschijnlijk omdat niemand anders hem midden op de middag huilend als een kind op zou bellen: 'Lee? Liefje, ben jij dat?'

Lena slikte een snik in. 'Hank,' kreeg ze er uiteindelijk uit. 'Ik heb je nodig.'

Nawoord

Sara zat op de motorkap van haar auto over de begraafplaats uit te kijken. Er was de afgelopen tien jaar niets aan de begrafenisonderneming van Deacon White veranderd, ondanks het feit dat ze door een groot conglomeraat was overgenomen. Zelfs de golvende groene heuvels en de witte grafstenen die er als gebroken tanden uitstaken zagen er hetzelfde uit.

Sara vond dat ze nu wel genoeg graven had gezien. Ze had de hele week begrafenissen bijgewoond, rouwend om de mannen en vrouwen die het slachtoffer van de amok van Sonny en Eric Kendall waren geworden. Marilyn Edwards had de moordpoging in de toiletten van het bureau op de een of andere manier overleefd en het zag ernaar uit dat ze het zou halen. Ze was sterk, maar ze was een minderheid. De meeste andere slachtoffers waren bezweken.

'De stad ziet er anders uit,' zei Jeffrey, en misschien gold dat voor hemzelf ook wel. Hij was zo anders dan de man die haar hier de vorige keer mee naartoe had genomen.

'Weet je zeker dat je Possum en Nell niet wilt bellen?'

Hij schudde zijn hoofd. 'Ik geloof niet dat ik daar al aan toe ben.' Hij zweeg even, dacht waarschijnlijk aan zijn zoon, vroeg zich waarschijnlijk voor de zoveelste keer af wat hij voor Jared kon doen. 'Ik vraag me af of Robert het wist.'

'Ik ben er toch ook achter gekomen,' bracht Sara hem in herinnering.

'Robert ging niet met mij naar bed,' merkte hij op. 'Goh, ik vraag me af waar hij uithangt.'

'Je zou kunnen proberen erachter te komen.'

'Als hij wilde dat ik wist waar hij was, dan zou hij het me wel zeggen,' zei Jeffrey. 'Ik hoop dat hij een beetje rust heeft gevonden, waar hij uiteindelijk ook terecht moge zijn gekomen.'

Sara probeerde hem te troosten. 'Je hebt alles gedaan wat je kon.'

'Ik vraag me af of hij wel eens contact met Jessie heeft.'

'Jessie is waarschijnlijk alweer een tijdje op vrije voeten,' zei Sara. Zoals Sara had voorspeld had Jessie maar een paar jaar gevangengezeten voor het vermoorden van een weerloze man. Haar verslaving aan drugs en alcohol was een verzachtende omstandigheid geweest, maar volgens Nell had Roberts seksuele geaardheid het oordeel van de jury het meest beïnvloed. Sara hoopte dat als dezelfde misdaad tegenwoordig zou worden gepleegd een dergelijke zaak anders zou uitpakken, maar met kleine stadjes wist je maar nooit.

'Ze is terug in Herd's Gap,' zei hij. 'Ik heb het jaar dat ze vrijkwam een kerstkaart van haar gekregen.'

'Waarom heb je me dat niet verteld?'

'We hadden op dat moment niet echt contact met elkaar,' legde hij uit, en ze veronderstelde dat het ongeveer rond hun scheiding was geweest.

Hij zei: 'Lane Kendall is drie dagen voordat ze achter mij aan kwamen overleden.'

'Hoe ben je daarachter gekomen?' vroeg Sara. Sonny Kendall had geweigerd te praten over ook maar iets wat met zijn familie te maken had.

'De sheriff heeft het me verteld.'

'Sinds wanneer vertelt Reggie Ray jou iets uit eigen beweging?'

Hij draaide zich met een flauw glimlachje naar haar om. 'Je hebt niets gehoord over Rick, zijn oudste zoon?'

'Hoezo?'

'Die is dramadocent aan Comer High School.'

Sara lachte zo hard dat ze haar hand voor haar mond sloeg omdat ze bang was dat Deacon White naar buiten zou komen om te kijken wat er zo grappig was.

'Wat alleen maar aantoont...' zei Jeffrey, half zijn schouders ophalend; ze zag dat het hem pijn deed. Hij was niet gewend een mitella te dragen, en ze moest hem er elke ochtend bijna toe dwingen.

Hij zei: 'Ik vraag me af wat er is gebeurd met de brieven waarvan Eric zei dat hij ze me heeft gestuurd.'

'Misschien heeft ze ze niet op de post gedaan,' opperde Sara.

'Dat zou inderdaad typisch iets voor haar zijn geweest.'

'Wil Sonny zelfs daar niet over praten?'

'Nee,' zei Jeffrey. 'Het leger wil hem spreken zodra alle processen achter de rug zijn. Sinds de dood van zijn moeder is hij zonder toestemming weggebleven. Dat zouden ze nog wel door de vingers hebben willen zien als hij niet...'

Sara staarde uit over de begraafplaats. 'Ik ben ze helemaal vergeten,' biechtte ze op. 'Omdat ik zo van streek was toen we hier weggingen heb ik al die jaren geen enkele keer aan ze gedacht.'

'Misschien had ik Lane de waarheid moeten vertellen,' zei hij. 'God, wat haatte ze me.'

'Ze zou je toch niet geloofd hebben,' merkte Sara op; dezelfde conclusie waartoe ze al die jaren geleden waren gekomen.

Het leven van Lane Kendall was gevoed door haat en wantrouwen. Geen woord van Jeffrey zou daar iets aan hebben veranderd. Toch was Sara het er destijds niet mee eens geweest dat Hoss zijn geheimen in zijn graf had kunnen meenemen. Jeffreys argumenten waren echter overtuigend geweest. Een gesprek met Reggie Ray en het bespreken van Hoss' bekentenis zouden ongeveer hetzelfde zijn geweest als een rotsblok een berg op duwen. Bij gebrek aan harde bewijzen zou niemand Jeffrey op zijn woord geloven, vooral niet omdat Robert er niet was om zijn verhaal te bevestigen.

Sara had altijd geloofd dat de werkelijke reden waarom Jeffrey niets had gezegd was dat hij zich er niet toe kon brengen Hoss te beschuldigen nu deze er niet meer was om zich te verdedigen. Welbeschouwd was het voor hem makkelijker de schuld op zich te blijven nemen dan nog meer ellende op te rakelen door de waarheid te vertellen. Jeffrey woonde niet meer in Sylacauga, en het was niet meer nodig die strijd uit te vechten. De mensen die er voor hem toe deden wisten wat er werkelijk was gebeurd, en de mensen die er niet toe deden leidden ongeveer hetzelfde bestaan als daarvoor. Reggie Ray had in zijn rapport vermeld dat de sheriff zijn pistool had zitten schoonmaken toen het was afgegaan, en niemand had daar een vraagteken bij gezet. De moord op Julia Kendall stond nog steeds als onopgelost te boek.

Jeffrey gaf een ruk aan de mitella. 'Verdomme, wat heb ik toch een hekel aan dit ding.'

'Je moet hem dragen,' zei ze; ze deed haar best haar stem streng te laten klinken.

'Het doet geen pijn.'

Ze streelde met haar vingers over zijn nek. 'Ik wil dat je die arm weer kunt gebruiken.'

'Echt?' vroeg hij; zijn gebruikelijke geslepen lachje trok even over zijn gezicht.

Ze wilde zo graag dat het weer goed met hem ging dat ze het plaagspelletje nog even probeerde voort te zetten. 'Die hand.'

'Hou je van die hand?'

'Van allebei,' zei ze.

'Weet je nog,' begon hij, 'de eerste keer dat je zei dat je van me hield?'

'Ehh...' Ze deed alsof ze nadacht, maar ze wist het heel goed.

'Toen we weer in Grant waren, nadat we hier waren geweest,' zei hij. 'Weet je nog?'

'Ik was al mijn spullen voor het strand aan het uitpakken,' zei ze, 'en ik keek om me heen en je was er niet.'

'Inderdaad.'

'En toen je terugkwam vroeg ik wat je aan het doen was, en toen zei jij...'

'Je vuilnisbak rook alsof er iets in was doodgegaan.'

'En ik zei tegen jou dat ik van je hield.'

'Ik denk dat er daarvoor niet veel mannen zijn geweest die je vuilnis buitenzetten.'

'Nee,' gaf ze toe. 'En jij bent sindsdien de enige van wie ik wil dat hij mijn vuilnis buitenzet.' Nu glimlachte hij echt tegen haar, en ze voelde haar hart opspringen. 'Ik wil zo graag van je houden.'

Zijn glimlach trok weg. 'Wat weerhoudt je ervan?'

'Nee, luister,' zei ze in een poging zichzelf te verduidelijken. 'Ik heb er zo lang tegen gevochten. Vanaf het moment dat ik je heb leren kennen heb ik niet verliefd op je willen worden. Ik wilde niet zo wanhopig naar je verlangen.'

'Wat is er dan veranderd?'

Haar antwoord was eenvoudig. 'Jij.'
'Jij niet,' zei hij. 'Veranderd, bedoel ik.'
'O nee?' vroeg ze terwijl ze zich afvroeg hoe het hem lukte dit als een compliment te laten klinken.
'Jij hoefde niet te veranderen,' zei hij. 'Jij was al volmaakt.'
Ze begon hard te lachen. 'Vertel dat mijn moeder maar eens.'
Hij wachtte tot ze uitgelachen was. 'Dank je.'
'Waarvoor?'
'Dat je hebt gewacht tot ik volwassen was geworden.'
Ze legde haar vingers tegen zijn wang. 'Geduld is altijd mijn sterke punt geweest.'
'Nee toch.'
'Je was het wachten waard.'
'Zeg dat over tien jaar nog maar eens.'
'Dat zal ik doen,' beloofde ze hem. 'Dat zal ik doen.'
Hij keek omlaag naar zijn gewonde arm en ze probeerde hem tegen te houden, denkend dat hij de mitella af wilde doen. Hij pakte echter alleen maar haar hand en keek naar zijn Auburn-ring om haar vinger. Toen het bureau was overvallen had ze die ring van zijn vinger gehaald omdat ze wist dat de schutters Jeffrey aan de hand daarvan zouden kunnen identificeren. In het ziekenhuis, toen Jeffrey werd geopereerd, had ze zich met de blauwe steen in de ring bijna een blaar op haar vinger gewreven, alsof het een talisman was, alsof ze op die manier kon zorgen dat alles goed kwam.
Ze vroeg: 'Wil je hem terug?'
Hij hield zijn gezicht neutraal. 'Wil je hem dan teruggeven?'
Sara keek naar de ring en dacht na over alle gebeurtenissen waardoor ze nu hier stonden. Hoe dwaas het ook was, ze wist wat het voor Jeffrey en voor iedereen in Grant County betekende als ze die ring droeg.
Ze zei: 'Ik doe hem nooit meer af.'
Hij glimlachte, en voor het eerst in wat een eeuwigheid leek had Sara het gevoel dat het uiteindelijk allemaal in orde zou komen.
Jeffrey moest het ook hebben aangevoeld, want hij probeerde haar te plagen: 'Misschien moet je hem wel afdoen als je in de tuin werkt.'
'Hmm,' antwoordde ze. 'Daar zit wel iets in.'

Hij wreef met zijn duim over haar vinger. 'Of als je je vader helpt.'

'Ik zou er wat plakband omheen kunnen winden, zodat hij beter past.'

Hij glimlachte, trok aan de ring en wees erop dat ze nauwelijks het risico liep dat hij zou afvallen. 'Je weet wat ze zeggen over grote handen...' begon hij. Toen ze niet reageerde vervolgde hij: 'Grote voeten.'

'Haha,' zei ze terwijl ze haar hand om zijn gezicht legde. Voordat ze wist wat ze deed had Sara haar armen om zijn nek geslagen en klampte ze zich aan hem vast alsof haar leven ervan afhing. Iedere keer dat ze de gedachte toeliet aan hoe ze hem bijna was kwijtgeraakt voelde Sara een soort wanhoop die pijn in haar borst deed.

'Het is goed,' zei hij, hoewel hij het meer tegen zichzelf leek te zeggen. Ze voelde dat hij nadacht over de reden waarom ze hier eigenlijk waren.

Ze dwong zich hem los te laten en vroeg: 'Ben je zover?'

Hij wierp een blik achterom op de begraafplaats en rechtte zo goed mogelijk zijn rug.

Sara liet zich van de motorkap glijden, maar hij zei: 'Nee, dit moet ik alleen doen.'

'Weet je het zeker?'

Hij knikte en liep weg in de richting van de begraafplaats.

Sara stapte in de auto en liet het portier open, zodat ze niet zou stikken van de hitte. Ze keek naar de ring en draaide haar hand zo dat ze de voetbal op de zijkant zag. Zoals alle schoolringen was ook deze enorm groot en spuuglelijk, maar op dit moment vond ze het een van de mooiste dingen die ze ooit had gezien.

Ze keek op en zag hoe Jeffrey de heuvel op liep. Hij plukte aan de mitella om zijn nek, waarna hij hem afdeed en in zijn zak stopte.

'Jeffrey,' zei ze waarschuwend, maar hij hoorde haar natuurlijk niet. Hij had niet zozeer een hekel aan de mitella zelf als wel aan de indruk van invaliditeit die erdoor werd gewekt.

Hij bleef staan in de hoek van de begraafplaats, waar een kleine marmeren steen stond. Ze kende Jeffrey goed genoeg om te weten dat hij aan marmer uit Sylacauga en ondergrondse rivieren, katoenfabrieken en verzakte grond dacht. Ze wist ook dat het voorwerp dat hij uit zijn zak haalde een klein gouden medaillon was.

Terwijl ze toekeek opende Jeffrey met zijn slechte hand het hartje en keek voor het laatst naar de foto van Eric, waarna hij het souvenir op Julia's grafsteen legde en weer de heuvel af liep naar Sara.

Dankwoord

Sylacauga is een leuk stadje midden in de staat Alabama, bij de Cheaha Mountains. Ze hebben er een fulltime sheriff, een politiekorps en ongeveer twaalfduizend inwoners die waarschijnlijk dit boek lezen en zich afvragen of ik hun stad ooit bezocht heb. Ik kan u verzekeren van wel, maar u moet bedenken dat dit een roman is en daarom heb ik een zekere vrijheid genomen als het gaat om de locatie van straten, gebouwen en plaatselijke bezienswaardigheden. Net als in andere kleine steden is de bevolking van Sylacauga een mengeling van goede, aardige mensen en enkele slechteriken. Voor meer informatie, zie sylacauga.net. En als je toch op internet kijkt, vind je via de naam Billy Jack Gaither iets meer van de duistere kant van kleinsteeds Amerika.

Dit boek lag al lang in het verschiet. Toen ik *Nachtschade* schreef, wist ik dat er een dag zou komen waarop ik in het verleden van Sara en Jeffrey zou duiken. Oplettende lezers hebben al wat aanwijzingen kunnen vinden in de twee volgende boeken. Mijn oprechte dank gaat uit naar iedereen die er vanaf het begin bij was en die me in staat heeft gesteld te doen wat ik het liefste wil: schrijven. Lezers mailen me via mijn website, karinslaughter.com, en ik probeer altijd zo snel mogelijk te antwoorden. Bedankt voor jullie geduld en aanmoedigingen.

Er is een lange lijst van mensen die ik nu wil bedanken, maar ik houd het relatief kort (want een dankwoord van zestig pagina's is zelfs mij te gortig). Mijn agent Victoria Sanders, die een goede vriendin en een pleitbezorger is. Meghan Dowling en Kate Elton zijn de beste redacteuren die een mens zich maar kan wensen. Ron Beard, Richard Cable, Michael Dugdale, Jane Friedman, Brian Grogan, Cathy Hemming, Gail Rebuck en Susan Sandon zijn mijn helden. Faye Brewster, Elspeth Dougall, Rina Gill, Georgina Hawtrey-Woore, Vanessa Kerr, Mark 'Wolfie' McCullum, Richard Ogle, Tiffany Stansfield, Rob Waddington en Kate Watkins bedank ik voor hun vele hulp. Marilyn Edwards is een van mijn favoriete schrijvers en een zekere C.R. ben ik eeuwig dankbaar voor je weet wel wat. Over initialen gesproken: dank aan C.F., L.M., A.L. en K.B. En dan zijn er nog veel meer mensen op te noemen, van de dames in Scranton tot de mannen die de vrachtwagens besturen. Maar omdat de ruimte nu eenmaal beperkt is: weet dat ik jullie oprecht dankbaar ben voor het geweldige werk dat jullie verrichten.

Dan Holod heeft de tekst nagekeken op wapens en zo, dus hopelijk krijg ik deze keer geen brieven. David Harper, M.D., snelde me te hulp en zorgde ervoor dat Sara als een arts klinkt. Patricia Hawkins, Amy Place en Debbie Hartsfield kwamen met interessante feiten over Sylacauga, waar ze zijn opgegroeid, dankzij hen heb ik hopelijk de sfeer van de stad weten te vangen. Terwijl ik dit boek schreef, ben ik veel op reis geweest: van Londen via Nederland naar Frankrijk en weer terug, dankzij mijn uitgevers Century, De Bezige Bij en Grasset. Eigenlijk moet ik daar al mijn buitenlandse uitgevers voor bedanken. Met de meeste van hen heb ik tijdens de London Book Fair kennis mogen maken en ik kan met een gerust hart zeggen dat mijn uitgevers de leukste ter wereld zijn.

Collegaschrijvers hielpen me de moed erin te houden. Ik zal ze hier niet noemen, maar je kunt ze terugvinden in *Vervloekt geluk*, het kettingverhaal dat ik samenstelde terwijl ik intussen *Onzichtbaar* schreef. Markus Wilhelm verdient een extra bedankje, net zoals Harlan Coben, de enige persoon op aarde die mij nummer twee mag noemen.

Tot slot: Sara reed in elk boek in een BMW, in de hoop dat de aardige mensen in München me een glanzende nieuwe 330CI schenken. Zonder resultaat, helaas, maar ik blijf het proberen. Dat geldt ook voor Tom Jones en Shelby Lynn: jullie bellen nooit..., jullie schrijven nooit...